Beasts of prey

1. Que la chasse commence

AYANA GRAY

BEASTS OF PREY

1 - QUE LA CHASSE COMMENCE

Traduit de l'anglais (États-Unis)
par Gaspard Houi

DE SAXUS

Ceci est une œuvre de fiction.
Toute ressemblance avec des personnages, lieux, organisations
ou évènements existant ou ayant existé ne serait que purement fortuite.

AVERTISSEMENT DE CONTENU

ARACHNOPHOBIE, DESCRIPTION EXPLICITE DE BLESSURE, DISCRIMINATION RACIALE, DROGUE, MEURTRE, MORT D'UN PROCHE, SANG, TORTURE, VIOLENCE

Beasts of prey - 1. Que la chasse commence
par Ayana Gray

Illustration de couverture (relié) © 2022 by Elena Masci
Design original jaquette (relié) + couverture (broché) : Theresa Evangelista & Mike Heath
Cartes : © 2021 by Virginia Allyn
Pages de garde : © Alenarbuz / Shutterstock.com
Couvertures et jaquette française :
Conception graphique : Eilean Books - Volodymyr Feshchuk

Ouvrage publié sous la direction de Sam Souibgui
Coordination et suivi éditorial : Coline Sorgue

SOMMAIRE

PARTIE DEUX

MÊME L'ÉLÉPHANT SE PREND DANS LES TOILES D'ARAIGNÉES

PARTIE TROIS

NE RÉVEILLEZ PAS LA HYÈNE QUI DORT

PARTIE QUATRE

LE GUÉPARD MEURT UNE FOIS, L'ANTILOPE MILLE

Ce travail est dédié aux racines de l'arbre
où s'est épanouie une fleur.

ESHOZA
Mer de Barafu
Région Baridie
Fleuve Jasiri
Mer Moto
Chaîne de Ngazi
JUU
Désert du Katili
ASALI
Lac Furuha
Région Dhahabue
Fleuve Ndefu Sud
Baie de Kinywa
CHINI
Îles Nyingi

Région Zamanie
Lac Msitu
Golfe des Sœurs
Grande Jungle
Fleuve Kidogo
Cœur de la jungle
Les Défenses
Lkossa
Petite Jungle
Plaines de Kusonga
Mer Amakoyenne
Fleuve Ndefu
Fleuve Ndefu Est
Région Kusinie
Nord
Mer Machungu
SetA

LA GRANDE JUNGLE
LA MER AMAKOYENNE
LE PASSAGE NORD
Le lac Msitu
LE PASSAGE EST
LE PASSAGE OUEST
Le cœur de la jungle
LE PASSAGE SUD
LA RÉGION INHABITÉE
LKOSSA
Les Défenses
LA PETITE JUNGLE

Un fruit défendu

Adiah

Baba dit que seules de mauvaises choses se produisent après minuit, mais je ne suis pas dupe.

Je retiens mon souffle, soulagée de constater que la porte d'entrée n'émet pas de craquement tandis que je l'ouvre doucement et apprécie la brise du soir sur ma peau. À cette heure avancée de la nuit, son odeur est distincte, un mélange saisissant d'ozone et de pin. Je regarde par-dessus mon épaule. Dans la pièce d'à côté, mes parents dorment profondément ; les ronflements de ma mère sont légers, ceux de mon père semblables au tonnerre. Il est facile de les imaginer, deux corps bruns blottis l'un contre l'autre sous une couverture élimée, tous deux épuisés après une dure journée de récolte dans les champs. Je ne veux pas les réveiller. Peut-être que dans leurs rêves paisibles, leur fille est une autre personne, une femme responsable, pas de celles qui s'éclipsent furtivement la nuit. Parfois, je regrette de ne pas *être* cette fille responsable. J'hésite encore une seconde avant de me glisser dans l'étreinte de la nuit.

Dehors, l'air est doux, les nuages gris flottant dans le ciel plein de la promesse de la saison de la mousson, mais Lkossa reste baignée dans le clair de lune argenté, ce qui est plus que suffisant pour moi. Je me faufile le long de ses rues vides, fonçant entre les lueurs que projettent des appliques, et prie pour ne pas tomber sur l'un des Fils des Six qui patrouillent. Il est peu probable que j'aie des problèmes si les guerriers consacrés de la ville m'attrapent, mais il est presque certain qu'ils me feront faire demi-tour, et je ne le veux pas. Pouvoir marcher ici sans que des chuchotements ne naissent dans mon sillage est un plaisir rare, et j'ai une autre raison de ne pas rentrer chez moi pour le moment : Dakari m'attend.

En progressant vers le nord, je remarque les nouvelles bannières de tissu qui décorent la plus grande partie de la ville, tressées de sorte à former des cordes vertes, bleues et dorées ; vert pour la terre, bleu pour la mer, doré pour les dieux. Certaines pendent mollement comme des cordes à linge aussi fines et usées qu'un fil élimé ; d'autres sont clouées maladroitement aux portes des maisons en briques de boue modestes qui ne sont pas si différentes de la mienne. C'est un effort touchant. Dans quelques heures, une fois que se lèvera une aube nouvelle, les citoyens se réuniront pour commencer à fêter le jour du Lien, un jour sacré lors duquel nous célébrons notre lien avec les dieux de ce pays. Les colporteurs vendront des amulettes aux croyants et donneront de petits sacs de riz à jeter aux enfants. Le Kuhani nouvellement nommé offrira des bénédictions dans le temple, et les musiciens rempliront les rues de leur symphonie discordante. Connaissant Mama, elle préparera des patates douces rôties avec un filet de miel et saupoudrées de cannelle, comme elle le fait toujours lors des occasions spéciales. Baba lui fera probablement une surprise avec un petit cadeau pour lequel il aura économisé, et elle lui dira probablement qu'il n'aurait pas dû. J'ignore un petit pincement dans ma poitrine tandis que je pense à Tao, me demandant s'il passera par chez nous comme il en a l'habitude les jours de fête. Je n'en suis pas vraiment sûre, cette fois ; Tao et moi ne nous sommes pas parlé récemment.

La ville s'assombrit tandis que j'atteins sa bordure, une bande dégagée de terre large de quelques mètres séparant Lkossa du premier des pins noirs imposants de la Grande Jungle. Ceux-ci m'observent de leur regard immémorial alors que j'approche, aussi stoïques que la déesse dont on dit qu'elle vit parmi eux. Tout le monde n'oserait pas s'aventurer ici – certains pensent que la jungle n'est pas un endroit sûr – mais cela ne me dérange pas. Je fouille l'étendue du regard, impatiente, mais lorsque je réalise que je suis seule, je dois réprimer une pointe de déception fugace. Dakari m'a demandé de le retrouver à cet endroit exact juste après minuit, mais il est absent. Peut-être qu'il est en retard, peut-être qu'il a décidé de ne pas…

« Petit oiseau chanteur. »

Mon cœur bat la chamade en entendant ce surnom familier, et ma peau rougit légèrement malgré le froid du soir tandis qu'une silhouette se détache de l'un des pins à proximité pour s'avancer dans la lumière.

Dakari.

Il est difficile de discerner tous ses traits dans la nuit, mais mon imagination parvient très bien à remplir les trous. La moitié de son visage baigne dans le clair de lune, rehaussant la ligne nette de sa mâchoire, la courbe fluide de ses épaules larges. Il est plus grand que moi, avec la silhouette mince d'un coureur. Sa peau brun doré est plus claire que la mienne de plusieurs tons, et ses cheveux d'un noir de jais arborent une coupe en brosse récente. Il ressemble à un dieu, et à en juger par le sourire suffisant qu'il m'adresse, il en est conscient.

En quelques pas assurés, il franchit la distance qui nous sépare, et l'air qui m'environne s'emplit immédiatement de son parfum : l'acier, la terre et le cuir, marques de son apprentissage dans les forges du quartier de Kughushi. Il me jette un coup d'œil, visiblement impressionné.

« Tu es venue.

— Évidemment. » Je parle d'une voix qui se veut sereine. « Nous avions dit juste après minuit, non ?

— Effectivement. » Il émet un gloussement bas, presque musical. « Alors, tu es prête à découvrir la surprise ?

— Tu plaisantes ? » Mon rire fait écho au sien. « J'ai attendu ça toute la journée. J'espère que ça en valait la peine.

— Oh, *oui*. » Son expression devient soudain plus sérieuse. « À présent, tu dois me *promettre* de garder ce secret. Je ne l'ai jamais montré à qui que ce soit. »

Cela me surprend. Après tout, Dakari est attirant et populaire ; il a beaucoup d'amis. Beaucoup d'amies, notamment. « Tu veux dire que tu ne l'as montré à personne d'autre ?

— En effet, dit-il doucement. C'est vraiment quelque chose de très spécial pour moi, et je… je crois que je n'ai jamais fait assez confiance à une personne pour le partager. »

Je me redresse immédiatement, espérant avoir l'air mature, comme le genre de fille *digne* de confiance. « Je ne le dirai à personne, chuchoté-je. Je te le promets.

— Bien. » Dakari m'adresse un clin d'œil et fait un geste en direction de ce qui nous entoure. « Alors, sans plus attendre, voilà ! »

Je patiente un instant avant de froncer les sourcils, confuse. Les bras de Dakari sont étendus comme s'il s'apprêtait à prendre son envol, son visage exprime une véritable liesse. Il est évident que ce qu'il voit le ravit, mais *je* ne vois rien, en ce qui me concerne.

« Euh… » Après quelques secondes gênantes, je brise le silence. « Excuse-moi, est-ce que j'ai raté quelque chose ? »

Dakari jette un regard dans ma direction, les yeux pétillant d'amusement. « Tu veux dire que tu n'arrives pas à la sentir autour de nous, cette splendeur ? »

Au moment où ces mots franchissent ses lèvres, quelque chose se met à vibrer profondément en moi. C'est comme le premier pincement d'une corde de kora, qui se réverbère dans mon corps tout entier. Et puis je comprends, évidemment. Les étrangers l'appellent la *magie* ; mon peuple l'appelle la *splendeur*. Je ne peux pas la voir, mais je la sens – en grande quantité – qui se déplace juste sous la terre, comme les ridules à la surface d'un bassin. Il y en a beaucoup plus ici que je n'en ai jamais ressenti en pratiquant avec les autres darajas dans les pelouses du temple.

« Comment... ? » Je crains de même simplement bouger, de perturber cette étrange merveille, peu importe ce dont il s'agit. « Comment cela se fait-il qu'il y en ait tellement ici ?

— C'est un événement naturel et rare, qui ne se produit qu'une seule fois par siècle. » Les yeux de Dakari sont fermés comme s'il savourait un fruit défendu. « C'est pour cela que le jour du Lien est si spécial, petit oiseau chanteur. »

Je regarde autour de nous, stupéfaite. « Je pensais que le jour du Lien était symbolique, un jour consacré à la dévotion envers les... »

Dakari secoue la tête. « C'est bien davantage qu'une journée symbolique. Dans quelques heures, une quantité incommensurable de splendeur va s'élever à la surface de la terre. Cette puissance sera magnifique à observer, bien que je doute que la plupart des gens soient capables de la sentir comme *toi*. » Il me jette un regard significatif et intelligent. « Après tout, peu de darajas sont aussi talentueux que toi. »

Quelque chose d'agréable se tortille en moi en entendant ce compliment. Dakari est différent de la plupart des gens de

Lkossa. Il n'a pas peur de moi, ou de ce dont je suis capable. Mes capacités ne l'intimident pas.

« Ferme les yeux. » Ces mots résonnent moins comme un ordre que comme une invitation dans la bouche de Dakari. « Vas-y, essaie. »

Je suis ses instructions et je clos les paupières. Mes orteils nus s'agitent, et la splendeur répond comme si elle avait attendu que je fasse le premier pas. Mon corps fourmille tandis qu'elle coule à travers moi, me remplissant comme une infusion de rooibos versée dans de la porcelaine noire. Cette sensation est *divine*.

« Petit oiseau chanteur. » Dans l'obscurité nouvelle qui m'entoure, la voix de Dakari est à peine audible, mais j'entends l'émotion qui transparaît dedans, la *volonté*. « Ouvre les yeux. »

J'obéis, et j'en ai le souffle coupé.

Des particules concentrées de splendeur flottent autour de nous, étincelantes comme des diamants transformés en poussière. Je ressens un million de leurs minuscules pulsations dans l'air, et au moment où leur battement de cœur collectif se synchronise avec le mien, je ressens également un lien distinct avec elles. La terre rouge à mes pieds remue tandis que davantage s'élève du sol, ondulant le long de mes membres et s'infiltrant dans mes os mêmes. Un courant de leur énergie me parcourt tout le corps, en une sensation enivrante. Je ressens immédiatement le besoin d'en recevoir plus. À côté de moi, quelque chose fait frémir mon oreille. Dakari. Je n'avais pas remarqué qu'il s'était approché de moi. Lorsqu'il se penche en avant et que l'une de ses mains se pose dans le creux de mes reins, je parviens à peine à réprimer un frisson.

« Imagine ce que tu pourrais faire avec ça. » Ses doigts entrelacés avec les miens sont chauds, ses lèvres douces contre ma joue. Je me les représente, si proches des miennes, et j'oublie de respirer. « Imagine ce que tu pourrais *montrer* aux gens avec ce genre de puissance. Tu pourrais faire voir à tout le monde que la splendeur n'est pas dangereuse, simplement mal comprise. Tu pourrais leur prouver qu'ils ont tort à propos de tout, à propos de *toi.* »

« Tu pourrais leur prouver qu'ils ont tort. » Je déglutis, me remémorant des choses. Les souvenirs font brutalement irruption dans ma tête ; les frères du temple et leurs réprimandes, les enfants qui s'enfuient en me voyant, les commérages des aînés. Je pense à Mama et Baba dans leur lit à la maison, profondément endormis. Mes parents m'aiment, je le sais, mais même eux chuchotent lorsqu'ils pensent que je ne les entends pas. Tout le monde a peur de moi et de ce dont je suis capable, mais Dakari... il n'a pas peur. Il a toujours cru en moi. C'est la première personne à m'avoir vue comme j'étais. À ses yeux, je ne suis pas une fille qu'il faut sermonner mais une femme digne de respect. Il me comprend, il m'*accepte*, il m'aime.

Je *l'aime.*

La splendeur devant nous a adopté une forme plus nette à présent, modelant une colonne imposante de lumière blanche et dorée qui semble s'étendre dans un royaume au-delà du ciel. Elle émet un faible bourdonnement. Je pourrais la toucher en tendant le bras. Je m'y apprête, quand...

« Adiah ! »

Une voix différente, terrifiée, fracture la quiétude du moment, et j'arrache mon regard de la splendeur. La main de Dakari se resserre sur la mienne, mais je m'écarte et examine la clairière qui nous entoure jusqu'à apercevoir un garçon tout maigre à la tunique tachée de terre. Ses dreadlocks courtes sont ébouriffées et il se tient à plusieurs mètres, la cité dans son dos, les mains sur les genoux comme s'il avait couru. Je ne l'ai pas vu arriver, et je ne sais pas depuis combien de temps il se trouve là. Ses yeux sont écarquillés d'horreur. Il me connaît, et je le connais.

Tao.

« Adiah. » Mon meilleur ami ne m'appelle pas petit oiseau chanteur ; il utilise mon vrai nom. Sa voix est rauque, désespérée. « Ne la touche pas, s'il te plaît. C'est… c'est dangereux. »

Tao m'aime également, et d'une certaine manière je l'aime aussi. Il est intelligent, drôle et gentil. Il a toujours été comme un frère pour moi. Je souffre de lui faire du mal. Je souffre du fait que nous ne nous adressions plus la parole.

« Je… » Ma gorge se serre, et les mots de Tao résonnent dans l'espace qui nous sépare. *Dangereux*. Il ne veut pas que je touche la splendeur car il pense qu'elle est dangereuse. Il pense que *je* suis dangereuse, comme tous les autres. Mais il ne comprend pas, il ne saisit pas. Dakari ne dit rien, mais *sa* voix emplit ma tête à présent.

Tu pourrais leur prouver qu'ils ont tort.

Je réalise que j'en suis capable, et que je *vais* le faire.

« Je suis désolée. » Les mots franchissent mes lèvres, mais ils sont engloutis par le rugissement soudain de la splendeur. La colonne est devenue plus volumineuse et plus bruyante ; elle noie la réponse de Tao. Je vois sa lumière illuminer son visage, les larmes sur ses joues, et j'essaie de réprimer le même pincement dans ma poitrine. Mon ami sait que j'ai fait mon choix. Peut-être que cela n'importe pas pour le moment, mais j'espère qu'un jour il me pardonnera.

Je ferme de nouveau les yeux tandis que mes doigts se tendent pour caresser les fragments de splendeur les plus proches. Cette fois, à mon contact, ils déferlent dans mes veines en une bouffée enivrante et ardente. Mes yeux s'ouvrent en grand tandis qu'ils me consument, en un miracle si captivant que je prends à peine conscience de la douleur avant qu'il ne soit trop tard.

PARTIE UN

Le lion en chasse pour tuer ne rugit pas

CHAPITRE UN

De bonne humeur

La hutte empestait la mort.

C'était une odeur à en donner la nausée, fétide et douceâtre à la fois, épaisse dans le crépuscule tandis qu'elle emplissait les poumons de Koffi. Un quart d'heure s'était écoulé depuis la dernière fois qu'elle avait bougé ; ses jambes étaient raides, sa bouche sèche. Son estomac se tordait régulièrement et menaçait de se révolter. Mais cela n'importait pas ; elle restait aussi immobile qu'une pierre. Ses yeux étaient fixés sur ce qui était étendu à quelques pas d'elle seulement sur le sol de terre usé : la victime.

Le nom du garçon était Sahel. Koffi n'avait pas travaillé avec lui pendant longtemps au Zoo nocturne, mais elle reconnaissait son visage nu, d'un brun acajou comme le sien, encadré de boucles noires serrées. De son vivant, il avait un sourire en coin et un rire irritant comme un braiment qui n'était pas si différent de celui d'un âne. Ces choses l'avaient abandonné dans la mort. Elle observa sa silhouette dégingandée. Conformément à la coutume gede, une grande partie de son corps était recouverte d'un voile, mais du sang séché tachait encore le tissu blanc par endroits, traces des blessures horribles en dessous. Elle ne pouvait pas les voir, mais elle savait qu'elles se trouvaient là ; les griffures, les *marques de morsure*. Dans les coins les plus sombres de son esprit, une image glaçante prit forme. Elle imagina Sahel progresser avec difficulté dans la jungle, maladroit, inconscient de ce qui l'attendait au milieu des lianes. Elle vit en imagination une créature grotesque s'avancer dans le clair de lune, sa langue pointant entre ses dents effilées tandis qu'elle observait une proie facile.

Elle entendit le hurlement.

Un violent frisson lui agita le corps, malgré la chaleur étouffante. Si les rumeurs qu'elle avait entendues plus tôt étaient vraies, la mort de Sahel n'avait été ni rapide ni indolore.

« Kof. »

À l'autre bout de la hutte étouffante, Mama se tenait agenouillée à côté du corps de Sahel, fixant la couverture en piteux état posée devant. Six figurines en bois grossièrement sculptées représentant des animaux étaient posées dessus : un héron, un crocodile, un chacal, un serpent, une colombe et un hippopotame – un familier pour chaque dieu. La lampe à huile à sa droite baignait un côté de son visage d'une lumière vacillante ; l'autre partie était plongée dans l'ombre. « Le moment est venu. »

Koffi hésita. Elle avait accepté de venir ici et d'effectuer les rites d'adieu pour Sahel, comme l'exigeait la coutume gede, mais l'idée de s'approcher davantage du corps la rendait nerveuse. Devant le regard perçant que lui jeta Mama, cependant, elle s'avança pour s'agenouiller à ses côtés. Ensemble, elles caressèrent de leurs doigts chacune des figurines avant de joindre les mains.

« Emmenez-le, chuchota Mama dans sa prière. Emmenez-le jusqu'à ses ancêtres dans le pays des dieux. »

Leurs têtes étaient toujours inclinées lorsque Koffi posa une question en murmurant : « Est-ce que c'est vrai ? »

Mama ouvrit un œil méfiant. « Koffi...

— Certains ont dit des choses, continua Koffi avant que sa mère puisse l'en empêcher. Ils disent que d'autres ont été tués, que...

— *Chut.* » Mama redressa brusquement la tête et la fit taire d'une main comme si elle chassait une mouche tsé-tsé. « Fais attention à ce que tu dis lorsque tu parles des morts, pour ne pas attirer le malheur sur eux. »

Les lèvres de Koffi se plissèrent. On disait que, pour passer dans la vie suivante, l'un des familiers des dieux, représentés par les figurines disposées devant eux, amenait chaque âme au dieu de la mort, Fedu. Chaque âme devait ensuite payer Fedu avant d'être emmenée au paradis dans le pays des dieux. Une âme qui n'avait pas d'argent pour payer son passage était condamnée à parcourir la terre comme esprit égaré pour l'éternité. Comme Koffi, Sahel avait été un gardien de bêtes sous contrat avec le Zoo nocturne, ce qui signifiait qu'il avait eu peu d'argent de son vivant et qu'il en possédait probablement encore moins dans la mort. Si leur foi disait vrai, cela signifiait que ses malheurs ne faisaient que commencer, qu'elle prenne garde à ce qu'elle disait ou non. Elle avait commencé à répondre cela lorsque la porte de chaume de la hutte s'ouvrit. Une femme robuste aux nattes poivre et sel passa la tête à l'intérieur. Sa tunique simple était identique à la leur, grise et s'arrêtant juste sous le genou. En les apercevant, elle plissa le nez.

« C'est l'heure d'y aller. »

Mama désigna les figurines d'un geste. « Nous n'avons pas terminé...

— Vous avez eu amplement le temps pour ces sornettes. » La femme agita la main d'un air dédaigneux. Elle parlait en zamani, la langue de l'Est, comme elles, mais son dialecte yaba donnait à ses mots une tonalité tranchante et sèche. « Ce garçon est mort, prier devant des jouets n'y changera rien, et il y a encore du travail à finir avant le spectacle que Baaz veut voir commencer à l'heure. »

Mama acquiesça d'un air résigné. Ensemble, Koffi et elle se levèrent, mais une fois la femme repartie, elles jetèrent toutes deux un regard en arrière vers Sahel. On aurait pu croire qu'il dormait, sans le linceul ensanglanté.

« Nous reviendrons et finirons nos prières plus tard, avant qu'ils ne l'enterrent, déclara Mama. Il mérite au moins cela. »

Koffi tira sur le col effiloché de sa tunique, essayant de réprimer une culpabilité passagère. Tous les autres au Zoo nocturne avaient déjà adressé leurs prières à Sahel, mais elle avait supplié Mama d'attendre. Elle avait prétexté des corvées, puis des maux de tête, mais la vérité était qu'elle ne voulait pas voir Sahel ainsi, brisé, vide et dépouillé de toutes les choses qui l'avaient rendu réel. Elle avait érigé des murs à elle pour se protéger du rappel quasiment constant de la présence de la mort ici, mais celle-ci s'était insinuée malgré tout, faisant intrusion en elle. À présent, l'idée de laisser Sahel étendu sur la terre, aussi seul qu'il l'avait été durant les dernières secondes atroces de sa vie, la perturbait. Elle repensa à ce qu'elle avait entendu les autres gardiens chuchoter plus tôt dans la journée. Les gens disaient à présent que Sahel avait attendu jusque tard la nuit dernière pour essayer de s'enfuir. Ils affirmaient qu'il était parti dans la Grande Jungle dans l'espoir de trouver la liberté et au lieu de cela avait rencontré une créature qui tuait pour le plaisir. Elle tressaillit. La réputation meurtrière du Shetani était suffisamment terrifiante, mais c'était le fait que le monstre avait échappé à toute tentative de capture pendant tellement d'années qui l'angoissait. Se méprenant sur son expression, Mama prit la main de Koffi et la serra.

« Je te promets que nous reviendrons, murmura-t-elle. À présent, allons-y. » Sans un mot de plus, elle se baissa et sortit de la hutte. Koffi jeta un dernier regard sur le corps de Sahel avant de la suivre.

Dehors, le soleil était en train de se coucher, se découpant sur un ciel contusionné curieusement fracturé par d'étranges fissures noires au milieu des nuages. Ces fissures adopteraient des teintes plus légères jusqu'à devenir d'un violet clair tandis que la saison des moussons approchait, mais elles ne disparaîtraient jamais vraiment. Elles s'étaient trouvées là toute la vie de Koffi, une marque indélébile laissée par la Rupture.

Elle n'était pas de ce monde lorsque cela s'était produit un siècle plus tôt, mais les aînés qui avaient abusé du vin de palme en parlaient encore de temps en temps. Ivres, d'une voix traînante, ils se rappelaient les violentes secousses qui avaient fendu la terre comme un pot d'argile, les morts qui avaient jonché les rues de Lkossa ensuite. Ils décrivaient une chaleur torride et implacable qui avait rendu les hommes fous. Koffi, ainsi que tous les autres enfants de sa génération, avait souffert des conséquences de cette folie. Après la Rupture, son peuple – les Gedes –, aisément divisé et manipulé, avait vu sa population diminuer à cause de la guerre et de la pauvreté. Elle parcourut des yeux les craquelures du ciel qui sinuaient au-dessus d'elle comme de minces fils noirs. Pendant une seconde, elle eut l'impression de sentir quelque chose tandis qu'elle les observait…

« Koffi ! appela Mama par-dessus son épaule. Viens, maintenant ! »

La sensation disparut tout aussi rapidement et Koffi se remit en marche.

En silence, Mama et elle passèrent rapidement devant les huttes en briques de boue entassées le long du bord du Zoo nocturne ; les autres gardiens se préparaient eux aussi. Elles passèrent devant des hommes et des femmes vêtus de tuniques élimées, dont certains exhibaient des bandages, conséquences de blessures infligées par des bêtes, d'autres des marques plus permanentes, comme de vieilles cicatrices et des doigts manquants. Chacun exprimait une résignation silencieuse dans ses épaules voûtées et ses yeux baissés, que Koffi détestait mais comprenait. La plupart des travailleurs du Zoo nocturne étaient issus du peuple gedezi comme elle, ce qui signifiait que le spectacle aurait lieu ce soir, mais l'absence de Sahel se ferait ressentir. Il n'avait pas eu de vraie famille ici, mais il avait été l'un des leurs, lié à cet endroit par la malchance et de mauvais choix. Il méritait davantage que des prières rapides dans une hutte délabrée ; il méritait un enterrement digne de ce nom avec des pièces posées sur ses paumes afin de s'assurer qu'il parvienne jusqu'à la terre des dieux. Mais personne ici ne pouvait se permettre de se séparer de la moindre pièce. Baaz s'en assurait.

Un chœur de cris perçants, de rugissements et de grognements emplit l'air nocturne tandis qu'elles arrivaient au poste en bois tordu qui marquait la fin des huttes des gardiens, et où la terre rouge cédait la place à une étendue de pelouse verte peuplée de cages de toutes les tailles, formes et couleurs. Koffi jeta un œil à celle qui était la plus proche d'elle, et un serpent nyuvwira à huit têtes lui rendit son regard d'un air curieux. Elle suivit les pas de Mama autour des cages d'éléphants pygmées blancs, de chimpanzés, d'une paire de girafes qui broutaient tranquillement dans leur enclos. Elles passèrent devant une volière en forme de dôme pleine d'impundulus[1], faisant à peine attention à couvrir leur tête tandis que les oiseaux agitaient leurs ailes massives et envoyaient des étincelles de foudre dans le ciel. On disait que le Zoo nocturne de Baaz Mtombé abritait

1. Oiseaux de foudre du folklore des tribus d'Afrique du Sud.

plus d'une centaine d'espèces exotiques ; durant les onze années de service sous contrat qu'elle y avait effectué, Koffi n'avait jamais pris la peine de compter.

Elles avancèrent rapidement entre les autres enclos, mais lorsqu'elles atteignirent la bordure de l'enceinte, elle ralentit ses pas. La cage en acier noir qui s'y trouvait était séparée des autres, et pour une bonne raison. Dans la lumière mourante, sa silhouette austère seule était visible ; ce qu'elle contenait était voilé dans l'ombre.

« Tout va bien. » Mama lui fit signe de s'approcher tandis que Koffi ralentissait instinctivement. « Je suis venue voir Diko plus tôt dans la journée et il allait bien. » Elle s'approcha de la cage tandis que quelque chose remuait dans l'un des coins. Koffi se tendit.

« Mama...

— Allez viens, Diko. » Mama continua de parler à voix basse tandis qu'elle sortait une clé mouchetée de rouille de sa poche pour l'insérer dans le cadenas massif. En réponse, on entendit un sifflement menaçant, tranchant comme une lame. Les orteils de Koffi se recroquevillèrent dans l'herbe, et de l'ombre de la cage émergea une créature magnifique.

Son corps était reptilien et musclé, entièrement recouvert d'écailles irisées qui semblaient retenir prisonnières un millier de teintes chaque fois qu'il se déplaçait. Des yeux couleur citrine intelligents allaient et venaient tandis que Mama faisait jouer la clé dans la serrure, et lorsque la bête fit jaillir sa langue noire fourchue entre les barreaux, une odeur semblable à celle de la fumée imprégna l'air sec. Koffi déglutit.

La première fois qu'elle avait vu un jokomoto, petite fille, elle avait pensé qu'il s'agissait de créatures en verre, fragiles et délicates. Elle s'était trompée. Il n'y avait rien de délicat chez un lézard cracheur de feu.

« Sors la feuille de hashira, ordonna Mama. Vite. »

Immédiatement, Koffi sortit trois feuilles séchées veinées d'argent d'une pochette à cordons qu'elle portait à la hanche. Celles-ci étaient superbes, avec leur résine blanche étincelante qui lui collait le bout des doigts lorsqu'elle les pinçait. Son cœur se mit à battre la chamade tandis que la porte de la cage du jokomoto s'ouvrait et que sa tête pivotait. Mama se couvrit le nez d'une main, puis leva l'autre en guise d'avertissement.

« Ne bouge pas... »

Koffi se figea tandis que le jokomoto jaillissait de sa cage et s'avançait vers elle d'une démarche chaloupée sur ses pattes aux longues griffes. Elle attendit jusqu'à ce qu'il soit à quelques mètres d'elle avant de jeter les feuilles en l'air. Les yeux de Diko se fixèrent dessus et il bondit avec une vitesse impossible. Ses dents pointues étincelèrent, un craquement impitoyable résonna, et elles disparurent. Koffi se dépêcha d'enfoncer de nouveau les mains dans ses poches. Les jokomotos n'étaient pas natifs de cette partie d'Eshoza ; c'étaient des créatures de la région ouest du continent, dont on disait qu'elles étaient des enfants de Tyembu, le dieu du désert. D'environ la même taille qu'un varan, Diko n'était pas le plus grand, le plus rapide ou le plus fort des animaux du Zoo nocturne, mais *c'était* le plus caractériel ; ce qui en faisait également le plus dangereux. Un geste de travers et il pouvait mettre le feu à la totalité de l'endroit ; il n'était que trop facile de se rappeler les vilaines brûlures qu'arboraient les gardiens qui l'avaient oublié. Les battements de son cœur ne se calmèrent qu'après que la feuille de hashira eut fait effet et que la lueur jaune vif des yeux de Diko s'était légèrement assombrie.

« Je prends le relais. » Koffi s'avançait déjà derrière Diko avec un harnais de cuir et une laisse récupérés dans un poste à proximité. Elle se pencha et, dès qu'elle eut bouclé et resserré ses sangles usées sous son ventre écaillé, elle se détendit enfin. Il était idiot de se sentir soulagée par ces liens fragiles – ils ne seraient d'aucune utilité si l'humeur de Diko s'assombrissait – mais ce dernier était calmé, du moins pour le moment.

« Assure-toi que ses sangles soient bien attachées. »

Koffi releva la tête. « C'est fait. »

Satisfaite, Mama se pencha pour tapoter de manière démonstrative le museau de Diko. « Bon garçon. »

Koffi leva les yeux au ciel en se relevant. « Je ne comprends pas pourquoi tu lui parles comme ça.

— Pourquoi pas ? » Mama haussa les épaules. « Les jokomotos sont des bêtes spectaculaires.

— Ils sont dangereux.

— Parfois, les choses qui semblent dangereuses sont simplement incomprises. » Mama prononça ces mots avec une tristesse étrange avant de tapoter de nouveau Diko. Cette fois, comme pour donner son accord, celui-ci appuya doucement contre sa paume. Cela sembla remonter le moral de Mama. « Et puis, il suffit de le regarder. Il est de bonne humeur, ce soir. »

Koffi s'apprêta à répliquer avant de se raviser. Sa mère avait toujours fait montre d'une empathie étrange envers les habitants du Zoo nocturne. Elle changea de sujet.

« Tu sais, c'étaient les dernières des feuilles de hashira. » Elle tapota sa pochette vide pour le souligner. « Nous n'en avons plus jusqu'à la prochaine livraison. » Même à présent, de fines volutes de la fragrance entêtante se répandaient toujours dans l'air. Par inadvertance, elle en inspira une bouffée, et un ronronnement plaisant chatouilla le seuil de ses perceptions.

« Koffi ! » La voix de Mama se fit tranchante, transperçant cette félicité momentanée. Elle tenait toujours la laisse de Diko, mais ses sourcils étaient froncés. « Tu es plus maligne que ça. Ne la respire pas. »

Koffi se secoua, troublée, puis éventa l'air autour d'elle jusqu'à ce que l'odeur disparaisse. Ramassée dans les buissons le long de la lisière de la Grande Jungle, la feuille de hashira était une plante sédative assez puissante pour rendre inconscient un éléphant mâle adulte une fois consommée ; il était peu avisé de respirer son parfum de près, même en petites quantités.

« Nous devrions nous mettre en route. » Le regard de Mama s'était fixé sur une tente illuminée installée à l'autre bout de l'enceinte du Zoo nocturne ; les autres gardiens se déplaçaient déjà dans sa direction, des animaux derrière eux. D'ici, elle n'était pas plus grande que la flamme rouge et or d'une bougie, mais Koffi la reconnut : l'*héma*[2] où le spectacle de ce soir devait se tenir. Mama regarda de nouveau vers elle. « Prête ? »

Koffi grimaça. Elle n'était jamais prête pour les spectacles du Zoo nocturne, mais cela importait peu. Elle venait de s'avancer pour se tenir de l'autre côté de Diko, lorsqu'elle remarqua quelque chose.

« Qu'est-ce qu'il y a ? demanda Mama en voyant les sourcils froncés de Koffi.

— À toi de *me* le dire. » Koffi plissait les yeux à présent. Il y avait quelque chose d'étrange dans l'expression de sa mère, mais elle n'arrivait pas vraiment à dire de quoi il s'agissait. Elle l'examina plus attentivement. Toutes deux se ressemblaient – des tresses noires qui leur arrivaient aux épaules, un nez large et une bouche pleine encadrée par un visage en forme de cœur – mais il y avait quelque chose d'autre chez Mama ce soir. « Tu as l'air... différente.

— Oh. » Mama avait l'air inhabituellement troublée, à n'en pas douter. Puis Koffi sut ce dont il s'agissait, cette émotion inconnue dans les yeux de sa mère. Elle fut embarrassée de réaliser que la chose qu'elle n'avait pas su reconnaître était de la joie.

« Est-ce qu'il... s'est passé quelque chose ? »

---

2. « Tente » en swahili.

Mama oscillait d'un pied sur l'autre. « Eh bien, je pensais attendre jusqu'à demain pour te le dire. Après ce qui s'est produit avec Sahel tout à l'heure, cela ne me semblait pas le bon moment pour en parler, mais...

— *Mais ?*

— Baaz m'a prise à part il y a quelques heures, déclara-t-elle. Il a calculé le solde de notre dette, et... nous l'avons presque remboursée.

— Quoi ? » Quelque chose comme de la stupéfaction et de la joie fit irruption chez Koffi. Diko grogna devant ce jaillissement soudain, envoyant des vrilles de fumée dans l'air, mais elle l'ignora. « Comment est-ce possible ?

— Ces heures supplémentaires que nous avons faites se sont accumulées. » Mama lui adressa un petit sourire. Elle se tenait plus droite, comme une plante pleinement épanouie. « Il ne nous reste que deux paiements à effectuer, et nous pourrons probablement nous en acquitter dans les jours qui viennent. »

Koffi se sentait incrédule. « Et après cela, ce sera fini ?

— *Fini*, acquiesça Mama. La dette aura été payée, avec les intérêts et tout le reste. »

Koffi sentit une tension retenue depuis longtemps en elle se dissiper tandis qu'elle soufflait. Comme pour la plupart des choses qui concernaient le Zoo nocturne, les conditions auxquelles se pliaient les employés sous contrat ne bénéficiaient qu'à une seule personne. C'était ce que lui avaient appris onze années de service avec Mama. Mais elles avaient gagné, elles avaient battu Baaz à son propre jeu maudit. Elles allaient *partir*. Il était très rare que des gardiens réussissent à rembourser leurs dettes – la dernière fois avait eu lieu au moins un an auparavant – mais c'était à présent leur tour.

« Où irons-nous ? » demanda Koffi. Elle pouvait à peine croire qu'elle était vraiment en train de poser cette question. Elles n'étaient jamais allées nulle part ; Koffi se rappelait à peine avoir vécu en dehors du Zoo nocturne.

Mama franchit l'espace qui les séparait et prit la main de Koffi entre les siennes. « Nous pouvons aller *où nous voulons.* » Elle parlait avec une ferveur que Koffi ne lui avait jamais connue auparavant. « Toi et moi, nous partirons de cet endroit et commencerons une nouvelle vie ailleurs, et nous ne regarderons jamais, *jamais* en arrière. Nous ne reviendrons jamais. »

Nous ne reviendrons jamais. Koffi réfléchit à ces mots. Toute sa vie elle les avait attendus, elle en avait rêvé. Les entendre à présent, cependant, lui procurait une sensation étrangement différente.

« Quoi ? » Mama remarqua immédiatement le changement de son expression. « Qu'est-ce qu'il y a ?

— C'est juste que… » Koffi ne savait pas si c'étaient les mots justes, mais elle essaya. « Nous ne reverrons plus jamais les gens d'ici. »

L'expression de Mama s'adoucit, pleine de compréhension. « Ils vont te manquer. »

Koffi acquiesça, silencieusement en colère contre elle-même. Elle n'adorait pas spécialement son travail au Zoo nocturne, mais c'était le seul foyer qu'elle ait jamais connu, la seule *vie* qu'elle ait jamais connue. Elle pensa aux autres gardiens, qui n'étaient pas vraiment une famille, mais dont elle se souciait vraiment.

« Ils vont me manquer à moi aussi, déclara gentiment Mama, qui lisait dans ses pensées. Mais ils ne voudraient pas que nous restions ici, Koffi, pas si nous n'y sommes pas obligées.

— Je regrette seulement de ne pas pouvoir les aider, murmura Koffi. Je regrette que nous ne puissions pas les aider tous. »

Mama lui adressa un petit sourire. « Tu es une fille pleine de compassion. Tu écoutes ton cœur, comme ton père. »

Koffi se balança d'une jambe sur l'autre, gênée. Elle n'aimait pas qu'on la compare à Baba. Baba n'était plus là.

« Parfois, cependant, on ne peut pas agir selon son cœur, déclara Mama avec gentillesse. Il faut réfléchir avec sa *tête.* »

Le barrissement cuivré d'une corne fendit l'air sans avertissement, ses appels s'élevant du lointain temple de Lkossa et se réverbérant dans les pelouses du Zoo nocturne en notes sonores et prolongées. Elles se raidirent toutes deux tandis que les bruits des bêtes nouvellement agitées emplissaient le terrain autour d'elles, et Diko dévoila ses dents avec impatience. La corne de la ville avait enfin annoncé la tombée de la nuit. Le moment était venu. À nouveau, les yeux de Mama passèrent de l'*héma* à Koffi.

« C'est presque terminé, petite graine de ponya », dit-elle doucement, une trace d'espoir dans la voix. Cela faisait des années qu'elle ne l'avait pas appelée ainsi. « Je sais à quel point cela a été difficile, mais c'est presque terminé, je te le promets. Tout ira bien pour nous. »

Koffi ne répondit pas tandis que Mama tirait sur la laisse de Diko pour le guider vers la tente imposante. Elle la suivit mais resta un pas en arrière. Elle balaya les environs du regard, gravant dans son esprit les derniers vestiges du ciel couleur de sang. Les mots de Mama résonnèrent dans sa tête.

Tout ira bien pour nous.

Tout irait bien, elle le savait à présent, mais ses pensées restaient fixées sur quelque chose d'autre, *quelqu'un* d'autre. Sahel. Il n'allait pas bien ; il n'irait jamais bien de nouveau. Elle ne pouvait s'empêcher de penser à lui comme il était auparavant, un garçon au sourire tordu. Elle ne pouvait s'empêcher de penser au monstre qui l'avait tué et de se demander qui ce dernier prendrait ensuite.

CHAPITRE DEUX

À la racine

Dans les années qui avaient précédé sa disparition, ils avaient traité Satao Nkrumah de fou.

Par la suite, ses collègues suggéreraient que les signes annonciateurs de son déclin s'étaient manifestés juste sous la surface, ravageant silencieusement l'esprit de l'érudit comme la mousse sur un arbre en train de pourrir. Les symptômes étaient devenus de plus en plus visibles avec le temps : des crises, des changements d'humeur imprévisibles, une amnésie qui s'aggravait. Mais lorsque le vieux Maître Nkrumah, à l'âge de 87 ans, avait commencé à faire référence à la Grande Jungle en utilisant le pronom « elle », *ceci* avait été la goutte de trop. On avait dépêché des personnes pour prendre soin de lui, décidé des interventions. Une assemblée de gens bien intentionnés avait marché jusqu'à la porte de la maison du vieil homme lors d'un après-midi pluvieux pour l'escorter – par la raison ou par la force – jusqu'à un établissement où on s'occuperait de lui comme il se devait. Une surprise troublante les attendait.

Satao Nkrumah avait disparu.

Il avait quitté sa modeste demeure sans rien d'autre que les vêtements qu'il portait ce jour-là. Il n'avait même pas emporté son journal, qui serait plus tard estimé pour ses récits uniques de l'histoire naturelle de la région zamanie. Plusieurs groupes de recherche avaient échoué, et au bout de plusieurs jours, les tentatives de sauvetage avaient été suspendues.

Des décennies plus tard, les savants de Lkossa évoquaient encore le vieux Nkrumah de temps en temps, songeant à son triste déclin et à sa disparition. Certains pensaient que des Yumbos aux cheveux argentés issus des profondeurs de la Grande Jungle avaient emporté le vieil homme et dansaient toujours avec lui pieds nus les nuits de clair de lune. D'autres avaient un avis plus sinistre sur la question, certains qu'une créature malveillante l'avait sorti de son lit. Évidemment, ce n'était rien d'autre que des histoires, une suite de mythes et de contes populaires. Ekon Okojo, qui n'était *pas* un savant, ne croyait pas en ces contes et ces mythes – ils ne reposaient sur aucun fait tangible – mais il y *avait* une chose à laquelle il croyait fermement.

La Grande Jungle était un endroit maléfique, et on ne pouvait pas lui faire confiance.

Des gouttes de sueur coulaient le long de sa nuque tandis qu'il marchait, concentré sur les craquements réguliers sous ses sandales au lieu des arbres aux troncs noirs étranges immédiatement à sa droite. *Cinq cent soixante-treize pas exactement, un nombre de bon augure.* Il tapotait de ses doigts contre sa cuisse à un rythme régulier tandis qu'il faisait le compte.

Un-deux-trois. Un-deux-trois. Un-deux-trois.

Ses bras nus étaient pris de chair de poule malgré la chaleur, mais il faisait de son mieux pour les ignorer également, et continuait de compter.

Un-deux-trois. Un-deux-trois. Un-deux-trois.

Il avait prié les Six pour ne pas se faire assigner à une équipe de patrouille ce soir, mais il semblait que les dieux ne l'avaient pas entendu ou ne s'en étaient pas souciés. C'était presque le crépuscule à présent, le moment où le soleil couleur orange sanguine de Lkossa descendait derrière les arbres et embrasait leurs silhouettes, le moment où il aimait le moins se trouver à proximité de la jungle. Il déglutit bruyamment et resserra sa prise sur le *hanjari*[3] à poignée de cuir passé à sa ceinture.

« Nous avons trouvé le dernier corps tout à l'heure. »

Kamau marchait juste à côté de lui, son regard de faucon fixé droit devant. Il semblait indifférent à la jungle à proximité, mais son visage était fatigué. « C'était une vieille femme, qui avait tendance à se promener tard la nuit. »

Ekon inspira fortement. « Dans quel état ?

— Mauvais. » Kamau secoua la tête. « Nous avons dû enrouler les restes dans une couverture pour pouvoir l'emmener au temple en vue de sa crémation. Ce… ce n'était pas beau à voir. »

Les restes. Ekon arracha son regard des arbres, luttant contre un accès de nausée soudain. Le visage de Kamau restait impassible, quant à lui. La plupart des gens disaient qu'Ekon et Kamau, âgés de 17 et 19 ans respectivement, ressemblaient davantage à des jumeaux qu'à un frère cadet et un frère aîné ; tous deux avaient une peau de la couleur de la terre trempée de pluie, des yeux brun ambre, et des cheveux noirs torsadés à la coupe effilée à la mode des Yabas. Mais leurs similarités s'arrêtaient à leurs traits ; Kamau était plus musclé, tandis qu'Ekon était plus mince. Kamau avait pour arme favorite la lance ; Ekon préférait lire sur son temps libre. Et une différence supplémentaire était évidente entre eux ce soir.

Le caftan d'Ekon était propre. Celui de son frère était ensanglanté.

---

3. « Dague » en swahili.

« Je ne t'ai pas vu au dîner hier », lança Ekon pour changer de sujet.

Kamau ne répondit pas. Il fixait des arbustes aux feuilles veinées d'argent regroupés près des racines d'un arbre à proximité. En voyant son regard s'attarder, Ekon s'éclaircit la gorge.

« Kam ?

— Qu'est-ce qu'il y a ?

— Je... je t'ai demandé où tu étais la nuit dernière. »

Kamau fronça les sourcils. « Le Père Olufemi avait du travail à me confier, quelque chose de confidentiel. » Il jeta un regard aux doigts d'Ekon, qui tambourinaient toujours contre sa cuisse. « Tu fais encore ce truc bizarre.

— Désolé. » Ekon ferma le poing pour forcer ses doigts à s'immobiliser. Il ne pouvait pas vraiment se rappeler quand il avait commencé à faire cela, à compter ; il se rappelait simplement qu'il ne pouvait s'en empêcher. Il n'aurait su l'expliquer, mais il trouvait quelque chose d'apaisant dans cette habitude, un réconfort dans cette figure ternaire.

Un-deux-trois.

Trois. *Trois* était un nombre de bon augure, comme tout nombre divisible par trois.

Il laissa son esprit s'emplir du nouveau décompte, comblant le silence qui s'ensuivit. Il était plus simple de penser à des nombres qu'au fait que Kamau n'avait pas vraiment répondu à sa question. À une époque, son frère et lui partageaient tout, mais cela se produisait de moins en moins récemment. Lorsqu'il devint clair que son frère n'allait rien lui dire de plus, il essaya de nouveau. « Alors... il n'y a toujours pas de nouvelles pistes ? Pas de témoins ?

— Est-ce qu'il y en a déjà eu ? » Kamau donna un coup de pied dans un caillou d'un air frustré. « C'est toujours la même chose. Pas de traces, pas de témoins, seulement des corps. »

Ekon fut parcouru d'un frisson, et un silence solennel tomba entre eux comme de la poussière tandis qu'ils poursuivaient leur chemin. Cela faisait presque une journée entière depuis que les dernières victimes du Shetani avaient été récupérées le long de la bordure de la jungle. Cela aurait dû être moins choquant à présent ; la menace de la bête pesait sur Lkossa depuis plus longtemps qu'Ekon était en vie ; mais en vérité, il était impossible de s'habituer au carnage qu'elle laissait dans son sillage. D'une certaine façon, les mares de sang par terre réussissaient toujours à être horrifiantes, les corps mutilés donnaient toujours la nausée. L'estomac d'Ekon se retourna à la pensée du rapport des décès qu'il avait lu il y a quelques heures de cela. Huit victimes. Cette fois, la plus jeune était un petit garçon, un serviteur sous contrat de guère plus de 12 ans, qu'on avait découvert seul. C'était le genre de personne que la bête semblait choisir à chaque fois ; ceux qui étaient sans défense, vulnérables.

Ils prirent un tournant sur le chemin d'où le soleil ne s'était pas encore retiré. Ekon se tendit immédiatement. À sa droite, les arbres de la jungle se dressaient toujours telles des sentinelles ; à sa gauche, une étendue nue de terre brun-roux qui s'étirait sur plusieurs mètres entre la bordure de la ville et celle de la jungle, et où personne ne s'aventurait. C'était un endroit familier. Quand ils étaient petits, Kamau et lui venaient y jouer lorsqu'ils se sentaient courageux ou téméraires. Ils utilisaient des bâtons en guise de lances et faisaient comme si tous deux pouvaient défendre à eux seuls leur ville contre les créatures de la Grande Jungle, les bêtes monstrueuses légendaires. Mais ces aventures appartenaient au passé ; les temps avaient changé. À présent, lorsque Ekon regardait les enchevêtrements d'arbres, de racines et de lianes de la jungle, il ne se rappelait aucune légende.

Il se rappelait une voix.

Ekon.

Ekon sursauta. Chaque fois que la voix de son père résonnait dans sa tête, elle était traînante comme celle d'un homme qui a bu trop de vin de palme.

S'il te plaît. Ekon, s'il te plaît.

Elle n'était pas réelle, Ekon le savait, mais les battements de son cœur s'accélérèrent pourtant. Il recommença à tambouriner des doigts, plus rapidement, en essayant de compter pour se recentrer et lutter contre ce qui l'attendait.

Un-deux-trois. Un-deux-trois. N'y pense pas. Un-deux-trois. Un-deux-trois.

Cela ne fonctionna pas. Son champ de vision commença à se brouiller en périphérie, de plus en plus brumeux tandis qu'un vieux cauchemar lui revenait. Il se sentit glisser, luttant pour séparer la réalité du souvenir, le présent immédiat du passé lointain. Dans son imagination, il ne se trouvait plus à la lisière de la jungle, mais *dans* la jungle à présent, où il entendait tout, *voyait* tout, des choses qu'il ne souhaitait pas voir ni écouter.

Ekon, s'il te plaît.

Et puis il vit le corps, trempé de sang sombre. Il entendit le bruissement menaçant dans les feuilles juste avant qu'une odeur putride ne rende l'air aigre : l'odeur d'une chose morte depuis longtemps. Il vit une silhouette sombre sinuer entre les arbres, un monstre.

Tout ramenait au monstre.

Ses poumons se figèrent de protestation, et soudain Ekon ne sut plus du tout comment respirer. Les arbres semblaient vouloir l'attraper à présent, des branches noires noueuses étendues comme des griffes, affamées…

« Ekon ? »

Aussi soudainement qu'elle était apparue, la brume opaque dans l'esprit d'Ekon se retira, le ramenant au présent. Il était de retour à la lisière de la jungle, la voix de son père avait disparu, et Kamau s'était immobilisé. La peau entre les sourcils de son frère était plissée d'inquiétude.

« Tu vas bien ?

— Euh… oui. » Ekon se secoua, repoussant d'un geste les vestiges du cauchemar, comme il aurait écarté une toile d'araignée. « J'étais juste… en train de penser à ce soir.

— Ah. » La confusion momentanée disparut du visage de Kamau, remplacée par un air entendu. « Tu as peur.

— Non.

— C'est tout à fait compréhensible », déclara Kamau d'un air suffisant. Il s'étira avec ostentation, et Ekon ressentit une pointe de jalousie devant les proportions supérieures de ses biceps. « Certains considèrent les rites de passage du temple comme les plus difficiles de tout Eshoza. Évidemment, *je* ne les ai pas trouvés très compliqués… »

Ekon leva les yeux au ciel. Deux ans auparavant, son frère était devenu éligible pour rejoindre les Fils des Six, les guerriers d'élite de la ville. Ses rites s'étaient si bien passés que, immédiatement après son initiation, il avait été promu kapteni, capitaine, malgré son jeune âge. À présent, c'était un guerrier respecté, un homme. Aux yeux de leur peuple, Ekon n'était encore qu'un garçon qui devait faire ses preuves.

« *Hé.* » Comme s'il était capable de lire dans les pensées d'Ekon, l'expression de Kamau se fit triste. « Ne t'inquiète pas, tu vas réussir.

— N'es-tu pas obligé de dire ça ? »

Ce fut Kamau qui leva les yeux au ciel, cette fois. « Non. Et je ne m'embêterais certainement pas à le faire si je ne le pensais pas vraiment. » Il frappa Ekon au bras. « Contente-toi de te détendre un peu, d'accord ? Calme-toi. Tu ne t'es pas attiré de problèmes, tu connais les textes sacrés mieux que quiconque, et… ta maîtrise de la lance est *presque* aussi bonne que la mienne. De plus, tu es un Okojo, alors tu as ça dans le sang. »

Ekon eut l'impression d'avoir avalé une noix de cola tout entière. *Dans le sang*. Pendant des générations, tous les hommes Okojo avaient servi dans les Fils des Six, une tradition qui remontait à plus loin que celle de quasiment toutes les autres familles de Lkossa. Un tel héritage appelait le respect et la force ; il ne laissait que peu de place à l'incompétence.

« Tu vas faire la fierté de notre famille. » Kamau examina ses sandales. « Et je sais que Baba serait fier lui aussi, s'il était encore parmi nous. »

À la mention de leur père, Ekon tressaillit. « Merci. » Il fit une pause avant de reprendre la parole. « Écoute, Kam, je sais que je ne suis pas autorisé à savoir ce qui m'attend en avance, mais ne pourrais-tu pas... ?

— *Non.* » Kamau secouait déjà la tête, un sourire nouveau étirant les coins de sa bouche alors même qu'il s'efforçait de prendre un air sérieux. « Les rites changent chaque année à la discrétion du Kuhani qui les dirige, Ekkie. C'est le Père Olufemi qui a choisi les vôtres. Même *moi*, je ne sais pas de quoi il s'agira. »

Les vers imaginaires qui se tortillaient dans l'estomac d'Ekon se calmèrent momentanément. Il était toujours nerveux, mais savoir qu'il n'aurait pas à faire ce qu'avait accompli Kamau durant *ses* rites de passage le réconfortait légèrement.

Ils arrivèrent au bout de l'itinéraire de patrouille et s'arrêtèrent. À quelques mètres seulement, la lisière de la Grande Jungle se déployait devant eux. Kamau leva les yeux, et Ekon suivit le regard de son frère, observant les étoiles blanc argenté qui commençaient à tapisser le ciel au-dessus d'eux. Dans leur luminosité silencieuse, les cicatrices laissées par la Rupture avaient presque disparu. Presque. Il ne se laissait pas tromper par cette illusion.

« Nous ferions mieux d'y aller, dit Kamau. C'est presque l'heure. »

Ekon ne l'admit pas à haute voix, mais plus ils mettaient de distance entre la lisière de la jungle et eux-mêmes, mieux il se sentait. Avec chaque pas qui s'en éloignait, la tension dans ses épaules s'apaisait. Peu à peu, l'air du soir s'emplit du vacarme familier de la ville de Lkossa, des odeurs et des bruits de son foyer.

Le long de ses rues en terre, des marchands se tenaient à côté de leurs étals de fruits frais, marchandant leurs dernières ventes tandis que les boutiques se préparaient à fermer. Ekon compta chacune d'elles. Il dénombra quinze marchands différents qui brandissaient dans l'air des tissus teintés et deux garçons courbés sur un awalé[4] de bois qui se détournèrent de leur partie pour agiter la main avec enthousiasme en direction de Kamau lorsqu'ils aperçurent la poignée dorée de son *hanjari*. Un groupe de jeunes femmes – *quatre* jeunes femmes – gloussèrent derrière leurs mains à leur passage en jetant un coup d'œil appréciateur à Kamau, et Ekon s'efforça de réprimer une vieille pointe de jalousie. Enfant, il avait l'habitude que les gens accordent à Baba ce genre d'attention lorsqu'ils le voyaient dans son uniforme, mais c'était plus difficile avec Kamau. Ekon voulait aussi qu'on lui témoigne cette admiration et ce respect, il voulait être remarqué sans devoir faire d'effort pour cela.

Tu y es presque, se rappela-t-il tout en tambourinant des doigts sur sa cuisse. *Une fois que tu auras passé ton dernier rite de passage ce soir, tu deviendras un Fils des Six, un guerrier, et un homme. Ce sera ton tour.* Même dans l'intimité de son esprit, cette promesse semblait concerner quelqu'un d'autre.

Les rues se firent silencieuses tandis qu'ils approchaient de celle qui menait au temple, mais juste avant qu'ils y parviennent, l'expression de Kamau se durcit.

---

4. Jeu de stratégie africain très répandu.

« Halte ! »

Immédiatement, l'agitation de la rue se tut, et des regards pleins d'appréhension se levèrent sur eux. Même Ekon s'arrêta, pris de confusion. Il n'y avait, d'après ce qu'il avait compté, que dix-huit personnes dans cette rue en particulier. Il observa un moment, puis aperçut ce que Kamau voyait déjà. Il avait fait une erreur de calcul.

La petite fille qui se tenait à quelques mètres d'eux avait des yeux sombres et cernés, et des cheveux noirs hirsutes encadraient son visage décharné. Elle portait une tunique élimée dont une manche pendait de son épaule trop marquée, et la peau de ses jambes et de ses pieds était visiblement sèche et craquelée. Pendant un moment, Ekon ne comprit pas son expression terrifiée tandis qu'elle leur rendait leur regard, mais il vit ensuite sa poche rebondie, le tremblement de ses mains. Elle avait l'expression caractéristique d'une personne prise en flagrant délit.

« Toi ! » Kamau se précipita vers elle, et Ekon sentit son cœur chuter dans sa poitrine. « Reste où tu es ! »

Une seconde plus tard, la fille détalait dans la rue.

« Stop ! » Kamau se mit à courir, et Ekon en fit de même. Personne d'autre n'esquissa un geste dans la rue tandis qu'ils slalomaient entre les gens. La fille tourna à droite et disparut dans une allée comportant une bifurcation. Kamau grogna de frustration. « Ces passages sont connectés. » Il fonça dans l'un et désigna du doigt la direction opposée à Ekon. « Prends l'autre ! »

Ekon obéit sans hésiter, ignorant un petit pincement de pitié dans sa poitrine. Cette fille avait l'air si jeune, si terrifiée. Il ne savait pas si elle avait volé quoi que ce soit de valeur, mais cela n'avait que peu d'importance. Elle avait désobéi à un ordre direct d'un Fils des Six. S'ils l'attrapaient, elle serait jetée en prison. Il secoua la tête, repoussant l'émotion pour se concentrer à nouveau. La fille les avait conduits dans le district de Chafu, où se trouvait le quartier pauvre de Lkossa, une partie plus dangereuse de la ville. Sa main jaillit vers son *hanjari* tandis qu'il courait. Il ne se laisserait pas ridiculiser en se faisant attaquer ou prendre en embuscade.

Il tourna à un angle, s'attendant à tomber sur Kamau. À la place, son regard rencontra une allée vide.

« Bonjour ? » Son appel ne reçut pas de réponse, se répercutant en échos étranges sur les briques de boue crasseuses. « Kam ?

— J'ai bien peur que non, mon garçon. »

Ekon fit volte-face. Une vieille femme se tenait assise en tailleur contre l'un des murs de l'allée, quasiment dissimulée dans sa saleté. Ses cheveux étaient blancs et cotonneux, sa peau brune et d'une texture inégale, comme du bois grossièrement découpé. Une amulette ternie pendait d'un cordon autour de son cou, bien qu'il fasse trop sombre pour en distinguer les détails. Elle adressa à Ekon un sourire qui révélait ses gencives tandis qu'ils s'évaluaient l'un l'autre, et il lutta pour réprimer un frisson ; il lui manquait plusieurs dents.

« Comme c'est étrange… » La vieille femme passa un doigt sur sa lèvre inférieure. Elle parlait en zamani, mais son dialecte avait une inflexion presque musicale. Elle était gede, du peuple gedezi. « On ne voit pas de garçons yabas dans cette partie de la ville, d'habitude. »

Ekon se dressa de toute sa hauteur. « Je cherche une petite fille, auriez-vous vu… ? »

Ekon.

Ekon se figea, troublé. Pendant une seconde, il crut avoir entendu… mais… non, pas ici. Ce n'était pas possible. Il était trop éloigné de la jungle à présent pour que la voix de Baba puisse le suivre. Il ne l'avait jamais entendue à cette distance. C'était impossible. Il s'éclaircit la gorge.

« Hum. Est-ce que vous… ? »

Ekon, s'il te plaît.

Cette fois, la mâchoire d'Ekon se referma d'un coup. Il ne put retenir le frisson qui le parcourut.

Non. Il regarda à droite, en direction de la jungle, tandis que ses doigts dansaient contre sa cuisse. *Non, pas ici, pas maintenant...*

« Est-ce qu'elle t'appelle souvent ? »

Ekon sursauta. Il avait presque complètement oublié la vieille femme. Celle-ci était toujours assise devant lui, mais son visage exprimait de l'amusement à présent.

« Je... » Ekon fit une pause, essayant de digérer ses mots. « *Elle ?*

— La jungle. » La vieille femme changea de position, se balançant d'un côté à l'autre comme si elle suivait le rythme d'une musique inaudible. « Elle m'appelle également, parfois. Je ne saurais pas te dire pourquoi ; la magie est un phénomène particulier, de même que les choses qu'elle touche. »

Une sensation de froid remonta le bras nu d'Ekon comme une araignée ; sa bouche devint aussi sèche que le papier. « La... la magie n'existe pas, dit-il en tremblant.

— C'est *ce* que tu crois ? » La vieille femme inclina la tête comme un oiseau et frotta l'amulette de son pouce. Elle examinait Ekon bien plus attentivement à présent. « Comme c'est étrange, *très* étrange... »

Toutes les fibres de l'instinct d'Ekon lui disaient de fuir, mais cela lui semblait soudain impossible. Quelque chose dans la voix de la vieille femme, dans ses *yeux*, le retenait. Il s'avança vers elle, attiré comme un poisson impuissant hameçonné à un fil...

« Ekkie ? »

Ekon leva les yeux, l'étrange transe immédiatement rompue. Kamau approchait depuis l'autre bout de l'allée, les appliques fixées au mur illuminant le relief de ses sourcils froncés. « Qu'est-ce que tu fais ?

— Je… » Ekon regarda l'endroit où la vieille femme était assise. Elle n'était plus là à présent. Étrangement, il se surprit à avoir du mal à simplement se rappeler à quoi elle ressemblait. C'était comme si elle n'avait jamais existé. Troublé, il se tourna vers Kamau, s'efforçant de parler d'une voix ferme. « Je… je n'ai pas réussi à trouver la fille.

— Moi non plus, répondit Kamau. Mais nous n'avons pas le temps de continuer à chercher. Viens. »

Ils marchèrent en silence jusqu'à atteindre les deux piliers dorés qui marquaient le début du district de Takatifu, et Ekon se redressa. La ville de Lkossa était une suite de sections soigneusement ordonnées, mais le quartier du temple était différent. C'était le seul endroit de la cité où on faisait respecter un couvre-feu ; après le coucher du soleil, il était fermé au public. Ils s'avancèrent le long du chemin sinueux, d'où il pouvait déjà discerner le temple lui-même. Évidemment, c'était chez lui, l'endroit où il vivait, mais ce soir il lui semblait différent. Son dôme massif, surmonté d'albâtre blanc, semblait déterminé à retenir le scintillement de chacune des étoiles qui s'y reflétaient. La brise se leva, et il sentit l'odeur de clou de girofle de l'encens de prière qui émanait de ses fenêtres et de ses parapets voûtés. Tout comme il s'y attendait, lorsqu'ils furent plus près, il discerna deux silhouettes qui se tenaient en haut des escaliers principaux, dos tournés. Fahim et Shomari, ses camarades candidats, l'attendaient. Le moment était venu.

« Lorsque nous nous verrons de nouveau, tu auras été consacré Fils des Six. » Kamau s'arrêta à côté de lui à la base des escaliers, en gardant sa voix basse. « Nous serons frères de lance, tout comme nous sommes frères de sang. » Il déclara cela sans la moindre trace de doute. Ekon déglutit. Son frère avait foi en lui ; il croyait en lui.

Tout comme Baba croyait en toi autrefois, déclara une voix malveillante dans son esprit. *Il te fait confiance, de même que Baba autrefois.*

Ekon repoussa cette voix tout en acquiesçant.

« Sois fort. » Kamau le poussa doucement avant de reculer dans la nuit. « Tu en es capable. Et rappelle-toi : *Kutoka mzizi.* »

Ekon grimpa les escaliers, les mots résonnant dans son sillage. *Kutoka mzizi* signifiait « à la racine ». Le vieil adage familial était un rappel de son origine et des attentes qui en découlaient. *Kutoka mzizi.*

C'était Baba qui leur avait enseigné ces mots sanctifiés, à Kamau et à lui quand ils étaient petits. Il aurait dû être ici pour les dire aujourd'hui.

Mais Baba n'était pas là. Baba était mort.

Juste avant d'atteindre le sommet des marches, Ekon regarda par-dessus son épaule. Kamau était déjà parti, et de là où il se trouvait, la Grande Jungle était à peine plus qu'une tache floue se découpant contre la nuit couleur d'obsidienne à l'autre bout de la ville, trop lointaine pour que ses voix l'atteignent. Néanmoins, alors qu'il se détournait, Ekon ne put ignorer l'impression que, depuis ses profondeurs, quelque chose l'observait, et attendait.

CHAPITRE TROIS

La résistance la plus infime

Peu importe le nombre de fois qu'elle y avait été confrontée au fil des années, Koffi avait toujours été terrifiée par l'*héma*. Elle se mordit la lèvre inférieure, l'inquiétude montant en elle tandis qu'elle observait ses plis cramoisis onduler dans la brise, remarquant la violence avec laquelle le mât central empalait le ciel nocturne immaculé telle une lance dorée. Elle se mit à traîner des pieds tandis que Mama et elle rejoignaient la file des gardiens qui attendaient pour entrer dedans avec les bêtes qui leur avaient été assignées.

C'est presque fini, pensa-t-elle. *C'est presque fini.*

Autrefois, à une autre époque, elle imaginait que la tente massive aurait pu être considérée comme imposante, et même impressionnante aux yeux de certains. Mais le temps avait visiblement fait son œuvre ; des déchirures dans les coutures n'avaient pas été recousues, et de la rouille recouvrait la plupart des pieux métalliques enfoncés dans l'herbe pour la maintenir en place. La fréquentation du Zoo nocturne avait, comme tant de choses à Lkossa au fil des ans, décliné de manière régulière, et cela se voyait.

« Souris », lui rappela Mama en les guidant à leur place dans la queue tandis que plusieurs autres gardiens se reculaient de quelques pas avec précaution. Koffi tordit la bouche en une forme de semi-grimace qu'elle espérait suffisante. Baaz exigeait de tous les gardiens du Zoo nocturne qu'ils arborent un air joyeux durant les spectacles, et punissait de manière notoire ceux qui y manquaient. Avec un frisson, elle pensa au poteau de flagellation, qui n'était pas si loin d'ici. La cruauté de cette idée – la bizarrerie qu'il y avait à être forcé de sembler heureux de s'occuper de créatures capables de vous tuer au moindre regard – était l'une des choses qui ne lui manqueraient *pas* en ce qui concernait son travail ici.

« N'oublie pas de vérifier le harnais de Diko, lui rappela Mama. Assure-toi qu'il est bien attaché avant que nous...

— Hé, Kof ! »

Koffi leva les yeux, un sourire sincère sur les lèvres à présent. Un garçon d'environ 14 ans s'approchait rapidement d'elle, accompagné d'une meute de chiens sauvages. Il avait des yeux brun vif et intelligents et un sourire effronté perpétuellement accroché aux lèvres.

« Salut, Jabir. »

En apercevant les chiens sauvages, Diko siffla, ses écailles multicolores semblant onduler tandis qu'il les regardait. Mama le tira à l'écart avec un regard désapprobateur. « Jabir, dit-elle d'un ton sévère, ces chiens sont censés être en laisse.

— Bah, ils n'en ont pas besoin. » Le sourire de Jabir ne faiblit pas. « Ils sont bien dressés.

— L'un d'eux n'a-t-il pas déféqué dans les chaussons de Baaz l'autre jour ? »

Jabir tordit la bouche. « Comme je l'ai dit, ils sont bien dressés. »

Un rire franc monta dans la gorge de Koffi, suivi d'un élancement douloureux qui la prit par surprise. Jabir était son ami le plus proche au Zoo nocturne, comme un frère d'une certaine manière. Elle le regarda s'agenouiller pour jouer avec ses chiens. Quitter le Zoo nocturne signifiait le quitter également ; elle n'avait aucun plaisir à devoir lui annoncer la nouvelle, mais il le fallait. Il valait mieux qu'il l'entende de sa bouche.

« Jabir, commença-t-elle avec hésitation. Il faut que je te dise quelque...

— Tu as entendu la nouvelle concernant les visiteurs de ce soir ? » Jabir lui adressa le petit sourire satisfait qu'il avait généralement lorsqu'il s'apprêtait à répandre des commérages. L'une de ses tâches au zoo était de faire des commissions pour Baaz, et il était par conséquent toujours le premier à apprendre les nouvelles.

« Non, répondit Koffi, momentanément distraite. Qu'est-ce qu'il y a ?

— Il s'agit d'un couple de marchands en provenance de la région baridie, expliqua-t-il. Apparemment, ils sont plutôt riches. Baaz cherche à obtenir un mécénat. Je les ai vus arriver. Le vieil homme a l'air normal, mais la femme marche comme si elle avait un ballet enfoncé dans le...

— *Jabir !* »

Koffi laissa échapper un rire tandis que Jabir adressait à Mama un sourire penaud. Ses mots subsistèrent dans l'esprit de la jeune fille, et elle regarda autour d'elle tandis que davantage de gardiens s'attroupaient. Elle ne l'avait pas remarqué auparavant, mais les animaux qu'on avait sortis de leurs cages étaient bien plus nombreux ce soir, et le domaine du zoo semblait un peu mieux entretenu. Si ce couple de marchands *acceptait* effectivement de devenir des mécènes, cela ajouterait non seulement au prestige du zoo mais constituerait également une source de revenus. Baaz serait sûrement particulièrement nerveux ce soir.

Un chœur de voix suaves, magnifique et harmonieux, s'éleva soudainement de l'intérieur de la tente. Tous trois s'immobilisèrent immédiatement. Il s'agissait des musiciens sous contrat du Zoo nocturne ; leur chant signifiait que le spectacle avait officiellement commencé. Il ne fallut que quelques secondes avant que le grondement tonitruant de tambours à peau de chèvre ne se joigne aux chants, et instinctivement, le cœur de Koffi se mit à battre en cadence. Elle leva les yeux lorsque l'introduction musicale prit fin, laissant place à un silence plein d'attente.

« Excellent ! commenta quelqu'un à l'intérieur de la tente. Une magnifique performance de notre chœur ! » Koffi reconnut cette voix retentissante d'homme de scène ; *c'était* celle de Baaz. « Si vous avez apprécié, Bwana Mutunga, vous ne manquerez pas d'être fasciné par les beautés que je vous réserve ce soir. Bien que, évidemment, aucune d'entre elles ne tienne la comparaison avec votre femme. Bi Mutunga, aucun mot ne peut rendre justice à votre apparence radieuse… »

Koffi parvint à peine à ne pas lever les yeux au ciel. Baaz utilisait les termes *Bwana* et *Bi,* les formes les plus honorifiques de la langue zamanie, dans une tentative évidente de les impressionner. La toile de l'*héma* était trop épaisse pour que Koffi puisse discerner quoi que ce soit de l'extérieur, mais elle entendit ce qui semblait être deux paires de mains applaudissant poliment tandis que les musiciens quittaient la tente. *Deux ; seulement deux invités.* Baaz leur avait sûrement dit que cela faisait partie de leur expérience exclusive, mais elle ne s'y trompait pas : personne d'autre n'était venu. Les spectacles annulés à cause du manque de public semblaient de plus en plus fréquents récemment. Au bout d'un moment, son maître parla de nouveau :

« Bien, comme je suis certain que vous l'avez tous deux entendu, mon Zoo nocturne spectaculaire offre la diversité la plus incroyable de créatures exotiques de la région, du genre que vous ne verrez jamais…

— Contentez-vous de nous montrer les animaux, déclara une voix féminine à l'accent marqué. Nous ne comptons pas rester ici toute la soirée. »

Il y eut un silence embarrassant. Puis :

« Évidemment ! Tout de suite, Bi Mutunga ! Laissez-moi vous présenter, sans plus attendre, la parade des bêtes ! »

Il s'agissait d'un signal, et à peine Baaz avait-il terminé sa phrase qu'il ouvrait le rabat de l'entrée principale de l'*héma*. Koffi se tendit instinctivement en le voyant.

Il fallait accorder à Baaz Mtombé qu'il avait certainement *l'apparence* du propriétaire d'un Zoo nocturne « spectaculaire » ; tout en lui semblait hors du commun, comme une caricature. Il avait la stature d'une montagne, une peau d'un brun profond couleur chêne et une crinière de dreadlocks épaisses noires et blondes qui pointaient dans toutes les directions. Avec son dashiki[5] rouge et ses chaussons en fausse soie, il paraissait enjoué, habillé de manière presque trop recherchée. Koffi était trop intelligente pour se laisser prendre par les apparences.

« Avancez ! » Il fit signe aux premiers gardiens de la file tandis que ceux-ci luttaient pour conduire deux gorilles à dos argenté dans la tente en tirant sur leurs harnais. « Comme lors de la répétition, *de grands sourires* ! »

La file devant eux se mit à s'avancer dans la tente, et Koffi déglutit. Il n'y avait rien à craindre, vraiment ; les spectacles étaient les mêmes à chaque fois et celui-ci serait probablement son dernier. Pourtant, elle se sentait étrangement nerveuse. Bien trop rapidement, Mama, Diko et elle atteignirent l'entrée de l'*héma*. Koffi s'efforça de ne pas respirer le parfum aux notes épicées de Baaz tandis qu'elles se baissaient et passaient devant lui, et puis elles se retrouvèrent à l'intérieur.

5. Tunique ample d'Afrique de l'Ouest.

Si l'extérieur de l'*héma* reflétait ce que la vieille tente avait été autrefois, l'intérieur s'accrochait à sa grandeur passée avec une force désespérée. Sa décoration était légèrement datée, elle était ornée de vieilles couvertures aux motifs animaliers et de chaises usées. Les bougies soigneusement disposées projetaient sur l'endroit une lueur dorée vacillante tout en dissimulant également certaines des taches les plus intraitables des tapis, et l'odeur entêtante du vin de palme masquait à peine la puanteur des animaux passés et présents. Une statue massive de paon sculptée dans de la turquoise était disposée dans un coin, et, au centre, un espace ouvert faisait office de scène. Un couple bien habillé patientait, assis à l'avant sur un somptueux divan rouge.

L'homme semblait assez vieux pour être le grand-père de Koffi. Sa peau était sombre et couverte de rides, ses cheveux courts presque blancs. Il portait un dashiki couleur prune dont Koffi sut immédiatement qu'il était onéreux malgré son apparence modeste, et il dégageait l'aura d'une personne âgée et raffinée. À côté de lui, sa femme présentait une apparence opposée, désagréablement jeune et criarde. Elle semblait préférer le vert, car elle en était couverte, depuis sa robe à motifs imprimés à la cire aux perles de jade scintillantes qui cliquetaient aux extrémités de ses nattes. Elle se pinça le nez lorsque Koffi et Mama entrèrent dans la tente avec Diko, et Koffi sentit l'embarras lui chauffer la nuque. Jabir entra à leur suite avec ses chiens sauvages, et Baaz fit son entrée en dernier.

« Mesdames et messieurs ! » Il prononça ces mots familiers comme s'il s'adressait à des millions de spectateurs au lieu d'un public composé de deux personnes seulement. « Pour votre ravissement et votre plaisir, je vous présente les nombreuses créatures de mon Zoo nocturne spectaculaire ! Ce soir, nous vous emmenons dans un voyage à travers la nature sauvage des marécages, les créatures féroces de la Grande Jungle, et même des spécimens découverts au plus profond des étendues désolées de l'Ouest. Tout d'abord, le *guiamala* ! »

Koffi se détendit un peu tandis que Mama et elle se rendaient dans un espace contre les murs de la tente pendant que deux gardiens de bêtes faisaient avancer le guiamala à l'apparence de chameau au centre. Ils en firent le tour à plusieurs reprises, laissant le marchand et sa femme admirer les pointes noires brillantes qui hérissaient toute la longueur de son dos, chacune assez effilée pour faire couler le sang.

« Originaire des plaines de Kusonga, informa Baaz, le guiamala est un herbivore capable de survivre plusieurs semaines sans eau. Ce sont des créatures pleines de grâce, et on raconte qu'une princesse d'Occident a autrefois utilisé la pointe de l'une d'elles pour concocter une *potion d'amour*… »

Koffi laissa les histoires de Baaz concernant les créatures du Zoo nocturne – vraies pour certaines, fausses pour la plupart – se mêler tandis que davantage d'animaux étaient appelés un par un. Il raconta une histoire particulièrement horrible à propos des gorilles à dos argenté lorsqu'ils furent appelés ensuite, puis partagea un conte populaire sur les impundulus quand un jeune gardien de bêtes s'avança avec l'un d'entre eux perché sur son bras. Elle retint sa respiration tandis qu'on amenait la hyène hurlante – son ricanement serait capable de paralyser le corps humain si on lui retirait sa muselière –, mais par chance, Baaz ne suggéra *pas* de démonstration directe. Il ne tarda pas à tourner son attention vers Jabir.

« Et maintenant, une surprise spéciale du coin, annonça-t-il fièrement. Permettez-moi de vous présenter Jabir et ses chiens sauvages ikossiens ! »

Koffi ressentit une pointe de fierté tandis que Jabir s'avançait avec ses chiens bruns au poil doux et adressait aux Mutunga un sourire et une courbette polis. Alors qu'elle ne se préoccupait pas beaucoup des spectacles du Zoo nocturne, Jabir se donnait à fond, en artiste-né. Il leva la main, ses doigts s'agitant dans l'air en une suite complexe de signaux, et les chiens s'immobilisèrent immédiatement. Koffi sourit. L'expertise de Jabir était dans les ordres non verbaux ; il était capable de dresser ainsi presque n'importe quoi. Il pointa deux doigts, et les chiens se mirent à courir autour de lui en un cercle parfait ; un poing fermé leur ordonna ensuite de se lever sur leurs pattes arrière et de japper. Bwana Mutunga gloussa lorsque l'un des chiens se dressa face à lui et courba ses pattes avant dans ce qui était indéniablement une courbette, tandis qu'un autre bondissait de manière adorable sur place. Koffi retint un autre pincement. *C'était* le genre de moment qui lui manquerait.

Jabir réalisa quelques tours supplémentaires avant de frapper dans ses mains pour faire signe à ses chiens de s'arrêter et de s'asseoir. Il s'inclina profondément tandis que le marchand applaudissait.

« Eh bien, eh bien ! déclara Bwana Mutunga. C'était plutôt impressionnant, mon garçon ! »

Jabir sourit avant de conduire ses chiens hors de la scène, laissant Baaz reprendre sa position.

« L'une des célébrités futures du zoo ! déclara celui-ci d'un air radieux. Et ce n'est pas terminé ! Pour notre prochain acte...

— *Mon amour.* »

Koffi leva les yeux et vit la femme du marchand, Bi Mutunga, qui s'éventait avec une impatience visible. Elle se tourna vers son mari. « Il se fait tard. Peut-être devrions-nous retourner à la caravane.

— Mais..., intervint Baaz d'une voix chancelante. Vous pouvez certainement rester un peu plus ? Je ne vous ai même pas encore fait faire la visite complète du zoo, une offre exclusive réservée aux mécènes...

— Ah, je crains bien que ma plus jeune moitié n'ait raison, Baaz. » Bwana Mutunga adressa à sa femme un regard énamouré.

Comme elle, ses mots à l'accent marqué avaient l'aspect saccadé et épais d'un Baridien, un homme du Nord. « Des affaires m'attendent au temple demain matin. Peut-être pourrions-nous discuter du mécénat une prochaine fois... »

Baaz se tordit les mains avec nervosité. « Mais vous n'avez même pas encore vu notre grand final ! » Il s'adressa à la femme du marchand. « Je pense que celui-ci vous intéressera particulièrement, Bi Mutunga. Si vous pouviez simplement m'accorder dix minutes supplémentaires de votre temps...

— *Cinq.* » L'expression de Bi Mutunga ne changea pas.

« Parfait ! » Baaz frappa dans ses mains, immédiatement revigoré. Koffi savait ce qui allait suivre mais elle sursauta tout de même lorsque les yeux de son maître se posèrent sur elle. « Laissez-moi vous présenter à présent Diko le jokomoto ! »

Contente-toi de rester calme. Koffi se répéta ces mots tandis qu'elle et Mama faisaient avancer Diko. Elle tenait sa laisse, mais Mama restait à ses côtés, pour la soutenir en cas de besoin. *Tu as déjà fait ça une centaine de fois,* se raisonna Koffi. *Vas-y tranquillement, comme à chaque fois...*

Lentement, elles firent faire à Diko le tour de la scène. À la lueur des bougies, ses écailles scintillaient de manière presque hypnotisante. Bien qu'elle n'osât pas lever les yeux, elle entendait les soupirs admiratifs du marchand.

« Quelle créature *exquise*, déclara Bwana Mutunga. Baaz, d'où avez-vous dit qu'elle provenait ?

— *Ah.* » La voix de Baaz exprimait une excitation renouvelée. « Les jokomotos viennent du désert du Katili de l'Ouest ; ce sont des bêtes extrêmement rares de nos jours...

— À propos de bêtes... », interrompit Bwana Mutunga. Koffi hasarda un coup d'œil dans sa direction tandis que Mama et elle effectuaient un tour supplémentaire. « Est-il vrai que le Shctani a eu l'un de vos gardiens, Baaz ? J'ai entendu dire qu'il avait commis un nouveau carnage la nuit dernière et tué huit personnes. »

Koffi chancela tandis qu'un silence s'abattait dans la tente. Elle savait sans avoir besoin de regarder que tous les gardiens de bêtes alentour avaient dû s'immobiliser à la mention de Sahel, en attendant la réponse de Baaz à la question.

« C'est… vrai. » Baaz gardait un ton léger. « Mais le garçon a *choisi* de s'enfuir. Il s'est comporté en imbécile en quittant ma protection généreuse. »

Le poing de Koffi se serra, mais elle continua de marcher. En ce qui concernait le marchand, lorsque Koffi le regarda, il gloussait derrière sa tasse de thé.

« Ce serait un sacré ajout à votre spectacle, n'est-ce pas ? »

Koffi vit une lueur de désir indéniable éclairer les traits de son maître. « Eh bien, il est permis à chacun de rêver, dit-il avec mélancolie. Mais je pense qu'il me faudrait troquer mon âme pour obtenir une telle chose.

— Je dois admettre que… » Le marchand posa la tasse de porcelaine en équilibre sur son genou. « Cette abomination constitue une sorte de bénédiction pour mes affaires. »

Les yeux de Baaz s'illuminèrent. « Rappelez-moi ce dont vous faites le commerce, Bwana. Des joyaux inestimables ? Des tissus raffinés ? »

Bwana Mutunga jeta à Baaz un regard indulgent. « Je ne vous l'ai *pas* dit, mais ce n'est ni l'un ni l'autre, corrigea-t-il. Ma spécialité, ce sont les fournitures administratives - plumes, papyrus, encre baridienne - et le temple de Lkossa constitue à lui seul un quart de mon activité, avec tous les livres et les cartes qui s'y trouvent.

— Naturellement. » Baaz acquiesça comme s'il s'y connaissait.

« J'étais obligé de m'aligner sur les tarifs de mes concurrents autrefois, continua Bwana Mutunga. Mais la plupart d'entre eux craignent de faire le déplacement jusqu'à Lkossa, alors j'ai maintenant le monopole ! C'est une bénédiction ! »

La cupidité était visible dans l'expression de Baaz. « Eh bien, Bwana, permettez-moi d'être le premier à vous féliciter de tout mon cœur pour votre… *prospérité.* »

Koffi lutta pour conserver le sourire qu'elle arborait sur scène, mais celui-ci lui faisait de plus en plus l'effet d'une grimace. Le Shetani n'était en rien une bénédiction pour le peuple de Lkossa ; c'était une menace. Toute personne qui voyait du bon dans un tel monstre ne valait pas mieux que de la boue, à son avis. Elle pensa à Sahel, à quel point il avait l'air petit dans son linceul. Il s'était échappé du Zoo nocturne et s'était enfoncé dans la Grande Jungle car il avait pensé ne pas avoir le choix. Certains étaient incapables de le comprendre – Baaz l'avait traité d'imbécile –, mais elle ne s'y trompait pas. Elle savait que la pauvreté pouvait être un autre genre de monstre, toujours en train de rôder et d'attendre l'occasion de dévorer l'autre. Pour certains, la mort *était* un monstre plus bienveillant. Mais ce n'était pas quelque chose que les hommes comme ces deux-là étaient capables de comprendre.

« Je me demandais, Baaz… » Bwana Mutunga se penchait à présent en avant sur son fauteuil. « Pourrions-nous… voir le jokomoto de plus près ? »

Baaz se redressa. « Bien sûr ! » Il se tourna vers Koffi et sa mère. « Les filles, amenez Diko pour que nos invités puissent le voir. »

À ces mots, Koffi se figea. D'habitude, elle se contentait de faire parader Diko autour de la scène quelques fois, et *cela* constituait une rupture dans cette routine. Instinctivement, elle croisa le regard de Mama, mais sa mère n'avait pas l'air inquiète. Elle acquiesça, et, ensemble, elles conduisirent Diko vers le marchand et sa femme avant de s'arrêter à un pied d'eux.

« *Fascinant.* » Bwana Mutunga déplaça sa tasse de thé sur une petite table à côté tandis qu'il se levait pour examiner Diko. Face à ce mouvement soudain, le jokomoto se tendit mais ne bougea pas.

Tout doucement, mon garçon. Koffi gardait les yeux fixés sur Diko, espérant qu'il se comporte bien. *Doucement...*

Si Bwana Mutunga était impressionné, ce n'était décidément pas le cas de sa femme. Elle inspira avant de plisser le nez de nouveau. « Il *pue* », déclara-t-elle. Elle tira une petite fiole de parfum d'un sac à côté d'elle et en aspergea l'air d'un geste agressif. Dans l'espace confiné de la tente, la fragrance se répandit dans l'air, forte et acidulée. Diko poussa un sifflement bas, et la gorge de Koffi devint sèche lorsqu'elle remarqua soudainement quelque chose au niveau de son cou.

L'une des boucles de son harnais s'était défaite.

« Je... » Koffi tendit la main vers la boucle, avant de s'arrêter. Mama lui avait dit de s'assurer que le harnais était bien fixé, deux *fois*. Si Baaz s'apercevait que ce n'était pas le cas à présent...

« Beurk ! » Bi Mutunga s'éventa plus rapidement, répandant son parfum autour d'elle. « Franchement, cette odeur est absolument... »

Cela se produisit rapidement, mais Koffi eut l'impression que cela prenait un siècle. Elle vit l'un des yeux jaunes de Diko luire dans sa direction avant qu'il bondisse soudainement, ses mâchoires claquant en direction des sandales de Bi Mutunga. Ses dents accrochèrent l'ourlet de sa robe. Elle poussa un cri et se recula si violemment qu'elle bascula de l'autre côté du divan. Mama poussa une exclamation et Koffi sentit son cœur sombrer dans sa poitrine. Elle écarta rapidement Diko. Celui-ci se calma presque immédiatement, mais il était trop tard.

« Il... il m'a *attaquée* ! » Bi Mutunga bondit sur ses pieds avant que son mari puisse la rejoindre, le visage strié de larmes et de khôl. Elle baissa les yeux sur l'ourlet brodé de sa robe à présent en lambeaux avant de regarder à nouveau son mari. « Mon amour, il a essayé de me *tuer* ! Regarde ce qu'il a fait à mes vêtements ! »

Non. Les pensées de Koffi s'emmêlaient, elle était incapable d'appréhender ce qui venait de se produire. La situation était très, *très* mauvaise.

Le marchand prit sa femme dans ses bras et la tint un moment avant de pointer un doigt accusateur en direction de Baaz. « Vous m'aviez assuré que votre spectacle était sûr, Baaz ! lança-t-il avec colère. On m'a dit que c'était un établissement professionnel !

— B-B-Bwana. » Baaz, d'habitude si calme sous la pression, balbutiait à présent. « Je… je vous présente mes excuses les plus humbles et les plus sincères. La prochaine fois, je vous l'assure, cela ne se…

— La *prochaine* fois ? » Les sourcils de Bwana Mutunga se haussèrent d'incrédulité. « Ma femme est traumatisée, Baaz. Nous ne remettrons plus jamais les pieds dans ce misérable endroit. Dire que nous avions même *envisagé* de le soutenir…

— Attendez ! » Les yeux de Baaz s'écarquillèrent. « Attendez, monsieur… »

Il n'eut même pas la possibilité de finir sa phrase avant que le marchand prenne sa femme par le coude et la conduise dehors, dans la nuit. Koffi écouta le bruit de leurs pas jusqu'à ce qu'il s'estompe. Pendant un long moment, personne ne bougea dans l'*héma*. Elle leva les yeux et vit que les regards des autres gardiens de bêtes étaient tous fixés soit sur elle, soit sur Baaz. Ce fut lui qui rompit le silence.

« *Tu ne l'avais pas attaché.* »

La voix de Baaz était dangereusement basse. Il n'était plus le propriétaire jovial du Zoo nocturne spectaculaire ; à présent il était simplement Baaz, son maître, qui la regardait d'un œil noir. « *Explique-toi.*

— Je... » Koffi détestait la faiblesse perceptible dans sa voix. Elle fouilla son esprit pour trouver une réponse convenable, en vain. La vérité était qu'elle *n'avait* aucune réponse convenable. Elle n'avait pas vérifié le harnais de Diko car elle avait oublié. Mama le lui avait rappelé, à deux reprises, mais elle ne l'avait pas fait. Elle avait eu l'esprit ailleurs, trop distraite par l'idée de partir...

« Tu *paieras* pour cela. » Les mots de Baaz transpercèrent ses pensées comme un couteau. « Tu vas te rendre au poteau de flagellation, et une amende sera ajoutée à ta dette ; la somme des deux investissements que je viens de perdre. D'après mes calculs, cela représente environ six mois de ton salaire. »

Des larmes piquèrent les yeux de Koffi. Le poteau de flagellation, c'était déjà dur, mais l'amende... *six mois* de salaire. Elle et Mama devraient rester au Zoo nocturne ; elles ne partiraient pas, en fin de compte.

Baaz se tourna vers l'un des gardiens de bêtes près de lui et pointa Koffi du doigt. « Amène-la au poteau maintenant. Elle va retenir la leçon...

— Non. »

Plusieurs gardiens de bêtes sursautèrent, dont Koffi. Pour la première fois, elle regarda sa mère qui se tenait toujours de l'autre côté de Diko. Une résolution étrange était visible dans ses yeux bruns.

« Non, répéta calmement sa mère. C'est *moi* qui ai oublié de vérifier le harnais de Diko. C'est moi qui devrais être soumise à la punition et à l'amende. »

Koffi inspira profondément et lutta contre une vague de douleur soudaine. Mama mentait. Elle allait porter le chapeau, alors que ce n'était pas elle qui était en tort. Elle allait se sacrifier, sacrifier sa liberté. Koffi cligna des yeux pour refouler ses larmes.

« *Très bien,* répondit Baaz avec un rictus. Tu peux te rendre au poteau, dans ce cas. » Il agita la main d'un air méprisant. « Emmenez-la. »

Koffi tenait toujours fermement la laisse de Diko, mais ses doigts étaient engourdis tandis qu'elle vit l'un des gardiens de bêtes attraper Mama par l'avant-bras et lui adresser un regard d'excuse. Sa mère gardait la tête haute, mais Koffi le vit, le léger tremblement de sa lèvre inférieure, la peur.

« Non ! » Koffi s'avança, la voix tremblante. « Mama, ne...

— *Tais-toi,* Koffi. » La voix de Mama était impassible tandis que leurs regards se croisaient. « Ce n'est rien. » Elle adressa au gardien de bêtes un autre hochement de tête, plus définitif, et ce dernier l'escorta hors de la tente. À chaque pas, Koffi sentait une douleur aiguë à l'intérieur d'elle.

Non.

Ce n'était pas bien, ce n'était pas *juste*. Elles étaient sur le point de partir et d'être *libres*. À présent cette lueur d'espoir avait disparu, et c'était *sa* faute. Koffi serra les dents et fixa ses pieds du regard, déterminée à ne pas pleurer. Ce Zoo nocturne lui avait arraché quantité de choses en onze années ; ses larmes n'en feraient pas partie.

Ses poumons se tendirent tandis qu'elle inspirait profondément et retenait son souffle avec force. Le sang rugit dans ses oreilles en signe de protestation, son cœur se mit à battre plus fort, mais elle refusa de relâcher son souffle. C'était la plus petite résistance, une bataille perdue d'avance, mais ce geste lui fit du bien. Puisqu'elle ne pouvait contrôler rien d'autre dans sa vie, pendant quelques secondes elle contrôlerait cela : sa propre respiration. Une sensation distincte de triomphe emplit son corps lorsqu'elle souffla enfin, libérant la pression qui étreignait sa poitrine.

Et puis, à côté d'elle, quelque chose vola en éclats.

CHAPITRE QUATRE

Foi et courage

Les yeux des deux jeunes hommes se posèrent sur Ekon tandis qu'il parvenait en haut de l'escalier du temple de Lkossa.

Vingt-sept marches, divisibles par trois, un bon *nombre.*

Il s'avança jusqu'à sa place à l'extrémité gauche de la ligne sans un mot, mais le garçon le plus proche de lui émit un gloussement bas. Il était presque aussi grand qu'Ekon, avec un physique qui évoquait un tas de rochers, mais son visage long et étroit avait la nervosité d'un suricate. Au bout de plusieurs secondes, il fit un signe de tête en direction d'Ekon.

« C'est gentil à toi de te joindre enfin à nous, Okojo », déclara Shomari.

Ekon ne répondit pas et fixa son regard sur les portes d'entrée devant eux. Celles-ci étaient sculptées dans du bois iroko vieilli, aussi inflexible que l'acier. D'une minute à l'autre, le cor Saa[6] de la ville résonnerait et les portes s'ouvriraient. Puis

6. « Temps » en swahili.

les rites commenceraient. Il chercha un nouveau rythme de ses doigts contre sa cuisse.

Un-deux-trois. Un-deux-trois...

« Alors... » Cette fois, Shomari prit soin de donner un coup de coude appuyé dans les côtes d'Ekon, interrompant sa cadence. « Où étais-tu passé ?

— Nous ne sommes pas censés parler, Mensah, répondit Ekon entre ses dents, espérant que l'usage du nom de famille du garçon serait suffisamment explicite.

— Laisse-moi deviner. » Les yeux noirs de Shomari se firent durs comme le silex. « Tu étais terré dans un coin à lire les anciens radotages d'un vieux maître teigneux. Tss, je parie que les femmes *adorent* ça.

— Ta *mère* adore ça », murmura Ekon.

À l'autre bout de la rangée, Fahim Adebayo ricana. Shomari serra les dents, comme s'il comptait se battre, et pendant une seconde il eut l'air d'être prêt à essayer, mais il sembla se raviser et regarda droit devant lui. Ekon réprima de justesse un sourire narquois. En tant que fils d'éminentes familles yabas, Shomari et lui avaient grandi ensemble, mais cela ne voulait pas dire qu'ils s'appréciaient. Ces derniers mois, leur rivalité autrefois relativement cordiale s'était complètement transformée. Elle était toujours là ; seule la cordialité avait disparu.

Un moment de silence s'installa entre eux avant que Fahim ne s'éclaircisse la gorge. Celui-ci n'était pas grand comme Ekon, ou de forte carrure comme Shomari, et son visage avait encore une douceur qui ne lui permettait jamais d'avoir l'air vraiment sérieux. « Que pensez-vous qu'il va nous demander de faire ? chuchota-t-il. Pour le dernier rite ? »

Shomari haussa les épaules trop rapidement. « Aucune idée, aucune envie de savoir. »

C'était un mensonge, mais Ekon ne prit pas la peine de le souligner. Au fond de lui, il savait qu'ils avaient tous une bonne raison d'avoir peur. Seulement quelques semaines auparavant, ils s'étaient tenus sur ces mêmes marches parmi un groupe de quatorze autres garçons yabas qui, comme eux, avaient passé toute leur vie à rêver de devenir des Fils des Six. À présent, il ne restait qu'eux. Cela aurait dû être une situation excitante – bien que légèrement intimidante – mais Ekon avait du mal à se concentrer là-dessus. Il se tenait devant l'endroit le plus vénéré de la ville, mais son esprit était toujours emmêlé au fond de ses tripes, à se rappeler ce qu'il avait entendu, les choses étranges que la vieille femme avait dites.

« Est-ce qu'elle t'appelle souvent ?... Elle m'appelle également, parfois. Je ne saurais pas te dire pourquoi ; la magie est un phénomène particulier, de même que les choses qu'elle touche. »

Il ne savait pas quelle partie de la rencontre le troublait le plus, à présent qu'il y repensait. D'un côté, il était effrayant d'avoir entendu la voix de Baba si loin de la jungle, mais pire encore, la vieille femme l'avait *su*. Elle avait fait preuve de *compréhension*, et avait même ajouté qu'elle percevait parfois des choses venant de la jungle également. Comment ? Comment avait-elle pu savoir ? Il n'avait jamais parlé à qui que ce soit de ce qu'il entendait quand il s'approchait des arbres, des choses perturbantes entassées dans sa mémoire. Même le fait d'y penser à présent lui rendait les mains moites. Ses doigts s'agitaient, désireux de reprendre leur tambourinement, lorsqu'une secousse sourde interrompit ses pensées. Le rugissement métallique du cor Saa de l'une des tours du temple résonna dans ses oreilles, faisant vibrer tous ses os de la tête aux pieds. Il y eut un silence, puis, comme en réponse à un signal, le raclement du bois patiné contre la pierre. Les portes du temple s'ouvrirent, et tous trois se redressèrent immédiatement tandis qu'une silhouette émergeait de leurs ombres.

Un homme corpulent habillé d'une longue robe bleue croisa leur regard. Ekon se tendit. Il n'y avait aucun moyen évident de savoir que le Père Olufemi était âgé – sa peau couleur terre d'ombre était dépourvue de rides, et ses cheveux noirs fins n'étaient trahis que par quelques cheveux gris près des tempes –, mais quelque chose avait toujours dégagé une forme d'intemporalité chez cet homme sacré. En tant que Kuhani, il dirigeait seul les frères de l'Ordre du temple, et il était de plus d'une façon le vrai dirigeant de la cité. Ekon perçut l'évaluation rusée dans les yeux de faucon de l'homme tandis qu'il regardait chacun d'eux.

« Venez avec moi », murmura-t-il.

Le cœur d'Ekon se mit à battre comme un tambour à peau de chèvre tandis qu'ils le suivaient dans le temple.

Des dizaines de bougies de prière blanches – cent quatre-vingt-douze au total –, disposées sur des étagères encastrées qui montaient jusqu'aux plafonds voûtés, illuminaient les pierres de la salle de culte. Des effluves de bois de cèdre brûlant embaumaient l'air à chaque pas du Père Olufemi qui les conduisait plus profondément à l'intérieur, et Ekon savait que l'odeur provenait des feux d'offrandes que les frères du temple entretenaient en permanence. C'était l'odeur de son foyer. Le temple de Lkossa abritait des salles de culte, une bibliothèque, des salles d'études, et même un dortoir où les candidats et les Fils des Six non mariés dormaient lorsqu'ils n'étaient pas de service. C'était un lieu magnifique, de vénération, sans comparaison avec aucun autre endroit de la ville. Il remarqua les bannières multicolores pliées dans des paniers tressés, qui seraient partagées avec le reste de la population dans deux mois. Le temple se préparait déjà pour le jour du Lien, une célébration des dieux ; recevoir l'initiation des Fils des Six juste avant une telle fête constituerait un honneur particulier.

« Mettez-vous en ligne. » Le Père Olufemi leur tournait toujours le dos, mais sa voix claqua dans le silence comme un fouet. Ekon se dépêcha de s'installer à la place qui lui avait été assignée, épaule contre épaule avec les autres candidats. Il serra les poings pour empêcher ses doigts de s'agiter. Le Père Olufemi se tourna de nouveau vers eux, le regard évaluateur.

« Candidat Adebayo, candidat Mensah, et candidat Okojo. » Il adressa un signe de tête à chacun d'eux tour à tour. « Vous êtes tous trois les derniers candidats en lice de la saison éligibles pour devenir des guerriers. Vous êtes sur le point de rejoindre une confrérie sacrée, une alliance éternelle et divine. Certains sacrifieraient leur vie même pour en faire partie, et beaucoup l'ont déjà fait. »

Ekon déglutit. Il pensa à la Salle commémorative, une salle calme du temple qui abritait une liste des Fils tombés, directement gravée dans les murs de pierre. Il était familier des hommes ayant sacrifié leur vie au nom de cette confrérie. Le nom de son propre père se trouvait sur cette liste.

« Vous avez accompli cinq rites de la voie sacrée qui mène au statut de guerrier. Maintenant, le temps est venu pour vous d'accomplir le dernier, poursuivit le Père Olufemi. Si vous réussissez, vous serez sacrés Fils des Six ce soir. Dans le cas contraire, votre voyage prendra fin. Selon la loi sacrée, il ne vous sera pas accordé de chance supplémentaire de réussir les rites, et vous ne pourrez plus jamais en parler. »

Ekon savait qu'il aurait dû se montrer plus attentif pendant que le Père Olufemi continuait, mais cela était presque impossible maintenant. L'excitation et l'anxiété lui réchauffaient la peau, faisant circuler le sang à toute vitesse dans ses veines et lui donnant de plus en plus de mal à rester immobile.

Ça y est, pensa-t-il. *Le moment est enfin venu.*

Voyant qu'aucun d'eux ne soulevait d'objection, le Père Olufemi leur adressa un signe de tête austère. « Très bien, dans ce cas, commençons. »

Il leur fit à nouveau signe de le suivre hors de la salle de culte et le long de l'un des couloirs. Ekon marchait d'un pas régulier tandis qu'ils s'aventuraient plus profondément dans l'obscurité, tournant et sinuant dans les couloirs jusqu'à être certains qu'ils s'étaient perdus. Il avait passé les dix dernières années de sa vie ici, dans le temple, mais il doutait d'être capable de connaître un jour l'intégralité de sa disposition. Au bout d'un moment, ils atteignirent une porte usée par le temps, éclairée par une seule applique accrochée au mur. Le Père Olufemi ouvrit la porte et les fit entrer dans une petite pièce dépourvue de fenêtres. Ekon s'immobilisa en voyant ce qui se trouvait en son centre.

Le panier de raphia tressé sur le sol était grand et circulaire, pas si différent de ceux qu'il voyait parfois portés par les femmes sur leurs têtes au marché, mais quelque chose n'allait pas avec celui-ci.

Il *bougeait*.

Sans un mot, le Père Olufemi s'avança tranquillement jusqu'à lui, les laissant à la porte. Si son contenu suscitait en lui une once d'inquiétude, il n'en montra pas le moindre signe tandis qu'il leur faisait de nouveau face.

« Récitez le chapitre 3, treizième vers, du Livre des Six. »

L'esprit d'Ekon devint terriblement vide pendant quelques secondes avant que les mots appris par cœur se déversent de sa bouche.

« *Un homme juste honore les Six comme il honore chacun de ses souffles*, récita-t-il à l'unisson avec Fahim et Shomari. *Il les honore constamment par les mots de sa bouche, les pensées de son esprit et les actes de son corps, aussi longtemps qu'il vivra parmi les hommes craignant les dieux.* »

Le Père Olufemi hocha la tête. « Un guerrier saint, un *vrai* Fils des Six, doit faire montre d'une obéissance constante. Il ne répond qu'aux six dieux et déesses de notre foi, et à ceux à travers lesquels ces derniers parlent. Comprenez-vous cela, candidats ?

— Oui, mon Père, répondirent-ils comme un seul homme.

— Et vous comprenez – le Père Olufemi jeta un coup d'œil à Ekon – que lorsque l'on vous ordonne d'agir au nom des Six, vous devez *toujours* obéir, sans interrogation ni hésitation ? »

Ekon avait la nette impression de chanceler au bord de quelque chose, de s'apprêter à sauter dans un abîme inconnu. Il jeta un nouveau coup d'œil à l'étrange panier qui remuait avant de répondre :

« *Oui*, mon Père.

— Alors vous êtes prêts. » Sans prévenir, le Père Olufemi se courba pour soulever le couvercle du panier. Il y eut un léger bruit, du mouvement. Il leur fit signe d'approcher à tous les trois. À chaque pas, Ekon la sentait grandir, une sensation de malaise qui l'implorait de faire demi-tour, mais il força ses pieds à avancer jusqu'à se trouver à trente centimètres du Père Olufemi. Quand il vit ce qui se trouvait dans le panier, son sang se glaça.

Des serpents brun doré enchevêtrés se tortillaient les uns sur les autres, se tordant et s'enroulant en une masse indiscernable. Ils ne sifflaient pas, et ne semblaient pas non plus remarquer qu'ils avaient de nouveaux spectateurs, mais les bras d'Ekon furent quand même parcourus d'un frisson. Il était impossible de dire où commençait le corps d'un serpent et où finissait celui d'un autre. Ses doigts se mirent à tambouriner, essayant de trouver une cadence.

Trop nombreux. Impossible de les compter. Impossible de les compter. Impossible de les compter...

Une angoisse nouvelle lui monta à la gorge, et il s'aperçut qu'il était impuissant à la réprimer. Il ne connaissait pas grand-chose aux serpents, mais il était presque certain de connaître l'espèce de *ceux-là*. Sur leurs corps entrelacés, trois petits bouts de parchemins s'élevaient et descendaient au gré de leurs mouvements. Quelque chose était écrit sur chacun d'eux, mais il était trop loin pour pouvoir lire.

Trois bouts de papier, un bon nombre, au moins.

Shomari s'avança le premier, tendant la main vers le lance-pierre accroché à sa ceinture, mais avec une vitesse surprenante, le Père Olufemi lui bloqua la main.

« *Non.* »

Les yeux de Shomari s'écarquillèrent de surprise, mais le Père Olufemi le prit de vitesse. « Ce sont des mambas noirs orientaux, expliqua-t-il. Il y en a six, un pour chacun de nos dieux et déesses. Ils ont été consacrés par ce temple, et aucun mal ne doit leur être fait. »

Ekon se tendit. Il n'aimait pas du tout le tour que prenait la situation. Le Père Olufemi avait dit qu'il y avait six serpents, mais il ne pouvait pas les séparer dans son esprit, ce qui signifiait qu'il ne pouvait pas les compter. *Cela* l'effrayait au plus haut point. Chaque fibre de son corps le pressait instinctivement de fuir ou, au moins, de s'éloigner d'eux, mais il s'aperçut qu'il était incapable de bouger.

« Un Fils des Six est un homme plein de foi et de courage, poursuivit le Père Olufemi. Ce soir, nous mettrons les deux à l'épreuve. Chacun de vos noms de famille a été écrit sur un morceau de parchemin et placé dans ce panier. » Il pointa ce dernier du doigt. « Votre dernier rite de passage consiste à récupérer votre nom sans vous faire mordre par l'un des serpents. Nous allons procéder par ordre alphabétique, par nom de famille. »

De nouvelles gouttes de sueur perlèrent sur le cou d'Ekon, et ce n'était pas à cause de la chaleur étouffante de la petite pièce. Frénétiquement, il se creusa la tête, réfléchissant à ce qu'il savait des mambas noirs. On disait que c'étaient les serpents les plus venimeux du continent ; une simple morsure pouvait tuer en quelques minutes. D'après ses brèves lectures, il savait qu'ils n'étaient pas particulièrement agressifs par nature, mais lorsqu'on les provoquait… Il regarda ses camarades candidats.

Les narines de Fahim s'élargissaient tandis qu'il inspirait et expirait fortement par le nez ; les pupilles de Shomari étaient dilatées. Tous deux tremblaient visiblement. Pile à ce moment, l'un des serpents releva légèrement la tête du panier pour les regarder avec curiosité. Il ouvrit sa gueule bleu-noir et, dans la faible lumière, du venin luisit sur ses crocs. Ekon se figea.

« Candidat Adebayo, appela le Père Olufemi. *Allez-y.* »

Ekon regarda Fahim se traîner vers le panier, tremblant de la tête aux pieds. Il commença à se courber, puis, comme s'il avait eu une meilleure idée, il se mit à genoux. Les serpents se tournèrent vers lui, six paires d'yeux noirs étincelants qui l'observaient et attendaient. Fahim commença à tendre la main mais la retira quand l'un des serpents poussa un sifflement. Le Père Olufemi secoua la tête.

« Ils sont *consacrés*, ce qui signifie qu'ils ne mordront que ceux qui sont indignes, murmura-t-il. Tu dois agir sans crainte, et tu dois agir avec *foi.* »

Fahim hocha la tête, sa poitrine se soulevant et s'abaissant tandis qu'il reprenait son équilibre. Il déplaça son poids, fléchit les doigts, puis, si rapidement qu'Ekon put à peine le voir, arracha un morceau de parchemin du centre du panier. Il trébucha en arrière, atterrissant sur ses fesses, puis porta le papier à ses yeux pour lire le nom qui y était griffonné. Tous les muscles de son corps se relâchèrent instantanément, et il tendit le papier au Père Olufemi, qui acquiesça.

« Très bien. Candidat Mensah, c'est votre tour. »

Shomari était plus confiant que Fahim, mais pas de beaucoup. Il tourna autour du panier comme s'il s'agissait d'une proie, ses yeux méfiants fixés sur les deux bouts de papier restants pour essayer de déterminer lequel portait le nom de sa famille. Mais quand le moment vint de s'agenouiller devant le panier, il tremblait tout autant. Contrairement à Fahim, il y plongea la main avec une grande prudence, la sueur perlant sur sa lèvre supérieure tandis que ses doigts survolaient les corps noués des serpents. Il pinça l'un des morceaux, puis retira lentement la main. Un rire nerveux résonna dans la pièce lorsqu'il se releva, et le Père Olufemi lui prit le papier. Après l'avoir lu, il hocha à nouveau la tête et lui fit signe de reculer et de se tenir à côté de Fahim. Ekon grimaça lorsque le regard du saint homme se porta sur lui.

« Candidat Okojo, *avancez-vous.* »

Ekon essaya de déglutir à nouveau, mais sa gorge était sèche. Il compta ses pas – quatre, un *mauvais* nombre. Ses jambes semblaient bouger d'elles-mêmes tandis que le Père Olufemi désignait une dernière fois le panier, avant de reculer pour lui laisser de l'espace. Enfin, Ekon se força à baisser les yeux. Là, en plein centre du panier, il pouvait voir le dernier morceau de parchemin. Un nom y était inscrit en lettres épaisses à l'encre noire.

OKOJO

Et voilà : ce morceau de papier était la dernière chose qui se tenait entre lui et tout ce pour quoi il avait fait tant d'efforts. Il se baissa lentement, ignorant la pierre dure contre ses genoux. Aussitôt, comme s'ils avaient conscience qu'il était le dernier intrus, les mambas sifflèrent bruyamment à l'unisson, leurs yeux froids rencontrant les siens comme de l'onyx arraché à un ciel nocturne sans étoiles. Il se rappela les mots du Père Olufemi, prononcés quelques instants auparavant.

« Ils ne mordront que ceux qui sont indignes. »

Il déglutit. Et s'*il* était indigne ? Il pensa à la jungle, aux choses qu'il avait faites… celles qu'il n'avait *pas* faites. Il pensa à l'étrange vieille femme, aux secrets qu'il dissimulait, et à un monstre – il semblait qu'on en revenait *toujours* au monstre. Il repensa à la voix qui hantait ses cauchemars.

S'il te plaît. Dans son esprit, la voix de Baba était toujours confuse, douloureuse. *S'il te plaît, mon fils.*

Non. Ekon ferma les yeux. Il s'obligea à penser à Kamau, au temple et à la vie qu'ils avaient menée ici tous les deux après la mort de Baba. Il remplaça les visions de la Grande Jungle par des souvenirs de séances d'entraînement sous un soleil ardent sur les pelouses du temple, de l'odeur du pain de riz qui cuisait dans les cuisines, d'une bibliothèque pleine de livres qu'il pouvait compter à l'infini.

Sois fort. Il entendit la voix de Kamau dans son esprit, rassurante et confiante comme toujours. *Tu peux le faire. Et souviens-toi : Kutoka mzizi.*

Kutoka mzizi. Les mots faisaient six syllabes. Six, un *bon* nombre. Lentement, il rouvrit les yeux. De sa main libre, Ekon tambourina des doigts contre sa cuisse, trouvant un vieux rythme tandis qu'il scandait les mots de ses ancêtres en cadence.

Un-deux-trois. Un-deux-trois. Un-deux-trois. Un-deux-trois.

Kutoka mzizi. Kutoka mzizi.

Après ce soir, plus rien ne serait comme avant. Après cela, il appartiendrait enfin à quelque chose, à une fraternité.

Kutoka mzizi. Kutoka mzizi. Kutoka mzizi.

Aux yeux de son peuple, aux yeux de cette *ville*, il serait respecté en tant que guerrier et en tant qu'homme. Les enfants l'admireraient, les filles le remarqueraient. Il rendrait enfin Baba fier, même si son père n'était pas là pour le voir. Il rendrait sa mère fière, même si elle n'était pas là pour le voir non plus.

Kutoka mzizi.

Il s'immobilisa comme il avançait la main en direction du papier, les doigts tendus vers les serpents. Il comptait procéder comme Shomari, avec lenteur et prudence. Il mesura la distance au fur et à mesure qu'elle diminuait.

Neuf pouces, six pouces, trois…

La porte s'ouvrit avec fracas, si soudainement qu'Ekon bondit sur ses pieds, son *hanjari* tiré de son fourreau avant même de discerner qui l'avait ouverte. Quand il vit de qui il s'agissait, cependant, il abaissa la lame, confus.

Le jeune homme qui leur rendit leur regard tenait une torche et portait un caftan bleu ciel humide de sueur autour du col. Il était grand, imposant, et avait la peau brune ; sa poitrine se gonflait comme il luttait pour respirer. C'était un Fils des Six.

« Kuhani. » Le guerrier frappa son poing contre sa poitrine en signe de salut et s'inclina.

« Guerrier Selassié, que signifie ceci ? » Ekon n'avait jamais vu le Père Olufemi aussi en colère. La bouche du saint homme était plissée, et une veine volumineuse palpitait dangereusement au niveau de sa tempe. « Comment *osez*-vous interrompre un rite sacré de…

— Pardonnez-moi, mon Père. » Fahim et Shomari échangèrent un regard tandis que le guerrier s'inclinait de nouveau, plus bas cette fois pour faire bonne mesure. Pour la première fois, Ekon remarqua qu'il tremblait et que, lorsqu'il parla, sa voix était chancelante. « Le kapteni Okojo m'a ordonné de venir vous trouver immédiatement. »

Le cœur d'Ekon fit un bond. *Kamau* avait envoyé ce guerrier ? Cette nouvelle accrut sa nervosité. Quelque chose n'allait pas.

L'expression du Père Olufemi se fit plus tranchante. « Que s'est-il passé ? Parle. »

Le guerrier Selassié se redressa et rencontra le regard du Père Olufemi. « C'est le Zoo nocturne de Baaz Mtombé, chuchota-t-il. Il *brûle*. »

Des choses remarquables

Adiah

« Bwana et Bi Bolaji, merci d'être venus si rapidement. » Debout à côté de Père Masego, je regarde mes parents qui grimpent lentement les dernières marches du temple de Lkossa et tente de calmer mon anxiété. Peut-être est-ce le gris métallique du ciel d'après-midi au-dessus de ma tête, qui assombrit l'air comme toujours à cette époque de l'année, mais aujourd'hui tous deux semblent particulièrement usés et fatigués.

Peut-être que c'est parce que je sais qu'ils le sont constamment.

Mes parents sont venus de l'autre bout de la ville à la demande du jeune messager que le Père Masego leur a envoyé. Un pli serré remplace le sourire habituel de mon Baba, et je comprends immédiatement qu'il souffre. Les escaliers comme ceux du temple sont pénibles pour son dos, déformé par toutes ces années de travail de récolte. Je regarde ses mains, calleuses et assez grandes pour envelopper entièrement les miennes. Il a la peau marron foncé et le visage rond ; on dit que je tiens de lui. À ses côtés, ma mère, ses tresses grises nouées en un chignon haut, le soutient par le coude tandis qu'ils atteignent enfin le palier. Ses yeux d'un cuivré profond sont fixés sur moi.

Ça ne va *pas*.

« Kuhani. » Mama salue le Père Masego d'une petite inclinaison pleine de révérence. Mon père en fait de même, bien qu'avec davantage de maladresse. « Nous avons été très surpris de recevoir votre message ce matin. Mon mari et moi étions au travail, voyez-vous, et nous sommes payés à l'heure...

— Je m'excuse de vous avoir détournés de vos occupations », répond le Père Masego. Aujourd'hui, il porte une robe bleue simple, mais avec ses dreadlocks blanches attachées et sa barbe taillée, il dégage toujours un air majestueux aussi exaspérant. « Cependant, je crains que la situation ne soit urgente. »

Pour la première fois, le regard de Mama passe de moi au Père Masego. La peau entre ses sourcils se plisse d'inquiétude. « Tout va bien ? Il s'est passé quelque chose ?

— Eh bien... » Le Père Masego marque une pause, comme s'il pesait ses mots. « On peut dire ça. Votre fille a été impliquée dans un incident ce matin. »

Je sens le regard du vieil homme sur moi, mais je refuse de le croiser.

« Après avoir consulté plusieurs témoins, poursuit-il, j'ai pensé qu'il valait mieux que nous parlions en personne, immédiatement.

— Adiah Bolaji. »

Mon nom complet. Ça ne va *vraiment* pas. Cette fois, je ne peux m'empêcher de grimacer lorsque le regard de Mama me transperce, pénétrant comme une lame. Même Baba a l'air malheureux.

« Qu'as-tu fait cette fois-ci ?

— Rien ! » Je déteste le son aigu de ma voix, qui constitue quasiment un aveu de culpabilité. Je suis presque une adolescente, mais j'ai toujours l'air d'une petite fille. Je jette un regard à chacun de mes parents avant de poursuivre rapidement : « Je veux dire, c'était un *accident*. Frère Isoke...

— Est actuellement en convalescence à l'infirmerie du temple », complète Père Masego. Il se tourne vers mes parents. « D'après ce que j'ai compris, il s'exerçait avec Adiah et d'autres jeunes darajas ce matin lorsqu'elle a fait preuve d'un peu trop d'enthousiasme.

— D'enthousiasme ? » Les sourcils de Baba se froncent de confusion.

Le Père Masego acquiesce. « L'exercice que les élèves pratiquaient leur demandait d'invoquer une petite quantité de splendeur de la terre et de la laisser se déplacer à travers eux, puis de la faire ressortir immédiatement. Adiah a invoqué bien plus que ce à quoi s'attendait Frère Isoke, et quand il est allé corriger sa position, il semble qu'elle...

— Oh, c'est bon, ses cheveux vont repousser ! je l'interromps en soufflant. Euh... ils *finiront* par repousser. »

En entendant cela, mes deux parents tressaillent. Mama est obligée d'attraper le bras de Baba pour l'empêcher de dégringoler les marches lorsqu'il vacille, puis me dévisage d'un air horrifié. C'est un regard que j'ai déjà vu, et je n'aime pas ça. J'en veux aussi au Père Masego de m'avoir dénoncée. Ce n'est pas ma faute si la splendeur que recèle la terre vient à moi avec une telle facilité ; il en a été ainsi toute ma vie. Je le regarde d'un air renfrogné, remuant mes orteils tandis que je sens l'agréable picotement de la splendeur dans mes pieds. Je pourrais probablement faire disparaître sa stupide barbe en me concentrant. Comme s'il pouvait lire dans mes pensées, il me lance un regard méfiant et se déplace imperceptiblement vers la gauche, mettant un peu plus d'espace entre nous.

« *Peut-être*, dit-il doucement, pourrions-nous poursuivre cette conversation dans l'intimité de mon bureau ? »

Mama lâche Baba et me prend le bras sans trop de ménagement tandis que nous suivons le Père Masego dans le temple de Lkossa. À cette heure de la journée, la plupart des frères et des Fils des Six sont occupés à étudier, prier ou patrouiller. Nous montons un escalier – lentement, pour que Baba puisse suivre – et le Père Masego nous fait passer une porte en bois soigneusement polie. Je n'aime pas vraiment me trouver à l'intérieur du temple, et je n'aime *surtout pas* me trouver dans le bureau privé du Kuhani. La pièce est longue et rectangulaire, mais avec les étagères bondées des deux côtés, je me sens enfermée. Je pense à mon meilleur ami, Tao, et à quel point il aimerait cet endroit. Quand il n'est pas en train de faire des corvées dans les cuisines du temple, je sais qu'il lui arrive de se faufiler dans la bibliothèque. *Il* pourrait passer une journée entière le nez dans un livre. Contrairement à moi, il n'a pas de problème à rester en place.

Le Père Masego s'installe dans un fauteuil en cuir derrière son bureau et fait signe à mes parents de prendre les deux sièges assortis qui lui font face. Remarquer cela me fait horreur, mais ils n'ont vraiment pas l'air à leur place ici, avec leurs uniformes de moissonneurs. La tunique de Baba est rapiécée de toutes parts et la robe de travail de Mama est étirée et légèrement trop grande pour son corps osseux. Pendant un instant, j'ai honte d'eux, puis je m'en veux de penser ainsi. Mama et Baba ont fait tant de sacrifices pour que je sois ici ; je n'ai pas le droit d'avoir honte. Comme il n'y a pas de chaise pour moi dans le bureau, je suis obligée de me tenir entre mes parents lorsque le Père Masego s'adresse de nouveau à eux.

« Je souhaite être franc avec vous, Bwana et Bi Bolaji. » Il croise ses longs doigts. « Il y a deux ans, lorsque vous m'avez amené Adiah à l'âge de 10 ans pour examen, je vous ai dit que je pensais qu'elle pourrait devenir une daraja douée si elle recevait une formation appropriée. » Son regard passe de l'un à l'autre, hésitant. « J'ai bien peur de m'être trompé. »

La température de la pièce semble chuter instantanément. Je vois Mama se redresser sur sa chaise et Baba se crisper. Dans ma propre tête, j'entends un rugissement de plus en plus fort au fil des secondes, et j'essaie de calmer mon estomac qui se tord. Ça y est, j'en suis sûre. Le Père Masego est sur le point de m'expulser du temple, il va dire à mes parents que je n'ai plus le droit de m'entraîner ici. Je peux quasiment entendre leurs cœurs se briser à mesure que la réalité s'impose. Deux ans de sacrifices infinis gâchés. Ils n'auront plus de fille capable de devenir autre chose qu'une moissonneuse, une fille dont ils auraient pu être fiers. La culpabilité me serre la gorge tandis que je fixe le sol, et des larmes chaudes s'accumulent derrière mes yeux.

« Ce que je *veux dire*, c'est que... »

Je lève les yeux. Le Père Masego ne regarde plus mes parents, mais m'observe attentivement. Je fais tout mon possible pour ne pas me tortiller. Ses yeux bruns, ronds et perçants, me rappellent ceux d'une chouette.

« Je pense maintenant avoir gravement sous-estimé le potentiel d'Adiah, poursuit-il. J'ai dit autrefois que je pensais qu'elle *pourrait* devenir une daraja puissante, mais il est maintenant évident pour moi qu'elle l'est déjà. En fait, Adiah est l'un des prodiges les plus puissants que j'aie rencontrés en soixante-douze ans. Rien qu'à l'âge de 12 ans, ses capacités sont extraordinaires. »

Si le bureau était froid auparavant, la chaleur y revient deux fois plus vite. Je sens un soulagement qui pulse dans l'air, comme un battement de cœur qui ramène la vie dans la pièce. Mes deux parents se détendent dans leurs sièges, et ma nervosité laisse maintenant place à un vrai sentiment de fierté.

Extraordinaires.

Le Père Masego, le chef du temple et de toute la ville, pense que ce dont je suis capable avec la splendeur est *extraordinaire*. Je ne vais *pas* être expulsée, et je ne suis pas une ratée. Il est encore temps pour moi de faire mes preuves, de trouver un moyen d'améliorer la vie de mes parents. Une fois devenue une daraja accomplie, je serai en mesure de gagner de l'argent et de le partager avec eux. Une vie meilleure est possible. *L'espoir* est permis.

« Alors, vous pensez que notre petite fille… s'en sortira ? » Baba se penche en avant, le visage implorant. Devant sa joie discrète, quelque chose se serre dans ma poitrine. En retour, le Père Masego lui adresse un sourire bienveillant.

« En effet, dit-il. Je crois qu'Adiah sera très accomplie dans quelques années, une fois qu'elle aura terminé sa formation. »

Sa formation. D'un coup, j'ai terriblement envie de retourner sur les pelouses à l'avant du temple pour m'entraîner. Je veux pratiquer l'exercice que Frère Isoke a essayé de m'enseigner plus tôt, et je veux le réussir cette fois. Peut-être que je pourrais…

« *Mais*. » Les yeux du Père Masego sont toujours fixés sur moi. « Adiah, outre un compliment bien mérité, je me sens obligé de te donner un conseil : "De celui qui reçoit beaucoup, beaucoup est exigé." » Il tapote le livre en cuir épais sur le coin de son bureau. « Ce dicton vient des Écritures. Sais-tu ce qu'il signifie ? »

Je secoue la tête car, en toute honnêteté, je l'ignore. Les commissures des lèvres du Père Masego s'étirent en un sourire plus large.

« Ce que cela signifie, dit-il, c'est qu'étant donné que tu possèdes une affinité aussi forte pour la splendeur, tu vas devoir travailler très, *très* dur pour apprendre à la canaliser correctement et en toute sécurité. Tu vas devoir étudier davantage, t'entraîner plus longtemps…

— Je le ferai.

— *Et* suivre les instructions de tes professeurs pendant les cours. » Un sourire en coin étire ses lèvres. « Cela signifie aussi qu'il n'y aura plus d'incidents comme celui de ce matin. Est-ce que c'est compris, jeune fille ?

— Oui, mon Père. Cela ne se reproduira pas. » Je prononce ces mots immédiatement, et avec sincérité. Le Père Masego m'agace parfois, mais en vérité... je *veux* qu'il soit fier de moi, comme je veux que mes parents soient fiers de moi. Je ne veux pas être envoyée loin d'ici.

Je ne veux pas échouer.

« *Bien.* » Le Père Masego se lève, et mes parents en font de même. « J'ai la plus grande foi en toi, Adiah, déclare-t-il. Et je crois qu'un jour, tu accompliras des choses remarquables. »

CHAPITRE CINQ

En direction des étoiles

Koffi grimaça lorsque quelque chose lui brûla la peau. Il y eut un coup de tonnerre, si tonitruant qu'il fit trembler toute la tente, et une explosion de lumière blanche et dorée. Il lui fallut un moment pour prendre conscience de la sensation de douleur nouvelle et piquante, du filet chaud qui ruisselait le long de son avant-bras tandis que les bêtes et les gardiens glapissaient de surprise. Sa vision se brouilla pendant un moment, et elle cligna plusieurs fois des yeux avant de retrouver sa concentration. Lentement, elle prit conscience de la scène qui se déroulait devant elle.

Une table d'appoint à proximité avait basculé ; sa housse de lin autrefois blanche était maintenant souillée de terre, une partie de la table était noircie par le feu, et près de ses pieds, le sol était tacheté de quelque chose de rouge, trop brillant pour être du sang. Elle réalisa au bout d'un instant que c'était de la cire, de la cire de *bougie*, et en regardant de plus près, elle vit qu'il y en avait partout, même sur son bras. Cela expliquait la douleur, mais elle ne comprenait pas ce qui s'était passé. Quelques secondes auparavant, cette bougie tremblotait tranquillement dans son candélabre doré ; à présent, il n'en restait plus que les minuscules flammes qui vacillaient sur le sol. C'était comme si la bougie avait *explosé*. Elle regarda autour d'elle, confuse. La bougie avait éclaté en morceaux au moment même où elle avait expiré, mais... il s'agissait sûrement d'une coïncidence ; c'était forcément le cas. Il n'y avait pas d'autre explication possible, mais elle se sentait bizarre. Sa peau, désagréablement chaude un moment avant, était maintenant moite, et la plante de ses pieds picotait comme lorsqu'elle s'asseyait les jambes croisées trop longtemps. Plus elle fixait les restes de la bougie grésillante, plus il lui était difficile d'ignorer la question qui se formait au fond de son esprit.

Est-ce que c'est moi qui ai fait ça ?

Non, bien sûr que non. C'était une idée absurde, illogique, et pourtant... elle se souvenait de la pression qui s'était accumulée dans sa poitrine, suivie de cette sensation de libération. Une chaleur s'était répandue dans son corps, remontant le long de ses membres, avant de s'échapper par ses mains. Quelque chose s'était produit, mais elle ne savait pas quoi, et plus elle y pensait, plus elle était mal à l'aise.

C'est moi qui ai fait ça. C'est moi qui en suis responsable.

La plupart des autres gardiens de bêtes fixaient toujours avec perplexité l'endroit où se trouvait la bougie ; quelques-uns regardaient autour pour essayer de trouver ce qui avait entraîné sa combustion. Sentant une unique paire d'yeux sur elle, Koffi leva les siens.

Mama.

Sa mère était la seule personne dans l'*héma* à ne pas regarder la bougie détruite, mais Koffi. Son regard exprimait une terreur pure.

« Du calme ! »

Baaz, qui se tenait toujours au milieu de la tente, cria l'ordre à pleins poumons, puis fixa les petits feux d'un regard noir comme s'il comptait les éteindre avec des remontrances. « Un de ces jours, les idiots que vous êtes apprendront à regarder où ils mettent les pieds et à ne plus renverser des choses. Que tout le monde reste calme et escorte les animaux dehors en file indienne. » Il se tourna vers un gardien de bêtes à la forte carrure à côté de lui. « Dosu, cours jusqu'au puits et va chercher de l'eau. Gwala, emmène Rashida au poteau. Je serai là dans un moment… »

Le regard de Koffi se dirigea vers Diko, puis se figea. À côté d'elle, le jokomoto était soudainement devenu étrangement immobile tandis qu'il regardait le feu se répandre. Une lueur manifeste brillait dans le regard jaune du lézard, de la *faim*. Aussitôt, Koffi lâcha la laisse de son harnais.

« Nous devons sortir. » Elle faillit trébucher toute seule tandis qu'elle s'éloignait de lui. Quelque part dans l'*héma*, elle crut entendre un souffle. « Nous devons tous sortir, maintenant. »

En périphérie de son champ de vision, l'air renfrogné de Baaz était devenu plus menaçant. « Tais-toi, ma fille, grogna-t-il. Pas besoin de…

— Je vous dis que nous devons *partir* ! » La voix de Koffi était montée d'une octave, mais elle n'avait pu s'en empêcher. Elle arracha son regard de Baaz pour le fixer à nouveau sur Diko. Le jokomoto n'avait pas encore bougé, et une subtile lueur rouge et or était visible juste sous ses écailles. « S'il vous plaît. » Elle regarda par-dessus son épaule. « S'il vous plaît, il faut que tout le monde… »

Quelqu'un l'attrapa brutalement par le bras, et elle se retrouva face à face avec Baaz. Son visage était déformé par la rage. Il n'avait pas remarqué Diko, ou il s'en fichait. « Je t'ai dit de te *taire*, siffla t il entre les dents. C'est *mon* zoo, pas le tien. C'est *moi* qui décide qui sort de cette tente et quand, pas toi, espèce de sale petite... »

Cela arriva sans prévenir. Un cri à fendre les oreilles retentit, si strident que plusieurs gardiens de bêtes tombèrent à genoux en l'entendant. Koffi sentit Baaz la lâcher, et elle s'affala sur le sol tandis que l'*héma* tout entière tremblait à nouveau et qu'un flamboiement de lumière remplissait l'espace. Les poils de sa nuque se hérissèrent, et elle se mit en boule pour se couvrir la tête. Un cri prolongé ponctua l'air, puis une cascade d'autres s'ensuivirent. La tête toujours baissée, elle écouta les martèlements de pas et d'animaux paniqués qui fonçaient autour d'elle jusqu'à ce qu'elle ose lever les yeux. Lorsqu'elle le fit, son cœur s'arrêta.

Diko.

Il se trouvait maintenant au milieu de la tente, éclairé comme s'il se tenait au-dessus d'une lumière blanche invisible. Du feu jaillissait de sa gueule en d'horribles vagues jaunes et dorées, brûlant tout ce qui se trouvait à sa portée. Il allait réduire la totalité de la tente en cendres.

« Koffi ! »

Koffi regarda à sa droite. Jabir se tenait à l'autre bout, regardant autour de lui, tandis que ses chiens l'entouraient et gémissaient. Il fouillait les environs du regard, de plus en plus frénétique. Koffi avait ouvert la bouche pour l'appeler quand l'un des gorilles se précipita vers elle et la força à rouler hors de sa trajectoire. Quand elle se releva, elle ne pouvait plus voir Jabir.

« Bouge ! »

Elle eut l'impression de recevoir un coup de couteau dans les côtes quand quelqu'un trébucha sur elle et tomba au sol avec un autre cri. Elle se plia en deux. L'air de l'*héma* devenait plus épais et plus sombre à chaque seconde, il était plus difficile d'y respirer et d'y voir. À sa droite, le guiamala – désormais abandonné – tournait nerveusement en rond, jusqu'à ce qu'il renverse le mât central de la tente et que la structure tout entière frémisse de manière menaçante. Un tintement métallique se mêla à de nouveaux cris, tandis que des centaines de piquets se trouvaient déterrés à l'extérieur, incapables de supporter la pression nouvelle qui s'exerçait sur la tente. Koffi leva les yeux avec horreur.

« À *terre* ! » Quelqu'un la tira au sol alors que des morceaux de la tente cramoisie commençaient à se replier sur eux-mêmes, prenant feu à une vitesse alarmante. Un corps recouvrit le sien, la protégeant de la plupart des débris qui tombaient. Quand Koffi tourna la tête, son visage se retrouva à quelques centimètres d'un autre. Mama. Elle avait réussi à l'atteindre.

« Reste derrière moi, ordonna Mama. Rampe ! »

Elle fit signe à Koffi de la suivre sur le tapis, à quatre pattes, tandis que les animaux et les gardiens de bêtes piégés dans la tente en feu continuaient de crier. L'entrée de la tente s'était déjà effondrée, et d'autres morceaux continuaient de s'abattre. À quelques mètres de là, de l'autre côté de la tente, le bord de l'*héma* s'était légèrement soulevé de la terre. C'était une petite ouverture, mais si elles parvenaient à se glisser dessous…

Par terre, des morceaux de verre brisé lui entaillaient les paumes et les genoux ; des panaches de fumée remplissaient ses poumons à chacune de ses respirations saccadées. Le feu prenait de l'ampleur, toujours plus chaud, mais elle ne s'arrêta pas. À son grand désarroi, l'ouverture dans la tente semblait s'éloigner, et non se rapprocher. Des braises nouvelles virevoltaient autour de son visage, et elle agita une main ensanglantée pour les chasser.

Dieux, pria-t-elle, *faites que mes cheveux ne prennent pas feu.*

Un bourdonnement terrible lui emplit les oreilles comme elle ouvrait la bouche pour appeler sa mère et qu'elle aspirait une bouchée de chaleur âcre à la place. La silhouette de Mama, qui continuait de ramper juste devant elle, s'estompait, plus difficile à discerner au milieu de la fumée et des morceaux de tente qui tombaient autour d'elles. Koffi essaya de prendre une autre inspiration, mais elle n'émit qu'un sifflement sec. L'air la brûla. Elle grimaça à nouveau lorsque quelqu'un marcha sur l'arrière de ses pieds. D'une minute à l'autre, elle savait que son corps atteindrait ses limites. Elle serait incapable de continuer.

« Kof ! » Mama cria son nom de quelque part dans l'obscurité. « Accroche-toi à moi ! »

Mais il était déjà trop tard. Koffi ne voyait ni ne sentait rien d'autre que la fumée et le sang. Sa tête était de plus en plus confuse, et le monde bascula lorsqu'elle tomba en avant. Elle attendit la douleur, la collision inévitable avec le sol, mais rien ne vint. Il y eut un grand fracas lorsqu'une nouvelle section de la tente implosa, et un autre long cri d'agonie. Des bras forts l'attrapèrent, la tirant et la traînant tout à la fois dans l'air plus frais de la nuit.

« Koffi ! »

Le monde était encore sombre et flou, mais Koffi sentit que quelqu'un lui tapait doucement la joue tout en essayant de la relever. Elle cligna des yeux et vit Mama qui la regardait fixement. « Lève-toi ! Nous ne pouvons pas rester ici ! »

Koffi inhala de l'air pur, et le monde retrouva son angle habituel. Elles étaient dehors maintenant, à quelques pas de l'*héma* en feu. À peine s'était-elle levée que Mama lui attrapa le bras et se mit à courir à toute vitesse.

« Les animaux, lança Mama entre deux foulées. Aide-moi à m'en occuper ! »

Koffi regarda derrière elles. L'*héma* était complètement embrasée à présent, un grand tas de flammes se propageant rapidement vers d'autres parties du Zoo nocturne. Elle entendit les bêlements, les grognements et les cris des bêtes en cage alors que la chaleur brûlante les atteignait, et son estomac se serra.

« Vite ! » Mama fit signe à Koffi de se diriger vers la volière tandis qu'elle courait en direction d'un enclos de koudous paniqués. Sans s'arrêter pour réfléchir, Koffi ouvrit la porte de la cage en forme de dôme et laissa les oiseaux s'envoler dans la nuit dans un arc-en-ciel de plumes. Deux gardiens de bêtes la regardèrent d'un air confus avant de comprendre ce qu'elle faisait et de se précipiter pour aider d'autres animaux. Koffi libéra les chimpanzés, un bébé hippoguerre, puis un zèbre. Elle était en proie à une telle confusion au milieu du chaos qu'au début elle ne remarqua pas les cris prolongés. Quand elle les entendit enfin, son sang se glaça.

Des guerriers.

Évidemment, ils avaient sans doute vu la fumée et les flammes depuis la ville et étaient venus enquêter. Elle frissonna. Les guerriers de Lkossa, les Fils des Six, n'étaient pas réputés pour leur compassion. Soudain, Mama apparut de nouveau à ses côtés.

« Nous devons partir. » La voix de Mama était tendue, ses yeux écarquillés. « Maintenant ! »

Koffi sursauta. « Et nos dettes ? »

Mama l'attrapa par les épaules, avec une poigne presque douloureuse. « Nous ne pouvons pas rester ici, insista-t-elle. Ce qui vient de se passer dans la tente… Si Baaz réalise ce que tu as vraiment fait et ce que tu es vraiment, tu ne quitteras jamais cet endroit. »

Ce que tu as vraiment fait et ce que tu es vraiment. Ces mots sonnaient bizarrement, faux d'une certaine manière, mais Koffi n'eut pas le temps de s'y attarder, car Mama s'élança à travers les pelouses du Zoo nocturne en la traînant à sa suite. Ses jambes criaient de protestation à chaque foulée, mais elle surmonta la douleur pour rester sur les talons de sa mère. Autour d'elle, de brèves images lui parvenaient en couleurs vives. Les autres créatures du Zoo nocturne avaient vraisemblablement été libérées et se ruaient sur les pelouses, cherchant à s'échapper elles aussi. Plusieurs autres incendies s'étaient déclarés dans l'enceinte, et l'air était ponctué des cris en provenance non seulement des animaux, mais aussi des gardiens de bêtes. Koffi frissonna, et son regard balaya le périmètre du zoo. Elle tressaillit lorsque ses pieds se mirent à picoter une fois de plus, et cette fois-ci, elle sentit un tiraillement intérieur juste sous son nombril tandis que quelque chose la traversait à nouveau. Elle tourna la tête dans sa direction, et une vague de soulagement l'inonda. Un mur de briques vertigineux entourait le Zoo nocturne, mais des lianes rampantes pendaient en un rideau épais sur une section de celui-ci.

« Mama ! » Koffi pointa les lianes du doigt. Sa mère suivit son regard, acquiesça et changea de trajectoire. Elles s'arrêtèrent ensemble au pied de l'imposant mur.

« Grimpe ! » Mama jeta un coup d'œil par-dessus son épaule. Elles étaient seules, mais probablement pour quelques secondes seulement.

Koffi n'hésita pas. Les lianes formèrent un voile d'un vert profond lorsqu'elle enroula l'une des tiges autour de son pied nu et l'utilisa pour se hisser. Elle se souleva aussi haut qu'elle le pouvait, mais une douleur cuisante traversa ses paumes. Quand elle retira ses mains, la liane était tachée de sang. Ses paumes s'étaient éraflées lorsqu'elle avait rampé au milieu des débris de l'*héma*.

« Dépêche-toi ! lança Mama.

— J'ai les mains pleines de coupures ! »

Mama arracha deux bandes à l'ourlet de sa tunique. « Enroule-les autour ! »

Koffi obéit et essaya de nouveau. Cette fois, lorsqu'elle attrapa la liane, la douleur était supportable. La tension sous son nombril était toujours là, la poussant à se hisser le long du mur, centimètre par centimètre. Cela sembla prendre un siècle, mais peu à peu le sommet apparut. Les étoiles scintillaient à travers la fumée, et Koffi s'en servit comme guide. *Monte,* se disait-elle. *Contente-toi de monter.*

« Ne t'arrête pas ! » appela Mama d'en bas. Une autre vague de soulagement profond envahit Koffi lorsque ses mains bandées trouvèrent enfin un appui sur le rebord, une surface de pierre plate juste assez large pour qu'elle puisse s'y hisser et s'y percher comme un oiseau. Elle regarda en bas, s'attendant à voir Mama juste derrière elle, et son triomphe se transforma en terreur.

Mama était toujours à plusieurs pieds d'elle, grimpant frénétiquement aux lianes et regardant par-dessus son épaule avec une expression paniquée. Koffi suivit son regard, essayant de comprendre. Sa gorge se serra lorsque ses yeux trouvèrent enfin ce que ceux de Mama voyaient déjà.

Deux jeunes hommes vêtus de simples caftans bruns couraient d'un air déterminé à travers les pelouses dans leur direction, leurs silhouettes floues dans la lueur orange sanguine du feu qui rugissait dans leur dos.

Les Fils des Six, venus les arrêter.

« Allez ! » Koffi se pencha sur le rebord du mur aussi loin qu'elle l'osait, les doigts tendus. « Prends ma main ! »

Mais si Mama l'avait vue ou entendue, elle n'en donna aucun signe. Ses yeux allaient et venaient maintenant comme ceux d'un lièvre pris au piège, entre les lianes, les guerriers qui se rapprochaient et les lianes à nouveau avec une panique visible. Elle fit une sorte de demi-saut désespéré, ce qui lui coûta, car elle glissa davantage vers le bas.

« Mama, s'il te plaît ! » Koffi tendit le bras, consciente que si elle le tendait davantage, elle tomberait en avant ; son corps vacillait déjà dans sa position actuelle. Finalement, Mama sembla comprendre. Elle leva les yeux et tendit la main vers Koffi, sans se soucier de la petite pierre noire qui jaillissait vers elle. Dans un horrible craquement, le projectile toucha l'arrière de son crâne. Un son léger s'échappa de ses lèvres tandis que ses yeux se révulsaient et révélaient leur blanc, et Koffi sut ce qui allait se passer.

« Non ! »

Les extrémités de leurs doigts se frôlèrent, puis se séparèrent. Mille ans semblèrent s'écouler pendant que Mama chutait vers le sol et s'affaissait en tas. Koffi attendit, le cœur battant, mais sa mère ne bougeait pas.

« Je l'ai eue ! »

Quelqu'un cria ces mots au loin, mais Koffi ne leva pas les yeux pour découvrir qui les avait prononcés. Un sang trop foncé s'accumulait dans l'herbe sous la tête de Mama, comme une couronne. Il s'infiltra dans sa coiffe, trempant les torsades noires qui en sortaient. À ce moment-là, Koffi comprit. C'était le terrible sentiment de compréhension qu'elle avait ressenti lorsque les yeux de Baba s'étaient fermés sur ce lit de camp il y avait tant d'années de cela, lorsqu'elle avait réalisé qu'il ne s'était pas endormi mais qu'il était parti vers un endroit bien plus lointain. La peur s'insinua lentement dans ses entrailles, lui saisissant la gorge de ses longs doigts cruels.

Non. Elle fixa le corps de sa mère, essayant de comprendre. *Non, non, non, non…*

Une pierre heurta son épaule, envoyant une nouvelle douleur ricocher dans tout son corps et la ramenant au présent. Une fois de plus pourtant, quelque chose la tirailla au plus profond d'elle-même, l'obligeant à se détourner du Zoo nocturne pour se diriger vers les champs à ciel ouvert au-delà. Elle sentit une sorte de déchirement distinct en elle, deux impulsions conflictuelles qui la tiraient dans des directions différentes. Le sentiment inconnu en elle-même exigeait qu'elle parte, le corps de Mama la suppliait de rester.

L'esprit avant le cœur. Le cœur avant l'esprit.

Elle se tourna vers les champs de citronnelle devant elle.

« Hé, attends ! »

Koffi sursauta et regarda par-dessus son épaule. L'un des guerriers était plus proche maintenant, ses yeux sombres fixés sur elle avec la concentration d'un chasseur. Il *chassait*, il *la* chassait. Elle vacilla sur son perchoir, s'efforçant de ne pas tomber en avant.

Pars.

Ce n'était qu'un unique mot dans son esprit, mais il était clair, se répétant comme des ridules sur la surface lisse d'un étang.

Pars.

Elle prit sa décision à ce moment-là, l'esprit avant le cœur. Son estomac fit une embardée tandis qu'elle sautait en direction des étoiles, priant pour qu'elles la rattrapent dans sa chute.

CHAPITRE SIX

La couleur de la nuit

Ekon courait dans les rues vides de Lkossa, entouré de Fils des Six de tous les côtés.

À deux cent quatre-vingt-deux pas du temple de Lkossa, compta-t-il. *Un bon nombre.*

Le joyeux vacarme qui avait envahi la ville plus tôt avait disparu, et les quelques habitants qui se trouvaient encore devant les devantures des magasins ne saluaient ni n'acclamaient le passage des guerriers. Il n'était pas difficile d'imaginer à quoi devait ressembler leur groupe : une meute d'hommes en uniforme, des lances et des visages sévères, fonçant vers un danger inconnu. Ekon saisit la poignée en cuir de son *hanjari* d'une main et tapota son flanc avec les doigts de l'autre.

Deux cent quatre-vingt-quatre pas. Deux cent quatre-vingt-cinq pas. Deux cent quatre-vingt-six…

Il ne leur fallut pas longtemps pour atteindre le Zoo nocturne, mais Ekon s'arrêta quand la colline sur laquelle ce dernier était perché apparut. Bien sûr, il avait *entendu* parler du zoo – chaque enfant de Lkossa avait grandi en entendant les récits des merveilles et des terreurs qu'il abritait –, mais il ne s'y était jamais rendu et n'avait jamais osé s'en approcher autant. Le zoo ressemblait étrangement à une prison : il était entouré d'une grande enceinte de briques dont les murs faisaient au moins deux fois sa taille. Les lueurs de flammes dorées et orange dansaient au-delà, et même à plusieurs mètres de distance, l'odeur âcre de la fumée et de l'herbe brûlée lui piquait les yeux. Ils continuèrent de courir jusqu'à atteindre les portes d'entrée ornées en acier noir du zoo. Kamau, à la tête du groupe, s'arrêta devant les portes et se retourna. Il avait vraiment l'air d'un kapteni.

« Nous devons faire vite, déclara-t-il. La végétation autour de cette zone est très sèche, surtout les champs de citronnelle. Si le feu les atteint, Lkossa même sera dévastée. Nous devons le contenir, puis l'éteindre, nous agirons donc en groupes. » Il désigna plusieurs guerriers expérimentés. « Vous vous joindrez à moi pour la recherche et le sauvetage. Nous commencerons à l'extrémité sud du zoo, et irons vers l'ouest. » Son regard passa à un autre groupe. « Vous ferez office de coureurs. Vous apporterez des seaux d'eau dans les zones où le feu est le plus susceptible de se répandre et ferez en sorte de le contenir. Ne vous relâchez sous aucun prétexte…

— Kamau ! »

Ekon regretta presque d'avoir parlé lorsque les yeux de tous les guerriers se braquèrent sur lui. Il ne pouvait pas discerner l'expression de son grand frère, alors il prit son courage à deux mains pour terminer sa phrase. « Désolé, hum… Kapteni, comment puis-je aider ? »

Kamau regardait déjà au-delà des portes ouvertes du Zoo nocturne. « Il devrait y avoir un puits quelque part à l'intérieur du zoo, comme l'exigent les arrêtés de la ville. Shomari, Fahim et toi serez chargés de remplir les seaux d'eau pour les distribuer aux coureurs. Assurez-vous qu'il y en a toujours un de prêt pour eux. »

La déception inonda Ekon. Il était impossible qu'être assigné aux seaux suffise à prouver sa valeur au Père Olufemi et à l'Ordre des guerriers. Il n'était que trop conscient du fait qu'il n'avait pas vraiment récupéré son nom dans le panier de mambas du temple avant d'être appelé, ce qui signifiait que – techniquement parlant – il n'avait pas accompli son dernier rite de passage. S'il s'avérait incapable de faire ses preuves ici… Il ravala une boule qui grossissait dans sa gorge.

Kamau leur jeta un regard mesuré. « Il y a des serviteurs sous contrat appelés gardiens de bêtes dans ce zoo, dit-il. Ce sont pour la plupart des Gedes, et il ne fait aucun doute que certains d'entre eux vont essayer de s'échapper en profitant du chaos. Si vous en voyez et que vous en avez la possibilité, assurez-vous de les en empêcher. Ils sont sous contrat légal et n'ont pas le droit de quitter l'enceinte du zoo. Allez ! » Il tourna les talons, et le reste des guerriers yabas obéit, le suivant à travers l'entrée du Zoo nocturne et dans l'enceinte en poussant des hululements et des cris de guerre. Dès qu'il fut à l'intérieur, Ekon grimaça. Il ne faisait pas seulement chaud ici ; l'air était étouffant. Il n'avait jamais su comment un feu pouvait être bruyant ; son rugissement était tonitruant. Tout autour de lui, des gens en tuniques grises couraient, criaient, et ils n'étaient pas les seuls. Les poils de sa nuque se hérissèrent lorsque quelque chose de brillant et d'écaillé passa devant lui avec un grognement, envoyant des vagues de chaleur dans son sillage. Quelques mètres plus loin, une autre forme, plus poilue, fuyait les flammes grandissantes. Les bêtes du Zoo nocturne avaient été libérées.

« Rendez-vous au puits ! » Kamau décrivit un large arc de sa lance tandis qu'un animal cornu chargeait dans sa direction. Ekon le vit disparaître dans des panaches de fumée.

Fais en sorte que rien ne t'arrive, s'il te plaît, pria-t-il silencieusement. *Fais en sorte que rien ne t'arrive...*

« Okojo ! »

Ekon sursauta lorsque quelqu'un le bouscula, surpris et agacé de voir que Shomari le regardait d'un œil noir. « Bouge-toi. Le puits est par là ! »

Ekon ravala une réplique. Lui et Shomari coururent à travers les pelouses jusqu'au puits où se tenait déjà Fahim et commencèrent à remplir des seaux. Les gardiens de bêtes en portaient eux aussi désespérément et jetaient l'eau sur le feu de façon désordonnée, mais cela ne servait à rien. Ekon arracha sans douceur l'un des seaux à un vieil homme désemparé. Son regard se braqua sur une grande tente entièrement embrasée, probablement la source de l'incendie. Kamau avait raison ; le feu devait être contenu sans attendre.

Il plongea le seau dans le puits. L'eau était tiède et fétide, mais un coureur fonçait déjà vers lui. À peine lui eut-il passé le seau et rempli celui qui était vide déposé à ses pieds qu'un autre arriva, puis un autre. C'était un travail répétitif ; les muscles de ses bras et du bas de son dos se contractaient tandis qu'il se baissait encore et encore pour passer les seaux remplis et ramasser les seaux vides. Son cœur se souleva lorsqu'il vit les pelouses brûlées du Zoo nocturne. L'un des petits feux avait déjà été éteint, et une équipe de guerriers affrontait maintenant le foyer principal près de la tente géante. Ses yeux étaient encore en train de fouiller les alentours quand il le vit – quand il *les* vit.

Deux silhouettes vêtues de gris couraient à travers le Zoo nocturne au milieu du chaos, dont l'une jetait un coup d'œil par-dessus son épaule toutes les quelques enjambées.

Deux, un mauvais chiffre.

La première femme portait un bandeau et semblait assez vieille pour être la mère d'Ekon, mais la seconde aurait pu avoir son âge. Même à distance, il voyait la peur se refléter sur leurs visages – la peur des gens qui fuient pour sauver leur vie.

Elles étaient en train d'essayer de s'échapper.

Ekon jeta un coup d'œil par-dessus son épaule tout en plongeant un autre seau dans le puits d'un air alarmé. « Hé ! cria-t-il. Il y a deux fugitives potentielles qui se dirigent vers le mur ! »

Fahim continuait à remplir les seaux aussi vite qu'il le pouvait, mais à ces mots, Shomari leva les yeux avec impatience.

« Pas pour longtemps. »

Il laissa tomber son seau en même temps qu'Ekon, et ils s'élancèrent tous deux. Leurs foulées étaient d'égale rapidité tandis qu'ils comblaient l'écart entre les gardiennes de bêtes en fuite et eux. La plus jeune des deux était déjà au sommet du mur d'enceinte du zoo. La plus âgée grimpait aux lianes à sa suite.

« Elles vont s'échapper ! » Shomari s'arrêta et tira sa fronde de sa ceinture. « Oh que non. » Il attrapa une pierre au sol, s'agenouilla, puis la projeta avec une précision parfaite. La pierre survola la pelouse comme un oiseau de proie, frappant la vieille gardienne de bêtes à l'arrière de la tête si fort que cette dernière tomba du mur. Ekon tressaillit lorsque son corps s'effondra au sol.

« Je l'ai eue ! » Shomari fouetta l'air, projetant une autre pierre. Celle-ci toucha la seconde gardienne, la jeune fille, en plein dans l'épaule. « Encore une, et elle...

— Non ! » Ekon était déjà en train de courir. La fille assise sur le rebord supérieur du mur leur tournait le dos, vacillant dangereusement. Ses poumons brûlaient tandis qu'il inhalait de la fumée et son esprit s'embrumait, mais il cria quand même à son intention :

« Hé, attends ! »

La fille se contenta de jeter un coup d'œil par-dessus son épaule. Ekon savait ce qu'elle s'apprêtait à faire, mais il sursauta tout de même lorsqu'elle bondit dans l'obscurité.

« Non ! » Ekon s'arrêta net au moment où Shomari le rattrapait. « Elle a sauté. »

Shomari jura à voix haute, se détournant déjà pour se diriger vers l'entrée du zoo. « Nous pouvons encore lui barrer le chemin. Je vais passer par-derrière, prends le mur ! »

Ekon se mit en mouvement, fonçant vers le mur sans prendre le temps de réfléchir. La vieille gardienne, celle que Shomari avait abattue, était étendue immobile dans l'herbe, mais Ekon ne s'arrêta pas pour la regarder. Il sauta sur le mur couvert de lianes, s'efforçant de le franchir aussi vite que possible. Le monde s'assombrit lorsqu'il atteignit le rebord sur lequel la fille s'était trouvée en équilibre quelques secondes auparavant, et il sauta comme elle, atterrissant durement dans la terre de l'autre côté. Ses yeux balayèrent les environs, puis se figèrent.

Cela faisait dix ans qu'il n'avait pas vu la créature à quatre pattes qui le fixait dans l'obscurité, mais cela ne la rendait pas moins terrifiante. Il inspira fortement tandis que la bête le regardait, éclairée par l'horrible lueur rouge orangé que projetaient des feux de l'autre côté du mur. Son corps rappelait celui d'un lion, la peau tendue sur sa silhouette mince avait la couleur rose pâle d'une créature qui n'avait pas vu la lumière du soleil depuis des années. Ekon savait ce dont il s'agissait.

Le Shetani.

Il y eut une pause d'une demi-seconde tandis que la bête l'étudiait, dévoilant une rangée de dents jaunes serrées dans une bouche noire et gluante. Cela aurait été assez effrayant en soi, et cependant ce n'étaient pas les dents de l'animal qui tétanisaient Ekon, mais ses yeux. Ces derniers n'exprimaient aucune émotion ; ils étaient semblables à deux puits noirs qui menaçaient de l'avaler tout entier. Ils le tétanisaient, le rendant impuissant, tandis que la voix familière s'élevait du fond de son esprit. Il réalisa qu'il ne pouvait rien faire pour l'arrêter ; il ne pouvait même pas compter avec ses doigts.

Mon fils. La voix de Baba était toujours aussi désespérée. *Mon fils, s'il te plaît.*

Ekon ne se tenait pas près de la bordure de la Grande Jungle, mais cela n'avait pas d'importance. Il semblait que l'essence même de la jungle l'avait trouvé, un cauchemar vivant ayant jailli de ses profondeurs les plus misérables. D'un coup, il redevint le petit garçon qui regardait un monstre dressé au-dessus du corps de son père.

S'il te plaît, Ekon.

Dans ses souvenirs, le corps de Baba était brisé, et il y avait trop de sang.

S'il te plaît, mon fils.

Mais Ekon était incapable de bouger, de l'aider. Comme le Shetani soutenait son regard, il sut que la créature ne serait pas ce qui le tuerait en fin de compte ; ce serait la *peur*. Après toutes ces années, la bête le réclamait toujours, ravageant son corps comme une maladie incurable. Il ferma les yeux, attendant que la créature avance et l'achève, quand…

« Va-t'en. »

Ekon sursauta et ses yeux s'ouvrirent. La voix qui avait parlé n'était pas celle de Baba, et elle ne provenait pas de son esprit. Elle était plus douce, plus légère. Ses yeux se tournèrent vers la droite et se fixèrent sur une silhouette qui se tenait à quelques mètres de lui dans l'obscurité, immobile comme la pierre. La fille. Dans la clarté lunaire, il vit qu'elle avait un nez large et petit, des joues rondes et un menton légèrement pointu. Des tresses noires encadraient son visage, s'arrêtant juste sous ses épaules. Elle ne regardait pas Ekon, mais le Shetani, et son expression était à la fois hésitante et calme. Elle contemplait la bête comme si elle fixait quelque chose de vaguement familier. Ekon se crispa dans l'attente d'une irruption de violence, mais le Shetani ne bougea pas. Il semblait aussi désemparé que lui par la jeune femme. Un moment passa entre eux trois, puis

Ekon la sentit. La sensation vint d'abord doucement, un bourdonnement bas, comme quelque chose qui grondait juste sous ses pieds. Elle devint palpable dans l'air, qui se *réchauffa*. Puis :

« Va-t'en. » La fille répéta les mots, plus fort cette fois, plus fermement. Cela semblait la surprendre autant que cela surprit Ekon. Une autre seconde passa avant que le Shetani ne se secoue sans prévenir, se retirant dans les champs de citronnelle et les laissant seuls.

Il a compris ce qu'elle lui a dit. Ekon fixa l'endroit où la créature s'était trouvée, essayant de comprendre ce qu'il venait de voir. Il avait envie de se pincer, de faire quelque chose pour se prouver que tout cela était réel, mais il était incapable de bouger. *Il l'a écoutée,* réalisa-t-il. *Elle lui a dit de partir, et il a… il a écouté. Il a obéi.*

Quant à la fille, elle n'avait toujours pas bougé. Elle regardait fixement l'obscurité, comme si elle voyait quelque chose que lui ne pouvait pas voir. Un long silence emplit l'espace entre eux avant que l'instinct d'Ekon ne prenne le dessus et qu'il comble la distance qui les séparait. Ses doigts se refermèrent sur le haut de son bras, et elle sursauta à ce contact soudain. Il constata avec stupéfaction que sa peau était chaude au toucher, presque fiévreuse. À ce moment-là, à ce *contact,* il eut l'impression que quelque chose irradiait d'elle vers lui, cette vibration si forte qu'elle faisait claquer ses dents. Son regard méfiant se leva à la rencontre du sien, et d'un endroit tout au fond de son esprit, il nota que ses yeux étaient exactement de la couleur de la nuit ; du moins, s'il avait imaginé qu'une telle chose pouvait avoir une couleur propre. Sa prise sur son bras se détendit, mais il ne réalisa pas qu'il l'avait lâchée jusqu'à ce qu'elle se recule en chancelant et se mette à courir. Elle n'était pas très rapide – il aurait pu la rattraper s'il l'avait voulu, mais il ne le fit pas. Ekon la regarda jusqu'à ce qu'elle disparaisse dans les champs de citronnelle. Un sentiment de soulagement l'envahit un instant seulement, avant qu'une voix ne vienne déchirer la nuit.

« Tu l'as laissée *partir* ? »

Ekon pivota. Shomari se tenait à quelques mètres de lui, là où il venait de contourner l'angle du mur du Zoo nocturne. Son expression était indécise tandis qu'il regardait d'avant en arrière entre Ekon et les champs environnants. Un silence terrible se fit, puis Shomari tourna les talons et se mit à courir.

Non.

Ekon le suivit d'une traite, le cœur battant dans sa poitrine. La fumée était moins épaisse dans l'air, le rugissement des flammes s'atténuait à ses oreilles. Il semblait que la plupart des feux avaient été éteints, mais Ekon s'en fichait à présent. Il n'était concentré que sur une seule chose. Il ne pouvait pas laisser Shomari dire à qui que ce soit ce qu'il venait de faire. Il avait laissé la gardienne de bêtes s'en aller, délibérément. Si les autres guerriers l'apprenaient, si le Père Olufemi l'apprenait...

Il courut plus vite, mais cela ne servit à rien. Trop tôt, ils furent de retour dans le Zoo nocturne, et s'arrêtèrent devant son puits. Ekon vit horrifié que plusieurs Fils des Six se tenaient déjà là, entourant un groupe plus important de personnes assises dans l'herbe, leurs poignets liés. Il devait s'agir d'autres gardiens de bêtes, ceux qui n'avaient pas réussi à s'échapper ou qui n'avaient pas pris la peine d'essayer. Chacun de leurs regards sombres était fixé sur un homme vêtu d'un dashiki rouge bon marché à quelques mètres de là.

« ... coûtera des milliers en dommages et intérêts ! disait l'homme. Vous devez faire appel au Kuhani ce soir et lui dire que j'ai besoin d'un secours immédiat et d'une aide financière des coffres du temple ! Je suis un homme pieux, je paie ma dîme...

— Vous devrez déposer une demande officielle auprès du Comité fiduciaire du temple, Baaz. » Les mots de Kamau étaient secs tandis qu'il regardait l'homme de haut avec un dégoût à peine voilé. « Nous ne sommes pas responsables du déboursement de ces fonds. Pour l'instant, je vous suggère de récupérer ce qui peut l'être. Nous avons ramené tous les gardiens de bêtes qui ont essayé de s'enfuir...

— Pas tous ! » Les mots de Shomari fendirent la nuit. Ekon regarda son camarade candidat s'avancer avec un sourire sournois. « Ekon a laissé partir l'une d'entre eux. »

Tous les guerriers à proximité se redressèrent, leurs visages de plus en plus durs à mesure que les mots de Shomari produisaient leur effet. Ekon regarda Fahim qui se tenait à proximité et vit ses yeux s'agrandir d'horreur. Baaz Mtombé avait l'air tout aussi confus. La pire des expressions, cependant, était celle de Kamau. En deux enjambées, il combla la distance qui le séparait de Shomari et saisit le caftan du garçon dans son poing. Il l'attira si près de lui que les bouts de leurs nez se touchaient presque. Quand il parla, sa voix était un grognement.

« Si *jamais* tu accuses encore mon frère d'une telle chose...

— K-Kamau, c'est la vérité. » Le regard de Shomari perdit sa lueur suffisante tandis que la prise de Kamau se resserrait. « Je l'ai vu de mes propres yeux. Il a laissé partir une gardienne de l'autre côté du mur ! Elle portait l'uniforme des gardiens de bêtes ! Je le jure sur les Six ! »

Les yeux de Kamau suivirent le doigt tremblant de Shomari avant de se tourner vers Ekon. La rage, l'instinct protecteur dont son frère aîné avait toujours fait montre à son égard avaient disparu. À la place, il y avait quelque chose de bien pire : une expression choquée.

« Ekkie, chuchota-t-il. Ce n'est... ce n'est pas vrai, n'est-ce pas ? »

Le sang d'Ekon se changea en glace. Un autre grondement sourd remplit ses oreilles, mais cette fois, ce n'était pas celui d'un feu. Son esprit semblait se briser en un million de morceaux qu'il ne pouvait rassembler sous le regard attentif de son frère aîné. Chaque instinct de son corps lui disait de mentir, mais l'aveu lui échappa avant qu'il ne puisse s'en empêcher.

« Si, c'est vrai. »

Il aurait donné n'importe quoi au monde pour ne pas voir l'expression qui se peignit sur le visage de son frère à ce moment-là ; aucun mot n'aurait pu la décrire. C'était un mélange conflictuel de déception, de dégoût et de la douleur distincte de voir quelque chose se briser, quelque chose qui ne serait plus jamais tout à fait entier. Aucun des autres guerriers yabas n'osait parler ; seuls les restes crépitants du feu remplissaient le silence.

« Êtes-vous en train de me dire, fit enfin Baaz avec indignation, que les Fils des Six enfreignent maintenant la loi sans conséquence ? » Son regard se posa sur Kamau. « Dites-moi, à quel comité dois-je m'adresser concernant... ?

— Silence. » Toutes les têtes pivotèrent en direction de la voix qui avait parlé, une voix qu'Ekon aurait supplié tous les dieux et déesses de ne pas la lui faire entendre. Le monde sembla ralentir tandis que le Père Olufemi traversait calmement les pelouses brûlantes du Zoo nocturne. Sa bouche était plissée en une ligne rigide, la peau qui séparait ses sourcils était froncée.

« Ce garçon n'est pas un guerrier, déclara-t-il. Mais il *sera* puni. »

Les doigts d'Ekon dansaient de leur propre chef, tapotant durement contre sa jambe en un rythme effréné.

Un-deux-trois. Un-deux-trois. Un-deux-trois.

Il tenta de serrer les poings pour les calmer, mais avec tous ces yeux braqués sur lui, c'était impossible. Des siècles semblèrent s'écouler tandis que le Père Olufemi continuait d'avancer, avant de s'arrêter à quelques mètres en face de lui. Son regard était inébranlable quand il prit la parole :

« Candidat Okojo. » Sa voix était bien trop douce. « Vous avez délibérément aidé l'évasion d'un serviteur sous contrat légal, et ce faisant, vous avez volé à cet homme une dette qui lui était due de plein droit et à juste titre. Ceci est à la fois un crime et un péché. Il n'y a de place ni pour l'un ni pour l'autre parmi les Fils des Six. »

Ekon ne détourna pas le regard du Père Olufemi, mais à la périphérie de ses yeux, il sentit les autres guerriers l'observer, leur dégoût palpable dans l'air âcre de la nuit. Parmi eux, un sentiment non exprimé sembla prendre forme et se transformer en une décision unanime. Les doigts d'Ekon comptaient si vite que les articulations de ses mains commençaient à lui faire mal.

Un-deux-trois-un-deux-trois-un-deux-trois-un-deux-trois.

Le Père Olufemi joignit les mains au moment même où Kamau détournait le regard. Ekon comprit ce qui allait se passer une seconde avant que la bouche du saint homme ne prononce les mots.

Seize mots, un mauvais nombre.

« Ekon Okojo, dit-il doucement. Dès maintenant, votre candidature pour les Fils des Six est terminée. Vous êtes renvoyé. »

CHAPITRE SEPT

Rythme et mouvement

Koffi regarda le ciel fracturé au-dessus d'elle pâlir tandis que la nuit cédait la place à l'aube.

Pendant quelques secondes ténues, elle resta aussi détachée que les nuages qui la surplombaient, suspendue dans un espace intermédiaire entre rêves et cauchemars, là où la réalité n'avait pas prise. Cela ne dura pas longtemps ; les souvenirs de la nuit précédente la retrouvèrent bien assez tôt.

Puis elle se remémora les *yeux*.

Ceux-ci étaient d'un noir insondable, implacablement fixés dans son esprit. Elle se souvenait de la sensation de chute après avoir sauté du mur du zoo, de l'impact lorsqu'elle avait atterri les pieds en premier dans la terre et trébuché. En se relevant, elle s'était retrouvée face à face avec un monstre, et pas *n'importe* quel monstre.

Le *Shetani*.

Elle avait su ce dont il s'agissait instantanément. En grandissant, elle avait entendu des histoires à son sujet, mais rien qui ne l'avait préparée à la vérité. La créature sur laquelle elle avait posé les yeux était une chose née de cauchemars, une masse de peau rose à vif étirée sur des tendons et des os. Elle avait imaginé les dents en forme de couteau et la queue en brosse, la façon dont chacune de ses griffes noires s'était enfoncée dans la terre lorsque la créature s'était tendue. Peut-être avait-elle été attirée par l'agitation causée par l'incendie du Zoo nocturne ; peut-être était-elle venue pour autre chose. Koffi avait été certaine qu'elle allait la tuer, et puis...

Va-t'en.

Les mots avaient quitté ses lèvres dans un murmure. Une fois de plus, elle avait senti cet étrange picotement dans ses pieds, une vague qui la traversait.

Va-t'en.

Elle ne savait pas pourquoi elle avait répété cet ordre ; il lui était venu juste comme ça. Et puis, contre toute logique... le Shetani avait obéi.

Elle imagina sa silhouette se retirant dans la nuit, et essaya de se souvenir d'autres détails. Quelqu'un l'avait brièvement attrapée – un garçon qu'elle n'avait pas remarqué auparavant – mais quand il l'avait lâchée une seconde plus tard, elle avait saisi cette occasion pour fuir. La même force d'attraction qu'elle avait ressentie au zoo l'avait guidée à travers les champs de citronnelle, tandis que les murs de briques du zoo s'éloignaient et que le quartier pauvre de la ville de Lkossa s'élevait à sa rencontre. Avec chaque pas, elle avait trouvé sa cadence, un rythme régulier de tambour qui avait commencé dans ses pieds et était remonté le long de ses côtes jusqu'à ce que son cœur se synchronise.

Boum-boum. Ne t'arrête pas. Boum-boum. Ne t'arrête pas.

La force l'avait conduite à travers de petites rues sinueuses qui empestaient les déchets et la nourriture pourrie, jusqu'à ce qu'elle trouve refuge dans une ruelle particulièrement petite, jonchée de vieilles caisses derrière lesquelles elle pouvait se cacher. À présent, elle y était assise, les genoux remontés jusqu'au menton.

La douleur lancinante près de sa clavicule lorsqu'elle remuait était un rappel douloureux de la pierre qui l'avait frappée, mais elle se mordit la lèvre jusqu'à ce que la menace des larmes disparaisse. Elle ne pleurerait *pas*, décida-t-elle, pas ici. Pleurer maintenant serait déclencher quelque chose, un déluge qu'elle n'était pas sûre de pouvoir endiguer une fois celui-ci libéré. Son estomac se tordit tandis qu'elle contenait deux types de douleur, refusant de laisser l'une ou l'autre la consumer. Au bout d'un moment, la première se calma, mais la seconde subsista.

Mama n'était plus là.

Cette révélation ne survint pas comme elle s'y attendait, totale et dévastatrice. Au lieu de cela, elle déferla sur elle par vagues, chacune plus cruelle que la précédente, jusqu'à l'engourdissement. Mama et elle avaient été proches, *tellement* proches, de connaître une vie complètement différente. Elle se rappela l'espoir qu'elle avait lu dans les yeux de sa mère lorsque celle-ci lui avait annoncé qu'elles allaient partir.

Nous pouvons aller où nous voulons, avait-elle dit. *Toi et moi, nous partirons de cet endroit et commencerons une nouvelle vie ailleurs, et nous ne regarderons jamais, jamais en arrière. Nous ne reviendrons jamais.*

Finalement, ce rêve n'avait même pas été en mesure de franchir les murs du Zoo nocturne.

Koffi fixa ses mains, toujours enveloppées dans les bandes de tissu ensanglantées que Mama avait arrachées de sa propre tunique pour l'aider à grimper aux lianes. Elle grimaça à leur vue. Ces deux chiffons en lambeaux étaient littéralement des morceaux de sa mère, les seules choses qui lui restaient d'elle maintenant. Des vérités nouvelles prenaient forme tandis qu'elle les fixait du regard. Mama avait compris qu'il y avait une chance qu'elles ne réussissent pas toutes les deux à fuir le Zoo nocturne, alors elle avait obéi à son instinct maternel et dit à Koffi d'escalader le mur la première. Ce sacrifice avait finalement fait toute la différence, mais il n'avait pas été le seul.

Koffi se souvint soudain de tous les autres petits moments, les fois où Mama avait partagé avec elle sa nourriture quand les repas étaient rares, ou sa couverture pendant les nuits les plus froides. Même la nuit dernière, avant qu'elles ne s'enfuient, Mama avait été prête à accepter une punition qu'elle ne méritait pas, à renoncer à sa propre liberté pour que Koffi n'ait pas à renoncer à la sienne. Mama avait toujours agi ainsi, faisant passer les autres avant elle. Elle n'avait jamais été récompensée pour cette bonne volonté, et cela n'arriverait plus à présent.

Et c'est entièrement ta faute.

Koffi s'éloigna de l'accusation qui résonnait dans sa tête, du venin qu'elle contenait. Le sentiment de manque était une chose, mais les reproches et la culpabilité la transperçaient comme un couteau. Rien de la nuit dernière ne serait arrivé si elle avait pensé à vérifier le harnais de Diko. L'explosion de la bougie, l'incendie, la catastrophe qui avait suivi, tout cela découlait d'une erreur d'inattention. Elle repensa à l'expression qu'elle avait vue sur le visage de Mama dans les secondes qui avaient suivi l'explosion de la bougie, à ce qu'elle avait dit tandis qu'elles s'enfuyaient de l'*héma* côte à côte.

« Si Baaz réalise ce que tu as vraiment fait et ce que tu es vraiment, tu ne quitteras jamais cet endroit. »

Koffi se concentra sur ces mots à présent, les laissant résonner dans sa tête. Mama avait su quelque chose à son sujet, mais quoi ? Quelque chose de significatif s'était produit la nuit dernière, un fil qui s'était tissé entre elle, le Shetani, et cette étrange sensation dans ses pieds, mais elle ne comprenait pas ce qui les reliait. Une douleur nouvelle la transperça quand elle réalisa que cela n'avait pas d'importance. Cette sensation étrange, peu importe ce dont il s'était agi et ce qui en avait été la cause, avait disparu à présent. Cette vérité était probablement morte avec Mama.

Chaque muscle du corps de Koffi hurla de protestation lorsqu'elle se releva en rassemblant ce qui lui restait de détermination. Ses pieds étaient endoloris, sa tunique collait à sa peau et elle était sûre que les tresses de ses cheveux étaient en train de se défaire, mais elle serra la mâchoire avec une volonté nouvelle. Elle ne pouvait pas rester dans cette ruelle. Le dernier cadeau de sa mère avait été une seconde chance de vivre, et elle ne pouvait la gaspiller. Rester assise ici à attendre que quelque chose ou quelqu'un lui tombe dessus n'était pas une possibilité. Elle devait *bouger*.

Ses yeux devinrent humides tandis qu'elle sortait lentement des ruelles du quartier pauvre et qu'ils s'ajustaient à la nouvelle lumière du matin. Les rues de Lkossa, semblait-il, commençaient tout juste à s'éveiller, pleines de gens qui sortaient de leurs maisons et installaient leurs marchandises pour la journée. Il était étrange pour Koffi de voir tout cela de ses propres yeux. C'était, après tout, l'endroit d'où elle venait vraiment – sa famille avait vécu dans la ville avant de déménager au Zoo nocturne – mais des années s'étaient écoulées depuis qu'elle était venue ici en personne. Il était étrange de se dire qu'un endroit était son propre foyer sans le connaître du tout.

Elle se promena tranquillement le long des rues, essayant de dresser une carte dans son esprit. Chaque partie de Lkossa, semblait-il, possédait son style et son caractère propre. Elle passa par une rue qui sentait le linge et le savon, une autre pleine de viandes et de peaux d'animaux suspendues, et une autre encore, remplie d'artisans et de poteries. Avec chaque découverte de quelque chose de nouveau ou d'inattendu, elle voyait la ville prendre vie. La terre rouge sous ses pieds semblait ronronner, et les successions d'odeurs autour d'elle formaient un parfum qui leur était propre. Elle était encore fatiguée, toujours sur les nerfs, mais quelque chose dans la ville l'apaisait. Ce n'était pas si différent du Zoo nocturne, réalisa-t-elle ;

Lkossa possédait un rythme et un mouvement qui lui étaient propres. Elle ferma les yeux et l'écouta, les foules de gens déferlant dans les rues, le chœur des vendeurs qui annonçaient en criant les prix à leurs clients, des bruits de pas…

Ses yeux s'ouvrirent brusquement. Ce son *nouveau*, les pas, était distinct du reste du vacarme matinal de la ville. Elle scruta la rue, tendue, jusqu'à en déterminer la provenance. Un trio de jeunes hommes venait d'entrer par l'extrémité opposée de la rue, et s'avançait en file indienne. Ils portaient des caftans bleus et des ceintures dorées, et chacun avait une dague *hanjari* passée à la ceinture. Quelques vendeurs s'écartèrent de leur chemin, mais la plupart ne leur prêtaient guère attention. De l'endroit où elle se trouvait, Koffi se raidit. C'étaient des Fils des Six au grand jour, peut-être les mêmes que ceux qui étaient venus au zoo. Ils arboraient un air suffisant, supérieur, comme le genre d'homme habitué à détenir le pouvoir. Pas un seul d'entre eux ne regarda dans sa direction comme ils passaient, mais elle se dissimula tout de même derrière un chariot de fruits jusqu'à ce que les guerriers soient plus loin dans la rue. Son sang se mit à bouillonner d'une colère nouvelle tandis qu'elle observait leurs dos qui s'éloignaient et qu'un autre souvenir de la nuit précédente lui revenait. Deux guerriers s'en étaient pris à elle et à Mama, les pourchassant comme des animaux. Elle se mordit la lèvre inférieure jusqu'à sentir le goût du sang, jusqu'à ce qu'elle ne puisse plus voir les trois guerriers. Leur vision constituait un rappel désagréable.

Elle était une fugitive.

En fuyant le Zoo nocturne, elle avait rompu son contrat d'engagement légal avec Baaz, celui qu'elle et ses parents avaient signé il y a des années, ce qui signifiait qu'elle avait également enfreint la loi. Ce qu'elle avait fait était considéré comme du vol et de la désertion, et si on la rattrapait, elle serait condamnée à la bastonnade, à la prison, ou pire. Elle regarda instinctivement par-dessus son épaule et sentit une nouvelle pointe de tristesse la transpercer, manquant de lui couper le souffle. Mama n'était pas là. Personne ne l'était. À partir de maintenant, elle devrait se débrouiller toute seule. Elle pressa les doigts sur ses tempes, essayant de réfléchir. *Réfléchis.* Mama lui avait dit quelque chose d'autre la nuit dernière, quelque chose à propos de la tête. Koffi fouilla sa mémoire pour le retrouver.

Parfois, cependant, on ne peut pas agir selon son cœur. Il faut réfléchir avec sa tête.

Koffi décida à ce moment d'agir ainsi. Elle utiliserait sa tête, et elle trouverait un plan. Elle et Mama avaient autrefois rêvé de quitter Lkossa, alors c'était ce qu'elle allait faire.

Elle allait trouver un moyen de sortir d'ici.

Le soleil poursuivait son ascension au fur et à mesure de la matinée, réchauffant chaque crevasse des routes et bâtiments de la ville. Koffi trouva finalement un puits public où elle pouvait se laver. Elle n'avait pas de vêtements de rechange, et dut se contenter de quelques seaux d'eau versés sur son corps, mais cela lui permit au moins de se débarrasser du sable et de l'odeur persistante de la fumée. Elle ne pouvait pas faire grand-chose pour ses cheveux sans beurre de karité et un bon peigne, mais elle essaya au moins de refaire certaines des tresses qui s'effilochaient. Elle était encore en train d'essorer ses vêtements lorsqu'elle atteignit l'extrémité d'une rue et s'arrêta.

Si Lkossa avait été conçue comme une tarte – un cercle coupé en parts épaisses et régulières –, alors cet endroit devait en être le centre. Il ne ressemblait à rien de ce qu'elle avait vu auparavant. Des tentes de toutes les tailles, de toutes les formes et de toutes les couleurs étaient entassées les unes contre les autres, si proches qu'il était difficile de discerner où s'arrêtait l'une et où commençait l'autre. Elle inspira et ses poumons se remplirent de mille parfums à la fois. Elle sentit de la soupe d'égousi[7] en train de cuire – pleine d'oignons, de tomates et de poivrons frais – ainsi que du riz wolof[8] et du banku[9]. Des femmes aux yeux bordés de khôl se pressaient autour de chariots où étaient disposés des pots multicolores, tandis que des hommes barbus aux vêtements extravagants marchandaient des textiles teints à la cire qui scintillaient sous la brise. Ce panorama était étouffant et magnifique à la fois. Koffi était tellement absorbée par le spectacle qu'elle ne remarqua rien dans son environnement immédiat jusqu'au moment où elle trébucha.

« Oh, excusez-moi, je... »

Elle sursauta. Elle n'avait pas vu la personne assise sur une couverture près de ses pieds. Il s'agissait d'une vieille femme installée devant un assortiment de petites babioles scintillantes. Il y avait des bracelets en perles, des créoles et plusieurs barrettes à cheveux ornées de bijoux, mais ses yeux se concentrèrent sur les six figurines de bois disposées en demi-cercle au centre de la couverture : un héron, un crocodile, un chacal, un serpent, une colombe et un hippopotame, les icônes des familiers des dieux.

« Ce n'est rien, ma petite. » La femme lui adressa un sourire discret. Sa tunique était aussi simple que sa couverture, et des touffes de cheveux blancs dépassaient des bords de sa coiffe en coton. Une amulette ternie pendait à son cou. « Je ne suis pas quelqu'un qu'on remarque facilement. » Elle suivit le regard de Koffi et fit un signe de tête en direction des figurines. « Tu es une fidèle ?

— Oui. » Koffi ravala une boule dure qui s'était formée dans sa gorge. Les figurines, visiblement taillées dans du bon bois de marula, ressemblaient tellement à celles devant lesquelles

7. Également appelées « pistaches africaines ».

8. Plat populaire d'Afrique de l'Ouest.

9. Plat ghanéen de maïs fermenté et de manioc.

Mama et elle avaient prié hier seulement. Ce souvenir semblait maintenant appartenir à une autre vie. « Elles sont magnifiques, chuchota-t-elle.

— Merci, ma chérie. » La voix de la vieille femme exprimait une touche de fierté, et Koffi se détendit en l'entendant parler le zamani avec une telle fluidité. Cette femme était gede, comme elle. Par respect, elle inclina la tête.

« Bonjour, ma tante, dit-elle en employant la salutation respectueuse qui convenait avec les aînés.

— Ah. » Les yeux sombres de la vieille femme pétillèrent. « Et bonjour à toi, petit oiseau. Les dieux sont bons de nous avoir réunies aujourd'hui. » Elle examina Koffi de plus près. « Tu es maigre. » Ce n'était pas une question, mais ce n'était pas non plus une accusation. « As-tu faim ?

— Je... »

Avant que Koffi ne puisse répondre, la vieille femme s'était mise à fouiller dans un sac à proximité, dont elle tira une miche de pain emballée. Koffi en eut l'eau à la bouche rien qu'à l'odeur. « J'en ai plus qu'il ne m'en faut, si tu veux partager ?

— Hum... » Koffi se tut. Elle se sentait encore d'humeur prudente, et plus que méfiante envers les étrangers, mais... Mama lui avait enseigné la règle de ses semblables. On ne refusait jamais un repas offert par un autre Gede. En outre, elle était affamée. Comme si elle avait lu dans ses pensées, la vieille femme rompit son pain en deux sans un mot de plus. Koffi prit place à côté d'elle sur la couverture tandis qu'elles mangeaient. Elle put à peine réprimer un gémissement. La nourriture ne l'avait jamais fait pleurer auparavant, mais ce pain était si délicieux qu'elle en avait presque envie. Chaque bouchée semblait lui rendre une petite chose, lui redonnant de la vigueur. Elle leva les yeux et s'aperçut que la vieille femme l'observait.

« Tu sembles un peu jeune pour te rendre au marché toute seule », fit-elle remarquer.

Koffi se redressa. « J'ai 18 ans, mentit-elle. Je suis bien assez grande. »

La vieille femme haussa l'un de ses sourcils blancs. « Vraiment ? J'aurais dit *16* ans, en fait. »

Koffi était reconnaissante que la teinte plus foncée de sa peau ne puisse trahir son embarras. Elle désigna les babioles sur la couverture, désireuse de changer de sujet.

« Alors, combien se vendent-elles d'habitude ? demanda-t-elle.

— Oh. » La vieille femme balaya les miettes de ses genoux et s'appuya contre le bâtiment situé juste derrière elles. « Je suppose que cela dépend de l'acheteur. J'accepte les paiements en pièces, bien sûr, mais parfois on me propose un troc.

— Un... *troc* ? » Koffi répéta le mot. Il lui semblait vaguement familier, mais elle ne se souvenait pas de l'avoir déjà entendu.

« C'est un échange, expliqua la vieille femme. Une chose donnée contre une autre de même valeur. »

Koffi la fixa du regard. « Vous pouvez faire ça ici, échanger une chose contre une autre sans utiliser d'argent ? »

La vieille femme sourit. « Bien sûr que oui. Toute chose peut être troquée, *à condition* de connaître sa vraie valeur. »

Koffi se laissa aller en arrière un moment, songeuse. Toute sa vie, la monnaie avait fonctionné d'une seule façon. Elle et sa mère avaient travaillé en échange d'une allocation quotidienne en pièces, qu'elles avaient ensuite utilisée pour rembourser leurs dettes. L'idée de payer les choses d'une autre manière, par le biais d'un *échange*, lui était totalement étrangère. Elle y pensait encore tandis que ses yeux parcouraient les objets sur la couverture, avant de s'arrêter sur l'un d'eux en particulier. C'était une bague en argent, assez simple à première vue, mais le bijou en son centre était d'une délicatesse exquise. Il lui rappelait une opale, mais plus lumineuse, incroyablement plus belle. Elle se sentit immédiatement attirée par elle. Pour la seconde fois, la vieille femme suivit son regard.

« Ah oui, la pierre de Dunia, dit-elle d'un air entendu. C'est une chose d'apparence modeste, mais qui attire le regard. J'ai eu plusieurs offres la semaine dernière, mais aucune qui en valait la peine. »

Koffi marqua une pause. « Vous avez dit... *pierre de Dunia* ?

— En effet. » Une lueur était visible dans les yeux de la femme à présent. « Tu en as déjà entendu parler ?

— Bien sûr, dans les histoires. » Koffi pensa à ce que sa mère lui avait dit sur les pierres de Dunia quand elle était petite. On disait qu'elles venaient du cœur même de la terre et qu'on ne pouvait les trouver que dans... « Vous êtes allée dans les plaines de Kusonga », lâcha-t-elle à haute voix.

La vieille femme hocha la tête. « En effet. »

Ce fut au tour de Koffi de s'adosser contre le mur. Elle venait de quitter le Zoo nocturne pour la première fois depuis qu'elle et ses parents y avaient été engagés, et il lui était impossible d'imaginer quelque chose d'aussi éloigné que les plaines de Kusonga. Elle était assez certaine que même Baaz n'avait jamais été aussi loin à l'ouest. Elle fixa la vieille femme, très impressionnée.

« Comment est-ce, là-bas ?

— Oh, c'est magnifique, répondit la vieille femme. On y trouve des champs de citronnelle qui s'étendent sur des kilomètres, de la nourriture digne du paradis. » Elle ferma les yeux, mélancolique. « J'imagine que c'est à cela que ressembleront un jour les terres divines, si j'ai la chance d'y parvenir. C'est vraiment un endroit merveilleux. » Elle ouvrit un œil en direction de Koffi. « Et un endroit de magie. »

Koffi se mit à rire d'un air moqueur avant de pouvoir s'en empêcher, puis essaya de le déguiser en toux. L'autre œil de la vieille femme s'ouvrit et elle pinça les lèvres.

« Tu ne crois pas à la magie ? demanda-t-elle.

— Eh bien... non, rétorqua Koffi. La magie n'existe pas. Seulement dans les histoires. »

La vieille femme avait l'air offensée, à présent. « Et qui t'a raconté ces sornettes ?

— Ma…, hésita Koffi. Ma mère.

— Pff ! » La vieille femme croisa les bras et renifla. « Eh bien, ta mère a *vraiment* tort. »

Le regard de Koffi se posa sur ses mains. Quand elle parla, sa voix était à peine un murmure. « Ma mère est morte.

— Oh. »

Koffi leva les yeux et remarqua que l'expression de la vieille femme avait changé. Son visage était tiré, et ses yeux pleins de tristesse. Pendant un moment, elle sembla ne pas savoir que dire. « Je suis… vraiment désolée d'entendre ça, ma petite, murmura-t-elle. Je sais ce que cela signifie de perdre un être cher.

— C'est… » Koffi se tut. Elle était sur le point de dire que tout allait bien parce que la politesse l'exigeait probablement, mais cela ne lui semblait pas juste. Les choses n'allaient pas bien, *elle* n'allait pas bien. Elle n'était pas sûre d'aller bien un jour. Un instant s'écoula encore avant que la vieille femme ne reprenne la parole :

« Je suis sûre que ta mère t'a seulement dit ce qu'elle croyait être vrai, poursuivit-elle avec plus de douceur. Mais tu dois savoir que la magie n'a pas toujours été confinée aux pages des histoires. À une autre époque, elle était présente ici, aussi réelle que l'air que nous respirons. »

Koffi se redressa. « Vraiment ? »

La vieille femme hocha la tête. « Dans les villes comme Lkossa, elle faisait partie de la vie quotidienne. Les gens utilisaient la magie pour soigner les malades et les blessés, pour protéger nos frontières, et elle faisait même partie de l'éducation de certains enfants. Les Yabas comme les Gedes pouvaient en hériter, et ceux qui le faisaient étaient formés au temple de Lkossa par des frères de son Ordre. On les appelait les darajas. »

Koffi fronça les sourcils. Mama ne lui avait certainement jamais parlé de tout cela. Elle regarda autour d'elle et essaya d'imaginer à quoi cette ville avait dû ressembler lorsque la magie bouillonnait juste sous sa surface. La magie brillait-elle, se demanda-t-elle, ou était-elle invisible ? Dangereuse, ou tout à fait ordinaire ? Cela était difficile à imaginer. « Que lui est-il arrivé ? » interrogea-t-elle.

La vieille femme leva les yeux en direction du marché animé, comme si elle voyait au-delà. « La *Rupture*.

— La Rupture ? répéta Koffi. Qu'est-ce qu'un tremblement de terre a à voir avec la magie ? »

La vieille femme lui jeta un regard rusé. « Tu as sans doute entendu les histoires, dit-elle. Des histoires de larmes dans la terre et dans le ciel, de vagues de chaleur qui consument des corps entiers. Je suis assez vieille pour m'en souvenir, et je peux te dire que c'était une chose terrible à voir. »

Koffi frissonna. On lui avait raconté cette histoire à maintes reprises, mais cela ne rendait pas plus agréable le fait d'y penser.

« À ce jour, personne ne sait vraiment ce qui a causé la Rupture, continua la vieille femme. Mais par la suite, les choses ont changé à Lkossa. Les gens ont cessé de considérer les darajas comme des personnes utiles et les ont vus comme des menaces. Au fil des ans, ces derniers ont été ostracisés, chassés comme...

— Comme des animaux, termina Koffi. Alors c'est comme ça que la magie a été perdue.

— Pas perdue. » Les yeux de la vieille femme pétillaient. « *Dissimulée*. »

Koffi fronça les sourcils. « Dissimulée ? »

La vieille femme se mit à se balancer d'un côté à l'autre. « Beaucoup de darajas ont fui Lkossa quand ils ont senti que cette dernière n'était plus sûre, mais je crois qu'il y a encore de la magie dans cette ville, et des personnes qui ont la capacité d'en faire usage, même si elles ne le savent pas elles-mêmes. »

Koffi ne répondit rien. Elle pensa à ce qui s'était passé dans l'*héma*, à ce qu'elle avait ressenti. Elle se souvenait de la sensation de libération lorsque la bougie avait explosé, de la moiteur, des mots de Mama.

« Si Baaz réalise ce que tu as vraiment fait et ce que tu es vraiment… »

Il y avait eu une époque où la magie avait existé dans cette ville, où les gens étaient capables de l'utiliser. L'idée qu'elle puisse être l'une de ces personnes semblait impossible, mais… Elle ne connaissait pas d'autre façon d'expliquer ce qu'elle avait fait. Toute sa vie, on lui avait fait croire à certaines vérités, mais il y avait des choses que Mama ne lui avait jamais dites, qu'elle lui avait même cachées. Pourquoi ? Que savait-elle ? Elle fixa ses mains.

« Tu te sens bien, ma chérie ? »

Koffi leva les yeux. La vieille femme l'observait beaucoup plus attentivement à présent. Ce regard mettait presque Koffi mal à l'aise. Lentement, elle se leva et s'épousseta.

« Merci beaucoup pour le pain, dit-elle. C'était vraiment gentil de votre part. »

La vieille femme inclina la tête de côté. « Je t'ai contrariée, mon enfant ?

— Non. » Koffi s'entendit répondre trop vite, mais elle ne revint pas sur ses mots. À vrai dire, elle savait à peine ce qu'elle ressentait. Elle était fatiguée, confuse, et même en colère. Pourquoi Mama ne lui avait-elle pas dit la vérité ? Pourquoi avait-elle laissé sa propre fille dans l'ignorance tout ce temps ? Elle s'éclaircit la gorge lorsqu'elle se rendit compte que la vieille femme la fixait toujours du regard. « C'est juste que… Je pense avoir suffisamment abusé de votre temps.

— Balivernes. » La femme eut un geste dédaigneux de la main. « J'ai apprécié ta compagnie, et *à vrai dire*… » Elle désigna les bibelots d'un geste. « J'aurais besoin d'une jeune personne comme toi comme assistante, si cela t'intéresse ? »

Koffi s'arrêta, prise au dépourvu. L'offre était généreuse, et incroyablement tentante, mais… quelque chose la retenait. Toute sa vie, elle avait compté sur les autres pour lui ouvrir la voie, pour l'aider à poursuivre son chemin. Si elle voulait apprendre à survivre dans ce monde, elle devait commencer à se débrouiller toute seule.

« Merci. » Elle inclina la tête. « Mais… je dois y aller.

— Très bien, ma petite. » La vieille femme hocha la tête, une pointe de tristesse nouvelle dans la voix. « Sache que l'offre tient toujours, et j'espère que les dieux nous réuniront à nouveau un jour. Prends soin de toi. »

Koffi regarda une dernière fois par-dessus son épaule avant de se diriger vers les routes sinueuses du marché.

Si la ville de Lkossa commençait à prendre vie lorsque Koffi s'était aventurée dans ses rues pour la première fois, son réveil s'était pleinement achevé durant le temps passé assise avec la vieille femme. Les routes, toujours peuplées de vendeurs, semblaient encore plus bondées qu'avant, si pleines à craquer de gens qu'il était impossible de marcher sans se faire bousculer. Quelqu'un qui traversait la foule la heurta violemment sur la droite, ce qui amena quelqu'un d'autre à lui crier de regarder où elle allait. Ce n'étaient plus un rythme et un mouvement magnifiques ; plus Koffi se trouvait au sein de cet environnement, plus elle se sentait dépassée. Elle repensa à la vieille femme assise tranquillement devant sa couverture de bibelots, presque nostalgique. C'était étrange, quelques minutes seulement s'étaient écoulées, mais elle avait déjà du mal à se souvenir des détails de son visage. Leur rencontre semblait de plus en plus onirique, bien que Koffi sache parfaitement qu'elle avait eu lieu. Elle se concentra sur les mots de la femme, sur le travail qu'elle lui avait proposé, et sentit la morsure du regret. Cette offre avait été généreuse, mais elle avait refusé sans même l'envisager vraiment. Une fois de plus, elle avait réagi au lieu de prendre le temps de réfléchir.

Assistante serait un bon travail, raisonna une voix dans sa tête. *Tu aurais un revenu régulier, peut-être même un moyen de sortir de Lkossa.*

La vieille femme avait dit qu'elle était déjà allée dans les plaines de Kusonga, peut-être prévoyait-elle d'y retourner ; un plan commença à se former rapidement dans l'esprit de Koffi. *Oui.* Elle allait retourner trouver la vieille femme et accepterait son offre. Peut-être pourrait-elle apprendre un nouveau métier et, peut-être, peut-être seulement, la vieille femme pourrait-elle lui en dire encore plus sur la magie. Quelqu'un heurta son dos alors qu'elle s'arrêtait brusquement au milieu de la route, mais elle s'en moquait. Elle avait un plan, un moyen d'avancer, de *l'espoir.* Elle tourna les talons pour repartir dans la direction d'où elle était venue.

Et puis une main se referma sur sa bouche.

Koffi sursauta. Un cri monta dans sa gorge lorsque la poigne de son agresseur se resserra, mais il fut étouffé par le vacarme de la foule qui l'entourait. Une autre main imposante saisit ses deux bras et les tira derrière elle avec une poigne semblable à un étau, l'entraînant hors de la rue principale. Elle grimaça lorsqu'un petit rire résonna à ses oreilles, et lorsqu'elle sentit l'odeur familière d'eau de Cologne épicée, son sang se glaça.

« *Bonjour,* Koffi », salua Baaz Mtombé.

CHAPITRE HUIT

Un érudit du destin

Lorsque Ekon fut de retour au temple de Lkossa, ce dernier était déjà voilé dans la brume de l'aube.

Il fixa l'édifice ancien, l'imposant escalier d'albâtre qui étincelait dans la lumière matinale. Il était composé de vingt-sept marches, un bon nombre, en théorie.

C'était la *seule* chose positive qui lui était venue à l'esprit ces dernières heures.

Il avait passé la plus grande partie de la nuit à errer dans les rues vides de la ville, laissant le compte de ses pas lui engourdir l'esprit.

Soixante-quinze mille six cent vingt et un pas, selon son dernier compte.

Marcher l'avait aidé à retarder l'inévitable un moment, mais à présent le soleil se profilait dans l'horizon à l'est. Ekon ne pouvait plus se dérober au jour.

Il se faufila à travers les mêmes portes principales par lesquelles il était passé la nuit précédente, mais au lieu de suivre le couloir qui menait à la salle de prière, il prit un escalier latéral plus étroit qui conduisait aux dortoirs. Ceux-ci étaient calmes à cette heure-ci, une rangée de portes fermées étouffaient les bruits de ses camarades candidats endormis. Il avança à pas feutrés jusqu'à la dernière porte à droite, puis l'ouvrit avec un soupir.

À vrai dire, cette pièce n'avait jamais vraiment été digne du nom de chambre. Les murs n'étaient distants que de sept pieds, et une légère odeur de moisissure était toujours présente dans l'air. Les meubles étaient réduits au strict nécessaire : un lit étroit, une table de nuit bancale et une malle d'occasion pour ses vêtements et ses livres. Il sentit sa poitrine se serrer tandis qu'il regardait autour de lui. Après ce jour, cette chambre ne serait plus la sienne ; il n'aurait plus l'autorisation de vivre dans le temple. Plus tard dans la matinée, alors qu'on transférerait Fahim et Shomari dans des chambres plus grandes et plus agréables adaptées aux Fils des Six consacrés, *lui* serait déplacé dans… Il réalisa qu'il ne le savait pas vraiment. Kamau et lui avaient surtout grandi dans le temple. La maison de leur famille avait disparu, vendue peu après la mort de Baba. Cette demeure appartenait à un chapitre de sa vie qui n'existait plus, le chapitre dans lequel sa mère avait vécu. Une douleur ardente le traversa comme il pensait à *elle*. Ekon ne parvenait plus à se rappeler les détails de son visage ; il n'avait que 4 ans lorsqu'elle était partie une nuit. Il la voyait par brefs fragments dans ses souvenirs ; la lueur de ses yeux cuivrés, ses cheveux courts et bouclés, une tache de naissance sur son épaule… mais ils ne subsistaient jamais. Cela le forçait à s'agripper aux choses qu'il *pouvait* se rappeler, comme des bracelets d'argent où se reflétait le soleil, une douce fragrance familière mais qu'il n'aurait su identifier. Qu'aurait pensé Mama si elle était restée et avait vu ce qui était advenu de lui ?

À nouveau, il entendit la voix du Père Olufemi.

« Dès maintenant, votre candidature pour les Fils des Six est terminée. Vous êtes renvoyé. »

Chaque mot l'avait atteint comme une flèche, transperçant toutes les parties vulnérables de son ego. Il n'avait pas simplement échoué ; il avait été officiellement expulsé devant toute la communauté des guerriers. En une seule nuit, il avait brisé un héritage vieux de plusieurs générations pour sa famille. Il ne marcherait pas dans les pas de Baba et de Kamau. Il ne prouverait pas qu'il était un homme.

Il s'affala sur son matelas, laissant les plumes qui le rembourraient s'enfoncer dans son dos tandis qu'il fixait le plafond, essayant de comprendre comment tout avait pu mal tourner aussi vite. Chaque moment de la nuit lui revint à l'esprit, se confondant comme les pages d'un livre ; une en particulier restait cornée.

La fille.

Même à présent, Ekon sentait son sang bouillonner lorsqu'il pensait à elle ; le désastre de la nuit dernière était, après tout, sa faute. Mais ensuite… un autre sentiment lui vint, désagréable et plus difficile à identifier. Il ressentit un pincement intérieur quand il se remémora ses yeux, étrangement brillants dans la nuit. Ils étaient bruns comme les siens, mais… ils contenaient quelque chose, une lueur comme deux braises refroidissant dans un foyer. Il s'efforça de les oublier des heures durant, mais…

Tu l'as laissée partir.

L'accusation de Shomari fermentait en lui comme du lait caillé, lui laissant un goût amer dans la bouche. *Pourquoi ?* C'était la seule question à laquelle il n'avait pas pu répondre tandis qu'il marchait seul dans les rues de la ville. *Pourquoi l'as-tu laissée partir ?*

Penser à la fille le faisait également penser aux événements qui s'étaient déroulés juste avant qu'il ne la laisse partir, quand il avait découvert des yeux très différents dans l'obscurité.

Ceux-ci n'avaient pas été bruns ou chauds, mais froids, noirs et totalement dénués de sensibilité. Ils appartenaient à une chose qu'il connaissait.

Le Shetani.

Il frissonna. Cela faisait dix ans qu'il n'avait pas vu la créature, mais personne n'était au courant. Il se souvenait de la peur qu'il avait ressentie au moment où il l'avait revue, de la façon dont elle l'avait entièrement tétanisé. Toutes les images d'autrefois lui revinrent spontanément. Il eut des flashs de la Grande Jungle avec du sang sur ses feuilles, des lianes couvertes d'épines. Il vit un cadavre qui ressemblait à…

Non.

Ekon secoua la tête, remarquant à peine que ses doigts avaient automatiquement commencé à s'agiter.

Un-deux-trois.

Il vit le visage de Baba.

Un-deux-trois.

Il vit les dents du Shetani.

Un-deux-trois.

Il vit la fille.

Ses yeux se plissèrent. Cette fille, qui que ce soit, avait dit au Shetani « Va-t'en » et, sans hésitation, celui-ci avait obéi. Il n'avait jamais rien vu de tel. Le Shetani était un monstre primaire, responsable de la mort d'innombrables personnes. Il aurait dû les tuer tous les deux, mais il ne l'avait pas fait. Le contraire s'était produit. La même question lancinante résonnait dans son esprit.

Pourquoi ?

« Ekon ? »

Quelqu'un frappa doucement de l'autre côté de la porte de sa chambre, et Ekon se redressa alors qu'elle s'ouvrait. Un vieil homme frêle pénétra dans la pièce, le fantôme d'un sourire sur son visage flétri. Sa peau couleur noisette était ridée et très tachetée, comme s'il avait accueilli l'âge en ami plutôt qu'en adversaire. Ekon tressaillit. Dans le chaos de la nuit dernière, il avait complètement oublié Frère Ugo.

« J'espérais pouvoir te voir. » Le vieil homme lui adressa un petit signe de tête en guise de salutation. « Je suis sorti de ma chambre aussi vite que possible après les prières du matin, mais mes vieilles jambes ne sont plus ce qu'elles étaient. » Il souleva l'ourlet de sa robe. Celle-ci était d'un bleu profond, d'une confection aussi fine que celle du Père Olufemi, mais beaucoup plus ample sur son corps osseux. « Dis-moi, tu ne trouves pas les insectes plus nombreux ?

— Les insectes ? » Ekon plissa les yeux. « Il y a des insectes ?

— *Oui.* » Frère Ugo gratta sa barbe blanche et fronça les sourcils tout en examinant ses jambes. « C'est assez curieux. On pourrait dire qu'en ce moment j'ai des... *fourmis dans les jambes.* » Il leva les yeux et sourit. « Tu as compris ? C'est quand on...

— Vous n'êtes pas sérieux.

— Oh, pardonne-*moi* ! » Frère Ugo pointa un doigt noueux dans sa direction, feignant d'être blessé. Ekon nota avec un pincement au cœur que le léger tremblement de la main aux veines variqueuses du vieil homme s'aggravait. « Je me souviens que tu aimais mes blagues quand tu étais petit ! »

Ekon essaya d'avaler la boule rigide qui lui montait dans la gorge, la douleur qui revenait. Frère Ugo était le plus ancien membre de l'Ordre du temple, et il n'avait rien de commun avec le Père Olufemi. Le vieil homme avait été son mentor toute sa vie, un défenseur constant. Ekon baissa la tête, gêné.

« J'aimerais discuter un peu, dit Frère Ugo, plus doucement cette fois. Marche donc avec moi, s'il te plaît. »

En silence, Ekon suivit Frère Ugo hors de sa chambre et dans les couloirs aux murs de pierre du temple. Ils avançaient lentement – Frère Ugo n'était plus aussi rapide qu'autrefois – mais ils finirent par atteindre un couloir qui menait à la bibliothèque.

Ekon pensait que c'était là qu'ils se dirigeaient – la plupart de ses leçons d'enfance s'étaient déroulées là-bas – mais une pointe de malice s'alluma dans les yeux de Frère Ugo lorsqu'il tourna brusquement à droite.

« Peut-être pourrions-nous essayer de… prendre de la *hauteur*, aujourd'hui », murmura-t-il. Il s'approcha d'une porte quelconque et l'ouvrit en forçant. À l'intérieur, Ekon fut surpris de constater que ce qu'il avait toujours pris pour un simple placard à balais contenait en fait un escalier étroit et incliné. Il fut encore plus surpris lorsque Frère Ugo se mit à le grimper sans hésiter. Ekon le suivit. Ils atteignirent une trappe en haut des marches, et le vieil homme la poussa fermement de son épaule. Un rayon de lumière dorée se déversa soudain au-dessus d'eux, et Frère Ugo se faufila dans l'ouverture avec une souplesse inattendue. Ekon en fit de même et passa la tête au travers. Puis il se figea, stupéfait.

Le jardin circulaire qui s'étendait devant lui ne ressemblait à rien de ce qu'il avait jamais vu. Il n'était pas très grand – il devait pouvoir en faire le tour en moins d'une minute – mais presque chaque centimètre carré en était recouvert de fleurs. Des roses luxuriantes, des tulipes à longues tiges, et même un groupe de lys rouges et dorés en cours de floraison jaillissaient du sol sombre et brillant comme un morceau de paradis arraché à un autre monde. Lorsqu'il regarda par-dessus les murets du jardin, il vit les toits de tous les bâtiments de la ville. De ce point de vue, il devina qu'ils se trouvaient dans l'un des endroits les plus élevés du temple.

« Qu'est-ce que… ? » Il regarda autour de lui. « Qu'est-ce que c'est que cet endroit ?

— On appelle ça un jardin suspendu », répondit joyeusement Frère Ugo. Il ferma les yeux un instant et sourit, offrant l'image même du contentement. « D'après mes lectures, ils étaient autrefois très populaires parmi les classes supérieures, mais j'ai le chagrin de devoir dire qu'ils sont passés de mode depuis un siècle environ. »

Ekon était émerveillé par l'endroit. Lorsqu'il regarda de plus près le sol, il vit que, malgré l'illusion, des centaines de minuscules parterres de fleurs avaient été disposés pour donner l'impression que les fleurs poussaient directement de la pierre, mais cela restait un aménagement paysager impressionnant.

« Je… je ne savais pas qu'il y avait pareille chose ici.

— Pour être honnête, la plupart des gens ne connaissent pas son existence », répondit Frère Ugo. Il jeta un regard entendu à Ekon. « Et ça ne me dérangerait pas que les choses en restent ainsi, à vrai dire. Un vieil ami m'a fait découvrir cet endroit il y a plusieurs années, et c'est devenu depuis l'un de mes préférés de la ville, merveilleux pour méditer et observer les oiseaux ! »

Il se dirigea vers un long banc de pierre au centre du jardin et tapota un endroit à côté de lui. Pendant plusieurs minutes, ils restèrent assis en silence, côte à côte, avant qu'Ekon ne sente le regard de Frère Ugo sur lui.

« Tu as envie d'en parler ?

— Pas vraiment.

— La nuit dernière ne s'est pas déroulée comme tu l'aurais espéré, j'imagine.

— C'était un *désastre.* » Ekon se massa les tempes. « Un cauchemar total, absolu. »

Les yeux de Frère Ugo se posèrent sur les roses blanches épineuses devant eux. « *Les cauchemars chassent comme des bêtes de proie, vaincues à la lumière du jour.* » Il leva les yeux. « Sais-tu qui a dit cela ?

— Vous ?

— Bonne supposition ! sourit Frère Ugo. Mais non, ces mots proviennent d'un poème écrit par le très estimé poète et linguiste Maître Lumumba. Sais-tu ce qu'ils signifient ? »

Ekon secoua la tête.

« C'est une allégorie. Ces *bêtes de proie* représentent les problèmes de notre monde, expliqua Frère Ugo. Souvent, nous fuyons les choses pénibles en espérant qu'elles se lassent de nous poursuivre. Mais en vérité, éviter nos problèmes ne fait que les nourrir davantage, leur permettant de nous consumer entièrement. Ce n'est que lorsque nous les mettons en lumière et reconnaissons leur existence qu'il est vraiment possible de les vaincre, permettant à nos esprits d'être enfin libres. »

Ekon ne savait pas exactement d'où venaient les mots, seulement qu'ils s'élevèrent en lui et quittèrent sa bouche avant qu'il ne puisse les arrêter. « Frère, pourrais-je vous demander quelque chose ? »

Frère Ugo sourit. « Bien sûr.

— Je me demande ce que vous savez sur… le Shetani.

— Le Shetani ? » La voix du vieil homme se fit plus tranchante, et Ekon regretta sa question.

« Désolé, je…

— Non, non. » Frère Ugo secoua la tête, et Ekon crut voir quelque chose changer imperceptiblement dans les yeux du vieil homme. « Nul besoin de t'excuser. J'ai simplement été surpris. Même si je ne devrais peut-être pas l'être. Tu as certainement, plus que quiconque, des questions à propos de cette créature. J'ai appris avec tristesse la nouvelle concernant sa dernière attaque, une violence insensée. » Il se pencha légèrement en arrière sur le banc et entrelaça les doigts. « Qu'est-ce que tu veux savoir ? »

Ekon se tut, réfléchissant. Une partie de lui avait envie de raconter à Frère Ugo tout ce qu'il avait vu la nuit dernière – à propos de la vieille femme, de la fille étrange, et de sa rencontre avec le Shetani – mais quelque chose le retint. Au lieu de cela, il déclara : « Je me demandais juste ce que l'on savait à son sujet, d'où il venait. »

Le Frère Ugo lui jeta un regard mesuré, comme s'il l'évaluait, avant de répondre. « Les attaques du Shetani ont commencé il y a près d'un siècle, juste après la Rupture, expliqua-t-il doucement. En fait, si les Yabas et les Gedes ne s'entendent pas aujourd'hui, c'est en grande partie à cause de cette créature ; chacun accuse l'autre camp d'être responsable de la terreur qu'il sème. Au fil des ans, de nombreuses tentatives ont eu lieu pour le trouver, le neutraliser et même négocier avec, mais aucune n'a réussi. Au temple, nous faisons de notre mieux pour tenir un registre de ses victimes, mais même cela est parfois difficile. À ma connaissance, aucune des personnes qui ont vu le monstre de leurs propres yeux n'a survécu pour en parler. »

À part moi, pensa Ekon. *Moi, et cette fille.*

Frère Ugo soupira. « C'est certainement une bête redoutable, peut-être l'un des prédateurs les plus intelligents à avoir jamais foulé ces terres. »

Ekon retint un accès de colère soudain et inexplicable. Cela l'irritait d'entendre son propre mentor parler du Shetani avec la moindre forme de respect ou d'admiration. Cette bête, ce monstre, lui avait pris tant de choses : son père pour commencer, et maintenant sa chance de devenir un guerrier. Si le Shetani ne s'était pas rendu au Zoo nocturne, il aurait arrêté cette fille sans hésiter et consolidé sa position de loyal Fils des Six. Il avait cru que tout ramenait à elle, mais il avait eu tort.

Tout ramenait au monstre.

« Je n'avais pas l'intention de te mettre en colère. » Frère Ugo le regardait plus attentivement à présent, comme s'il voyait quelque chose pour la première fois. « Nous n'avons plus à en parler, si tu préfères...

— Je le *déteste.* » Ekon abattit durement les poings contre le banc. « J'aimerais qu'il soit mort. » Il entendit sa propre colère dans sa voix et se tut un moment. « Vous pensez probablement que je devrais faire preuve de davantage de discipline.

— Ce que je *pense*, dit doucement le vieil homme, c'est que je n'ai pas le droit de te juger, Ekon. Je pense que tu souffres. Et si tu as envie d'en parler, je serai toujours là pour t'écouter. »

Ekon soupira. *Ceci* n'était pas ce à quoi il s'était attendu ce matin. Si quelqu'un avait le droit d'être en colère contre lui, c'était bien Frère Ugo. Son mentor avait passé des années à le former pour en faire le meilleur candidat possible pour les Fils des Six ; ces efforts étaient gâchés désormais. Les mots jaillirent de sa bouche.

« Ma vie est *finie*. »

Les yeux de Frère Ugo s'illuminèrent d'un soupçon de surprise, puis d'amusement. « Eh bien, cela me semble une estimation bien généreuse, étant donné ton âge...

— C'est fini, mon Frère. » Ekon avait envie de regarder n'importe où ailleurs, mais les yeux du vieil homme restaient rivés aux siens. « J'avais une possibilité de *devenir* quelque chose, la seule chose que je suis capable d'être. Rejoindre les Fils des Six était ce pour quoi j'étais né. C'était mon destin...

— *Amusant.* » Les sourcils blancs de Frère Ugo se rapprochèrent comme des chenilles qui s'embrassent. « Je ne savais pas que tu étais un érudit du destin, capable de prédire l'avenir ? »

Ekon ouvrit la bouche, mais le vieil homme continua :

« Le destin n'est pas fait d'un unique chemin, mais de plusieurs, Ekon. Certains sont aussi droits qu'une flèche, d'autres sinuent et s'emmêlent comme des fils. Notre devoir n'est pas de les remettre en question mais de les *suivre*.

— Facile à dire pour vous. »

Les coins des yeux du vieil homme se plissèrent d'amusement. « Moi aussi je suis un chemin, Ekon, un chemin qui, je le crois, me permettra un jour d'accomplir mon œuvre la plus juste. Le voyage est long, mais chaque jour est un cadeau. Et à propos de *cadeaux*... »

Il fouilla dans les plis de sa robe. À la surprise d'Ekon, lorsque Frère Ugo retira la main, celle-ci tenait un *hanjari* gainé de cuir. C'était une arme simple, dépourvue de bijoux ou de motifs complexes sur son manche en bois, mais Ekon eut le souffle coupé en voyant le nom qui y était gravé.

Asafa Okojo

« C'est… » La gorge d'Ekon se serra. Il cligna des yeux, détestant les larmes qui lui piquaient les yeux. « Il était à mon…

— À ton père, confirma Frère Ugo. On l'a trouvé sur lui après… l'accident. Je l'ai gardé pendant de nombreuses années. En vertu de la tradition, il aurait dû être remis à ton frère aîné lorsque ce dernier a atteint sa majorité il y a deux ans, mais… » Il adressa un sourire triste à Ekon avant de lui tendre le manche. « Pardonne à ce vieil homme de faire preuve de sentimentalité. »

Ekon regarda la lame, éprouvant son poids nouveau dans sa paume. Celle-ci était fabriquée dans un style plus ancien, pas aussi sophistiqué que celui auquel il était habitué, mais il ressentit immédiatement un profond attachement à son égard.

« Merci, mon Frère. »

Frère Ugo fit un signe de tête en direction de la dague. « *Un homme sage s'assure que ses armes sont toujours aiguisées, mais son esprit plus encore.* » Il se tut, pensif. « *Ces* mots ont été composés par un maître plutôt énergique de ce temple, Garvicus, un homme curieux. Je crois que le Père Olufemi possède plusieurs de ses œuvres dans son bureau ; il y conserve les livres les plus anciens. Je devrais vraiment me renseigner… »

Ekon laissa les paroles du vieil homme s'évanouir dans un faible bourdonnement en arrière-plan. Il fixait toujours le *hanjari*, la chair de poule recouvrant sa peau. Son Baba avait tenu cette lame, et il l'avait gardée sur lui jusqu'à la fin. Il ne savait pas s'il devait en être impressionné ou terrifié.

« Ekon ? »

Il leva les yeux. Frère Ugo avait perdu son air songeur et le fixait à nouveau. « Je me demande, avais-tu une raison particulière de désirer en savoir plus sur le Shetani ? »

Ekon s'efforça de paraître désinvolte. Après Kamau, Frère Ugo était probablement la personne en laquelle il avait le plus confiance au monde, mais il n'était toujours pas prêt à parler de ce qui s'était passé la nuit précédente. Il se contenta de hausser les épaules. « Je crois que c'était simplement… de la curiosité.

— *Ah*, répondit Frère Ugo d'un ton plein de sagesse. La curiosité est un vilain défaut, mais sa *satisfaction* est une vertu. »

Ekon se frotta l'arête du nez. « Est-ce que c'est encore l'une de vos horribles blagues de vieillard ? »

Frère Ugo croisa les bras d'un air indigné. « Pour ta gouverne, ce n'est *pas* le cas. » Il fit une pause en se caressant la barbe. « Cependant, maintenant que tu en parles, j'en ai entendu une assez grossière récemment à propos d'un cochon, de la femme d'un fermier et d'un eloko qui entrent dans une taverne… »

Ekon laissa les paroles de Frère Ugo sur le destin et le Shetani imprégner son esprit tandis qu'il quittait le jardin suspendu et errait dans le temple. À présent, la lumière du matin s'infiltrait à travers les fenêtres cintrées, lui rappelant l'heure, mais il ne pouvait pas se résoudre à retourner dans sa chambre pour faire ses affaires, pas encore.

Il ne réalisa pas où ses pieds l'avaient conduit jusqu'au moment où il atteignit un petit couloir, plus sombre que la plupart. Des appliques polies l'éclairaient faiblement tous les quelques mètres, et Ekon n'eut pas besoin de regarder les murs de granit noir distinctif pour savoir où il se trouvait.

La Salle commémorative.

Il passa inconsciemment ses doigts le long de la pierre froide. De minuscules noms en couvraient presque chaque centimètre. On y trouvait surtout des guerriers à la retraite, et parfois le nom d'un maître érudit estimé du temple. Il examina la liste chronologique jusqu'à trouver ce qu'il cherchait.

GUERRIER ASAFA OKOJO – Mort au service des Six

Le regard d'Ekon passa du nom au vieux *hanjari* désormais passé à sa ceinture, et le jeune garçon réprima un frisson. Frère Ugo avait expliqué qu'on avait retrouvé la lame sur le corps de son père après l'accident.

Accident était une façon polie de le dire.

Baba avait été retrouvé à la lisière de la Grande Jungle, mutilé au point d'en être méconnaissable. Ekon essaya de se remémorer de meilleurs souvenirs, les plis autour des yeux sombres de son père quand il souriait, ou la façon dont son rire résonnait comme le tonnerre. Mais ces souvenirs plus agréables, tout comme les rares qu'il avait de sa mère, ne subsistaient jamais dans son esprit. À la place, des images bien plus dures le tourmentaient. Il vit une jungle envahie par la végétation, un corps face contre terre au milieu des feuilles. Ekon ferma les yeux, essayant de compter à l'aide de ses doigts pour chasser le cauchemar, mais ce dernier s'accrochait. Il vit le corps de Baba s'élever de la terre, la bouche ouverte dans un cri silencieux tandis qu'une créature s'avançait, un être aux yeux noirs horribles et dont du sang gouttait de la gueule. Et puis soudain, Ekon n'eut plus 17 ans, il n'était qu'un petit garçon maintenant, un garçon qui avait tout vu.

Un garçon qui n'avait rien dit.

« J'étais sûr de te trouver ici. »

Ekon se retourna. Il n'avait pas entendu Kamau entrer dans la salle. Le visage de son frère était impénétrable. Dans la lumière vacillante des appliques, il remarqua que son grand frère semblait encore plus fatigué que d'habitude. Ses yeux étaient injectés de sang, ses cheveux étaient négligés et une légère odeur sucrée se dégageait de lui, peut-être du vin.

« Je n'ai pas beaucoup dormi, déclara-t-il en lisant dans l'esprit d'Ekon. Le Père Olufemi a tenu une réunion d'urgence il y a quelques heures.

— À quel sujet ?

— Je ne peux pas le dire. » L'expression stoïque de Kamau ne changea pas. « C'est confidentiel. »

Confidentiel. Encore ce mot, érigé entre eux comme un mur. Ekon repensa à une autre époque, lorsque Kamau et lui affrontaient tout ensemble. Après le départ de Mama et l'assassinat de Baba, c'est Kamau qui leur avait trouvé un nouveau foyer au temple. Tous deux avaient travaillé avec acharnement pour se faire une vie ici, construisant des espoirs et des rêves ensemble, côte à côte. Tout cela était de l'histoire ancienne à présent.

« J'ai également parlé de toi au Père Olufemi, murmura Kamau. Il est d'accord pour te permettre de rester au temple.

— Quoi ? » Ekon en resta bouche bée. « Comment ?

— Je lui ai rappelé que tu avais travaillé ici pendant une décennie, que tu pourrais encore t'avérer utile. Il a dit qu'un poste était disponible.

— Vraiment ? »

Kamau évita son regard. « Frère Apunda vieillit, et il a besoin d'aide pour superviser l'entretien du temple, surtout avec le jour du Lien qui arrive dans deux mois... »

Ekon ne dissimula pas son mécontentement immédiat. Frère Apunda, le gardien en chef du temple, était un vieil homme sévère qui dégageait toujours une odeur de légumes pourris. « Kam, j'apprécie vraiment que tu prennes ma défense, s'empressa-t-il de dire. Mais je ne veux pas travailler comme gardien. Je veux devenir un *guerrier.* »

Pour la première fois, le visage de Kamau exprima une réelle tristesse. « Je sais, répondit-il. Mais c'est le mieux que j'aie pu faire. Je suis désolé. »

Un silence s'installa entre eux, et Ekon détourna le regard pendant un moment. Lorsqu'il releva les yeux, il constata que Kamau fixait le mur commémoratif. Ce n'était pas la première fois qu'il se demandait si son frère pensait à la même chose que lui lorsqu'il venait ici.

« Il me manque. » Il pensait l'avoir dit trop faiblement pour que Kamau l'entende, mais son frère hocha lentement la tête.

« Ouais. » Il avait prononcé ce mot d'une voix étouffée. « À moi aussi. » Kamau se balançait d'une jambe sur l'autre. « Écoute, Ekkie, je sais à quel point tu voulais devenir un Fils des Six, et je sais que tu as l'impression de devoir en devenir un pour faire la fierté de Baba. Mais ce que Baba aimait le plus n'était pas son uniforme ou son titre, c'était le fait de servir cette ville et ses habitants. » Kamau releva les yeux. « C'est quelque chose que tu peux encore faire en tant que gardien du temple. Travailler ici te permettra également de servir Lkossa, d'être comme Baba... »

Kamau poursuivit, mais Ekon avait cessé d'écouter. Ses yeux étaient tombés, une fois de plus, sur le nom de son père gravé sur le mur devant eux. Dans son esprit, seule une partie de ce que son frère avait dit résonnait.

Être comme Baba. Être comme Baba.

En dix-sept ans, il avait voulu beaucoup de choses – embrasser une fille, avoir plus de temps pour lire à la bibliothèque, manger des friandises dans les cuisines du temple – mais ce qu'il avait voulu par-dessus tout était spécial : il avait voulu *être comme Baba*. Il avait eu envie de suivre les traces de son père, les traces de la *famille* Okojo, et d'apporter une digne contribution à cet héritage. C'était cela sa voie, tracée devant lui comme une flèche depuis l'enfance. Kamau avait pu suivre ce chemin, mais celui d'Ekon lui avait été refusé, et pas parce qu'il ne l'avait pas mérité ou qu'il ne l'avait pas assez voulu.

Son chemin lui avait été *volé*, par un monstre.

Le Shetani avait pris la vie de son père, et maintenant, d'une manière différente, Ekon se disait que le monstre lui avait dérobé la sienne aussi. Ses plans, ses espoirs, tout ce pour quoi il avait passé des années à travailler s'était envolé à cause de cette misérable créature. Ses doigts tambourinaient contre sa jambe, essayant de trouver un nouveau rythme, mais tout cela était futile. Il n'y avait aucun moyen de calculer une perte de cette ampleur, d'énumérer ce genre de douleur. Il ne porterait jamais le caftan bleu, son nom ne serait jamais ajouté à ce mur avec celui de son père lorsqu'il mourrait un jour. Sa vie était finie avant d'avoir commencé, et tout cela par la faute du Shetani. Tout ramenait toujours au Shetani. Ses doigts cessèrent de tambouriner et se recourbèrent jusqu'à ce qu'il sente ses ongles s'enfoncer dans la chair de sa paume. Il voulait que cette maudite chose meure, il souhaitait de tout son cœur que quelqu'un...

Il se figea.

« Ekon ? » En périphérie de son champ de vision, il sentit les yeux de Kamau sur lui. « Tu vas bien ?

— Ouais. » Ekon dut faire des efforts pour garder une expression impassible. L'idée qui se formait lentement dans son esprit n'était pas plus qu'un bourgeon ; petite, impossible, mais... elle était *là*. Il avait peur d'y penser, de même qu'il avait peur de l'appréhender, mais il s'aperçut qu'une fois celle-ci acceptée, ses racines s'enfonçaient en lui, refusant de lâcher prise. Il choisit ses mots avec soin. « Je... je crois que je viens de... trouver une solution.

— Quoi ? » Kamau fronça les sourcils, visiblement confus. « Qu'est-ce que tu... ?

— Mes rites de passage, murmura Ekon pour lui-même. Les meurtres... Je pourrais... Oui, cela réglerait tout... » Ekon se mit à faire les cent pas sans se préoccuper des sourcils froncés de son frère. Il savait que cela pouvait paraître étrange, abrupt, mais il réfléchissait mieux lorsqu'il était en mouvement, occupé à compter quelque chose. Ses doigts reprirent immédiatement là où ils s'étaient arrêtés. Il écouta le son de ses sandales qui claquaient sur le sol en pierre du temple tandis qu'il laissait l'idée se déployer dans son imagination.

Un-deux-trois. Ce serait stupide.

Quatre-cinq-six. Ce serait dangereux.

Sept-huit-neuf. Ça réglerait tout.

« Ekkie. »

Ekon s'arrêta net, étourdi. Kamau le fixait du regard, son expression oscillant entre un léger amusement et une véritable inquiétude.

« Ouvre-toi donc un peu, dit-il doucement. *Qu'est-ce que tu racontes ?* »

Ekon déglutit. Ils étaient seuls dans le couloir, il n'y avait personne d'autre autour d'eux, mais il avait presque peur de prononcer ces mots. Il baissa la voix. « Je crois que je connais un moyen d'amener le Père Olufemi à reconsidérer ma candidature pour rejoindre les Fils des Six. »

Le visage de Kamau se décomposa immédiatement. Il n'avait plus l'air amusé à présent ; son expression exprimait clairement de la pitié. Il soupira, et cette vision blessa davantage Ekon qu'il ne s'y serait attendu.

« Ekon...

— Écoute-moi bien. » Ekon leva une main et parla rapidement. Il essaya de ne pas remarquer que Kamau fixait ses doigts pris de frénésie avec un froncement de sourcils désapprobateur. « J'ai échoué lors de mon dernier rite de passage. » Cela lui faisait mal de dire la vérité à haute voix, mais il s'y obligea.

« Mais s'il y avait un autre moyen pour moi de prouver au Père Olufemi et aux frères du temple que j'en *suis* capable ? »

Le froncement de sourcils de Kamau s'accentua. « Qu'est-ce que tu veux dire ?

— Et si un candidat accomplissait un acte dont aucun autre Fils des Six n'a jamais été capable, quelque chose qui améliore la vie de chaque personne dans cette ville ? *Cela* pousserait sûrement le Père Olufemi à changer d'avis.

— C'est possible. » Kamau haussa les épaules. « Mais il faudrait que cet acte soit vraiment extraordinaire, que ce soit quelque chose comme...

— Comme tuer le Shetani ? »

Un moment sembla nécessaire à Kamau pour saisir. Ekon vit la compréhension naître sur le visage de son frère, tandis que sa bouche et ses yeux s'élargissaient simultanément d'horreur.

« Ekon, murmura-t-il. *Non.*

— Réfléchis-y, Kam. » Ekon franchit la distance qui les séparait et inclina la tête. « Si je pouvais le trouver, si je le *tuais*... »

Kamau secoua la tête. « Ekon, écoute-moi, tu ne peux pas...

— Tu sais, je ne suis pas aussi incapable que tu le penses, rétorqua Ekon d'un air buté. Je me suis entraîné dans ce temple, tout comme toi. »

Kamau eut l'air peiné. « Ce n'est pas ça, c'est... » Il se tut, et Ekon releva le menton.

« Dis-moi. »

Kamau jeta un regard furtif par-dessus son épaule. « Tu ne dois parler de ça à personne. »

Ekon hocha la tête.

« Tu ne peux pas partir à la poursuite du Shetani parce qu'un groupe de chasseurs est en train de se réunir pour faire exactement la même chose *en ce moment même* », expliqua Kamau d'une voix précipitée.

Ekon inspira fortement. « Un groupe de chasseurs... ?

— Chut ! »

Il ferma la bouche mais répéta les mots de son frère dans sa tête. *Un groupe de chasseurs.* Pour la première fois en une décennie, le Père Olufemi allait choisir des guerriers qui se rendraient dans la Grande Jungle à la recherche du Shetani. Être choisi pour en faire partie serait un privilège inégalé, la plus haute des distinctions, un grand honneur.

« Qui a été invité à en faire partie ? fut la première question qui lui vint à l'esprit.

— Je ne connais pas encore tous les noms, répondit Kamau. Le Père Olufemi est encore en train de faire son choix. Il veut s'assurer qu'il y ait un bon équilibre entre les guerriers novices et expérimentés au cas où... »

Au cas où aucun d'entre eux n'en revient, compléta Ekon, formulant les mots non prononcés. Il adressa un signe de tête à son frère. « Est-ce que *tu* vas y aller ? » Il ne prit pas la peine de demander s'il faisait partie des guerriers sélectionnés.

Kamau avait l'air mal à l'aise. « Je n'ai pas encore décidé.

— La rencontre dont tu reviens à l'instant, c'est de ça qu'il s'agissait, n'est-ce pas ? »

Kamau ne dit rien, mais ses yeux contenaient la réponse. « Si tu te rends dans la Grande Jungle à la recherche du Shetani, tu dois comprendre que tu n'affronteras pas seulement ce qui s'y trouve déjà. Les Fils des Six seront également en chasse, à la manière des Yabas. »

Ekon déglutit. Il connaissait les règles des Yabahari, la chasse que son peuple pratiquait traditionnellement. *Aucune pitié.* Les guerriers qui se rendraient dans cette jungle ne se préoccuperaient que d'eux-mêmes, et tout autre individu serait traité en ennemi. *Il* serait traité en ennemi.

« Je sais comment chasse un Fils des Six, déclara-t-il avec plus de confiance qu'il n'en ressentait. Ce qui signifie que je sais aussi comment les éviter. Si je reste en dehors de...

— Ekon, *écoute-moi.* » La voix de Kamau avait changé. Il ressemblait à un vrai guerrier maintenant, plus stoïque et sérieux. « Ce n'est pas un jeu. Les Fils des Six et le Shetani sont déjà assez dangereux en soi, mais il y a aussi la Grande Jungle elle-même. Tu n'y as jamais mis les pieds. »

Ekon décida de ne pas mentionner que *cela* n'était, techniquement, pas vrai.

« Y chasser le Shetani sera différent de ton entraînement ici, en ville, continua Kamau. Si tu fais une erreur sur les pelouses d'entraînement, tu perds le match. Mais si tu commets une erreur dans cette jungle... » Il fit une pause. « Cela pourrait te coûter la vie.

— Un prix que je suis prêt à payer. » Ekon se redressa de toute sa hauteur. Dans leur enfance, Kamau avait toujours été légèrement plus grand que lui, mais l'année dernière, la croissance d'Ekon s'était enfin accélérée. Ils étaient le miroir l'un de l'autre maintenant, deux paires identiques d'yeux sombres au même niveau. « Tu l'as dit toi-même hier soir : je suis un Okojo. Je suis né pour être un guerrier. J'ai ça dans le sang, tout comme toi. Ce sont nos racines. *Kutoka mzizi*, tu te souviens ? »

Kamau secoua la tête. « Ekon...

— *Foi et courage.* » Ekon s'avança. « La nuit dernière, le Père Olufemi a dit qu'un vrai Fils des Six était un homme de foi et de courage. Tuer le Shetani prouverait que je possède les deux. »

L'expression de Kamau se durcit. « Je te rappelle que je suis tenu par l'honneur de rapporter ce genre d'information au Père Olufemi et aux frères du temple.

— Kam. » La voix d'Ekon était à peine un murmure. « *S'il te plaît.* »

Il n'était pas sûr que ce soit la demande elle-même ou la façon dont il l'avait exprimée, mais lentement, Ekon vit quelque chose vaciller dans l'expression de Kamau. C'était infime, une simple fissure dans une armure invisible, mais c'était suffisant.

Soudainement, Kamau n'était plus un kapteni, il n'était même plus un guerrier à présent, mais juste un grand frère. Il n'était pas le « guerrier Okojo », il était Kam, le garçon qui s'était une nuit faufilé avec Ekon hors des dortoirs du temple jusqu'aux cuisines pour s'y repaître de raisins rouges et de jus de mangue. C'était lui qui avait enseigné pour la première fois à Ekon comment tenir correctement un *hanjari*, et qui s'était patiemment entraîné avec lui pendant des jours jusqu'à ce qu'il y parvienne. C'était le garçon qui comprenait intimement ce que c'était que de perdre deux parents, parce qu'il les avait perdus lui aussi. Et c'était Kam, le frère qui ne l'aurait jamais trahi.

« Je ne dirai rien au Père Olufemi, déclara Kamau. Sauf s'il me le demande explicitement. S'il le fait, tu dois savoir que je n'aurai d'autre choix que de répondre sincèrement. »

Ekon hocha la tête. Son frère avait prêté un serment sacré de fidélité ; cette demi-promesse était le mieux qu'il pouvait lui offrir en tant que guerrier consacré. Même dans ce cas, il savait que Kamau pouvait perdre sa position de kapteni pour avoir gardé ce secret. « Merci. »

Kamau posa une main sur son épaule. « Rassemble tes affaires rapidement, et pars dès que tu le pourras », ordonna-t-il. Son ton était pressant. « Le Père Olufemi aura probablement besoin de quelques jours de plus pour mettre en place le groupe de chasseurs, et tu dois garder de l'avance sur nous. Reste à l'écart des chemins les plus évidents, mais ne t'éloigne pas complètement de la piste, ou tu finiras par te perdre. Essaie aussi de ne pas laisser de traces. » Il adressa à Ekon un regard éloquent. « Ou quoi que ce soit d'autre qui permette de te suivre. »

Ekon hocha la tête. « Ça n'arrivera pas.

— Rappelle-toi ce que tu as appris lors de ton entraînement, fais preuve d'ingéniosité.

— Compris. »

Kamau hocha la tête. « Tu dois aussi comprendre qu'une fois parti, tu seras absent sans en avoir obtenu l'autorisation, et risques d'être puni...

— Le Père Olufemi ne me punira pas, objecta rapidement Ekon. Pas si je lui rapporte ce qu'il désire, la tête de cette chose. »

Kamau lui adressa un demi-sourire avant que son expression ne se fasse plus solennelle. « Promets-moi une chose, Ekkie. » Son ton changea brusquement. « Promets-moi que, quoi que tu fasses, tu ne laisseras pas la poursuite de cette chose devenir plus importante que ta vie. Je ne peux pas... » Il baissa les yeux vers ses pieds. « Je ne peux pas te perdre aussi. Tu es tout ce qu'il me reste. »

Ekon soutint le regard de son frère, ignorant le serrement de sa poitrine. Jamais de toute sa vie il n'avait menti à Kamau. Il allait devoir le faire à présent.

« Je te le promets, répondit-il. Je serai de retour dans quelques semaines, peut-être moins. »

Kamau acquiesça.

« Je vais le faire, Kam, dit Ekon. Je trouverai ce monstre, je le tuerai, et je vengerai Baba. » *Et j'obtiendrai ma place parmi les Fils des Six*, se promit-il. *Même si c'est la dernière chose que je fais.*

Le Shetani lui avait dérobé son destin. Ekon allait le récupérer.

CHAPITRE NEUF

Une vérité et un mensonge

Koffi jeta un dernier coup d'œil aux rues animées de la ville avant que Baaz ne la jette dans son chariot tiré par une mule.

Les odeurs qui imprégnaient l'air lui étaient familières – celles du foin, de la sueur et du fumier –, mais à l'intérieur de l'enceinte en bois, elles étaient nauséabondes. Pendant plusieurs minutes, le chariot tangua et oscilla sous la conduite de Baaz, et elle écouta les bruits de la ville s'estomper. Finalement, le chariot s'immobilisa, et elle entendit le cliquetis distinct d'une clé tournant dans son cadenas. Elle essaya de se protéger les yeux tandis que la lumière du soleil faisait irruption dans l'obscurité, mais on la tira à l'extérieur avant qu'elle en ait le temps. Il lui fallut cligner des yeux plusieurs fois pour accommoder sa vision. Lorsqu'elle put enfin voir, son cœur s'arrêta.

Les pelouses du Zoo nocturne étaient dévastées, ravagées et noircies par le feu. Plusieurs cages avaient été renversées, leurs portes de métal garnies de barreaux se balançant dans la brise matinale. Au milieu, là où s'était trouvée l'*héma*, on ne voyait plus qu'un cimetière de restes cramoisis, de meubles brûlés et un assortiment de tiges structurelles pliées selon des angles bizarres qui ressemblaient étrangement à un squelette massif carbonisé. Koffi fixa la scène d'un air incrédule. Elle n'avait jamais vraiment aimé le vieux zoo, mais il avait été le seul vrai foyer qu'elle ait jamais connu. Le voir ainsi était étonnamment triste.

« Koffi ? »

Elle leva les yeux d'un coup. La voix qui l'avait appelée n'était pas basse et bourrue comme celle de Baaz, mais amicale et familière. Elle se retourna, et son cœur faillit jaillir de sa poitrine.

« Jabir ? »

Le jeune gardien de bêtes fonçait vers elle, pieds nus dans l'herbe noircie, plusieurs chiens sauvages sur ses talons. C'était un rappel étrange, presque sinistre, de la façon dont il avait couru vers elle la nuit précédente. Quand il arriva à son niveau, il n'y eut pas de mots. Elle jeta ses bras autour de lui, le serrant jusqu'à ce que ses côtes lui fassent mal. Jabir émit un petit bruit de soulagement en lui rendant son étreinte. Au bout d'un moment, elle le tint à bout de bras pour l'examiner. L'ourlet de sa tunique grise était légèrement brûlé, mais dans l'ensemble, il semblait indemne.

« Je pensais t'avoir perdu, dit-elle.

— Je m'en suis sorti. » La voix de Jabir était rauque comme celle d'une personne ayant inhalé de la fumée. « Juste avant que l'*héma* ne s'effondre, par chance. Je vous ai cherchées, toi et ta mère, mais il faisait sombre, je n'ai pas pu vous trouver... »

Un mélange de culpabilité et de chagrin étrangla les mots qui se pressaient dans la gorge de Koffi. Elle essaya de trouver les termes adéquats pour raconter à Jabir ce qui s'était passé, pour tout lui expliquer. Elle avait tellement de questions, elle aussi. L'un des chiens sauvages près de leurs pieds glapit, et elle baissa les yeux vers lui avant de rencontrer le regard de Jabir à nouveau. « Les chiots vont bien ?

— Pour la plupart. » Jabir ramassa l'un des plus petits et le prit dans ses bras. « Teku est encore un peu secoué, mais...

— *Fille !* »

Ils sursautèrent tous deux. Baaz se tenait toujours près du chariot, les bras croisés, la bouche figée en un trait implacable. Koffi le regarda.

« Monsieur ?

— Viens ici. *Maintenant.* »

La prise de Jabir sur elle se resserra instantanément, mais Koffi retira doucement ses doigts. Si elle était sur le point d'être punie pour s'être enfuie, elle ne voulait pas entraîner Jabir dans son pétrin.

« C'est bon, murmura-t-elle. Je te retrouve dans un instant. »

Jabir hésita avant de hocher la tête et de repartir vers les huttes des gardiens de bêtes avec ses chiots. Elle s'assura que ces derniers étaient suffisamment loin avant de se tourner à nouveau vers Baaz. Celui-ci l'observait toujours, attendant. Elle rassembla son courage, puis revint vers lui, en prenant soin de s'arrêter juste hors de sa portée. Maintenant qu'elle était plus proche et qu'elle le voyait correctement, elle remarqua que ses yeux étaient cernés. Plusieurs des faux bijoux de ses bagues avaient disparu, laissant des creux tristes et vides là où ils se trouvaient auparavant. Comme le Zoo nocturne, l'homme semblait diminué. Il la balaya d'un regard plein de dégoût.

« Je sais que c'est toi », déclara-t-il sans préambule. Pendant un instant terrible, une véritable peur traversa le corps de Koffi avant qu'il n'ajoute : « Rien de tout cela ne serait arrivé si tu avais vérifié le harnais de Diko, si tu n'avais pas crié à tout le monde de sortir de la tente et déclenché tout ce chaos. »

Koffi baissa la tête. Elle ne voulait pas que Baaz s'aperçoive de son soulagement. Il lui reprochait – à juste titre – de ne pas avoir vérifié le harnais de Diko et d'avoir semé la panique dans l'*héma*, mais il semblait ne se douter de rien concernant la bougie. *Bien.*

« Qu'est-il arrivé à Diko ? demanda-t-elle doucement.

— Qui sait ? » Baaz leva les bras au ciel. « La moitié de mes bêtes sont mortes ou enfuies, et ma réputation est en lambeaux ! » Il se mit à trépigner, et Koffi dut faire preuve de beaucoup de retenue pour ne pas s'esclaffer à haute voix. Rien de tout cela n'était drôle, mais Baaz Mtombé ne manquait jamais d'être théâtral dès que l'occasion se présentait.

« La nouvelle de ce désastre va se répandre, poursuivit-il. La fréquentation des spectacles va continuer à baisser, et avec elle mes marges de bénéfices. Pour couronner le tout, le Kuhani et son comité de grincheux ont rejeté ma demande d'aide financière… » Il sembla se perdre dans ses pensées pendant un moment avant de se concentrer sur elle. « Et c'est *entièrement-ta-faute.* »

Koffi déglutit. Bien sûr, elle se doutait de ce qui allait arriver, mais cela ne rendait pas la chose plus facile à envisager. Elle imaginait le poteau de flagellation à l'autre bout du domaine, sans doute le seul survivant de ce naufrage. Il y aurait de la douleur, beaucoup de douleur, mais le mieux était encore d'en finir rapidement. Elle posa un regard impassible sur son maître.

« Combien de coups ? »

Les yeux de Baaz se plissèrent. « Quoi ?

— *Combien ?* »

Baaz fronça les sourcils. « De quoi parles-tu, ma fille ? »

Un soupçon de malaise envahit Koffi. Baaz semblait sincèrement ne pas savoir de quoi elle parlait, ce qui signifiait soit qu'il avait inhalé trop de fumée la nuit dernière, soit qu'il avait une punition bien pire en tête pour elle. Elle était peu optimiste quant à la probabilité qu'il s'agisse de la première option.

« Je ne vais pas… être envoyée au poteau ? »

Un air de compréhension apparut enfin sur le visage de Baaz, suivi d'autre chose. Il fallut un moment à Koffi pour comprendre que ce qu'elle voyait se dessiner lentement sur le visage de l'homme n'était pas de la colère, mais de l'amusement.

« Non, Koffi. » Baaz avait prononcé son nom à voix basse, l'étudiant comme un chat examine une souris acculée. « Tu n'iras pas au poteau. Pas cette fois. »

Koffi prit une grande inspiration. « Alors... que comptez-vous me faire ?

— Oh, je ne vais rien te faire. » Baaz la regardait méchamment. « Tu vas faire quelque chose pour *moi*. Tu vois, ta petite erreur avec Diko va me coûter des milliers que tu ne pourras pas rembourser, car tu m'es déjà redevable. » Il croisa les doigts. « Par conséquent, j'ai décidé que ces nouveaux coûts seront ajoutés rétroactivement au solde actuel de ton contrat d'engagement. »

Koffi vacilla. « Qu'est-ce que ça signifie ?

— Cela *signifie*, déclara Baaz, qu'ils seront ajoutés à tes dettes. D'après mes calculs rapides, tu devrais être en mesure de tout rembourser dans environ trente-cinq ans, sans compter les intérêts. »

Koffi sentit ce qui lui restait de volonté l'abandonner précipitamment, comme si quelqu'un le lui avait arraché par la violence. Le monde autour d'elle se mit à tourner, se brouilla, et elle se rendit compte qu'elle était même incapable de parler tandis que les mots de Baaz la transperçaient.

Trente-cinq ans. Trente-cinq ans. Pas des semaines, ou des mois, mais des années. Dans son esprit, elle entrevit de vieux souvenirs, les contours abîmés de la vie qu'elle avait eue avant celle-ci. Elle se souvint d'avoir été petite, assise sur les épaules de son père un matin, tandis qu'il lui expliquait qu'ils partaient à l'aventure. À l'époque, ça avait eu l'air amusant, de travailler dans un zoo rempli d'animaux intéressants. Elle était trop jeune alors pour comprendre à quel point les conditions seraient difficiles, et ce n'est qu'après la mort de Baba que la terrible réalité avait révélé son vrai visage. La dette restante de son père était devenue la sienne. Pendant près de dix ans, Mama et elle avaient travaillé chaque jour pour rembourser ces dettes, et elles avaient été tellement proches d'y parvenir.

Trente-cinq années. Années.

Maintenant, cette dette allait être augmentée de plusieurs milliers.

« Ce... ce n'est pas possible. » Koffi avala la bile aigre qui montait dans sa gorge, essaya de calmer ses genoux qui se dérobaient. « Vous ne pouvez pas faire ça. Je ne suis pas une adulte, je n'ai même pas signé mon propre contrat...

— C'est fait, ma fille. » Les yeux de Baaz étaient dénués de toute compassion. « Et la loi est de mon côté. Je t'informerai de ton nouveau solde dès que mon maître d'œuvre aura terminé l'évaluation des dégâts et du coût des réparations. En attendant, va faire le ménage, avant que je ne change d'avis en ce qui concerne le poteau. » Il balaya les environs du regard, l'air dégoûté. « Répugnant... »

Koffi le regarda s'éloigner, tout engourdie. Elle avait toujours su que la punition pour ce qu'elle avait fait serait sévère, mais c'était bien pire que tout ce qu'elle aurait pu imaginer. *Trente-cinq ans.* Elle avait 16 ans. Trente-cinq ans dans ce Zoo nocturne représentaient davantage qu'une peine de prison, c'était une vie entière de perdue... sa vie. Elle avait l'impression de s'enfoncer dans quelque chose, un cauchemar dont elle ne pouvait pas se réveiller.

Ses pieds la poussèrent au hasard, jusqu'à ce qu'elle s'arrête devant les restes fumants de l'*héma*. De près, elle sentit son odeur, l'effluve âcre de ce qui a brûlé. Ses yeux se promenèrent sur les débris noircis jusqu'à apercevoir quelque chose scintiller presque entièrement sous les cendres, quelque chose de petit et d'un bleu brillant. En y regardant de plus près, elle reconnut ce dont il s'agissait, et son cœur se serra. C'était un morceau de cette statue de paon turquoise, peut-être un fragment de son bec, ou de sa petite tête. Elle avait toujours détesté cette chose, qu'elle trouvait criarde et ridicule avec son cou trop long et les plumes extravagantes de sa queue. Désormais, c'était tout ce qu'il en restait, un morceau de pierre bleu pâle calciné. Évidemment que l'oiseau avait brûlé. Comme tout ce qui se trouvait dans ce Zoo nocturne, c'était un faux, une illusion. Une vraie turquoise aurait été plus robuste, capable de résister à la chaleur du feu. C'était une chose sans valeur, depuis le début. Pourtant, tandis que Koffi fixait le morceau, une sorte de chagrin étrange s'insinua en elle. Elle voulait ramener ce stupide paon, ramener la vie qu'elle avait eue auparavant et se donner une seconde chance. Dans cette autre vie, elle n'aurait jamais oublié de vérifier le harnais de Diko, et celui-ci n'aurait jamais attaqué la femme du marchand. Mama n'aurait pas été blâmée pour une erreur qu'elle n'avait pas commise, et Koffi n'aurait jamais fait cette chose étrange avec la bougie. Elle souhaitait de tout son cœur pouvoir revenir en arrière, échanger les mauvais choix contre les bons, obtenir une seconde chance de…

Son souffle se bloqua soudainement dans sa poitrine. Elle fixait toujours les restes de l'*héma*, encore dressés au milieu des cendres, mais un mot unique s'était fixé dans son esprit.

Échanger.

Cela se produisit lentement, les pièces s'assemblant peu à peu dans son esprit.

Échanger.

Elle se souvint d'un moment précis de la nuit dernière à l'*héma*, d'un fragment de conversation entre deux personnes : Baaz et Bwana Mutunga. Ils avaient discuté de quelque chose, du Shetani.

Ce serait un sacré ajout à votre spectacle, n'est-ce pas ? Le marchand avait prononcé ces mots sur le ton de la plaisanterie.

Eh bien, il est permis à chacun de rêver, avait répondu Baaz. *Mais je pense qu'il me faudrait troquer mon âme pour obtenir une telle chose.*

Échanger. Troquer. C'est alors que Koffi le réalisa. C'était la première fois qu'elle avait entendu ce mot, *troquer,* et non pas assise avec la vieille femme dans le marché ce matin, mais hier soir, de la bouche de son propre maître. *Échanger. Troquer.* La vieille femme lui avait dit autre chose tout à l'heure.

Toute chose peut être troquée, à condition *de connaître sa vraie valeur.*

Tout pouvait être troqué contre quelque chose. Tout.

Le cœur de Koffi lui martelait la poitrine tandis qu'elle faisait volte-face, ses yeux fouillant le terrain du Zoo nocturne jusqu'à ce qu'elle trouve la personne qu'elle cherchait. Baaz était déjà à plusieurs mètres, mais certainement à portée de voix.

« Monsieur ! cria-t-elle quasiment en se lançant à sa poursuite, ignorant la douleur dans ses jambes et s'efforçant de courir plus vite. Monsieur, attendez ! »

Baaz jeta un coup d'œil par-dessus son épaule, agacé, puis se retourna complètement en voyant Koffi foncer sur lui. Elle s'arrêta devant lui et attendit un moment pour reprendre son souffle avant de parler.

« Monsieur, répéta-t-elle. Je voudrais... vous proposer un troc. »

Les sourcils de Baaz s'étaient froncés en signe de confusion, mais ils se haussèrent de surprise à présent. « Tu veux me proposer *quoi* ? »

Koffi déglutit. Elle n'était pas sûre que les mots étaient justes, mais elle n'en avait plus rien à faire. C'était son dernier espoir, et elle se devait d'essayer. « J'ai dit que je voudrais vous proposer un troc, répéta-t-elle plus fermement. Contre mon contrat d'engagement. »

Baaz la fixa d'un regard vide pendant un moment avant que son expression ne se transforme en un mélange d'irritation et d'incrédulité. « Tu ne peux pas faire de troc avec moi. »

Koffi tint bon. « Pourquoi pas ? »

Les yeux de Baaz se plissèrent. « Parce que tu n'as rien à troquer. Tu es endettée, *sans le sou*. Tu ne possèdes absolument rien. »

C'était vrai. Toute sa vie, Koffi avait été pauvre, criblée de dettes qui ne lui appartenaient pas. Baaz avait raison de dire qu'elle ne possédait rien. Mais cela ne voulait pas dire qu'elle n'avait rien.

« J'ai quelque chose, déclara-t-elle rapidement. La chose que vous désirez le plus. »

Baaz lui adressa une nouvelle grimace pour toute réponse. « Et qu'est-ce que *ça* pourrait bien être ?

— La nouvelle attraction du Zoo nocturne, que *je* peux vous procurer. » Koffi inclina la tête, s'efforçant d'adopter un air humble. Pour que cela marche, elle devait être convaincante, mais naturelle.

« Qu'est-ce que tu racontes ? » grogna Baaz.

Koffi inspira profondément. « La nuit dernière, après m'être échappée du Zoo nocturne et avoir franchi le mur, j'ai vu une créature dans les champs de citronnelle », expliqua-t-elle.

Les yeux de Baaz se plissèrent. « Quel *genre* de créature ?

— Une bête massive et terrible, répondit Koffi d'un ton sinistre. Avec des yeux noirs et des dents plus longues que mes doigts...

— Tes... tes *doigts* ?

— C'est la vérité. » Koffi soutint le regard de son maître. Si elle avait appris une chose en l'observant au Zoo nocturne toutes ces années, c'était comment raconter une histoire, comment captiver un public avec des mots embellis et des pauses théâtrales. « Et je sais ce que c'était : le Shetani. »

Le nom produisit un effet immédiat ; Baaz se raidit. « Ce n'est pas possible.

— Si, répliqua Koffi. Je l'ai vu de mes propres yeux. Il est venu vers moi.

— Et pourtant, tu es là. » Baaz croisa ses bras épais. « *Indemne.*

— Il ne m'a pas touchée, expliqua Koffi. Il s'est enfui parce que... » Elle hésita. C'était le moment de vérité, l'union d'une vérité et d'un mensonge. « Parce que je lui ai ordonné de partir, et qu'il a obéi. »

Il y eut une longue pause, si longue que Koffi se mit à transpirer. Baaz la regarda fixement, stupéfait, puis rejeta la tête en arrière en riant.

« Tu..., dit-il entre deux sifflements. Tu veux me faire croire que toi, une enfant maigrichonne, tu as donné un ordre au Shetani de la Grande Jungle et que ce dernier a *obéi* ?

— Je ne serais pas là si ce n'était pas le cas. » L'expression de Koffi restait stoïque. « Et le guerrier qui a franchi le mur et s'est lancé à ma poursuite ne le serait pas non plus. Il a eu tellement peur qu'il a fini par me laisser partir. »

Baaz s'arrêta immédiatement de rire. L'ombre de quelque chose passa sur son visage tandis qu'il intégrait les mots de Koffi, et avec eux une prise de conscience qu'elle ne comprit pas. Puis elle vit une nouvelle émotion. La peur.

« Tu... tu l'as vraiment vu en chair et en os ? » Ses yeux étaient ronds, horrifiés. « Et tu lui as vraiment ordonné de t'épargner ?

— Oui.

— *Comment ?* chuchota Baaz. Comment as-tu fait ?

— La magie n'a pas toujours été confinée aux pages des histoires. » Koffi répéta les mots exacts que la vieille femme lui avait dits au marché. « Elle s'est estompée, mais elle existe encore à Lkossa pour quelques élus. *Je suis* l'une de ces élus. »

Baaz leva un doigt vers elle. « Ce que tu es en train de dire est un blasphème, l'avertit-il. Je pourrais te dénoncer...

— Vous le pourriez, dit rapidement Koffi. *Ou* vous pourriez changer votre destin, de manière significative. »

Baaz la fixa du regard. « Qu'est-ce que tu veux dire ?

— J'ai fait partir le Shetani la nuit dernière, expliqua Koffi. Et si j'étais capable de le trouver et de le ramener au Zoo nocturne ? Et s'il devenait votre nouvelle attraction ?

— Ça ne marcherait jamais, déglutit Baaz. Les gens ne paieraient jamais pour voir quelque chose d'aussi horrible...

— Je connais une personne qui le ferait, rétorqua Koffi. Le Kuhani. Vous avez entendu ce que le marchand a dit hier soir. Les commerçants ne viennent plus en ville, les gens ont peur. Comment pensez-vous que l'homme qui contrôle les coffres les plus remplis de la région exprimerait sa gratitude envers la personne qui réglerait son plus gros problème ? »

Elle vit la peur du visage de Baaz se transformer en cupidité. Elle sut alors, à ce moment précis, qu'elle le tenait. Son maître était cruel, violent et avide, mais c'était un homme d'affaires avant tout.

Sa performance était presque terminée.

« Tu as mentionné un troc, dit-il lentement d'un air calculateur. Que voudrais-tu en échange du Shetani ?

— L'effacement définitif des dettes de ma famille envers vous, afin que je sois libre de quitter le Zoo nocturne pour toujours, répondit immédiatement Koffi. La dette de Jabir aussi. Et je vais devoir me rendre dans la jungle pour trouver le Shetani, donc j'aurai aussi besoin d'une petite allocation pour la nourriture et les fournitures.

— Naturellement. » Le sourire que Baaz lui adressa en guise de réponse était tranchant comme une lame de rasoir. Il inclina la tête comme s'il voyait Koffi pour la première fois. « Tu sais, *ceci* nous met dans une situation que certains considéreraient comme un conflit d'intérêts. Une fois que je t'aurai laissée quitter cet endroit, tu seras libre de t'enfuir à nouveau.

— Je reviendrai pour Jabir, déclara Koffi. Je ne l'abandonnerai pas. »

Baaz secoua la tête. « Tu l'as déjà abandonné une fois. Qu'est-ce qui t'empêchera de recommencer ? »

Ces mots la piquèrent, et Koffi fut soudainement heureuse que Jabir ne soit pas à portée d'oreille de cette conversation. Bien sûr, elle ignorait alors qu'il était encore en vie et piégé ici - elle avait immédiatement anticipé le pire - mais cela ne changeait rien à la vérité. Baaz avait raison : elle l'avait abandonné. Son sourire en coin s'accentua.

« Je pense que ce dont nous avons besoin ici, ce sont quelques clauses, dit-il joyeusement. Pour s'assurer que tu es réellement investie. »

Koffi déglutit. « Que voulez-vous ?

— Des conditions clairement définies, répondit Baaz. Ta petite chasse sera soumise à une limite de temps. Je te donne jusqu'au début de la mousson pour trouver le Shetani et le ramener ici. Sinon, j'ajouterai des frais de dérangement de sept cents *fedhas*[10] à tes dettes. »

Koffi fronça les sourcils. La saison des moussons était presque arrivée, elle n'avait donc qu'une semaine environ tout au plus. « *Bien.*

— Si tu reviens à temps, mais sans le Shetani, il y aura aussi des frais de dérangement.

— C'est compris.

— *Pour terminer,* si tu ne reviens pas du tout dans ce zoo, poursuivit Baaz, les nouvelles dettes que tu as contractées et les frais de dérangement seront imputés à Jabir… et à ta mère. »

Koffi se figea.

---

10. « Argent » en swahili.

« Quoi ? » Elle essaya de démêler le tumulte désordonné de pensées qui résonnaient en elle simultanément, chacune exigeant son attention.

Mama.

C'était impossible, à moins que ça ne le soit pas. Baaz mentait, à moins qu'il ne dise la vérité. *Pouvait-il* s'agir de la vérité ? Elle grinça des dents, luttant contre la douleur, contre l'espoir.

Mama.

Des images violentes et d'autres belles s'affrontaient dans son esprit. Elle vit sa mère recroquevillée à côté d'elle dans une hutte, chantant des chansons folkloriques à voix basse, et elle vit la façon dont les yeux de Mama s'étaient révulsés. Elle se souvint de son visage, illuminé par la lumière dorée du soleil matinal, et de son corps baignant dans une mare de sang.

Mama est vivante ? Comment ?

« Je suppose que nous avons un accord ? » Baaz lui adressa un sourire sinistre.

« Où est-elle ? » Les lèvres de Koffi étaient engourdies.

« Ta mère a été emmenée à la cabane de l'infirmerie la nuit dernière. » Il se remit à marcher et regarda par-dessus son épaule. « J'espère que tu as l'intention de respecter ta part de ce troc, ma fille. Le coût d'un échec serait assez élevé... »

La fin de sa phrase ne parvint pas aux oreilles de Koffi. Celle-ci s'était déjà mise à courir.

La succession difforme de huttes en briques de boue dans les quartiers des gardiens de bêtes semblait nettement plus petite en journée.

Koffi fonça sur le chemin, ses pieds martelant la terre rouge à chaque pas.

Mama. Mama était en *vie*.

Du coin de l'œil, elle sentait que des gens l'observaient – d'autres gardiens de bêtes qui l'avaient peut-être crue disparue ou morte – mais elle les ignora. Ses yeux fouillèrent les huttes jusqu'à ce qu'elle en remarque une au bout du chemin, petite et d'apparence modeste. La hutte de l'infirmerie. Elle courut vers elle et manqua d'en arracher la porte.

Diverses odeurs l'assaillirent en même temps, un parfum cuivré épais dans l'air, mais d'autres odeurs également, qui ne lui plaisaient pas. Elle sentit des effluves de pommades artisanales, d'herbes médicinales, l'odeur distincte des linges utilisés pour bander les plaies et des onguents. Aucune de ces odeurs n'était particulièrement désagréable, mais elles lui étaient trop familières ; elles lui rappelaient Baba. Elle fouilla des yeux les quelques lits alignés côte à côte. Des gardiens de bêtes occupaient chacun d'entre eux. Certains se faisaient soigner des entailles et des coupures, tandis que d'autres étaient si gravement brûlés qu'elle ne les reconnaissait pas. Elle tressaillit.

C'est toi qui as fait ça, affirma une voix. *Ils sont tous blessés à cause de toi, à cause de ce que tu as fait avec la bougie…*

Elle repoussa la voix tandis que ses yeux s'adaptaient à l'obscurité et s'arrêtaient sur un lit au bout de la rangée. Jabir était assis à côté, tête baissée. Le sang lui martela les oreilles tandis qu'elle courait vers le lit. Mama était étendue sur le dos, les yeux fermés. Une fine couverture avait été tirée jusqu'à ses épaules nues, mais elle n'était pas assez longue pour la couvrir entièrement, et ses pieds dépassaient de l'autre extrémité. Koffi remarqua avec un pincement au cœur le bandage près de la base de sa tête. Celui-ci était taché d'un brun rougeâtre foncé.

« Elle se réveille et replonge, expliqua Jabir. Mais je pense qu'elle va s'en sortir. Je me suis assuré que quelqu'un s'occupe de changer ses bandages. » *Elle va s'en sortir.* Ce furent les seuls mots que Koffi entendit. *S'en sortir. Mama va s'en sortir.* Les mots jaillirent étouffés de sa bouche.

« Merci, Jabir. Pour tout. »

Aucun des deux ne parla tandis qu'ils observaient la poitrine de Mama se soulever et s'affaisser pendant un moment.

« J'étais inquiet à ton sujet, Kof, lui chuchota Jabir. J'avais peur que tu... que tu ne reviennes pas. »

Koffi sentit un pincement coupable dans sa poitrine. En vérité, elle n'avait *pas* prévu de revenir, mais pas pour les raisons auxquelles Jabir aurait pu penser. Elle avait cru qu'il n'y avait plus rien pour elle ici, rien pour quoi se battre. Maintenant, tout était différent. Non seulement elle devait se battre pour sa mère et Jabir, mais elle avait la possibilité de reprendre ce qu'elle pensait ne plus jamais pouvoir obtenir : la liberté.

« Jabir, dit-elle doucement. Je ne vais pas rester.

— Quoi ? » La voix de Jabir était empreinte d'une certaine dureté, mais en dessous, elle perçut sa douleur. « Koffi, tu ne peux pas t'enfuir à nouveau. Si Baaz t'attrape encore une fois...

— Je ne compte pas m'enfuir. Baaz sait que je m'en vais », expliqua Koffi à voix basse. Elle se pencha en avant. « J'ai passé un accord avec lui. »

Un bref éclair de surprise illumina le visage de Jabir. Il semblait avoir soudain mille questions à lui poser. Au lieu de cela, il lui fit signe de continuer, et c'est ce que fit Koffi. Elle lui raconta tout ce qui s'était passé, du moment fatidique avec la bougie à ce qu'elle avait vu de l'autre côté du mur du Zoo nocturne. Elle lui parla de la vieille femme qu'elle avait rencontrée, et de ce qu'elle avait appris sur la magie à Lkossa. Enfin, elle lui parla de l'accord.

« Et je lui ai dit que je voulais aussi que tes dettes soient effacées, termina-t-elle en vitesse. Pour qu'on puisse partir tous ensemble ; toi, Mama et moi. »

Jabir ne répondit rien, mais baissa les yeux.

Koffi fit une pause. « Qu'est-ce qu'il y a ?

— C'est juste que…, soupira Jabir. J'aurais aimé que tu m'en parles d'abord, avant de conclure ce genre de marché. »

Koffi ouvrit la bouche pour répondre, avant de renoncer. Elle avait pensé qu'inclure la dette de Jabir dans son troc était la chose à faire, mais… peut-être que ce n'était pas le cas. Elle n'avait pas pris le temps de réfléchir aux implications de ce geste, elle avait eu l'impression que c'était ce qu'elle devait faire et ne l'avait pas remis en question. Aussitôt, les mots de Mama lui revinrent en mémoire :

Parfois, cependant, on ne peut pas agir selon son cœur. Il faut réfléchir avec sa tête.

« Je suis désolée, dit-elle sincèrement. Je suis vraiment désolée. Mais… Je ne voulais pas que tu te sentes oublié. Tu es autant un membre de ma famille que Mama. »

Jabir détourna le regard un moment, en clignant rapidement des yeux. « Tu es aussi comme ma famille, Kof. » Il sembla prendre son courage à deux mains. « Tu sais, personne n'a jamais trouvé le Shetani, alors si tu veux réussir, tu vas avoir besoin d'aide. »

Koffi se raidit. « Jabir, tu ne peux pas venir avec…

— Je ne parle pas de *moi.* » Il secoua la tête. « Je veux dire que tu auras besoin d'une sorte de guide de la Grande Jungle, d'une carte.

— C'est vrai. » Koffi hocha la tête. En vérité, elle n'avait même pas commencé à réfléchir à ce dont elle pourrait avoir besoin pour cette mission, mais une carte semblait la chose la plus évidente. « Une idée d'un endroit où je pourrais en trouver une ?

— Aucun qui me vienne à l'esprit. » Jabir se massa les tempes. « N'as-tu pas dit que tu étais allée au marché ce matin ?

— Ouais.

— Eh bien, tu devrais commencer par essayer là-bas, suggéra-t-il. Il y a des marchands qui vendent presque tout ce que tu pourrais...

— Attends une minute. » Koffi se figea, les yeux écarquillés. « C'est ça.

— De quoi ? demanda Jabir.

— Le marchand, répéta Koffi. La nuit dernière, tu te souviens de ce que Bwana Mutunga a dit qu'il faisait comme commerce ?

— Eh bien... non. »

Le cœur de Koffi se mit à battre la chamade. « Il a dit que sa spécialité était les *fournitures administratives*, pour le temple en particulier. Les papyrus, les plumes, l'encre baridienne pour les livres et...

— Les *cartes*. » Les yeux de Jabir s'écarquillèrent lorsqu'il comprit enfin. « Il y a des *cartes* dans le temple de Lkossa !

— Ce qui veut dire que c'est *là* que je dois aller, décida Koffi. C'est là que je trouverai ma carte de la Grande Jungle. » Elle croisa son regard, pleine d'espoir. « Tu crois que tu pourrais m'aider à y pénétrer ? »

Jabir se frotta le menton un moment, pensif. « Cc ne sera pas facile, mais... je pense que je connais un moyen d'entrer.

— Merci. » Elle serra à nouveau la main de Jabir avant de se retourner vers la silhouette inconsciente de Mama. Pendant plusieurs secondes, aucun des deux ne dit quoi que ce soit.

« Je le traquerai et je le trouverai, Jabir. » Elle ne savait pas si ces mots s'adressaient à lui ou à elle, mais cela lui faisait du bien de les dire à haute voix. « Je trouverai le Shetani et je le ramènerai, et je récupérerai notre liberté. » Elle ne formula pas les derniers mots de sa promesse à haute voix :

Ou je mourrai en essayant.

PARTIE DEUX

Même l'éléphant se prend dans les toiles d'araignées

Un véritable réceptacle

Adiah

« Adiah ! »

Je détourne les yeux du soleil éclatant et retrouve ma concentration. À quelques mètres de là, sur les pelouses d'entraînement du temple, Frère Lekan me lance un regard noir. Pas une seule de ses dreadlocks grises n'est désordonnée, et sa bouche est réduite à un pli austère. Il est en sueur, mal à l'aise – j'imagine que les robes bleues pesantes que les maîtres et les frères du temple doivent porter ne sont pas agréables pendant la saison chaude de la région zamanie –, mais je n'ose pas demander. Il tient son bâton en bois de khaya à la main ; mon dos a connu de nombreuses rencontres infortunées avec ce bâton, et j'aimerais mieux ne pas refaire connaissance avec lui aujourd'hui.

« Si tu préfères flâner et rêvasser… » La voix du vieux maître coasse comme celle d'une vieille grenouille. « Je peux demander à quelqu'un d'autre de faire la démonstration…

— Non ! » Aussitôt, je me tiens plus droite, les épaules en arrière et les pieds fermement ancrés au sol comme on me l'a appris, offrant l'image même d'une daraja bien entraînée. « Non, professeur, je suis prête. »

Frère Lekan m'étudie du regard une seconde de plus avant de me faire signe à contrecœur de m'avancer. Les pelouses d'entraînement sont habituellement remplies de fidèles – certains viennent au temple pour prier, d'autres pour nous regarder nous entraîner –, mais aujourd'hui, elles sont fermées au public pour que nous puissions nous exercer en privé. Quel dommage, vraiment. J'aime avoir du public.

« Pas d'esbroufe. » Frère Lekan me tend une courte tige de bois qui, pour un œil non averti, pourrait ressembler à une poignée d'épée à laquelle manquerait la lame. « Fais la démonstration de l'exercice demandé, et *seulement* de l'exercice, Adiah. »

J'acquiesce sans attendre tandis que Frère Lekan s'éloigne et que les autres darajas me laissent de l'espace. C'est ma partie préférée de la journée, les exercices pratiques, la possibilité de manipuler la splendeur pour de vrai. Je me sens inutile dans la bibliothèque du temple, à mémoriser passage sur passage de textes ennuyeux, mais ici, sur ces pelouses, je prends vie. Je resserre ma prise sur la poignée dépourvue de lame et j'invoque la splendeur de la terre. Elle vient à moi, comme toujours, plus que volontiers. Je la sens bourdonner entre mes doigts, serpenter le long de mes bras et dans mes mains jusqu'à ce qu'elle atteigne la poignée en bois. Je me concentre, j'imagine ce que je veux voir se produire, et cela advient. Là où devrait se trouver la lame de l'épée, un jet de lumière irisée chatoyante apparaît à la place. Au départ, celui-ci est court et fin, comme la lame d'une rapière, mais j'y ajoute de la splendeur, jusqu'à ce que l'arme que je brandis ressemble à une épée longue massive. Au loin, trop loin pour que je m'en préoccupe, quelqu'un émet un sifflement désapprobateur, mais je l'ignore tandis que la splendeur s'accumule en moi. Je fais décrire un arc à la lame illuminée et j'entends son chant. Je sais ce que je suis censée faire ensuite – relâcher la splendeur dans la terre – mais je ne peux pas résister à la tentation de m'y accrocher encore un peu. Cette énergie, ce pouvoir, est si agréable, incomparable avec tout ce que j'ai pu ressentir auparavant. J'en puise juste un peu plus dans la terre, et l'épée de lumière commence à changer de forme, la lame devenant de plus en plus longue. Les gens poussent des exclamations, mais ce spectacle me fascine, attise ma curiosité. Je me demande jusqu'où cela va...

« Adiah Bolaji ! »

Le cri interrompt ma concentration, et je vacille. Je libère immédiatement la splendeur qui jaillit et claque comme le tonnerre avant de se séparer de moi et de ma lame pour s'enfoncer à nouveau dans la terre. Lentement, je me retourne et découvre que le reste de mes camarades de classe se tient beaucoup plus loin de moi qu'auparavant. Frère Lekan fonce vers moi, l'air furieux.

Oh-oh.

« *Donne-moi ça !* » Il arrache la poignée en bois de ma main sans cérémonie.

« Hé ! je lance avant de pouvoir m'arrêter. Qu'est-ce que vous faites ?

— Aucune discipline ! » Frère Lekan pointe un doigt à quelques centimètres de mon nez. « Quelle imprudence ! Quelle irresponsabilité ! Où diable avais-tu la tête ? »

Maintenant, c'est *moi* qui sens la colère monter. « Ça allait très bien. » Je suis tellement énervée que j'oublie d'utiliser le terme honorifique approprié quand on s'adresse à un professeur. « Je contrôlais complètement la situation.

— Tu *croyais* la contrôler complètement. » Frère Lekan secoue la tête. « Je te l'ai dit une fois, je te l'ai dit trois cent mille quatre cent douze fois, ma fille : tu *dois* cesser de retenir la splendeur en toi si longtemps !

— C'était seulement pour quelques minutes...

— Peu importe ! » Il s'adresse aux autres derrière moi. « La splendeur est une force de la nature puissante. Elle n'est pas destinée à rester dans le corps d'un mortel, même d'un daraja. Elle est destinée à vous traverser, à *entrer et sortir*.

— Mais je...

— Assez. Je vais demander à un daraja plus qualifié d'effectuer la démonstration. » Frère Lekan me congédie d'un geste de la main, en regardant quelqu'un d'autre. « Lesedi, avance-toi au centre. J'aimerais que tu fasses cette démonstration pour la classe à la place. » Ses yeux se tournent vers moi. « Sois attentive à sa forme, Adiah. Regarde comme elle exerce le *contrôle*. »

La chaleur me monte aux joues lorsque Lesedi, une fille ramassée de petite taille avec de jolies perles roses aux extrémités de ses tresses, s'avance. Elle me jette un regard d'excuse avant de prendre la poignée en bois des mains de Frère Lekan et de se diriger vers le centre des pelouses d'entraînement. Je vais me placer parmi les autres darajas pour lui laisser de l'espace. En vérité, je n'ai pas envie de regarder quand elle ferme les yeux et invoque un petit jet de splendeur du sol, tout comme je l'ai fait, mais il m'est impossible de détourner le regard. La lame que Lesedi invoque est plus fine que la mienne, mais elle semble plus tranchante, ses contours plus nets. Avec des mouvements maîtrisés, elle fait tournoyer l'épée dans l'air en arcs gracieux, frappant et parant contre un ennemi invisible. Ses mouvements sont élégants, semblables à une danse, enviables. Je vois exactement ce que Frère Lekan veut dire à propos de sa forme. Lesedi laisse vraiment la splendeur la traverser, entrer et sortir, comme il l'a dit ; elle est un véritable réceptacle. C'est une démonstration admirable, gracieuse. Faible, également. Je peux dire, même de loin, qu'elle n'utilise pas toute l'étendue de la splendeur ; elle ne se permet pas d'en absorber autant que moi. Lorsqu'elle termine sa démonstration, elle s'incline impeccablement, et plusieurs des autres darajas autour de moi applaudissent. Il est à noter qu'aucun d'entre eux n'a applaudi pour moi.

La jalousie me pique la peau lorsque Frère Lekan reprend la poignée en bois, à présent sans lumière, des mains de Lesedi et lui adresse un signe de tête approbateur. Il me réserve sa mine renfrognée. « Tu vois, Adiah ? C'est comme ça qu'il faut faire. »

« Cette vieille vache ! »

Les mots de Frère Lekan ont résonné en moi toute la journée, me narguant encore des heures plus tard. Je sais que je ne devrais pas le permettre, mais je ne peux m'en empêcher.

« Tu savais que les bovins avaient une période de gestation générale d'environ deux cent quatre-vingt-trois jours ? » Comme d'habitude, Tao, mon meilleur ami, est assis sur un banc, le nez dans un livre. Il a un visage doux, couleur châtaigne, et d'immenses yeux terreux qui conservent une certaine innocence, bien que nous ayons tous les deux 15 ans. Lorsque je gémis et lui adresse une grimace, il lève les yeux et passe une main dans ses courtes dreadlocks noires.

« Quoi ?

— Tu sais, ils vont bientôt te les faire couper. » Je hoche la tête en direction de ses cheveux. « Seuls les maîtres et les frères du temple ont le droit de se laisser pousser les cheveux.

— Considère ça comme une forme d'ambition, répond Tao en revenant à son livre, qui semble traiter des coléoptères. Un jour, je serai un érudit célèbre du temple.

— Je n'en doute pas. »

Il n'y a que nous deux ici, cachés dans notre endroit secret. D'un point de vue *technique*, ce jardin au sommet de Lkossa nous est probablement interdit, mais pas un seul des maîtres du temple n'a l'agilité nécessaire pour se faufiler dans la trappe qui y mène ; ce domaine nous appartient donc. À cette hauteur, les oiseaux chanteurs glissent dans la brise dans des jaillissements de flou rouge, gazouillant et lançant des trilles sur leur passage. Parfois, je leur réponds en chantant ; aujourd'hui, je suis trop agacée.

« Ils ne me laissent jamais rien faire.

— Qui ? demande Tao.

— Frère Lekan, Frère Isoke, Père Masego, tous. » Je fais les cent pas, essayant de tempérer cette frustration familière. « Ils ne me permettent jamais vraiment d'*essayer*. Ils me retiennent toujours.

— *Ou* ils essaient de te former, suggère Tao en pinçant un trou dans sa tunique usée.

— Hé, de quel côté es-tu ?

— Du tien. » Finalement, mon ami referme son livre, et son expression s'adoucit. « Je suis toujours de ton côté, Adiah. »

C'est vrai. Tao est mon meilleur ami depuis que nous avons 10 ans, et un ami loyal en outre. Cinq ans plus tard, il est probablement mon seul véritable ami.

« Je sais. » J'arrête de faire les cent pas et m'assieds à côté de lui, posant une tête sur son épaule. Il sent l'encre et le cuir. « C'est juste que je ne comprends pas. »

Je sens Tao se raidir contre moi pendant un moment, son cœur tapant contre mon oreille avant qu'il ne se détende à nouveau. Quand il parle, il semble inhabituellement nerveux. « Euh... tu ne comprends pas quoi ?

— Comment peut-on m'apprendre à utiliser *correctement* la splendeur si personne ne veut jamais que j'en fasse pleinement usage, que j'explore son véritable potentiel ?

— Peut-être que c'est le but. » La voix de Tao a changé, mais je n'arrive pas à mettre le doigt sur la raison. Ma tête est toujours sur son épaule, je ne peux donc pas voir son expression non plus. « Peut-être que tu n'es pas censée connaître toute l'étendue de sa puissance. Ça pourrait être dangereux.

— Ouais », je murmure contre sa tunique. Le coton est doux contre ma joue, chaud. « Tu as probablement raison.

— Tu finiras par maîtriser tout ça, Adi. » Tao appuie sa tête contre la mienne en soupirant. « Tu dois juste continuer à travailler, continuer à t'entraîner. Je crois en toi. »

Je lui fais un signe de tête pour qu'il sache que je l'ai entendu, mais je n'ajoute rien. Tao a été mon ami et mon confident pendant tant d'années, mais… ce n'est pas un daraja. Encore une chose qui nous différencie. Tao est un garçon, je suis une fille. Tao est orphelin, je ne le suis pas. Chaque année, en grandissant, nous nous éloignons un peu plus, les différences devenant plus visibles. Quand nous étions âgés de 10 ans, j'avais l'impression que Tao comprendrait tout ce que je pourrais bien lui dire. Cinq ans plus tard, il y a beaucoup de choses que je ne pense pas que mon ami comprenne me concernant. Tao pense que ma plus grande peur est de ne pas réussir à maîtriser la splendeur, mais en vérité, ce n'est pas ce que je crains le plus.

Ma crainte est de ne jamais pouvoir l'utiliser.

CHAPITRE DIX

En ce qui concerne les monstres

Peut-être davantage que n'importe où ailleurs, Ekon se sentait chez lui au milieu des livres.

Il respira l'odeur familière des vieux ouvrages qui l'entouraient et écouta le léger grincement de sa chaise lorsqu'il s'y installa. Autour de lui, les tomes reliés de cuir de la bibliothèque du temple de Lkossa semblaient atteindre les cieux, empilés si haut qu'il fallait des échelles pour atteindre certaines étagères. Depuis qu'il était là, il avait compté mille neuf cent quatre-vingt-six volumes. Il savait qu'il y en avait des milliers d'autres, mais il s'était arrêté là – mieux valait laisser les choses sur un multiple de trois.

Il ferma les yeux et écouta. Il s'imagina pouvoir entendre au loin le bourdonnement des frères du temple dans la salle de culte de l'aile adjacente, le frottement et le glissement de leurs sandales tandis qu'ils se préparaient à recevoir les visiteurs du jour. Le calme ne durerait pas très longtemps ; il serait finalement appelé à partir. Il ouvrit à nouveau les yeux et soupira.

La table à laquelle il était assis était entourée de livres de toutes tailles, de toutes couleurs et de tous genres. On y trouvait des dissertations aux pages jaunes comme *En défense de la dendrologie de l'Eshoza de l'Est* de Maître Kenyatta, des traités à la reliure plus épaisse comme *Chronique des créatures étranges* de Maître Azikiwe, et même un vieux pamphlet un peu inquiétant sur les divers avantages de la vie des plantes carnivores, écrit par un érudit simplement appelé Nyerere. Les ouvrages publiés autour de lui étaient considérés comme des trésors inestimables, l'histoire même de sa région et de sa maison soigneusement consignée et préservée.

Et pourtant, *aucun* d'entre eux ne s'était avéré utile.

Ekon inspira de nouveau, mais expira avec davantage de frustration cette fois. Il aimait les livres, en général, parce qu'on pouvait leur faire confiance pour être cohérents. Un livre pouvait être lu mille fois, de mille façons différentes, mais les mots sur la page ne changeaient jamais. *Contrairement* aux gens, les livres ne pouvaient pas être déçus par vous. Ils ne pouvaient pas vous abandonner, ils ne pouvaient pas vous faire défaut.

Enfin, jusqu'à maintenant.

Un-deux-trois.

Il regarda ses doigts trouver ce rythme facile, une cadence qui semblait constante.

Un-deux-trois.

Trois. Trois était un bon chiffre.

Il déplaça légèrement l'une des piles sur la table pour qu'elles soient égales, disposées du plus épais et du plus gros au plus petit et au plus fin des volumes. Il n'avait pas besoin de faire cela autant qu'il lui était nécessaire de compter, mais l'exercice lui apportait quand même un certain réconfort.

Cela faisait des heures qu'il était là à chercher dans les livres. Le soleil semblait se moquer de lui, devenant délibérément plus lumineux pour lui rappeler le temps passé. Une partie des mots de son frère résonna dans son esprit.

Un groupe de chasseurs est en train de se réunir.

Kamau avait dit que cela se ferait dans les prochains jours, mais il n'avait pas dit exactement quand les guerriers se dirigeraient ensuite vers la Grande Jungle. Ekon avait un peu de temps d'avance, mais pas beaucoup ; il devait trouver un plan pour repérer le Shetani d'ici là.

Il devrait se montrer meilleur qu'eux, là-bas.

Il ferma les yeux, se rappelant le moment où il avait vu le Shetani pour la dernière fois. Il se souvenait assez bien de ses dents et de ses yeux, mais la partie la plus vive du souvenir était la peur. Elle l'avait saisi, puis consumé comme une chose vivante, et ce n'était pas la première fois. Il avait maintenant vu le Shetani à deux reprises et avait survécu ; les deux fois, il avait été complètement inutile au moment de l'affronter. Il se détestait d'avoir réagi ainsi, mais il n'y pouvait rien.

Il avait besoin d'un moyen de *vaincre* cette peur.

Derrière ses paupières closes, il imagina à nouveau toute la scène devant les murs du Zoo nocturne. Il vit la créature avancer, puis s'arrêter net, distraite par quelque chose. La fille. Sa pensée le tourmentait presque autant que celle du monstre, mais pour une raison totalement différente. Cette fille avait fait face au Shetani seule ; plus que ça, elle lui avait donné un ordre.

Va-t'en.

Il entendit sa voix, le calme qu'elle dégageait. Elle n'avait même pas eu besoin de crier. Elle avait donné un ordre simple au monstre, et ce dernier avait obéi, s'en retournant dans la jungle sans un regard en arrière. Il grinça des dents. Qu'est-ce qu'il n'aurait pas donné pour posséder ce genre de capacité, pour cette *absence* de peur. Le visage de la fille lui revint en mémoire, et il gémit. Il avait été stupide de la laisser partir. Elle avait sans doute déjà quitté Lkossa.

Ses yeux s'arrêtèrent sur un livre posé sur le bord de la table, un petit volume ouvert de sorte que ses pages semblaient s'imprégner de la lumière matinale. Il avait mis ce livre de côté au début de sa recherche, mais il le reprit. L'ouvrage était brun, la reliure s'effilochait légèrement, et son titre gravé était à peine visible. *Mythes et fables du continent d'Eshoza*. Il en feuilleta l'index jusqu'à trouver la référence dont il avait besoin, page 394. Il s'y rendit et la parcourut du regard jusqu'à trouver ce qu'il cherchait, une seule strophe, à l'écriture élégante et serrée :

En ce qui concerne les monstres, qu'ils soient terrestres ou divins, aucun n'est aussi terrible et redouté que le Shetani. C'est un être malveillant et maudit, qui doit être rejeté des dieux comme des hommes. Nous, les érudits de la Grande Bibliothèque du temple de Lkossa, décidons donc qu'aucun texte à son sujet ne doit être écrit ni conservé, à l'exception d'une simple liste des vies prises par lui.

Il gémit. Inutile. Les mots étaient inutiles. Il savait déjà que le Shetani était un *être malveillant*, qu'il avait tué beaucoup d'innocents. Ce dont il avait besoin, c'était d'un livre qui lui donne des informations sur ses origines, son régime alimentaire, ses faiblesses. Il baissa les yeux sur le *hanjari* de son Baba, toujours accroché à sa ceinture. Pourrait-il tuer cette chose avec une simple dague ? Il pensa à la taille de la créature et secoua la tête.

Non, mieux valait opter pour une longue lance, ou deux...

« Okojo ! »

Ekon sursauta. Il était tellement perdu dans ses pensées qu'il n'avait même pas entendu Frère Apunda pénétrer dans la pièce. Le vieil homme avait le dos voûté, un ventre affaissé et une quantité importante de cheveux blancs dépassant de ses oreilles. Il regardait Ekon comme on regarde une araignée dans son thé du matin.

« Monsieur. » Ekon se redressa immédiatement. Les yeux du Frère Apunda se plissèrent.

« Tu es censé mettre en rayon les journaux médicaux pour Frère Ifechi », croassa-t-il d'une voix désapprobatrice. Il pointa du doigt l'autre bout de la pièce, où les journaux mentionnés étaient toujours empilés ; Ekon n'y avait pas touché, de toute évidence. « Que fais-tu ici ?

— Euh... euh..., bégaya Ekon. Eh bien, j'étais...

— Peu importe, déclara Frère Apunda avec un geste dédaigneux de la main. On a besoin de toi ailleurs. J'ai bien peur que la goutte du Frère Dansabe ne l'ait repris, alors tu vas superviser les apprentis à sa place pendant qu'ils nettoient l'étable ce matin.

— Je... » Ekon parvint à peine à dissimuler son incrédulité. Il voulait passer cette matinée dans la bibliothèque, pas dans l'étable. « Mais, monsieur...

— C'est... » Frère Apunda haussa un sourcil gris et touffu. « À moins que tu ne souhaites te charger du nettoyage toi-même ? Il faut que ce soit fait rapidement, le temple sera ouvert aux mécènes dans une heure. »

Ekon ferma rapidement la bouche. Deux jours plus tôt, il avait vu sombrer le rêve de toute une vie, l'occasion de prouver qu'il était un homme et de faire vivre une tradition familiale. Il n'avait guère envie d'ajouter sa dignité personnelle aux pertes de cette semaine.

« Monsieur. » Il inclina la tête et parla d'une voix égale : « Je m'y rends tout de suite. »

Autant Ekon aimait la bibliothèque du temple de Lkossa, autant il détestait son étable.

Il fronça le nez par principe tandis qu'il descendait le dernier escalier et se dirigeait vers le couloir qui y donnait accès. Là-bas, dans ce qui était littéralement les entrailles du temple, il n'y avait pas de légère odeur d'encre et de parchemin, mais seulement des effluves contradictoires de vieux bois, de foin odorant et de fumier. C'était un lieu au bruit incessant, toujours plein d'agitation. Il ne régnait ici ni calme ni ordre – c'était tout le contraire d'une bibliothèque.

Il posa le pied sur le sol jonché de paille et fronça les sourcils. Des stalles en bois surmontées d'un toit de chaume, occupées par les différents animaux du temple, s'étendaient sur plusieurs mètres dans toutes les directions. Il ne voyait personne d'autre, et remarqua que les larges pelles et les fourches généralement utilisées pour le fumier étaient toujours appuyées contre un mur à sa droite, toutes propres. Il fallut exactement une minute de plus pour qu'il entende le gémissement distinct d'une vache en détresse à l'autre bout de l'étable. Il plissa les yeux. Le temps de tourner à l'angle et de découvrir les trois apprentis qui ricanaient, entassés autour des pis de la pauvre créature en s'aspergeant mutuellement de lait, il était d'humeur massacrante.

« Qu'est-ce que vous faites, tous les trois ? » Il faillit grimacer au son de sa propre voix. Il n'était peut-être pas un Fils des Six consacré, mais il était certainement capable de parler comme l'un d'eux. Les trois garçons se retournèrent d'un seul mouvement. Dans d'autres circonstances, l'expression de terreur sur leurs visages aurait presque été drôle.

« Monsieur ! » L'un d'eux, un garçon maigrelet qui n'avait pas plus de 13 ans, prit la parole le premier. Il gardait les yeux baissés. « Nous étions... Euh... nous attendions Frère Dansabe...

— Frère Dansabe est indisposé aujourd'hui. » Ekon secoua la tête et croisa les bras. « C'est donc *moi* qui vous superviserai ce matin. Les premiers services de la journée commencent dans moins d'une heure ; y a-t-il une raison pour laquelle vous n'avez pas commencé votre travail ?

— Euh…

— Quoi ? Vous vous croyez trop importants pour faire ce que tous les hommes de ce temple ont déjà fait ? »

Tous trois baissèrent la tête, honteux. L'un après l'autre, ils marmonnèrent des excuses à voix basse.

« Mettez-vous au travail, alors, en commençant par la porcherie. » Il fit une pause, puis ajouta : « Et ne touchez plus aux pis de la vache. C'est immature, et probablement un blasphème. »

Ekon les regarda avec un petit pincement au cœur s'incliner en signe de respect, puis s'enfuir sans un mot. D'une certaine manière, il ressentait de la peine pour ces garçons. Il y a des années de cela, c'était l'une des tâches que lui et Kamau avaient dû accomplir en tant qu'apprentis du temple. Techniquement, les apprentis étaient censés commencer leur travail à l'âge de 12 ans et accéder progressivement à des rôles plus élevés, mais Kamau – toujours charmant, toujours sympathique – avait attiré l'attention du Père Olufemi. Avec l'aide de Frère Ugo, qui les avait officieusement pris comme pupilles, ils étaient devenus deux des plus jeunes apprentis de l'histoire du temple. Ekon soupira. Depuis leur enfance déjà, c'était Kamau qui l'avait sauvé. À l'âge de 7 ans, il n'avait pas réalisé à quel point il était difficile de ne pas avoir de parents, de se retrouver orphelin dans un endroit comme Lkossa. Dans n'importe quelle autre circonstance, Kamau et lui auraient été envoyés dans l'un des orphelinats de la ville, et peut-être auraient-ils été séparés, mais son frère n'avait pas permis que cela se produise. Depuis qu'ils étaient petits, Kamau l'avait protégé des pires choses que ce monde avait à offrir. Il avait toujours essayé de trouver une solution pour lui. Et hier, il en avait fait de même.

Promets-moi que, quoi que tu fasses, tu ne laisseras pas la poursuite de cette chose devenir plus importante que ta vie, avait-il imploré hier. *Je ne peux pas te perdre aussi. Tu es tout ce qu'il me reste.*

Tu es tout ce qu'il me reste.

Ekon soupira. En s'abstenant de révéler ses plans au Père Olufemi, Kamau l'aidait, mais il abandonnait aussi la seule chose pour laquelle il s'était tellement battu : son jeune frère. Il faisait un sacrifice, en laissant partir la seule personne qui lui restait.

Ekon ne pouvait pas permettre que ce genre de sacrifice soit vain.

Les apprentis étant partis faire leur travail, il était seul, mais il ne se sentait pas mieux pour autant. Il n'avait pas envie d'être là ; il voulait être à l'armurerie à rassembler des armes, à la cuisine à préparer de la nourriture, et à la bibliothèque à réunir des informations. Il pensa à la pile de livres qu'il avait laissée. Aucun d'eux n'avait pu lui offrir ce dont il avait besoin, il devait donc retourner aux étagères dès que possible. Il avait surtout regardé des documents universitaires, mais il y avait peut-être d'autres encyclopédies derrière les journaux médicaux que Frère Ifechi lui avait demandé de mettre de côté…

Il s'arrêta au milieu de ses pensées, stupéfait. Les journaux. *Les journaux*. Mais bien sûr.

Il existait un livre qui contenait des informations sur le Shetani, des informations sur la Grande Jungle et tout ce dont il avait besoin. Bien sûr, pourquoi n'y avait-il pas pensé plus tôt ? C'était évident.

Le journal de Maître Nkrumah.

Il ne l'avait vu qu'une fois, il y a de nombreuses années, lorsque Frère Ugo le lui avait montré en passant, mais il s'en souvenait encore très bien. C'était un livre à la couverture rigide verte ornée de lettres dorées et aux pages à bords dentelés. Il se souvenait du livre parce qu'il l'avait trouvé beau, magique, comme s'il venait d'un monde complètement différent. Plus il y pensait, plus ses bras étaient pris de chair de poule. Oui, un journal comme celui de Satao Nkrumah – un célèbre spécialiste de l'histoire naturelle zamanie – devait certainement contenir des informations vitales sur le Shetani. Après tout, l'homme était probablement en vie quand les attaques du Shetani avaient commencé, il y a toutes ces années.

Oui.

Son cœur s'emballa. Où un tel journal pouvait-il bien être conservé ? La bibliothèque du temple était un endroit plausible, mais peu probable. Le journal de Maître Nkrumah devait sans doute être considéré comme inestimable en raison de son ancienneté, presque sacré. Il se souvint soudain d'une chose que Frère Ugo lui avait dite hier.

Je crois que le Père Olufemi possède plusieurs de ses œuvres dans son bureau ; il y conserve les livres les plus anciens.

Bien sûr, le Père Olufemi conservait les livres les plus précieux du temple dans son bureau, ce qui signifiait que s'il voulait récupérer le journal de Nkrumah, il devait trouver un moyen de…

Un chuchotement interrompit ses pensées.

« Je ne peux pas t'emmener plus loin. »

Ekon s'immobilisa, n'osant pas bouger d'un pouce. De l'endroit où il se trouvait, adossé à l'un des murs de l'étable, il était partiellement dissimulé dans l'ombre. Il plissa les yeux entre les panneaux de bois de la cloison, pris de curiosité, et remarqua que deux personnes venaient de s'arrêter à quelques mètres de là, sur le côté opposé, un garçon et une fille. Il pouvait les voir, mais eux ne le pouvaient pas. Tous deux portaient des tuniques grises identiques qui avaient connu des jours meilleurs. Le garçon lui faisait face et semblait être de quelques années son cadet. C'était lui qui avait parlé à l'instant. Il se racla la gorge, puis continua :

« Tu devras agir seule à partir d'ici. » Son murmure était rauque, comme quelqu'un qui se remet d'un mal de gorge. « Tu es sûre que tu veux faire ça ? La punition en cas d'intrusion dans le temple…

— Il le faut », répondit rapidement la fille. Elle lui tournait le dos, de sorte qu'Ekon ne pouvait pas voir son visage, mais il fut surpris de constater que sa voix lui était presque familière, comme l'air d'une chanson qu'il aurait déjà entendue mais dont il serait incapable de retrouver le nom. Il se pencha légèrement pour essayer de mieux entendre sans se faire remarquer.

« Alors, bonne chance, dit le garçon. Je t'aime. Nous t'aimons tous les deux. »

Ekon se crispa et, pendant un instant, toutes les pensées concernant le Shetani et la recherche du journal de Nkrumah s'évaporèrent. Il ne comprenait pas complètement ce qu'il entendait, mais cela ne lui disait rien qui vaille.

Il y eut une pause, puis la fille reprit la parole : « Je t'aime aussi. »

Ekon regarda le garçon et la fille s'enlacer, puis se séparer. Le garçon lui adressa un dernier signe de tête avant de tourner les talons et de se diriger vers la sortie de l'étable. La fille se tourna vers la direction opposée. Elle regardait l'entrée qui menait au temple, celle-là même par laquelle Ekon était passé quelques minutes auparavant. Il ne pouvait encore distinguer qu'une infime partie de son profil, mais une fois de plus, quelque chose le tirailla. Une seconde s'écoula, pendant laquelle la jeune femme redressa les épaules, comme si elle rassemblait son courage. Elle inclina la tête de gauche à droite, réfléchissant un moment, avant de se diriger vers l'entrée. Elle ne courait pas, mais ses pas étaient rapides, légers et silencieux comme ceux d'un chat à l'affût. Ekon n'arrivait pas à croire ce qu'il voyait. Une intruse était en train de pénétrer sans autorisation dans le temple juste sous ses yeux. Il regarda la jeune fille jeter un dernier regard méfiant par-dessus son épaule en atteignant le seuil de la porte, puis elle disparut dans l'ombre du bâtiment.

Il attendit un moment, puis la suivit.

CHAPITRE ONZE

Un échange équitable

Lkossa avait été belle autrefois.

Bien sûr, Koffi était née bien après cet âge d'or, mais elle essaya quand même de se l'imaginer tandis qu'elle traversait les rues anciennes de la ville. Cela n'aidait pas beaucoup, l'anxiété et la tension agitaient toujours ses entrailles comme de la bouillie de maïs, mais elle s'efforçait de paraître détendue en marchant, de balancer les bras à chaque pas pour ne pas paraître raide.

« On y est presque. »

À côté d'elle, le visage de Jabir était l'image même du calme. Il se rapprocha d'elle au point que leurs épaules se frôlaient presque. « Tu es prête ? »

Koffi hocha la tête, mais elle n'osait pas ouvrir la bouche. Elle était debout depuis l'aube, ressassant chaque détail du plan dans sa tête. À chaque pas, elle resserrait par réflexe sa prise sur la bandoulière de son sac en toile de jute. Il n'y avait pas grand-chose dedans – deux pommes, une gourde cabossée et la petite bourse de *shabas*[11] que Baaz lui avait donnée à contrecœur comme « allocation » pour son expédition – mais elle serra le sac plus fort. Cette mince allocation était le maximum qu'elle ait jamais pu considérer comme lui appartenant. Chaque cliquetis des pièces était comme un rappel métallique, une force qui la poussait à aller de l'avant. Elle allait *réussir*, elle le devait – le prix de l'échec était trop élevé.

Elle déglutit avec difficulté et essaya de ne pas penser à cette possibilité.

Son orteil buta sur un caillou dans la rue, et elle ressentit une douleur intense. L'espace d'un instant, elle pensa qu'il s'agissait peut-être de l'étrange picotement qu'elle avait ressenti dans ses pieds auparavant, mais la sensation reflua trop vite, redevenant tout à fait ordinaire. Elle se gratta les ongles en notant qu'elle avait quelque chose d'autre à ajouter à sa liste de préoccupations. Sa magie. Cela lui faisait encore bizarre de reconnaître son existence, comme de répondre à un nom qui n'était pas le sien ou d'enfiler des vêtements qui n'étaient pas à la bonne taille, mais elle s'obligea à le dire dans sa tête. De la magie ; elle avait une sorte de magie dans son corps. Elle pensa à la vieille femme du marché, aux choses qu'elle avait dites ; puis elle pensa à sa mère. Pour une raison qu'elle ne connaissait pas, Mama avait fait le choix de ne pas lui en parler, mais Koffi ne pouvait pas s'attarder sur ce point pour le moment. Elle n'avait pas le temps de penser à l'origine de sa magie ; elle avait besoin de savoir ce qu'elle pouvait en faire. Celle-ci lui permettrait-elle de trouver le Shetani, et si jamais elle y parvenait, pourrait-elle lui ordonner de lui obéir à nouveau ? Cette question restait sans réponse dans les murs de son esprit.

Ils tournèrent sur une nouvelle route, et Koffi regarda les portes dorées massives que deux Fils des Six gardaient à son

11. « Cuivre, bronze » en swahili.

extrémité. Des gens bien habillés en dashikis et en robes à motifs de cire passaient sans problème… Elle résista à l'envie de jeter un œil à ses propres vêtements. Elle s'était lavée une nouvelle fois avant de quitter le Zoo nocturne, mais cela n'avait pas considérablement amélioré l'état de sa vieille tunique de gardienne de bêtes.

Il n'y a rien à voir, pensa-t-elle avec force alors qu'ils approchaient des portes. *Laissez-nous simplement passer.*

Elle baissa le regard, écoutant le rythme fluide de la respiration de Jabir. Ses dents se serrèrent lorsqu'elle sentit le regard de l'un des guerriers sur elle, mais tout aussi rapidement, celui-ci détourna les yeux. Les coins de la bouche de Jabir se plissèrent légèrement tandis qu'ils passaient sous l'arche.

« Je t'avais dit que tout irait bien, murmura-t-il. Ils me reconnaissent. »

Koffi ne dit rien, mais ses épaules se détendirent légèrement. La première phase du plan avait été un succès. À côté d'eux, un bêlement fort et malheureux retentit, les faisant sursauter tous les deux, et Koffi baissa les yeux sur la chèvre qui les fixait d'un air indigné de ses grands yeux bruns. Une corde était attachée à son cou, dont Jabir tenait l'autre extrémité. Comme ravie d'avoir leur attention, la chèvre bêla à nouveau. En réponse, Koffi fronça les sourcils. Il était préférable de ne pas s'attarder sur le fait que tout ce plan reposait sur cette créature stupide.

L'un des petits boulots de Jabir au Zoo nocturne consistait à livrer chaque semaine une chèvre zamanie au temple pour le sacrifice rituel. Il était assez facile de se procurer des chèvres normales et ordinaires, mais Baaz avait convaincu le Kuhani il y a quelque temps de cela que les chèvres zamanies de pure race étaient meilleures, établissant ainsi un accord permanent et offrant l'excuse parfaite pour que deux gardiens de bêtes puissent pénétrer dans un temple où ils n'auraient normalement jamais été admis. Ce n'était pas le plan le plus sophistiqué qui soit, mais c'était le seul qu'ils avaient.

Le vacarme des marchés et des vendeurs de la ville s'estompa tandis qu'ils remontaient un chemin de terre rouge bien entretenu, bordé de tulipes zamanies bleues et de roses de feu de Lkossa. Au loin, le temple se profilait, imposant et superbe. Koffi se mordit les lèvres. Depuis le Zoo nocturne, elle n'avait jamais eu qu'un mince aperçu du temple homonyme de Lkossa ; de près, celui-ci était plus qu'intimidant. C'était une structure complexe, avec ses portes, ses fenêtres, ses colonnes et ses ailes ajoutées au fil des ans ; elle était également bien trop lumineuse. Même dans la pâle lumière du petit matin, l'albâtre blanc de sa façade brillait douloureusement à ses yeux. Elle les plissa et distingua des groupes de personnes bien habillées qui se réunissaient sur les pelouses magnifiques de la façade. Certaines étaient rassemblées en haut des escaliers.

« Ils attendent l'office du *shukrani*[12] du matin, expliqua Jabir. L'étable est derrière. Par ici. »

Ils poursuivirent en contournant l'entrée principale du temple jusqu'à ce qu'ils atteignent la grande étable. Construite en bois et en fer, c'était de loin l'étable la plus belle et la mieux entretenue qu'elle ait jamais vue, certainement plus belle que tout ce qu'on pouvait trouver dans le Zoo nocturne.

« Pourquoi un temple *possède*-t-il une étable ? » marmonna-t-elle.

Les yeux de Jabir se tournèrent vers elle, amusés. « Ils vendent des produits "consacrés" – du lait, des œufs, de la laine. Ils élèvent leurs propres animaux pour que les produits soient "authentiquement" issus du temple. Qu'est-ce qu'une théocratie si celle-ci n'est pas rentable de temps à autre ?

— Un régime corrompu.

— Ce n'est pas ce que j'ai dit ? »

12. « Remerciement, reconnaissance » en swahili.

Koffi leva les yeux au ciel, puis se crispa presque immédiatement. Un jeune homme se tenait à l'entrée de l'étable, les regardant droit dans les yeux, les bras croisés. Elle ne pensait pas qu'il s'agissait d'un Fils des Six – il ne portait pas le caftan bleu ciel distinctif, et il ne semblait pas assez vieux pour être un guerrier – mais le voir la mettait mal à l'aise.

« Exposez le motif de votre venue. » Sa voix n'était pas grave, et il n'était pas beaucoup plus grand que Koffi, mais il mit un point d'honneur à les regarder de haut lorsqu'ils s'arrêtèrent devant lui.

« Bonjour, monsieur. » Jabir inclina la tête, conservant autant que possible son accent gede. C'en était presque surprenant. « Nous avons apporté la chèvre zamanie de cette semaine pour le sacrifice rituel du temple.

— Je prends le relais. » Le jeune homme s'avança, mais Jabir leva une main en signe d'avertissement. Si Koffi ne le connaissait pas mieux, elle aurait cru que l'inquiétude sur son visage était réelle. C'était un acteur de talent.

« Monsieur, avec tout le respect que je vous dois, je pense qu'il est préférable que nous l'emmenions nous-mêmes dans l'étable, dit-il d'une voix solennelle. Shida peut se montrer… capricieuse. Elle nous a causé des problèmes toute la matinée… beaucoup de coups de pied. »

L'air renfrogné du jeune homme s'accentua tandis que son regard allait de l'un à l'autre, puis se posait sur la chèvre. « Donnez-la-moi tout de suite. »

Koffi se raidit, mais Jabir semblait s'y attendre. Il haussa les épaules et tendit la corde.

« Comme vous voulez, répondit-il. Mais je dois aussi vous prévenir… Shida a un problème avec ses, hum… eh bien, avec ses excréments. »

Ce fut si subtil que Koffi aurait pu ne pas s'en apercevoir si elle avait cligné des yeux. Les doigts de Jabir fléchirent, donnant le plus imperceptible des ordres de la main. La chèvre observatrice obéit et se mit dans une position accroupie sans équivoque, comme si elle était sur le point de...

« D'accord ! » Le jeune homme fit un pas en arrière, le visage tordu de dégoût. Apparemment, donner des coups de pied était acceptable pour une chèvre, mais déféquer posait problème. « Emmenez-la à la troisième stalle, puis repartez. » Il regarda par-dessus son épaule deux autres garçons habillés de la même façon. Ceux-ci lui faisaient signe. Il jeta un dernier regard à Koffi et Jabir avant de courir les rejoindre. Une fois le garçon parti, Jabir se tourna vers Koffi.

« Suis-moi. »

Ils pénétrèrent dans l'étable et prirent immédiatement à droite. Ils passèrent devant plusieurs porcheries, des mules grignotant tranquillement un peu de foin, et même quelques pintades. Lorsqu'ils atteignirent une stalle vide avec un 3 peint à la main au-dessus de l'entrée, Jabir s'arrêta.

« Désolé, mon amie », dit-il en regardant Shida. La chèvre zamanie lui adressa un bêlement en guise de réponse. Il se baissa et donna une légère tape sur la tête de l'animal ; son geste était étonnamment triste. Il se redressa, puis baissa la voix : « Je dois retourner au Zoo nocturne. Cette porte – il désigna une grande entrée à l'autre bout de l'étable – mène dans le temple proprement dit. Je n'ai jamais été à l'intérieur de cette partie, mais je sais que nous sommes à l'étage le plus bas. Trouve des escaliers et monte. Les cartes sont probablement conservées dans les étages supérieurs. Je ne peux pas t'emmener plus loin. Tu devras agir seule à partir d'ici. » Il fit une pause. « Tu es sûre que tu veux faire ça ? La punition en cas d'intrusion dans le temple... »

Koffi déglutit. En vérité, elle ne voulait *pas* le faire ; elle était terrifiée. Elle s'assura que sa voix était impassible quand elle répondit : « Il le faut. »

Jabir soutint son regard une seconde de plus. « Alors, bonne chance. » Il se tut un instant. « Je t'aime. Nous t'aimons tous les deux. »

C'était presque trop. Les mots s'étouffèrent dans la gorge de Koffi. « Je t'aime aussi. »

Il la serra dans ses bras et elle le laissa faire, espérant qu'il ne pouvait pas sentir qu'elle tremblait de la tête aux pieds.

Lorsqu'ils se séparèrent, il lui fit un signe de tête, puis sans un autre mot, il se dirigea vers la sortie de l'étable. Elle voulait le regarder partir, s'assurer qu'il retournerait au Zoo nocturne sans problème, mais elle n'avait pas le temps. Elle observa l'entrée que son ami avait indiquée, rassembla son courage, et se mit en route dans cette direction. Elle avait plus que tout envie de courir, mais elle repoussa cette impulsion. Le couloir menant au temple semblait s'agrandir à mesure qu'elle s'en approchait, et elle dut réprimer l'impression distincte que ce dernier allait l'avaler. En un instant, elle se retrouva devant ; l'instant d'après, elle avait plongé dans l'obscurité, seule.

L'air semblait se refroidir à chaque pas, les murs de pierre grise tout autour semblaient peser dans sa direction. Instinctivement, elle fouilla dans son sac à dos, et ses doigts s'enroulèrent autour du col de la vieille gourde. Ce n'était pas vraiment une arme, mais dans le pire des cas, elle devrait s'en contenter. Les Gedes n'étaient pas autorisés à pénétrer dans le temple de Lkossa, quelles que soient les circonstances ; se faire surprendre ici ne ferait pas seulement échouer sa mission, mais lui causerait certainement de gros problèmes avec les Fils des Six. Des rumeurs circulaient selon lesquelles les pires criminels de la ville étaient détenus dans une autre partie du temple, dans un sous-sol peut-être encore plus profond que celui-ci. Elle frissonna à l'idée qu'on la jette dans une de ces cellules.

Elle tourna à un angle, passant sa main libre le long des murs pour se repérer. Malgré les nombreuses fenêtres qu'elle avait vues de l'extérieur lorsque Jabir et elle s'approchaient, cette partie du temple semblait ne pas en avoir du tout ; à part les quelques appliques fixées aux murs, la lumière était rare. Lentement, elle se fraya un chemin dans les couloirs. Il semblait que c'était un endroit où l'on conservait également tout un fourbi ; tous les quelques mètres, son orteil butait contre un vieux balai ou une vieille serpillière, une chaise cassée depuis longtemps oubliée. Une douleur sourde lui traversa le pied lorsqu'elle se cogna de nouveau, mais cette fois, elle s'arrêta vraiment. Dans la lumière vacillante, il était difficile de distinguer l'ancienne statue appuyée contre le mur, mais elle en reconnut les traits : Badwa, la déesse de la jungle.

On disait que chacun des six dieux était né des larmes mêmes de l'univers, deux yeux versant chacun trois gouttes pour créer six êtres immortels. Mama lui avait appris leur existence à travers des contes. Koffi connaissait tous leurs noms et royaumes, mais cela faisait quand même bizarre de voir le portrait de la grande déesse devant elle, si imposant, si grandiose. Le visage de Badwa était arrondi, ses joues étaient pleines, comme si elle était sur le point de sourire. De la moisissure noir et vert avait commencé à recouvrir un côté de son visage – c'était sans doute la raison pour laquelle cette statue avait été reléguée ici – mais la déesse ne semblait pas s'en soucier. Koffi était toujours en train de l'examiner, ses yeux se posant sur le grand serpent de pierre sculpté à ses pieds, quand elle l'entendit.

« Bonjour ? »

Son sang se glaça. À peine avait-elle eu le temps de se glisser derrière la statue qu'elle entendit des pas. Ceux-ci n'étaient pas puissants ou confiants comme ceux d'un Fils des Six ; ils étaient plus doux, plus hésitants. Elle s'accroupit derrière la statue, s'efforçant de rester immobile alors que les pas se rapprochaient.

« Bonjour ? » Une voix distinctement basse et masculine résonna à nouveau dans l'obscurité. L'accent était définitivement celui d'un Yaba. « Qui est là ? »

Koffi resserra sa prise sur sa gourde. Deux possibilités s'offraient à elle, et elle allait devoir en choisir une rapidement. Si le propriétaire de cette voix restait où il était, il y avait une chance qu'il ne la voie pas et finisse par s'en aller. Mais s'il se rapprochait, il la verrait et elle devrait alors agir. Elle essaya de se souvenir de tout ce qu'elle avait appris au Zoo nocturne susceptible de l'aider, mais rien ne vint. Les bêtes étaient prévisibles ; les humains, non.

Son souffle se raccourcissait au fur et à mesure que les pas se rapprochaient et devenaient plus sonores. De la sueur perla sur sa paume tandis que, lentement, elle retirait son sac et le posait au sol. Il valait mieux pouvoir bénéficier de toute l'amplitude de son bras.

Combattre, puis fuir, décida-t-elle en silence, en se préparant. *À la une, à la deux, à la trois…*

Elle bondit de derrière la statue avec un cri, sa gourde brandie à bout de bras, mais s'arrêta net.

Le jeune garçon qui se tenait devant elle était grand et mince. Il portait un caftan blanc uni aux broderies bleu clair autour de l'encolure et de l'ourlet. Ses cheveux foncés et bouclés étaient coupés en une frange précise, bien visible sur sa peau brune. Un *hanjari* à poignée de cuir était glissé dans une ceinture à sa hanche, mais ce n'était pas cela qui l'avait arrêtée.

C'était le fait qu'elle l'avait *reconnu.*

Elle l'avait vu dans le Zoo nocturne, lancé à sa poursuite et à celle de Mama. Le souvenir lui revint, vif. Elle se remémora la façon dont le garçon l'avait regardée, la concentration effrayante qu'elle avait lue dans son regard tandis que lui et un autre garçon traversaient le zoo en courant. Cette férocité avait disparu maintenant, et il semblait plus jeune, peut-être pas beaucoup plus âgé qu'elle.

« *Toi.* » Il parla en premier, ses yeux s'écarquillant encore tandis qu'il semblait parvenir à la même conclusion qu'elle. « Tu es... tu es... elle. »

Non, non, non. Koffi faillit pousser un juron. C'était encore pire que ce qu'elle avait pu imaginer. Elle leva la gourde de manière menaçante. Cette dernière semblait encore moins intimidante sortie de son sac, mais Koffi la tint fermement. « Recule. » Elle prononça ce mot entre ses dents, espérant qu'il avait l'air plus intimidant qu'elle ne le pensait. « Je ne plaisante pas. »

Le regard du garçon passa sur la gourde qu'elle tenait. Au grand désarroi de Koffi, son expression passa d'alarmée à confuse. « Attends, tu allais me frapper avec ça ? »

Allais. Il parlait au passé, alors même qu'elle brandissait toujours la gourde. Il parlait comme s'il avait déjà décidé qu'elle ne constituait pas du tout une menace pour lui. Pour une raison inexplicable, cela ne l'effraya pas ; elle ressentit de l'agacement. Elle fit un pas de plus, serrant la gourde si fort qu'elle entendit deux de ses articulations craquer.

« Je peux encore le faire, si tu ne t'écartes pas de mon chemin.

— Ta prise n'est pas bonne.

— Quoi ?

— Je veux dire... » Il n'y avait pas à s'y tromper à présent, le garçon avait l'air... embarrassé. Il laissa retomber une de ses mains de côté, tambourinant contre son flanc à une vitesse incroyable. Il sembla avoir la tête ailleurs pendant un moment avant de parler à nouveau.

« Je t'ai vue entrer par l'étable, déclara-t-il avec plus d'assurance. Tu es entrée par effraction, et tu as exactement une minute pour m'expliquer pourquoi. »

Koffi recula d'un pas. Cela ne faisait pas partie du plan. Elle essaya de penser à ce que son ami aurait fait dans une telle situation, mais elle et Jabir étaient différents. Jabir avait un visage doux, il était intelligent et avait l'esprit vif. Il savait comment se montrer charmant, comment faire en sorte que les gens l'aiment. Koffi n'en était pas capable, mais elle savait mentir.

« L'argent. » Le mot s'échappa de sa bouche avant qu'elle ne puisse prendre le temps d'y réfléchir. « Je suis ici pour... trouver de l'argent.

— De l'argent ? » Le jeune garçon se tenait toujours à plusieurs mètres d'elle ; l'un de ses sourcils était haussé à présent. « Tu es venue au temple de Lkossa pour trouver de *l'argent* ?

— C'est exact. »

Le jeune garçon secoua la tête. « Il y a littéralement un millier d'autres endroits dans la ville où il est plus facile d'en obtenir. »

Pas assez pour ce dont j'ai besoin. Elle rencontra son regard et espéra que son air avide était crédible. « Pourquoi payer pour du lait quand je peux voler la vache ?

— Je ne te crois pas. » Il la fixait toujours, et il était difficile de lire l'expression sur son visage. « Je me souviens de toi. Je t'ai laissée partir, juste à l'extérieur du Zoo nocturne. » Son visage se fit orageux. « Pourquoi es-tu *là* ? »

Il ne sait pas. Koffi le comprit immédiatement. La dernière fois que ce jeune garçon l'avait vue à l'extérieur des murs du Zoo nocturne, elle était en fuite. Il n'était pas au courant en ce qui concernait Baaz ou le marché qu'elle avait conclu. Elle pouvait en tirer profit. Elle haussa son menton, dans ce qu'elle espérait être une attitude de défi.

« Comme je l'ai dit, j'ai besoin d'argent. »

Elle n'aimait pas la façon dont il la regardait. Il n'y avait plus aucun sentiment d'hostilité ou de méfiance dans son regard à présent.

« Comment as-tu fait ? » demanda-t-il au bout d'un moment.

La question laissa Koffi perplexe. Ce n'était certainement pas ce à quoi elle s'attendait. « Fait... quoi ?

— Cette chose avec le Shetani, précisa le jeune garçon. Tu l'as fait partir. Tu as fait en sorte qu'il t'écoute. »

Koffi se raidit aussitôt. Alors même qu'il prononçait ces mots, les souvenirs de l'avant-dernière nuit avaient déjà commencé à lui revenir en mémoire. C'étaient des résurgences brumeuses, mais certaines parties restaient fixées dans son esprit. Elle se souvenait d'un champ de citronnelle, d'un ciel étoilé et d'une bête, plus grande et plus terrible que toutes les créatures dont elle s'était occupée au Zoo nocturne. Il n'y avait aucune explication à ce qu'elle avait fait quand elle l'avait vue ; sa main s'était tendue d'elle-même, comme tirée par la ficelle d'un marionnettiste. Elle s'était sentie, l'espace d'un instant, étrangement attirée par la bête. Cela ne présageait rien de bon pour elle, surtout si ce garçon l'emmenait voir le Kuhani.

« Je n'ai rien fait. » Elle essayait toujours de paraître confiante, mais sa voix lui faisait défaut. Le souvenir était encore trop réel, trop proche. « Je le jure.

— Je sais ce que j'ai vu. » Le jeune garçon fit un pas en avant, et elle imita instinctivement son mouvement en reculant. Pendant un moment, il sembla indécis, puis il leva les mains. « Et je ne pense pas que tu sois ici pour trouver de l'argent. »

Koffi poussa un juron. Il était inutile de le nier. Elle était prise. « Très bien. Je suis ici parce que je suis... à la recherche d'une carte, dit-elle aussi calmement qu'elle en était capable.

— Une carte ? » Cette réponse sembla prendre le jeune garçon au dépourvu ; son expression changea complètement. « Une carte de quoi ?

— De la Grande Jungle. »

Les sourcils du garçon se haussèrent. « Pourquoi ?

— Pour que je puisse traquer le Shetani. » Koffi sentit la puissance des mots tandis qu'ils résonnaient sur les murs de pierre du couloir. Elle vit une surprise momentanée passer sur le visage du jeune garçon, une expression qu'elle ne comprenait pas entièrement, mais elle continua : « Je veux le retrouver. »

Le jeune garçon hocha la tête. « Il y a beaucoup de cartes ici, dans le temple, dit-il lentement. Mais tu seras incapable de les lire. »

Koffi se raidit. « De quoi parles-tu ? » C'était une ruse ; il était évident qu'il essayait de la déstabiliser. Elle ne comptait pas se laisser faire.

L'expression du jeune garçon ne changea pas. « Les maîtres du temple de Lkossa lisent et écrivent dans la langue traditionnelle des érudits, le zamani ancien, expliqua-t-il. Cela n'a rien à voir avec le zamani habituel. Il faut des années d'études pour l'apprendre ; et même ainsi, tout le monde n'est pas capable de le comprendre. »

Koffi sentit quelque chose se dégonfler en elle. Mama s'était assurée qu'elle puisse lire et écrire le zamani, même si son écriture était à peine lisible, mais elle ne savait pas parler d'autres langues. Si le garçon disait vrai, son plan tombait à l'eau avant même d'avoir commencé.

« À moins que… »

Koffi releva la tête d'un coup. Elle avait presque oublié la présence du garçon. Celui-ci la regardait, hésitant, incertain.

« *À moins que ?*

— À moins que… tu aies quelqu'un qui puisse lire le zamani ancien avec toi, proposa-t-il. Quelqu'un comme moi. »

Koffi s'arrêta net, déconcertée. Elle avait anticipé plusieurs réactions différentes, mais celle-ci n'en faisait pas partie. Ses yeux se plissèrent tandis qu'elle examinait le garçon.

« Quelqu'un comme toi ?

— Bien sûr. » Le garçon haussa les épaules. « J'ai été élevé ici, dans le temple. Je pourrais t'aider à trouver la carte, et je pourrais te la traduire. »

Cela semblait trop beau pour être vrai. Koffi secoua la tête. « Je n'ai pas d'argent ni aucun autre moyen de te payer. »

Il leva les mains. « Je ne te demande pas d'argent », répondit-il rapidement.

Voilà qui était encore plus suspect. « Alors qu'est-ce que tu veux ?

— Je veux participer.

— À quoi ?

— À la chasse, dit-il brusquement. Je veux y aller avec toi, et je veux t'aider à le tuer. » Il lui jeta un coup d'œil. « C'est *bien* ce que tu comptes faire, n'est-ce pas ?

— Je... » Koffi fit une pause. En vérité, ce n'était pas du tout ce qu'elle avait prévu. Son plan reposait sur le fait de ramener le Shetani à Baaz vivant, bien vivant. Elle repensa au marché qu'elle et le propriétaire du zoo venaient de passer, au temps qu'il lui restait pour accomplir sa mission. La saison de la mousson serait bientôt là, et se faire accompagner de ce garçon qui voulait aussi trouver le Shetani pourrait améliorer ses chances de trouver la bête et de la ramener. La voix de Mama lui revint soudain en mémoire.

Parfois, cependant, on ne peut pas agir selon son cœur. Il faut réfléchir avec sa tête.

Au fond d'elle-même, elle n'avait pas confiance en ce garçon. C'était un Yaba, probablement aisé, son opposé dans tous les domaines. Son offre semblait trop belle pour être vraie, encore plus dangereuse que son plan initial, mais...

Mais tu n'as pas besoin de lui faire confiance, murmura cette même voix. *Tu as juste besoin de l'utiliser.*

Elle avait le pouvoir de faire en sorte que le Shetani lui obéisse, elle l'avait déjà fait une fois. Dès qu'elle l'aurait retrouvé, elle pourrait lui ordonner de faire ce qu'elle voulait. Elle avait seulement besoin d'un guide, et ce garçon pourrait lui être utile ainsi.

Cela pourrait marcher.

Pendant plusieurs secondes, elle ne dit rien, puis : « Bien. Marché conclu. Tu m'aides à lire la carte qui mène au Shetani, je t'aide à l'abattre.

— Un échange équitable. » Le jeune garçon hocha la tête. Il sembla réfléchir à quelque chose pendant un moment. « Tu sais, dit-il avec hésitation, si nous devons travailler ensemble, il serait utile que je connaisse ton nom.

— C'est Koffi.

— Je m'appelle Ekon. »

Ekon, un nom typiquement yaba. Elle s'efforça de ne pas grimacer. « Chaque chose en son temps. Où est la carte ? »

Ekon fit une pause. « Il en existe plusieurs dans la bibliothèque du temple de Lkossa, mais celle à laquelle je pense en particulier se trouve à l'intérieur d'un journal, et elle est spéciale.

— Pourquoi ?

— C'est la seule carte complète de la Grande Jungle, conçue il y a presque un siècle par un savant nommé…

— Je n'ai pas vraiment besoin d'une leçon d'histoire. »

Il fronça les sourcils, l'air presque offensé. « Elle se trouve dans le bureau privé du Kuhani, par sécurité.

— D'accord. » Elle hocha la tête. « Alors c'est là que nous allons. »

CHAPITRE DOUZE

Le mamba et la mangouste

De manière générale, Ekon préférait ne pas croiser le regard des dieux.

Il se déplaçait lentement dans la foule de la salle de culte, aussi silencieusement qu'il le pouvait, tandis que les autres fidèles s'agitaient, discutaient avec animation ou attendaient le début du service. Toutes les quelques secondes, pressé entre les tissus coûteux et les bijoux étincelants, il pouvait faire semblant d'être perdu parmi eux, invisible dans son caftan plus modeste. Mais cela ne durait jamais. Chaque fois qu'il commençait à se sentir à l'aise, il percevait le regard des six statues disposées à l'autre bout de la pièce qui pesait sur lui. Chacun de leurs regards sculptés dans la pierre était trop perspicace, comme si elles *savaient* qu'il était sur le point de leur voler quelque chose.

« Rappelle-moi pourquoi tout ceci est nécessaire. »

Il sursauta, et, à côté de lui, les yeux de Koffi se posèrent sur lui. Elle portait une robe bleu pâle, un voile de tulle, et désignait son accoutrement avec des gestes renfrognés. « C'est très inconfortable. »

Ekon se retint de lever les yeux au ciel. « Je te l'ai déjà dit, expliqua-t-il alors qu'ils continuaient à se faufiler entre les gens. Les visiteurs doivent se couvrir lorsqu'ils se rendent dans le...

— *Tu* n'es pas couvert.

— Les hommes n'y sont pas obligés. »

Koffi émit un son grossier avant de trébucher sur l'ourlet de sa robe. Ekon la rattrapa, mais elle continua à jurer entre ses dents. Plusieurs fidèles à proximité regardèrent autour d'eux, visiblement scandalisés. Ekon se rapprocha encore davantage d'elle, de sorte que leurs bras se frôlèrent.

« Tu *dois* arrêter de jurer. »

Koffi leva les yeux vers lui en réponse. C'était un étrange rappel de la nuit de leur rencontre. « Ça te dérange ?

— Au cas où tu l'aurais oublié, nous sommes dans un temple, pas dans une taverne, dit-il à voix basse. Par conséquent, les jurons sont mal vus. De plus, si tu ne fais pas attention, quelqu'un risque de t'entendre, et *tu* as un accent gede. »

La mine renfrognée de Koffi s'accentua davantage. « Ce n'est *pas* vrai.

— Tu discutes tout ce que je dis, par ailleurs, marmonna Ekon.

— Non, c'est *faux*. »

Ekon n'ajouta rien tandis qu'ils s'approchaient de l'entrée de la salle de culte. Il avait cru que trouver des vêtements appropriés pour Koffi serait la partie la plus difficile de leur plan, mais il s'était trompé. En fait, il y avait peu de choses qu'elle faisait sans émettre de commentaire. Il remarqua la façon dont elle regardait le temple et ses dieux d'un air rusé.

« Quoi ?

— Je ne comprends pas, dit-elle en fronçant les sourcils.

— Tu ne comprends pas *quoi* ?

— Ceci. » Elle fit un geste ample. « Le sens de tout... ceci.

— L'office du *shukrani* est un rituel quotidien, expliqua Ekon. Chaque matin, le Père Olufemi se rend dans la salle de culte pour recevoir les prières et les offrandes des mécènes du temple. »

Koffi leva les yeux au ciel. « Ça me semble bien prétentieux. »

Pendant un moment, Ekon se sentit légèrement offensé, mais sa curiosité prit le dessus. « *Ton* peuple ne vénère-t-il pas les mêmes dieux ?

— Bien sûr que si, répondit-elle brusquement. Nous le faisons simplement avec moins de cérémonies et de manières. »

Ce fut au tour d'Ekon de froncer les sourcils. « Si vous n'offrez pas vos prières et vos offrandes au Kuhani, comment les dieux les reçoivent-ils ? »

Les lèvres de Koffi s'étirèrent en un sourire en coin, dénué de méchanceté cependant. « Nous prions leurs familiers. » Elle pointa du doigt la base de chaque statue. Ekon savait ce qu'il allait voir, mais il regarda quand même. Aux pieds de chaque dieu ou déesse se trouvait un animal censé les représenter – un héron, un crocodile, un chacal, un serpent, une colombe et un hippopotame.

« Nous envoyons nos prières dans la nuit, et les familiers les portent en notre nom jusqu'aux oreilles des dieux.

— Intéressant… »

Elle lui lança un regard. « N'as-tu jamais entendu des expressions comme “De la langue de l'hippopotame” ou “Par le bec du héron” ?

— Non.

— Eh bien, elles proviennent de cette tradition. Nous vénérons les familiers des dieux, continua-t-elle. Je veux dire, ce n'est pas comme si nous étions autorisés à venir *ici* pour prier. » Il y avait une pointe de tristesse dans sa voix. « L'ancienne foi nous a été refusée, alors nous avons trouvé un autre moyen d'être dévots. »

Ekon s'agita, mal à l'aise. En vérité, bien qu'il ait passé la majeure partie de sa vie dans le temple de Lkossa, il n'avait jamais vraiment considéré le fait que les Gedes n'étaient pas autorisés à y pratiquer leur culte. Maintenant qu'il y pensait, cela lui semblait injuste, mais il ne savait pas quoi dire. Il se racla la gorge et changea de sujet.

« D'accord, tu te souviens du plan ? »

Koffi hocha la tête.

« Le temps est compté », murmura-t-il. Ils n'étaient plus qu'à quelques mètres de l'entrée de la salle de culte, les statues des Six se dressant comme pour se porter à leur rencontre. « Le Père Olufemi fera quelques remarques préliminaires avant de commencer l'office du *shukrani*, puis tout le monde essaiera d'aller le voir. Juste avant ce moment, ce sera ta meilleure chance de...

— Je sais. » Koffi ne prit pas la peine de parler à voix basse. « Tu l'as dit trois fois. »

Ekon continua comme s'il ne l'avait pas entendue. En toute honnêteté, il aurait préféré se rendre lui-même dans le bureau du Père Olufemi pour récupérer le journal, mais il avait renoncé à cette idée après une réflexion rapide. Il était grand tandis que Koffi était petite, il se démarquait alors qu'elle était d'apparence discrète. Stratégiquement, il était préférable qu'elle s'en charge, mais cela ne lui plaisait pas.

« J'attendrai ici dans la salle de culte, déclara-t-il. Dès que tu auras la carte, nous descendrons à l'étable pour nous en aller par sa sortie. » Il jeta un coup d'œil rapide aux escaliers à leur gauche. « Tu te rappelles comment te rendre dans...

— En haut des escaliers, dans le couloir, troisième porte à droite.

— Si la porte est fermée, le double de la clé...

— Se trouve sous le tapis du couloir, termina Koffi en plissant les yeux. Comment tu sais cela ? »

L'expression d'Ekon resta impénétrable. « J'ai grandi dans le temple. Mon mentor, Frère Ugo, me faisait lire...

— Ça a l'air ennuyeux. »

Ekon ouvrit la bouche pour répliquer, mais ses mots furent interrompus par une sonnerie retentissante et prolongée. Tous deux se redressèrent aussitôt, et tout autour d'eux, les fidèles levèrent les yeux.

« C'est ton signal. » Ekon ne la regarda pas pendant qu'il murmurait ces mots. « Tu devrais y aller.

— D'accord », dit Koffi avec brusquerie. Elle rapprocha son voile de manière à masquer davantage son visage, puis se perdit dans la foule. Ekon déglutit, tapotant ses doigts sur le côté et repassant leur plan dans sa tête.

Elle va s'en sortir, se rassura-t-il. Ses yeux se reportèrent sur l'avant du temple, où d'autres personnes observaient et attendaient. Le Père Olufemi n'était pas encore arrivé, mais leur course contre la montre avait commencé.

Vingt minutes.

Vingt. Ce n'était pas un nombre incroyable, mais c'était le temps que Koffi avait pour parvenir au bureau et en revenir. *Elle en est capable,* se dit-il. *Elle sera de retour en un rien de temps.*

Ou elle échouera, suggéra une voix plus rusée dans sa tête. *Peut-être qu'elle se contentera de prendre le journal et de s'enfuir.*

Non, vous avez passé un marché. Elle a besoin de toi pour le traduire, se répétait-il, mais ces mots recelaient un soupçon d'incertitude. Il se souvenait de la façon dont elle l'avait regardé dans les sous-sols du temple – son air méfiant, sceptique. Il avait observé comment elle avait évalué les termes de leur accord, trouvant probablement une douzaine de failles pour s'en sortir si les choses tournaient mal. C'était un pari, mais il n'avait pas le choix.

« Nous allons commencer l'office du *shukrani* dans un instant, annonça l'un des frères du temple. Veuillez préparer vos offrandes afin que le plus grand nombre possible de demandes de prières puissent être reçues ! »

Ekon sursauta légèrement tandis que les gens autour de lui commençaient à fouiller dans leurs sacs et à regarder par-dessus les têtes des uns des autres en attendant que le Père Olufemi fasse son apparition pour diriger la cérémonie de culte. Malgré lui, malgré tout ce qui lui traversait l'esprit en ce moment, il ressentit un nouveau pincement de culpabilité. Il se tenait dans le temple de Lkossa, le lieu le plus ancien et le plus sacré de toute la ville. Enfant, il considérait cet endroit comme la représentation physique de tout ce qui lui était cher, de tout ce qu'il estimait. À présent, il complotait pour le voler, pour le *profaner*.

De nouveau, son regard fut attiré par les dieux et les déesses, présentés par ordre de naissance. On disait qu'ils étaient frères et sœurs, chacun étant chargé de veiller sur une partie spécifique du monde – les cieux, les mers, les jungles, les déserts, les montagnes et le royaume des morts. Les dieux et les déesses ne se souciaient guère des prières des mortels ; c'est pourquoi le Père Olufemi organisait des offices du *shukrani* pour recevoir et transmettre les prières au nom du peuple. Techniquement parlant, il était contraire à l'étiquette de s'adresser directement à l'un des Six. Ekon se surprit à le faire quand même.

S'il vous plaît, pria-t-il chacun d'eux. *S'il vous plaît, faites que ce plan fonctionne.*

« Hé, Okojo ! C'est toi ? »

Ekon se retourna, et ses épaules se crispèrent aussitôt. Shomari et Fahim se dirigeaient vers lui à travers la foule de la salle de culte, le bleu de leurs caftans flambant neufs douloureusement brillant même dans la lumière tamisée du temple. Cette vision blessa Ekon davantage qu'il ne s'y serait attendu.

« Salut. » Il hocha la tête tandis qu'ils s'arrêtaient devant lui. « Comment vas-tu ?

— Content de te voir, Ekon. » Fahim était rayonnant. « On ne pensait pas te voir dans le coin avant un moment ! »

Ekon parla d'une voix égale : « Et pourquoi ça ? »

Fahim se tut un instant. Quand il reprit la parole, ses mots étaient plus prudents. « Eh bien, c'est juste que... nous ne pensions pas...

— Il ne le dira pas, alors laisse-moi m'en charger. » L'attitude hautaine nouvelle de Shomari était insupportable. « Nous ne pensions pas que tu oserais te montrer par ici après ce moment *embarrassant* dans le Zoo nocturne. » Il avait prononcé ces mots à voix haute pour s'assurer que les personnes à proximité les entendraient. Fahim détourna le regard et Ekon se mit à danser d'un pied sur l'autre. Plus que jamais, il voulait disparaître, s'enfoncer dans les murs de pierre anciens du temple et ne plus jamais être vu. Il dut lutter pour garder un air impassible.

« Tous les Yabas sont libres de demander des bénédictions lors de l'office du *shukrani,* répondit Ekon avec légèreté. Les guerriers saints ne me refuseraient sûrement pas ce droit ?

— Ce n'est pas un droit. » La voix de Shomari se transforma en grognement, son visage n'exprimait que le dégoût. « Pas pour les sympathisants des Gedes comme toi, Okojo.

— En fait, *si.* » Ekon fit semblant d'inspecter ses ongles.

« Je pourrais te faire sortir d'ici, menaça Shomari, le regard de plus en plus sombre. Je pourrais m'en occuper moi-même.

— J'aimerais bien voir ça. »

Cela se produisit sans prévenir.

Un rugissement guttural retentit quand Shomari s'élança. Ekon fit un pas en arrière, l'évitant de quelques centimètres seulement. Plusieurs personnes sursautèrent dans la foule tandis qu'il pivotait sur ses talons et faisait face à Ekon avec un grognement.

Les sourcils de Fahim se haussèrent d'horreur. « Shomari, *qu'est-ce que tu... ?* »

Ekon n'attendit pas. Shomari fonçait déjà sur lui, ses narines dilatées. Ekon feinta à gauche, puis pivota sur ses talons. Cette fois, Shomari faillit s'écraser par terre avant de se rétablir. Plusieurs fidèles crièrent et s'écartèrent du chemin.

« Lâche ! cria Shomari. *Affronte*-moi ! »

Ekon reprit son équilibre et rassembla ses forces. Son esprit se détacha de son corps tandis que l'instinct prenait le dessus, et qu'un souvenir se manifestait. Soudain, il ne se trouvait plus dans le temple. Son esprit était de retour dans la zone frontalière, se remémorant une nuit, il y a de nombreuses années, lors de laquelle il marchait côte à côte avec Frère Ugo.

« Regarde, Ekon. »

Il avait fallu un moment à Ekon pour comprendre ce qu'il voyait, une lutte dans la terre rouge. Ses yeux s'étaient écarquillés lorsque la poussière était retombée et qu'il avait distingué deux silhouettes : un long serpent marron et une petite créature à la fourrure brun clair. Leurs yeux étaient fixés l'un sur l'autre, complètement immobiles, inconscients d'avoir un public.

« Nous avons la chance d'assister à l'une des plus anciennes curiosités de la nature, avait dit Frère Ugo. As-tu déjà observé la danse du mamba et de la mangouste ?

— La danse ? avait demandé Ekon avec incrédulité. Mon Frère, ils ne dansent pas, ils se *battent*.

— Ah. » Les yeux de Frère Ugo s'étaient plissés joyeusement. « Mais qu'est-ce qu'un combat, sinon une forme d'art en mouvement ? » Il avait fait un nouveau geste vers le mamba noir et la mangouste et, comme si elle y était invitée, cette dernière avait sifflé, montrant ses petites dents pointues tandis que ses yeux ambrés jetaient des éclairs. « C'est une chose étrange, avait chuchoté Frère Ugo. Le plus souvent, les gens supposent que le mamba gagne toujours – il est, après tout, grand, venimeux et rapide. »

La mangouste avait balayé l'air d'un coup de patte et le mamba s'était élancé, frappant celle-ci avec une précision terrifiante. La mangouste avait laissé échapper un petit glapissement de douleur. Ekon avait grimacé, se mettant à sa place.

« Ce que la plupart des gens ne comprennent pas, avait poursuivi Frère Ugo, c'est que la mangouste est bien plus intelligente qu'elle n'en a l'air. Elle est résistante, immunisée contre le venin du mamba, et... » Il avait hoché la tête une fois de plus. « Elle est *plus rapide.* »

Cela était arrivé vite, si vite qu'Ekon ne l'aurait pas vu s'il avait cligné des yeux. Le mamba noir avait glissé vers l'avant, avançant sur sa proie. Il avait frappé une deuxième fois, mais son coup n'avait jamais atteint sa cible. Au lieu de cela, la mangouste avait attrapé le serpent dans les airs et enfoncé ses dents dans sa colonne vertébrale avec un craquement bref et brutal. Le serpent était retombé, flasque, le sang s'écoulant dans la terre. Il était encore vivant mais paralysé, condamné à une mort lente. Ekon n'avait pas réalisé qu'il était en train de retenir sa respiration jusqu'à ce que Frère Ugo pose une main sur son épaule.

« Tu n'as pas besoin d'être le plus grand ou le plus dangereux des combattants, Ekon, avait-il dit doucement. Tant que tu es *le plus rapide.* »

Tant que tu es le plus rapide.

Shomari était plus grand, probablement meilleur combattant, mais Ekon était plus rapide. Lorsque Shomari le chargea de nouveau, Ekon se tenait prêt. Ses pieds semblèrent bouger d'eux-mêmes, le faisant pivoter vers la gauche alors que Shomari fonçait vers l'avant et le ratait comme un taureau en pleine charge. L'élan propulsa le garçon de haute taille en avant et celui-ci trébucha. Fahim l'attrapa avant qu'il ne puisse se relever.

« Espèce de lâche ! cria Shomari. Espèce de petit arrogant hautain...

— Guerrier Mensah ! »

Tous trois levèrent les yeux, ainsi que plusieurs autres fidèles. Frère Ugo se faufilait dans la foule calmement, mais son visage était sévère. Il les regarda tous les trois. « Que signifie tout ceci ? »

Shomari cessa aussitôt de se débattre et se mit au garde-à-vous, grommelant quelque chose d'inintelligible.

« Je suis *assez* sûr que le Kuhani ne tolérerait pas une telle conduite ici, déclara Frère Ugo. Tu vas venir avec moi. D'après ce que je comprends, le Père Olufemi t'a confié de nouvelles responsabilités, c'est bien ça ?

— Oui, mon Frère, marmonna Shomari.

— Alors il vaudrait mieux que tu ailles le voir. Franchement, agir de la sorte dans un endroit consacré aux dieux… »

Ekon et Fahim le regardèrent emmener Shomari. Une fois ce dernier hors de vue, l'expression de Fahim devint sérieuse. « Comment tu te sens, Ekon ? »

Le cœur d'Ekon se serra. Il y avait une telle inquiétude dans la voix de Fahim que cela lui faisait mal. Un peu trop sèchement, il répondit :

« Je vais bien. »

Fahim rencontra son regard et le soutint un moment. Quand il reprit la parole, sa voix était plus basse : « Tu ne méritais pas ce qui t'est arrivé. »

Une boule dure se forma dans la gorge d'Ekon, et il parla avec difficulté : « Ça va, Fahim. Je…

— Ça ne va *pas*, répondit Fahim. C'était une erreur. Tu as travaillé plus dur que nous tous ; même Shomari le sait. C'est toi qui méritais le plus de devenir un guerrier. »

La boule dans la gorge d'Ekon devenait insupportablement dure, et ses yeux se mirent à piquer. Il cligna des paupières jusqu'à ce que cette sensation disparaisse. Il avait subi suffisamment de situations embarrassantes pour ne pas pleurer comme une petite fille devant Fahim. Il se dépêcha de changer de sujet.

« Comment vont les choses pour *toi* ? demanda-t-il. Comment est la vie en tant que guerrier yaba officiel ? »

Il ne s'attendait pas à l'ombre qui recouvrit soudainement le visage de Fahim. C'était comme si on avait soulevé un voile invisible, et sous ce voile, une vérité différente brillait dans les yeux de son ami. Cela ne faisait qu'un seul jour depuis la dernière fois qu'ils s'étaient vus, mais Fahim semblait étrangement plus âgé, ou peut-être simplement plus fatigué. La peau sous ses yeux était bouffie, et Ekon remarqua que ses dreadlocks, habituellement soignées, semblaient frisées et légèrement négligées.

« Ça a été... difficile. » Fahim massa ses paupières fermées. « Le Père Olufemi n'est pas content des derniers meurtres causés par le Shetani. » Il baissa la voix : « Entre nous, les gens perdent confiance. Pour les rassurer, il a augmenté les patrouilles dans tous les districts et la zone frontalière. Le problème, c'est que nous ne sommes pas assez nombreux. Comme Shomari et moi sommes des bleus, nous sommes assignés aux postes les moins enviables. Tout le monde est épuisé. C'est probablement pour ça qu'il était...

— Plus odieux que d'habitude ?

— Ouais. »

Ekon prit soin de garder un ton décontracté. « Alors, y a-t-il de nouvelles informations ? Est-ce qu'il a été vu à nouveau ?

— Non. » Fahim fronça les sourcils. « Nous pensons qu'il est reparti dans la jungle, du moins pour l'instant. En fait... » Il marqua une pause. « Il y a quelque chose que tu devrais savoir, Ekon. Je ne suis pas censé le dire, mais tu es mon ami et... »

Ekon s'efforça de garder un visage impassible. « Je suis au courant pour le groupe de chasseurs. »

Le soulagement envahit le visage de Fahim pendant un instant seulement, avant que son expression ne se fasse tendue. « Le Père Olufemi m'a demandé d'en faire partie. À Shomari aussi. »

Ekon sentit une pointe de jalousie vive lui piquer la peau. Il ne pouvait s'empêcher de se demander si, dans un autre monde, il aurait lui aussi été choisi pour recevoir un tel honneur. N'était-il pas assurément aussi qualifié que Shomari et Fahim ? Il essaya de dissimuler la tension dans sa voix quand il répondit :

« Sais-tu quand vous partez ?

— Pas encore. » Fahim secoua la tête. « Mais je pense que ce sera bientôt, probablement dans les prochains jours. »

Jours. Ekon essaya de faire des calculs dans son esprit. Quelle serait leur avance à Koffi et lui s'ils partaient demain, ou même ce soir ? S'ils maintenaient un rythme soutenu, combien de temps faudrait-il aux Fils des Six pour les rattraper… ?

« En attendant, poursuivit Fahim, nos patrouilles sont doublées, et chaque matin, l'un d'entre nous doit se rendre au bureau du Père Olufemi et faire un rapport sur la situation. » Il regarda par-dessus son épaule. « Shomari est censé le faire en ce moment même.

— Attends. » Un vent de panique souffla sur Ekon quand les mots de Fahim prirent sens. « Je croyais que le Père Olufemi dirigeait l'office du *shukrani* ce matin ?

— Habituellement, c'est le cas. » Fahim bâilla. « Mais à la suite de ces nouvelles attaques, il alloue davantage de temps à ses fonctions directes auprès des Fils des Six. Frère Lekan a été désigné pour diriger le service à la place du Père Olufemi. » Il désigna d'un geste l'un des frères qui sortait du couloir. Aussitôt, les gens commencèrent à se bousculer pour l'approcher, et Ekon serra les lèvres. Fahim ajouta quelque chose, mais il ne l'entendit pas. Un grondement sourd remplissait ses oreilles. Leur plan à Koffi et lui reposait sur l'assurance que le Père Olufemi ne se trouverait *pas* dans son bureau pendant l'office du *shukrani*. Il lui avait dit qu'il n'y avait pas de danger, et elle était en train de s'y rendre en ce moment même, à moins qu'elle n'y soit déjà. Si elle se faisait prendre… combien de temps lui faudrait-il pour donner son nom ? La panique l'envahit.

« Euh… content de t'avoir vu, Fahim. » Il jeta un coup d'œil par-dessus son épaule. « Je vais aller… chercher de l'eau. » Trop précipitamment, il esquiva un Fahim en proie à la confusion et se dirigea vers le fond de la salle de culte et les couloirs qui menaient au reste du temple. Il attendit d'être dissimulé dans l'ombre pour se lancer dans une course effrénée.

Il fallait qu'il trouve Koffi, et vite.

CHAPITRE TREIZE

Cuir et bois de cèdre

Koffi n'avait jamais été aussi mal à l'aise de sa vie, ce qui n'était pas peu dire.

En tant que gardienne de bêtes, elle s'était retrouvée dans toutes sortes de situations peu désirables au cours des onze dernières années. Une fois, elle avait aidé Mama à tourner la tête d'un bébé kondoo à mains nues alors qu'il était encore dans le ventre de sa mère pendant une grossesse difficile. Une autre fois, alors que Baaz était de mauvaise humeur, on lui avait ordonné de passer des heures à nettoyer du foin et des excréments de girafe dans les enclos. Elle avait connu beaucoup d'expériences désagréables, mais ce type de gêne était nouveau.

Pour ce qui semblait être la centième fois, elle trébucha sur l'ourlet de sa robe. Elle jura en silence, puis jeta un regard noir au vêtement. Ce n'était pas que la robe était laide – en fait, le magnifique motif imprimé à la cire était de loin la plus belle chose qu'elle ait jamais portée – mais elle avait la sensation que ses jambes étaient coincées sous le tissu ondulé. Les sandales bleues perlées qu'Ekon lui avait trouvées étaient légèrement trop petites, et ses talons dépassaient de l'arrière de la chaussure, qui claquait contre la plante de ses pieds à chaque pas. Elle se sentait inhabituellement maladroite, et sa vieille tunique qui lui arrivait aux tibias, cachée dans son sac, lui manquait.

Elle se faufila prudemment entre les groupes de personnes élégamment vêtues en s'efforçant de ne pas attirer l'attention. Ce n'était pas facile ; comme Ekon l'avait prédit, tout le monde se pressait vers l'avant. Selon lui, une fois que le Kuhani serait entré dans la salle, les fidèles seraient occupés à faire des offrandes et à lui demander de relayer leurs prières particulières. Elle jeta un œil tout à gauche de la pièce. Les escaliers menant au bureau du Père Olufemi se trouvaient dans un couloir à quelques mètres de là ; il lui fallait simplement trouver un moyen de les atteindre sans être vue. Elle se rapprocha légèrement, puis jura derechef à voix basse. Plusieurs personnes regardèrent une nouvelle fois dans sa direction, et elle dut baisser la tête.

Oups. Peut-être qu'Ekon avait raison à propos des jurons.

Un Fils des Six se tenait à quelques mètres du couloir qu'il lui fallait emprunter, les mains derrière le dos. Il était grand, d'une stature imposante, mais en regardant de plus près, Koffi remarqua que ses yeux étaient cernés de fatigue. Si elle pouvait juste passer devant lui ou le distraire...

« Chers fidèles ! » L'un des frères à la robe bleue du temple incurva une main autour de sa bouche pour que sa voix porte jusqu'à l'autre bout de l'édifice. Tout le monde regarda dans sa direction. « Nous allons commencer l'office du *shukrani* dans un instant. Veuillez préparer vos offrandes afin que le plus grand nombre possible de prières puissent être reçues ! »

Les gens se mirent aussitôt à fouiller dans leurs bourses. Comme tout le monde, Koffi sortit l'une des pièces de son sac. Elle regarda un homme corpulent à côté d'elle extraire une pièce d'or d'une bourse à sa hanche qui semblait sur le point d'éclater. Un sourire en coin effleura ses lèvres. Elle avait une idée.

Elle laissa négligemment tomber son *shaba*, et l'entendit avec satisfaction tinter bruyamment contre le sol de pierre polie du temple à chaque rebond. Le vieil homme à côté d'elle leva les yeux, surpris, et elle lui adressa un regard d'excuse.

« Désolée, dit-elle doucement. Ma mère dit que je suis négligente. »

Le vieil homme lui adressa un sourire mielleux. « Ce n'est rien, mon enfant, ce n'est rien. Les Six sont miséricordieux. » Il se baissa pour récupérer le *shaba*, et elle tenta sa chance. D'un coup sec, elle fit se rompre la bourse de l'homme, et un flot de pièces d'or se déversèrent du sac.

« Oh ! » Koffi fit un pas en arrière en feignant d'être horrifiée. « Je suis vraiment désolée, je... »

Mais le vieil homme n'écoutait pas. Des *dhabus* roulaient dans toutes les directions, des pièces d'or étincelantes qui se perdaient entre les pieds des mécènes. Plusieurs personnes autour d'eux tentèrent d'offrir leur aide, mais chaque fois que le vieil homme bougeait, davantage de pièces tombaient de la bourse.

« Désolée ! » Koffi se baissa pour l'aider, mais le vieil homme leva une main, méfiant.

« C'est bon », dit-il, plus sèchement cette fois. Il regarda par-dessus son épaule le garde qui se tenait près du couloir. « Jeune homme, si vous pouviez nous aider... ? »

C'était exactement ce que Koffi espérait. Comme le garde s'avançait parmi les autres fidèles et se penchait pour ramasser les pièces, Koffi saisit sa chance. S'assurant que son attention était tournée ailleurs, elle le contourna discrètement et se précipita dans le couloir et dans les escaliers aussi vite que possible. Son cœur battait encore la chamade lorsqu'elle atteignit le sommet du palier, mais il se calma lentement à mesure que le bourdonnement de la foule s'estompait et qu'elle observait le couloir beaucoup plus calme devant elle.

Première étape, terminée.

Ekon lui avait dit que le couloir serait long et sombre, mais cela lui semblait un euphémisme à présent. Un vieux tapis bleu brodé couvert de formes géométriques blanches était étalé sur toute sa longueur, et les fenêtres fines comme des rasoirs qui bordaient ses deux côtés ne révélaient que des fragments de la lumière pâle du matin de Lkossa. Elle s'engagea dans le couloir sans hésiter.

La porte à droite, c'est la troisième porte à droite.

Elle tomba dessus plus vite qu'elle ne l'avait escompté. C'était une porte à l'apparence étonnamment neuve, moderne et qui contrastait avec ce lieu empreint d'histoire. Sa main trembla lorsque ses doigts saisirent la poignée polie de la porte et la firent tourner. Celle-ci fit entendre un léger craquement, puis s'entrouvrit. Après s'être glissée à l'intérieur, Koffi la referma derrière elle.

Une nouvelle odeur emplit instantanément ses poumons, une odeur qu'elle ne reconnut pas immédiatement. Alors que ses yeux parcouraient le bureau du Kuhani, elle l'identifia enfin. Pas une odeur, mais deux : le cuir et le bois de cèdre.

C'est un peu l'odeur d'Ekon, réalisa-t-elle. *Le cuir et le bois de cèdre.* Elle n'eut pas le temps de s'appesantir dessus.

Le bureau était plus long que ce à quoi elle s'attendait ; c'était une pièce rectangulaire baignée par la lumière dorée de plusieurs grosses bougies cireuses. Un grand bureau en bois était disposé au centre de la pièce, et des étagères qui s'étendaient du sol au plafond recouvraient deux de ses murs. D'autres choses occupaient la pièce – d'imposantes piles de caisses vraisemblablement remplies d'autres livres, plusieurs robes soigneusement repassées posées délicatement sur une chaise dans un coin – mais les yeux de Koffi se fixèrent sur quelque chose vers le fond de la pièce, derrière le bureau : une petite bibliothèque aux portes vitrées.

Ce devait être ça. Ekon lui avait parlé de cette bibliothèque plus tôt. Apparemment, c'est là que le Kuhani conservait les documents et les livres historiques pour sa collection spéciale. Si le journal de Nkrumah était bien conservé dans ce bureau, c'était là qu'il se trouvait très probablement.

Elle se dirigea vers elle sur la pointe des pieds tandis qu'elle traversait la pièce avec précaution. Elle se sentait stupide de se faufiler ainsi dans un bureau visiblement vide, mais elle ressentait tout de même le besoin de faire preuve de discrétion. Lentement, elle ouvrit la porte vitrée de la bibliothèque et laissa ses yeux errer sur la tranche de chaque livre. Ekon avait mentionné que le journal de Nkrumah était vert foncé, mais il y avait plusieurs livres de cette couleur ici. Il avait dit qu'elle le reconnaîtrait en le voyant, mais…

Elle aperçut soudain sur l'une des étagères un autre objet qui attira son attention, et elle s'arrêta. Un petit assortiment de bibelots était disposé sur l'étagère, des figurines d'animaux en bois, des plumes qui semblaient chères, mais ce qu'elle regardait était de loin le plus impressionnant. C'était une minuscule dague, pas plus longue que sa main. Elle s'en saisit pour l'examiner, et faillit la faire tomber.

Elle est en os, réalisa-t-elle en passant soigneusement son pouce le long de son tranchant blanc pâle. Trois joyaux rouge foncé étaient incrustés dans sa poignée, du rubis d'après elle. Elle en tomba immédiatement amoureuse, fascinée, mais elle n'avait pas le temps d'approfondir ses recherches ici ; cela devrait attendre plus tard. Elle la rangea rapidement dans son sac et reporta son regard sur la bibliothèque. La première et la deuxième étagère étaient remplies de volumes, de parchemins et d'autres documents quelconques, mais elle s'arrêta en atteignant la dernière. Son cœur se serra quand ses yeux se posèrent sur un livre vert particulièrement grand, plus épais que tous les autres qu'elle avait vus jusqu'à présent. Elle le retira de l'étagère, remarquant les lettres doré foncé sur sa couverture qu'Ekon avait également décrite. C'était bon signe. Elle l'ouvrit et s'immobilisa.

À l'intérieur de la couverture du livre se trouvait l'une des plus belles cartes qu'elle ait jamais vues. Celle-ci était visiblement dessinée à la main, bordée par une lisière luxuriante remplie de toutes sortes de créatures dans les feuilles. Elle vit du texte méticuleusement ajouté, des légendes complexes, et une boussole en forme de tête de lion. C'était sa terre, le continent d'Eshoza représenté dans son intégralité. Ekon avait eu raison, elle ne pouvait pas lire la langue dans laquelle les mots étaient écrits, mais elle savait que ce livre était spécial. Elle tourna la page suivante et vit une seconde carte, d'un style similaire, mais dont le sujet était différent. Elle vit des feuilles, des chemins sinueux entre des arbres grossièrement dessinés. *Celle-ci* devait être une carte de la Grande Jungle. Elle avait ses propres légendes, tout aussi indéchiffrables que celles de la première carte, mais à mesure que ses yeux la parcouraient, Koffi sentit naître un sentiment d'espoir. La carte et les informations contenues dans ce journal pourraient s'avérer inestimables, voire cruciales, pour l'aider à trouver le Shetani et le ramener à Baaz. Elle raffermit sa prise sur le journal. Sans perdre un instant de plus, elle le rangea dans son sac, savourant ce poids nouveau. Elle était reconnaissante d'avoir trouvé le journal plus facilement que prévu. Maintenant, tout ce qu'elle avait à faire était de rejoindre Ekon pour qu'ils puissent sortir d'ici.

Elle fit le tour du bureau, examinant ce qui le recouvrait. Il y avait un assortiment de papiers et de livres, mais aussi, à sa grande surprise, une pipe. Celle-ci était faite d'un bois magnifiquement sculpté et reposait sur le côté, près du bord du bureau du Père Olufemi. Quelque chose était visible à l'intérieur du foyer de la pipe, trop profondément enfoncé pour qu'elle puisse distinguer ce dont il s'agissait. Elle se pencha pour mieux voir, quand…

Un *cliquetis* se fit entendre.

Koffi plongea derrière une pile de caisses de livres à côté du bureau au moment même où la poignée de la porte tournait. À sa grande horreur, une voix d'homme emplit la pièce.

« … comme vous l'avez demandé, mon Père. »

Le cœur de Koffi se mit à tambouriner vite et fort dans sa poitrine, et elle jura silencieusement lorsque deux hommes firent leur entrée dans le bureau. Tous deux présentaient une apparence opposée. L'un était jeune, grand et musclé et portait le caftan bleu vif des guerriers yabas ; l'autre était nettement plus âgé et portait une robe d'un bleu céruléen.

Non. La bouche de Koffi devint sèche. L'homme plus âgé était le Père Olufemi ; elle en avait la certitude sans aucun doute possible. Elle n'avait jamais vu cet homme auparavant, mais tout dans son visage le confirmait. Il avait la démarche lente et résolue de quelqu'un qui ne se précipite au-devant de personne, avec la confiance d'un homme qui dirige une ville. La peur et la confusion envahirent son corps. *Comment ?* Il n'était pas censé être ici, il aurait dû se trouver en bas pour diriger l'office du *shukrani*. Avait-elle mal calculé son temps, ou… une pensée plus sombre lui vint.

Ekon lui avait-il menti ?

« Bien. »

Elle se recula plus loin dans l'ombre tandis que le Père Olufemi s'approchait d'elle, puis s'arrêtait, les mains jointes derrière le dos. « Et les autres crémations sont terminées ?

— Il en reste encore une, mon Père, répondit le second homme. Mais elle est prévue pour cet après-midi, si votre emploi du temps le permet. »

Le Kuhani hocha la tête. « Je serai présent.

— D'autres ordres, mon Père ?

— Pas pour le moment, répondit le Kuhani. Toi et le guerrier Adebayo pouvez vous reposer pour le reste de la journée. Vous reprendrez vos patrouilles ce soir. »

Le jeune guerrier s'inclina. « Merci, mon Père.

— Ce sera tout, Shomari. »

Le guerrier s'inclina à nouveau profondément et salua avant de quitter la pièce, mais le vieil homme resta debout au milieu. Koffi n'osait pas bouger d'un pouce. Combien de temps allait-il se tenir ici ? Il n'y avait qu'une seule porte dans ce bureau, aucune autre issue. Si elle n'était pas de retour en bas pour retrouver Ekon dans les dix prochaines minutes…

Cela sembla prendre des années, mais le Père Olufemi finit par lever les yeux. Koffi se baissa légèrement tandis qu'il scrutait la pièce. Son cœur se serra lorsqu'elle vit ses yeux s'arrêter et se fixer sur quelque chose : la bibliothèque derrière le bureau. Son apparence était la même que lorsque Koffi était entrée, aussi vieille et élégante que d'habitude, mais elle déglutit quand elle réalisa son erreur.

Une des portes vitrées était légèrement entrouverte.

Sa bouche s'assécha lorsque le Père Olufemi, les sourcils froncés à présent, se rapprocha d'elle et de la bibliothèque. Il s'avança derrière le bureau et la referma rapidement en plissant les yeux. Il semblait distrait, mais que se passerait-il s'il remarquait que le journal de Nkrumah et la dague avaient disparu ? À la surprise de Koffi, il s'en détourna brusquement. Il donna un dernier coup d'œil satisfait à la pièce avant de soulever l'ourlet de son boubou et de sortir du bureau, un fredonnement grave sur les lèvres. Koffi attendit plusieurs secondes, puis pressa les paumes contre ses yeux, soulagée.

Ce n'était pas passé loin du tout.

Elle dressa l'oreille, essayant d'écouter les sons provenant de la salle de prière en dessous. Quelqu'un s'adressait encore aux fidèles du temple avec des accents théâtraux et prolongés ; sans doute la personne qui avait remplacé le Kuhani pour l'office du *shukrani*. Il était encore temps de redescendre et de quitter cet endroit maudit.

Elle se leva avec précaution, ajustant le sac désormais beaucoup plus lourd sur son épaule. Sans un bruit, elle traversa la pièce et ouvrit la porte du bureau. Le soulagement l'envahit lorsqu'elle passa dans le couloir sombre et constata que celui-ci était toujours plongé dans l'ombre, mais désert.

Que les Six en soient remerciés.

Elle venait de se mettre en marche vers les escaliers lorsqu'une main agrippa son poignet.

Le regard du Père Olufemi rencontra le sien.

CHAPITRE QUATORZE

Le Cœur de la jungle

Ekon était en train de courir.

Les couloirs et les portes du temple défilaient devant lui tandis qu'il essayait d'établir un plan dans sa tête. Il avait passé les dix dernières années de sa vie ici, ce temple était comme son foyer, mais cela ne le rendait que légèrement plus facile à parcourir en cas d'urgence. Il y avait un nombre infini de couloirs, de pièces et d'escaliers, et il devait trouver celui qui lui permettrait de rejoindre Koffi le plus rapidement possible, et ce *sans* se faire prendre.

Koffi n'était pas dans le couloir qui menait au bureau du Kuhani ; il avait déjà vérifié. Une nouvelle vague d'inquiétude lui parcourut le corps tandis qu'il redescendait en trombe les escaliers et se précipitait dans un nouveau couloir. Ce temple était immense, un labyrinthe de couloirs, de salles et d'atriums. Où pouvait-elle bien être ?

Il prit un virage serré et faillit se cogner contre deux hommes vêtus de bleu. Son cœur bondit dans sa poitrine. C'étaient tous deux des Fils des Six, des guerriers expérimentés.

« Okojo ? » L'un d'entre eux, un homme de petite taille nommé Zahur, le regarda en fronçant les sourcils. « Qu'est-ce que tu fais ? »

Ekon déglutit, ses doigts tapotant le long de son corps. Il fit en sorte que sa réponse soit aussi calme que possible. « Je… j'ai entendu dire qu'il y avait peut-être un problème, expliqua-t-il. J'ai pensé que je pourrais apporter mon aide.

— Il *y a* un problème. » Le second guerrier, un homme appelé Daudi, était renfrogné. « Nous venons d'apprendre qu'un intrus a pénétré dans le temple, un voleur ! »

Ekon dut faire des efforts pour garder un visage neutre. « Vraiment ? Qu'est-ce qui a été volé ?

— Nous ne sommes pas encore sûrs, répondit Daudi. Le Père Olufemi va devoir faire l'inventaire de son bureau après sa… convalescence.

— *Sa convalescence ?* » répéta Ekon. Cette fois, sa surprise était réelle. Les guerriers échangèrent un regard embarrassé avant que Zahur ne baisse la voix. « *Hum*, il semble que l'assaillante a agressé le Kuhani, puis qu'elle a pris la fuite.

— *Elle ?* » Ekon choisit de se concentrer sur ce point plutôt que sur les choses troublantes que Koffi aurait pu faire au Père Olufemi pour que ces hommes parlent d'« agression ». « Tu as dit *elle* ?

— Oui. » Daudi hocha la tête. « Une jeune femme yaba, bien habillée. »

Ekon soupira, légèrement soulagé. Au moins, ils n'avaient pas compris que Koffi était gede.

« Nous allons effectuer une vérification complète de l'aile est du temple. Le Père Olufemi pense l'avoir vue partir dans cette direction, ajouta Zahur. Où est-ce que *tu* vas ? »

Ekon s'apprêtait à dire quelque chose quand il se figea. Ses yeux venaient de se fixer sur une grande tapisserie suspendue au mur derrière les deux guerriers. Une paire de petits pieds bruns dépassaient du bas de la tapisserie, chaussés de sandales qui présentaient un aspect *très* familier.

« Euh... » Il hésita, espérant que la panique n'était pas perceptible dans sa voix. « Je vais aller vérifier les... dortoirs. »

Les guerriers eurent l'air confus un moment, puis hochèrent la tête.

« Continue, alors, dit Daudi. Viens nous trouver si tu vois quelque chose d'anormal. »

Ekon regarda à nouveau les pieds qui dépassaient de la tapisserie. « Je vais... faire ça, oui, absolument. »

Ils hochèrent la tête et poursuivirent leur chemin dans le couloir. Ekon attendit qu'ils soient partis avant de venir se placer à côté de la tapisserie. Au bout d'un moment, il s'éclaircit la gorge.

« Mon mentor m'a raconté une blague une fois, murmura-t-il. Qu'est-ce que le tapis dit au plancher ? »

Koffi sortit la tête de derrière la tapisserie et lui jeta un regard noir.

Ekon sourit. « Il lui dit, je te *couvre*... *Aïe !* » Il fit un bond en arrière en se frottant le bras. « Pourquoi tu as fait ça ?

— Parce que ta blague était nulle, premièrement », répondit Koffi en émergeant complètement de derrière la tapisserie. Son voile avait disparu, et ses vêtements étaient tout froissés. Elle tenait son sac de toile de jute contre sa poitrine et sa bouche était plissée en une ligne sévère. « Deuxièmement, parce que j'ai échappé de justesse au Kuhani.

— Je suis désolé, dit rapidement Ekon. Je ne savais pas qu'il se ferait remplacer pour l'office du *shukrani* aujourd'hui, honnêtement. J'étais à ta recherche. »

Koffi lui jeta un coup d'œil méprisant. « Tu arrives un peu tard. »

Ekon regarda par-dessus son épaule, puis lui fit signe de la suivre. « Viens, ces guerriers ont dit à l'instant qu'ils allaient commencer par l'aile est. Nous avons encore le temps d'atteindre l'étable avant eux et de sortir d'ici. Suis-moi ! »

Koffi semblait vouloir argumenter, mais elle se ravisa tandis qu'ils commençaient à courir vers l'ouest. Les salles du temple étaient calmes, mais Ekon se sentait toujours sur les nerfs.

« Tu as trouvé la carte ? » demanda-t-il. Il désigna une série d'escaliers et fit signe à Koffi de passer la première.

« Oui, chuchota-t-elle. Mais le Père Olufemi m'a surprise alors que je sortais. J'ai dû utiliser une… manœuvre d'échappement. »

Ekon la suivit dans les escaliers. « Tu l'as vraiment agressé ?

— Le terme *agressé* est un peu fort, répondit Koffi en haussant les épaules. Je lui ai juste donné un bon coup de pied juste entre les…

— En bas ! cria quelqu'un derrière eux. Je viens de voir quelqu'un descendre les escaliers ! »

Leurs regards se croisèrent pendant une seconde seulement avant qu'ils ne détalent à toute vitesse, sautant les marches deux à deux. Ekon pensait savoir où celles-ci menaient : à l'autre bout du rez-de-chaussée du temple, non loin de l'étable. Il fut soulagé lorsqu'ils atteignirent le dernier escalier et qu'il vit qu'il était tombé juste : ils étaient de retour dans le couloir du niveau inférieur où ils s'étaient trouvés plus tôt ce matin-là.

« Par là », indiqua-t-il à Koffi en lui montrant la direction à prendre. Ils avaient commencé à se diriger vers les doubles portes qui menaient à l'extérieur, quand…

« Hé ! Allez vérifier en bas ! »

La peur envahit le corps d'Ekon. Sans réfléchir, il saisit Koffi par la taille et l'entraîna dans l'une des alcôves du couloir au moment où des pas résonnaient à l'autre bout. Il jeta un coup d'œil et, horrifié, reconnut les personnes qui venaient d'entrer. Fahim et Shomari.

« Quelqu'un est déjà passé par là ? » Il y avait de la méfiance dans la voix de Fahim.

« Pas sûr, mais il vaut mieux s'en assurer. » Shomari semblait beaucoup plus confiant.

Ekon se figea lorsque la lumière d'une torche s'approcha de leur cachette. L'alcôve n'était pas assez profonde pour les dissimuler complètement ; ils seraient visibles d'une minute à l'autre. Il sentait le dos de Koffi contre son torse, son corps frissonnant contre le sien tandis qu'elle s'efforçait de ne pas faire de bruit. Shomari et Fahim observaient l'autre bout de la pièce, mais ils étaient proches, de plus en plus proches...

« Mensah ! Adebayo ! »

Ekon faillit sursauter lorsqu'une autre voix résonna dans le couloir. Il aurait reconnu celle-ci n'importe où, et son cœur fit une embardée. C'était Kamau. Sa bouche s'assécha lorsque son frère arriva en courant dans la pièce, son regard allant de Fahim à Shomari. « Venez ! Le Père Olufemi pense que l'intrus s'est rendu dans les cuisines ! »

Tous trois tournèrent les talons sans un mot de plus et se précipitèrent dans les escaliers. Ekon ne se détendit que lorsque le couloir redevint silencieux. La respiration de Koffi était toujours courte, et il découvrit que son propre rythme cardiaque s'était synchronisé avec le sien. Lentement, leurs corps se détendirent, mais ils restèrent immobiles. Il sentit la chaleur lui monter au visage quand il réalisa que ses mains étaient posées sur la taille de la jeune fille. Il les retira immédiatement.

« Et maintenant ? chuchota Koffi.

— L'autre porte », dit Ekon. Il passa derrière elle et s'approcha de la porte de l'étable. Le couloir était toujours silencieux, mais il restait pourtant à l'affût de tout bruit. Ses doigts s'enroulèrent autour de la vieille poignée de cuivre et il tira. La lumière vive du soleil se déversa dans le couloir, et à ce moment-là, c'était la chose la plus lumineuse qu'Ekon avait jamais vue. Sans ajouter un mot, ils franchirent tous deux la porte et se glissèrent dans la lumière ardente du soleil.

Le soleil de l'après-midi à Lkossa était sans pitié.

Mais Ekon lui en était reconnaissant ; il savourait sa brûlure sur ses bras nus et son visage tandis que Koffi et lui se faufilaient à travers la foule venue déjeuner dans le marché central de la ville. Il s'attendait toujours à ce qu'on les arrête, à ce qu'ils se fassent prendre. Il n'avait pas obtenu la permission de quitter le temple, et il était probablement en train de réduire à néant la seconde chance que Kamau lui avait accordée. Même à présent, il luttait pour maintenir une respiration lente et régulière. Ses doigts tapotaient à ses côtés.

Un-deux-trois. Un-deux-trois. Un-deux-trois.

Ils avaient trouvé des endroits séparés pour se changer dans l'étable avant de se rendre au marché, et il était à présent vêtu d'un simple caftan marron au lieu du blanc qui convenait à un serviteur du temple. Cela n'empêcherait pas quelqu'un de le reconnaître s'il voyait son visage, mais au moins il attirerait moins l'attention. Il jeta un coup d'œil à Koffi.

« Il faut que nous regardions le journal », dit-il à voix basse, de sorte qu'elle seule puisse l'entendre alors qu'ils marchaient côte à côte.

« Où ça ? »

Ekon observa autour de lui en fronçant les sourcils. Au bout d'un moment, une idée lui vint, et il hocha la tête. « Je connais un endroit, proposa-t-il. Suis-moi. »

Ils ne dirent rien tandis qu'ils traversaient les rues et les ruelles, Ekon ouvrant la voie jusqu'à ce qu'ils atteignent un autre quartier de la ville. Ses poumons le brûlèrent alors qu'une odeur de terre et de feu les emplissait, et un bruit métallique assaillit ses tympans à un rythme régulier et répétitif qui lui était familier. Des volutes de fumée noire épaississaient l'air, les plongeant presque dans l'obscurité, et lorsque la première tente de forgeron apparut, il fut soulagé de constater que son instinct ne l'avait pas trompé en ce qui concernait cet endroit. Il fit un geste vers un emplacement situé derrière l'une des nombreuses tentes des artisans, et Koffi s'exécuta.

« Les Fils des Six ne s'attardent pas dans le district de Kughushi. » Il devait se pencher pour être entendu au milieu du martèlement constant des enclumes. « Personne ne le fait vraiment à moins d'y être obligé.

— Je peux comprendre pourquoi. » Koffi avait plaqué les mains sur ses oreilles, en grimaçant. « J'arrive à peine à m'entendre penser.

— Laisse-moi voir le journal. »

Koffi retira son sac de son épaule et commença à l'ouvrir, mais les yeux d'Ekon aperçurent la lueur blanche de quelque chose d'autre. Il plissa les yeux. Avec un air nettement coupable, Koffi essaya de remettre l'objet en question dans son sac, mais il lui attrapa le poignet.

« Qu'est-ce que *c'est* ?

— Si ça t'intéresse, répondit Koffi en tirant une dernière fois sur le journal pour le sortir du sac avant de lancer un regard de défi à Ekon, c'est une dague.

— Qui provient *d'où*, exactement ? »

Koffi s'agita. « Je me la suis *peut-être* procurée pendant que j'étais dans le bureau du Kuhani.

— Tu n'étais pas censée prendre autre chose là-bas...

— Ouais, eh bien, il est trop tard maintenant, n'est-ce pas ? » Elle lui tapa sur le bras avec le livre, et il se renfrogna. « Tu veux regarder ce truc ou pas ? »

Ekon ouvrit la bouche pour dire quelque chose, puis se ravisa. Il hocha la tête et lui prit délicatement le livre. Il soupira en lisant les lettres dorées sur la couverture :

SATAO NKRUMAH

ÉRUDIT DU CONTINENT D'ESHOZA EN GÉNÉRAL

ET DE LA RÉGION ZAMANIE EN PARTICULIER

« Waouh.

— Tu es capable de lire ça ? demanda Koffi.

— Oui. » Il sentit le regard de Koffi sur lui tandis qu'il ouvrait le livre. La première page présentait une carte de l'ensemble du continent d'Eshoza ; la page suivante, une carte de la Grande Jungle. Il les étudia tour à tour. Les pages du journal étaient faites de papyrus ancien, doux au toucher. Peut-être était-ce la lumière du soleil qui filtrait, mais c'était comme si elles revêtaient une étrange beauté, un soin particulier. Il revint à la carte de la première page. Celle-ci s'étendait comme une toile complexe, des milliers de lignes et de formes se déployant dans toutes les directions, du centre de la carte aux coins les plus éloignés du papier. Il examina les caractéristiques les plus célèbres de la région zamanie – la baie traîtresse connue sous le nom de Défenses pour sa forme dentelée, le fleuve Ndefu Est à propos duquel Frère Ugo lui avait raconté des histoires – mais il découvrit aussi des endroits nouveaux pour lui. Il vit la chaîne de Ngazi au nord, les îles Nyingi au sud, et même le légendaire désert du Katili de l'Ouest. C'était le continent d'Eshoza tout entier mis à nu. L'encre avait gardé son noir d'origine par endroits ; en d'autres, elle s'était effacée jusqu'à devenir d'une transparence grise. Il n'arrivait pas à croire qu'une seule personne ait pu réaliser une chose aussi détaillée.

Koffi passa un doigt sur un endroit de la carte avant de lever les yeux vers lui. « Qu'est-ce que c'est ?

— Le fleuve Kidogo, au nord-ouest d'ici.

— Et ici ? » Elle désigna un autre endroit bordé d'un grand ensemble d'arbres.

« *Ceci* est Lkossa, expliqua-t-il. Il existe d'autres petites villes dans la région zamanie qui ne figurent pas ici, bien sûr, mais Lkossa est la plus grande. Ce gros amas représente la Grande Jungle, et celui en dessous s'appelle la Petite Jungle. »

Koffi se pencha puis désigna quelque chose de petit au bas de la carte. « Qu'est-ce que c'est ? »

Ekon suivit à nouveau son doigt et plissa les yeux. Il ne reconnaissait pas ce mot.

« C'est écrit… *seta,* lut-il en fronçant les sourcils.

— Qu'est-ce que ça veut dire ?

— Je ne sais pas. » Ekon haussa les épaules. « Ça pourrait être une note de référence. Les maîtres d'autrefois utilisaient toutes sortes de codes spécifiques pour leurs cartes. » Il se pencha à nouveau sur celle de la Grande Jungle et y jeta un second coup d'œil. Cette carte était clairement dessinée de la même main, mais elle semblait différente. Les traits de plume semblaient légèrement moins précis, les légendes plus désordonnées. Cette carte ressemblait plus à une première esquisse. Il remarqua quelque chose sur la carte et s'arrêta. « Huh, c'est intéressant.

— Quoi ?

— Cette section. » Ekon hocha la tête. « On l'appelle "le Cœur de la jungle". »

Koffi haussa un sourcil. « C'est important ?

— Ça *pourrait* l'être. » Ekon passa les doigts dans ses cheveux. « À mon avis, elle est probablement considérée comme le centre de la jungle, ou peut-être comme sa partie la plus ancienne. »

Koffi fixa la carte une seconde de plus, puis : « Je pense que c'est là que vit le Shetani. »

Ekon fronça les sourcils. « Ça n'aurait pas de sens. Regarde où c'est. » Il pointa de nouveau du doigt. « C'est au moins à quelques jours de marche…

— Pour un être doté de *deux* jambes. »

Il la regarda fixement. « Tu penses vraiment qu'il aurait pu faire l'aller-retour aussi rapidement ? »

Koffi pressa ses lèvres l'une contre l'autre, pensive. « Que *savons-nous* du Shetani ?

— Eh bien, les gens disent…

— Pas d'hypothèses, objecta Koffi. De quels faits disposons-nous ? »

Ekon hésita, pensif. Ce genre de question lui rappelait la façon dont Frère Ugo l'interrogeait quand il était petit. *Réponds à la question que je pose, et réponds-y entièrement.* Il fit une pause. « Nous savons que le Shetani existe depuis près d'un siècle, au moins, déclara-t-il. Peut-être plus.

— Quoi d'autre ?

— Nous savons qu'il attaque la nuit.

— Toujours ?

— *Toujours.* » Ekon hocha la tête. « Il y a une sorte de schéma. Les gens disparaissent après le coucher du soleil, puis leurs corps sont retrouvés le lendemain matin à la lisière de la jungle. Le déroulé est toujours le même.

— Ce qui signifie que cette chose agit de nuit et de manière délibérée. Elle chasse comme un prédateur classique, avec une méthode bien rodée. Trouver la proie…

— La tuer.

— *Puis se cacher.*

— Le meurtre le plus récent a eu lieu il y a trois jours, affirma Ekon.

— Il devrait donc être en train de se cacher maintenant, ajouta Koffi. À attendre jusqu'à ce que tout le monde baisse de nouveau la garde. Ce qui veut dire… qu'il se trouve dans un endroit où personne n'irait. Personne ne s'est jamais aventuré aussi loin dans la Grande Jungle et n'en est revenu. Il doit considérer cet endroit comme un refuge sûr. »

Ekon regarda la carte en promenant ses doigts entre le Cœur de la jungle et Lkossa. « Il nous faudrait trois à quatre jours pour y arriver, si nous ne... » Il hésita. « Si nous ne rencontrons pas de problème. » Il passa les doigts le long du bord de la jungle. « Ce petit espace qui sépare Lkossa de la jungle s'appelle la zone frontalière. C'est le chemin le plus direct pour y entrer. Il fait également partie de l'itinéraire de patrouille des Fils des Six.

— Y a-t-il un moyen de le contourner ? »

Ekon fit une pause. « Oui, mais nos chances sont minces.

— Alors c'est par là que nous devons aller, déclara Koffi. Elle se massa les tempes. Remercions les dieux d'être les seuls à la poursuite de cette chose, murmura-t-elle. Je ne sais pas ce que je ferais si la situation était encore plus compliquée. »

Ekon ravala les mots dans sa gorge. Il était sur le point d'informer Koffi de l'existence du groupe de chasseurs, mais quelque chose l'arrêta. Et si, après lui avoir dit ce qu'il en était, elle revenait sur leur accord ? Et si ce détail supplémentaire gâchait tout ? Non, décida-t-il alors. Il ne lui parlerait pas du groupe de chasseurs, du moins pas encore.

Le regard de Koffi passa de la carte jusqu'à lui. « Quand pouvons-nous partir ?

— Ce soir. » Ekon la regarda. « Si tu es prête. »

Koffi hocha la tête. « Je le suis.

— Nous allons acheter des provisions, dit Ekon. Ensuite, nous nous ferons discrets près de la zone frontalière jusqu'au crépuscule, afin de pouvoir entrer sans être vus. Si nous nous tenons à ce plan, nous serons dans la jungle avant la nuit. » Il ne formula pas la suite à haute voix.

Et ensuite, la chasse commencera.

Une corde invisible

Adiah

Elle entre et sort.

Je cligne des yeux pour empêcher les larmes de couler, mais leur goût de sel emplit quand même ma bouche.

Elle entre et sort.

Je n'arrive pas à trouver Tao, alors je ne vais pas me cacher dans notre endroit secret aujourd'hui. Au lieu de cela, je m'assieds chez mes parents, dans ma petite chambre, redoutant le moment où ils rentreront du travail. Je sais que, d'ici là, ils auront reçu le rapport du temple et qu'ils sauront ce qui s'est passé aujourd'hui. Je peux déjà imaginer leur déception, leur honte. Cette fois, je mérite les deux.

Cette fois, j'ai vraiment tout gâché.

Même maintenant, le souvenir du visage d'Azaan me donne la nausée ; il forme une tache sur ma conscience comme le vin de palme renversé sur le lin. Je me souviens de chaque détail, des lèvres pleines et du nez droit, de la forme carrée de sa mâchoire. Je me souviens de la façon dont ses traits se sont contractés quand la douleur l'a transpercé, le son qu'il a émis.

Je me souviens de toutes les choses que je voudrais oublier.

Mes souvenirs me ramènent plus tôt dans la journée, à ce qui s'est produit alors. Azaan et moi sommes debout au milieu des pelouses du temple, à l'intérieur d'un grand cercle de pierres de la taille d'un poing. À notre droite, Frère Dwanh dirige l'exercice.

« Nous suivrons les règles habituelles de l'entraînement au combat. » Il nous regarde tous les deux, tout en expliquant les consignes de sa voix fluette. « Le match prend fin lorsque l'un des participants s'écarte des règles édictées. Rappelez-vous, il s'agit d'un combat *au corps à corps* strictement. N'invoquez pas la splendeur.

— Prêt. » Azaan, qui me dépasse de plusieurs pouces, m'adresse un sourire arrogant. « Ne t'inquiète pas, Adi. Ce sera rapide. »

Mon expression reste neutre, impassible. « C'est exactement ce que je me disais.

— Très bien. » Frère Dwanh hoche la tête et se recule. « *Commencez.* »

Nous nous mettons en position de part et d'autre du cercle, pieds et bras écartés. Je connais assez bien Azaan pour savoir comment cela va se passer. C'est un combattant, au corps grand et maigre comme celui d'un épouvantail, probablement le meilleur de notre classe après moi. Il a tendance à frapper pour affaiblir, des coups rapides et légers qui mettent l'adversaire à terre avant même que ce dernier ne sache ce qui l'a frappé. Il est rapide.

Je le suis encore plus.

Il me lance un clin d'œil en frappant le sol du pied pour créer un nuage de poussière destiné à me distraire. Je ne tombe pas dans le panneau, et je me prépare alors qu'il se jette sur moi et tente de me faire basculer d'un coup de pied.

Je saute juste à temps.

À peine suis-je retombée sur mes pieds qu'Azaan change de tactique, utilisant l'avantage que lui confère sa taille pour me repousser avec une pluie de coups de poing rapides que je dois esquiver. Dans d'autres cultures, les gens pensent que les hommes et les femmes ne doivent pas se battre entre eux ainsi, mais Azaan et moi sommes égaux. Je sais qu'il ne se retiendra pas parce que je suis une fille.

Un de ses coups de poing finit par faire mouche, un coup à l'épaule qui m'arrache un cri. Son rire triomphant est exaspérant, et négligemment je tente un uppercut qu'il bloque immédiatement. Je n'ai pas besoin de regarder par-dessus mon épaule pour savoir que nous approchons de la limite du cercle ; quelques pas de plus et je vais perdre ce combat.

Ça ne peut pas arriver. Je ne peux *pas* perdre aujourd'hui.

Je feinte à droite, et comme je m'y attendais, il mord à l'hameçon et suit le mouvement de mon corps. Au lieu de lui donner un coup de poing ou de pied, je le bouscule en plein dans la poitrine pour me donner de l'espace, puis je bondis dans les airs. Comme si le temps avait ralenti, je ramène les genoux contre ma poitrine et j'ouvre les mains, attirant la splendeur à moi comme par instinct. Celle-ci s'élève de la terre, répondant à mon appel tandis qu'elle coule dans mes veines dans un élan soudain. Quand je reviens sur terre, mes paumes frappent le sol et un fracas tonitruant fait tout trembler autour de moi. Je regarde avec excitation la splendeur quitter mes mains et se précipiter en vagues surnaturelles vers Azaan.

Au moment où elle parvient à lui, je réalise que j'ai commis une erreur.

La terre frissonne une seconde fois quand la force de mon pouvoir envoie Azaan valser haut dans les airs, comme si celui-ci était tiré en arrière par une corde invisible. Le temps se suspend horriblement pendant que son corps se courbe, puis il s'écrase au sol. J'entends le craquement net de ses os qui se brisent sous l'impact, je vois le sang s'infiltrer dans la terre autour de lui. L'une de ses jambes est pliée selon un angle bizarre. Il ne bouge pas tandis que les autres darajas courent vers lui. Je sais que je devrais en faire de même, mais je ne peux pas.

« C'était un accident. » Mes mots sont à peine audibles, mais j'ai besoin de les dire, j'ai besoin que quelqu'un *comprenne*. « Je ne voulais pas. Je...

— *Adiah.* » Les yeux de Frère Dwanh se tournent vers moi, pleins de méfiance. Il n'a pas l'air en colère, mais effrayé. « Il vaut... probablement mieux que tu partes. »

Je voudrais parler encore, mais je me tais. Je tourne les talons et je cours. Je suis rapide, mais pas assez pour distancer les chuchotements que j'imagine me poursuivre.

Dangereuse, disent ces chuchotements. *Lunatique. Instable.*

Plus tard, j'apprends qu'Azaan a été emmené à l'infirmerie du temple avec plusieurs blessures, mais heureusement aucune qui n'est susceptible de mettre sa vie en danger. Ses os cassés se ressouderont, et les blessures ouvertes sur son corps guériront.

Ce ne sera pas le cas de ma réputation.

Dangereuse. J'entends mes camarades de classe à présent, les choses qu'ils ont probablement dites à mon sujet au temple. *Lunatique. Instable.*

Je commence à me demander s'ils ont raison, s'il y a quelque chose qui ne va pas chez moi.

Elle entre et sort.

Je dois apprendre à me contrôler.

Elle entre et sort.

Je dois apprendre à contrôler ce pouvoir.

Elle entre et sort.

Avant qu'il ne *me* contrôle.

CHAPITRE QUINZE

Des ténèbres familières

Ekon sentit la présence de la jungle bien avant de l'apercevoir. Lorsqu'il était honnête avec lui-même, il supposait qu'il l'avait toujours sentie d'une certaine manière, tapie au fond de son esprit, attendant les moments de calme. Ils se trouvaient encore à un peu moins d'un kilomètre de la zone frontalière, mais il pouvait déjà apercevoir les cimes des plus vieux et des plus grands pins de la Grande Jungle dépasser des toits. À chaque pas, la voix ancienne qui habitait dans sa tête devenait plus forte. Il s'y était attendu, bien sûr, mais cela ne la rendait pas plus facile à entendre.

Ekon. La voix de Baba était faible cette fois, vacillante, le son d'un homme qui souffre vraiment. *Mon fils, s'il te plaît…*

Ekon ferma les yeux tandis que les images habituelles lui parvenaient : des lianes épineuses aussi épaisses que son bras, des racines d'arbres noirs sortant du sol comme des serpents enroulés déterminés à le piéger. Soudain, il était redevenu un petit garçon solitaire. Il entendit un grognement sourd, croisa le regard d'une créature ancienne aux yeux froids et vides. Il avait été si petit en comparaison, et les dents de la chose étaient si *grandes*. Sa peau devint moite à ce souvenir, ses lèvres s'engourdirent tandis que des ténèbres familières commençaient à s'infiltrer en bordure de son champ de vision. Il avait de plus en plus de mal à respirer, sa bouche était bien trop sèche.

Pas maintenant. Ses poumons protestèrent lorsqu'il inspira par le nez et expira par la bouche, comme Frère Ugo le lui avait appris. Ses doigts se mirent à tambouriner contre sa cuisse. Il trouva du réconfort dans leur rythme régulier.

Un-deux-trois. Un-deux-trois. Un-deux-trois.

Ce n'était pas le moment de s'effondrer, et il ne se le permettrait pas. Dans son imagination, il voyait un mur s'ériger, une barrière entre lui et les cauchemars. Ces murs refouleraient les pires choses à l'extérieur et protégeraient ses secrets à l'intérieur.

S'il te plaît, reviens me chercher. Baba pleurait, un son étrange, contre nature. *Ne me laisse pas seul ici, s'il te plaît.*

Je ne peux pas t'aider, Baba. Ces mots déchirèrent quelque chose au cœur même d'Ekon. Il imagina que les briques de son mur s'assemblaient, expulsant cette horrible voix. *Je suis désolé, mais je ne peux pas t'aider. Je ne peux pas t'aider, je ne peux pas…*

« Hé, tu vas bien ? »

Ekon sursauta. Il n'avait pas réalisé qu'il s'était arrêté de marcher. Koffi le regardait avec une expression impénétrable. Ce moment faisait écho à celui qu'il avait vécu il y a quelques jours en marchant avec Kamau. Il devait être plus fort, ne pas laisser les cauchemars l'affaiblir.

« Ouais, répondit-il avec brusquerie. Je vais bien. »

Koffi le regarda encore une seconde, comme si elle voulait dire quelque chose d'autre, puis sembla se raviser et se remit en route. Ekon la suivit. Ils s'approchaient de la bordure de Lkossa, une partie plus sale de la ville, jonchée de vieilles caisses, de débris et d'autres saletés. Ekon pensa à la dernière fois qu'il était venu ici, à la vieille femme qu'il avait rencontrée. Cette dernière n'était clairement pas là, mais il sentait presque sa présence, étrangement. Il jeta un coup d'œil méfiant par-dessus son épaule.

« Nous devons marcher plus vite. »

Koffi haussa un sourcil. « Pourquoi ?

— Nous sommes… en retard sur le plan. »

Koffi le fixa du regard. « Hein ?

— Le *plan*, répondit Ekon en accélérant son propre rythme. Les Fils des Six effectuent une patrouille le long de la bordure de la Grande Jungle toutes les demi-heures, toutes les trente minutes. Nous devons la chronométrer pour arriver à la zone frontalière juste après leur passage, ce qui signifie que nous avons deux minutes et trente-neuf secondes de retard. »

Koffi leva les yeux au ciel. « Et *bien sûr*, tu as réussi à calculer tout ça. »

Ekon s'immobilisa, brièvement mal à l'aise. Il ne pouvait empêcher les chiffres de s'assembler dans son esprit, de manière automatique et certaine. Souvent, cette capacité à calculer et extraire rapidement des informations était utile, comme lorsqu'il lisait des théories mathématiques complexes. Mais parfois, il se sentait… étrange, différent. Il pensa à la façon désapprobatrice dont Kamau fixait parfois ses doigts, à la façon dont les autres garçons du temple s'étaient moqués de lui parce qu'il utilisait des mots d'adultes quand il était enfant. La plupart des souvenirs de son enfance au temple de Lkossa étaient agréables, mais cela ne voulait pas dire que tout était parfait.

« Au moins, *l'un* d'entre nous est doué avec les chiffres, ajouta Koffi, les yeux fixés droit devant. Cela pourrait s'avérer utile une fois que nous serons dans la jungle. Nul doute que tu sauras comment répartir et rationner la nourriture correctement, ou quelque chose dans ce genre. »

C'était un commentaire bref et désinvolte, mais qui fit qu'Ekon se sentit un peu mieux. Koffi ne trouvait pas sa manière de compter étrange, apparemment ; elle pensait que cela pouvait être utile. Il se redressa un peu plus, rythmant ses pas sur les siens tandis qu'ils avançaient dans les rues sinueuses de la périphérie. Au-dessus, le ciel s'assombrissait rapidement, se fondant dans un mélange aux teintes aquarelles de bleus profonds, d'orange et de roses fracturés par les lignes révélatrices laissées par la Rupture.

« Combien de temps penses-tu que cela va nous prendre ? demanda Koffi, le tirant encore une fois de ses pensées. Pour trouver le Shetani une fois que nous serons dans la jungle ?

— Je n'en suis... pas sûr, répondit Ekon sérieusement. Selon la carte, le Cœur de la jungle est au nord-est de Lkossa, à environ trois jours de marche d'ici si nous passons par...

— Tu n'as pas dit quatre jours, tout à l'heure ?

— Trois, corrigea-t-il. Je... préfère trois. »

Koffi le fixa une seconde de plus, avant de resserrer sa prise sur son sac à bandoulière. Ekon portait un sac assorti acheté au marché quelques heures auparavant. Ils avaient passé la majeure partie de l'après-midi à rassembler des provisions pour la chasse – eau, aliments secs, pierres à aiguiser pour leurs armes. La somme totale avait presque épuisé les modestes économies qu'Ekon avait accumulées pendant son séjour au temple, mais Koffi n'avait pas besoin de le savoir, ni rien d'autre concernant sa situation financière.

Ils tournèrent à un coin ensemble pour traverser une rue un peu plus large, et Ekon se crispa. Une foule de gens se pressait à son extrémité, bloquée par quelque chose qu'il ne pouvait pas voir. Cette vision le mit immédiatement sur ses gardes.

« Qu'est-ce qui se passe ? » Koffi tendit le cou, essayant de voir par-dessus la tête des gens alors que d'autres arrivaient derrière eux, les empêchant de reculer. « Qu'est-ce que c'est ?

— Aïe. On dirait un poste de contrôle. »

Koffi leva les yeux vers lui, confuse. « Un quoi ? »

Ekon s'arrêta et fit signe à Koffi d'en faire de même tandis que d'autres les dépassaient. Bien qu'elle ne soit pas assez grande, il pouvait voir un peu plus loin. À quelques mètres de là, au bout de la route, plusieurs Fils des Six avaient bouclé la zone et se tenaient alignés pour empêcher quiconque d'avancer. Il se pencha vers Koffi et essaya de garder sa voix basse.

« Parfois, lorsqu'un crime grave se produit et que le coupable n'a pas été appréhendé, le Kuhani ordonne la mise en place d'un poste de contrôle improvisé. Il y a des guerriers devant nous, et ils vont fouiller les sacs de chaque personne présente dans cette rue pour s'assurer qu'aucune n'a sur elle quelque chose qu'elle ne devrait pas avoir. »

Koffi se raidit en entendant cela. « Je suppose qu'ils ne seront pas contents en voyant ce vieux livre dans ton sac, alors, ou la dague dans le mien.

— Clairement pas. » Ekon déglutit. « C'est probablement la raison pour laquelle ce barrage est là. » Il regarda autour de lui en s'efforçant de garder son calme. Ils étaient encore trop loin pour discerner quels Fils des Six tenaient le poste de contrôle, mais cela n'avait pas d'importance. N'importe lequel d'entre eux le reconnaîtrait immédiatement, et après ce qui s'était passé au Zoo nocturne, il savait qu'aucun d'eux n'hésiterait à l'arrêter et à le dénoncer si on le trouvait en possession d'objets volés. Il pensa aux yeux du Père Olufemi, froids et désapprobateurs, puis à ceux de Kamau, pleins de déception et de honte. Il ne pouvait laisser cela se produire ; il ne pouvait pas laisser cette mission se terminer avant même d'avoir commencé. Sans réfléchir, il prit la main de Koffi. Celle-ci en resta bouche bée, mais il ne la lâcha pas.

« Suis-moi », murmura-t-il en la poussant légèrement sur la droite. Une petite rue latérale s'ouvrait à quelques mètres d'eux. S'ils pouvaient l'atteindre sans se faire remarquer, ils auraient une chance de s'échapper. Comprenant la situation, Koffi suivit son exemple, gardant son regard droit devant elle tandis qu'elle avançait lentement dans cette direction. La foule autour d'eux s'épaississait, obstruant la route à mesure que les gens avançaient. Stratégiquement, c'était une bonne chose - davantage de gens signifiait une meilleure couverture - mais cela rendait Ekon nerveux. Lentement, il regarda la distance entre eux et cette rue latérale se réduire, se rapprochant de minute en minute.

Trente mètres, vingt-sept mètres, vingt-quatre...

« Votre attention ! »

Ekon faillit renverser Koffi lorsque celle-ci s'arrêta d'un coup après avoir entendu l'ordre. Une voix masculine avait résonné quelque part derrière eux, bien trop proche à son goût. Il jeta un coup d'œil par-dessus son épaule, et son estomac se noua. D'autres Fils des Six arrivaient de l'autre côté de la route pour encadrer la foule. Il reconnut immédiatement le guerrier à l'avant.

Shomari.

« Écoutez ! » Shomari hurlait à pleins poumons, une pointe d'autorité agaçante dans la voix. « Chaque personne dans cette rue est soumise à une fouille obligatoire, sur ordre du Kuhani. Le non-respect de cet ordre peut entraîner des amendes et des peines d'emprisonnement. Mettez-vous en file nette et ordonnée. »

De la sueur s'accumulait sur le front d'Ekon. Son regard rencontra celui de Koffi, et il vit qu'elle réfléchissait. Ses yeux se dirigèrent vers la rue latérale.

« Nous devons courir.

— Mauvaise idée. » Ekon secoua la tête. « On aura l'air coupables.

— Et se faire attraper avec des artefacts volés du temple ne produira pas le même effet ?

— Il y a des centaines de personnes ici. » Ekon avait prononcé ces mots autant pour lui-même que pour elle. « Ils n'auront pas le temps ou la patience de fouiller chaque personne minutieusement. Tout ce que nous avons à faire est d'ouvrir le rabat de nos sacs, les laisser jeter un coup d'œil rapide, et ils nous laisseront passer. »

Koffi pinça les lèvres. « Je n'aime pas ça.

— Contente-toi de *rester calme.* »

La pression de la foule croissait tandis que les guerriers à l'arrière les faisaient avancer ; Ekon et Koffi continuaient de progresser prudemment vers la rue latérale. Le jeune garçon leva de nouveau les yeux. Il était difficile de dire exactement combien de personnes se trouvaient devant eux avec tout ce chahut, mais il en compta dix-neuf, un mauvais nombre. Il regarda une femme à l'air pressé accompagnée de deux jeunes enfants s'avancer vers le point de contrôle.

« Vide le contenu de ton sac, s'il te plaît, ordonna l'un des guerriers.

— Voici. » La femme, à moitié distraite par ses enfants, ouvrit le rabat de son sac pour montrer ce qui était de toute évidence des fruits et des produits du marché. « Je peux y aller ?

— Je crains que non, Bi. » Le guerrier secoua la tête. « Nous devons vérifier le contenu de tous les sacs. Tu dois sortir tout ce qu'il contient et le mettre sur cette table… »

À côté de lui, Ekon entendit Koffi jurer. Ses yeux avaient commencé à faire des allers-retours entre le poste de contrôle devant eux et la petite rue à leur droite.

« Koffi, dit-il entre ses dents. Écoute-moi, contente-toi de… »

Cela se produisit sans avertissement. Elle détala.

« Hé ! »

Non. « Koffi ! » Ekon s'efforça de ne pas crier tandis qu'elle se frayait un chemin en bousculant les gens mécontents. « Koffi, attends… !

— Vous deux, arrêtez ! »

Ekon ignora l'ordre et s'élança, essayant de rester fixé sur le dos de Koffi qui s'éloignait. Celle-ci jeta un coup d'œil par-dessus son épaule, et leurs regards se croisèrent.

« Cours ! »

Il sembla que Koffi n'avait pas besoin d'être davantage persuadée tandis qu'elle fonçait à toute vitesse dans la rue. Ekon courait derrière elle, sur ses talons. Quelque part derrière eux, il entendit un cri prolongé, puis des bruits de pas.

Non, non, non.

Koffi se faufila dans la rue latérale, disparaissant dans l'ombre. Cela rappela étrangement à Ekon la fois où Kamau et lui avaient poursuivi la petite fille dans ces mêmes rues quelques jours auparavant. C'était comme un refrain étrange.

Du chat à la souris, du chasseur au chassé.

Devant lui, au bout de la rue, il distingua une étendue de terre rouge. Ils approchaient de la zone frontalière.

« Koffi. » Ekon n'arrivait pas à suivre son allure et à crier en même temps. « Koffi, il faut que... »

Si elle l'entendit, elle n'en laissa rien paraître. Derrière eux, Ekon percevait davantage de bruits de pas, des cris.

« Arrêtez ! appela quelqu'un. Par ordre des Fils des Six ! »

Ekon n'obéit pas. Ils sortirent de la ruelle et foncèrent dans la lumière rouge sang du soleil, les derniers rayons de l'astre qui se couchait. Du coin de l'œil, il vit les bords de la ville s'éloigner tandis que la Grande Jungle se dressait à leur rencontre. Koffi jeta un regard en arrière, mais continua à courir vers elle. Ekon pouvait la sentir à chaque pas ; la sensation distincte de lâcher un radeau de sauvetage et de se jeter dans des eaux inconnues. Il n'y aurait pas de retour en arrière possible. Il pria pour ne pas finir noyé.

Il se débattit contre le froid soudain qui envahit sa peau alors que les premières ombres des arbres l'atteignaient. C'était une sensation mauvaise, contre nature ; l'air n'aurait pas dû devenir aussi froid si rapidement. C'était comme se retrouver soudain plongé dans un bain de glace, un millier de petits couteaux lui piquant la peau. Des feuilles et des lianes l'effleurèrent, et il s'imagina que c'étaient des doigts. Des mains. Des griffes. Qui tous essayaient de l'attraper.

Enfin. La voix de Baba exprimait une jubilation malsaine, inquiétante. *Mon fils est de nouveau auprès de moi, de son père.*

Ekon courait toujours, slalomant entre les troncs d'arbres, mais il faisait trop sombre, les bruits étaient trop forts. Seuls quelques rayons de lumière courageux étaient capables de percer la canopée de la jungle ici, et de nouveaux sons remplissaient l'espace autour de lui. Il entendait la voix de son Baba, mais aussi d'autres choses : le coassement d'une grenouille-taureau, le bourdonnement de milliers de cigales, des créatures qu'il n'aurait su nommer. Il y avait des bourdonnements bas et des cris aigus, des rugissements, et le cliquetis occasionnel de quelque chose au-dessus de lui. Pendant un moment, il se sentit complètement égaré dans cette cacophonie.

« Hé ! Par ici ! »

Les yeux d'Ekon s'adaptèrent suffisamment à l'obscurité pour distinguer une petite silhouette à quelques mètres de lui. Koffi. Malgré lui, il ressentit un soulagement indéniable tandis qu'elle se dirigeait lentement vers lui, enjambant les ronces et les racines des arbres. Il constata perplexe qu'elle avait l'air très contente.

« Eh bien, ce n'était pas exactement la façon dont je nous voyais entrer dans la jungle, dit-elle avec un sourire. Mais bon, ça a marché. Pendant une seconde, j'ai cru qu'on était...

— Qu'est-ce-que-c'était-que-*ça* ? »

Ekon entendait la colère dans sa propre voix, mais il ne pouvait l'étouffer. Il vit le sourire de Koffi vaciller un moment, en proie à une confusion réelle, avant que son expression ne se durcisse.

« *Quoi ?*

— Tu... tu... », bafouilla Ekon. Il avait du mal à faire sortir les mots. « Tu es juste... partie, sans même me prévenir ! Nous avions un *plan*...

— Qui était sur le point de nous faire attraper et arrêter, répondit Koffi. Il fallait s'adapter, et c'est ce que j'ai fait. »

La colère d'Ekon continua de monter en lui, mais avec elle vint quelque chose qu'il ne pouvait pas expliquer. Au fond de lui, il savait que sa réaction était irrationnelle, injustifiée, mais... il ne pouvait pas expliquer à Koffi ce qu'il ressentait ; il était désarçonné, décalé, à la dérive. Ils avaient élaboré un plan pour entrer dans la Grande Jungle, un plan sur lequel il comptait. Celui-ci était tombé à l'eau, et avec lui sa paix. L'anxiété le gagna lorsqu'il se mit à penser aux Fils des Six qu'ils avaient fuis. Et si l'un d'eux l'avait reconnu ? Et s'ils étaient en train de se rassembler en ce moment même ? Il sentit le mur mental qu'il avait érigé pour tenir les cauchemars à distance tomber lentement en poussière, et plus rien ne les retenait désormais. Des images de feuilles gorgées de sang et de corps horribles envahirent son esprit, et il tenta de les chasser.

Concentre-toi, se dit-il. *Ne pense pas à la jungle, concentre-toi.*

Mais c'était plus difficile maintenant. La jungle n'était plus quelque chose dont il pouvait s'éloigner ; il était dedans, englouti tout entier. Il ferma les yeux et se frotta les tempes, espérant que la voix de son père disparaisse, que les souvenirs terribles s'en aillent.

« Ekon. » La voix de Koffi lui parvint au travers de ses pensées. Quand il leva les yeux, son visage s'était adouci. « Tu vas bien ? »

La vérité était qu'il n'allait pas bien, pas le moins du monde, mais Ekon n'avait aucune envie de le dire à Koffi. Il hocha la tête, trop brusquement.

« C'est bon, j'ai juste... mal à la tête, grommela-t-il. J'ai besoin de m'asseoir un moment, et nous devons jeter un coup d'œil au journal pour savoir où nous nous trouvons exactement. Si nous sommes entrés plus loin à l'est que prévu, nous devrons compenser en nous déplaçant légèrement vers le nord-ouest...

— Je ne pense pas que nous devrions nous arrêter ici, déclara Koffi.

— *Moi* si, rétorqua Ekon sans lever les yeux du journal. Nous pourrions très bien avoir déjà dévié de notre itinéraire. Foncer tête baissée dans cette jungle est la dernière chose à faire. Elle est immense. Une fois qu'on aura confirmé notre direction...

— Nous constituons des cibles aussi faciles qu'une grosse pintade ici, répliqua Koffi. Ce que nous devons faire, c'est continuer à avancer.

— Koff...

— Écoute, je sais que tu avais un plan sophistiqué ! » Elle leva les mains, exaspérée. « Mais l'idée de rester assise ici me donne un mauvais pressentiment. Quelque chose... quelque chose ne va pas. »

Dès qu'elle l'eut dit, Ekon le ressentit également ; quelque chose d'anormal. Il ne savait pas comment expliquer à Koffi que cette sensation n'était pas unique, qu'elle appartenait à la Grande Jungle elle-même. Il y avait une raison pour laquelle c'était l'une des rares choses sur lesquelles Yabas et Gedes étaient d'accord : cette jungle n'était pas un endroit pour les mortels. Un frisson le parcourut lorsqu'il vit l'extrémité d'un long serpent jaune disparaître entre les branches d'un arbre à quelques mètres d'eux. Ekon rangea le journal dans son sac et hocha la tête.

« Nous allons nous diriger vers le nord pour quelques kilomètres, décida-t-il. Mais après ça, nous devrons nous arrêter et réévaluer notre plan. »

Koffi hocha la tête. « Bien. »

La jungle devenait de plus en plus sombre à mesure qu'ils s'enfonçaient dans ses profondeurs. Autour d'eux, les bruits se calmèrent, comme si elle s'était habituée à leur présence, mais cela n'apaisait aucunement Ekon. Il était beaucoup plus petit la dernière fois qu'il était venu ici, mais cela ne changeait rien à ce que cet endroit lui faisait ressentir. Chaque pas semblait l'entraîner plus profondément dans les cavernes de ses souvenirs. Il se mit à tambouriner des doigts contre sa cuisse.

Un-deux-trois. Un-deux-trois. Un…

Mon fils.

Ekon trébucha, pris au dépourvu par la soudaineté de la voix de son père. Ici, dans la jungle, parmi les vieux arbres, elle semblait plus forte, plus froide.

Après tout ce temps, tu es revenu…

Une boule dure se forma au fond de la gorge d'Ekon. Il se concentra sur ses pas, essayant de les compter dans sa tête au lieu d'écouter cette voix.

C'est dans ta tête, se rappela-t-il. *Il n'y a rien dans ta gorge. Tu sais comment respirer. Vas-y doucement et continue de marcher, un pas après l'autre.*

C'était inutile. Ses doigts s'agitaient maladroitement, incapables de trouver leur rythme, et il hésitait dans ses pas.

« Koffi. » Sa voix résonnait étrangement dans l'obscurité. « Koffi, je pense que nous devrions réfléchir à… » Il s'arrêta et cligna plusieurs fois des yeux. Koffi n'était qu'à quelques mètres devant lui une poignée de secondes auparavant ; à présent, il ne la voyait plus.

« Koffi ? Koffi, où es… ? »

Ekon.

La voix l'arrêta net et ses cheveux se dressèrent sur sa nuque. Il réalisa soudain que la jungle était devenue silencieuse. On n'entendait pas les trilles des cigales ou le bavardage des singes dans les arbres, juste un faible grincement dans la brise, un murmure.

Mon fils, aide-moi.

Quelque chose effleura sa nuque, comme le toucher d'un doigt. Il pivota pour lui faire face, mais il n'y avait rien, rien que les arbres. D'une certaine façon, c'était pire.

Ekon, gémit la voix de Baba dans l'obscurité. *S'il te plaît, fais que ça s'arrête. Que la douleur cesse…*

Où est Koffi ? Ekon regarda dans les deux sens en s'efforçant de garder son calme. Il n'avait plus confiance en son esprit, il ne savait pas si ce qu'il voyait devant lui était réel ou s'il s'agissait d'une illusion. Les arbres se penchaient dans sa direction, des vrilles de brume blanche s'enroulaient à leurs racines et s'élevaient. Il recula, mais il ne pouvait y échapper ; elles étaient tout autour de lui, chatouillant ses chevilles.

« Koffi. » Dire son nom sembla lui coûter quelque chose. Il baissa les yeux et vit que la brume lui arrivait maintenant aux genoux. Là où elle touchait sa peau, elle était froide, produisant une sensation d'engourdissement étrange. Il sentait ses paupières s'alourdir, l'obscurité ancienne s'insinuer dans les recoins de son champ de vision. Quelque part au loin, il entendit les mots de Frère Ugo.

Les cauchemars chassent comme des bêtes de proie…

Il frissonna et sentit le monde s'incliner légèrement tandis qu'il vacillait. Tout autour de lui, le monde devenait plus froid, plus flou. Il avait de plus en plus de mal à respirer, comme si quelqu'un avait jeté une couverture de coton sur sa tête. Il avait envie de s'allonger, juste un instant…

« Ekon ! » Soudain, quelqu'un appela son nom, d'une voix étrangement distante. « Ekon, où es-tu ? »

Ekon tomba à genoux, savourant la chaleur qui envahissait son corps. Oui, il avait seulement besoin de se reposer un moment, juste un moment…

« Ekon ! Où es-tu ? »

Quelque part au fond de son esprit, il savait qu'il reconnaissait cette voix, mais il ne pouvait pas répondre, pas maintenant. Un engourdissement s'insinuait dans tout son corps, l'attirant vers la terre. C'était une sensation étonnamment agréable.

Et puis il ne sentit plus rien du tout.

CHAPITRE SEIZE

Accompagner le mouvement

Dès que Koffi ouvrit les yeux, elle sut que quelque chose n'allait pas. Cette compréhension, et la peur qui l'accompagnait, s'infiltra lentement dans son corps, comme de l'eau froide versée sur sa tête lors d'une journée torride au Zoo nocturne. Elle n'avait aucune idée de l'endroit où elle se trouvait ou de la manière dont elle était arrivée là, mais elle savait deux choses.

Elle était dehors, et elle était allongée sur le dos.

Elle s'assit lentement. Tout autour d'elle, le monde n'était qu'un flou de couleurs verdoyantes : des tons de vert profond se mêlant aux bruns et aux noirs, avec parfois du rose ou du jaune. Au-dessus d'elle, le ciel était d'un bleu matinal éclatant, interrompu ici et là par des lianes et des feuilles…

Sans prévenir, tout lui revint.

Elle se trouvait dans une jungle, plus précisément dans la *Grande Jungle*.

En réalisant cela, elle se leva d'un bond et le regretta immédiatement. Le monde tournoya pendant un moment tandis qu'elle retrouvait ses repères, essayant d'appréhender ses environs. Tout autour d'elle, la lumière du soleil filtrait à travers les arbres, projetant des taches dorées sur des endroits au hasard. Ses yeux se posèrent sur l'un de ces endroits, à quelques mètres d'elle, et elle sentit son corps se glacer.

Ekon était étendu sur le dos dans l'herbe. Immobile.

« Ekon ! » Elle franchit l'espace qui les séparait en quelques foulées pour s'agenouiller à côté de lui. Ses mains tremblaient lorsqu'elle appuya la paume de sa main sur sa poitrine pour prendre son pouls, puis lorsqu'elle leva son poignet pour vérifier à nouveau. Elle ne sentit rien.

Non. Pas un autre corps, pas encore. Le visage d'Ekon était trop lisse. Il lui rappelait celui de Sahel, celui de Baba. Instinctivement, elle regarda autour d'elle. Ils étaient seuls ici, personne d'autre ne viendrait les aider.

Ils étaient en mauvaise posture.

Pendant un bref instant, elle pensa à la vieille femme du marché, à ce qu'elle avait dit sur la magie. Les darajas, ceux qui avaient la capacité de l'utiliser, avaient autrefois guéri les malades et les blessés. Koffi fixa ses propres mains. Elle n'avait pas ressenti la moindre trace de magie depuis la nuit de l'incendie, et elle ne se faisait pas confiance pour réussir quoi que ce soit ici. Elle chassa la vieille femme de son esprit et essaya plutôt de penser à ce que Mama aurait fait dans une telle situation. Mama était une personne calme, sereine, idéale en situation de crise. Koffi ferma les yeux et chercha jusqu'à ce qu'elle trouve un souvenir, une leçon que Mama lui avait enseignée au Zoo nocturne une fois. Elles essayaient d'aider un bébé kondoo qui avait cessé de respirer, et dont le cœur était faible.

Soulève le menton comme ceci, avait indiqué Mama. *Puis place tes paumes au centre du torse…*

Koffi imita le geste du mieux qu'elle s'en souvenait, positionnant ses mains superposées au centre de la poitrine d'Ekon.

De toutes ses forces, elle se mit à appuyer dessus selon un rythme régulier.

Un… Deux… Un… Deux…

Il ne bougea pas.

Allez, allez, tu ne peux pas être mort.

Une idée germa depuis le fond de son esprit comme une jeune pousse, pleine d'espoir. Elle regarda ses mains, puis le corps d'Ekon.

Il y avait un autre truc qu'elle connaissait, une autre chose que Mama lui avait apprise. Koffi hésita. Elle n'était pas vraiment sûre de *celui-ci*, mais…

Ça pourrait le sauver. Ça pourrait le ramener.

Elle cessa d'y penser alors qu'elle se penchait sur Ekon pour lui pincer le nez d'une main et incliner son menton vers le haut de l'autre. Tous les muscles de son corps étaient tendus tandis qu'elle se penchait, plus près de son *visage* cette fois. *Il fallait juste qu'elle…*

Son nez était à moins d'un centimètre du sien quand il ouvrit les yeux.

« AH ! » Koffi fit un bond en arrière si soudain qu'elle atterrit sur son derrière. Cela lui fit mal, mais ce n'était rien comparé à l'horreur absolue qu'elle ressentait. Ekon était assis et la fixait, les yeux écarquillés.

« Hum… bonjour. Qu'est-ce que tu étais en train de faire ?

— Je… » L'embarras lui monta aux joues. Qu'est-ce qu'elle *était* en train de faire ? Soudain, l'idée d'essayer de réanimer Ekon de la même façon que Mama lui avait appris à réanimer un veau kondoo lui sembla plus qu'insensée. Et si Ekon n'avait pas ouvert les yeux à temps, et si elle avait… Elle secoua la tête avant de pouvoir y penser.

« Tu étais inconscient, dit-elle en changeant délibérément de sujet. Je l'étais aussi, il y a quelques minutes. Je viens juste de me réveiller. »

Ekon regarda les arbres autour de lui pendant un moment avant que ses yeux ne se posent sur le sol de la jungle. Puis il leva la tête vers Koffi, alarmé.

« Où sont nos sacs ?

— Nos… » Koffi se sentit prise d'effroi. *Leurs sacs.* Elle avait été si distraite par Ekon qu'elle n'avait pas remarqué l'étrange légèreté de son dos, l'absence d'un élément crucial. Instinctivement, ses mains se dirigèrent vers sa hanche. La dague qu'elle avait prise au temple était toujours là, au moins, mais elle n'était pas d'un grand réconfort. Leurs sacs contenaient tout ce dont ils avaient besoin : la nourriture, l'eau, les provisions, le *journal*. Elle regarda tout autour d'eux, revenant sur ses pas du mieux qu'elle le pouvait ; sans résultat. « Je… je ne sais pas où ils sont passés », finit-elle par dire.

En entendant cela, Ekon se leva d'un bond. « Comment est-ce arrivé ? »

Koffi fronça les sourcils. Ses souvenirs de la nuit précédente n'étaient pas clairs, ils ressemblaient plus à un rêve éveillé avec le recul, mais il y avait une chose…

« Je me souviens d'un brouillard, dit-elle. Venu de nulle part, et puis… »

Comme si ses mots avaient réveillé quelque chose, Ekon leva les yeux. « Je… je m'en souviens aussi, dit-il. J'entendais ta voix, mais je n'arrivais pas à te trouver. Ça m'a donné envie de dormir. »

Plus elle y pensait, plus ce moment revenait clairement à l'esprit de Koffi. Elle se souvenait des vrilles blanches qui se rassemblaient autour de ses chevilles, engourdissant ses pieds. Elle avait cherché Ekon, l'avait appelé, mais il n'avait pas répondu. Elle avait cru être seule.

« Ça nous a fait quelque chose, affirma-t-elle doucement. C'est comme si… nous avions été *anesthésiés*. Comment est-ce possible ? »

Ekon lui jeta un regard sceptique. « Tu *sais* où nous sommes, n'est-ce pas ? »

Koffi ne répondit pas mais continua de regarder autour d'eux. Il n'y avait rien sur le sol de la jungle, à part un peu de mousse et de ronces.

« Quoi qu'il soit advenu de nos sacs, c'est arrivé pendant que nous étions inconscients.

— Ce qui ne serait pas arrivé si tu m'avais écouté..., murmura Ekon.

— *Quoi ?* » Koffi sentit quelque chose monter en elle, qu'il lui fallut un temps pour identifier. Au bout d'un moment, elle réalisa ce que c'était : de la colère. « *Qu'est-ce que* tu viens de me dire ? »

Ekon plissa les yeux. « Après avoir couru dans la jungle, je t'ai dit que nous devions nous arrêter, pour revoir notre plan. » Il la pointa du doigt. « Tu as voulu poursuivre, tu n'as pas...

— Attends une minute. » Les yeux de Koffi continuaient de fouiller le sol de la jungle quand elle remarqua quelque chose. « Regarde ça. »

Ekon fut à ses côtés en quelques enjambées. Il lui fallut une poignée de secondes pour trouver ce qu'elle avait déjà remarqué. « Est-ce que ce sont... ?

— *Des empreintes.* » Koffi hocha la tête. « Des empreintes de pas humains. » Elle sut qu'elle avait raison au moment où elle le dit. Les années passées au Zoo nocturne avaient fait d'elle, sans qu'elle en prenne conscience, une sorte d'experte en la matière. Elle pouvait faire la différence entre le sabot d'un zèbre et celui d'une antilope, ou entre l'empreinte d'un lion et celle d'une hyène. Ces traces étaient distinctes, étroites et arrondies, avec des empreintes plus profondes dans la terre près du talon et de la pointe. Elle suivit leur chemin jusqu'à ce qu'elles se perdent dans le feuillage de la jungle. Elles étaient trop grandes pour être les siennes, et trop petites pour être celles d'Ekon.

Elle tendit un doigt. « Regarde où elles commencent. » Avec précaution, elle les contourna et indiqua une direction. Il était difficile de les distinguer par endroits, mais on discernait bien une piste qui menait plus profondément dans la jungle.

« Je croyais qu'aucun humain ne venait dans la Grande Jungle.

— Moi aussi. » L'esprit de Koffi était en ébullition, mais elle essayait de parler d'une voix impassible et calme.

Ekon examina la piste un moment. « Les traces mènent à l'est. »

Koffi le fixa du regard. « Comment sais-tu cela ? »

Il fit quelques pas et désigna l'un des arbres. Celui-ci était plus épais que son corps tout entier, et l'un des côtés était recouvert d'une mousse épaisse. « La mousse pousse sur le côté nord de l'arbre. Une fois que tu sais où se trouve le nord, tu peux en déduire tout le reste. »

Un fait utile, nota Koffi pour elle-même. Au bout d'un moment, elle hocha la tête. « La personne à qui appartiennent ces empreintes était ici récemment. Elle a dû nous voir allongés ici, inconscients. Je pense que nous devrions la suivre.

— Quoi ? » Ekon leva les yeux. « Pourquoi ? »

Koffi lui lança un regard perçant, comme s'il ne voyait pas l'évidence. « Voyons voir, nous nous réveillons au milieu d'une jungle magique avec tous nos objets de valeur disparus. À quelques mètres de là, des empreintes de pas qui appartiennent à quelqu'un qui a disparu. Je pense que la personne à qui appartiennent ces empreintes a pris nos affaires, et je compte bien les récupérer. »

Ekon secoua la tête. « Nous sommes ici pour le Shetani, pas pour une poursuite au petit bonheur la chance dans la jungle. »

Koffi leva les yeux au ciel. « Tout ce que nous possédions, tout ce dont nous avions *besoin,* était dans ces sacs. Nous ne pourrons pas atteindre le Cœur de la jungle et trouver le Shetani tant que nous n'aurons pas tout récupéré. »

Ekon hésita. Elle pouvait le voir se creuser la tête. Une seconde s'écoula encore avant qu'il ne soupire.

« D'accord. » Il hocha la tête. « Allons-y. »

Sous l'épaisse canopée des arbres, il était difficile pour la lumière du soleil de trouver son chemin, mais cela n'empêchait pas la chaleur de monter au fil des heures. Koffi avait travaillé au Zoo nocturne pendant onze ans, s'occupant de ses bêtes dans toutes les conditions, de la pluie torride au soleil brûlant, mais elle n'avait jamais connu une chaleur comme *celle-ci*. Cette dernière était oppressante, dominatrice et délibérée. Elle souffla en pinçant des morceaux de sa tunique humide pour les éloigner de sa peau. Elle se sentait comme une intruse dans la Grande Jungle, elle n'avait pas sa place ici. C'était comme si la jungle était fiévreuse, essayant de les expulser par sudation hors de ses profondeurs, comme une maladie. Koffi ne voulait pas être là, et comme un hôte peu aimable, la forêt voulait qu'elle parte. Inconsciemment, et peut-être pour se réconforter, elle effleura des doigts la poignée de la dague sur sa hanche. La personne qui avait pris le reste de leurs affaires la lui avait laissée, et elle ne savait pas s'il s'agissait d'un oubli ou d'un petit geste de clémence. Non pas qu'elle sache quoi en faire si quelque chose les attaquait. Elle sentit le regard d'Ekon sur elle et leva les yeux.

« Tu sais, c'est une arme plutôt rare de nos jours, déclara-t-il avec un signe de tête en direction de la dague.

— Vraiment ? » Koffi s'efforça de paraître désinvolte. En vérité, dès qu'elle avait touché la petite lame blanche, elle avait senti que celle-ci recelait quelque chose de spécial. Elle dégageait une impression d'intemporalité, comme un fragment d'une chose née à une autre époque.

Ekon hocha la tête. « Ils ne font pas vraiment de lames jino dans la région zamanie, plus maintenant. »

Une lame jino. Une lame en *dent*. Koffi se sentit immédiatement un peu bête. Elle n'avait pas su le nom de cette lame. Elle leva de nouveau les yeux.

« Comment sont-elles fabriquées ?

— Avec les dents de grands animaux, répondit Ekon. Des éléphants, des lions, tout ce qui est suffisamment gros, je suppose. »

Koffi ignorait si elle devait être impressionnée ou horrifiée. Elle pensa alors aux bêtes du Zoo nocturne. Il y en avait qui étaient manifestement dangereuses, comme Diko, mais d'autres aussi, celles qui avaient seulement *l'air* dangereuses. Elle pensa à Kubwa, l'hippoguerre, avec ses longues défenses blanches. Celui-ci avait un faible pour le maïs. Elle se souvint de Mkaida, le bélier aux trois cornes argentées plus longues que ses bras. L'idée que quelqu'un puisse s'en prendre à eux, en prélever des parties, la dérangeait. Elle se demanda de quelle créature cette arme était issue. Avait-elle appartenu à une bête cruelle, traquée par des guerriers, ou avait-elle appartenu à un être innocent et craintif ? Elle ne le saurait jamais.

« Sais-tu utiliser une dague ? » demanda Ekon, qui la regardait toujours.

La chaleur imprégna les joues de Koffi. Elle avait eu très peu de choses qu'elle pouvait considérer comme lui appartenant au cours de sa vie, et encore moins une arme. Elle dissimula rapidement son embarras.

« Je suis parfaitement capable de me défendre. » Elle agita son pied pour plus d'effet. « Tu te souviens ? »

Ekon leva les yeux au ciel. « Ça ne compte pas. »

Koffi haussa un sourcil. « Je pense que le Père Olufemi ne serait pas de cet avis. »

En réponse, Ekon grimaça. « Cette tactique est... assez efficace, mais il faut toujours avoir une variété de coups dans son répertoire. Quand tu n'en as qu'un, tu deviens prévisible et facile à battre. »

Koffi fronça les sourcils. Une partie d'elle était agacée de réaliser qu'il avait probablement raison, mais une autre était sincèrement curieuse ; au bout de quelques secondes, ce fut la curiosité qui l'emporta. « Avais-tu un autre coup en tête ? »

Ekon l'étudia un moment avant qu'une idée ne semble lui être apparue.

« Il y a une technique que je pense pouvoir t'enseigner assez facilement. Voyons voir... » Il observa autour de lui, le regard évaluateur, puis se tourna vers elle. « Recule, s'il te plaît.

— *Ooh.* » Koffi faillit rire devant la politesse avec laquelle il avait formulé sa demande, mais elle fit ce qu'il lui disait.

Ekon tira son propre *hanjari* du fourreau à sa ceinture. Celui-ci ne semblait pas aussi vieux que la lame jino, mais il était évident qu'il n'était pas neuf. Quelqu'un en avait pris soin au fil des ans, et Koffi se demanda si c'était lui. La poignée en bois était propre et polie, sa lame en métal argenté aiguisée en un tranchant mortel.

« Il existe toutes sortes d'armes. » Ekon fit tourner la lame dans sa main, laissant la lumière du soleil de cette fin de matinée s'y refléter. « Mais personnellement, ma préférence va aux lames courtes. L'affrontement est intime, il faut se rapprocher pour combattre correctement. Il n'y a pas de place pour l'hésitation quand on utilise une telle arme. »

Sans prévenir, il pivota sur son talon et fendit l'air de sa dague en un anneau parfait. Le mouvement fut si rapide, si plein de dextérité, que l'air siffla. Koffi se crispa. À ce moment précis, Ekon avait l'air d'une autre personne ; son visage était tendu par la concentration et la discipline.

« Ce mouvement s'appelle le *duara.* » Il prononça ce mot avec précaution. « Cela signifie "cercle". »

Koffi leva la lame jino. « Montre-moi. »

Un petit sourire en coin se dessina sur le visage d'Ekon, et il retrouva son apparence habituelle. « La maîtrise de la dague dépend en partie du talent et en partie de l'instinct. L'important, c'est que, quel que soit le mouvement que tu choisis, tu agisses avec confiance...

— Comme *ça* ? » Koffi découpa l'air de gauche à droite aussi vite que possible. Il ne siffla pas, mais cela faisait du bien d'avoir quelque chose pour se protéger, pour une fois. « Qu'est-ce que tu en penses ? »

Ekon avait l'air mortifié. « Qu'est-ce que c'était que *ça* ?

— La même chose que tu viens de faire.

— Ce n'est *pas du tout* ce que je viens de faire.

— Bien sûr que si. » Koffi essaya encore, en pivotant sur son talon. Ce n'était pas aussi gracieux, mais elle pensait avoir maîtrisé l'idée générale. « Il suffit de pivoter et... »

Cette fois, Ekon grimaça.

« Tes pieds ne sont pas ancrés, expliqua-t-il en secouant la tête. Et ta prise est... » Il s'arrêta, ses doigts tapant contre sa hanche en rythme. Quand il remarqua que Koffi les regardait, il cessa, l'air très embarrassé.

« Désolé. »

Koffi fronça les sourcils. « De quoi ?

— Mes doigts. » Ekon baissa les yeux vers eux d'un air presque réprobateur. « Parfois, ils bougent quand je...

— Je me fiche de ce que font tes doigts, dit rapidement Koffi. Tu vas me montrer ce truc en forme de cercle ou pas ? »

Une expression curieuse passa sur le visage d'Ekon avant qu'il ne se reconcentre. « D'accord. » Elle ne s'attendait pas à ce qu'il comble l'écart entre eux en deux enjambées. Aussitôt, l'air autour d'elle s'emplit de cette même odeur, faite de cuir et de bois de cèdre. C'était un mélange étrange, vif et léger à la fois. Il posa sa main sur la sienne, et commença à ajuster ses doigts sur la poignée de la lame jino.

« ... prise est *horrible*, grommela-t-il pour lui-même en manipulant sa main. Garde ces quatre doigts sur la poignée, et ton pouce bien plat. Tes deux coudes doivent être rentrés, tes jambes écartées... »

Il tourna autour d'elle, tirant doucement ses épaules en arrière et lui faisant signe de déplacer ses pieds.

« Pour que ta posture soit bien ferme », expliqua-t-il tout en continuant à tourner autour d'elle.

Koffi suivit les instructions et essaya de ne pas penser à quel point Ekon était proche d'elle. Au Zoo nocturne, il y avait eu d'autres gardiens de bêtes – des garçons, comme Jabir, mais il avait toujours été comme un petit frère pour elle. Cette proximité particulière était différente. Elle s'aperçut que cette odeur de cuir et de bois de cèdre ne la dérangeait pas... Ekon fit un pas en arrière.

« OK. » Il hocha la tête. « Je veux que tu essaies de nouveau. Cette fois, garde les pieds écartés et lance ton poids vers la droite. Laisse sa force te tirer pour aller au bout du cercle. Tout réside dans le fait d'accompagner le mouvement. »

Koffi leva la lame avec hésitation. Ses doigts étaient raides et maladroits de la façon dont Ekon les avait disposés, mais ce dernier la regardait avec un air d'attente visible. Après une pause, elle projeta le bras en arrière et décrivit un cercle avec la lame. Elle sentit tout de suite un changement. Ekon n'avait que légèrement modifié sa prise, mais la différence était nette. La lame fendit l'air à une vitesse incroyable. Ekon hocha la tête en signe d'approbation.

« Ce n'est pas parfait, déclara-t-il avec un sourire en coin. Mais... pas horrible non plus. »

Koffi ressentit un accès de fierté indéniable. « Je pourrais gagner un combat avec ce mouvement ?

— Avec un peu d'entraînement, c'est certain. » Ekon se tut un instant, l'air pensif. « Tu sais, un autre nom pour ce mouvement est la tarte, car on se déplace en cercle comme une…

— Tu plaisantes ? »

Son visage resta stoïque. « Je ne plaisante *jamais* avec les tartes. »

Ils se regardèrent fixement un moment, tous deux immobiles, avant de soudain éclater de rire en même temps. C'était étrangement agréable, et Koffi réalisa que c'était la première fois depuis longtemps qu'elle riait vraiment.

Finalement, ils continuèrent à pister les traces de pas jusqu'à l'heure de midi. Koffi suivait le chemin qui serpentait, mais cela devenait de plus en plus difficile, et pas seulement à cause de la chaleur. L'arrière de son cou lui faisait mal à force de garder la tête penchée, et parfois son regard se brouillait entre le sol et les feuilles qu'elle devait fouiller du regard pour rester concentrée. La façon dont les empreintes de pas marquaient la terre indiquait clairement qu'elles étaient fraîches, mais également… étranges. Elle n'avait jamais vu de telles traces auparavant. Parfois, elles étaient normales, une paire de pieds marchant dans une seule direction ; d'autres fois, un pied tournait dans le mauvais sens, ou semblait marcher sur le même endroit à plusieurs reprises. Elle ne pouvait pas donner de sens à tout ça, et cela ne lui disait rien qui vaille.

« Je vois pourquoi le Shetani aime vivre ici, dit-elle à voix haute. Tout dans cet endroit me donne la chair de poule, même en plein jour.

— Ouais. » À côté d'elle, Ekon fixait la canopée des arbres, qui filtrait à présent la lumière. « À moi aussi. » Ses yeux se tournèrent vers Koffi, comme si une pensée venait de lui traverser l'esprit. « En parlant du Shetani, j'avais l'intention de te demander quelque chose.

— Quoi ?

— Tu as dit que tu ne savais pas comment tu avais fait pour que le Shetani s'en aille lorsque tu le lui as ordonné, dit-il. Mais je me demandais si tu avais des... hypothèses.

— Des hippo quoi ? »

Ekon soupira. « Je me demandais si tu avais une idée.

— Oh. » Koffi haussa les épaules. « En vrai, je ne sais pas exactement comment j'ai fait. Pour une raison que j'ignore, ça m'a semblé être la chose à dire. » Elle réfléchit un moment avant de poursuivre : « Il y a quelque temps, j'ai rencontré une vieille femme alors que je me trouvais au marché de Lkossa. Elle m'a dit que cette ville avait connu la magie il y a des années. Je ne sais pas exactement comment je l'ai obtenu, mais je pense que je possède ce genre de pouvoir. »

Les sourcils d'Ekon s'arquèrent comme s'il essayait de résoudre une équation mathématique particulièrement difficile. C'en était presque attachant. « Je n'ai jamais lu cela dans aucun livre », déclara-t-il au bout d'un moment. Le froncement de ses sourcils accentua.

« Tout n'est pas écrit dans les livres. » Elle fit un geste vers le ciel. « Je veux dire, que savons-nous sur ce qui a réellement causé la Rupture ? »

Ekon se détendit légèrement. « Eh bien, en fait, il existe une quantité respectable d'études académiques à ce sujet. La plupart des érudits s'accordent à dire que bien qu'elle soit visible de n'importe où sur le continent, c'est dans la région zamanie qu'on la voit le mieux. D'autres pensent que c'est le résultat d'un phénomène barométrique...

— Je ne parle pas de ce que les érudits écrivent dans les livres. » Koffi l'interrompit d'un geste de la main tandis qu'ils poursuivaient leur chemin. Elle jeta un coup d'œil sur les traînées de noir dans le ciel. Celles-ci semblaient moins saillantes ici, mais Koffi n'aurait su dire si c'était à cause du changement de saison ou de la canopée de la jungle. « Je parle de ce qui l'a réellement provoquée. Tu ne t'es jamais posé la question ?

— Pas vraiment. » Ekon haussa les épaules. « Je veux dire, le ciel a toujours été comme ça. Ce n'est pas comme si nous pouvions changer… » Soudain, il s'arrêta net ; ses yeux se fixèrent sur une chose située entre les arbres et s'écarquillèrent de plus en plus. « Koffi, *regarde*. »

Koffi suivit son regard et se figea. Elle ne savait pas comment elle avait pu ne pas remarquer les centaines de fils blanc argenté qui pendaient au-dessus de leurs têtes comme de la soie, mais elle les voyait clairement à présent. Ils s'assemblaient et se séparaient, se connectant et se déconnectant en un nombre infini de formes. Dans la lumière du soleil qui filtrait à travers la cime des arbres en rayons épars, ils scintillaient étrangement.

Ekon frissonna. « Est-ce que c'est une… ?

— Ouais. » Il ne servait à rien de le nier. Une terreur réelle s'empara de la voix de Koffi tandis qu'elle regardait fixement vers le haut, ses lèvres remuant à peine. « C'est une… *toile*. »

CHAPITRE DIX-SEPT

Tours et vérités

Ekon avait compris ce qu'il voyait dès qu'il avait levé les yeux, mais d'une certaine manière, l'entendre confirmer à haute voix rendait la chose encore pire.

Il n'avait jamais vu de toile d'araignée aussi grande, et il ne voulait pas savoir quelle sorte de créature – ou quelles créatures – l'avait tissée.

« Je pense qu'on devrait faire demi-tour.

— Pour une fois, nous sommes tout à fait d'accord », dit Koffi. Elle se mit à marcher à reculons, comme si elle avait peur de tourner le dos à la sinistre toile. Ekon ressentait la même chose. L'air autour d'eux semblait se refroidir, *s'amincir*. Une telle température n'était pas normale, alors que quelques minutes auparavant à peine, il faisait une chaleur étouffante. Ekon s'était retourné pour courir quand une voix retentit d'en haut.

« Les enfants ne devraient pas se promener dans la jungle. »

Koffi glapit, et instinctivement, Ekon se crispa, se préparant à une attaque. Son estomac se noua lorsqu'il remarqua qu'un fil de la toile géante vibrait comme une corde pincée, puis quelque chose de gros dévala un arbre juste à sa droite. Un cri s'éleva dans sa gorge.

La créature qui les regardait avait le visage et le torse d'un vieil homme à la poitrine nue, aux cheveux gris clairsemés et aux rides profondément gravées dans ses traits. Deux yeux blancs et vides comme du lait froid les fixaient, sans sourciller ni bouger. Mais ce n'était pas cela qui effrayait Ekon ; c'était ce qui suivait le torse de la créature. Au lieu de deux jambes humaines se trouvaient huit longues jambes, semblables à des échasses, qui n'avaient rien d'humain. Chacune était pliée au niveau du genou et se terminait par un pied humain brun et nu. Ekon réprima un frisson. Les traces bizarres prenaient soudain sens, et il comprenait pourquoi elles avaient suivi des directions étranges. La créature le lorgnait du regard comme si elle pouvait entendre ses pensées.

« Humains. » Son murmure évoquait un serpent glissant sur des feuilles mortes. « Cela fait de nombreuses années qu'Anatsou n'a pas vu d'humains, et maintenant ils viennent *le* voir. Anatsou est ravi. »

Ekon fit un pas en arrière. « Qu'est-ce que vous êtes au juste ? »

La créature rejeta la tête en arrière en riant, laissant ses caquètements désinvoltes résonner parmi les arbres environnants. Ekon frissonna en voyant que ses dents jaunies étaient pointues comme des crocs. « Anatsou est un faiseur d'espièglerie et de magie, un marchand de tours et de vérités. Les humains ne sauront jamais ce qu'est Anatsou.

— Nous sommes désolés de vous déranger. » La voix de Koffi tremblait à chaque mot. « Nous ne cherchons pas les ennuis. Nous allons partir…

— Ah, mais *ils* cherchent quelque chose. » Anatsou cessa de rire tandis que sa tête se tournait vers Koffi selon un angle peu naturel. « La fille humaine cherche son sac de trésors. Anatsou a *deux* sacs de trésors qu'il a trouvés ce matin, tout seul. »

Ekon frissonna. Cette créature, cette *chose*, était venue pendant qu'ils étaient inconscients. Réaliser cela le perturba, et il se sentit... violé dans son intimité.

« Ce sont nos sacs, déclara prudemment Koffi. Ils appartiennent à...

— Anatsou *sait* à qui appartiennent les sacs de trésors, répondit la créature. Anatsou a voulu jouer à un petit jeu. Il voulait savoir si les humains allaient suivre sa drôle de piste pour venir chercher leurs trésors perdus. Les humains ont-ils *aimé* le jeu d'Anatsou ? »

Ekon fronça les sourcils. Il comptait bien dire à cette chose effrayante ce qu'il pensait exactement de son « jeu », mais avant qu'il ne le fasse, Koffi s'avança.

« Oui. » Elle prononça ce mot avec une pointe de respect audible. « C'était un jeu très, *très* malin. Nous l'avons trouvé assez difficile. Il nous a fallu des heures pour vous trouver. »

Comme si c'était exactement ce qu'Anatsou avait espéré entendre, son visage se fendit d'un sourire mauvais. « Ah, excellent. Anatsou trouve les humains très amusants, même s'il les trouve simples.

— Puisque nous avons gagné à votre... euh... jeu, pensez-vous que nous pourrions récupérer nos affaires ? » Ekon fut surpris de voir l'expression de Koffi devenir presque grondeuse lorsqu'elle ajouta : « Ce ne serait que justice.

— Justice, répéta Anatsou. Anatsou préfère ses propres tours, mais... il suppose que la logique de la fille humaine est bonne. Elle a gagné le jeu d'Anatsou, et donc... » Sans prévenir, il remonta sur la toile géante et tira sur l'un de ses fils. Une grosse boule blanche qui évoquait à Ekon une pelote de laine roula le long du fil et tomba sur le sol. Anatsou la tapa du pied, et aussitôt, leurs sacs en sortirent et tombèrent par terre. Instinctivement, Ekon tendit le bras pour attraper le sien, mais à sa grande inquiétude, Anatsou se mit en travers de son chemin. Ses yeux blanchâtres brillaient.

« Il y a encore autre chose que les humains désirent. » Le regard d'Anatsou oscillait entre Ekon et Koffi. « Ils sont à la recherche de quelque chose d'autre.

— Qu'est-ce que vous voulez dire ? » demanda Ekon.

Le sourire carnassier d'Anatsou s'élargit encore. « Les humains viennent dans la jungle d'Anatsou à la recherche de son ami : le Shetani. »

Koffi s'avança, les yeux écarquillés. « Vous savez où il se trouve ? »

Anatsou inclina la tête. « Anatsou pourrait montrer aux humains la prairie où il vit, s'ils le souhaitent. Elle se trouve juste devant. »

Quelque chose frappa violemment Ekon à la poitrine, le parcourant comme un courant d'énergie invisible tandis qu'il intégrait les mots de la créature. Celle-ci pouvait les *mener* au Shetani. Ils pourraient le capturer et quitter la jungle, bien avant l'arrivée du groupe de chasseurs du Père Olufemi. Il se mit à avancer, mais une main attrapa son bras et l'arrêta.

« Ekon. »

Il se retourna. Koffi était à ses côtés, beaucoup plus proche qu'elle ne l'avait été auparavant. Son expression exprimait une méfiance inhabituelle. « Je ne pense pas que nous devrions y aller. »

Au moment où elle prononçait ces mots, une partie de lui sut qu'elle avait raison, que c'était dangereux. Pourtant, quelque chose d'autre l'appelait, un tiraillement au fond de son estomac alors qu'il observait par-dessus l'épaule d'Anatsou le chemin tortueux que la créature indiquait. Le Shetani attendait peut-être au bout. Ils pouvaient parvenir à leurs fins aussi rapidement et simplement que cela. Il regarda de nouveau Koffi, d'un air qui se voulait rassurant.

« Je pense que nous devrions au moins vérifier, chuchota-t-il pour qu'elle seule l'entende. Et si nous ne voyons pas le Shetani, nous pourrons faire demi-tour. »

Koffi secoua la tête. « Je n'aime pas ça.

— Tu n'aimais pas non plus mon idée de nous arrêter et de revoir notre plan hier soir », remarqua Ekon. C'était un coup bas, et il en était conscient. « Alors, pourrait-on essayer à *ma* façon, maintenant ? »

Les yeux de Koffi jetèrent des éclairs. Elle sembla peser les possibilités qui s'offraient à eux, réfléchir. Après un moment, elle se mordit la joue et hocha la tête. « *Si nous ne voyons pas le Shetani immédiatement, nous nous en allons.* »

Ekon se tourna vers Anatsou sans lui laisser le temps d'ajouter quoi que ce soit. « Montrez-nous. »

Anatsou s'avança et leur fit signe de le suivre. Koffi s'approcha à côté d'Ekon tandis qu'ils récupéraient leurs sacs et ils s'engagèrent sur le chemin sous la vaste toile. À chaque pas, l'air semblait se refroidir. Ekon tambourinait des doigts contre sa cuisse. Il entendait les pas hésitants de Koffi à côté de lui, sentait le malaise qui le tenaillait, mais il ne pouvait ignorer cet appel, cette force irrésistible qui le poussait à avancer. Le Shetani était proche, il en était sûr. Il allait l'attraper, le *tuer*, et tout serait fini.

Ils atteignirent un groupe d'arbres blottis les uns contre les autres comme des amis partageant un secret. Anatsou s'arrêta.

« La prairie est au-delà de ces arbres. » La créature inclina de nouveau la tête. « Allez trouver ce que vous cherchez là-bas.

— Merci. » Ekon n'eut pas besoin d'encouragements supplémentaires pour s'avancer entre les arbres après avoir contourné Anatsou aux côtés de Koffi. Instinctivement, il saisit la poignée de son *hanjari*, et un long moment s'écoula avant qu'il ne se prépare à franchir les arbres. Il s'arrêta net.

La prairie dans laquelle il était entré était trop vive. Des lianes recouvraient la plupart des troncs d'arbres, mais leurs couleurs étaient excessivement saturées, d'une luminosité presque criarde. Lentement, quelque chose de familier chatouilla le fond de son esprit. Il le comprit soudain – il était déjà venu ici auparavant.

« Non ! NON ! »

Une onde de choc traversa le corps d'Ekon comme il se tournait dans la direction du bruit, et son cœur s'arrêta. Koffi s'était laissée tomber au sol, son corps recroquevillé et se tordant en tous sens. Ses yeux étaient fermés comme si elle luttait contre une douleur horrible, et elle pressait les mains contre ses oreilles.

« Non ! criait-elle. Courez ! Mama, Jabir, courez ! »

Le cœur d'Ekon fit une embardée. Il fixa les arbres aux troncs noirs qui les entouraient, et les poils de ses bras se hérissèrent. Ce n'étaient pas des arbres qui lui rendirent son regard.

C'étaient des visages.

Il vit l'écorce noire de l'arbre le plus proche de lui se tordre et se transformer en quelque chose d'autre : un visage de femme. Sa bouche était relâchée, une sève visqueuse de la couleur de l'or fondu luisait sur ses lèvres. La voix qui s'éleva de l'intérieur, cependant, ne lui appartenait pas.

S'il te plaît.

Ekon se mordit la langue avec force tandis que la voix de son Baba emplissait la prairie, résonnant dans toutes les directions. Un autre arbre à sa gauche se tordit, dessinant cette fois un visage d'enfant. Des cavités creuses étaient visibles là où auraient dû se trouver ses yeux.

Ekon, gémit la voix de Baba. *S'il te plaît.*

Autour de lui, d'autres arbres se transformèrent. Koffi était toujours à ses côtés, pleurant, mais il était incapable de bouger. Une puanteur avait envahi l'air, comme de la vieille mousse et du chêne pourri ; c'était l'odeur de quelque chose en train de mourir.

Mon fils, s'il te plaît…

« Non ! » Ekon ferma les yeux et se boucha les oreilles, cherchant désespérément à bloquer les mots. « Ce n'est pas réel ! Tu n'es pas réel ! »

Ses doigts se mirent à tambouriner contre sa tête alors qu'il se couvrait les oreilles, essayant de trouver un rythme.

Un-deux-trois. Un-deux-trois. Un-deux-trois.

Il n'est pas réel, se rappela Ekon alors que les chiffres emplissaient son esprit. *C'est dans ta tête, ce n'est pas réel. Il n'est pas réel.*

Il ouvrit à nouveau les yeux, mais les arbres aux visages étaient toujours là, le regardant avec malveillance. Il cligna une nouvelle fois des yeux, mais ils restaient en place, ce n'étaient plus les résidus de son imagination.

Non.

Ce qu'il voyait maintenant n'était pas du tout dans sa tête. À sa grande horreur, il découvrit qu'en fait les arbres bougeaient, lentement et de façon menaçante, tandis qu'ils commençaient à se balancer sur place. Il en vit certains déployer leurs branches tandis que d'autres les enroulaient en d'énormes nœuds de bois – des poings.

Un-deux-trois. Cinq-huit-dix. Six-deux-un…

Les chiffres l'abandonnèrent.

« Tu n'es pas réel ! » Ekon s'affaissa sur le sol en répétant ces mots comme si les dire à haute voix leur conférerait la force de transformer le réel. Il sentait le corps de Koffi trembler à côté du sien, rongé par les sanglots, mais il ne pouvait pas la réconforter. Il ne pouvait même pas se consoler lui-même. Le monde commençait à s'assombrir à nouveau. « Tu n'es pas réel, répéta-t-il doucement. Aucun de vous ne l'est, vous ne pouvez pas…

— *Ekon.* »

Les yeux d'Ekon s'ouvrirent. Il reconnut un des visages dans les arbres. Celui-ci était sculpté à même l'écorce du tronc, mais il était impossible de s'y méprendre. Il reconnut le visage d'un homme aux pommettes hautes comme les siennes, à la barbe fournie, aux yeux ronds qui, s'ils n'avaient pas été vides, lui auraient rappelé ceux de Kamau. Le nom s'échappa de ses lèvres avant qu'il ne puisse l'en empêcher.

« Baba. »

Le visage dans l'arbre cligna des yeux. « Bonjour, Ekon. »

Les secondes passèrent, des secondes pendant lesquelles Ekon savait que son cœur aurait dû battre dans sa poitrine. Mais il ne pouvait pas le faire repartir, son corps ne voulait pas obéir. Son Baba était mort depuis dix ans ; et à présent pourtant, il le regardait fixement.

« Que fais-tu ici ? »

Les lèvres de Baba, formées à partir de l'écorce du tronc d'arbre, étaient serrées, son visage ligneux empreint d'une tristesse silencieuse. « Pourquoi es-tu revenu dans la jungle ? »

Un grand nombre de réponses emplirent l'esprit d'Ekon. Il était venu ici pour obtenir le respect, l'approbation, le pardon. « Je suis ici pour tuer la bête qui a pris ta vie, Baba, répondit-il à haute voix. Une fois que je l'aurai fait, on m'accordera les honneurs et je serai reconnu comme un homme. »

L'émotion sur le visage de Baba était impénétrable, mais ses mots étaient doux. « Personne ne peut *t'accorder* cela, Ekon. Tu dois l'obtenir par toi-même.

— Mais comment ? » Ekon entendait la fêlure dans sa propre voix, mais il ne pouvait rien y faire. « Comment pourrais-je les obtenir autrement, Baba ? »

La bouche de Baba s'ouvrit, comme s'il voulait dire quelque chose, mais aucun son ne sortit. Son expression se fit paniquée. « Tu dois quitter cet endroit, le pressa-t-il d'une voix totalement différente. Pars, et prends la fille avec toi. Pars ! »

Ekon sursauta. Son regard passa de son père à Koffi, toujours étendue sur le sol. « Baba, demanda-t-il, qu'est-ce qui se passe ? »

La peur l'envahit quand le visage de son père se transforma. On aurait dit qu'il essayait de parler, sans y parvenir. Comme s'il était en train de s'étouffer, de s'étrangler.

« Baba ! » Ekon bondit sur ses pieds. « *Non…* »

Cela arriva sans prévenir.

Une horde d'araignées noires jaillirent de l'arbre, recouvrant l'endroit où se trouvait le visage de Baba. Ekon poussa un cri.

Il savait qu'il aurait dû attraper Koffi, qu'il aurait dû courir, mais ses pieds étaient enracinés dans le sol. Il ne pouvait pas bouger. Les araignées semblaient se multiplier comme par magie, formant une masse intangible qui croissait, prise de pulsations. Il fit un pas en arrière, et le mouvement attira l'attention des arachnides ; d'un seul coup, il sentit un nombre infini de petits yeux noirs se tourner vers lui.

Non.

Il se retourna pour battre en retraite mais ne fut pas assez rapide. Comme une mer terrible, les araignées se précipitèrent sur lui, pinçant et mordant ses jambes et ses pieds. Il courait, luttant pour les repousser à chaque pas, mais c'était inutile. La horde l'entourait de tous côtés, des millions de créatures. Elles recouvraient les arbres, remplissaient les toiles au-dessus de lui et s'abattaient sur ses épaules et son cou. Il se prit la cheville dans la racine d'un arbre, et le monde s'effondra sur lui tandis qu'il tombait. Les araignées saisirent leur chance. Elles rampaient et se déplaçaient sur tout son corps, entre ses doigts, dans ses oreilles ; elles couvraient chaque centimètre de son corps. Des crocs percèrent sa chair encore et encore, mordant sa peau sans relâche. Lentement, sa vision se troubla et s'obscurcit sur les bords, tandis qu'une sensation d'engourdissement l'envahissait.

« Ekon ! »

Il se demanda si c'était Baba ou quelqu'un d'autre qui criait son nom. Il était en train de mourir – il en était certain – mais il se demandait combien de temps il faudrait pour que son corps se sépare vraiment de ce monde. Il ne serait pas incinéré, et son âme ne serait donc pas libérée. Peut-être passerait-il le reste de l'éternité ici, parmi les araignées.

« Ekon ! »

La voix qui appelait son nom était beaucoup plus proche et plus forte à présent, ce n'était pas une illusion. Quelque chose le frappa au niveau de ses jambes, de son dos, de ses bras, encore et encore. Il lui fallut un moment pour comprendre. Quelqu'un le *frappait*, dans une tentative d'enlever les araignées de son corps. Il cligna des yeux et se força à relever la tête.

« Koffi ? »

Elle n'était plus étendue par terre, et Ekon ne comprenait pas les larmes visibles dans ses yeux tandis qu'elle le regardait. Les araignées continuaient de tomber autour d'eux alors que les yeux de la jeune fille parcouraient son corps d'un air horrifié, puis croisaient de nouveau son regard. « Il faut que tu te lèves ! cria-t-elle. S'il te plaît, relève-toi ! Il faut qu'on parte d'ici ! Elles arrivent d'en haut, de la toile ! »

Partir. Ekon se concentra sur ce mot, sur la voix pressante et terrifiée de Koffi. *Partir. Partir. Nous devons partir*. Elle tira plus fort sur son bras, le remettant sur ses pieds. Des centaines d'araignées dégringolèrent de son corps. *Partir*. C'était sa nouvelle priorité. *Partir*.

Koffi dégaina sa lame jino et la tint fermement, et c'est ce qui permit finalement à Ekon de retrouver ses esprits.

« Cours ! cria-t-il. Fonce ! »

Koffi n'avait pas besoin qu'on le lui dise deux fois. Elle se précipita le long d'un sentier entre les arbres. « Viens ! lança-t-elle par-dessus son épaule. Je sais comment sortir ! » Elle fonça entre une autre série d'arbres, Ekon sur ses talons. Il entendait le cliquetis menaçant de milliers de crochets autour de lui, le bruissement des araignées qui se déplaçaient dans les broussailles, mais il n'osait pas regarder en arrière. Devant lui, à peine visible, s'étendait une tache bleue lumineuse – le ciel, dont l'étendue n'était plus interrompue par les fils laiteux de la toile. Ils y étaient presque, ils pouvaient le voir.

Koffi se jeta par-dessus un tronc, et Ekon la suivit. Elle se baissa sous un long rideau de lianes et disparut. Au moment où Ekon les atteignait également, les lianes furent prises d'un terrible frisson. Il fit un pas en arrière tandis qu'elles devenaient d'un brun noirâtre et que chacune d'entre elles semblait se remplir d'araignées. Elles formaient une barrière, un mur continu de corps minuscules.

« Ekon ! » Il pouvait entendre la voix de Koffi de l'autre côté du mur de lianes-araignées, son ton frénétique. « S'il te plaît, viens ! »

Il ne le pouvait pas. Dans la seconde qu'il lui fallut pour essayer et échouer à compter la légion d'araignées qui l'entourait, il sut que c'était la vérité. Il n'était pas fort comme Kamau ou Baba, et il ne l'était pas assez pour ça. Ses doigts, malgré leurs morsures, essayaient encore de trouver un rythme à sa peur.

Un-deux-trois. Je ne peux pas le faire. Un-deux-trois. J'abandonne.

Soudain, il entendit une nouvelle voix dans sa tête. Pas celle de Koffi ou de son père, mais celle de Frère Ugo. *Tu n'as pas besoin d'être le plus grand ou le plus dangereux des combattants, Ekon,* lui avait un jour dit le vieil homme. *Tant que tu es* le plus rapide.

Rapide. Il n'avait pas besoin d'être fort pour sortir d'ici, il devait juste être rapide. Il s'accrocha à ce mot de toutes ses forces et rassembla son courage. Rapide, il devait juste être rapide. Il prit une grande inspiration et fonça, les yeux fermés tandis qu'il traversait la masse grouillante. Sa peau le brûla, le piquant de toutes parts comme les araignées mordaient sa chair. Quand il ouvrit les yeux, les petites créatures avaient disparu.

La jungle qui l'entourait était à nouveau chaude, le soleil l'illuminait de généreux rayons de lumière lorsqu'il découvrit les yeux écarquillés de Koffi. Leurs poitrines se soulevaient et s'abaissaient avec effort, et son expression posait un millier de questions auxquelles il ne voulait pas répondre.

Alors il se mit à courir.

CHAPITRE DIX-HUIT

Cicatrices

Koffi et Ekon couraient à travers les broussailles de la jungle, et seul le crissement de leurs pas troublait le silence.

Dans l'intimité de son esprit, Koffi se demandait faiblement où ils allaient, si leur nouvelle direction les rapprocherait de la découverte du Shetani ou les renverrait à leur point de départ. À vrai dire, elle ne s'en souciait pas particulièrement pour le moment. Ekon et elle n'avaient pas parlé depuis qu'ils avaient échappé à la toile d'Anatsou, mais ils semblaient s'être mis tacitement d'accord sur le fait que, pour le moment, leur priorité avait changé. Il était essentiel qu'ils s'éloignent le plus possible de ces misérables araignées et de leurs maudites toiles.

La jungle se refroidit à mesure que le milieu de journée laissait place au crépuscule, tirant de ses profondeurs un autre type de bruit et de vie. Les cigales fredonnaient dans l'air humide ; au-dessus, le bruissement des feuilles semblait chanter sa propre sérénade, signe qu'ici, peut-être, l'endroit était plus sûr. D'un air méfiant, Koffi ralentit, et elle constata avec soulagement qu'Ekon en avait fait de même. L'adrénaline avait engourdi son corps pendant des heures, atténuant tous les signes habituels de fatigue, mais tout lui revint en une vague soudaine. La plante de ses pieds lui causait une douleur sans répit, et ses poumons lui semblaient compressés à chaque respiration. Elle avait faim, soif, et était épuisée, mais elle n'arrivait pas à se détendre, pas encore. Ses nerfs étaient toujours aussi à vif qu'une corde usée à l'excès ; chaque glissement soudain et chaque craquement de feuille la secouait de l'intérieur. Ses yeux fouillèrent les arbres et se fixèrent sur un grand serpent enroulé autour de l'une de leurs branches. Le corps du reptile devait être plus épais que son bras, des anneaux noirs recouvraient ses écailles dorées. Il la fixa un moment encore de ses yeux vert émeraude profond avant de se glisser plus loin sur le tronc de l'arbre et de disparaître. Elle frissonna. Le regard de ce serpent, froid et perçant, n'était pas naturel, comme tout ce qui se trouvait dans cette jungle. Elle pensa à Anatsou et à son regard blanc comme le lait. Même maintenant, elle se souvenait de la voix fluette et moqueuse de la créature, de son rire froid et piquant.

Il ne peut pas nous faire de mal, lui assura une voix raisonnable tandis qu'Ekon et elle poursuivaient leur chemin à travers les arbres. *Il est parti. Il ne peut pas nous rattraper.*

Elle pensait que c'était la vérité, mais elle ne pouvait pas s'empêcher de se souvenir. Les images cauchemardesques dans la prairie étaient encore vives dans son esprit. Elle voyait sa mère, étendue dans une mare de sang, Jabir dans une mare identique à côté d'elle. Encore et encore, ils avaient appelé son nom ; encore et encore, ils étaient morts. C'était une chose tout droit sortie de ses pires cauchemars, une vision atroce.

Ekon se racla la gorge, et elle réalisa lentement qu'il la regardait, attendant qu'elle parle. La culpabilité la tenaillait. Si Anatsou et ses araignées avaient été effrayants pour *elle,* elle ne pouvait qu'imaginer ce par quoi était passé Ekon. Elle se souvenait encore de la vision qu'elle avait eue de lui dans ce fourré, couvert d'araignées et recroquevillé en position fœtale comme un enfant. Son visage avait été déformé par ce qui semblait être une douleur inimaginable. Qu'avait-il vu ? Qu'est-ce qui l'avait fait souffrir à ce point ?

« Ekon, commença-t-elle timidement. Je...

— Nous n'aurons bientôt plus de lumière. » Les mots d'Ekon étaient saccadés. « Ça ne sert à rien d'aller plus loin. Nous ferions mieux de nous arrêter ici et d'établir une sorte de camp. »

Koffi referma la bouche. Cette brusquerie inhabituelle lui était-elle destinée, ou était-ce autre chose ? Incertaine, elle hocha la tête en signe d'assentiment et déposa son sac.

Ekon ne lui donna pas d'autre occasion de parler ; il se détourna pour se diriger derrière un bouquet d'arbres. Il s'absenta juste assez longtemps pour que Koffi commence à paniquer, mais elle finit par entendre ses pas se rapprocher de nouveau. Il réapparut, portant une brassée de brindilles.

« Il nous reste de la nourriture séchée dans nos sacs, marmonna-t-il. Ce n'est pas un festin de Kuhani, mais ça fera l'affaire.

— D'accord. » Elle le regarda s'agenouiller devant le tas de brindilles et en prendre deux pour les frotter ensemble afin de faire du feu. Il savait ce qu'il faisait – c'était évident aux yeux de Koffi, vu ses gestes méthodiques – mais chaque fois que des volutes de fumée commençaient à s'élever des bâtons qu'il tenait, il tressaillait de douleur et devait recommencer. Après la troisième tentative ratée en moins d'une heure, Koffi prit la parole :

« Laisse-moi essayer quelque chose.

— C'est bon, je... »

Elle lui arracha les bâtons des mains, puis se baissa à côté de lui. Presque tout dans la jungle lui semblait nouveau et étranger, mais cela lui donnait l'impression d'être à la maison ; Mama lui avait appris il y a des années à allumer un feu. Elle savoura la sensation familière des bâtons qui roulaient de plus en plus vite entre ses paumes, l'odeur de la fumée, puis la chaleur progressive. Elle jeta les bâtons dans le bois d'allumage, et quinze minutes plus tard, des flammes illuminaient leur camp. Ekon souffla.

« Merci. »

Koffi le regarda, à deux doigts de faire une blague, quand elle remarqua quelque chose.

« Ekon, tu es couvert de morsures ! » En se rapprochant de lui, elle pouvait clairement les discerner, d'innombrables plaies rouges en forme de piqûres d'épingle sur tous ses bras, son cou et son visage. Elle réprima un frisson.

« Ouais. » Ekon fixait le feu du regard. « Ça va, à vrai dire, aucune ne me fait vraiment mal. Elles guériront d'elles-mêmes, avec un peu de chance. »

Koffi dut faire tout son possible pour ne pas lever les yeux au ciel. Elle soupira avant de reprendre la parole, sur un ton qu'elle espérait raisonnable.

« Elles pourraient *s'infecter.* »

À sa grande frustration, Ekon se contenta de hausser les épaules. Koffi regarda le ciel. La nuit était presque tombée, les ombres des arbres s'allongeaient en l'absence de lumière. Elle regarda autour d'elle jusqu'à ce que ses yeux se fixent sur quelque chose à quelques mètres de là, puis se leva brusquement.

« Où vas-tu ? »

Koffi ne répondit pas mais se dirigea vers la plante à feuilles jaunes familière qu'elle venait de remarquer. Le végétal était couvert de minuscules graines en forme de pois de la couleur d'une cacahuète. Elle en cueillit autant que possible sur le buisson avant de retourner auprès d'Ekon pour les déposer devant elle. Elle n'avait pas le mortier et le pilon que Mama aurait utilisés dans une telle situation au Zoo nocturne, mais elle improvisa en se servant d'une pierre pour broyer les graines contre une grande feuille. Quelque chose lui piqua les yeux lorsqu'elle sentit leur odeur terreuse qui lui rappelait sa mère, mais elle poursuivit jusqu'à obtenir une pâte grumeleuse. Quand elle leva les yeux, Ekon la regardait attentivement.

« Qu'est-ce que c'est ?

— Tu m'as appris à faire ce truc, le *duara* tout à l'heure, dit-elle calmement. À mon tour de *t*'apprendre quelque chose. C'est une graine de ponya, et en l'écrasant pour en faire une pâte, on obtient un excellent traitement pour les blessures. » Elle se mit à étaler de la pâte sur chaque morsure d'araignée avec son index. Au moment où elle le toucha, Ekon siffla de douleur, mais elle le força à rester en place de son autre main. « Ne bouge pas, ordonna-t-elle. Tu vas en mettre partout.

— Ça… *picote* », marmonna-t-il entre ses dents.

Koffi acquiesça. « Les graines de ponya sont anti-inflammatoires, désinfectantes et, accessoirement, constituent une excellente source de protéines. Tiens. » Elle avança la feuille recouverte de pâte devant le nez d'Ekon et lui fit inhaler une longue bouffée. Il fronça les sourcils un instant avant que son visage ne s'illumine de surprise.

« Ça… ça sent bon, un peu sucré », déclara-t-il.

Koffi continua de tamponner les bras, les jambes et même le visage du jeune garçon. Il était étrange de se retrouver si proche de lui deux fois au cours de la même journée. Il resta parfaitement immobile pendant qu'elle passait son pouce sur son cou, la ligne de sa mâchoire, et un endroit près de sa bouche. Elle examina ses lèvres, une seconde de trop à son goût. Aussitôt, elle recula.

« Euh… ça va mieux ? »

Ekon baissa les yeux sur son corps. Quand il releva la tête, une lueur douce brillait dans son regard et le faisait paraître plus jeune, comme un garçon curieux qui aurait découvert quelque chose de nouveau et d'intrigant.

« Oui, vraiment, répondit-il. Ce truc est incroyable. »

Koffi hocha la tête. « Quand j'étais petite, ma mère avait l'habitude de m'appeler sa graine de ponya. Elles sont petites, mais fortes, et peu importe où on les plante, elles s'épanouissent toujours. »

La prudence se lisait dans le regard d'Ekon. « Ta mère est toujours au Zoo nocturne ? »

Koffi se raidit. Elle n'avait pas envie de reconnaître la réalité, car il ne lui serait plus possible de l'éviter ensuite, mais les mots lui échappèrent.

« Ouais. Elle et mon ami Jabir.

— Jabir, répéta Ekon. C'est... un garçon ?

— Ouais, dit Koffi avec un haussement d'épaules. Il est comme un petit frère pour moi. »

Elle ne comprit pas l'expression de son visage à ce moment-là – un mélange de curiosité et de soulagement. Au bout d'un moment, il reprit la parole : « Je t'ai entendue les appeler, dans la prairie. » Sa voix était étonnamment douce.

Koffi ravala la boule qui lui serrait la gorge. « Ils sont ma famille, dit-elle doucement. C'est tout ce qu'il me reste. »

Ekon ne dit rien mais continua à la fixer. Il avait toujours ce regard analytique, mais semblait touché par quelque chose d'autre. Il continua brusquement :

« Comment as-tu atterri au Zoo nocturne ?

— Par malchance, répondit Koffi avec amertume. Il y a des années, mes parents et moi vivions à Lkossa, où nous vendions des produits. C'était une bonne vie, mais... mon Baba a fait de mauvais investissements. Nous n'avions plus d'argent et nous avons dû contracter des prêts, puis *d'autres* prêts pour couvrir les anciens. Les choses sont allées de mal en pis. » Elle regarda Ekon. « Puis un jour, mon Baba a rencontré Baaz Mtombé. Celui-ci nous a proposé de payer nos dettes si nous signions des contrats de servitude et acceptions de travailler pour lui afin de les rembourser. Quelques années après que nous avons déménagé au Zoo nocturne, une fièvre suante s'est répandue. Mon Baba est tombé malade, et ne s'en est jamais remis. Quand il est mort, les lois sur l'héritage de la ville ont été appliquées.

— Les lois sur l'héritage ?

— Je suis l'enfant unique de mon père, expliqua-t-elle. Nous avons donc hérité de ses dettes, ma mère et moi. Nous avons travaillé pour les rembourser depuis.

— Je suis désolé, Koffi. » Ekon avait prononcé ces mots à voix basse, mais ils semblaient sincères.

Koffi ne répondit pas. Elle ne savait pas quoi répondre à cela ; elle ne l'avait jamais su. Pendant plusieurs minutes, ils se contentèrent tous deux de rester assis en silence tout en grignotant leurs fruits secs et leur viande. Finalement, elle rompit à nouveau le silence.

« *Qu'as*-tu vu ? demanda-t-elle. Dans la prairie. »

Ekon se raidit visiblement. « Rien. Je n'ai rien vu. »

C'était un mensonge, et bien mal raconté. Koffi insista : « Tu sais, tu n'as pas à être gêné…

— J'ai *dit* que je n'avais rien vu. Laisse tomber, d'accord ? »

Koffi réprima un mouvement de recul. À cet instant, la colère avait éclaté dans les yeux d'Ekon, mais il y avait aussi autre chose. De la douleur. Cela lui rappela une autre leçon que Mama lui avait enseignée au Zoo nocturne. Souvent, les bêtes qui se déchaînent le plus sont aussi celles qui souffrent le plus. Peut-être était-ce la même chose avec Ekon. Peut-être que quelque chose le blessait bien plus qu'elle ne pourrait jamais espérer pouvoir comprendre.

« Je suis désolée, déclara-t-elle calmement. D'avoir fait preuve d'indiscrétion. »

Ekon se tut un moment, puis soupira bruyamment. « Ce n'est pas toi qui devrais t'excuser, répondit-il. Je n'aurais pas dû m'emporter contre toi. C'était un vrai manque de discipline de ma part. J'aurais dû me contrôler. »

Koffi ne put s'en empêcher. « Tu n'as pas besoin de toujours tout maîtriser, tu sais. »

Ekon fronça les sourcils. « Ce n'est pas comme ça que j'ai été élevé. »

Koffi comprit alors que ce qui était enfoui en Ekon l'était profondément, peu importait ce dont il pouvait s'agir. S'il voulait le déterrer, il devrait le faire lui-même. Personne d'autre ne pourrait le faire à sa place, et certainement pas elle. Elle décida de changer de sujet et pointa du doigt le ciel au-dessus d'elle.

« Je n'avais jamais vu ça avant, dit-elle en faisant un signe de tête vers les volutes blanc argenté répandues dans l'obscurité.

— J'ai lu des choses sur elles », commenta Ekon en suivant son regard. Koffi vit l'air renfrogné de son visage se dissiper peu à peu, et son expression s'adoucir pour laisser place à une sorte d'émerveillement. « Ce sont de petits amas d'étoiles, rassemblés par Atuno, le dieu du ciel lui-même. »

Koffi serra les genoux contre sa poitrine. « Tu sais, quand le ciel est comme ça, j'oublie ce que la Rupture lui a fait, remarqua-t-elle. J'oublie complètement qu'il est brisé.

— Il est toujours meurtri », répliqua Ekon. Il prononça ces mots avec une sorte de mépris particulier, et Koffi eut le sentiment que, peut-être, il ne parlait plus seulement du ciel. « Même si tu ne peux pas le voir maintenant, il ne sera plus jamais comme avant. Il sera toujours meurtri, marqué. »

Koffi laissa planer un silence avant de parler, choisissant ses mots avec soin. « Peut-être qu'il y a une beauté dans les cicatrices, dit-elle. Parce qu'elles sont un rappel de ce qui a été affronté, et de ce à quoi on a survécu. »

Ekon ne répondit rien, mais Koffi lui jeta un coup d'œil furtif et crut voir ses muscles se détendre, un changement infime dans sa posture raide. Pour ce soir, c'était suffisant.

Ils restèrent assis comme ça, dans un silence parfait, jusqu'à ce que la magie qui avait empli l'air semble se dissiper et que le feu mourant se transforme en braises orangées. Finalement, Koffi trouva un emplacement dans la terre et les feuilles et se pelotonna sur le côté. Elle remarqua qu'Ekon avait pris son sac et l'avait placé sous lui pour l'utiliser comme oreiller, et elle en fit de même. Après tout ce qui s'était passé aujourd'hui, elle avait cru qu'elle ne serait plus jamais capable de s'endormir dans cette jungle, mais elle réalisa que ses yeux devenaient de plus en plus lourds de fatigue, et que le sommeil l'appelait rapidement. Son esprit flottait paresseusement entre réalité et sommeil, absorbant les odeurs mêlées de fumée, de pâte de graines de ponya et des arbres environnants qui craquaient et bruissaient dans l'obscurité.

CHAPITRE DIX-NEUF

Une violence magnifique

Quand Ekon se réveilla au petit matin, les feuilles autour de lui étaient luisantes et mouillées ; la terre était douce et humide.

Avec précaution, il se leva en promenant un regard méfiant sur le monde. Son regard se fit plus perçant en glissant sur les troncs d'arbres et en remontant jusqu'à la luxuriante canopée verte où filtrait la lumière du soleil. *Elle est différente ici,* songea-t-il. *Quelque chose a changé.*

Quelques heures seulement s'étaient écoulées depuis que le vaillant petit feu de Koffi avait succombé à l'obscurité, mais dans ce court laps de temps, tout semblait être devenu plus vert, plus luxuriant ; même l'odeur qui embaumait l'air semblait fraîche dans ses poumons. Il lui fallut un moment pour nommer ce changement, pour comprendre – il avait plu. Instinctivement, il toucha ses vêtements et constata – à sa grande surprise – qu'ils étaient parfaitement secs, et que l'endroit où il avait dormi était resté entièrement protégé de la pluie grâce à la feuille qui le surplombait. C'était une plante colossale, dont les feuilles avaient la taille d'un petit chariot à mule.

« Euh… » Ekon la fixa encore une seconde. « Va comprendre. »

Aussi discrètement que possible, il fouilla dans son sac et en sortit le journal de Nkrumah. Par chance ou par miracle, le vieux livre semblait avoir survécu à sa toute dernière aventure. Ekon trouva un arbre contre lequel s'asseoir à proximité et posa l'ouvrage en équilibre sur ses genoux. Les matinées étaient sa partie préférée de la journée, un moment parfait pour lire. Il feuilleta les pages, essayant de retrouver l'endroit où il s'était arrêté. La végétation était abondante dans toute la jungle, et il avait son *hanjari* s'il voulait chasser – peut-être que le journal pourrait lui donner quelques conseils sur ce qui était comestible ici et ce qui ne l'était pas. Lentement, il parcourut la section botanique.

Il était toujours étonné de voir à quel point les notes du vieux naturaliste étaient complètes et précises, même près d'un siècle après sa disparition. Le pouce d'Ekon s'arrêta sur l'illustration d'une feuille argentée. Cette dernière avait *l'air* intéressante, assurément. Ses yeux se posèrent sur la légende en dessous.

SPÉCIMEN 98A
NOM : FEUILLE DE HASHIRA
PRONONCIATION : *Ha-chi-ra*
NOM INFORMEL : FEUILLE DE COLÈRE, FEUILLE APAISANTE
HABITAT : *La Grande Jungle, la région zamanie (Ancien Est)*
DESCRIPTION : *Feuilles vertes veinées d'argent*
ESPÉRANCE DE VIE : *Inconnue*
NOTES SUPPLÉMENTAIRES : *Cette plante indigène de la région zamanie pousse en abondance dans la Grande et la Petite Jungle à proximité des racines des vieux arbres, ou des arbres qui ont été personnellement offensés. Séchée et brûlée, la feuille de hashira peut avoir un effet hallucinogène dangereux et addictif,*

provoquant chez les personnes affectées des sautes d'humeur inhabituelles, une agressivité excessive et des troubles de la mémoire.

Ekon frissonna. Depuis son entrée dans la Grande Jungle, il n'avait pas vu de feuille de hashira, mais ce n'était certainement pas une plante à laquelle il voulait avoir affaire. Soudain, il fut reconnaissant d'avoir ce journal comme guide.

« Tu t'es levé tôt. »

Ekon sursauta. Il était tellement plongé dans sa lecture qu'il n'avait pas entendu Koffi remuer. Elle était maintenant bien réveillée, assise, et le regardait fixement. Il ne parvenait pas à comprendre son expression ni la cause du battement irrégulier soudain dans sa poitrine. Il hocha la tête.

« Euh... je suppose que oui. »

Elle cligna des yeux. « Comment te sens-tu ?

— Je... » Il lui fallut un moment pour que les détails de la veille lui reviennent en mémoire. Il baissa les yeux sur ses bras et ses jambes. La pâte de graines de ponya avait dû se dissoudre dans la nuit, car elle avait disparu, ne laissant sur sa peau qu'un faible parfum. Il remarqua que les marques de morsures avaient également presque entièrement disparu. Il rencontra de nouveau le regard de Koffi. « Je me sens... mieux.

— Bien. » Elle se tut un moment, puis fronça les sourcils. « Tu te lèves toujours aussi tôt ?

— Bien sûr. » Ekon fronça les sourcils. « J'aime bien ça. »

Koffi plissa le nez. « *Pourquoi ?*

— Mon mentor, Frère Ugo, m'a appris très jeune que le matin est le meilleur moment de la journée pour exercer l'esprit, expliqua-t-il. Tu devrais essayer...

— Non, merci. »

Ekon secoua la tête en dissimulant un petit sourire. « Je me suis aussi dit qu'il serait bon de jeter un coup d'œil à la carte avant de nous mettre en route, ajouta-t-il. Nous avons une longue journée devant nous. Ce... détour avec Anatsou nous a fait dévier de notre itinéraire, alors nous devrons accélérer le rythme aujourd'hui pour arriver au Cœur dans un délai raisonnable...

— En fait... » Koffi se racla la gorge, et Ekon vit de l'hésitation dans son expression. « Je voulais en parler.

— De quoi ?

— De notre itinéraire. » Koffi enroula une de ses nattes autour de son doigt. « Je me disais... et si le Shetani ne se trouvait *pas* au Cœur de la jungle ?

— Quoi ? » Ekon fronça les sourcils. « Qu'est-ce que tu veux dire ? À quel autre endroit pourrait-il être ?

— Je ne sais pas, répondit Koffi. C'est juste que... quand on y pense, tu ne crois pas qu'un endroit comme le Cœur de la jungle, le centre même de cet endroit, semble un peu... évident ? »

Ekon n'aimait pas la tournure que prenait cette conversation. Il s'était réveillé ce matin revitalisé, déterminé à mener à bien leur mission. Il avait un plan très précis, très clair ; à présent, comme d'habitude, Koffi était en train de le mettre en pièces. « Si le Shetani ne vit pas au Cœur de la jungle, où pourrait-il bien être ? »

Koffi pinça les lèvres. « Je ne sais pas pourquoi, mais j'ai comme l'intuition que nous devrions aller vers le nord-ouest aujourd'hui.

— Le nord-ouest ? répéta Ekon. Tu veux dire, dans la direction *opposée* à celle du Cœur ? »

Koffi se mit à enrouler ses cheveux autour de son doigt plus rapidement. « Je sais que ça semble bizarre, mais...

— Tu veux que nous changions tout notre plan, parce que tu as eu une *intuition* ? »

Aussitôt, les sourcils de Koffi se haussèrent. « Tu n'as pas eu d'intuition hier, quand tu nous as conduits dans une tanière pleine d'araignées ? »

L'accusation avait été lancée sur un ton désinvolte, mais elle était quand même blessante. Ekon répondit d'une voix plus tranchante qu'il ne l'aurait voulu : « Si nous nous sommes retrouvés là-bas, c'est parce que *tu* nous as entraînés dans un brouillard magique qui nous a fait perdre conscience, ce qui a amené une araignée géante à nous *voler*... »

Koffi leva les yeux au ciel. « Bon sang, tu es probablement le garçon le plus théâtral que j'aie jamais...

— *Arrête de jurer !*

— C'est bien ce que je disais. »

Ekon éleva la voix malgré lui. « Est-ce que tu te comportes parfois comme quelqu'un de ton âge, ou tu es toujours aussi immature ? »

Koffi se renfrogna. « Fais comme tu veux. Je vais au nord-ouest. Amuse-toi bien avec ton petit livre d'images.

— Ce n'est *pas* un livre d'images ! » Ekon tenait le journal de Nkrumah contre sa poitrine, en un geste protecteur. « C'est un journal historique de *l'illumination naturelle* de... »

Un long hurlement retentit et tous deux se figèrent ; Ekon sentit une secousse faire trembler le sol. Son sang se glaça et il vit l'expression de défi de Koffi céder la place à l'horreur. Le grognement humide qui déchira le silence ne ressemblait à aucun autre son qu'il avait entendu de toute sa vie. Lentement, il se retourna et sentit sa peau se hérisser.

Jamais auparavant il n'avait vu une créature comme celle qui se trouvait devant eux.

Au premier coup d'œil, il l'aurait qualifiée de serpent, un nom largement attribuable à son corps serpentin épais et à ses écailles brun foncé. Mais non, dès qu'Ekon eut prononcé ce mot dans son esprit, il sut que c'était terriblement faux. Cette créature faisait trois mètres de haut ; ce n'était pas un simple serpent. Sa gorge se serra d'horreur lorsque ses yeux remontèrent le long de son corps dépourvu de membres jusqu'à sa tête et qu'il découvrit que là où il s'attendait à un crâne reptilien se trouvait quelque chose d'autre. Il vit de grands yeux bruns, des oreilles grises et tannées qui lui semblaient familières mais contre nature, une trompe et des défenses d'ivoire acérées plus longues que ses bras. Un *éléphant* – cette bête avait le corps d'un serpent et la tête d'un éléphant. Son regard semblait alterner entre Ekon et Koffi, songeur, et lorsque ses yeux se posèrent sur Ekon, son nom apparut au centre de son esprit, tout droit sorti des pages du journal de Nkrumah.

Un grootslang.

« Koffi. » Ekon gardait les yeux rivés sur la bête, espérant qu'elle lui rende son regard pendant qu'il parlait. Ce qu'il fit d'une voix basse sans se retourner pour regarder la jeune fille. « Éloigne-toi. Lentement. »

Il attendit le craquement de pas qui s'éloignaient, en vain. Le grootslang émit un autre grognement humide de son horrible bouche grise, et Ekon ne put s'empêcher de trembler. Il s'était exercé toute sa vie à affronter des hommes, mais rien dans son entraînement ne l'avait préparé à cela.

Sans prévenir, le grootslang s'élança en avant, trop rapide et agile pour une créature d'une telle taille. Ekon esquiva juste à temps, roulant sur les feuilles tandis que la créature frappait un arbre proche qui vola en éclats. Le monde tournoya tandis qu'il se redressait et bondissait avant que le grootslang ne puisse frapper à nouveau. Il regarda par-dessus son épaule juste à temps pour voir Koffi sursauter, comme si elle venait d'émerger de son hébétude. Le grootslang se tourna vers elle, et son cœur se serra.

« Non ! »

Il courut mais ne fut pas assez rapide. Le grootslang atteignit Koffi le premier. Il se dressa au-dessus d'elle, sa gueule béante, mais au moment où il s'approchait, un éclair blanc brilla dans l'air. Ekon se précipita de l'autre côté et entendit avec surprise la bête siffler de douleur en reculant. Koffi avait toujours son couteau jino en main, avec lequel elle portait des coups de taille et d'estoc dans l'air. Elle arrivait à tenir la créature à distance, mais elle finirait par s'épuiser.

Réfléchis. Il se creusa la tête frénétiquement pour trouver des idées. *Que sais-tu des grootslangs ?* Il venait de lire quelque chose à leur sujet, mais son esprit était tiraillé de toutes parts. Il essaya de se souvenir des notes de l'érudit en détail. Les grootslangs vivaient généralement dans des grottes, des fosses et d'autres endroits sombres mais ils étaient parfois poussés à en sortir par...

Une idée lui vint.

« Koffi ! » Il cria son nom alors que la créature rugissait à nouveau. « Lance-lui la dague dessus !

— *Quoi ?* » Koffi ne quittait pas la bête des yeux, mais sa voix n'exprimait que l'incrédulité. « Pourquoi ?

— Fais-le ! » Ekon se glissa sur la droite, essayant de rester hors de la vision périphérique du monstre. C'était une idée hasardeuse, mais peut-être que...

« C'est la seule arme que j'ai ! » Koffi lui lança un second regard tandis qu'elle continuait à reculer lentement. « Si je la jette, je n'aurai plus rien pour...

— Il faut que tu me fasses confiance ! cria Ekon. S'il te plaît, Koffi ! »

Elle lui jeta un dernier regard avant de rassembler son courage et de planter les pieds dans la terre. En réponse, le grootslang se dressa de toute sa hauteur, occultant le peu de lumière qui filtrait à travers les arbres. Koffi leva le bras en hauteur, puis lança la dague aussi fort qu'elle le pouvait vers le milieu du corps de la bête. La lame-dent tournoya gracieusement dans l'air avant de rebondir inutilement sur les écailles cuirassées du grootslang et d'atterrir sur le sol. La bête siffla avec une rage renouvelée.

Non.

Ekon ne savait pas ce qui lui avait pris, mais avant qu'il ait pu y réfléchir, il s'était élancé vers l'avant. Il combla la distance entre lui et Koffi, étendit les bras et fonça sur elle de façon à faire écran de son corps tandis qu'ils s'effondraient par terre. Elle se roula en boule sous lui et il utilisa ses bras et sa poitrine pour la couvrir autant que possible. En fin de compte, il savait que ce geste ne serait pas d'une grande utilité contre la colère du grootslang, mais peut-être que Koffi aurait la possibilité de fuir pendant que la chose était occupée à le manger. Il aperçut le visage de la jeune fille sous lui ; ses paupières étaient closes, dans l'attente de la douleur. Une partie de lui voulait qu'il ferme aussi les yeux, mais il n'y parvenait pas. Il tourna la tête pour faire face au grootslang. Celui-ci les regardait toujours d'un air malveillant. Les feuilles bruissaient tandis qu'il glissait vers eux, réduisant la distance qui les séparait alors que ses énormes oreilles grises claquaient sinistrement dans le vent. Il était de plus en plus proche, et d'une seconde à l'autre, l'une de ses défenses finirait par les éventrer. Ekon retint son souffle, se préparant, quand…

Le grootslang s'arrêta net.

Le cœur d'Ekon tonna dans sa poitrine comme un tambour de guerre tandis qu'il regardait le monstre tourner lentement la tête vers la droite. Il suivit son regard jusqu'à la chose qui l'avait fait hésiter. Un unique rayon de soleil doré perçait la canopée de la jungle, éclairant directement la poignée ornée de bijoux de la lame jino de Koffi. Dans la lumière, le rouge profond des rubis incrustés dans l'ivoire sculpté scintillait comme du sang, avec une violence magnifique. La bête fit claquer sa langue fourchue et utilisa sa trompe pour ramasser la lame et l'examiner, ses deux yeux noirs perçants se plissant d'attention. Ekon ne bougea pas le moindre muscle pendant qu'elle terminait son examen. Une seconde qui lui fit l'impression d'un siècle entier s'écoula encore avant qu'elle n'enroule sa trompe autour du reste de la lame et se détourne d'eux. Aussi vite qu'il était venu, le grootslang se glissa dans les profondeurs de la jungle, jusqu'à ce que les ténèbres l'engloutissent. Ekon resta immobile, néanmoins.

« Il est parti ? » La voix de Koffi était étouffée contre sa poitrine, et immédiatement, il s'écarta d'elle d'une roulade et l'aida à se relever. Elle fixa la direction dans laquelle le grootslang avait disparu, l'air visiblement secouée.

« Ouais. » Ekon regarda par-dessus son épaule en essayant de calmer les battements de son cœur. « Je crois bien. »

Le regard perplexe de Koffi passa des arbres à Ekon. « Comment as-tu fait ça ?

— Fait quoi ?

— Comment savais-tu qu'il allait disparaître ? »

Ekon fit un signe de tête vers leurs sacs qui se trouvaient toujours à quelques mètres de là. « J'ai déjà lu des choses sur eux, expliqua-t-il. Les grootslangs font partie de la catégorie des collectionneurs. »

Koffi fronça les sourcils. « Qu'est-ce que ça veut dire ?

— Ils sont comme les pies, ils aiment collectionner des choses, expliqua-t-il. Surtout celles qui ont de la valeur. Ta lame jino avait ces rubis sur la poignée, alors j'ai pensé que cela pourrait suffire à le distraire. » Une pointe de culpabilité le traversa soudainement. « Désolé que tu ne l'aies plus à présent, au fait.

— Bah, j'en trouverai une autre. Et puis, je préfère encore les coups de pied, répondit-elle. Je suis juste contente que ça ait marché. Pendant une minute, j'ai cru qu'on était foutus. »

Ekon gloussa. « Nan, il m'aurait mangé en premier, promis. »

L'expression de Koffi changea brusquement, comme si quelque chose venait de lui sauter aux yeux. « Tu… tu m'as protégée. » Elle parlait comme si ces mots venaient d'une langue étrangère, qu'elle comprenait à peine. « Pourquoi ? »

Ekon s'immobilisa. À vrai dire, il ne savait pas pourquoi il l'avait fait ; il l'avait fait, c'était tout. « Je... » Il hésita. « Je voulais juste te rendre la pareille. Tu m'as sauvé des araignées hier. Je me suis dit que c'était mon tour, cette fois.

— Merci. » Le ton de Koffi était sincère, peut-être le plus sincère qu'il ait jamais entendu.

« Euh... » Ekon se massa l'arrière du cou, se sentant soudainement chaud. « N'en parlons plus. Tu as faim ? »

Koffi sourit. « Je suis affamée. »

Ils continuèrent ensemble vers le nord, côte à côte. Bien que, techniquement parlant, Ekon remarquât qu'ils n'avaient pas encore établi de plan ou d'itinéraire exact, il découvrit que cela ne le dérangeait pas. Il inspira et huma l'odeur de la mousse et de la terre riche qu'il n'avait jamais connue auparavant. L'air était encore chaud, mais pas oppressant, presque agréable.

« Ah. » Koffi s'arrêta de marcher. Elle leva les yeux et désigna l'un des arbres devant elle. « Regarde. »

Ekon finit par trouver l'arbre que lui indiquait Koffi. C'était sans doute le plus grand qu'il ait jamais vu. Son bois était d'un brun riche et profond, avec des bosses bulbeuses sur son tronc qui lui rappelaient des verrues. Des feuilles d'un vert intense s'accrochaient à ses branches, alourdies par de gros fruits rouges qu'Ekon n'avait jamais vus auparavant. Ceux-ci ressemblaient à des grenades, mais en plus volumineux.

« On dirait la mère de la jungle. » Une nuance admirative était perceptible dans la voix de Koffi tandis qu'ils se rapprochaient.

« J'aurais dit *grand*-mère. »

Ils s'arrêtèrent juste devant l'arbre ; le sommet de leurs crânes n'atteignait même pas un tiers de la hauteur de son tronc. Dans la lumière de l'après-midi, les fruits qui pesaient sur ses branches semblaient scintiller. Leur simple vue mit l'eau à la bouche d'Ekon.

« Je pense que nous venons de trouver notre déjeuner, déclara Koffi d'un air triomphant. Et peut-être le dîner pour les prochains jours.

— Attends une seconde. » Ekon sortit le journal de Nkrumah de son sac et se mit à en feuilleter les pages, essayant de trouver le chapitre qu'il avait lu plus tôt. « Donne-moi juste une seconde... » Il sentait le regard de Koffi sur lui tandis qu'il continuait de chercher.

« Alors ? »

Ekon fronça les sourcils. Il avait visiblement atteint la fin de la section botanique du journal, mais n'avait vu aucune note ou illustration correspondant à l'arbre dressé devant eux. « Je ne trouve rien là-dessus pour l'instant, mais ça ne veut pas dire...

— Écoute, tu as dit toi-même que ce Nkrumah était l'expert de cette jungle, déclara Koffi en croisant les bras. Ce qui signifie que si cet arbre n'est pas indiqué comme dangereux, c'est qu'il n'y a pas de problème.

— Je pense malgré tout que nous devrions vérifier pour nous en assurer... »

Sans prévenir, elle bondit et ses doigts se replièrent autour de la branche la plus basse, d'où elle se balança avec une grâce surprenante. Ekon la regarda, quelque peu horrifié et quelque peu impressionné, tandis qu'elle se relevait et attrapait la branche suivante à sa portée, grimpant de plus en plus haut jusqu'à se trouver quelques mètres au-dessus de lui.

« Koffi, fais attention... *Aïe !*

— Attention à ta tête ! » Koffi lui lança un sourire malicieux tandis qu'elle secouait l'une des branches et envoyait d'autres fruits de l'arbre rouler au sol. Ils se détachaient avec une facilité surprenante, arrosant l'espace autour de lui. Ekon fronça les sourcils quand quelques autres le heurtèrent dans leur chute, mais il ne réussit pas à rester en colère bien longtemps. Quelques minutes plus tard, Koffi jeta à nouveau un coup d'œil vers lui. Du haut des branches, elle ressemblait à une ancienne reine de la jungle en train de diriger son domaine.

« Bien. » Elle tâtonna du pied la branche en dessous d'elle, et celle-ci oscilla. Ses yeux se posèrent sur le sol en dessous, où se tenait Ekon, puis s'écarquillèrent. « Hum...

— Vraiment ? » Ekon lutta pour dissimuler l'exaspération dans sa voix. « Tu sais *grimper* aux arbres mais pas en descendre ? »

Les yeux de Koffi se plissèrent. « Ce n'est pas comme si j'avais eu besoin d'apprendre. Il y avait des échelles au Zoo nocturne. »

Ekon se frotta l'arête du nez avant de regarder autour de lui. « Saute. Je te rattraperai.

— *Saute ?* »

Les sourcils d'Ekon s'arquèrent. « À moins que tu préfères rester là-haut toute la nuit ? »

Un silence se fit avant que Koffi ne lève les yeux au ciel. « D'accord. » Elle se baissa et laissa ses jambes pendre par-dessus la branche, les balançant d'avant en arrière. « Je vais sauter.

— À mon signal, dit Ekon. Un, deux...

— Trois ! »

Le cœur d'Ekon chuta dans sa poitrine lorsque Koffi se laissa tomber dans sa direction. Ses bras s'élancèrent juste à temps pour la rattraper. Leurs corps se heurtèrent et son dos vint percuter le tronc de l'arbre pour encaisser le plus gros de l'impact. Quand il ouvrit les yeux, Koffi était toujours dans ses bras, le visage renfrogné.

« Tu as *fermé les yeux* ?

— Ce n'était pas fait exprès », se défendit Ekon. Son cœur battait la chamade. Il réalisa soudain que ses mains étaient toujours sur la taille de Koffi, et qu'ils étaient encore *très* proches l'un de l'autre. Pendant exactement trois secondes, il fut parfaitement conscient que leurs poitrines se soulevaient et s'abaissaient l'une contre l'autre. « Je veux dire, je t'ai quand même rattrapée. »

Koffi s'écarta de lui et commença à rassembler les fruits qu'elle avait fait tomber de l'arbre. « Nous devrions en avoir assez pour préparer un repas correct. » Elle le regarda. « Je sais que tu es doué avec les dagues, mais... qu'en est-il de tes compétences en matière de hachage ? »

Quelques minutes plus tard, avec l'aide du *hanjari* d'Ekon, ils avaient un petit festin devant eux. Les racines massives de l'arbre étaient assez grandes pour servir de table de fortune, et certaines des feuilles les plus grandes faisaient office d'assiettes. Koffi s'assit d'un côté de la table, Ekon de l'autre. Ce dernier se demanda si, avec les fruits, il allait lui falloir ravaler sa mise en garde à leur sujet. Ils avaient l'air délicieux suspendus aux branches de l'arbre, mais, coupés en morceaux, ils dégageaient un arôme différent de tout ce qu'il avait pu sentir auparavant – un arôme incroyablement doux, presque sucré, qui embaumait l'air ambiant. Comme si elle lisait dans ses pensées, Koffi sourit.

« Tu vois ? » Elle prit un morceau de fruit et le mit dans sa bouche. « Un déjeuner parfait, malgré ton côté autoritaire. »

Ekon remarqua que le fruit avait taché ses lèvres d'un rouge sombre ; il était encore en train de les fixer lorsque les mots l'atteignirent vraiment. « Attends. » Il reposa le morceau de fruit qu'il était sur le point de manger, en fronçant les sourcils. « Je ne suis pas... *autoritaire* ? »

Koffi se contenta de hausser un sourcil.

« Ce n'est pas vrai !

— Si, vraiment. »

Ekon s'adossa, pensif. « Je suis simplement prudent, dit-il au bout d'un moment. Je veux dire, cette jungle est dangereuse, et je n'aime pas voir souffrir les gens qui comptent pour moi. C'est... » Il se rattrapa. « Euh... désolé, c'était bizarre de ma part.

— Non. » L'expression de Koffi avait changé ; son sourire en coin avait disparu, et à sa place se trouvait quelque chose qu'il ne reconnaissait pas. « Ce n'était pas bizarre. »

Aucun d'eux ne parla pendant un moment. Au milieu du silence, quelque chose vibrait près du nombril d'Ekon. Il ne savait pas comment décrire cette sensation, ni quoi en faire. Il s'empressa de changer de sujet.

« Ce monstre, c'était un grootslang », déclara-t-il.

Koffi le fixa un moment, puis sembla reprendre ses esprits. « Oh.

— Il existe une légende selon laquelle lorsque les six dieux ont créé le monde, beaucoup des animaux que nous connaissons aujourd'hui étaient différents. Au fil du temps, les dieux ont divisé certains d'entre eux en deux espèces distinctes pour les rendre moins dangereux, expliqua-t-il. On dit que les grootslangs sont à l'origine des éléphants et de tous les serpents, et que ce sont des êtres incroyablement puissants.

— C'était impressionnant, la façon dont tu as utilisé ton intelligence livresque pour t'en débarrasser. » Koffi engloutit un autre morceau de fruit. « Assez spectaculaire, en fait. »

Quelque chose en Ekon se gonfla de fierté. Il ne recevait pas souvent d'éloges, surtout quand Kamau était à proximité. Le compliment lui fit du bien. « Eh bien, tu n'étais pas si mal non plus, sourit-il. Je veux dire, tu as complètement ignoré ce que je t'ai enseigné avec la dague, mais...

— Je suis plus du genre à improviser. » Koffi tira la langue ; celle-ci était brillante et rougie par le fruit.

« Tu es vive, je te l'accorde, gloussa Ekon en posant son fruit. Je n'ai jamais vu une fille bouger comme tu le fais. » À la seconde où ces mots quittaient sa bouche, il hésita. « Euh... désolé, je...

— Tu devrais rencontrer plus de filles. » La voix de Koffi était douce. « Mais c'est gentil de ta part de dire ça. » Quelque chose dans son regard avait changé. Ekon était incapable de mettre le doigt dessus, mais il n'y avait pas à s'y méprendre. Son regard se posa à nouveau sur sa bouche – *pourquoi ne pouvait-il s'empêcher de la regarder ?* Il sentit ce bourdonnement à nouveau, plus fort. Quelque chose prenait forme, une envie de dire quelque chose, de *faire* quelque chose. Il attendit que ses doigts commencent leur tambourinement, trouvent leur rythme, mais à sa grande surprise, ils ne bougèrent pas. Il réalisa qu'à ce moment-là, il préférait de loin rester immobile. Il ne voulait pas compter les choses, il n'en avait pas besoin.

« Koffi. » Sa voix était plus basse, plus calme. Quelque part au loin, un crépitement léger se fit entendre, mais il le perçut à peine par-dessus le rugissement de ses oreilles. Soudain, il se rendit compte du peu d'espace qu'il y avait entre eux deux, à peine une longueur de bras. Elle le fixa une seconde de plus, puis, de manière presque imperceptible, elle se pencha légèrement en avant. C'était le plus infime des mouvements, mais c'était suffisant. Ce geste à peine perceptible contenait une permission silencieuse, une permission qu'il ne pensait pas désirer avant de l'obtenir.

« Ekon. » La voix de Koffi était à peine audible, un murmure. Elle ferma les yeux, et ses lèvres s'ouvrirent. Ekon déglutit. Ils étaient très proches maintenant. Il pouvait voir les cils se déployer un par un en éventail autour de ses yeux, il pouvait sentir le fruit rouge dans son haleine. Celle-ci était sucrée, et il se demandait vaguement si *elle* aurait un goût sucré...

« *Ekon.* » Elle répéta son nom, plus doucement cette fois, avec un certain empressement. Ses yeux s'ouvrirent et rencontrèrent les siens, puis Ekon prit une grande inspiration. Quelque chose n'allait pas. Les yeux qui rencontraient les siens étaient vitreux, vides. Un filet de sueur s'était formé à la racine des cheveux de la jeune fille, et sa respiration était de plus en plus faible et rauque. Ekon se figea.

« Koffi ? »

Un autre bruit remplit l'espace autour d'eux, un crépitement plus sonore. Ekon se retourna pour en trouver la source et sentit le sang quitter son visage. Le tronc de l'arbre près duquel ils étaient assis s'était transformé. Son écorce n'était plus d'un brun riche, mais grise, friable. Au-dessus d'eux, d'autres fruits tombaient, mais ils n'étaient plus rouges. Un frisson lui parcourut l'échine quand il vit que la chair des fruits était noire, fripée, presque comme…

« Ekon… »

Ekon se retourna, mais pas assez rapidement. Avec horreur, il vit Koffi qui le fixait, son corps oscillant latéralement sur son siège.

Puis elle s'effondra.

PARTIE TROIS

Ne réveillez pas
la hyène qui dort

Le garçon de l'Ouest

Adiah

« Sa famille vient d'Asali, dans l'Ouest, c'est pour *ça* qu'il est si beau. »

Je lève les yeux au ciel pour la millième fois alors que Nuru et Penda, deux de mes camarades de classe, sont prises d'un nouveau fou rire à quelques mètres de moi. Elles ignorent qu'elles ne sont pas seules dans ce couloir, que je me tiens accroupie, cachée derrière une vieille statue de Fedu depuis près de quinze minutes. Je n'ai pas l'intention de le leur révéler.

« J'ai entendu dire qu'il avait déjà été choisi pour entrer en apprentissage. » Je reconnais la voix de Penda, plus hautaine. En tant que darajas, elle et moi avons pratiquement grandi ensemble dans ce temple au cours des sept dernières années, mais nous ne sommes vraiment pas amies. Je peux imaginer son visage peint et ses nœuds bantous à la perfection agaçante même sans les voir. Je touche mes propres cheveux par réflexe. Il y a presque une semaine, Mama m'a fait deux tresses pratiques dans le dos, mais elles commencent à friser sur les bords. C'est probablement le moment de les laver. Pouah, je *déteste* ça. Peut-être que je pourrais me contenter d'un soin…

« Il travaille dans le district de Kughushi, sous les ordres de Bwana Martinique, poursuit Penda d'un air entendu. Je vais voir si je peux trouver une excuse pour passer à la boutique demain. Peut-être que je demanderai qu'on me fasse quelque chose.

— *Ooh.* » La voix aiguë, qui avait parlé avant, est celle de Nuru. Je peux pratiquement imaginer ses grands yeux de poupée s'écarquiller, comme ils le font toujours quand elle est excitée. Nous ne sommes pas vraiment amies non plus, mais elle est certainement plus gentille que Penda. « Je peux venir avec toi ? *J'adorerais* le rencontrer ! »

Elles ricanent à nouveau, et je réprime un gémissement. Après tout, je ne suis pas censée être ici.

Mon plan initial était simple : rester cachée derrière cette statue jusqu'à ce que les cours de l'après-midi commencent, puis me diriger vers le jardin suspendu pour retrouver Tao. Il ne fait aucun doute que mon meilleur ami est déjà là à attendre, faisant ce qu'il fait toujours pendant son temps libre – lire – mais à peu près n'importe quelle activité me semble plus attrayante qu'un autre après-midi passé dans une salle de classe étouffante du temple avec le vieux Maître Lumumba. C'est mon professeur de littérature et de linguistique, et il essaie en ce moment de m'apprendre à conjuguer les verbes de base du kushoto. J'avais pensé que rien ne pouvait être pire que de l'écouter radoter sur les inflexions appropriées de mes voyelles ; à présent, je commence à me demander si je ne me suis pas trompée.

« Il est juste tellement beau, continue Nuru, qui semble essoufflée. Ses yeux et ses épaules… et tu as vu ses *mains* ? Elles sont énormes…

— Tu sais ce qu'on dit des grandes mains…

— *Penda !* »

Elles recommencent à ricaner, et je jette un œil à une fenêtre proche, envisageant sérieusement de sauter. Ce n'est pas que les discussions concernant les garçons me dérangent – les dieux savent qu'il y en a plus d'un de très beau dans mon groupe de darajas – mais tout le monde ne parle que de *ce* garçon depuis une semaine. Je ne connais même pas son nom, et à ce stade, je m'en fiche. Chaque personne de Lkossa qui a à peu près mon âge semble obsédée par lui. Les filles le trouvent mignon, et même certains garçons semblent préoccupés. Je trouve ça ridicule. On dirait que personne dans cette ville n'a jamais vu quelqu'un de nouveau.

« Que lui diras-tu, demande Nuru à Penda, si tu le vois demain ? »

Je jette un coup d'œil de derrière la statue juste assez longtemps pour voir le sourire rusé de Penda. « Il est nouveau en ville, et a sans doute besoin d'une guide. Je vais lui proposer de lui faire visiter le temple, et peut-être les jardins de l'ouest.

— Oh, réplique Nuru. Ils ont enfin terminé les réparations ?

— Oui, plus tôt dans la semaine, en fait. Adiah a fait un sacré numéro avec les haics. »

Même si je sais qu'elles ne peuvent pas me voir, je me recroqueville dans l'ombre de la statue à la mention de mon nom. Une chaleur embarrassée envahit ma peau.

« Je n'arrive pas à croire qu'elle s'en soit prise à cette belle statue, dit Nuru. Je ne pense pas que Frère Yazeed s'en soit encore remis. »

Je serre les dents, agacée. Frère Yazeed est complètement déraisonnable. Après tout, je n'avais pas *l'intention* de toucher la statue d'Amokoya avec la splendeur que j'utilisais ; c'était un accident. De plus, *je* pense que la déesse de l'eau est plus belle sans ce diadème ridicule. L'art est subjectif.

« Honnêtement, ajoute Penda, cette fille est une menace. »

Je sens la colère monter en moi.

« Elle peut être gentille, dit doucement Nuru. C'est juste que parfois, elle est… trop intense. »

Ces mots me blessent davantage que ceux de Penda. Je reviens sur mon avis que Nuru était la plus gentille des deux. *Trop intense.* Pour sûr, j'ai déjà entendu ce genre de remarque. *Trop bruyante. Trop forte. Trop tout.* Je sais que je suis trop intense, mais je ne sais pas comment l'être moins.

« Allons choisir quelque chose à porter pour demain, suggère Nuru, un regain d'excitation dans la voix. Penda, je peux t'emprunter ta robe ankara ? La verte de…

— Tu veux dire celle sur laquelle tu as renversé de la soupe ogbono[13] la semaine dernière ? »

Leurs voix s'estompent comme elles se lèvent enfin et se dirigent vers la salle principale. Cela fait près d'une demi-heure que j'attends leur départ, mais je ne me lève pas immédiatement. Les mots des filles résonnent encore dans ma tête.

« Cette fille est une menace. Parfois, elle est… trop intense. »

Elles ont toutes les deux raison. Je *suis* une menace, je suis trop intense. Ce n'est pas ce que je souhaite. Je voudrais être comme les autres filles de mon année qui savent comment se coiffer et tenir des conversations intelligentes. Je veux apprendre la beauté de la maîtrise de soi. Le problème, c'est que je ne me maîtrise pas du tout.

Je ne suis pas ce genre de beauté.

Ce n'est pas la première fois que je repense à cet après-midi dans le bureau du Père Masego, quand j'avais 12 ans et qu'il m'a dit que j'étais extraordinaire. Cela fait un an qu'il est mort, qu'un nouveau Kuhani a pris sa place. Le Père Masego m'a dit un jour qu'il pensait que je ferais des choses remarquables. J'en suis de moins en moins sûre à chaque jour qui passe.

---

13. Soupe de la cuisine nigériane à base de graines de fruits pilées.

Lentement, j'émerge de derrière la statue. Dans cette interprétation, le dieu de la mort est sculpté de façon à ressembler à un vieil homme rusé, son hippopotame familier à ses côtés. Plus je la fixe, plus la statue me déstabilise, et je quitte sans perdre de temps le couloir pour me diriger vers le jardin suspendu. Mon détour, à cause de Penda et Nuru, m'a coûté un temps important mais avec un peu de chance, je peux encore retrouver Tao avant que...

Je manque de percuter une personne au coin du corridor. Elle est en train de transporter une grande caisse, et celle-ci m'écrase presque lorsque nous entrons en collision. J'agis sans réfléchir, la splendeur me vient comme toujours, et j'en utilise une petite partie pour repousser la caisse dans les bras de la personne qui la porte. Son visage est plongé dans la pénombre, mais je vois le sommet d'une tête qu'on hoche.

« Désolé, dit une voix masculine grave.

— Ce n'est rien, rétorqué-je rapidement, en essayant de le contourner.

— C'est ma première livraison au temple. » Le porteur se déplace vers la droite en même temps que moi, me bloquant par inadvertance le passage. « Je suppose que j'ai pris un mauvais virage. Je suis encore en train de me familiariser avec...

— *Eh bah*, bonne chance. » Je fais un pas à gauche, et trouve cette fois un espace où me faufiler. « Je m'entraîne ici depuis presque sept ans, et même moi je ne... »

Les mots me restent en travers de la gorge lorsque le porteur dépose la caisse et que, pour la première fois, je vois son visage. La personne qui me regarde n'est pas un vieux maître du temple, mais un garçon à la peau marron clair et aux cheveux noirs. Je sais tout de suite de qui il s'agit : celui dont tout le monde parle. C'est le garçon de l'Ouest.

Et à contrecœur, je dois admettre qu'il n'est vraiment *pas* déplaisant à voir.

« Bonjour », dit-il en souriant et en portant la main à son cœur. Je reconnais ce geste ; c'est une salutation courante dans la région de Dhahabu, à l'ouest. Il semble se rendre compte de ce qu'il vient de dire, et son visage devient légèrement penaud. « Euh… désolé, s'excuse-t-il dans un zamani à l'accent prononcé. Je suis encore… en train de m'habituer aux coutumes et aux langues de l'Est.

— Ce n'est rien, l'assuré-je avant de pouvoir m'arrêter. Je connais un peu le kushoto. » À peine ces mots sont sortis de ma bouche que j'ai envie de me gifler. Pourquoi est-ce que j'ai dit ça ? Je ne parle pas le kushoto, je peux à peine conjuguer un verbe correctement. Soudain, je regrette de ne pas avoir prêté plus d'attention aux leçons de Maître Lumumba…

« Vraiment ? » Son visage s'illumine, plein d'espoir. « C'est vraiment impressionnant. »

Impressionnant. Ce compliment me semble étrange. Il y a beaucoup de mots – dont certains sont très expressifs – que les gens utilisent généralement pour me décrire. *Impressionnant* ne fait habituellement pas partie de la liste. Au bout d'un moment, le jeune homme me tend la main.

« Mon nom est Dakari, dit-il avec un sourire encore plus large. Je suis nouveau ici. »

Je lui prends la main et la serre. Elle est chaude au toucher et enveloppe presque entièrement la mienne. Il a bien de grandes mains…

« Je suis Adiah, me présenté-je.

— Adiah. » Il répète mon nom, qui sonne différemment sur sa langue, comme une chanson. « C'est charmant.

— Merci. »

Il me regarde toujours, m'étudiant comme j'ai vu certains maîtres examiner des œuvres d'art. Je n'ai pas l'habitude que quelqu'un me regarde aussi longtemps sans détourner les yeux. C'est presque étrange.

« Es-tu l'une des... darajas ? demande-t-il après un silence. Une des étudiants qui s'entraînent ici ?

— C'est exact. » Aussitôt, je me redresse, incapable de réprimer un petit élan de fierté. À mon grand plaisir, il a l'air admiratif comme il se doit.

« C'est incroyable. Il n'y a plus beaucoup de darajas à Asali, d'où ma famille est originaire. »

Penda et Nuru avaient donc raison sur ce point aussi.

« Les darajas s'entraînent au temple de Lkossa depuis des années, lui expliqué-je. C'est une tradition ancienne.

— Fascinant », répond-il, et on dirait qu'il le pense vraiment. Quelque chose passe sur son visage, une hésitation, avant qu'il ne demande : « Peut-être que tu pourrais... me faire visiter les lieux un jour ? Si cela ne perturbe pas ton entraînement ? »

Quelque chose d'étrange palpite dans mon estomac. Il me regarde toujours avec autant d'attention. Je dois faire un effort pour paraître désinvolte. « Bien sûr. » Je hausse les épaules. « Je pourrais probablement trouver du temps.

— Demain ?

— Je suppose.

— Très bien, Adiah. » La deuxième fois qu'il prononce mon nom est différente ; il y a un soupçon de quelque chose d'autre dans son ton, que je suis incapable de nommer mais qui ne me dérange pas. « J'ai hâte de te revoir demain. »

Il incline alors la tête, dans un mouvement étonnamment noble pour un garçon qui semble avoir mon âge. Je ne sais pas quoi faire en retour, alors je lui adresse un petit signe de tête avant de le contourner et de retourner dans le couloir. Je crois sentir ses yeux sur moi, et j'attends d'avoir tourné à l'angle pour sourire.

Je réalise que peut-être, pour la première fois depuis longtemps, j'ai un nouvel ami.

CHAPITRE VINGT

Le fils indigne

« Koffi ! »

Ekon sentit quelque chose se serrer en lui lorsque les yeux de Koffi se révulsèrent, exposant leur blanc. Il s'agenouilla à côté d'elle et la secoua doucement par les épaules. Elle ne répondit pas, mais frissonna contre lui. Il pressa le dos de sa main sur son front. Celui-ci était chaud – terriblement chaud – au toucher. Il regarda frénétiquement autour de lui.

Que faire ? Ses yeux scrutèrent son visage, puis les arbres. Il la reposa, puis sortit le journal de Nkrumah de son sac. Cette fois, il déchira presque les pages en les feuilletant pour trouver une explication. Il s'arrêta sur l'une d'elles. L'arbre de cette illustration, gris et laineux, ressemblait à celui qu'il avait devant lui.

Non, réalisa-t-il. *C'est le même.*

Et il ne se trompait pas. Beaucoup de notes étaient gribouillées sur cette page, l'une contre l'autre, Nkrumah ayant visiblement essayé d'en mettre le plus possible. Les yeux d'Ekon s'arrêtèrent à mi-chemin de la page.

Spécimen 70R
Nom : Arbre umdhlebi
Prononciation : *Oum-Lè-Bi*
Nom informel : Arbre de l'homme mort
Habitat : *La Grande Jungle, région zamanie (Ancien Est)*
Description : *Feuilles vertes, fruits rouges ou noirs, la couleur du bois peut varier du brun au gris.*
Espérance de vie : *Inconnue*
Notes supplémentaires : *L'arbre umdhlebi pourrait en fait être l'un des plus vieux arbres à peupler la Grande Jungle ; les tentatives pour déterminer son âge exact ont été infructueuses, mais on pense qu'il est âgé de plus de 500 ans. Son nom non officiel, l'arbre de l'homme mort, est dû à son extrême toxicité ; presque toutes les parties de l'arbre umdhlebi sont toxiques. Contrairement à la plupart des arbres, il trouve ses nutriments en tuant ceux qui se nourrissent de ses fruits pour fertiliser le sol autour de lui avec les corps de ses victimes.*
Les victimes peuvent présenter divers symptômes, notamment de la fièvre associée à un délire, un gonflement des intestins et de graves maux de tête. Une fois consommé, le poison du fruit se métabolise instantanément. Les vomissements sont inefficaces et la mort est imminente.

Ekon continua sa lecture, ses yeux parcourant furieusement la page. Koffi n'avait mangé qu'un, peut-être deux petits morceaux du fruit de l'arbre umdhlebi ; il l'avait vue faire. Il survola les autres passages, à la recherche d'informations sur un antidote pour traiter le poison. Il n'en trouva pas. La dernière ligne de la note de Nkrumah se répéta dans son esprit.

La mort est imminente. Pas probable, pas vraisemblable… assurée.

« Ek… »

Il sursauta. La bouche de Koffi était ouverte, essayant de former des mots. La jeune fille transpirait à travers ses vêtements, les taches sur le devant de son caftan s'élargissaient rapidement. Il serra les dents.

C'est tellement, tellement stupide… Comment ai-je pu me montrer aussi idiot ?

La poitrine de Koffi se soulevait et s'abaissait plus rapidement, et ses lèvres s'assombrissaient.

« Hé, reste avec moi. » La voix d'Ekon se brisa. Il la gifla encore et encore, s'évertuant à la maintenir éveillée. « Koffi, *reste avec moi.*

— Ça… fait mal… », marmonna Koffi tandis que sa main se déplaçait vers son estomac. Un gémissement s'échappa de ses lèvres. Ekon se souvint d'une autre partie de la note de Nkrumah.

Les victimes peuvent présenter divers symptômes… un gonflement des intestins…

« Allez, allez… » Ekon glissa un de ses bras autour de la taille de Koffi pour la maintenir debout, puis utilisa son autre bras pour attraper leurs sacs. Il commençait à se rendre compte qu'ils étaient vraiment seuls ici. Il se creusa la tête dans l'espoir de trouver quelque chose.

Laisse-la.

La voix dans sa tête lui rappelait étrangement celle de Kamau ; elle était franche et directe. Il tressaillit. Cette voix était pragmatique, et fit office de rappel supplémentaire. Les Fils des Six pouvaient déjà être dans cette jungle, en train de chasser. Il se souvint de ce que Kamau lui avait dit un jour à propos des pistes, de la capacité des guerriers à les repérer et à les suivre.

Laisse-la, répéta la voix de Kamau. *Tu as un objectif ici, une mission, et ton temps est compté. Prends le journal et laisse-la ici. Son destin est scellé, mais le tien ne l'est pas. Trouve le Shetani, accomplis ton destin. C'est ta dernière chance…*

La chose la plus stratégique à faire pour Ekon était de laisser Koffi mourir, il le savait, mais… non, il ne pouvait pas le faire. Koffi avait eu la même occasion de l'abandonner dans la prairie d'Anatsou ; comme elle, il ne l'abandonnerait pas. Il baissa à nouveau les yeux sur la carte du journal avant de prendre une décision.

Il ne serait peut-être pas capable de sauver Koffi comme elle l'avait sauvé, mais il devait essayer.

Le reste de l'après-midi s'écoula avec la lenteur d'une année, de plus en plus humide alors même que le soleil se couchait. Les pieds d'Ekon avaient commencé à le faire souffrir des heures plus tôt, mais il ne s'était pas arrêté, et maintenant il sentait cette douleur l'élancer à chaque pas. Il croyait voir des vrilles de vapeur sombres s'échapper des arbres en des soupirs brumeux, enduisant leurs bras, leurs jambes et leurs fronts d'une couche de sueur poisseuse. Il lécha par inadvertance ses lèvres fendues au moment où l'estomac de Koffi gargouillait de façon sonore. Depuis qu'elle avait quitté le bosquet, son état ne s'était pas aggravé, mais il ne s'était pas amélioré non plus. Parfois, elle reprenait brièvement ses esprits et essayait de marcher à côté de lui en boitant lentement, mais cela ne durait jamais longtemps. La plupart du temps, il la portait sur son dos. Il essaya d'étouffer la peur qui montait. S'ils ne trouvaient pas de l'aide rapidement… Il ne voulait pas penser à ce qui se passerait.

La nuit tomba plus vite qu'il ne s'y attendait, soudainement, engloutissant tout. Après avoir appuyé Koffi contre un arbre, Ekon installa un semblant de camp, puis évalua les possibilités qui s'offraient à eux du point de vue de la nourriture. Les rations de Koffi n'étaient – comme il s'y attendait – pas meilleures que les siennes, mais il les rassembla pour en faire une sorte de repas. Après cela, il n'en resterait plus, mais il ne pouvait pas penser à ça maintenant. Il remplit leurs calebasses avec de l'eau provenant d'un arbre dont le journal de Nkrumah disait qu'elle était potable, et porta celle de Koffi à ses lèvres pour l'encourager à boire. La jeune fille ouvrit un œil, et le plus mince des sourires se dessina sur ses lèvres.

« Je suppose que nous ne sommes plus quittes, déclara-t-elle dans un murmure. Mais je ne pense pas que je serai capable de te rendre la pareille. »

Ekon secoua la tête, refusant de penser à la façon dont Koffi semblait soudainement très frêle. « Tu n'as pas besoin de le faire, Koffi.

— Je suis fatiguée.

— Tu *dois* rester éveillée. » Il détestait la dureté de ses mots, mais il ne pouvait pas s'en empêcher. Il s'était entraîné avec Kamau et Frère Ugo à devenir un bon guerrier, à nettoyer les blessures de combat, mais il n'avait aucune expérience médicale supplémentaire. Il ne savait pas comment traiter ce genre de maladie. « Tu comprends ce que je dis ? Je ne laisserai pas quelqu'un d'autre mourir dans cette maudite jungle. Je ne peux pas laisser ça arriver encore. » Les mots lui échappèrent avant qu'il ne puisse les retenir, puis restèrent suspendus dans l'air.

« Encore ? répéta Koffi d'une voix faible.

— Peu importe, dit Ekon d'un ton brusque. Je ne veux pas en parler.

— Très bien... » Koffi ferma les yeux et inclina la tête en arrière contre le tronc d'arbre.

« Hé, garde les yeux ouverts !

— Que dirais-tu d'un marché ? sourit Koffi alors même que ses yeux étaient toujours fermés. Tu me dis de quoi tu parlais, et je resterai éveillée. »

Ekon hésita. Il n'avait jamais parlé de cela auparavant, pas même avec Kamau ou Frère Ugo. Mais les yeux de Koffi étaient toujours fermés, et il n'aimait pas ça. Malgré sa peau sombre, il pouvait voir le sang refluer de son visage, et elle semblait de plus en plus faible. Si c'était le seul moyen de la tenir éveillée...

« Bien. Tu m'as demandé ce que j'ai vu quand nous étions dans la prairie d'Anatsou », dit-il doucement. Aussitôt, les yeux de Koffi s'ouvrirent. « Je ne voulais pas te le dire parce que... je ne l'ai jamais dit à personne avant. Je... » Il hésita. Une fois de plus, il avait l'impression d'être au bord d'un précipice, sur le point de sauter dans l'inconnu. Ses doigts tambourinaient contre son genou, de plus en plus vite.

Un-deux-trois. Un-deux-trois. Un-deux-trois. Un-deux...

« Ekon. »

Il sursauta. Koffi s'était redressée et lui avait pris sa main libre, celle qui n'était pas en train de compter. Elle rencontra son regard et le soutint. « Je plaisantais à propos du marché. Tu n'es pas obligé d'en parler si tu n'en as pas envie, mais si oui... je t'écoute. »

Ekon laissa un frisson le traverser. Il sentait le secret vibrer en lui, une chose vivante qui s'agitait autour de sa cage thoracique. Il sentait qu'une fois qu'il aurait laissé celui-ci sortir, il ne serait plus jamais capable de le garder enfermé, et cela l'effrayait au plus haut point. Il fixa ses doigts, qui battaient toujours en rythme contre sa jambe.

Un-deux-trois. Un-deux-trois. Un-deux-trois.

Il regarda son autre main, celle que Koffi tenait toujours dans la sienne. La pulpe de son pouce se déplaçait d'avant en arrière contre sa peau, en cercles, lentement, avec attention. Ce n'était pas comparable au fait de compter, mais quelque chose dans ces cercles le calmait ; il se sentait mieux. Il prit une autre inspiration, puis fixa ses pieds.

« Quand j'étais dans la prairie, j'ai entendu la voix de mon père. » Les sourcils de Koffi se haussèrent, mais elle ne dit rien, et Ekon continua.

« Quand nous étions petits, mon frère et moi aimions nous lancer des défis, poursuivit-il. La plupart d'entre eux étaient des blagues, des choses inoffensives, mais un jour, mon frère m'a lancé un défi très précis. Il m'a parié cinq *shabas* que je n'irais pas dans la Grande Jungle. Au début, je lui ai dit que je ne le ferais pas, mais j'ai changé d'avis. Je ne lui ai rien dit, mais le lendemain matin, alors qu'il dormait encore, je me suis levé et je m'y suis rendu seul. Mon plan était de récupérer un caillou ou une fleur en guise de preuve, mais je me suis perdu. »

Il savait que les images reviendraient, il s'y était préparé, mais cela ne rendit pas les choses plus faciles quand elles refirent surface. Physiquement, il était toujours assis avec Koffi, mais dans son esprit, il était à nouveau petit, un corps minuscule dans une jungle immense. Il se souvenait encore du froid inhabituel qu'il avait ressenti en y faisant ses premiers pas, de l'étrange silence qui avait envahi l'air tandis qu'il s'enfonçait dans les profondeurs de la jungle, puis de l'impuissance progressive qu'il avait ressentie en réalisant qu'il ne connaissait pas le chemin du retour.

« J'ai cru que j'allais mourir ici, raconta-t-il. Et puis...

— Et puis ? demanda Koffi.

— Et puis mon père est arrivé, chuchota Ekon. J'ignore comment il a découvert où j'étais parti, comment il m'a retrouvé au milieu de la jungle. Je me souviens juste de sa voix, de la façon dont il a prononcé mon nom. »

Ekon, s'il te plaît.

Ekon secoua la tête. « Il m'a dit que nous devions quitter la Grande Jungle, que nous n'étions pas en sécurité là-bas, et puis... il est apparu.

— Il ?

— Le Shetani. » Ekon cracha presque le mot. Il aurait voulu que le souvenir de la créature suscite sa colère, sa rage, mais la vérité était que, même maintenant, penser à ce moment lui glaçait le sang. Il se souvenait de deux yeux noirs, d'un grognement grave déchirant le calme de la jungle. Il se rappelait la façon dont son père s'était crispé, sa main jaillissant sur la poignée de son *hanjari*. La bête avait fixé ses yeux sur lui.

« Que s'est-il passé ? demanda Koffi.

— Je... » Une vague de nausée monta du fond de l'estomac d'Ekon. Les mots suivants étaient les plus difficiles à prononcer, ceux qu'il ne voulait pas formuler à haute voix. Sa peau se fit moite tandis que ses lèvres essayaient de les former, et encore une fois, il regarda le pouce de Koffi qui décrivait des cercles. Il s'obligea à se concentrer sur ce mouvement plutôt que sur ce qu'il ressentait. « Je... j'ai *couru*. »

Cela lui fit physiquement mal de le dire, la douleur était pire qu'il se l'était imaginée. Des larmes de honte lui piquèrent les yeux, et sa gorge se serra au point qu'il pouvait à peine respirer. Il essaya de parler à nouveau, mais il n'y parvint pas. Sa peau semblait enflammée, tout en lui brûlait. Et il le méritait. Il *méritait* de souffrir pour ce qu'il avait fait. Il ferma les yeux alors que la voix de Baba emplissait son esprit, non plus avec des mots flous et douloureux, mais froids et tranchants.

Tu m'as abandonné, dit la nouvelle voix. *Tu m'as abandonné à la mort.*

Ekon grimaça. *C'est vrai.* Il s'était comporté en lâche. Baba était venu le sauver, et en retour il l'avait abandonné. Il avait laissé cette créature – ce *monstre* – déchirer son père en lambeaux. Il l'avait laissé mourir seul dans cette jungle.

Lâche, accusa son père d'une voix pleine de dérision. *Tu es un lâche. Kamau ne m'aurait jamais laissé seul. Mon premier fils serait resté...*

C'était vrai. Kamau *était* meilleur, plus fort, plus intelligent, plus courageux. Son frère avait toujours été le meilleur d'eux deux, et Ekon avait toujours été le fils indigne.

« Ekon. »

Quelque chose de frais lui tapota le menton, détournant son regard du sol de la jungle. Koffi le fixait, ses yeux rivés sur lui. « Raconte-moi le reste, dit-elle doucement. S'il te plaît.

— Il n'y a pas grand-chose d'autre. » Ekon donna un coup de pied sur le sol. « J'ai réussi à sortir de la jungle, mais pas mon père. Le lendemain matin, ils ont retrouvé son corps à la lisière. Apparemment, il avait essayé de rentrer chez nous, mais… il n'a pas réussi. Plus tard, il a été salué en héros pour avoir essayé de tuer le Shetani à lui seul. Personne n'a jamais su la *vraie* raison pour laquelle il était mort… par ma faute.

— Ekon…, le rassura Koffi doucement. Tu n'étais qu'un enfant. »

Il secoua la tête. « Mon père a été tué en essayant de me sauver, répliqua-t-il d'une voix dure. Le Shetani a ravagé son corps, mais c'est moi qui lui ai ôté la vie. » Il fit un geste en direction des arbres. « Même cette jungle le sait. »

Les sourcils de Koffi se froncèrent. « Qu'est-ce que tu veux dire ?

— Je… » Il se tut un instant. Il n'avait jamais parlé de cela à personne non plus. Il pensa à la vieille femme qu'il avait vue il n'y a pas si longtemps, à la façon dont elle semblait savoir que la jungle l'appelait. Il déglutit. « Parfois, quand je suis proche de la jungle, j'entends la voix de mon père. C'est comme un fantôme qui m'appelle, qui *m'en veut*… Je l'ai entendu ces dix dernières années.

— Ekon. » Koffi semblait choisir ses mots avec soin. « Ce que je vais dire peut sembler un peu étrange, mais écoute-moi, d'accord ? »

Ekon hocha la tête.

« Je n'ai pas lu beaucoup de livres dans ma vie, poursuivit-elle avec hésitation. Je ne suis pas comme ce Nkrumah, ni comme aucun autre de ces vieux hommes qui ont beaucoup de choses importantes à dire. Mais depuis que nous sommes arrivés dans cette jungle, j'ai remarqué quelque chose. » Elle leva le regard pour fixer les arbres qui les entouraient. « Cet endroit, la Grande Jungle, est *vivant*. Peut-être pas d'une manière que nous sommes en mesure d'appréhender, mais je pense que... je pense qu'elle possède une personnalité, et même un esprit propre quand elle le désire. »

Ekon fronça les sourcils. « Et donc ?

— Et *donc*, expliqua-t-elle, je pense que, d'une certaine manière, elle nous rend ce qu'on lui donne. Réfléchis-y. » Elle continua sur sa lancée avant qu'Ekon puisse l'interrompre : « Quand nous avons rencontré Anatsou, nous avons eu peur, et que s'est-il passé ?

— Les araignées », répondit Ekon.

Koffi hocha la tête. « Et tu te souviens du grootslang ? Il n'a fait son apparition *qu'après* que nous avons commencé à nous disputer sur la direction à prendre. »

Ekon ne dit rien.

« Du coup, je me demande, réfléchit-elle à voix haute, si quelque chose de mauvais s'est produit ici quand tu étais petit, si les émotions que tu ressens quand tu penses à la jungle sont toujours mauvaises, peut-être que c'est *ça* que la jungle te rendra toujours. Et la seule façon d'y mettre fin, c'est d'affronter cette chose mauvaise. »

Ekon réfléchit à ce qu'elle venait de dire. Ces mots lui rappelaient quelque chose que Frère Ugo lui avait dit un jour :

Les cauchemars chassent comme des bêtes de proie, vaincues à la lumière du jour.

La lumière du jour. Frère Ugo lui avait dit que la seule façon de faire disparaître les problèmes était d'y faire face, mais...

« Comment ? » Sa gorge était sèche, sa voix rauque. Il l'entendait à peine lui-même.

« Regarde ce souvenir en face, dit Koffi d'un ton ferme. Cesse de le fuir. » Elle lui pressa la main. « Et tu n'as pas à le faire seul. Je suis avec toi.

— Je ne sais pas comment faire.

— Accepte ce qui s'est passé, murmura-t-elle. Ce qui s'est *vraiment* passé. Et ensuite, pardonne-toi. »

Ekon ferma les yeux et joignit les mains. Les images lui vinrent sans prévenir ; il s'y attendait, mais il essaya de ne pas détourner le regard. Il vit la jungle, le sang sur les feuilles, les yeux d'un monstre s'approchant de lui. Il se souvint de la peur, d'un frisson surnaturel, de la façon dont son cœur avait tambouriné dans sa poitrine.

Ekon.

Baba était à côté de lui, non pas couché dans une mare de sang, mais debout. Il se souvint d'avoir croisé le regard de son père.

Ekon, avait dit Baba. *Rentre à la maison.*

Non. Ekon n'avait pas voulu laisser son père. *Mais, Baba…*

Ekon, s'il te plaît. La voix de Baba était empreinte de quelque chose, mais pas de peur. Le Shetani était toujours à quelques mètres de là, les observant, choisissant sans doute lequel d'entre eux il attaquerait en premier. Le regard de son père était lentement passé de la créature à Ekon. *Tout va bien. Je vais le distraire,* avait-il dit. *Compte tes pas jusqu'à ce que tu rentres à la maison. La mousse pousse toujours du côté nord des arbres, alors suis la direction opposée. Va vers le sud jusqu'à ce que tu sois rentré. Je te rattraperai. Je vais m'en sortir.*

Baba. Ekon avait senti des larmes chaudes sur son visage. *Je ne veux pas te laisser.*

Je suis juste derrière toi. La voix de Baba était chaleureuse. Il mentait, mais Ekon ne le savait pas à cet instant. *S'il te plaît, mon fils, va-t'en.*

Alors Ekon avait couru. Les arbres s'étaient dressés à sa rencontre tandis qu'il s'élançait vers le chemin que son père lui avait indiqué. Il se souvenait d'avoir essayé de repérer la mousse, de compter ses pas, mais il n'avait cessé de perdre le fil des chiffres dans sa tête.

Un-deux-cinq-sept…

Il ne pouvait pas compter autant sans s'égarer. Il avait essayé à nouveau. *Un-deux-trois. Trois.* Il pouvait compter jusqu'à trois sans se laisser déborder. Il s'était concentré sur ces chiffres, synchronisant ses pas sur leur cadence.

Un-deux-trois. Un-deux-trois. Un-deux-trois.

Ses doigts avaient commencé à s'agiter dans l'air, l'aidant à avancer. Il avait trouvé un rythme, et courir était devenu plus facile.

Un-deux-trois. Un-deux-trois. Un-deux-trois.

Trois : c'était alors qu'il avait décidé que *trois* était un bon chiffre. Trois serait toujours un bon chiffre.

Ekon. Il entendit la voix de son Baba, qui n'était plus en colère ou en train de souffrir ; une autre émotion avait pris le dessus.

Ekon, s'il te plaît.

Son père ne l'avait pas supplié de rester, il l'avait supplié de partir.

Il n'avait pas considéré Ekon comme un fils indigne.

Il l'avait aimé.

« Ekon. »

Ekon ouvrit les yeux, comme s'il venait d'émerger d'une eau profonde. Il pouvait à nouveau respirer, et les voix avaient disparu. Koffi lui adressa un petit sourire.

« Comment te sens-tu ?

— Mieux, dit calmement Ekon. Je me sens… *mieux.* »

Ekon fut debout avant le soleil, nettoyant leur campement rudimentaire et examinant la carte. Il semblait étrange que ce soit seulement sa troisième nuit dans la jungle ; tant de choses étaient arrivées en si peu de temps. Il sortit le journal de Nkrumah de son sac pour étudier de nouveau la carte.

Ils étaient toujours loin de tout semblant de civilisation, qui plus est d'un médecin. Il jeta un coup d'œil à Koffi. Celle-ci dormait – il avait fini par céder – mais elle tremblait encore de fièvre. Il déglutit. D'après le journal de Nkrumah, elle aurait déjà dû mourir. Le fait qu'elle soit encore en vie constituait un petit miracle, mais il savait qu'elle ne tiendrait pas beaucoup plus longtemps sans traitement, et ils étaient à court de provisions.

Il souleva Koffi pour la remettre sur ses pieds avec autant de précautions que possible. Il s'accroupit pour qu'elle grimpe sur son dos, puis passa les bras sous ses genoux de sorte à la maintenir en place. Ce n'était pas la façon la plus confortable de marcher – Koffi n'était pas particulièrement lourde, mais elle était grande – mais cela ne dérangeait pas Ekon. Deux émotions différentes s'affrontaient en lui, se disputant son attention. Il y avait la peur – il était toujours très inquiet pour Koffi – mais il ressentait aussi une joie indéniable, un soulagement profond. Ce que Koffi lui avait dit hier soir, ce qu'elle l'avait aidé à réaliser, avait changé sa vie ; il se sentait littéralement plus léger.

Baba t'aimait.

Tout ce temps, il avait cru que Baba le détestait. Il supposait qu'il était logique, rétrospectivement, qu'un cauchemar se soit fait passer pour la réalité, avant de se nicher dans son esprit. Mais il connaissait la vérité à présent. Il était toujours douloureux de réaliser que son Baba était mort pour lui, mais il se sentait mieux maintenant qu'il savait que ce choix avait été celui de son père ; cela faisait toute la différence.

Le matin laissa la place au midi plus rapidement qu'il ne l'aurait souhaité. Ekon scruta le ciel au-dessus de lui. Le soir tomberait dans une poignée d'heures, et ils n'avaient pas de rations pour une nuit supplémentaire. Ils manquaient de temps et de possibilités. Il était encore en train d'y réfléchir lorsqu'il entendit le craquement d'une brindille et une inspiration vive, une exclamation.

Aussi vite qu'il le pouvait avec Koffi toujours sur son dos, Ekon pivota, le poing serré sur la poignée de son *hanjari*. Koffi gémit à ce mouvement soudain, et Ekon sentit son cœur battre avec force contre son dos. Son propre rythme cardiaque s'accéléra également. Il réalisa qu'ils avaient eu de la chance de ne pas rencontrer d'autres animaux sauvages depuis le grootslang, et il soupçonnait à présent que leur bonne fortune était épuisée. Il devait faire un choix. Il se battrait mieux sans Koffi sur son dos. Il pouvait les défendre, mais cela signifiait poser Koffi par terre, la mettre dans une position vulnérable. Il se crispa lorsqu'une deuxième brindille craqua, derrière lui cette fois, puis il entendit un son distinct, un sifflement. Son sang se glaça. S'il s'agissait d'un autre grootslang ou de quelque chose dans ce genre, ils n'avaient aucune chance.

« Koffi. » Ekon garda sa voix aussi basse que possible tandis que ses yeux fouillaient les arbres. « Écoute-moi. Je sais que tu es fatiguée, mais tu vas devoir courir. Je ne peux pas me battre et te porter, tu vas devoir… »

Ekon s'arrêta si soudainement que Koffi faillit glisser de son dos. Il avait regardé droit devant lui, dans les arbres, mais la jungle lui jouait des tours maintenant. Depuis les ombres, deux femmes comme Ekon n'en avait jamais vu auparavant émergèrent. Leur peau était d'un brun foncé comme la sienne, mais transparente, et leurs dreadlocks bouclées avaient la couleur d'une lune blanc argenté. Comme les arbres d'entre lesquels elles étaient apparues, elles semblaient sans âge, et Ekon ne savait pas s'il devait en être fasciné ou effrayé. L'une d'entre elles leva haut une longue lance, et il se figea. Elle le fixa une seconde de plus avant d'incliner la tête, le regard plein de questions.

« Nous ne vous voulons aucun mal. » Il ne pouvait pas lever ses bras pour prouver ses bonnes intentions sans faire glisser Koffi de son dos, mais il déposa son *hanjari* d'un geste lent et ostensible. « Nous avons juste besoin d'aide, s'il vous plaît.

— Je ne parle pas bien les langues humaines. » La plus petite des deux femmes regarda sa compagne et fronça les sourcils avant de reporter son regard sur Ekon. « Et toi ? »

Le cœur d'Ekon se serra lorsque la seconde femme secoua la tête. La première leva sa lance plus haut encore, et il tressaillit. Elle était assez proche pour les empaler tous les deux d'un simple jet.

« S'il vous plaît. » Ekon répéta ces seuls mots, puis essaya de faire un signe de tête par-dessus son épaule pour leur indiquer Koffi. La jeune fille n'avait ni parlé ni bougé depuis que les deux femmes étaient apparues, et cela l'effrayait. « S'il vous plaît, mon amie va mourir…

— En effet. »

Ekon sursauta, cherchant du regard cette voix nouvelle avant de se retourner vers les deux femmes aux cheveux blancs. À sa surprise, toutes deux avaient baissé leurs armes et incliné la tête devant quelque chose derrière lui. Ekon se retourna et vit de quoi il s'agissait.

Une troisième femme âgée, plus petite que les deux autres, s'avançait vers eux à travers les arbres avec un calme troublant. Il fallut un moment à Ekon pour saisir la cause du malaise qui étreignait son corps, mais il finit par comprendre. Il y avait quelque chose dans la façon dont la vieille femme se tenait, dégageant de la force malgré son corps faible, insouciante des dangers de la jungle. Sa tunique noire était simple mais propre, et elle portait un large bandeau qui couvrait tous ses cheveux. Des anneaux de bois pendaient à ses oreilles, et lorsqu'elle agita une main, les épais bracelets à son poignet s'entrechoquèrent bruyamment.

« Ton amie a mangé un fruit de l'arbre umdhlebi. » Il y avait dans sa voix une nuance surprenante de compassion qui contrastait avec ses yeux sombres et sévères et sa bouche dure.

Ekon hocha la tête. « Nous ne savions pas que c'était mauvais. »

La vieille femme secoua la tête, et Ekon crut voir une lueur différente dans son regard. « Il n'est pas mauvais, seulement incompris. L'arbre umdhlebi est très vieux, très sage, et plutôt colérique quand il est offensé. » Elle haussa un sourcil. « Bien que j'imagine que les notes de Satao n'étaient pas si détaillées.

— Satao ? sursauta Ekon. Vous... vous connaissez Satao Nkrumah ? »

Les yeux de la vieille femme devinrent très tristes. « Je l'ai connu, autrefois.

— Mais comment... ? »

Elle leva une de ses mains, interrompant la suite de sa question. « Le fruit de l'umdhlebi peut être mangé et consommé, mais pas sans le consentement de l'arbre, sinon il devient toxique. Il s'agit d'une leçon. L'Homme n'a pas toujours le droit de prendre ce qui ne lui appartient pas. » Son regard passa de Koffi à Ekon. « Quand a-t-elle consommé le fruit ?

— Hier après-midi. » Il hésita, puis ajouta : « Elle a... des capacités. Elle est capable de...

— Je suis consciente de ce qu'elle est. » La vieille femme siffla d'un air désapprobateur en secouant la tête. « Mais cela n'a pas d'importance en ce qui concerne les choses telles que l'arbre umdhlebi, qui ne se soucie pas de savoir qui il empoisonne. C'est un miracle que cette fille ne soit pas déjà morte, même si elle le sera dans les prochaines heures. »

Ekon se crispa. « N'y a-t-il aucun moyen d'empêcher cela ? »

La femme pinça les lèvres d'un air pensif. « Il en existe peut-être un, mais le résultat n'est pas garanti.

— Je vous en prie. » Ekon réalisa qu'il était à peine capable de parler. Koffi ne pouvait pas mourir ici dans cette jungle, pas comme Baba. Il ne pouvait laisser cela se produire. « S'il vous plaît, pouvez-vous essayer ? »

Un instant passa avant que la femme n'acquiesce et ne croise le regard d'Ekon. « Viens avec moi. »

CHAPITRE VINGT-ET-UN

Sang, os et âme

Koffi n'ouvrit pas les yeux avant d'entendre le cliquetis. Au début, elle pensa que le son appartenait à un rêve, une autre petite partie illogique de l'étrange stupeur dans laquelle elle se trouvait. Mais non, plus elle écoutait, plus elle en était sûre. Ce cliquetis – et ce qui le provoquait – ne provenait *pas* de son imagination. Elle se redressa sur les coudes et le regretta aussitôt.

Une douleur aiguë envahit son estomac dès qu'elle bougea, aussi impitoyable qu'une dague *hanjari* plantée dans ses entrailles. Quelque chose à quelques mètres d'elle remua, et un gémissement de douleur s'échappa de ses lèvres. Elle tressaillit. Elle n'était pas seule.

« Tiens. »

Jamais auparavant elle n'avait vu la vieille femme qui boitillait dans sa direction depuis l'autre bout de la hutte. Celle-ci portait une modeste tunique noire et un foulard assorti. Sans préambule, elle pressa une grande gourde dans les mains de Koffi.

« Bois. »

Il ne vint pas à l'esprit de Koffi de désobéir. En fait, dès que ses mains se furent saisies de la coque dure de la gourde et qu'elle entendit le délicieux clapotis à l'intérieur, sa bouche devint aussi sèche que du papier. Elle n'avait jamais eu aussi soif de toute sa vie. La douleur dans son estomac s'atténua lorsqu'elle porta la gourde à ses lèvres, et encore plus lorsqu'elle eut avalé plusieurs gorgées d'eau. Elle soupira, soulagée.

« Merci, dit-elle. Je vous en suis reconnaissante. »

La vieille femme lui tournait le dos, mais Koffi perçut la tension dans sa voix. « Ne me remercie pas encore, mon enfant. Nous devons agir rapidement si tu veux survivre. »

Hein ? Ces mots n'avaient aucun sens pour Koffi. Pour faire bonne mesure, elle prit une autre bonne gorgée d'eau. « Qu'est-ce que vous voulez dire ? demanda-t-elle timidement. Je me sens déjà mieux. Cette eau…

— N'est rien de plus qu'un baume temporaire. » La vieille femme ne la regardait toujours pas, et Koffi vit finalement d'où provenait le cliquetis. Elle secouait aussi fort qu'elle le pouvait une petite bourse en toile de jute dans son poing. « Ton ami a eu raison de t'amener ici, mais comme je lui ai dit juste avant, tu es très malade. Cette eau ne guérira pas la vraie maladie. »

La vraie… ? Puis, comme si ces paroles avaient fait apparaître quelque chose, Koffi le sentit. Sa tête se mit à battre sans merci. La douleur aiguë dans son estomac semblait insignifiante en comparaison. La gourde lui glissa des mains tandis qu'elle se pliait en deux, mais avec une rapidité surprenante, la vieille femme fut de nouveau à ses côtés et la maintint droite. Ses yeux la suppliaient.

« Tiens bon, mon enfant, murmura-t-elle. Tiens bon, juste un peu plus longtemps. Elles arrivent. »

Elles ? Même dans sa douleur, Koffi trouva ces mots étranges. La femme la tint droite une seconde de plus avant de se retourner vers le sac, et en son absence, Koffi regarda autour d'elle pour la première fois. La hutte qu'elles occupaient était plus grande et bien plus imposante que toutes celles du Zoo nocturne. Chaque brique de boue était taillée avec précision, assemblée presque à la perfection autour d'elle, et le tapis en bogolan[14] noir, blanc et vert sous ses pieds était d'une conception plus fine que ceux que Baaz possédait au Zoo nocturne. C'était incontestablement un endroit magnifique, mais... Elle réfléchit aux paroles de la vieille femme.

Elles arrivent.

« *Qui*... arrive ? » Les mots de Koffi sortirent bien plus mal articulés qu'elle ne l'avait prévu tandis que sa vision commençait à s'incliner et à tournoyer. Un flou noir se répandait en périphérie de ses yeux, et il lui était de plus en plus difficile de voir quoi que ce soit. Comme si elle regardait à travers un tunnel, elle vit la vieille femme revenir s'asseoir en tailleur juste en face d'elle, un grand bol noir entre ses genoux cette fois. Curieuse, Koffi se pencha légèrement en avant pour voir ce qu'il y avait dedans, et ce qu'elle vit lui hérissa les poils des bras.

« Est-ce que ce sont...

— Ton avant-bras. » La femme ne jeta même pas un regard sommaire au tas d'os. Ses yeux étaient rivés sur Koffi. « *Maintenant.* »

Instinctivement, Koffi recula, mais le mouvement était trop rapide. La sensation de vertige se décupla et elle serra son avant-bras gauche – celui qui portait sa coupure reçue à la naissance – contre sa poitrine pour le protéger. « Pourquoi ? »

La lueur d'impatience qui se dessina brièvement sur les traits de la vieille femme était indéniable cette fois. « Si tu veux vivre, dit-elle d'un air inquiétant, tu dois le faire. »

Si tu veux vivre. Des mots simples, mais qui rappelèrent quelque chose d'ancien enfoui dans la mémoire de Koffi. Le temps

14. Tissu malien.

qu'elle prenne une autre inspiration laborieuse, elle remonta dans le temps et se souvint d'un autre jour, d'une autre hutte. Celle à laquelle elle pensait ne ressemblait en rien à celle-ci ; elle était petite, sombre et sale. Aucun cliquetis n'avait rempli ses murs de briques de boue ; au lieu de cela, elle avait été pleine des bruits de personnes toussant, crachant et gémissant de douleur. La hutte de l'infirmerie du Zoo nocturne, l'endroit où Baaz envoyait les gardiens de bêtes malades et blessés. Koffi se souvenait des lits rudimentaires faits de vieux foin, entassés pour faire rentrer le plus de monde possible, tous atteints du même virus transmis par des moustiques. Elle se souvenait de Baba allongé sur le sien, flétri, le front luisant de sueur tandis que la fièvre ravageait ce qui restait de lui. Mama n'avait pas pleuré le jour de la mort de Baba, mais Koffi se souvenait encore de l'expression qui avait brièvement traversé son visage. C'était une expression d'agonie, d'une douleur insondable. Cet air l'avait effrayée quand elle était petite, il l'avait *hantée*, et elle n'avait jamais voulu le revoir. Une sorte de résolution lui étreignit soudain la poitrine.

Si tu veux vivre.

Elle ne serait pas la raison pour laquelle Mama ressentirait ce genre de douleur. Elle devait survivre à cela, elle devait rentrer chez elle, auprès de sa mère et de Jabir, et elle ferait tout ce qu'il fallait pour s'en assurer. Elle attendit un moment avant de croiser à nouveau le regard de la vieille femme.

« Très bien. D'accord. » Elle commença à étendre le bras mais ne fut pas assez rapide. Comme un serpent qui frappe, la femme lui arracha le bras de ses deux mains noueuses, et Koffi ne vit la lame que trop tard. Elle cria lorsqu'une douleur piquante éclata à un endroit juste au-dessus de sa coupure de naissance, et se sentit prise de nausée lorsque la vieille femme fit pivoter son bras et le tint directement au-dessus du bol d'os. Elles regardèrent ensemble une, deux, puis trois gouttes de liquide cramoisi foncé éclabousser ces derniers. Au moment où le rouge toucha le blanc, les os se mirent à vibrer.

« Quoi ? » Koffi s'éloigna du bol d'un air horrifié, sans se soucier du sang qui coulait le long de son bras et tachait le beau tapis. « Que... qu'est-ce qui se passe ? »

La vieille femme n'avait pas bougé de sa place, mais elle posa le couteau ensanglanté à ses côtés. Elle tenait le bol parfaitement immobile sur ses genoux tandis que les os qu'il contenait tremblaient de plus en plus violemment. Quand elle ferma les yeux, ses mots étaient doux.

« Tout est entre leurs mains à présent, murmura-t-elle. Elles décideront. » Koffi venait d'ouvrir la bouche pour demander, pour la deuxième fois, qui désignait ce « elles », mais à peine les mots étaient-ils sur ses lèvres qu'elle les vit : des particules de lumière étincelantes. Au début, elle pensa que c'était un tour de son imagination, un effet de la douleur qui lui martelait encore la tête, mais... non, cette lumière était réelle. Les particules flottaient dans l'air devant elle, scintillaient et tournoyaient comme si elles dansaient sur une chanson qui leur était propre. Elle ne les voyait pas seulement, elle les *sentait*, se sentait proche d'elles. Sans prévenir, elles grossirent, et un *boum* retentit dans l'air. Il y eut un éclair de lumière blanche, si intense que Koffi dut se protéger les yeux. Quand elle les rouvrit, elle sursauta. Elle était toujours assise dans la hutte, et la vieille femme était toujours assise à quelques mètres de là, son bol d'os ensanglantés sur les genoux.

Mais elles n'étaient plus seules.

Des femmes à la peau sombre étaient assises de tous côtés autour d'elle, toutes vêtues de lin blanc étincelant. Certaines portaient des bandeaux perlés d'or sur la tête, d'autres arboraient une coupe afro courte, des nœuds bantous, des torsades ou des dreadlocks. C'était déconcertant ; Koffi ne les avait pas entendues arriver, le rabat de la hutte ne s'était certainement pas ouvert, mais elles étaient là, au moins vingt d'entre elles. Elles étaient d'âges différents – plusieurs femmes avaient des cheveux blancs cotonneux, tandis que d'autres ne semblaient pas plus âgées que sa mère – mais toutes partageaient une similitude qu'elle ne parvenait pas à situer. Ce n'était pas à cause de leur apparence ou de leurs vêtements blancs identiques ; il y avait quelque chose d'autre. Koffi finit par comprendre ce dont il s'agissait. Chacune des femmes la regardait avec un étonnement identique, comme si elles étaient tout aussi étonnées qu'elle de la voir.

« Elle a tellement grandi, chuchota l'une des femmes les plus jeunes à sa voisine. Bonté divine, qu'elles grandissent vite. »

La bouche de Koffi s'ouvrit. La jeune femme n'avait pas seulement parlé en zamani, mais dans son propre dialecte ; c'était une Gede comme elle. Koffi fit le tour du cercle du regard, émerveillée. Étaient-elles *toutes* gedes ? Elle l'espérait. De toute sa vie, elle n'avait jamais vu un seul membre de son propre peuple doté de richesses visibles, et encore moins plusieurs. Ces femmes se tenaient comme des reines, avec leurs mentons saillants et leurs yeux brillants de confiance et de *pouvoir*. Elle n'avait jamais rien vu de tel auparavant.

« Qui êtes… ? »

Soudain, l'une des femmes se leva, et Koffi se tut. Elle ne comprenait pas pourquoi elle en était sûre, mais elle sentait que cette femme était la cheffe de ce groupe particulier, sa matriarche. Tous les autres regards se tournèrent vers elle, et les autres femmes firent silence. Des fils de coquillages en porcelaine pendaient au bâton de bois qu'elle tenait dans ses mains variqueuses, et elle s'appuyait dessus à chaque pas tandis qu'elle s'approchait. Parvenue à quelques mètres de Koffi, elle s'arrêta et se tint au-dessus d'elle. Contrairement aux autres, elle avait les cheveux rasés, sa robe était longue et flottait comme les vagues d'une rivière. Quand elle prit la parole, sa voix était imposante et sonore.

« *Celle-ci* a donné du sang aux vieux os. » Les mots de la femme chauve semblaient bourdonner dans la tente. « Elle nous a appelées, et elle a besoin de notre aide. »

Koffi ne comprenait pas ce qu'elle voulait dire, mais il semblait que les femmes autour d'elle, oui. Elles commencèrent à murmurer entre elles, jetant des regards curieux vers Koffi et chuchotant derrière leurs mains.

« Nous allons l'aider. » La femme chauve avait fait cette déclaration sur un ton définitif. « *Levez-vous.* »

Ce n'était qu'un simple mot, prononcé doucement, mais aussitôt, toutes les femmes du cercle obéirent et se levèrent. Quant à Koffi, elle resta assise. Elle ne savait pas pourquoi, mais quelque chose la maintenait ancrée au sol tandis que les femmes vêtues de blanc se dressaient et l'observaient.

Puis, elles se mirent à chanter.

Le chant fut d'abord grave et vacillant, comme les notes prudentes d'une flûte peule, avant de prendre de l'ampleur. Comme les particules de lumière que Koffi avait vues auparavant, elle sentait le mouvement de la chanson sans nom dans l'air, les notes d'une mélodie qu'elle ne pouvait pas nommer mais qu'elle connaissait. Elle retint son souffle tandis qu'elles grimpaient les octaves, la mélopée montant de plus en plus haut jusqu'à atteindre un crescendo impossible. Quelque chose de puissant traversa son corps, et soudain la douleur qui l'habitait disparut. Une sensation particulière parcourut son visage, et ce n'est que lorsqu'elle toucha ses propres joues qu'elle réalisa que celles-ci étaient mouillées de larmes. Les femmes vêtues de blanc terminèrent leur chanson, et la femme chauve s'agenouilla pour que son regard soit au niveau de celui de Koffi.

« Ne verse pas de larmes, mon enfant, murmura-t-elle. Nous sommes avec toi, *toujours*. » Un autre jet de lumière illumina alors l'espace, si lumineux que Koffi se détourna. Lorsqu'il se dissipa, la vieille femme chauve avait disparu, tout comme les autres membres du cercle. La hutte semblait étrangement vide en leur absence soudaine. Des secondes infinies s'écoulèrent avant que Koffi ne parle, émerveillée : « Elles… m'ont *guérie*.

— Bien sûr. Je n'en attendais pas moins. »

Koffi leva les yeux. Elle avait complètement oublié la première vieille femme. Dans sa tenue noire, celle-ci offrait un contraste frappant avec les personnes vêtues de blanc qui avaient été là l'instant d'avant, mais un sourire éclairait à présent son visage flétri. Koffi se dit que, d'une manière étrange, elle semblait même plus jeune. « Où sont-elles allées ? » Koffi se leva et parcourut la hutte du regard. « Et pourquoi m'ont-elles aidée ? »

La vieille femme ne se leva pas. « Ce n'est pas à moi de répondre à ta première question, dit-elle tristement. Quant à savoir pourquoi tes ancêtres t'ont guérie ? Les darajas veillent sur les leurs, même après leur mort. Leur lien avec toi est né d'une magie ancienne, presque oubliée, mais pas entièrement perdue. »

Les mots enveloppèrent Koffi comme de la poussière, chacun d'entre eux amenant une compréhension nouvelle.

« Vous le saviez, chuchota-t-elle. Vous *saviez* que j'avais de la magie en moi ?

— Dès l'instant où j'ai vu ton bel ami te porter. »

La vieille femme sourit. « Quand on a vécu aussi longtemps que moi, on apprend à regarder où il faut. »

Koffi se massait les tempes, essayant toujours de donner un sens aux mots, quand brusquement, elle remarqua quelque chose. La coupure qui avait marqué son avant-bras avait… *disparu*. La peau s'était recousue, comme s'il n'y avait jamais eu de coupure. Elle leva les yeux, confuse.

« Je ne comprends pas. »

La vieille femme croisa les mains. « Tu as mangé de l'arbre umdhlebi sans son consentement, expliqua-t-elle avec bienveillance. Le poison contenu dans son fruit n'est pas similaire à ceux qu'on trouve dans cette jungle. Il faut un pouvoir énorme pour expulser un tel poison d'un corps mortel. Ce que je viens de faire s'appelle une invocation, un rituel qui permet à ceux qui sont encore attachés à ce monde mortel de faire appel à ceux qui en sont libérés. » Elle adressa à Koffi un regard significatif. « Tu as donné du sang, et tu as ainsi invoqué celles qui *partagent* ce sang. Tu as appelé tes aïeules, et elles ont répondu.

— Mes… aïeules, répéta lentement Koffi. Comme dans mes *ancêtres* ? Ces femmes m'étaient… *apparentées* ?

— Certaines plus directement que d'autres, mais oui. » La vieille femme hocha la tête en signe de confirmation. « Le lien spécifique qui les invoque est éthéré, un lien de sang, d'os et d'âme. »

Koffi la regarda fixement, laissant son esprit saisir peu à peu la gravité de cette révélation. « Le pouvoir que mes ancêtres ont utilisé pour me guérir, demanda-t-elle, je le possède également à présent, n'est-ce pas ? »

La vieille femme sourit. « Tu as toujours eu ce pouvoir en toi, mon enfant. Si tes aïeules ont agi dessus, elles n'ont fait que l'éveiller davantage.

— Je le *sens*. » Koffi fixa ses bras et ses jambes. Ceux-ci étaient identiques à ce qu'ils avaient toujours été, mais une chaleur les parcourait. Elle s'étendit jusqu'au bout de ses doigts et jusqu'à ses orteils, jusqu'à ce que Koffi ait l'impression d'être restée assise au soleil pendant des heures. C'était merveilleux, mais terrifiant. « Je l'ai senti pendant un petit instant durant des moments fugitifs, mais… c'est comme s'il me traversait tout le temps, constamment.

— Comme il se doit, dit la vieille femme. Comme il se doit *toujours*, pour une vraie daraja. »

Daraja. Koffi reconnut ce mot. La première fois qu'elle l'avait entendu, elle se trouvait sur la place du marché. C'était la première fois qu'elle avait découvert que la magie existait, que c'était quelque chose qu'elle possédait et qui était susceptible de changer sa vie. Elle n'avait pas demandé à cette vieille femme sur la place du marché de Lkossa – une vieille femme *différente* de celle qui se tenait devant elle – de l'aide ou plus d'informations, mais elle ne commettrait pas cette erreur deux fois.

« Je veux apprendre, déclara-t-elle avec sérieux. Je veux apprendre à utiliser mon pouvoir correctement. » Elle déglutit. « Pouvez-vous me l'enseigner ? »

La vieille femme la regarda pendant plusieurs secondes, comme si elle l'évaluait, avant de hocher la tête en signe d'acquiescement. « Oui, mon enfant, chuchota-t-elle. Je crois que le destin en a décidé ainsi, et je le ferai. » Elle se leva et passa la main derrière sa tête pour commencer à détacher son couvre-chef noir. Koffi se leva également.

« *Vraiment* ? » Elle n'arrivait pas à y croire. « Vous voulez dire que vous allez tout m'apprendre ? Sur la magie, et comment l'utiliser ?

— Oui, mon enfant. » La vieille femme lui jeta un regard où se lisait une pointe d'amusement. « Je t'enseignerai ce que je peux. Mais la première chose à savoir est que tes ancêtres n'ont jamais appelé ce que tu peux faire de la *magie*. »

Koffi fronça les sourcils. « Non ?

— *Non*. » La vieille femme termina de détacher son couvre-chef et le laissa tomber au sol. Koffi s'immobilisa, et la vieille femme sourit.

« Ils l'appelaient… *la splendeur*. »

CHAPITRE VINGT-DEUX

Mythes et contes populaires

Ekon faisait les cent pas entre les arbres, les mains serrées dans le dos.

Au-dessus de lui, le ciel changeait. Il était d'un gris sinistre lorsqu'il avait amené Koffi dans cette clairière pour la première fois, mais désormais le soleil semblait faire sa dernière apparition de la journée, étendant dans le ciel de longs et brillants rubans d'orange, de rose et d'or, seulement interrompus par les fissures de la Rupture. C'était une sorte de moquerie cruelle. Plus le ciel était beau, plus Ekon se sentait mal.

Pour ce qui semblait être la millième fois, il prit conscience de ce qui l'entourait. Après qu'il eut accepté de suivre la vieille femme, cette dernière l'avait conduit jusqu'à une clairière où, à sa grande surprise, il avait trouvé un campement grouillant de personnes.

Enfin, il n'était pas sûr que *personnes* soit le terme adéquat.

Comme les deux femmes qu'il avait rencontrées auparavant, la plupart portaient des tuniques brun uni, et certains avaient même rehaussé leur tenue de feuilles de couleurs vives tissées dans leurs cheveux blancs et crépus. La vieille femme ne leur avait pas prêté attention tandis qu'elle lui prenait Koffi des mains et la portait jusqu'à une grande hutte au centre de la clairière avec une facilité surprenante. Cela faisait au moins une heure qu'elle et Koffi avaient disparu à l'intérieur.

De temps en temps, il sentait sur lui les yeux écarquillés et curieux des gens étranges, mais il ne leur avait pas adressé la parole. Ils dégageaient une aura similaire à celle de la vieille femme, une certaine impression d'appartenance à cette jungle qu'il ne comprenait pas. Parfois, il voyait les gens marcher entre les arbres et disparaître parmi eux. D'autres fois, il voyait leurs enfants jouer, avec des silhouettes étrangement floues à certains endroits.

Non, ce n'étaient certainement *pas* des gens normaux.

« Ekon ! »

Ekon marqua un temps d'arrêt. Une fille aux cheveux noirs venait de sortir de la hutte. Koffi. Elle avait l'air… radieuse. La chaleur monta à la nuque d'Ekon quand il s'en rendit compte, mais il était impossible de l'ignorer. Alors que Koffi était toute moite auparavant, tout en elle semblait rayonner à présent. Son sourire était éclatant, sa peau brun foncé était luminescente, et même ses cheveux tressés semblaient abriter un infime soupçon d'or, presque imperceptible, dans leurs profondeurs. Elle s'arrêta à quelques mètres de lui, puis fit une pause.

« Je me sens… mieux. »

Le soulagement envahit Ekon comme la marée. Il voulait trouver les mots justes, mais il n'y parvenait pas. *J'ai eu peur. J'étais inquiet. Je suis heureux.* Au lieu de cela, il se contenta de hocher la tête. « Bien. » Il se pencha en avant et baissa la voix : « Hum, je pense que nous devrions probablement y aller. Ces gens aux cheveux blancs me regardent depuis que je suis arrivé et certains d'entre eux portent des armes. »

Le sourire de Koffi trahissait une pointe d'amusement. « Ils ne nous feront pas de mal. »

Ekon fronça les sourcils. « Et tu en es sûre parce que… ?

— Parce que ce sont des *Yumbos.* » Elle jeta un regard affectueux par-dessus son épaule. Comme s'ils reconnaissaient leur propre nom, certains des gens aux cheveux blancs levèrent la tête et leur adressèrent des signes. « Ce sont les gardiens de la jungle. »

Ekon plissa les yeux. « Comment le sais-tu ? »

Les yeux de Koffi se levèrent en direction de la forêt qui les entourait. « Ma mère me racontait des histoires sur eux, dit-elle doucement. Tout ce temps, j'ai cru qu'il s'agissait juste d'inventions tirées de mythes et de contes populaires, mais… j'avais tort. »

Le froncement de sourcils d'Ekon s'accentua. En règle générale, il ne faisait pas confiance aux légendes ; celles-ci ne s'appuyaient sur rien de factuel. Son regard se dirigea vers son sac perché contre un arbre. « Étrange, Nkrumah ne mentionne pas les Yumbos dans son journal… »

Un bruissement l'interrompit au milieu de sa phrase, et les mots d'Ekon moururent dans sa gorge comme ses yeux se baissaient sur le sol de la jungle. Il se figea. Un énorme serpent doré glissait vers lui et Koffi, ses yeux verts comme des bijoux fixés sur eux deux. Au début, il fut certain de n'avoir jamais vu de serpent aussi grand et aussi long – de là où il se trouvait, il ne pouvait même pas voir le bout de sa queue, et son corps était plus épais que son propre tour de taille – mais il réalisa ensuite que ce n'était pas vrai. Il avait vu ce serpent une fois auparavant, quand il avait pénétré dans la jungle avec Koffi, avant qu'ils ne s'égarent dans le brouillard. À ce moment, il avait pensé que c'était une sorte d'hallucination, une autre illusion produite par la jungle, mais il le voyait clairement maintenant. Cette créature n'était pas une illusion. Son instinct le poussait à sortir son *hanjari,* mais il s'aperçut qu'il était incapable de bouger. Il ne pouvait que fixer le serpent qui se rapprochait de plus en plus. Tous les muscles de son corps se contractèrent tandis que la créature parvenait à leur niveau, et il était tellement focalisé sur la présence du reptile qu'il ne remarqua même pas que Koffi n'avait pas dit un mot. Le serpent géant releva légèrement la tête et ouvrit sa gueule, exposant deux longs crocs blancs pendant un moment tout en sifflant. Puis, tout aussi brusquement, il se baissa, passa devant Ekon et s'éloigna en sinuant dans les ronces de la jungle. Ekon le regarda partir, abasourdi.

« Il... » Il n'arrivait pas à y croire. « Il nous a laissés tranquilles.

— Parce que *je* lui ai dit de le faire. »

Il se tourna vers la voix grave qui venait de résonner dans la clairière comme un coup de tonnerre. Simultanément, toutes les personnes aux cheveux blancs cessèrent leur activité et fixèrent leurs étranges yeux pâles sur le rabat de la hutte. Quelqu'un – la *propriétaire* de la voix puissante – était en train de sortir de la tente, et Ekon se figea quand il vit de qui il s'agissait. La vieille femme à qui il avait confié Koffi peu de temps auparavant était toujours vêtue de la modeste tunique noire qu'elle portait auparavant, mais elle n'était plus vieille. Elle s'avançait vers eux avec la grâce d'une danseuse, les rides qui couvraient son visage ayant disparu. La lumière du soleil couleur mandarine se répandit sur son corps tandis qu'elle s'approchait, et elle se retrouva suffisamment proche pour qu'Ekon puisse voir son visage – pour *vraiment* voir ce qu'il n'avait pas reconnu auparavant. Lentement, les pièces s'assemblèrent dans son esprit, le serpent doré géant qui venait de passer, le visage qu'il avait vu gravé dans la pierre des milliers de fois à l'intérieur du temple de Lkossa. Il savait qui était cette femme, et ce qu'elle n'était pas.

« Vous n'êtes pas... Vous ne pouvez pas être... » Les mots lui manquèrent.

La déesse lui rendit directement son regard, de ses yeux perçants. « Sois en paix, mon enfant, ordonna Badwa. Tu n'as rien à craindre ici. » Elle se tourna vers Koffi, et Ekon crut voir un regard entendu passer entre elles. « Je voudrais vous parler à tous les deux, pendant que les Yumbos préparent nourriture et boissons. Nous dînerons après. »

Après. Les mots étaient comme des fils distincts qu'Ekon n'arrivait pas à relier dans son esprit. *Après*. Que se passait-il *après* qu'une déesse – une vraie déesse en chair et en os – vous eut regardé dans les yeux ? Que se passait-il *après* qu'elle vous eut parlé ? Cela faisait mal de la regarder trop longtemps, comme de fixer directement le soleil, ou de s'efforcer d'appréhender l'océan tout entier sans jamais pouvoir prendre assez de recul pour tout voir. Et s'il disait quelque chose de travers, s'il offensait la déesse ? Le transformerait-elle en insecte, le foudroierait-elle ? Il sursauta lorsqu'une main douce lui toucha le bras, l'arrachant à ses pensées.

« Tout va bien, Ekon. » Koffi soutint son regard tout en murmurant ces mots. « Je te le promets. »

Ekon ignorait ce qui apaisa peu à peu son anxiété dans le ton de sa voix, il savait seulement que cela fonctionna instantanément. Le bout de ses doigts sur sa peau avait la chaleur d'un pot d'argile laissé au soleil. Il se concentra sur cette chaleur.

« Très bien. Allons-y. »

La déesse à cornes leur fit signe de la suivre dans une clairière à plusieurs mètres de la hutte et des Yumbos. Une fois qu'ils furent tous les trois assis, elle joignit ses mains.

« Cet endroit et ses habitants relèvent de mon domaine, commença-t-elle. Je vois chaque être vivant et chaque créature qui s'y trouve, et chacun d'entre eux me doit obéissance. Ainsi, je veux que vous sachiez tous les deux que je vous ai observés depuis le moment où vous êtes entrés dans ma jungle. »

Malgré lui, Ekon ressentit un certain agacement. Si la déesse disait vrai, cela signifiait qu'elle les regardait avancer avec difficulté dans cette jungle depuis un moment. Elle les avait vus tomber sur des brumes, des araignées et un grootslang, et n'avait rien fait du tout pour les aider jusqu'à présent. Il essaya de réprimer rapidement son froncement de sourcils, mais Badwa le remarqua avant qu'il ne puisse le faire. Comme si elle lisait dans ses pensées, elle sourit.

« Je ne m'attends pas à ce que vous compreniez, dit-elle doucement, les responsabilités qui m'incombent en tant que souveraine de ce royaume. Je suis consciente que plusieurs de mes sujets se sont montrés moins qu'hospitaliers depuis votre arrivée. »

Voilà une manière bien polie de le formuler, pensa Ekon en repensant à Anatsou en particulier.

« Mais je ne peux pas et je *ne punirai pas* les créatures de cette jungle pour avoir été fidèles à leur propre nature. » La voix de Badwa prit un ton plus stoïque. « Agir ainsi serait défier mes obligations envers elles en tant que gardienne. »

Ekon décida de ne pas répondre à voix haute. Il avait grandi entre les murs du temple de Lkossa, apprenant par cœur les textes sur la révérence due aux dieux et déesses, et il était presque certain que rien de ce qu'il avait à dire en ce moment ne serait considéré comme « révérencieux ». Il remarqua que Koffi n'avait pas bougé à côté de lui ; elle observait toujours Badwa avec une parfaite admiration.

« Ce que je *peux* faire, cependant, poursuivit Badwa, c'est fournir des réponses à certaines des questions qui vous ont conduits à pénétrer dans cette jungle. Je peux vous donner la vérité. »

Aussitôt, Ekon se redressa, excité. Cette déesse avait des réponses ? Bien, il avait déjà une question. « Si tout dans cette jungle relève de votre domaine, dit-il, alors vous pouvez nous aider à trouver ce que nous cherchons, vous pouvez nous dire où se trouve le Shetani, et nous pourrons mener à bien notre chasse, n'est-ce pas ? »

Il sut immédiatement qu'il avait dit ce qu'il ne fallait pas. L'expression de Badwa s'assombrit, comme des nuages se rassemblant avant la mousson. Son visage se fit de pierre et les lignes qui se dessinaient entre ses sourcils et aux coins de sa bouche semblèrent se durcir. Quand elle posa les yeux sur Ekon, son attitude semblait nettement plus froide.

« Ce nom que tu prononces est faux. »

Ekon échangea un regard avec Koffi, qui semblait tout aussi nerveuse que lui, avant de s'adresser à nouveau à la déesse.

« Euh… pardon ?

— Tu as parlé d'elle en l'appelant Shetani, "démon", continua Badwa. *Ce nom* est faux. »

Ekon avait ouvert la bouche pour en dire plus mais il se tut brusquement. Une chose que la déesse venait de dire résonnait dans son esprit.

« Elle ? répéta-t-il. Vous venez de parler du Sh… hum, de la *créature* en disant *elle* ? »

Lentement, Badwa hocha la tête, et son geste était empreint de tristesse. « L'être que votre peuple a pourchassé pendant la plus grande partie d'un siècle, celui qu'il a nommé monstre, n'a pas toujours été ainsi. » Son regard allait et venait entre Ekon et Koffi. « *Elle* était autrefois humaine, comme vous. »

Ekon ne comprit pas immédiatement ces mots. Il n'aurait su dire combien de temps s'était écoulé avant qu'il n'assimile enfin leur sens.

« *Quoi ?* » Il se sentait engourdi, l'esprit ailleurs. Il ne regarda pas Koffi, mais il l'imaginait sous le choc à côté de lui, son regard incrédule. « Comment… comment est-ce possible ? »

Badwa croisa les mains sur ses genoux et soupira. « Cela commence et se termine, comme toute chose, par la splendeur. »

Ekon fronça les sourcils. « La quoi ?

— Un pouvoir connu sous de nombreux noms, poursuivit Badwa. Mais le plus connu est le nom qu'on lui donnait dans les langues anciennes.

— Mais qu'est-ce que… ?

— *Chut !* » Koffi pressa un doigt sur ses lèvres et fit taire Ekon d'un regard acéré, puis fit signe à Badwa de continuer. Le regard de la déesse passa de l'un à l'autre avant qu'elle ne reprenne la parole :

« La splendeur est une énergie ancienne et primordiale, expliqua-t-elle. C'est une puissance brute, naturelle. Mes frères et sœurs et moi en sommes nés, et nous l'avons utilisée pour construire le monde temporel tel que vous le connaissez maintenant. Lorsque notre travail a été achevé, et que les frontières des royaumes du monde ont été tracées, nous avons enfermé la grande majorité de la splendeur au cœur de la terre elle-même. Nous avons fait une seule exception à cette règle : les êtres mortels que nous avons jugés dignes de manier une petite partie de ce pouvoir. Nous appelions ces mortels *darajas*. Finalement, lorsque ces mortels sont morts, ils ont transmis leurs capacités à leurs descendants et ont créé un sous-ensemble de la race humaine. Nous, les dieux, satisfaits de ce que nous avions créé, avons alors décidé de nous reposer. » Une ombre passa sur le visage de Badwa. « Chacun d'entre nous, sauf un, notre plus jeune frère.

— Fedu. » Ekon prononça le nom avant de pouvoir s'en empêcher. « Le dieu de… la mort. »

Badwa hocha la tête. « Au fur et à mesure que le monde vieillissait, mon frère a commencé à en voir les failles, les pires aspects. Avec le temps, il en est venu à croire que seuls les darajas étaient aptes à exister dans le monde que nous, les dieux, avions créé. Il voulait utiliser la splendeur que nous avions emprisonnée pour refaire le monde, mais il ne pouvait pas le faire tout seul. Alors il a cherché un daraja assez puissant pour l'aider à réaliser sa vision, pour lui servir d'*outil*. Finalement, il en a trouvé une, une jeune fille née dans la même région que vous deux. Son nom était Adiah. Il a entrepris de la séduire. »

Ekon commença à poser une question, puis se ravisa. Badwa sembla apprécier cela, car elle continua :

« Mon frère a compris que, pendant des périodes spécifiques, la splendeur enfermée dans le noyau de la terre devenait plus puissante, qu'il devenait plus facile d'y avoir accès et de la canaliser. Une telle opportunité ne se présente qu'une fois par siècle, lors d'un jour considéré comme sacré...

— Attendez. » Ekon se redressa, incapable de s'empêcher d'interrompre son récit. « Vous parlez de quelque chose comme... comme le *jour du Lien* ?

— Cela même, confirma Badwa. Vous les mortels l'observez comme une journée annuelle où exprimer votre foi et votre respect envers nous, mais nous, les dieux, avons toujours su qu'il revêtait également une signification centenaire. En recourant à la tromperie, Fedu a essayé de convaincre Adiah de l'aider à libérer la splendeur, mais quand elle a réalisé ses véritables intentions, elle a déjoué son plan, et a payé un prix élevé pour cela.

— Que lui est-il arrivé ? » La voix de Koffi était douce ; elle semblait presque effrayée. L'appréhension était si palpable sur son visage qu'Ekon la sentait irradier dans l'air. Il se tourna vers Badwa, qui inclina la tête.

« Adiah a accompli par erreur une partie de ce que mon frère demandait, murmura-t-elle. Elle a libéré une partie de la splendeur de la terre et l'a utilisée pour causer des ravages à Lkossa. Les marques de cette destruction sont encore tristement célèbres aujourd'hui.

— La Rupture, chuchota Koffi. Ce n'était pas un tremblement de terre. *Elle* l'a provoquée.

— Une erreur avec laquelle elle vit chaque jour, j'en suis certaine. » Badwa cligna des yeux, et ceux-ci semblèrent briller un instant. « Quand Adiah a réalisé ce qu'elle avait fait, elle a repris la splendeur dont Fedu l'avait convaincue de faire un mauvais usage et l'a gardée en elle pour l'empêcher d'infliger d'autres dommages au reste du continent. Quand mon frère l'a menacée, je lui ai offert un refuge dans un endroit où il ne pourrait pas la suivre. Aucun dieu ne peut pénétrer dans le royaume d'un autre dieu sans son consentement. Elle est donc restée ici depuis lors. » Elle regarda Koffi. « Sauf brièvement, l'espace d'une nuit, quand elle a ressenti l'appel d'une autre daraja.

— Mais il y a quelque chose que je ne comprends toujours pas. » Ekon parlait lentement, essayant d'assembler les nombreuses pièces du puzzle dans son esprit. « Si Adiah est restée ici tout ce temps, en tant que réfugiée, comment est-elle devenue – il hésita – le *Shetani* ? »

Le visage de Badwa s'assombrit. « La quantité de splendeur qu'Adiah a absorbée sur l'ordre de mon frère était contre nature ; aucun dieu n'aurait dû être capable de l'absorber, encore moins un être mortel. Cette puissance a préservé Adiah, lui permettant de vivre bien au-delà de l'âge normal d'un humain, dit-elle. Mais elle a payé un prix pour cela, un prix terrible. »

Koffi se raidit, et les poils de la nuque d'Ekon se hérissèrent.

« La splendeur se nourrit de son corps, expliqua Badwa. Elle a sauvagement déformé son apparence. Son esprit reste humain et intact, mais son corps est celui d'une bête et le restera jusqu'à ce que la splendeur en soit extraite.

— Elle s'est sacrifiée. » La voix de Koffi était creuse, son expression pleine d'horreur. « Pendant toutes ces années. Les habitants de Lkossa l'ont traitée de monstre alors qu'en fait... elle nous a tous *protégés*.

— *Ouais*. » Ekon fronça les sourcils. « Quand elle n'est pas en train de massacrer des gens en masse. »

Badwa le transperça du regard. « Adiah a résidé dans mon royaume pendant quatre-vingt-dix-neuf de vos années mortelles, dit-elle sèchement. Pas *une seule fois* elle n'a tué un être humain. »

Ekon secoua la tête avant de pouvoir s'en empêcher. « Ce n'est pas possible. Le Shetani a tué des habitants de Lkossa à lui seul pendant des années. Il existe des registres de ses victimes... »

Badwa haussa le menton. « Tu mets en doute la parole d'une déesse ? »

Juste comme ça, Ekon se rappela la place qui était la sienne. Il ne voulait pas contredire une déesse - cela lui semblait une idée exceptionnellement *mauvaise* sous tous les angles - mais dans le cas présent, il ne pouvait pas envisager d'autre possibilité. Il savait ce qu'il avait vu de ses propres yeux toute sa vie, les corps mutilés et les mares de sang à la frontière de la Grande Jungle. Quelque chose se tordit en lui quand il pensa à son père. Baba, qui était mort dans cette même jungle... *Baba*, qui était mort si violemment...

« Je ne veux pas mettre votre parole en doute, dit-il lentement à la déesse. Mais quelque chose ne va pas. Je *sais* ce que j'ai vu de mes propres yeux, il existe des listes de victimes du Shetani...

— À moins que... » Koffi regardait devant elle, réfléchissant silencieusement. « À moins que ces gens *n'aient pas été* victimes du Shetani.

— Qu'est-ce que tu... ?

— Laisse-moi une seconde. » Les yeux de Koffi se plissèrent. « De quels faits disposons-nous pour le moment ? »

Ekon marqua une pause. « Nous savons que les habitants de Lkossa se font brutalement tuer depuis des décennies au même endroit, généralement de la même manière à chaque fois.

— Exact, dit Koffi. Et jusqu'à aujourd'hui, nous pensions que le coupable de ces meurtres était le Shetani, mais… nous savons *maintenant* que ce n'est pas possible. » Elle releva les yeux. « Réfléchis-y, Ekon. Pourquoi Adiah se serait-elle donné la peine de conserver toute cette splendeur à l'intérieur de son corps pour protéger le peuple de Lkossa, si elle comptait tuer ses citoyens de toute façon ?

— Parce qu'elle a été transformée en monstre à la soif de sang insatiable ?

— *Ou* – Koffi croisa les mains – parce que ce n'est pas elle qui a tué ces gens, mais quelque chose d'autre. »

À ces mots, Ekon ressentit un frisson. « Quelque chose *d'autre* ?

— Quelque chose de méthodique, poursuivit Koffi. Quelque chose qui souhaite que la responsabilité des meurtres retombe sur Adiah. »

Ils parvinrent à la même conclusion ensemble. « Fedu.

— C'est lui qui est derrière les meurtres, dit Koffi. Il a utilisé quelque chose pour tuer des gens de Lkossa et faire accuser Adiah.

— Parce que si tout le monde pense qu'Adiah l'a fait, elle sera détestée, poursuivit Ekon. Cela pousserait les gens à la pourchasser et à la traquer pour lui, comme les gens essaient de le faire depuis un siècle.

— Comme *nous avons essayé* de le faire », murmura Koffi.

Ekon resta assis un moment, stupéfait. C'était comme si tout son monde avait été soudainement et violemment déraciné, ébranlé dans ses fondations mêmes. D'aussi loin qu'il se souvienne, il avait à la fois craint et détesté le Shetani. Il lui avait reproché la plupart des mauvais moments de son enfance, la mort de son propre père. Cette colère constante avait été comme une énergie propre, le *nourrissant*. C'était étrange de découvrir que cette colère se trompait d'objet depuis le début, qu'elle était dirigée au mauvais endroit.

« Nous devons trouver la chose qui a vraiment tué ces gens. » Ekon grimaça, une résolution toute nouvelle s'enracinant en lui. « Nous devons trouver ce que Fedu utilise pour faire du mal aux gens de Lkossa et y mettre un terme.

— *Non.* » Koffi secoua la tête en fronçant les sourcils. « Ce que nous devons faire, c'est trouver Adiah, et *l'aider*.

— Il existe peut-être un moyen pour vous, déclara tranquillement Badwa, de faire les deux. »

Ils levèrent les yeux, mais c'est Ekon qui parla le premier : « Qu'est-ce que vous voulez dire ?

— Mon frère est beaucoup de choses, dit la déesse. Rusé, ambitieux et calculateur, mais par-dessus tout, il est *méthodique*. Il a facilité les meurtres cruels à Lkossa pendant tout ce temps, mais dans un but précis, avec un objectif constant en tête.

— Capturer Adiah, s'exclama Koffi.

— De fait, avec la splendeur encore dans son corps, elle lui est utile, poursuivit Badwa. Mais si Adiah n'avait plus ce que mon frère voulait...

— Alors elle ne lui serait *plus* utile, termina Ekon.

— Et il n'aurait plus de raison de tuer des gens, ajouta Koffi. Les meurtres prendraient fin. »

Badwa ne dit rien, mais ses yeux pétillaient. Ekon s'adressa de nouveau directement à elle : « Comment pouvons-nous aider Adiah à se débarrasser de la splendeur retenue dans son corps ? »

La déesse croisa les doigts un moment, pensive. « Adiah a été capable d'absorber ce volume de splendeur dans son corps il y a près de cent ans, pendant le jour du Lien, quand elle est remontée à la surface de la terre avec plus d'ampleur que d'habitude, dit-elle. Pour la restituer, il faudrait qu'elle fasse le contraire.

— Pourrait-elle la libérer en petites quantités ? » demanda Ekon.

Badwa lui jeta un regard réfléchi. « Imagine que tu as tenu une lourde bassine d'eau pendant un siècle, suggéra-t-elle. Maintenant, imagine que tu essaies de verser le contenu de cette bassine lentement, goutte à goutte. C'est possible, mais cela demande beaucoup de maîtrise, une maîtrise qu'Adiah ne possède plus, à ma connaissance. » Elle s'assit, pensive. « Ce dont elle a besoin, c'est d'une autre occasion de s'en débarrasser en toute sécurité d'un seul coup, quelque chose comme...

— Un autre jour du Lien, intervint Koffi. Cela lui permettrait de renfouir la splendeur dans la terre en toute sécurité, sans causer de nouvelle Rupture.

— Le prochain est dans deux mois », déclara Ekon. Il se leva et commença à faire les cent pas. « Il faudrait la trouver d'ici là, puis l'emmener dans un endroit où elle pourra relâcher la splendeur sans blesser personne. Il faudrait un endroit éloigné, loin des gens...

— Les plaines de Kusonga ! » Koffi se leva d'un bond à son tour. « Tu l'as dit toi-même une fois, il n'y a rien d'autre là-bas hormis des prairies à ciel ouvert. Ce serait un endroit sûr pour qu'Adiah se débarrasse de la splendeur qui est encore en elle.

— D'après la carte du journal de Nkrumah, les plaines de Kusonga ne sont pas proches, tempéra Ekon. Il nous faudrait des semaines pour nous y rendre à pied, plus si nous avons Adiah avec nous et que nous devons la dissimuler à Fedu.

— Nous devons donc la trouver, dit Koffi. Le plus tôt sera le mieux.

— Et si Fedu découvre ce que nous faisons ? demanda Ekon. S'il se lance à sa poursuite ? » Dans un coin de sa tête, une autre pensée lui traversa l'esprit. Fedu n'était pas le seul à vouloir encore retrouver Adiah. Il déglutit. Le groupe de chasseurs du Kuhani était probablement quelque part dans cette jungle à l'heure actuelle, chassant et traquant ; peut-être n'étaient-ils pas loin, même en ce moment…

« Elle ne sera pas seule. » Les yeux de Koffi se durcirent soudainement. « *Je suis* une daraja moi aussi. Je peux aider à la protéger. » Elle se tourna vers Badwa. « Vous avez dit que vous m'apprendriez à utiliser la splendeur, dit-elle. Quand commençons-nous ? »

La déesse de la jungle tourna son regard vers les arbres, et soudain Ekon eut l'impression qu'elle voyait bien plus de choses qu'il ne leur serait jamais possible d'en contempler.

« Demain, répondit-elle au bout d'un moment. Ta première leçon commence au lever du soleil. »

CHAPITRE VINGT-TROIS

La splendeur

Koffi était réveillée quand l'aube se leva.

Elle avait fait de son mieux pour suivre les conseils de Badwa ; manger, puis se reposer autant que possible, mais elle en avait été incapable. Ses rêves avaient été remplis de toutes les choses qu'elle avait apprises la veille – Adiah, le Shetani, la splendeur, la vérité sur la Rupture. Quand elle se réveilla et se souvint à nouveau de tout, une nouvelle secousse la parcourut.

Elle se leva de sa couche tandis que les premiers rayons de l'aube touchaient le ciel encore sombre. Le couchage était modeste, prêté par les Yumbos, mais certainement plus confortable que tout ce sur quoi elle avait dormi auparavant. Ses yeux parcoururent le campement de fortune à la recherche de ses aimables hôtes, et elle fut surprise de constater qu'il était vide, à l'exception d'elle-même, d'Ekon, qui dormait encore à quelques mètres de là, et de la hutte où Badwa devait se trouver. Pas le moindre signe des Yumbos. Elle fronça les sourcils, curieuse. Les Yumbos avaient-ils seulement *besoin* de dormir ? Où pouvaient bien se rendre les gardiens spectraux d'une jungle magique ? Que *faisaient-ils* ? Elle réalisa qu'elle ne le savait pas vraiment.

En silence, elle s'éloigna du campement et s'enfonça dans les arbres. À cette heure de la journée, la jungle n'était pas encore réveillée, et elle était plus qu'heureuse qu'il en soit ainsi. Elle s'arrêta lorsqu'elle trouva le petit étang auquel Badwa avait fait référence la nuit précédente, et s'agenouilla pour observer sa surface immaculée. Elle marqua une pause. C'était la première fois depuis les dieux seuls savaient quand qu'elle se regardait. Elle ne sut que ressentir quand elle vit son reflet dans la faible lumière du matin. La fille qui la dévisageait était à peine reconnaissable, elle semblait curieusement plus âgée. Ses torsades sombres s'étaient effilochées par endroits en spirales délicates qui dépassaient dans toutes les directions. Elle avait l'air d'être la même, mais différente. Il lui fallut un moment pour comprendre pourquoi.

Tu n'es pas seule, tu n'es pas la seule.

Quand elle avait fait exploser cette bougie dans l'*héma,* il y avait une éternité, elle avait cru être seule. Lorsque la vieille femme du marché lui avait parlé de la magie à Lkossa, elle s'était sentie *moins* seule, mais maintenant… il y avait une autre personne comme elle, une fille avec qui elle avait quelque chose en commun, peut-être même une amie.

Pas une amie, se rappela-t-elle. *Un prodige.*

Si ce que Badwa leur avait dit la veille était vrai, Adiah ne deviendrait pas son amie ; elle était une *maîtresse* de la splendeur, plus talentueuse que Koffi ne pourrait jamais espérer l'être. Elle repensa à la promesse qu'elle avait faite à Badwa et Ekon la veille ; elle avait dit qu'elle protégerait Adiah si elle le devait, mais plus elle réfléchissait à ces mots, plus ils lui semblaient insensés. Elle avait à peine été capable de se défendre dans cette jungle. Elle sentit comme un coup de poignard lorsque son marché avec Baaz lui revint en mémoire, les implications que ce changement de plan signifierait pour leur accord. Si Adiah était vraiment le Shetani, cela voulait dire qu'elle ne pouvait pas être ramenée au Zoo nocturne, et qu'elle ne pouvait certainement pas être remise au Père Olufemi. Une légère panique l'envahit à mesure qu'elle pensait à Jabir toujours piégé dans le Zoo nocturne, à Mama toujours allongée dans ce lit d'infirmerie...

« Hé, ça va ? »

Koffi sursauta. Ekon se tenait à quelques mètres de là, entre deux arbres, l'air coupable. La chaleur monta dans ses joues quand elle réalisa à quel point elle avait dû avoir l'air inquiète. Mon Dieu, il était vraiment doué pour ne pas faire de bruit.

« Désolé. » Ekon leva les mains. « Je t'ai vue te lever, et j'ai...

— Pensé que quelque chose risquait d'essayer de me manger ?

— Plus ou moins. » Il lui adressa un hochement de tête rigide avant de baisser le regard et de laisser ses doigts tapoter contre son flanc. Le jeune garçon semblait étrangement nerveux. « Je suis content que tu ailles bien. »

Koffi déglutit. « Merci d'avoir vérifié.

— OK. » Finalement, Ekon leva les yeux en joignant les mains derrière son dos. « Eh bien, dans ce cas, je vais retourner au camp...

— Je voulais aussi te remercier de m'avoir sauvé la vie. » Koffi se leva. « Beaucoup de ce qui s'est passé avant est encore flou, mais... je sais que je ne serais pas là sans toi. »

Ekon eut un petit sourire avant de secouer la tête. « Ne me remercie pas, c'est ce que toute personne normale aurait fait. » Comme s'il venait de penser à quelque chose, son expression changea. « Tu as dit qu'une grande partie de ce qui s'est passé avant est encore floue. Alors tu ne te souviens probablement pas...

— Je me souviens de l'histoire que tu m'as racontée », se dépêcha de répondre Koffi. Pour une raison inexplicable, il lui semblait important de le rassurer à ce sujet. « Je ne l'aurais pas oubliée, Ekon. »

Ekon eut l'air soulagé, mais en partie seulement. « Et, hum, après avoir mangé le fruit de l'arbre umdhlebi ? Te souviens-tu d'autre chose à ce moment-là ? »

Koffi baissa son regard. En vérité, les moments survenus après qu'elle eut mangé le fruit étrange étaient les plus flous, un peu comme un rêve, mais... il y avait *une* chose... Ses joues la brûlèrent. Un fragment de souvenir venait de lui revenir. Elle se rappelait avoir été assise sous un arbre et avoir senti le regard d'Ekon sur elle. Elle se souvenait de la façon dont il l'avait regardée, de la façon dont il s'était légèrement penché au même moment qu'elle. La façon dont elle avait voulu...

« Bonjour, mes enfants. »

Ekon et elle levèrent brusquement les yeux. Le soleil était enfin apparu au-dessus de la cime des arbres de la jungle, et avec lui, la déesse de la jungle. Badwa s'avançait tranquillement entre les arbres, aussi sereine et puissante que la veille. Koffi s'émerveilla à sa vue.

« Bonjour... » Koffi fit une pause. « Je ne sais pas vraiment comment vous appeler.

— Mon nom fera l'affaire. » Les yeux de Badwa pétillèrent. « Es-tu prête à commencer ton entraînement ? » Son regard passa de Koffi à Ekon, et son air se fit légèrement entendu. « Ou, si je vous ai interrompus, je peux attendre... ?

— Pas besoin ! » La voix d'Ekon était au moins une octave trop haute tandis qu'il tournait les talons pour reprendre le chemin du camp. Peut-être avait-il aussi vu cet air entendu dans les yeux de Badwa. « Je vous en prie, je ne veux pas vous retarder. »

Il disparut entre les arbres, laissant Koffi et Badwa seules. Koffi ressentit un pincement distinct de tristesse en son absence, mais lorsque la déesse s'éclaircit la gorge, elle reporta son attention sur elle. « Allez-vous m'apprendre à utiliser la splendeur ? » demanda-t-elle.

La déesse lui lança un regard ironique sans équivoque. « Pas tout de suite. Il y a quelques leçons concrètes à retenir, dont la première est que la splendeur n'est pas une chose qu'on *utilise*, mais plutôt une énergie qu'on *emprunte*, qu'on transfère d'un réceptacle à un autre, puis qu'il faut libérer correctement. Pense à l'eau. » Elle fit un geste vers le bassin situé devant elles. « Elle est fluide, toujours changeante. Une seule goutte de pluie est insignifiante, mais un million de gouttes de pluie créent...

— Une mousson, termina Koffi.

— Précisément, dit Badwa. Il est également important que tu comprennes la relation qui unit la splendeur et les darajas. Je t'ai dit hier que les premiers darajas ont été soigneusement choisis par mes frères, mes sœurs et moi, mais sais-tu ce que signifie le mot *daraja* ? »

Koffi secoua la tête.

« Comme le mot *splendeur*, il provient des langues anciennes que nous, les dieux, avons données à l'humanité. Sa signification est simple : il désigne un *pont*.

— Un pont, répéta Koffi. Comme quelque chose qu'on traverse ?

— Comme quelque chose qui *relie*, corrigea Badwa. La splendeur est une énergie spirituelle semblable à l'air que tu respires – elle est constante, omniprésente, vitale pour tous les êtres vivants. En tant que daraja, ton corps est équipé de manière unique pour la puiser de la terre elle-même et la rediriger. Ce faisant, tu agis comme un conduit physique entre le terrestre et le divin.

— Alors, qu'est-ce que je peux faire ? »

Badwa secoua la tête, mais son expression était dénuée de sévérité. « La splendeur se manifeste de manière légèrement différente pour chaque daraja. Découvrir comment elle se manifeste en toi est l'un de nos objectifs pour aujourd'hui. En général, on la ressent surtout dans les extrémités, comme les mains et les pieds, donc… » Elle s'assit et tapota un endroit dans la terre devant elle. « Assieds-toi et appuie tes mains dans la terre. Nous allons tester la force de ton lien avec la splendeur. »

Koffi se raidit mais obéit. Une fois qu'elle fut assise, les deux paumes contre le sol, Badwa joignit les mains.

« Ferme les yeux. »

Koffi obéit, se sentant stupide. Elle attendit, chaque seconde lui donnant l'impression de durer un siècle. Quand elle ouvrit enfin un œil, elle découvrit que la déesse la fixait, visiblement en proie à la confusion.

« Tu n'as rien ressenti du tout à l'instant ? »

L'embarras fit rougir les joues de Koffi. C'était comme si elle venait d'échouer à un examen qui se serait déroulé à son insu, mais elle n'osait pas mentir. Elle secoua la tête.

« Étrange, dit Badwa d'un air songeur.

— En fait…, s'agita Koffi. Je voulais vous demander quelque chose à propos de ce que vous avez dit hier.

— Continue.

— Vous avez dit que les premiers darajas avaient transmis leur pouvoir à leurs enfants, poursuivit-elle. Donc, ça veut dire que c'est, hum, un truc de famille ? »

Les sourcils de Badwa s'arquèrent. « *C'est* une capacité transmise par le sang au sein des familles, mais pas toujours de manière constante à chaque génération. Pourquoi demandes-tu cela ? »

Koffi baissa les yeux sur ses mains. « C'est juste qu'aucun de mes parents n'était un daraja – du moins, j'en suis à peu près sûre.

— Et *leurs* parents ?

— Ils sont tous morts avant ma naissance, sauf la mère de ma mère, dit Koffi. Mais *elle* est morte quand j'étais toute petite. Elle a vécu avec nous pendant un petit moment, je crois, mais je ne me souviens pas d'elle. »

L'expression de Badwa se fit pensive. « Tu es une daraja, à n'en pas douter. Je le sens en toi. As-tu déjà essayé de canaliser consciemment la splendeur ? »

Koffi évita le regard de la déesse. « Pas… volontairement, chuchota-t-elle. Mais il y a quelque temps, je me suis énervée lorsque quelqu'un a menacé ma mère et… je ne sais pas si je voulais faire ce que j'ai fait de manière consciente, mais ce n'était pas bien.

— Je vois. »

Une compréhension nouvelle se lisait dans les yeux de Badwa. La déesse croisa les mains avant de reprendre la parole : « Comme je l'ai dit, la splendeur est une énergie spirituelle. Lorsque tu la puises de la terre et que tu la canalises, elle devrait se déplacer dans ton corps comme un fleuve, mais elle ne peut le faire que si ton esprit et ton corps sont tous deux en paix. S'ils ne le sont pas – elle jeta un regard significatif à Koffi –, il peut y avoir des complications.

— Des complications ?

— Si ton esprit et ton corps ne sont pas en paix lorsque la splendeur te traverse, cela peut créer une obstruction qui la maintient à l'intérieur de toi, expliqua Badwa. Elle peut s'accumuler comme une toxine, et si elle subsiste, elle est susceptible de causer des ravages dans le corps physique. Tu sais ce qui est arrivé à Adiah, mais dans le pire des cas, retenir une quantité excessive de splendeur en toi pourrait te coûter la vie. »

Koffi déglutit en se rappelant le Zoo nocturne. Elle se souvenait d'avoir pris cette inspiration et de l'avoir retenue, de s'être sentie enivrée, avant de se sentir libérée. Cela l'effrayait de penser à une chose dangereuse s'accumulant en elle, une chose capable de la tuer. « Comment est-ce que je peux empêcher que cela se produise ?

— Avant d'essayer d'attirer et de canaliser la splendeur, tu dois apaiser entièrement ton esprit et ton corps. Tu dois trouver la paix intérieure, expliqua Badwa. Je veux que tu fermes à nouveau les yeux. Cette fois, effectue des respirations lentes et régulières. Compte chacune d'elles comme un battement, comme un rythme. »

Koffi fit ce qu'on lui disait, fermant les yeux sur le monde qui l'entourait. Dans l'obscurité, elle écouta le son de sa propre respiration. Elle se sentait stupide. Elle imagina à quoi elle devait ressembler, assise là, les mains dans la terre comme une enfant.

Ça ne va pas marcher, la tourna en ridicule une voix dans sa tête. *Pas avec quelqu'un comme toi. Ton esprit n'est jamais en paix.*

Elle essaya d'imaginer une forteresse comme le Zoo nocturne, de hauts murs de briques tout autour de son esprit. La voix du doute s'élevait sans cesse, insistante et inlassable, mais elle rehaussa encore les murs de sa forteresse. Avec hésitation, elle fit appel à la lumière qu'elle avait sentie dans la tente de Badwa. Comme en réponse, celle-ci vint, réchauffant le bout de ses doigts pendant un bref instant. Et tout aussi rapidement, elle disparut. Koffi ouvrit les yeux.

« Elle vient, mais elle ne reste pas. »

Les yeux de Badwa la fixaient attentivement. « Ton esprit n'est pas en paix. »

Koffi regarda autour d'elle. « Bien sûr que si. Je n'ai pas été aussi reposée depuis… eh bien, depuis toujours.

— Être bien reposée n'est pas la même chose qu'être vraiment en paix, répondit Badwa. Il y a quelque chose en toi qui empêche la splendeur de circuler correctement, quelque chose que tu n'as pas accepté. Tu es dans la retenue, et tu retiens ce canal de la même façon. »

Le sourcil de Koffi se haussa. « Je ne me sens pas… dans la retenue. » La jeune fille marqua une pause, pensive. « Au contraire, je m'attire des ennuis parce que je ne retiens pas assez les choses. »

Badwa joignit les doigts. « Repense à un moment de ta vie où tu as été vraiment bouleversée par quelque chose, la dernière fois que tu as pleuré. Comment as-tu géré cela ? »

Koffi n'eut pas besoin de remonter loin dans le temps pour trouver un souvenir. « Je ne pleure pas vraiment. » Elle réalisa dès qu'elle prononça ces mots à quel point ils semblaient idiots. « Enfin, je veux dire, il *m'arrive* de pleurer, mais pas souvent. Quand j'ai cru qu'il était arrivé quelque chose à ma famille, j'en ai eu envie, mais... je n'ai pas pleuré non plus.

— Ta famille t'a-t-elle déjà contrariée ? demanda Badwa.

— Non. » La réponse de Koffi fut immédiate. « Ma mère est... eh bien, c'est juste une *bonne* personne. Elle se sacrifie toujours pour moi et me fait passer avant elle. Et techniquement parlant, Jabir ne fait pas partie de ma famille, mais c'est tout comme. Tout ce qu'il veut, c'est faire sourire les gens et...

— Et ton père ? » La voix de Badwa était plus douce que jamais. « T'a-t-il déjà fait de la peine ? »

Koffi se raidit. « Mon Baba est mort.

— Ce n'est pas ce que je t'ai demandé. »

Un silence s'installa entre elles avant que Koffi n'essaie à nouveau. « Ce... ce ne serait pas juste d'être encore en colère contre mon Baba. Il n'est plus là. »

Badwa réajusta sa position dans la terre. « Ce n'est pas parce qu'une personne meurt que son influence disparaît. Comment te sens-tu quand tu penses à lui ?

— Mal. » Koffi voulait fermer les yeux, mais elle n'y arrivait pas. « C'était... un homme gentil. Il faisait rire ma mère, et il nous faisait nous sentir aimées. Il nous manque à toutes les deux tout le temps.

— Mais ? »

Quelque chose se serra dans la poitrine de Koffi. Elle se força à parler malgré tout.

« Il ne prenait pas toujours les bonnes décisions, chuchota-t-elle. Il agissait parfois de manière irresponsable, et Mama et moi avons payé pour ça.

— Il t'a déçue. »

Koffi tressaillit devant cette accusation. Celle-ci était trop sévère, trop dure pour quelqu'un d'aussi gentil que Baba. Pourtant, dès que Badwa eut prononcé ces mots, elle le sut. Un soupçon de vérité s'imposa à elle. Son hochement de tête fut rapide, presque imperceptible.

« Tu dois accepter tes émotions, mon enfant. » L'expression de Badwa était ferme, mais non dénuée de bienveillance. « Accepte-les, comprends leurs racines, puis laisse-les quitter ton corps naturellement. Inspire, puis souffle. Il serait également sage de desserrer les poings. »

Koffi baissa les yeux sur ses genoux. Elle n'avait même pas réalisé qu'elle avait les poings serrés. Lorsqu'elle ouvrit ses paumes, sa peau était marquée des croissants rouges de ses ongles.

« Je veux que tu essaies à nouveau de canaliser la splendeur, suggéra Badwa. Mais cette fois, quand elle viendra à toi, je veux que tu apaises ton esprit. Tu ne peux pas ériger de murs. Laisse les sentiments qui surgissent entrer dans ton corps. Accepte-les, puis laisse-les partir.

— Et si ça ne marche toujours pas ? » demanda Koffi.

Badwa ne dit rien.

Koffi prit une profonde inspiration tout en pressant à nouveau les mains contre la terre. Ses yeux se fermèrent automatiquement, et derrière ses paupières, elle fixa un néant rouge et noir. Elle attendit, espéra, pria. Et puis elle le sentit : un léger pincement. Il était mince, comme les premières notes d'un luth, puis il devint plus fort, plus chaud. La chaleur envahit le bout de ses doigts, mais cette fois, elle ne s'évanouit pas. Elle l'enveloppa elle aussi, comme une vieille amie. Elle remonta le long de ses genoux, de ses hanches, et quand elle atteignit sa poitrine, Koffi se raidit.

« Accepte-la. » La voix douce de Badwa semblait si lointaine au milieu de ce néant. « Accepte-la, et ensuite laisse-la partir. »

Les muscles de Koffi se tendirent alors que quelque chose se formait dans le néant. Une silhouette se matérialisa, s'asseyant en face d'elle, là où Badwa aurait dû se trouver. C'était un homme. Sa tunique en toile de jute était élimée mais familière, et une légère barbe recouvrait sa mâchoire. Koffi rencontra ses yeux bruns et aimables et, avec un pincement au cœur, vit les siens s'y refléter. Cet homme avait du gris dans ses cheveux crépus ; son père ne ressemblait plus à ce qu'il était quand elle était petite. C'était comme une invention de son esprit, l'homme qu'elle avait imaginé que son père serait devenu s'il avait vécu plus longtemps. Il lui adressa un petit sourire triste.

Kof. Sa voix résonna dans les chambres de son esprit. *Ma fille, belle à l'intérieur et à l'extérieur.*

Une boule se forma dans la gorge de Koffi, qu'elle ne parvint pas à avaler. « Merci, Baba. »

Tu as quitté le Zoo nocturne. Les yeux de Baba étaient lumineux, remplis de ce même sens enfantin de l'aventure. *Je savais que tu le ferais. Ah, ma fille, nous nous sommes toujours compris. Nous avons toujours été les mêmes, des esprits libres.*

« Je ne suis *pas* libre, Baba. » Koffi essaya de réprimer le tremblement de sa voix. « Et Mama non plus. »

Le sourire de Baba faiblit. *Tu n'es pas… tu n'es pas en colère contre moi, n'est-ce pas ? Regarde ce que tu as accompli parce que tu l'as* osé. *Tu as été audacieuse, tu as pris des risques, et ils ont payé…*

« *Tu* as pris des risques, Baba. » La colère bouillonnait dans la poitrine de Koffi. « Et puis tu es mort et tu as laissé Mama et moi payer pour eux, littéralement. Toute ma vie, j'ai payé pour tes risques *et* tes erreurs. »

Le sourire disparut complètement du visage de Baba, remplacé par autre chose. La culpabilité. *Kof, je ne voulais pas…*

« Mais tu l'as fait. Et je suis… je suis en *colère* contre toi. J'avais besoin de toi, et tu m'as laissée tomber. Tu nous as laissées tomber toutes les deux. »

À ces mots, Baba baissa la tête. De longs moments s'écoulèrent avant qu'il ne parle à nouveau, d'une voix qui n'était qu'un murmure :

Je suis vraiment désolé, Koffi.

Et puis elles vinrent ; les larmes se mirent à couler. Elles furent immédiates et abondantes. L'estomac de Koffi se tordit tandis que des sanglots secouaient son corps, et elle sentit quelque chose se libérer dans son cœur. Ce fut douloureux au début, et puis la douleur disparut. Une chaleur parcourut tout son corps, l'enveloppant comme une vague. Quand elle releva la tête, elle vit que les yeux de son père étaient mouillés également.

Tu es meilleure que je ne le mérite. Il prit sa main dans la sienne et la serra. *J'espère que tu pourras me pardonner un jour.*

Koffi lui serra également la main. « C'est déjà fait, Baba. »

À peine avait-elle prononcé ces mots que l'obscurité commença à se dissiper. L'énergie de la splendeur se déplaça le long de ses membres, puis la quitta. Quelque chose d'autre disparut également. Quand elle ouvrit les yeux, elle était de retour dans la Grande Jungle, assise en face de Badwa. La déesse souriait.

« *Regarde*, mon enfant. »

Koffi baissa les yeux. Sa paume était ouverte, et là, reposant à quelques centimètres au-dessus d'elle, se trouvait un petit amas de particules. Sa bouche s'ouvrit comme elle le fixait, puis, tout aussi rapidement, les particules disparurent. « Oui ! » Elle bondit sur ses pieds. « J'ai réussi ! J'ai canalisé la splendeur toute seule ! »

Badwa arborait un sourire en coin. « Effectivement, remarqua-t-elle. *Cette* fois-ci.

— Quoi ? » Les yeux de Koffi revinrent sur elle. « Qu'est-ce que vous voulez dire ? » Au lieu de répondre, Badwa tapota la terre et fit signe à Koffi de venir se rasseoir. « Je suis très heureuse que tu aies pu réussir à canaliser pleinement la splendeur, Koffi ; ce n'est pas un mince exploit. Mais ton travail est loin d'être terminé.

— Eh bien, ce n'est pas grave, répondit Koffi. Vous pourrez m'apprendre...

— Non. » Badwa secoua la tête. « Je ne le pourrai pas. Tu n'as pas le temps.

— Oh. » La réalité de la situation lui sauta au visage, sans prévenir. Bien sûr qu'ils n'avaient pas le temps, car le jour du Lien approchait à grands pas. Ils devaient encore trouver Adiah et l'emmener dans les plaines de Kusonga. Elle se reprit rapidement. « Je crois *vraiment* que cela va marcher. » Elle essaya de prononcer ces mots avec le plus d'assurance possible. « Je ferai de mon mieux. »

Elle avait espéré qu'en disant cela, elle ferait sourire la déesse, mais le regard de Badwa devint encore plus triste. Il y brillait une lueur résolument sombre.

« Tu dois faire plus qu'essayer, Koffi, dit-elle doucement. Tu dois *réussir*. »

Koffi hésita. « Que voulez-vous dire ? »

Les yeux de la déesse étaient durs comme l'acier. « Ce que mon frère a poussé Adiah à infliger à Lkossa par ruse il y a presque cent ans de cela était... cataclysmique, une violence sans précédent qui s'est abattue sur des innocents. » Elle grimaça. « Mais ce n'est rien comparé à ce que Fedu fera s'il retrouve Adiah. Ne te méprends pas, mon enfant, il croit que sa cause est juste, et il poursuivra ses objectifs jusqu'à ce qu'il ait détruit tout semblant du monde que tu connais. Il cherche à introduire un nouvel ordre mondial, la manifestation de son arrogance, et il ne reculera devant rien pour mener à bien cette entreprise.

— Et les autres dieux ? demanda Koffi. Atuno et Amakoya, Itaashe et Tyembu. » Elle marqua une pause. Il était étrange de parler ainsi d'êtres qu'elle avait vénérés toute sa vie. « Ne peuvent-ils rien faire pour aider, pour l'arrêter ? »

L'expression de Badwa se durcit en quelque chose d'impénétrable. « Mes frères et sœurs sont plus, disons, *détachés* de ce monde, plus détachés que j'ai décidé de l'être », dit-elle d'une voix neutre. Koffi crut distinguer une nuance émue sous cette voix. « Dans un sens, je ne peux les en blâmer - comme moi, ils existent depuis des milliers d'années - mais je crains qu'ils ne comprennent pas la menace que représente mon frère avant qu'il ne soit trop tard. À toutes fins utiles, nous devons supposer qu'ils n'interviendront pas. »

Koffi se raidit. Elle était loin de chez elle, Lkossa et le Zoo nocturne étaient éloignés, mais elle se souvenait encore des choses qu'elle avait entendues dans son enfance, des histoires que les vieux gardiens de bêtes racontaient. Ils n'en parlaient que lorsqu'ils étaient ivres, abrutis par l'alcool, mais cela n'avait pas empêché la terreur de s'infiltrer dans leurs voix. Les fissures dans la terre, la mort, la chaleur terrible qui avait rendu des tas de gens fous... Koffi imagina tout cela décupler, pas seulement dans une ville, mais à l'échelle d'un continent entier, touchant des millions de personnes.

« Ekon et moi ne laisserons pas cela se produire, dit-elle d'une voix résolue. Nous trouverons Adiah et l'emmènerons dans les plaines de Kusonga. Fedu ne sait pas ce que nous préparons, nous avons donc encore un avantage. Ça peut marcher. »

La déesse lui rendit son regard d'un air sérieux avant de prendre la main de Koffi et de la serrer doucement. « Mais dans le cas contraire... Je dois te demander de me promettre quelque chose. »

Aussitôt, Koffi acquiesça. « Bien sûr. N'importe quoi.

— Tu dois me promettre, déclara Badwa, que tu feras tout ce qui est en ton pouvoir afin d'empêcher mon frère d'utiliser la puissance d'Adiah pour réaliser ses plans. » Ses yeux brillèrent d'un air entendu. « *Tout.* »

Koffi se tut un instant. Elle ne savait pas exactement comment interpréter les mots de Badwa, et choisit soigneusement les siens. « Je comprends. »

Badwa lui adressa un petit sourire et, à contrecœur, Koffi le lui rendit, tout en essayant d'ignorer le malaise qui s'installait en elle. La première fois qu'elle avait vu Badwa pour ce qu'elle était vraiment dans la hutte, elle l'avait trouvée magnifique, le plus bel être qu'elle ait jamais vu. D'une certaine manière, elle l'était toujours, mais derrière ce vernis, Koffi percevait quelque chose d'autre, quelque chose de plus ancien et de bien plus froid. Elle prononça les seuls mots qu'elle pouvait dire :

« Je… je promets…, répondit-elle, que je ferai tout ce qui est en mon pouvoir. »

Cette réponse sembla suffire à la déesse. Satisfaite, celle-ci se redressa et joignit les mains. « Tu devras continuer à t'exercer comme nous l'avons fait aujourd'hui, en puisant de petites quantités de la splendeur dans et à travers ton corps, dit Badwa. Pour bien le faire, il te faudra également pratiquer l'*intelligence émotionnelle*. Tu dois apprendre à gouverner ton cœur, et à être constamment consciente de ce que tu ressens, et de pourquoi tu te sens ainsi. »

Gouverner ton cœur. Koffi réfléchit à ces mots. Ils ressemblaient étrangement à ceux que Mama lui avait dits au Zoo nocturne.

Parfois, cependant, on ne peut pas agir selon son cœur. Il faut réfléchir avec sa tête.

Mama ne lui avait pas dit toute la vérité sur ce qu'elle était, mais elle lui avait donné ce petit fragment de vérité pour la guider. Pendant tout ce temps, elle avait cru que la dernière chose que Mama lui avait donnée était cette seconde chance de vivre sur le mur du Zoo nocturne, mais peut-être sa mère lui avait-elle légué autre chose.

Badwa se racla la gorge. « Je voudrais que tu essaies encore une fois, dit-elle. Es-tu prête ? »

Koffi hocha la tête.

« Bien. » Badwa appuya les mains de Koffi contre la terre. « Maintenant, *encore une fois*. »

Koffi s'entraîna à canaliser la splendeur avec Badwa pendant le reste de la journée, *et* les deux jours qui suivirent.

Les leçons sur la théorie de la splendeur étaient longues, les exercices physiques intenses. Après le premier jour, Koffi avait cessé de se lever tôt. Tous les muscles de son corps lui faisaient mal, même ceux dont elle avait ignoré l'existence. Elle ne pensait pas pouvoir retenir encore un concept, une instruction, ou un cours supplémentaire sur l'histoire de l'utilisation de la splendeur. C'était éreintant, mais Badwa ne lâchait rien. Selon la déesse, dans les temps anciens, les darajas commençaient leur formation officielle au maniement de la splendeur vers l'âge dc 10 ans, et passaient une décennie supplémentaire à en apprendre les subtilités sous la tutelle de plusieurs maîtres. Koffi n'avait pas plusieurs maîtres, ni une décennie devant elle pour rattraper le temps perdu, *elle* bénéficia donc d'une expérience accélérée. Petit à petit, sa maîtrise de la splendeur s'améliora.

Chaque fois qu'elle fermait les yeux et faisait appel à elle, la puissance semblait répondre de plus en plus facilement. Le deuxième jour, elle découvrit qu'elle pouvait non seulement convoquer des particules de la splendeur, mais aussi les envoyer dans certaines directions en se concentrant suffisamment. C'était un phénomène étrange et fascinant à la fois. Parfois, l'énergie bourdonnait en elle, douce et chaude ; d'autres fois, elle était brûlante, comme si Koffi avait avalé une gorgée de thé trop chaud. Quand elle la retenait trop longtemps, elle se sentait étourdie. Lorsque cela se produisait, Badwa devenait sévère.

« Résiste à cette envie, ordonna-t-elle. Tu *dois* t'entraîner à ne pas retenir la splendeur à l'intérieur de ton corps pendant trop longtemps. C'est dangereux.

— Mais c'est comme ça qu'elle devient plus forte, fit valoir Koffi. Quand je la retiens, je la sens s'accumuler...

— Tu *dois* la relâcher. » La voix de Badwa était insistante. « La splendeur te fera te sentir puissante sur le moment, oui, mais même en tant que daraja, ton corps n'est pas fait pour s'y accrocher. Tu es seulement destinée à la canaliser et à la déplacer d'un endroit à l'autre. N'oublie *jamais* cela. »

Cela lui fit un drôle d'effet lorsque, le troisième jour, Badwa lui annonça que la formation était terminée. D'un côté, Koffi était reconnaissante pour ce répit ; la splendeur avait un effet nettement fatigant après un certain temps. Mais d'un autre côté, arrêter l'inquiétait, voire l'effrayait. Badwa ne serait pas là pour l'encourager quand elle échouerait, ou la réprimander quand elle en ferait trop. La réalité de la situation s'imposa. Bientôt, Ekon et elle allaient devoir quitter cet endroit et trouver Adiah. Non seulement ils allaient devoir la convaincre de venir avec eux, mais ils allaient aussi devoir parcourir des kilomètres vers l'ouest pour l'amener dans les plaines de Kusonga à temps pour le jour du Lien, tout en évitant de se faire repérer. Le doute s'insinuait dans les entrailles de Koffi comme un ver envahissant. Et s'ils ne trouvaient pas Adiah ? Pire encore, s'ils trouvaient l'autre daraja mais ne parvenaient pas à la convaincre de se joindre à eux ? Ces idées semaient le chaos dans son esprit.

Elle retrouva Ekon au campement, assis parmi un groupe de ce qui ressemblait à des enfants yumbos. Toutes les réticences qu'il avait eues auparavant à leur égard semblaient avoir disparu, car il étudiait soigneusement le journal de Nkrumah tandis que deux petites filles décoraient ses cheveux bouclés avec des fleurs. En remarquant Koffi, il leva les yeux.

« Elles... ont voulu me coiffer. »

Koffi réussit à peine à prendre un air sérieux. « Le rose et le vert rehaussent *effectivement* tes yeux. »

Un sourire illumina le visage d'Ekon, et involontairement elle se retrouva à sourire à son tour. Koffi fit de son mieux pour ne pas gêner les jeunes filles en s'installant à côté de lui et se mit à grignoter un asimine[15] frais de son sac. Elle n'était que trop consciente de leur proximité, et du fait que cette proximité ne la dérangeait pas.

« Alors, qu'est-ce que tu fais ?

— Juste un peu de lecture », répondit Ekon distraitement. Avec le livre sur ses genoux, assis à la lumière du soleil, il avait l'air parfaitement paisible. « Les trucs légers habituels – les variations de la photosynthèse chez les plantes carnivores, les motifs migratoires des papillons tigres, pour rester poétique. J'avais l'œil sur un chapitre concernant les scarabées rhinocéros... »

Koffi sourit. « Les trucs habituels.

— J'ai aussi réfléchi à un plan, dit Ekon, un peu plus sérieusement. Je sais que l'entraînement avec Badwa est important, mais... je pense que nous devrions partir bientôt. »

Koffi hocha la tête. « Je suis d'accord. »

Ekon feuilleta les pages du journal de Nkrumah jusqu'au début pour en étudier la carte. « Le Cœur de la jungle est toujours légèrement au nord d'ici, à une journée de marche si nous...

— Attends. » Les yeux de Koffi se promenaient au sud du doigt d'Ekon, vers le coin inférieur de la carte. Ekon essaya de suivre son regard, confus.

15. Aussi appelé « mangue du Nord ».

« Qu'est-ce qu'il y a ?

— Ce mot. » Elle le montra du doigt. Elle était toujours incapable de lire le zamani ancien, et les caractères ne lui étaient pas familiers, mais elle venait de se souvenir de quelque chose. « Avant de quitter Lkossa, tu m'as dit ce que c'était.

— Ouais, je me souviens de ça. » Ekon plissa les yeux. « Ça dit juste "seta", mais ce n'est pas un mot en zamani ancien, ni en nouveau zamani, d'ailleurs. »

Koffi ne répondit pas. Elle fixait toujours le mot étranger, essayant de se le représenter mentalement dans une langue qu'elle connaissait. *Seta.* Maître Nkrumah, l'auteur du journal, l'avait écrit d'une belle plume, en grossissant notamment la première et la dernière lettre du mot. Elle le fixa un moment encore avant de comprendre enfin.

« Ce n'est pas seta, chuchota-t-elle.

— Hein ?

— Ce n'est pas seta », répéta-t-elle. Elle appuya un pouce sur la moitié du mot pendant une seconde, puis passa à l'autre côté. « Ce sont deux lettres : *S* et *A*. Ensemble, on dirait qu'elles forment le mot *seta*.

— Le *S* pourrait être pour *Satao,* c'était le prénom de Maître Nkrumah, avança Ekon. Mais je ne sais pas qui désigne le *A*.

— *Adiah.* »

Ils levèrent tous deux les yeux. Badwa les observait depuis l'autre côté du campement. « Le *A* est pour Adiah. »

Ekon sursauta. « Maître Nkrumah et Adiah étaient en vie au même moment ? demanda-t-il. Ils se connaissaient ?

— Je crois que c'était un peu plus que ça, répondit Badwa en s'approchant. Si je comprends bien, c'étaient autrefois de très bons amis. »

Le regard de Koffi allait et venait entre la déesse et le journal. « Il a écrit leurs initiales ici, ensemble.

— Après qu'Adiah a fui dans la jungle, il l'a cherchée, dit-elle doucement. Son souhait désespéré de la retrouver a affecté son esprit en vieillissant, et je crois qu'il est resté en lui jusqu'à la fin.

— Les histoires, intervint Ekon. Les gens racontent qu'il s'était mis à parler de la Grande Jungle en disant *elle*, mais…

— Mais il ne parlait pas de la jungle, le coupa Koffi d'une voix triste. Il parlait d'Adiah. C'était *elle* qu'il cherchait. »

Badwa s'assit devant eux. « Je ne pouvais pas dire à Satao où se trouvait Adiah, expliqua-t-elle calmement, bien que Koffi ait cru percevoir du regret dans sa voix. Assurer sa sécurité signifiait la cacher, même à ceux qui l'aimaient. Mais les temps ont changé. »

Koffi se redressa. « Vous voulez dire que vous pouvez nous révéler où elle se trouve ? »

Les coins de la bouche de la déesse s'étirèrent en un petit sourire. « Comme je vous l'ai déjà dit, ceci est mon royaume. Je suis au courant de tout ce qui s'y passe.

— Alors vous savez où est Adiah », conclut Ekon.

Badwa hocha la tête. « Elle se cache au nord d'ici, à un jour de marche de ce camp. Partez demain à l'aube et marchez dans cette direction. Ne vous écartez pas du chemin, et vous la trouverez. » L'expression de la déesse changea. « Je crains qu'après ce soir, il nous faille nous séparer, mes enfants.

— Nous comprenons, répondit Koffi. Merci. » Elle attendit que la déesse les quitte à nouveau avant de regarder Ekon, un sourire en coin effleurant ses lèvres.

« Tu vois ? Tout ce qu'on a à faire, c'est se diriger vers le nord d'ici, tout simplement. »

Ekon fronça les sourcils. « C'est moi, ou ça a l'air *presque* trop facile ? »

Koffi sourit malgré elle. « Il n'y a qu'une seule façon de le savoir. »

Une trahison totale

Adiah

« Je m'en fiche ! »

En sept ans, je n'ai jamais vu Tao aussi en colère.

Je me tiens en face de lui ; je le regarde hacher des carottes qui sont censées être émincées. La soupe qu'il prépare sent délicieusement bon ; c'est un mélange d'oignons, de tomates et d'épices. Dans des circonstances plus favorables, je lui demanderais si je peux y goûter, mais pas cette fois.

Mon meilleur ami est livide.

« *Tao.* » Je lutte pour réprimer l'agacement dans ma voix. Cette conversation ne s'est pas déroulée comme je l'avais imaginé, mais je fais de mon mieux pour sauver ce qu'il en reste. « Allez, dis-je doucement. Ce n'est vraiment pas aussi important que tu le penses...

— *Pas important ?* » Tao jette quasiment les pauvres carottes dans la marmite, ignorant les éclaboussures d'eau chaude ce faisant. Il me regarde avec un air qui frise le dégoût. « C'était une profanation, une trahison totale de ma confiance. »

Je parviens à peine à me retenir de lever les yeux au ciel. Il parle comme si je l'avais poignardé dans le dos ou poussé du haut d'une falaise. « Je ne pensais vraiment pas que tu t'en soucierais autant, protesté-je d'un ton apaisant. Si c'était le cas, je...

— Le jardin suspendu a toujours été notre endroit. » La voix de Tao est toujours mordante, mais au fond, je le sens blessé. « C'était *notre* secret, quelque chose qui n'appartenait à personne d'autre. Tu n'avais pas à le lui montrer. Nous allons là-haut depuis le jour où nous avons mis le pied dans ce temple.

— *Exactement*, dis-je avec exaspération. Depuis qu'on est tout petits. C'était idiot.

— Pas pour moi », murmure Tao.

Je fais semblant de ne pas l'entendre. « Tu ne crois pas qu'il est temps pour nous de changer un peu les choses, d'agir plus en... adultes ?

— *En adultes*. » Tao répète mes mots en plissant les yeux. « D'où tu sors cette phrase, c'est ton nouveau petit ami qui te l'a apprise ? »

La chaleur me monte au visage, et ça n'a rien à voir avec l'atmosphère étouffante de la cuisine. « Dakari n'est pas mon petit ami.

— Il pourrait aussi bien l'être, proteste Tao d'un air renfrogné. Sa façon de toujours tourner autour de toi, de te coller comme une sangsue de la jungle. »

Je détourne le regard, reconnaissante envers la couleur foncée de ma peau qui dissimule ma rougeur. Il est vrai que Dakari et moi avons passé plus de temps ensemble récemment, mais...

« Nous sommes juste amis, annoncé-je sur la défensive. Il est encore nouveau à Lkossa, il apprend encore à connaître les gens.

— Pff. » Tao saute de son tabouret et attrape plusieurs épices dans une armoire à proximité. « Je pense qu'il a rencontré *beaucoup* de filles. »

Je me sens offensée pour Dakari. « Quel est ton problème avec lui ? lui demandé-je, d'une voix plus en colère que je ne le voudrais. Dakari est parfaitement…

— C'est exactement ça ! » Tao lève les mains au ciel. « Il est *parfait*. Un visage parfait, un comportement parfait, tout est parfait chez lui. Je ne lui fais pas confiance.

— Tu n'as confiance en rien de ce qui ne sort pas d'un livre, marmonné-je.

— Je *me* fais confiance pour ne pas me laisser tromper par une voix grave et quelques compliments superficiels, réplique Tao avec cynisme. Je croyais que tu étais assez intelligente pour ne pas t'y laisser prendre non plus. »

L'insulte me fait l'effet d'une gifle au visage ; Tao ne m'a jamais parlé de cette façon.

« Tao, dis-je doucement. Je tiens vraiment à lui. »

Il est difficile de lire l'expression sur le visage de mon ami lorsqu'il se fige soudainement. La douleur que j'y lis n'a aucun sens pour moi. Elle disparaît tout aussi vite. « Alors il n'y a plus rien à dire, murmure-t-il en ramassant le pot. On se voit plus tard, Adiah. »

Il sort des cuisines sans ajouter un mot, me laissant seule.

CHAPITRE VINGT-QUATRE

Clochettes d'argent

Ekon ne dormit pas bien lors de leur dernière nuit au camp de Badwa.

Ce n'était pas faute d'essayer ou de le vouloir ; au-dessus de lui, le ciel était stupéfiant, constellé d'étoiles blanc argenté plus éclatantes qu'il n'en avait jamais vu à Lkossa. Il croisa les bras derrière la tête et le contempla. À quelques mètres de là, blottie dans son lit, Koffi dormait, et les sons de la jungle formaient une mélodie qu'il aimait presque. Demain, à l'aube, ils partiraient et commenceraient leur quête nouvelle d'Adiah. Cela faisait sept jours et huit nuits qu'ils étaient dans cette jungle ; enfin, ils allaient trouver ce pour quoi ils étaient venus ici. Ils allaient trouver Adiah, l'aideraient à se débarrasser de la splendeur qui empoisonnait son corps, et mettraient peut-être fin aux massacres qui avaient tourmenté Lkossa pendant presque un siècle. C'étaient de *bonnes* choses, des choses qui auraient *dû* le rendre heureux. Mais quelque chose d'autre occupait son esprit.

Le groupe de chasseurs.

Ce n'était pas du tout la première fois qu'il y songeait ; la pensée des Fils des Six avait envahi son esprit de façon récurrente depuis que Koffi et lui avaient posé le pied dans la jungle. Il s'était efforcé d'éviter d'y penser récemment, mais cela avait fini par le rattraper.

Demain serait le huitième jour. Huit, un *mauvais* chiffre.

Il repensa à sa conversation avec Fahim au temple, la dernière fois qu'il avait vu son ami.

« Sais-tu quand vous partez ?

— Pas encore. Mais je pense que ce sera bientôt, probablement dans les prochains jours. »

Même en se donnant de la marge, *prochains* signifiait probablement trois ou quatre jours au plus. À présent, les Fils des Six étaient sans doute dans la jungle eux aussi, à la recherche de ce qu'ils pensaient être le Shetani pour le tuer. Il se souvint ensuite des mots de Kamau, de l'avertissement que son frère lui avait donné.

« Tu n'affronteras pas seulement ce qui s'y trouve déjà. Les Fils des Six seront également en chasse, à la manière des Yabas. »

Ekon pouvait déjà les voir dans son esprit. Le Père Olufemi avait dû choisir les guerriers les plus forts, les plus rapides et les plus vifs pour une telle mission, et ceux-ci devraient prouver leur valeur une fois dans la jungle. Que se passerait-il s'ils le trouvaient ici ? Que se passerait-il s'ils trouvaient Koffi ici ? Il grimaça à cette pensée.

« Je ne sais pas ce que je ferais si la situation était encore plus compliquée. »

Koffi avait prononcé ces mots dans le district de Kughushi tandis qu'ils examinaient les cartes. Il se rappelait aussi le moment où il avait alors décidé de ne pas lui dire toute la vérité, le moment où il avait décidé de mentir. Il n'avait pas prévu de lui dissimuler l'existence du groupe de chasseurs indéfiniment ; seulement jusqu'à ce qu'ils soient assez loin dans la

Grande Jungle pour que cela ne puisse pas faire de différence. À présent, la culpabilité lui tordait les entrailles.

Tu dois le dire à Koffi, émit une voix dans sa tête. *Tu dois lui dire la vérité.*

Et admettre que tu lui as menti depuis le début ? répliqua une autre voix. *Non. Trouve une sorte de stratégie d'abord. Trouve le moment optimal, puis dis-le-lui.* Ekon préférait ce plan. Sa vie entière était la somme de stratégies, d'idées et d'objectifs soigneusement établis qui pouvaient être planifiés, perfectionnés et appliqués. C'était le genre de problème qui exigeait la meilleure stratégie. Il trouva du réconfort dans cette idée tandis que ses paupières devenaient lourdes.

Je lui dirai la vérité, promit-il aux étoiles au-dessus de sa tête. *Je la lui dirai, quand le moment sera venu.*

L'aube arriva bien trop tôt.

Ils empaquetèrent leurs quelques possessions sans un mot, et Ekon en fut reconnaissant. L'angoisse lui remuait encore l'estomac chaque fois qu'il regardait Koffi, chaque fois qu'il se rappelait ses pensées de la nuit précédente, mais cela ne changeait rien à sa résolution. Badwa avait tenu parole ; elle et les Yumbos étaient partis lorsqu'ils se levèrent. Il s'y attendait, mais cela ne rendit pas leur absence moins intimidante. Une fois de plus, la jungle semblait massive, dense, consciente même. Quelque chose remua en lui quand il vit qu'on leur avait laissé leurs sacs remplis de rations et leurs gourdes pleines d'eau. Koffi et lui jetèrent un dernier coup d'œil au campement maintenant abandonné, puis ils se mirent en route dans la jungle.

« Alors, ce chemin va nous mener au nord ? » Koffi marchait en tête, comme d'habitude.

« C’est ce qu’a dit Badwa. » Ekon hocha la tête dans son dos, même si elle ne pouvait pas le voir. « Si nous restons sur cette piste, nous devrions trouver Adiah d’ici un jour.

— Parfait. »

Ils continuèrent, en silence principalement, pendant les heures qui suivirent. Pour Ekon, c’était le moment idéal pour réfléchir à sa stratégie. Il pourrait dire à Koffi la vérité sur le groupe de chasseurs s’ils trouvaient Adiah, *quand* ils la trouveraient, *après qu’ils* l’eurent trouvée…

« Ekon ? »

Il sursauta. Koffi le fixait d’un regard scrutateur. « Pardon, qu’est-ce qu’il y a ? »

L’expression de Koffi ne changea pas. « Je demandais juste si tu voulais que nous nous arrêtions une minute pour manger et peut-être regarder la carte pour voir où nous en sommes ? Il est presque midi.

— Oh. » Il était tellement perdu dans ses réflexions qu’il avait à peine pensé à la nourriture. « Ouais, ça me va. »

Ils trouvèrent un endroit par terre et étalèrent leur assortiment de fruits des Yumbos. Les arbres de cette zone étaient plus fins et leurs couleurs plus riches, leurs racines étaient tapissées de délicats pétales roses de fleurs qui semblaient avoir terminé leur floraison un jour ou deux auparavant. L’estomac d’Ekon gargouilla de façon sonore comme il mordait dans une de ses pommes. Il avait davantage faim qu’il ne l’avait cru.

« Alors…, enchaîna Ekon entre deux bouchées. Tu es bien silencieuse aujourd’hui. »

Koffi prit plus de temps que nécessaire pour éplucher son orange. Elle mâcha et avala lentement, avant de répondre : « Toi aussi.

— Quelque chose te tracasse ? »

Au début, Koffi garda la bouche close, comme si elle avait l'intention de ne rien dire du tout. Puis les mots semblèrent jaillir spontanément d'elle.

« Nous sommes venus dans cette jungle à la recherche d'un monstre, déclara-t-elle en creusant des trous dans la terre. Maintenant, nous essayons de trouver une daraja vieille de 100 ans pour sauver sa vie et notre foyer du dieu de la mort. » Elle détourna son regard du sol et releva les yeux. « C'est... un peu bizarre, non ? »

Ekon rit malgré lui. « Oui, c'est un peu bizarre. »

L'expression de Koffi se fit hésitante mais résolue. « Tu crois vraiment que nous en sommes capables ? »

Ekon déglutit. Il y avait plus d'une question dans ce regard, et il espérait avoir la bonne réponse. « Oui, je le crois. »

Ses yeux s'illuminèrent. « Merci de l'avoir dit à voix haute. Je crois que j'avais juste besoin de l'entendre. »

Il y avait une douceur dans sa voix, une vulnérabilité qu'Ekon n'avait jamais entendue auparavant. Quelque chose là-dedans lui serra la poitrine. *Elle te fait confiance,* réalisa-t-il. Cette compréhension lui noua également l'estomac de culpabilité. Elle était honnête avec lui, mais lui ne l'était pas avec *elle.*

Dis-lui. Dis-lui la vérité.

« J'ai peur. » Koffi avait parlé si doucement qu'Ekon l'entendit à peine. « Je ne l'ai pas formulé à voix haute, mais... j'ai peur. »

Ekon en fut désarçonné. « Vraiment ?

— Ça te surprend ?

— Bien sûr, affirma-t-il en haussant les épaules. Tu es probablement la personne la plus intrépide que je connaisse. »

Elle sourit, mais ses yeux étaient sans joie. « Ma mère dit que j'écoute mon cœur, mais... que je dois apprendre à réfléchir avec ma tête. J'y travaille encore. »

La réaction d'Ekon fut immédiate. « Pourquoi ne pas faire les deux ? »

Le sourire affecté de Koffi se décomposa à ces mots. « Les *deux* ?

— Oui. » Il haussa les épaules. « Je veux dire, si écouter ton cœur et réfléchir avec ta tête sont deux aspects de ta personne, pourquoi ne pas faire les deux ? »

La question était simple, mais Koffi le fixait comme s'il s'était exprimé dans une autre langue. Il avait du mal à lire l'expression sur son visage. Était-ce de la colère, de la confusion, ou… quelque chose d'autre ? Elle ouvrit la bouche pour répondre, quand sa tête se tourna vers la droite.

« Quoi ? » Ekon se redressa. « Qu'est-ce qu'il y a ?

— *Chut.* » Koffi posa un doigt sur ses lèvres. « Tu entends ça ? »

Le froncement de sourcils d'Ekon répondit au sien. Badwa avait dit qu'Adiah était à un jour de marche au nord de son camp, mais cela ne faisait que quelques heures qu'ils s'étaient mis en route. Il dressa l'oreille comme il regardait autour de lui, nerveux. Un nouvel habitant peu amical de cette jungle était-il venu leur rendre visite, ou était-ce quelque chose de pire, comme le groupe de chasseurs ? L'air autour d'eux était plein de son bourdonnement léger habituel, mais rien qui semblait sortir de l'ordinaire au début. Puis il entendit ce que Koffi avait dû percevoir.

Une sonnerie douce et métallique.

« Qu'est-ce que c'est que ça ? » demanda Ekon dans un murmure. Koffi ne répondit pas. Elle était déjà sur ses pieds, les poings serrés. Ekon se leva plus lentement et regarda à nouveau autour de lui avant de trouver la source. Le son venait de leur droite, et il n'était pas loin. Instinctivement, il posa la main sur son *hanjari*.

« C'est… étrange, dit Koffi. On dirait…

— Des clochettes. » Et dès qu'Ekon eut prononcé le mot, il sut que c'était vrai. « Ce sont des *clochettes*.

— Pourquoi y aurait-il des *clochettes* au milieu de la jungle ? » Koffi avait déjà commencé à se diriger vers le son. Ekon la suivit.

« Je ne sais pas, répondit-il, toujours sur ses talons. Mais honnêtement... ça ne me dit rien qui vaille.

— As-tu vu quelque chose de ce genre dans le journal ? »

Ekon fit une pause. Un lointain souvenir de la première nuit en possession du journal se tapissait au fond de son esprit, et il n'arrivait pas à se le rappeler. « Non, rétorqua-t-il. Rien, d'après mes souvenirs.

— Alors nous devons faire preuve de prudence. » Elle regarda par-dessus son épaule, visiblement en proie à des émotions contraires, avant de reprendre la parole : « Et... *tu* devrais probablement passer devant.

— Moi ?

— C'est toi qui possèdes une arme, expliqua Koffi. Et je ne sais toujours pas à quel point la splendeur est fiable quand je la canalise. »

Ekon hocha la tête. C'était étrange de tenir les rênes de leur expédition pour la première fois depuis qu'ils étaient entrés dans la jungle, mais il le fit malgré tout. À chaque pas, ses années d'entraînement prenaient le dessus. Il modifia sa démarche pour avancer sur la pointe des pieds, ses muscles tendus et sa dague prête. Le tintement était de plus en plus fort, de plus en plus prononcé. *Ce sont sans aucun doute des clochettes,* conclut-il, *mais pour* quelle raison ? Un grand chêne se dressait devant eux. La source du bruit semblait se trouver derrière. Il serra plus fort sa dague, puis fit signe à Koffi de passer par l'autre côté de l'arbre. Dès que Koffi s'avança, il contourna le côté du tronc, dague brandie – mais quelqu'un cria, l'arrêtant net. Il lui fallut un moment pour comprendre ce que ses yeux lui montraient.

« Qu'est-ce que... ? »

Une petite fille était assise près des racines de l'arbre, les genoux serrés contre sa poitrine, en train de renifler. Sa tunique était trop grande, déchirée aux ourlets, et ses yeux étaient injectés de sang. Des ronces et des bouts de feuilles étaient emmêlés dans ses cheveux, et... deux minuscules clochettes d'argent fixées à un ruban étaient attachées à chacune de ses chevilles.

« S'il vous plaît », supplia-t-elle d'une voix fluette, son regard passant de l'un à l'autre. Elle se couvrit le visage des mains. « S'il vous plaît, ne me faites pas de mal. »

La main d'Ekon qui tenait la dague retomba sur le côté. Peu importait ce à quoi il s'était attendu, ce n'était pas à ça. Pendant plusieurs secondes, il ne put rien faire d'autre que la regarder fixement. Voir une enfant parfaitement normale ici, au milieu de la Grande Jungle, offrait un contraste si étrange qu'il ne savait même pas quoi dire. Koffi lui lança un regard exaspéré avant de s'accroupir pour croiser le regard de la petite fille. « Tout va bien, murmura-t-elle. Nous n'allons pas te faire de mal. »

La fille jeta un coup d'œil entre ses doigts. « Vraiment ?

— Vraiment.

— D'accord. » La jeune fille enveloppa ses genoux de ses bras, et ses clochettes tintèrent de nouveau. « Alors, qui êtes-vous ?

— Nos noms sont Koffi et Ekon. » Koffi parlait en murmurant lentement. « Quel est le tien ?

— Hila », répondit la petite fille. Son regard méfiant passait toujours de l'un à l'autre. « Pourquoi êtes-vous là ? »

Sa question s'adressait à Ekon.

« Euh... eh bien, nous sommes...

— À la recherche de *papillons*. » Le regard de Koffi se posa sur Ekon avec insistance. « N'est-ce pas, Ekon ?

— Je... » Ekon ferma la bouche. « Oui, marmonna-t-il. De *papillons*.

— Oh, j'aime les papillons ! Ils sont si jolis. » Hila sembla retrouver de la force à ces mots. Ses yeux s'écarquillèrent légèrement en regardant Koffi. « *Tu es* très jolie.

— Oh. » Un sourire se dessina sur le visage de Koffi. « Merci. »

Hila se tourna vers Ekon. « Est-ce que *tu* trouves que Koffi est très jolie ? »

Ekon émit un son ressemblant à un croisement entre une toux et un hoquet. « Je...

— Nous avons un camp à proximité. » Koffi prit soin de ne pas croiser le regard d'Ekon. « Tu as faim ?

— Oui. » Hila hocha la tête avec enthousiasme tandis qu'Ekon retrouvait la faculté de parler. Doucement, Koffi remit Hila sur ses pieds et retourna avec elle à l'endroit où ils avaient laissé leurs sacs. Les clochettes tintèrent joyeusement tandis qu'elle parcourait les derniers mètres au pas de course et se laissait tomber sur le sol. Elle prit l'une des oranges de leur réserve de nourriture et se mit à la grignoter. Koffi s'installa à côté d'elle, puis Ekon en fit de même. « Alors, Hila, dit Koffi. D'où viens-tu ? Et comment t'es-tu retrouvée seule ici dans la jungle ? »

Hila enfourna un autre morceau d'orange avant de répondre : « Je viens d'un des villages frontaliers, murmura-t-elle. Je ne vais pas souvent dans la jungle, mais... je voulais ramasser des noix de cola.

— Des noix de *cola* ? répéta Koffi. C'est assez courant. Tu n'avais pas besoin d'aller dans la Grande Jungle pour en trouver.

— Pas les grosses, argua immédiatement Hila d'un air entendu. J'en ai trouvé ici de plus grosses que mon poing, et Baba peut les vendre plus cher au marché. » Ses épaules se voûtèrent. « Nous sommes seuls, lui et moi. Ma mère est morte quand j'étais petite. »

Ekon fut surpris par le pincement de pitié qu'il ressentit pour la jeune fille. « Baba m'a envoyée dans la jungle il y a quelques jours, poursuivit Hila. Mais... quelque chose m'a suivie. »

Ekon se redressa. « Qu'est-ce que c'était ?

— Quelque chose d'effrayant, répondit Hila. Je ne sais pas ce que c'était, mais son apparence était étrange. Il avait un corps rampant comme celui d'un serpent, et une tête semblable à celle d'un…

— *Éléphant.* » Ekon regarda Koffi. « On dirait le grootslang que nous avons vu.

— Ou l'un de ses amis, répondit Koffi en pinçant les lèvres.

— Je me suis enfuie, murmura Hila. Mais j'ai fini par me perdre. Baba a attaché ces clochettes à mes chevilles afin de pouvoir me trouver si ça arrivait, mais… » Elle posa son regard sur celles-ci. « On dirait que ça ne marche plus. »

Ekon déglutit. Malgré tous ses efforts, il lui était impossible de ne pas établir une comparaison évidente. Enfant, *lui* aussi s'était perdu dans cette jungle une fois ; comme elle. Elle était seule et effrayée ; il comprenait ce qu'elle avait dû ressentir. Les yeux de la petite fille se fixèrent sur les siens, et il prit une décision.

« Nous allons te ramener à ta famille, déclara-t-il. Ne t'inquiète pas. » Koffi lui jeta un regard étrange avant de se racler la gorge.

« En fait, Hila, dit-elle d'une voix légèrement trop haute, Ekon et moi allons nous écarter juste un moment. Profite de ton repas. Nous revenons tout de suite. » Elle hocha sèchement la tête en direction d'un endroit situé à quelques mètres de là et fit signe à Ekon de la suivre. Une fois qu'ils furent hors de portée de voix d'Hila, lui tournant le dos, elle lui jeta un regard noir. « *Qu'est-ce* que tu fais ? »

Ekon regarda par-dessus son épaule. « Elle a besoin de notre aide, Koffi. Nous ne pouvons pas la laisser seule ici.

— Tu oublies notre *plan* ? » La bouche de Koffi se plissa en une ligne dure. « Nous sommes censés trouver Adiah, pas nous lancer dans des missions de recherche et de sauvetage. C'est une distraction.

— C'est une *enfant*, corrigea Ekon. Que pouvons-nous faire d'autre ? »

Koffi croisa les bras. « En lui montrant la carte et les pistes, on pourrait peut-être...

— Tu es *très* jolie. »

Ils sursautèrent en même temps. Hila s'était levée, aussi silencieuse qu'une souris, et se tenait devant eux, un sourire étrange sur les lèvres. Elle semblait, si c'était possible, encore plus petite et plus jeune qu'avant. Elle déplaçait son poids d'un pied sur l'autre, et les clochettes tintaient joyeusement à ses chevilles.

« Merci. » Cette fois, les yeux de Koffi étaient méfiants. « Écoute, Hila, nous voulons t'aider, mais nous avons besoin de plus d'informations sur...

— J'aime la façon dont tu te coiffes. » Hila dansait encore sur place lorsqu'elle pointa Koffi du doigt. « Ma mère essaie toujours de faire ça avec ses cheveux, mais ça ne rend jamais aussi bien. »

Un élancement rapide traversa la tempe d'Ekon, aigu mais pénétrant. Il ferma les yeux et se frotta les paupières. Quand il les rouvrit, Koffi s'était raidie. Elle regardait Hila, et son expression avait complètement changé.

« Tu nous as dit il y a une seconde que ta mère *était morte*, déclara-t-elle. Tu as dit que tu vivais seule avec ton Baba.

— Oh. » Hila cessa de danser. Ses yeux s'écarquillèrent. « Je suis désolée, je dois avoir...

— Tu as oublié que ta mère était vivante ? » Koffi fronça les sourcils. « Ce n'est pas le genre de chose qu'on oublie.

— Koffi. » Le regard confus d'Ekon passa de Koffi à Hila. « Qu'est-ce qui se passe ? Tu penses qu'elle... ?

— Je pense qu'il y a quelque chose qui n'est pas normal du tout chez toi. » Koffi ne regardait pas Ekon. Ses yeux étaient fixés sur la petite fille, son expression dure. « Et je pense que tu ferais mieux de trouver ton chemin seule jusque chez toi.

— *Non !* » La voix d'Hila monta d'une octave et elle s'avança tout près d'Ekon, les clochettes de ses chevilles tintant à chaque pas. Elle prit la main du jeune garçon dans sa petite main et la serra. « Non, non, non, s'il vous plaît, ne m'abandonnez pas ! Ne me laissez plus jamais seule, il y a des monstres ! »

Instinctivement, Ekon s'interposa entre Koffi et Hila. La peur brute dans la voix de la petite fille avait touché quelque chose de profondément enfoui en lui. Ce qu'il avait ressenti il y a plusieurs années lui revint bien trop facilement. « Koffi, commença-t-il. Il n'y a aucune raison pour que nous n'aidions pas…

— Ekon, *il y a quelque chose qui cloche chez elle.* » Koffi fit un pas en avant. « Elle était seule au milieu de la jungle avec ces clochettes, son histoire ne tient pas…

— C'est notre *amie.* » Ces mots semblaient étranges, mais ses lèvres les formèrent malgré tout. « Nous devons l'aider.

— Oui, c'est ça, croassa une voix malveillante. Vous devez *m'aider.* » Ekon faillit sursauter. La voix d'Hila avait changé, elle n'était plus douce et vaporeuse. Quand Ekon baissa les yeux, il vit que ce n'était plus une enfant qui lui tenait la main. Une chose aux yeux noirs humides qui n'avait rien d'humain le lorgnait. Son corps était fripé et enflé, remplissant la tunique qui était trop grande l'instant d'avant. La peau de la chose qui avait été une petite fille devint d'une horrible pâleur grisâtre. Ekon essaya de se dégager de son emprise, mais la créature sourit, révélant une série de dents blanches pointues. Quelque part du fond de l'esprit d'Ekon, un mot unique finit par jaillir de ses souvenirs du journal de Nkrumah.

Eloko.

« Mon nouvel ami va m'aider, déclara l'eloko d'une voix basse et râpeuse. Il utilisera sa jolie dague pour découper le visage de la jolie fille afin que je puisse l'avoir pour moi, tout comme la *dernière* jolie petite fille que j'ai trouvée toute seule dans cette jungle. » La créature fit claquer ses talons l'un contre l'autre, et les clochettes argentées à ses chevilles firent entendre un tintement incroyablement sonore. Malgré lui, Ekon attrapa la dague à sa hanche.

« Ekon ! »

De loin, Ekon entendit la panique croissante dans la voix de Koffi, il vit la terreur dans ses yeux sombres. Il savait, d'une manière détachée, que sa terreur aurait dû avoir un effet sur lui, mais une sensation d'engourdissement gagnait tout son corps. La seule chose qu'il entendait était ces petites clochettes d'argent, et la seule chose qu'il souhaitait était d'obéir, de venir en aide à Hila. Sa prise sur la dague se resserra, et il fit un pas en avant.

« Ekon, arrête ! » Koffi reculait, tremblant de tout son corps. Sa cheville se prit dans une vrille et elle s'écrasa au sol de tout son long. L'eloko gloussa et sautilla sur place pendant qu'Ekon faisait un autre pas.

Aide Hila, le pressait une voix dans sa tête. *Tu dois aider Hila.*

« S'il te plaît. » Koffi se recula précipitamment au sol. Ses yeux restaient fixés sur ceux d'Ekon tandis qu'elle attrapait leurs sacs et les serrait contre elle comme un bouclier. « Ekon, c'est moi. »

À présent, c'étaient *ces* mots qui ne sonnaient pas juste. Plus il fixait la fille qui s'éloignait de lui, moins celle-ci lui était familière. Quel était son nom ? Il n'entendait rien d'autre que les clochettes.

« Aide-moi, Ekon. » La voix d'Hila était à nouveau douce et agréable. « Aide-moi, mon *ami*. »

Ekon leva sa dague. La fille étrange n'avait nulle part où aller, il serait donc facile de la tuer. Elle ferma les yeux et planta ses pieds dans le sol. Ekon avança jusqu'à ce qu'il se tienne au-dessus d'elle. La fille n'avait plus l'air effrayée, mais dégageait au contraire un calme étrange. Il lui saisit le poignet et tira de façon que ses yeux soient au niveau des siens, pressa la lame de la dague contre sa mâchoire et…

Et puis il la sentit. Une main.

La main de la fille était sur sa joue, douce, à peine présente. À son contact, il sentit un picotement. Puis le son des clochettes commença à s'estomper. L'engourdissement qui avait envahi son corps commença à se retirer comme une marée, et il eut l'étrange sensation d'émerger de quelque chose, que le brouillard de confusion refluait de son esprit. Un mot unique lui revint à l'esprit, et il se souvint.

Koffi.

Celle-ci le fixait toujours d'un regard décidé et concentré, ses pieds enfouis dans la terre. De minuscules fragments de lumière semblaient se rassembler tout autour d'elle, dansant le long de son corps et se déversant de ses mains.

« Non ! »

Ekon sursauta. L'eloko se tenait à quelques mètres de lui, son sourire malicieux se décomposant peu à peu. Il ramena son regard sur Koffi juste à temps. Celle-ci leva la main et la pointa sur la créature. À la surprise d'Ekon, les fragments étincelants quittèrent son corps et s'agglutinèrent autour d'elle comme s'ils attendaient. Puis, sans prévenir, ils s'élancèrent en une seule masse vers l'eloko. À peine eurent-ils touché la peau de la créature que celle-ci poussa un cri.

« Non ! *Non !*

— Ekon ! » Koffi le fixait toujours. « *Cours !* »

Ekon n'avait pas besoin d'encouragement supplémentaire. Il arracha son propre sac du bras de Koffi et s'élança, calquant ses foulées sur les siennes. Il y eut un bruissement derrière eux, un horrible gémissement, et puis… :

« *Nooon !* Non, mes amis, revenez ! »

Ekon jeta un coup d'œil par-dessus son épaule. L'eloko courait aussi, repoussant les lucioles de Koffi tout en les poursuivant.

Ses bras distendus étaient déployés, et une faim sauvage brillait dans son regard.

« Continue ! » Koffi agita le poignet par-dessus son épaule comme si elle lançait quelque chose. Une autre vague de lucioles jaillit de ses paumes, mais pas autant qu'à l'instant. La panique se lisait sur son visage. « Je ne peux pas calmer mon esprit, lâcha-t-elle. Je ne vais pas réussir à...

— *Mes amis !* cria l'eloko. Ne fuyez pas, mes amis ! » Il était beaucoup trop proche. La prise d'Ekon sur sa dague se resserra, et il se prépara.

Sans prévenir, il y eut un jaillissement de lumière, une aura éclatante bien plus grande et brillante que ce que Koffi avait invoqué auparavant. Tel un rayon, elle passa au-dessus de leurs têtes. Lorsqu'elle toucha l'eloko, la peau de la créature se mit à grésiller. Une odeur nauséabonde envahit l'air.

« Nooon ! » L'eloko serra ses bras brûlés contre sa poitrine en hurlant de douleur. Il se retourna et courut aussi vite qu'il le pouvait dans la direction opposée. Ekon le regarda battre en retraite, impressionné, avant de se retourner vers Koffi.

« C'était *incroyable*, dit-il. Comment as-tu fait ça ? »

Koffi ne le regardait pas, et elle ne souriait pas. Ses yeux étaient fixés sur autre chose quand elle parla.

« Ce... ce n'était pas moi. »

Le sang d'Ekon se glaça. Lentement, il suivit son regard, une peur nouvelle montant en lui comme une marée. Quand il découvrit ce qu'elle regardait, il se figea.

Quelque chose de massif les observait depuis l'ombre des arbres devant eux.

Ses yeux étaient noirs et froids.

CHAPITRE VINGT-CINQ

L'autre daraja

Koffi ne bougea pas. Elle n'osait même pas cligner des yeux. La créature qui se tenait dissimulée dans l'ombre à quelques mètres d'elle était grande, elle s'en rendit compte tout de suite. Elle l'avait vue une fois auparavant, dans l'obscurité, mais elle n'était pas moins terrifiante dans la lumière du soleil de fin d'après-midi. Elle vit la même peau rose, les muscles tendus sur sa silhouette osseuse. Son visage était ridé, avec un long museau, deux yeux noirs, et une bouche fendue pleine de dents. Sa langue de la couleur du sang pendait tandis qu'elle la fixait du regard.

« Koffi. »

Derrière elle, la voix d'Ekon était à peine plus qu'un murmure. Elle l'entendit s'avancer à côté d'elle, sa dague toujours en main, prête. « Recule. »

Reculer *était* la chose la plus intelligente à faire. Après tout, elle n'avait aucune arme, aucun moyen de se défendre. Mais une force inconnue l'ancrait là où elle se trouvait. Ils se tenaient là depuis une bonne minute, et le Shetani n'avait toujours pas bougé. Au Zoo nocturne, elle avait vu un monstre, une bête enragée, mais elle voyait quelque chose de très différent à présent. Pas un monstre, pas même une bête, mais...

Une créature vivante. Ses yeux rencontrèrent les siens, et là où elle s'attendait à discerner une soif de sang, elle vit autre chose – une douleur sourde, ancienne et constante. Elle vit d'autres choses également : le chagrin, l'impuissance. Et elle sut ce qu'il fallait faire.

« Ekon, je pense que... tu devrais y aller.

— Quoi ? » Elle ne se retourna pas pour voir son expression, mais elle perçut son incrédulité. « Tu n'es pas sérieuse.

— Je le suis.

— Où veux-tu que j'aille exactement ?

— Pas loin. » Koffi regardait toujours le Shetani. Celui-ci avait légèrement incliné la tête. « C'est juste que... je pense qu'il est important que je m'occupe de cette partie moi-même. »

Elle le sentit remuer derrière elle, et pouvait pratiquement entendre son hésitation.

« Koffi. » La voix d'Ekon n'était plus qu'un chuchotement. « Je ne veux pas te laisser seule avec... elle.

— S'il te plaît, répondit-elle. Fais-moi confiance. »

Il y eut une longue pause, un soupir, puis quelque chose qui ressemblait beaucoup à un *Sois prudente* avant qu'elle n'entende le bruit de pas qui s'éloignaient et sache que le Shetani et elle étaient seuls. Durant tout ce temps, la créature ne l'avait pas quittée des yeux. Koffi aurait presque pensé qu'elle semblait curieuse.

« Je sais ce que tu es. » Koffi s'avança dans un des rayons de soleil qui mouchetaient la canopée de la jungle. Au moment où il la toucha, elle se sentit un peu plus forte. « Et je sais *qui* tu es. »

En réponse, le Shetani grogna. L'anxiété et la peur étreignirent le corps de Koffi par vagues, mais elle ne recula pas.

« Tu ne me connais pas. » Elle gardait sa voix basse. « Mais nous nous sommes déjà rencontrés. Tu te souviens ? »

Le Shetani grogna à nouveau, mais pas aussi fort. Il se baissa, et rétracta ses griffes du sol. Koffi s'efforça de ne pas trembler tandis qu'elle faisait un nouveau pas en avant.

« Je suis comme toi, articula-t-elle. Probablement plus que tu ne le penses. Je… je sais ce que c'est que d'être incompris, de vouloir fuir les choses qui te font peur. S'enfuir est parfois plus facile, n'est-ce pas ? »

Le Shetani la fixait sans un bruit. Ce n'était pas encourageant, mais ce n'était pas dissuasif non plus. Koffi fit encore un pas.

« Je sais que tu souffres terriblement, chuchota-t-elle. Et je sais pourquoi. Mais je pense qu'il y a peut-être un moyen pour moi de t'aider, si tu me laisses faire. Me *laisseras-tu* faire ? »

Le Shetani fit un pas en avant. Ils se trouvaient à moins de deux pieds l'une de l'autre maintenant, à peine plus d'une longueur de bras. Dans l'espace qui les séparait, Koffi sentait l'odeur d'êtres vivants terrestres : mousses, écorces d'arbres, fleurs épanouies. Elle inhala leur parfum. Les narines roses du Shetani se dilatèrent.

« Je vais essayer quelque chose, ajouta-t-elle. C'est la première fois que je le fais, mais… ça pourrait marcher. »

Elle combla l'espace qui les séparait d'une seule enjambée, sa paume flottant à quelques centimètres du museau du Shetani. Badwa lui avait dit pendant leurs cours que la splendeur était une énergie qu'on pouvait déplacer, donner et prendre. Si la splendeur prisonnière à l'intérieur d'Adiah était la cause de son apparence, alors peut-être…

Elle toucha le museau du Shetani, le recouvrant de sa paume. Elle ferma les yeux et essaya de se souvenir des mots de Badwa.

Apaise ton esprit.

Elle pensa à Mama qui lui tressait les cheveux, au rire de Jabir. Elle pensa à Ekon et à la façon dont il lui souriait. Cette fois, lorsqu'elle fit appel à la splendeur, elle ne la tira pas du sol sous elle ; elle la puisa de l'être même du Shetani. Elle la sentit instantanément, bourdonnante et vrombissante, à l'endroit où la paume de sa main entrait en contact avec lui. Les yeux du Shetani s'écarquillèrent de stupeur, puis de compréhension, et il pressa la tête plus fort contre sa main. Un soubresaut de douleur ricocha à travers le corps de Koffi tandis qu'une partie de la splendeur se déplaçait d'un hôte à l'autre, de la sueur perlait sur son cou alors que l'énergie se déplaçait, mais Koffi resta immobile. Elle n'avait jamais laissé entrer une telle quantité de splendeur dans son corps, mais elle pouvait sentir qu'il y en avait plus, *tellement* plus. Elle ferma les yeux et essaya de la visualiser, comme une tasse remplie à ras bord. Une tasse dont rien ne devait déborder, pas même une goutte. Elle ne pouvait pas tout absorber, mais elle pouvait prendre cette quantité, la retenir un petit moment, offrir un peu de répit. Une brise lui chatouilla la joue, un son qui lui évoqua un soupir. L'air changea, et quand elle ouvrit les yeux, ce n'était pas le Shetani qui se trouvait devant elle.

C'était une jeune femme qui lui tenait la main.

Ses cheveux étaient épais, bouclés, de la couleur des ailes d'un merle. Elle était grande – encore plus grande que Koffi – et avait un visage couleur d'ambre profond aux traits doux et arrondis : des joues en forme de pomme, une bouche incurvée comme un arc de guerrier. Elle était éblouissante. Rien dans son visage ne trahissait son âge, sauf ses yeux, qui appartenaient à une autre époque.

« Comment ? » Adiah se toucha la gorge de sa main libre, apparemment surprise par le son de sa propre voix. Celle-ci était basse et rauque, comme si elle n'avait pas été utilisée depuis des années, et on percevait encore comme un grognement en elle. « Comment… as-tu fait ça ? »

Koffi fit un signe de tête en direction de leurs mains, toujours étroitement entrelacées. « J'ai pris une partie de la splendeur en toi. » Comme si elle avait entendu son propre nom, elle sentit ce pouvoir supplémentaire s'agiter en elle et grimaça. « Ce n'est que temporaire. »

La jeune femme la fixait toujours avec une expression impénétrable. « Comment as-tu appris à faire ça ?

— J'ai été formée par Badwa. »

Le visage de la jeune femme s'emplit d'une émotion sans équivoque, suivie d'un air de compréhension visible. « Tu es l'autre daraja. J'ai senti ton pouvoir, ton appel, et je... je suis venue à toi. »

Koffi hocha la tête. « Et tu es Adiah. »

Des larmes emplirent les yeux de celle-ci. « Je n'ai pas utilisé ce nom depuis des années, chuchota-t-elle. Je ne savais pas qu'il restait des gens comme nous avant de te voir. Je pensais... je pensais que j'étais la dernière.

— Nous sommes peut-être plus nombreux, dit Koffi. Mais aucun ne vit au grand jour, du moins pas à Lkossa. Les choses ont changé depuis... » Elle hésita. « Depuis que tu es partie. »

Adiah grimaça, une douleur visible étirant les coins de sa bouche. « Je ne savais pas. » Ses mots étaient calmes, suppliants. « Je ne savais pas ce qu'il allait faire, je le jure. Il m'a dit que je pouvais utiliser la splendeur pour faire de Lkossa un endroit meilleur, et je l'ai cru. J'étais si jeune, si *stupide*. Si j'avais fait preuve de plus d'intelligence...

— Ce *n'était pas* ta faute, la réconforta Koffi. Tu n'étais qu'une enfant. »

Adiah eut un rire sarcastique. « Je ne me considérais certainement pas comme telle. » Elle prononça ces mots avec amertume, d'une voix pleine de dérision. « J'étais arrogante. Je pensais que j'étais bien meilleure que tous ceux qui m'entouraient. Si j'avais écouté mes professeurs, mes amis... » Une larme unique glissa sur sa joue. « Si j'avais écouté *Tao*, rien de tout cela ne serait jamais arrivé.

— Fedu est un *dieu*, répondit fermement Koffi. Ce qui signifie qu'il a eu beaucoup de temps pour apprendre à tromper les gens. Tu n'étais qu'une jeune fille...

— Qui a fait quelque chose de terrible. » Adiah secoua la tête. « Le pouvoir que j'ai libéré a détruit Lkossa, détruit mon foyer. Il a déclenché des guerres, fracturé le ciel...

— Tu ne peux pas changer ce qui est déjà arrivé, murmura Koffi. Tu peux seulement changer ce qui *va* arriver.

— Et il vit toujours en moi. » Adiah continua comme si elle n'avait pas entendu Koffi. « Je le sens tout le temps. Tu dois le ressentir aussi si tu le retiens en toi en ce moment. C'est une chose dangereuse, et ça le sera toujours. » À vrai dire, Koffi en était consciente. La splendeur qu'elle avait prise à Adiah n'était plus un simple picotement sous sa peau ; elle devenait plus chaude, douloureuse. Comme si elle lisait dans l'esprit de Koffi, Adiah commença à se reculer, mais Koffi resserra sa prise.

« Il existe un moyen de s'en débarrasser, déclara-t-elle. Un moyen de le rendre à la terre, là où est sa place. »

Adiah secoua la tête. « Ce n'est pas possible.

— *Si.* » Koffi lui serra la main avec insistance. « Pendant le jour du Lien, la splendeur de la terre remonte à la surface, de la même manière qu'il y a cent ans, lorsque tu l'as absorbée. Le prochain est dans deux mois, tu pourrais la rendre à ce moment-là.

— C'est trop dangereux, répondit Adiah. Relâcher une telle puissance...

— Tu ne la relâcheras pas ici, dit rapidement Koffi. Ekon et moi avons mis au point un plan. Nous allons t'emmener dans les plaines de Kusonga, où il n'y a personne. Tu pourras la libérer là-bas, en toute sécurité. » Elle regarda Adiah intégrer ses mots, les peser et les envisager dans sa tête. Quand elle parla, elle faisait vraiment son âge.

« À la seconde où je sortirai de la jungle, Fedu me rattrapera, annonça-t-elle. Il me cherche tout le temps, nuit et jour.

— Nous te cacherons et nous nous déplacerons discrètement.

— Les plaines de Kusonga sont à une distance considérable d'ici, ajouta-t-elle. Je ne sais pas si je pourrai aller aussi loin.

— Tu dois *essayer*, insista Koffi. Une fois que la splendeur aura quitté ton corps, tu pourras rentrer à la maison avec nous. Tu pourras dire la vérité à tout le monde, ils n'auront plus peur de toi... » Elle grimaça alors qu'une nouvelle douleur l'élançait, et les yeux d'Adiah s'écarquillèrent.

« Rends-moi la splendeur, mon enfant. » Sa voix était pressante. « *Maintenant.*

— Pas avant que tu acceptes... » Quelque chose se tordit dans l'estomac de Koffi, une autre douleur aiguë. « Pas avant que tu acceptes de venir avec nous.

— Très bien, consentit Adiah d'un ton sec. Je vais vous accompagner dans les plaines de Kusonga. » Elle attrapa l'avant-bras de Koffi et l'attira à elle. « Mais sache ceci, mon enfant. Si ton plan échoue, je ne pourrai pas endurer une telle douleur un siècle de plus.

— Tu n'auras pas à...

— *Écoute-moi.* » Les yeux d'Adiah étaient féroces. Koffi sentit un tiraillement, sentit qu'Adiah reprenait la splendeur avec la force d'un étau. Elle regarda les yeux de la jeune femme devenir plus froids tandis que l'énergie retrouvait son hôte. Sa voix ressemblait plus à celle d'une bête qu'à celle d'une femme lorsqu'elle reprit la parole : « Je ne suis pas assez forte pour combattre Fedu s'il me capture, tu comprends ?

— Je comprends. »

Ce furent les derniers mots de Koffi avant qu'Adiah ne retire sa main ; cette fois, elle la laissa faire. Au moment où elles se séparèrent, Koffi ressentit un manque terrible, un vide. Sa vision se troubla, sa bouche devint sèche, mais rien ne pouvait l'arrêter. Ses jambes tremblèrent violemment, puis se dérobèrent sous elle. Elle se sentit tomber.

La dernière chose qu'elle entendit fut un rugissement.

« Koffi ! »

Koffi ouvrit les yeux. Sa vision n'était plus trouble, et elle distinguait de la verdure tout autour d'elle. Du vert, du marron, et *Ekon*. Celui-ci l'étudiait, chaque muscle de son visage trahissant l'inquiétude.

« Tu vas bien ? » Sa voix était tendue. « Tu es blessée ?

— Non. » Koffi s'assit et regarda autour d'elle un moment. Le Shetani – Adiah – se tenait à quelques mètres d'eux et les observait. Elle les considéra une seconde encore avant d'incliner la tête en un signe sans équivoque : un accord, un consentement.

« Je ne comprends pas. » Le regard d'Ekon allait et venait entre Adiah et Koffi, sa voix trahissait sa confusion. « Qu'est-ce qui se passe ? »

Koffi sourit. « Nous allons dans les plaines de Kusonga. »

CHAPITRE VINGT-SIX

Une forte attirance

L'air se refroidit tandis que Koffi, Ekon et Adiah se dirigeaient vers le sud.

À chaque pas, Ekon sentait le monde changer autour de lui. Le ciel était toujours bleu, mais il s'assombrissait ; l'air était limpide, mais légèrement empreint de l'odeur de l'ozone. Il reconnut les signes de la saison de la mousson approchant à grands pas dans la région zamanie. Dans quelques semaines – peut-être moins –, la plupart des habitants auraient des flaques d'eau jusqu'aux chevilles. Les marchands locaux changeraient leurs marchandises, proposant des prix exagérés pour des vêtements plus adaptés à la saison, qui résisteraient mieux aux pluies torrentielles constantes ; les fermiers feraient des journées de travail plus courtes et diraient davantage de prières pour le succès de leurs récoltes. Lorsqu'il était enfant, Ekon aimait cette période de l'année, où les problèmes du monde semblaient emportés dans un déluge pour que les choses puissent repartir à neuf quelques mois plus tard. Il en irait différemment cette année, cependant.

« Bon, alors voilà ce que je pense… » Koffi et lui s'étaient à nouveau arrêtés pour consulter la carte. Cela faisait quelques heures que Koffi avait convaincu Adiah de se joindre à eux, et ils se trouvaient maintenant à moins d'un jour de la zone frontalière d'où ils étaient partis. Avec précaution, il étala la carte entre eux par terre et dessina deux lignes convergentes avec ses doigts.

« Voici notre position, dit-il en désignant leur emplacement. Comme vous pouvez le voir, il y a beaucoup d'endroits où il est possible de quitter la Grande Jungle sans se faire repérer ; la frontière est immense, et il n'y a aucun moyen pour les Fils des Six de couvrir autant de terrain. Tout dépendra vraiment de notre capacité à agir au moment opportun.

— Qu'est-ce que tu suggères ? demanda Koffi.

— Agir demain matin tout d'abord, répondit Ekon. Les patrouilles sont toujours plus importantes la nuit, car c'est à ce moment qu'ils pensent que le Shetani est le plus susceptible d'attaquer. Le matin, l'équipe de jour relève celle de nuit. La relève est assez efficace, mais si nous nous rendons assez loin au sud…

— On pourrait les éviter ?

— Tout à fait, affirma Ekon. L'autre défi que nous aurons à relever sera de dissimuler Adiah une fois que nous serons dans une zone dégagée. C'est évidemment plus facile ici, mais… l'étendue entre la région zamanie et les plaines de Kusonga est assez plate et ouverte. C'est là que nous serons le plus exposés.

— Nous pourrions nous cacher dans les champs de citronnelle, proposa Koffi. Et nous déplacer de nuit. Le flux d'arrivées à Lkossa connaît toujours une accalmie au début de la mousson – Baaz s'en plaint chaque année au Zoo nocturne. Tant que nous gardons un bon rythme, nous pourrions atteindre les plaines de Kusonga en quelques semaines à pied. Ensuite, il ne nous restera plus qu'à faire profil bas et à attendre le jour du Lien.

— On dirait bien qu'on a un plan. » Ekon enroula la carte. « Nous partons demain. »

Ils ralentirent l'allure tandis que la fin d'après-midi laissait place au crépuscule ; Ekon pouvait déjà dire que la soirée serait plus fraîche. Adiah avançait à quelques pas devant eux, mais Koffi marchait au même rythme que lui. Soudain, elle jeta un regard rapide au soleil couchant.

« Nous devrions nous arrêter ici.

— Quoi ? » Ekon jeta aussi un coup d'œil au soleil, se demandant s'il n'avait pas manqué quelque chose. L'astre était d'un orange doré profond et se coucherait bientôt, mais pas encore. « Nous devrions continuer tant que nous avons de la lumière. Plus nous nous rapprocherons de Lkossa ce soir, moins nous aurons de temps à rattraper demain matin…

— Il y a un étang. » Koffi fit un signe de tête à quelques mètres sur la droite, vers une petite étendue d'eau qui scintillait entre les arbres. Ekon la regarda, toujours confus.

« Et alors ?

— Alors nous sommes sur le point de changer complètement de terrain, dit Koffi. Pendant les prochaines semaines, nous marcherons dans des prairies ouvertes sans accès garanti à une quantité significative d'eau.

— Et alors… ?

— Alors, je vais prendre un bain. »

Ekon se figea. Il lui fallut un moment pour retrouver l'usage de la parole. « Tu vas prendre… un quoi ?

— Un *bain*, répéta lentement Koffi. Tu sais, ce qu'on fait quand on est sale et qu'on voudrait être propre ? Je ne prendrai pas longtemps, dix minutes à… »

Ekon n'entendit pas le reste de ses paroles ; il essayait de se concentrer. Un bain. Koffi allait prendre un bain. *Près de lui.* Sans vêtements. Jusqu'à présent, ils avaient su se donner de l'intimité quand ils en avaient besoin, mais *là*…

« Il y a un problème ? » La voix de Koffi lui revint, bien trop douce.

« Euh... *non.* » *Pense à autre chose,* se supplia-t-il. *Pense à quelque chose qui n'est... pas ça. Pense au temple, aux frères du temple. Le Frère Apunda, si grossier... n'importe quoi...*

« Bien. » Il sursauta quand Koffi lui tapa sur l'épaule. Il n'aimait pas du tout la lueur qu'il voyait dans ses yeux. « Tu peux commencer à préparer le dîner, alors. Nous serons seuls à manger, je pense. Adiah, tu es capable de te débrouiller toute seule ? »

En réponse, Adiah, qui s'était arrêtée à quelques mètres devant eux, cligna des yeux. Puis elle inclina la tête dans ce qui ressemblait à un hochement de tête et s'enfonça dans l'obscurité. Dans d'autres circonstances, Ekon aurait été déconcerté par sa capacité à se mouvoir sans bruit.

« Qu'est-ce *qu'elle* mange pour le dîner ?

— Il vaut probablement mieux que nous ne le sachions pas, grimaça Koffi.

— Tu sais, avoua Ekon après une pause, je me sens presque mal pour elle. »

Koffi le regarda à nouveau, visiblement surprise. « Pourquoi ? Elle ne va pas rester ainsi très longtemps. Une fois que nous l'aurons emmenée dans les plaines de Kusonga, elle redeviendra humaine, libérée de la splendeur et de la douleur que celle-ci lui cause. Elle redeviendra ce qu'elle était.

— Mais pas son monde », répliqua Ekon. Koffi ouvrit la bouche, mais il continua : « Elle est âgée de plus d'un siècle, rien de la Lkossa qu'elle connaissait avant la Rupture ne sera là, et aucune des personnes qu'elle connaissait ne sera encore en vie. Ses amis, sa famille...

— Ils sont morts, lâcha Koffi d'une voix creuse.

— Je ne peux pas imaginer ce que ça doit faire, dit Ekon. Revenir dans un foyer et à une vie qu'on sait être à soi, mais sans pouvoir les reconnaître. »

L'expression de Koffi resta impénétrable un moment avant qu'elle ne hausse les épaules. Le geste était décontracté, mais quelque chose en lui semblait légèrement forcé. « Nous pourrons nous inquiéter de l'intégration d'Adiah une fois que nous l'aurons ramenée à son état normal. » Elle hocha la tête de manière affirmative avant de regarder à nouveau vers l'étang. « En attendant, occupe-toi de notre repas, je reviens vite.

— N'oublie pas de vérifier qu'il n'y a pas de serpents dans l'eau ! lança Ekon à son dos alors qu'elle s'éloignait. Ni de nkalas ! »

Koffi ne se retourna pas, mais il crut l'entendre rire. *Très bien*. Si elle voulait que son ombre se fasse dévorer par un crabe-monstre mythique géant, c'était *son* problème, bien qu'en toute honnêteté, ses lectures suggèrent que ceux-ci vivaient généralement dans des étendues d'eau plus importantes.

Il se concentra sur le problème à portée de main – le dîner. Les ingrédients avec lesquels il devait cuisiner étaient aussi maigres que ses compétences. Ayant grandi dans le temple de Lkossa pendant les dix dernières années, la nourriture n'avait rien de spécial, mais elle était correcte, préparée par un cuisinier. Il fixa un moment les piles de fruits, de pain et de viandes séchées que les Yumbos avaient préparées pour lui. Et puis une idée lui vint à l'esprit.

« C'est bon, j'ai fini », annonça Koffi.

Au moment où Ekon apportait la touche finale au repas et à un petit feu, Koffi revint. Ses vêtements étaient légèrement mouillés, mais son visage avait été nettoyé de la boue qui le recouvrait auparavant. Ekon jeta un coup d'œil par-dessus son épaule.

« Tes cheveux semblent différents », remarqua-t-il en prenant soin de ne pas la regarder trop longtemps. Il ne faisait toujours pas confiance à son imagination. « Tu les as lavés ? »

Koffi haussa un sourcil. « *Ça c'est* drôle. » Elle s'installa à côté de lui sur le sol, et une odeur douce remplit l'espace entre eux.

« Tu as trouvé d'autres graines de ponya ?

— Non. » Elle déplia sa tunique sale pour révéler plusieurs noix brun clair cachées dans ses couches. Elles *ressemblaient* à des graines de ponya, mais plus grosses. Elle en prit une et la porta à son nez. « Ce sont des noix de karité. On les utilise pour faire du beurre de karité pour les cheveux et la peau.

— De karité... » Ekon se pencha instinctivement. Sans prévenir, quelque chose se noua dans sa poitrine. Il lui fallut un moment pour comprendre pourquoi.

« C'est l'odeur... de ma mère.

— Oh. »

Tout ce temps, il avait connu cette odeur, mais il ne savait pas d'où elle provenait. Ses yeux se mirent à picoter. Sa mère n'était plus là, mais ça... c'était comme découvrir une toute nouvelle partie d'elle, une partie qu'il pensait perdue à jamais.

« Tu n'as jamais parlé de ta mère avant, déclara doucement Koffi.

— Ouais... » Ekon se gratta l'arrière du cou. « Eh bien, c'est parce qu'elle a quitté notre famille quand j'étais petit. Je ne sais pas où elle est allée, je ne l'ai pas vue depuis des années.

— Oh. » Koffi baissa la tête pour examiner ses ongles. « Je suis vraiment désolée de l'apprendre. »

Un long silence suivit, trop présent pour qu'ils soient à l'aise. Ekon y était habitué. Il ne parlait pas souvent de sa mère, mais quand il le faisait, les mêmes choses se produisaient. Le silence, puis la pitié. Le silence, et puis les excuses, les platitudes. *Il y a une raison à tout. Je suis désolé que ce soit arrivé,* comme si le fait qu'elle ait quitté leur famille était sa faute, la conséquence de *son* irresponsabilité. Il changea de sujet.

« Elle avait l'habitude de faire ce plat, déclara-t-il. Je pense qu'elle l'avait inventé, mais on en mangeait souvent au petit-déjeuner. C'était une sorte de salade de fruits. Je l'ai préparée à ma façon. »

Koffi regarda le tas de fruits coupés soigneusement disposés en un petit anneau. « Tu les as émincés ?

— Vingt-sept morceaux délicieux.

— Je suis impressionnée. »

Ekon étala deux feuilles géantes avec un geste théâtral. « Un festin digne des dieux. »

Koffi saisit l'un des plateaux de feuilles improvisés et se servit une partie de la pile de fruits. Ekon ne voulait pas nécessairement la regarder manger – ce serait étrange –, mais il voulait savoir si le plat lui plaisait. C'était une chose stupide de se soucier de ce que quelqu'un pensait d'un tas de fruits grossièrement coupés, mais pour une raison quelconque, c'était son cas. Il espérait que cela plairait à Koffi. Il s'obligea à baisser les yeux sur sa feuille qui faisait office d'assiette et à compter jusqu'à dix-huit avant de relever la tête.

« Alors, comment c'était ? »

Quelque chose dans sa poitrine se tordit lorsque Koffi répondit par un faible sourire.

« C'est si mauvais que ça ?

— Non ! » Elle secoua la tête. « Ce n'est pas ça, c'est juste que… » Elle baissa les yeux sur plusieurs tranches de fruits. « Il y a des papayes dedans.

— Oui… ?

— Je déteste les papayes, en gros. »

Ekon cligna des yeux. « Tu… les *détestes* ?

— Plutôt passionnément.

— Bien sûr. » Un vrai rire jaillit du ventre d'Ekon. Il se massa l'arête du nez, essayant de se retenir. « Laisse-moi deviner, tu aimes les fruits bizarres et douteux comme… le melon miel ? »

Koffi fronça les sourcils. « Le melon miel *n'est pas* douteux.

— Je le savais. »

Elle lui jeta un regard méprisant avant d'attraper un morceau de banane d'un air supérieur dans le tas de fruits et de l'enfourner. « J'ai une question à te poser. »

Ekon se crispa. « Quel genre de question ? »

Elle posa sa feuille-assiette un moment et sourit. « C'est à propos du journal de Nkrumah. Tu as dit qu'il avait pris des notes sur toutes les créatures et plantes qui vivent dans cette jungle. » Elle leva les yeux. « Mais qu'est-ce qu'il dit au sujet des étoiles ?

— *Des étoiles* ? » Ekon suivit son doigt. Le ciel au-dessus d'eux était couvert de plus d'étoiles qu'il ne pouvait en compter, un millier de diamants tombés dans un encrier. Elles étaient magnifiques.

« En fait, il n'y a pas grand-chose sur les étoiles dans le journal, finit-il par répondre. Peut-être parce qu'elles n'appartiennent pas seulement à la Grande Jungle ou à la région zamanie. Nous les voyons de la même façon où que nous soyons sur ce continent.

— Pas faux. » Koffi les fixait toujours, mais une pointe de déception était perceptible dans sa voix.

« *Mais*... » Ekon hésita, essayant de trouver quelque chose d'autre à dire. « Je *connais* diverses histoires à leur sujet, celles que mon frère m'a apprises. » Il pointa le doigt en l'air. « Tu vois ces deux points très brillants, à ta droite ?

— Non.

— Elles sont juste au-dessus de... » Il faillit sursauter lorsque Koffi se déplaça pour s'asseoir à côté de lui, si près que leurs épaules se frôlèrent.

« Continue.

— Hum, d'accord, donc les étoiles. » La langue d'Ekon s'agitait maladroitement dans sa bouche. « Ces deux-là s'appellent Adongo et Wasswa ; elles portent le nom de deux frères girafes, expliqua-t-il. L'histoire raconte que chaque frère voulait être plus grand que l'autre, alors ils ont continué à étirer leurs cous pour les rendre de plus en plus longs jusqu'à ce que leurs deux cornes s'emmêlent dans le ciel nocturne et qu'ils se transforment en étoiles. À présent, ils se disputent pour savoir laquelle des deux brille le plus. »

Koffi hocha la tête. « Intéressant.

— Désolé, s'excusa Ekon. Ce... n'était pas une histoire très passionnante.

— Mais si. » Koffi se tourna vers lui, et Ekon avala de travers. Il trouvait déjà qu'ils étaient proches avant, mais leurs visages étaient à quelques centimètres l'un de l'autre maintenant. Il pouvait compter les cils qui lui encadraient les yeux.

« Juste une chose. » Aussi brusquement qu'elle lui avait fait face, elle regarda à nouveau le ciel en fronçant les sourcils. « Comment les girafes sont-elles *devenues* des étoiles ? »

Ekon sursauta. « Qu'est-ce que tu veux insinuer ?

— Eh bien, tu as dit que leurs cornes sont *restées coincées dans le ciel*, et qu'elles se sont transformées en étoiles – mais comment ?

— Je n'en suis pas sûr. » Ekon se gratta la tête. « Mais je ne pense pas que ce soit vraiment le but de l'histoire. Je pense que c'est juste une leçon sur la jalousie... »

Elle se retourna pour lui faire face, les sourcils froncés. « Comment ça peut faire office de leçon si ça n'a pas de sens ? »

En réponse, Ekon secoua la tête et gloussa. « Tu discutes vraiment toujours tout. »

Le froncement de ses sourcils s'accentua. « Ce n'est *pas* vrai.

— *Si.*

— Ce n'est... »

Il n'était pas sûr de ce qui l'avait poussé à le faire, de ce qui l'avait poussé à obéir à cette impulsion étrange et soudaine, mais il combla l'écart entre eux et l'embrassa.

Il ne l'avait pas prévu, et il ne s'y était certainement pas préparé, mais ses lèvres trouvèrent les siennes, et elle ne se déroba pas. Elles étaient douces, chaudes au toucher. Sa main, légère comme une plume, effleura son cou, et un agréable frisson parcourut son corps. D'un seul coup, il ne put plus respirer, et il n'était pas sûr de le vouloir. Ils s'écartèrent, leurs poitrines se soulevant et s'affaissant lourdement.

« Désolé. » Ekon ne reconnaissait pas sa propre voix ; celle-ci était plus grave, plus rauque. Il ne pouvait s'empêcher de regarder la bouche de Koffi. « Je comptais te demander avant de... »

Koffi ramena sa bouche sur la sienne, et quelque chose déferla dans le cerveau d'Ekon. Un rugissement emplit ses oreilles, et tous ses sens se déréglèrent. Soudain, Koffi était tout ce qu'il pouvait voir, sentir, goûter et ressentir. C'était dévorant. Au bout d'un moment, il s'écarta de nouveau.

« Attends, tu es d'accord pour... ?

— Tu... es... *irrattrapable.* » La voix de Koffi était basse aussi, à peine un murmure. « Pourquoi crois-tu que je suis venue m'asseoir à côté de toi ? »

Ekon se recula davantage. « Tu... tu *voulais* que je fasse ça ?

— Bien sûr que je le voulais. » Elle baissa son regard. « Tu me plais. »

Et ces simples mots furent suffisants – Ekon n'avait pas besoin de plus. Le monde autour de lui s'inclina alors qu'ils s'étendaient tous les deux sur le sol, côte à côte. Il suivit de ses doigts le contour de la jeune fille, descendant et remontant le long de ses hanches. Une chaleur nouvelle s'accumula quelque part, au fond de son ventre. Ils se rapprochèrent encore, et soudain, il fut profondément conscient de tous les endroits où leurs corps se touchaient, les endroits qu'il *souhaitait voir* se toucher. Tous ces sentiments, tout ce désir, c'était étrange, comme un millier de colibris piégés entre ses côtes, mais il aimait ça. Il entendit ses mots dans sa tête à nouveau.

« Tu me plais. »

Elle lui plaisait aussi, beaucoup, et soudain, cela lui sembla la chose la plus évidente au monde. Il aimait les torsades dans les cheveux de Koffi, la couleur de minuit de ses yeux. Il aimait son rire, et la façon dont elle discutait toujours tout ce qu'il disait. Il aimait tout chez elle. Ce n'était pas de l'amour – il n'était même pas sûr de savoir comment aimer correctement – mais c'était quelque chose de *bon*, quelque chose dont il voulait davantage, *une forte attirance*.

Ekon l'embrassa à nouveau, et elle émit un petit son contre sa bouche. Ses yeux se fermèrent, et un millier de questions nouvelles lui vinrent à l'esprit. Était-il censé faire quelque chose d'autre ? Et *elle* ? Qu'était-il censé se passer ensuite ? Il ouvrit légèrement les yeux, curieux de le découvrir, et se raidit.

Les yeux de Koffi étaient toujours fermés, un petit sourire sur les lèvres, mais les siens avaient capté quelque chose par-dessus son épaule à quelques mètres d'eux – un *mouvement*. Ce dernier avait été rapide, presque imperceptible. Il se rassit brusquement.

« Qu'est-ce qui ne va pas ? » Koffi s'assit aussi, alarmée.

« Euh… rien. » Ekon tenta de dissimuler la peur dans sa voix. « C'est juste que… » Il essaya de trouver les mots. « Je pense que nous devrions…

— Exact. » Il ne faisait aucun doute au ton de Koffi que celle-ci était blessée. « Ouais, nous… devrions probablement nous arrêter ici. »

Non. C'était la dernière chose qu'Ekon voulait, mais en même temps, son cœur commençait à battre d'une manière nouvelle et désagréable. Il jeta à nouveau un coup d'œil vers les arbres où il avait aperçu ce bref éclair de quelque chose. Il ne voulait pas dire à Koffi qu'il était presque certain que quelqu'un d'autre était là, à les observer – surtout quand cette personne portait une nuance de bleu très spécifique. Il espérait avoir l'air plus calme qu'il ne l'était.

« C'est juste que nous devons nous lever tôt demain matin, répondit-il. Nous aurions bien besoin de dormir. »

Koffi ne le regarda pas. « Bien sûr. Bonne nuit, alors. » Sans un mot de plus, elle se leva et s'épousseta avant de se déplacer ostensiblement de l'autre côté du feu. Elle se coucha sur le côté en lui tournant le dos et ne bougea plus. Ekon attendit qu'elle soit immobile avant de se lever et de se diriger discrètement vers les deux arbres où il avait aperçu du mouvement. Il venait à peine d'y faire un pas qu'une main se referma sur sa bouche.

« *Ne. Bouge. Pas.* »

Le soulagement et la colère étouffèrent la peur dans la poitrine d'Ekon. Il connaissait cette voix. La main qui recouvrait sa bouche se rétracta. Dans l'obscurité, son frère aîné lui adressa un clin d'œil.

« Kam. » Ekon essaya de garder sa voix basse.

« En chair et en os.

— Comment as-tu...

— *Chut.* » Ekon se dégagea hors de portée de son frère tandis qu'ils regardaient tous deux une grande silhouette émerger de l'obscurité, juste en face d'eux, dans le campement. Adiah. La grande bête renifla l'air un moment avant de tourner autour d'un emplacement dans la terre et de s'y installer. En quelques secondes, elle était roulée en boule, endormie.

« Incroyable », s'émerveilla Kamau. Ses yeux étaient fixés sur Adiah comme s'il s'agissait d'une montagne d'or. « Après tout ce temps, je n'aurais jamais imaginé le voir de mes propres yeux. »

Ekon se renfrogna. « Pourquoi ne t'es-tu pas annoncé ?

— Je ne voulais pas vous interrompre. » Kamau le regarda, en remuant les sourcils de manière suggestive. « Tu avais l'air de passer un bon moment avec ton amie. » Il se retourna vers Adiah. « C'était malin de ta part d'utiliser l'odeur de ta propre nourriture pour attirer cette chose dans ton camp. »

La tête d'Ekon commençait à lui faire mal. Cela faisait trop, trop d'émotions se bousculaient en lui en même temps. Il était en colère et gêné, mais par-dessus tout, il était mal à l'aise.

« Comment m'as-tu trouvé ? »

Kamau leva les yeux au ciel. « Tu n'as pas vraiment rendu les choses difficiles. » Derrière sa façade charmante, Ekon vit une trace de réelle inquiétude. « Je t'avais dit de couvrir tes traces, Ekon, par tous les dieux. Tu n'aurais pas pu laisser de piste plus évidente à suivre. »

Ekon réprima une vague d'humiliation. Il avait assuré à son frère qu'il savait ce qu'il faisait, qu'il saurait mener la chasse. Et maintenant il s'était ridiculisé. Pour la première fois depuis des jours, ses doigts furent pris de l'envie de se remettre à tambouriner. Délibérément, il changea de sujet. « Depuis combien de temps le groupe de chasseurs est-il là ? demanda-t-il.

— Quelques jours, répondit Kamau.

— Et vous vous en êtes… bien sortis ? »

En réponse, une ombre passa sur le visage de Kamau, visible même dans la faible lumière. « Pas exactement, dit-il avec appréhension. Nous avons été pris dans un brouillard.

— Près de la frontière. » Ekon hocha la tête. « On s'est retrouvés dans le même.

— Il nous a fallu une journée entière pour le traverser, poursuivit Kamau. Le temps qu'on y arrive, deux guerriers avaient disparu – Zahur et Daudi, je ne sais pas si tu te souviens d'eux. »

Ekon eut l'impression qu'une pierre était tombée dans son estomac. Il ne dit pas à Kamau qu'il se souvenait d'eux, qu'il leur avait parlé à tous deux juste avant que lui et Koffi n'entrent dans la jungle. Il se rendait compte à présent de la chance qu'ils avaient eue. Quand il leva les yeux, son frère l'observait toujours d'un air sérieux. L'appréhension l'envahit en même temps qu'une étrange forme de pitié. Il ne savait pas comment expliquer tout ce qu'il avait appris ces derniers jours en quelques minutes, mais à cet instant, il se décida. Il devait essayer.

« Kamau, commença-t-il. Il faut que je te dise quelque chose. Beaucoup de choses vont te paraître incroyables au début, mais le Shetani est un...

— Cette fille, près du feu. Celle que tu étais en train d'embrasser. » Les yeux de Kamau se portèrent sur Koffi d'un air perspicace. « Qui est-elle ? »

Cette fois, Ekon grimaça. « Elle s'appelle Koffi, expliqua-t-il. Je l'ai rencontrée à Lkossa, et...

— Elle n'a pas l'air facile », dit Kamau en tendant le cou. Il se retourna juste à temps pour voir le froncement de sourcils d'Ekon et leva les mains, sur la défensive. « Hé, je ne te juge pas. Je ne pensais juste pas que les filles yabas quelconques étaient ton type...

— Elle n'est pas *quelconque*, quoi que *ça* veuille dire, protesta Ekon entre ses dents. Et elle n'est pas yaba. Elle est gede. »

L'expression de Kamau changea instantanément. « Quoi ?

— Tu m'as bien entendu. » Il n'avait jamais parlé à son grand frère de cette façon. Kamau avait toujours été plus grand, et Ekon n'avait jamais voulu se battre avec lui. Mais l'idée que lui – ou n'importe qui d'autre – dise du mal de Koffi alors qu'elle était endormie à quelques mètres de lui était une chose qu'il ne pouvait pas supporter. Il regarda la confusion se répandre sur le visage de Kamau, puis un léger dégoût.

« Ekkie, si tu veux quelque chose de facile, il y a d'autres moyens de l'obtenir... »

La main d'Ekon se posa sur la poignée de son *hanjari*, un mouvement subtil que Kamau ne manqua pas de remarquer. Son frère secoua la tête.

« Tout ce temps à te former aux armes, alors que j'aurais dû t'apprendre ce qui concernait les *femmes*. » Il tapota la joue d'Ekon d'un air indulgent. « Mais ne t'inquiète pas. Nous pourrons prendre le temps d'en parler après avoir livré cette abomination au Père Olufemi.

— Quoi ? » Tous les muscles du corps d'Ekon se tendirent. « De quoi parles-tu ? »

D'un coup, Kamau retrouva son sourire suffisant. « Allez, Ekon, je sais que tu voulais le traquer toi-même, mais crois-moi, le fait que tu te sois rendu dans la Grande Jungle et que tu aies trouvé le Shetani sera plus que suffisant pour te qualifier pour le titre de guerrier yaba. Une fois que nous l'aurons livré au Père Olufemi, tu seras initié en un rien de temps, et tu deviendras peut-être même kapteni. »

Ekon reprit la parole avant de perdre son sang-froid : « Kam, j'ai *vraiment* besoin que tu m'écoutes. Le Shetani n'est pas le monstre que nous pensions, c'est une humaine qui s'appelle...

— Ekon. » Kamau fronça les sourcils. « Tu ne peux pas être aussi stupide, franchement.

— Je ne suis *pas* stupide.

— Ah non ? » Kamau haussa un sourcil. Il y avait une pointe de dureté dans son regard tandis que ses yeux passaient d'Ekon au feu du campement. « Qui t'a dit que le Shetani était une humaine, hein ? La fille gede ? Laisse-moi deviner, elle t'a dit que le monstre était bon et méritait d'être libre ?

— Kamau. » Un nerf se mit à palpiter sur la tempe d'Ekon. « Tu n'as pas vu ce que j'ai vu dans cette jungle. Et tu ne connais pas Koffi.

— C'est la fille du Zoo nocturne, n'est-ce pas ? » Une lueur dangereuse brilla dans les yeux de Kamau. « Celle que tu as laissée partir ? »

Ekon tressaillit. Pourquoi Kamau évoquait-il *maintenant* ce qui s'était passé au Zoo nocturne ? « Oui, reconnut-il doucement. C'est elle. »

Kamau planta son regard dans le sien. « C'est étrange, non ? demanda-t-il. Comment une fille qui travaillait au Zoo nocturne en tant que gardienne de bêtes a soudainement eu envie de t'aider à trouver la bête la plus dangereuse de toute la région ? »

Cela toucha davantage Ekon qu'il n'aurait voulu l'admettre. « Nous avons un accord, expliqua-t-il. Elle a accepté de m'aider à retrouver le Shetani, et en échange, j'ai accepté de...

— De la *payer* ? » La voix de Kamau était pleine de dérision. « Tu penses honnêtement que ce serait suffisant pour t'assurer sa loyauté si quelqu'un d'autre lui offrait ne serait-ce qu'un *shaba* de plus ? »

Ekon secoua la tête. « Koffi ne ferait pas une telle chose. Je veux dire, ça a commencé comme ça, mais elle...

— Tu ne sais pas ce qu'elle ferait ou ne ferait pas, répliqua Kamau. Tu ne la connais pas. Tu es dans cette jungle depuis un peu plus d'une semaine d'après mes estimations, et c'est tout ce qu'il t'a fallu pour lui faire confiance plutôt qu'à ton propre peuple, plutôt qu'à moi ? »

Il y avait une vraie douleur dans sa voix, une douleur qu'Ekon n'avait jamais entendue auparavant. « Kamau. » Quand il parla, sa voix était à peine un chuchotement. « Je suis désolé, je n'ai pas...

— Je n'ai pas besoin de tes excuses. » La voix de Kamau était dangereusement basse. « Ce que je veux, c'est ta parole.

— Ma parole ?

— Le reste du groupe de chasseurs du Kuhani est en route, ils seront là demain matin. Je veux que tu me promettes que tu nous aideras à le neutraliser demain. »

Trahir Koffi. C'était cela que son frère lui demandait de faire, en réalité. *Trahir Adiah. Trahir tous vos plans.*

« Kamau. » Il secoua la tête. « Ce que tu me demandes n'est pas si simple. Je ne sais pas si je peux le faire. Je...

— Non, c'est très simple, Ekon. » Le regard de son frère était dur. « Demain, tu devras choisir. Tu seras avec ton peuple, ou tu seras contre nous. »

CHAPITRE VINGT-SEPT

Depuis le début

Quand Koffi se réveilla, elle avait chaud.

Cela n'avait rien à voir avec la splendeur, bien que l'impression ait été splendide, du moins au début. La sensation commença dans ses joues et la picota le long de son cou tandis qu'elle était allongée sur le sol de la jungle, faisant semblant de dormir quelques minutes de plus.

Il t'a embrassée.

Elle se mordilla la lèvre inférieure tandis que les mots lui traversaient l'esprit pour la centième fois, la millième. Ekon l'avait embrassée, et elle l'avait embrassé… plusieurs fois. Le souvenir de ce baiser s'était glissé dans ses rêves comme une liane, s'enroulant autour d'elle dans des couleurs vives et trop saturées. Certains garçons du Zoo nocturne lui avaient plu, évidemment, mais aucun ne s'était intéressé à elle en retour. Tous ces petits moments se répétaient dans son imagination. Elle pensa à la façon dont les lèvres d'Ekon avaient trouvé les siennes, la soudaineté du geste. Il s'était excusé de ne pas lui avoir demandé – bien évidemment – mais ensuite, quand elle lui avait dit qu'elle était d'accord, il l'avait embrassée à nouveau… et encore… et *encore*, et elle l'avait voulu. Elle pensa à ses mains, à la façon dont elles avaient bougé contre sa peau, au son qu'il avait fait quand elles s'étaient rapprochées… Elle avait aimé embrasser Ekon, mais la vérité était qu'il y avait eu d'autres moments aussi, avant ce baiser. Elle aimait la façon dont il voyait parfois le monde sous forme de chiffres, elle aimait sa façon de marcher. Et elle aimait les choses qu'il disait.

« Pourquoi pas les deux ? »

Ekon avait été la première personne dans sa vie à lui suggérer qu'elle n'avait pas à choisir entre son cœur et son esprit ; il avait été la première personne à aimer ces deux aspects d'elle.

« Hé, tu es réveillée ? »

Elle se leva d'un bond, arrachée à sa rêverie, et se retourna. Ekon était déjà debout, son expression impénétrable. Leur campement était déjà rangé dans leur paquetage, y compris ses affaires. À quelques mètres de là, Adiah, également réveillée, s'étirait.

« On y va maintenant ? » Elle regarda autour d'elle. Le ciel était toujours d'un bleu profond, mais le soleil ne s'était pas encore levé au-dessus des cimes des arbres. Ils ne s'étaient jamais levés aussi tôt.

« Les Fils des Six vont bientôt procéder à la relève des patrouilles », déclara Ekon. Il ne la regardait pas. Au lieu de cela, son regard était concentré quelque part au-dessus de sa tête. « Nous devons y aller si nous voulons atteindre la frontière au bon moment.

— Oh. » La relève. Dans l'émerveillement de la nuit dernière, elle avait presque tout oublié – leur plan, ce qu'il leur restait à faire. La vie ne s'était pas arrêtée.

« Je dois juste me laver le visage, lança-t-elle. Ensuite, je serai prête. »

Elle ne laissa pas à Ekon l'occasion de répondre avant de se lever d'un bond et de se diriger vers l'étang où elle s'était rendue auparavant. Celui-ci n'était pas grand, c'était juste une petite étendue d'eau au milieu des arbres. La lumière pâle de l'aube se reflétait maintenant sur sa surface lisse comme du verre, si parfaitement immobile qu'elle s'en voulait presque de la toucher. Elle mit les mains en coupe pour prendre de l'eau, savourant la fraîcheur sur son visage alors qu'elle s'en aspergeait.

C'est dans ta tête, se dit-elle alors que l'eau ruisselait sur son visage. *Je suis sûre que tout va bien.*

Elle se répétait ces mots, mais au fond d'elle, elle le sentait bien. Quelque chose avait changé chez Ekon. Elle l'avait senti au moment où c'était arrivé, au moment où il avait cessé de l'embrasser et s'était raidi. Avait-il changé d'avis ? Décidé qu'elle ne lui plaisait pas comme il lui plaisait ?

Elle entendit un bruit derrière elle, un bruissement silencieux, et se retourna. Adiah se glissa dans son champ de vision, à quelques mètres derrière elle. Elle avait de nouveau l'apparence d'une bête, ce n'était plus la belle jeune femme à qui elle avait parlé la veille, mais ses yeux sombres étaient étrangement expressifs. Elle s'avança près de Koffi au bord de l'étang et lui donna un coup d'épaule. Koffi posa une main sur son museau.

« Merci. »

Il était trop dangereux de faire ce qu'elle avait fait auparavant, de puiser à nouveau une partie de la splendeur du corps d'Adiah pour qu'elle puisse reprendre forme humaine ; Koffi regretta soudain de ne pas pouvoir le faire. Adiah la comprenait probablement mieux que quiconque au monde. Elle se demanda si, toutes ces années auparavant, l'autre daraja avait ressenti ce qu'elle ressentait.

« Koffi. » Derrière elle, la voix d'Ekon rompit le silence. Koffi et Adiah se retournèrent toutes deux d'un air impassible. Adiah commença alors à boire dans l'étang. De son côté, Koffi se leva et se tourna vers lui.

« Oui ? »

Les mains d'Ekon étaient enfoncées dans les poches de sa tunique. Il semblait visiblement mal à l'aise. « Avant de partir, je pense que... nous devrions parler... de la nuit dernière. »

Il fallut à Koffi toutes les fibres de son être pour garder un visage impassible, pour rester calme. Elle ne savait pas si elle devait se sentir hésitante ou enthousiaste. Ekon voulait parler de quelque chose. Peut-être que cela signifiait que la nuit dernière ne s'était pas passée aussi mal qu'elle le pensait. Cela n'aurait évidemment pas de sens de parler de quelque chose si ce n'était pas positif, n'est-ce pas ? Et s'il était désolé de la façon dont les choses s'étaient terminées ? Et s'il n'avait pas voulu que ça se termine du tout ? Elle lança un regard perçant à Adiah et fut reconnaissante lorsque la daraja se déplaça discrètement au bord de l'étang pour leur laisser un peu d'espace. Puis elle adressa un signe de tête à Ekon.

« D'accord, vas-y. »

Des années semblèrent s'écouler avant qu'Ekon n'ouvre la bouche. « La nuit dernière était... inattendue. »

Inattendue. Koffi laissa le mot mariner dans sa tête. *Inattendue* n'était pas une façon intrinsèquement *mauvaise* de décrire un baiser, mais cela ne semblait pas prometteur non plus.

« En fait, poursuivit Ekon, tout dans cette aventure a été inattendu, depuis le moment où nous avons mis le pied dans cette jungle. J'ai essayé de garder une stratégie en tête, car c'est ainsi qu'on m'a appris à résoudre les problèmes, mais... j'ai commis une erreur. J'espère qu'un jour, tu pourras me pardonner. »

Une *erreur*. Ce fut le seul mot que Koffi entendit. *Une erreur. Une erreur.* La nuit dernière avait été une erreur. Soudain, l'air lui sembla insupportablement chaud, et tout ce qu'elle voulait, c'était se jeter dans l'étang pour ne pas entendre la suite.

« Je me sens… déchiré. » Ekon regardait ses pieds. « Je pensais savoir ce que je voulais, mais dernièrement, les choses sont devenues… euh… compliquées. »

Compliquées.

Et avec ce mot, la lueur d'espoir dans la poitrine de Koffi s'éteignit.

« Si tu regrettes de m'avoir embrassée, tu peux le dire. » Les mots résonnèrent durement, mais elle ne revint pas là-dessus. « Pas besoin de tourner autour du pot.

— Quoi ? » Ekon leva la tête, les yeux écarquillés. « Non, je…

— Ça n'aurait pas dû arriver. » Koffi se forçait à prononcer ces mots, essayant d'ignorer le picotement croissant qu'elle ressentait dans ses yeux. « Et ça ne se reproduira pas.

— Koffi. » Ekon s'était immobilisé. « Arrête.

— Non ! » Elle cligna des yeux, essayant de réprimer la chaleur croissante dans son ventre. Quelque part au fond de son esprit, elle entendait les mots de Badwa au sujet des émotions, mais ils étaient noyés par d'autres mots. Les mots d'Ekon.

Une erreur. Compliquée. Une erreur. Compliquée. Une erreur.

Tu es une erreur, siffla une nouvelle voix sinistre à son oreille. *Bien sûr qu'il ne t'aime pas. Il suffit de te regarder. Tu es impossible, tu es compliquée. Tu es trop intense.*

« Koffi ! » Ekon fit un pas en avant, mais il était trop tard. Un grognement sourd résonna, et ils découvrirent tous deux en regardant à droite qu'Adiah s'était dressée. Ses poils étaient hérissés et ses lèvres retroussées en un grognement. Koffi devint rigide.

« Qu'est-ce que… »

Aucun avertissement ne retentit avant que la lance ne fende l'air. Elle siffla au-dessus de l'étang, planant comme un faucon avant que sa lame ne frôle l'épaule d'Adiah et n'atterrisse dans un arbre voisin avec un bruit sourd, faisant éclater son bois.

Le sang sombre de la bête éclaboussa la terre tandis qu'elle rugissait. Aussitôt, Koffi se leva, mais pas assez vite.

Elle entendit d'abord les cris prolongés, un son terrifiant qui résonnait tout autour d'elle. La peur envahit son corps tandis que, l'une après l'autre, elle vit des silhouettes émerger de l'obscurité de la jungle, toutes parées d'une nuance de bleu familière, une nuance qu'elle reconnut.

Non.

C'était impossible ; son esprit se transforma en une ruche frénétique de pensées bourdonnantes. Pourquoi diable les Fils des Six étaient-ils ici ? Comment avaient-ils su où les trouver ? Instinctivement, elle fit appel à la splendeur, mais cette dernière semblait lui échapper, comme si elle essayait de s'agripper à de l'eau.

Les guerriers les encerclèrent comme des vautours. Au milieu d'eux, un guerrier particulièrement beau émergea, et Koffi se raidit. Il y avait une familiarité étrange dans le dessin de sa mâchoire, dans la coiffe de ses cheveux sombres et effilés, et dans la forme étroite de ses yeux. La seule chose qui lui était étrangère était le sourire triomphant sur son visage, comme elle n'en avait jamais vu sur celui d'Ekon. Elle ne comprit pas les mots qui quittèrent la bouche du guerrier, se répercutant au milieu des arbres.

« Bien joué, Ekkie. » Sa voix était expressive, pleine d'un triomphe suprême tandis qu'il hochait la tête. Il fallut à Koffi une seconde de trop pour réaliser que ce n'était pas à elle qu'il s'adressait. Elle suivit son regard et fixa Ekon. L'expression de ce dernier était de pierre. « Kamau…

— Attrapez la corde ! » Le guerrier qu'Ekon avait appelé Kamau fit signe à plusieurs de ses camarades robustes de s'avancer. Ceux-ci portaient une corde aussi épaisse que les bras de Koffi. Son cœur se serra.

« Non. » Elle ne reconnut pas le son de sa propre voix. Celle-ci était frêle et douce, et elle portait à peine au milieu des cris prolongés des guerriers qui prenaient de l'ampleur. « Non, vous ne comprenez pas. Vous ne pouvez pas... »

Cela arriva trop vite. Les yeux d'Adiah s'écarquillèrent, pleins de peur. Elle commença à se retourner, à fuir, quand un lasso géant siffla dans les airs, lancé par l'un des guerriers. La corde atterrit autour de son cou et se resserra. Adiah essaya de rugir, mais le son était étouffé. Les guerriers ricanèrent.

« Combien de temps pensez-vous qu'il faille pour étouffer un démon ? demanda l'un d'eux en riant.

— Non ! » Le guerrier qui avait parlé en premier leva la main. « Ne lui faites pas de mal, et respectez le plan. Nos ordres sont de l'amener au Père Olufemi, qu'il s'occupe de cette bête lui-même. »

Les mots se retournèrent comme une lame de couteau dans le flanc de Koffi tandis qu'elle regardait d'autres cordes se tendre, regardait Adiah se débattre. *Le plan. Père Olufemi. Nos ordres*. Les Fils des Six n'étaient pas là par hasard, tout cela avait été coordonné, ce qui signifiait...

« Ekon. » Une peur froide la glaça. « Tu n'as *pas fait ça*. Dis-moi que tu n'as pas... »

Ekon évitait toujours son regard ; c'était comme s'il ne l'entendait pas du tout. Il fixait Adiah qui se débattait, les yeux écarquillés, mais il ne bougea pas. Il ne dit rien.

« Arrêtez ! » Koffi courut vers Adiah avant qu'ils ne puissent l'attraper, tirant aussi fort qu'elle le pouvait sur les cordes. De vraies larmes lui brouillaient la vue, et il était impossible de voir où commençait une corde et où finissait une autre au milieu de l'ensemble compliqué de nœuds et de boucles. Une grande main attrapa son bras et la tira en arrière.

« Bouge ! » Le guerrier qui l'avait attrapée la regardait comme si elle était un insecte. De sa main libre, il enfonça la pointe de sa lance dans le flanc d'Adiah. La daraja hurla.

« Non ! » Koffi se débattit contre l'emprise du guerrier, et une rage nouvelle déferla en elle. Elle chercha encore à atteindre la splendeur, les doigts physiquement tendus comme si elle pouvait la saisir. Elle n'était pas en paix ou calme, elle était juste en colère, et elle se concentra sur cette émotion. Cette fois, la splendeur vint avec avidité. Elle s'éleva du sol, coulant le long de ses jambes jusqu'à ce qu'elle en soit remplie à ras bord.

Relâche-la, lui demanda une petite voix intérieure. *Relâche-la.*

Elle toucha le bras nu du guerrier, se délectant de ses cris de douleur. L'odeur distincte de la chair brûlée remplit l'air. Il la lâcha et fit un pas en arrière.

« Elle m'a brûlé ! cria-t-il. C'est une daraja ! »

La peur se mêla à la colère et son rythme cardiaque s'accéléra. Elle regarda autour d'elle, cherchant désespérément de l'aide venue de n'importe où, de n'importe qui. Ses yeux croisèrent ceux d'Ekon.

« Aide-moi ! hurla-t-elle. Ekon, s'il te plaît ! »

Mais Ekon ne bougeait pas, et lentement elle comprit qu'il ne ferait rien. Alors que cette prise de conscience étouffait la chaleur dans sa poitrine, elle sentit la splendeur la quitter et sut qu'elle ne reviendrait pas. Au lieu de cela, des taches noires brouillèrent son champ de vision, comme si le sang lui remontait à la tête après qu'on l'eut maintenue à l'envers. Le bout de ses doigts et de ses orteils s'engourdit, et elle eut l'impression de tomber dans un gouffre profond et sans fin. Le monde s'éloigna de plus en plus.

« On devrait la tuer, entendit-elle au milieu de ce vide. Avant que quelqu'un d'autre ne le découvre.

— Non. » Une autre voix, celle du guerrier qui s'était adressé à Ekon. « Ne lui faites pas de mal. Attachez-la et emmenez-la avec nous. Le Kuhani... »

Koffi n'entendit pas le reste. Sa bouche s'était emplie de salive, comme si elle était sur le point de vomir, et sa vision faiblissait rapidement. Elle était impuissante tandis que des mains trouvaient ses poignets et les attachaient avec une corde qui lui irritait la peau. Quelqu'un l'attrapa, la traînant sur la terre et les ronces comme un sac d'ignames.

« Ekon... » Ses lèvres avaient du mal à former son nom. « Ekon, s'il te plaît... »

La dernière chose qu'elle vit, à travers son champ de vision réduit à un tunnel, fut la silhouette floue d'Ekon qui s'éloignait.

Il ne jeta pas un regard en arrière.

PARTIE QUATRE

Le guépard meurt une fois, l'antilope mille

Le jardin suspendu

Adiah

« Essaie encore, petit oiseau chanteur. »

Les étoiles brillent ce soir, comme mille joyaux étincelants cousus dans une robe digne d'une déesse. Leur lumière argentée est éthérée, d'une beauté incroyable qui se répand sur chaque rose et chaque gardénia en fleur du jardin suspendu du temple. Je les admire, mais je n'ai pas le temps de les apprécier longtemps.

J'entends un *souffle*, je sens la morsure du vent qui se précipite vers moi en une grande rafale. Instinctivement, je joins les mains comme si je priais, puis je tends les bras vers l'avant, coupant à travers la splendeur alors qu'elle dévie dans deux directions, m'évitant de justesse de chaque côté. À l'autre bout du jardin, Dakari incline la tête. C'est toujours étrange de le voir ici, dans cet endroit resté secret pendant si longtemps. Il sait tout de la splendeur à présent, et aime me regarder m'entraîner avec elle. Le voir qui se tient au milieu d'un enchevêtrement de fleurs anciennes crée une superposition étrange. En quelques enjambées, il franchit la distance qui nous sépare. Ses mains sont chaudes lorsqu'elles se posent sur mes épaules.

« Tu te retiens encore, dit-il doucement. Je le sens. »

C'est vrai. *Je me* retiens, mais je ne veux pas que Dakari sache pourquoi. Il est comme une ardoise vierge, quelque chose de nouveau dans ma vie. Je ne veux pas le faire fuir, comme j'ai fait fuir presque tout le monde. Une culpabilité familière surgit en moi quand je pense à Tao, aux choses qu'il m'a dites dans les cuisines du temple. C'était il y a des semaines, et lui et moi ne nous sommes pas parlé depuis. Ce n'est pas par manque de volonté – j'ai essayé de le retrouver à plusieurs reprises – mais il semble que mon meilleur ami soit devenu une ombre insaisissable. Il m'évite, probablement encore en colère contre moi pour avoir montré ce jardin à Dakari. Vraiment, je ne comprends pas. La façon dont il m'a regardée dans les cuisines du temple me taraude encore. Je ne veux jamais voir Dakari me regarder de cette façon. Je veux lui plaire. Ses mains sont toujours sur mes épaules.

« Désolée.

— Ne t'excuse *pas*. » Ses mots sont fermes mais gentils. Il passe un long doigt sous mon menton, incline la tête pour que mes yeux rencontrent les siens, d'un brun clair parsemé de gris. Je dois faire un effort pour ne pas frissonner à ce contact, pour ne pas en vouloir plus. Sa voix est profonde, presque mélodique.

« Tu ne devrais jamais t'excuser d'être qui tu es, murmure-t-il. Ni te faire petite pour que les autres se sentent plus importants. »

Ces mots enflamment quelque chose en moi. Personne ne m'a jamais parlé comme ça, avec un vrai *respect*. Personne ne m'a jamais encouragée à me dépasser ainsi, à aller *plus loin*.

« Essaie encore. » Dakari recule avec un signe de tête, et il me manque déjà. « Cette fois, ne te retiens pas. Donne-moi tout ce que tu as. »

J'ignore la chaleur dans ma nuque, j'essaie de ne pas penser à la façon dont ces mots se superposent. *Donne-moi tout ce que tu as.* J'ai *envie* d'embrasser Dakari, peut-être plus, mais les frères de l'Ordre disent que les femmes respectables doivent être chastes avant le mariage.

Je suis fatiguée d'être respectable.

Dakari pivote sans prévenir et lance trois pierres en l'air. J'invoque immédiatement la splendeur. Celle-ci crépite dans la nuit, je la sens se déplacer en moi par vagues. Cette fois, j'écarte tout ce qui m'inhibe, les protections que j'ai appris à toujours maintenir. Je les repousse, j'imagine que je construis un mur géant trois fois plus haut que moi. Les pierres lancées par Dakari s'y heurtent avant de retomber au sol. Je sens le pouvoir se dissiper tout autour de moi, puis la terre se tasse. Ma peau picote.

« Je... » Je ne sais pas comment lire l'expression de son visage. Ses yeux sont écarquillés. « Je ne sais pas comment j'ai fait ça. Je n'ai jamais...

— C'était... incroyable. »

Et puis je me retrouve dans les bras de Dakari, je tourne, et mon monde se brouille. Aucun garçon ne m'a jamais regardée comme il le fait maintenant. Il me remet sur mes pieds et presse son front contre le mien. Mon cœur s'emballe lorsque son pouce caresse le contour de ma mâchoire et qu'il se penche plus près de moi.

« Il y a quelque chose que je voudrais te montrer, dit-il avec un petit sourire. Demain.

— Demain ? » Pendant un instant, je cesse de penser à lui, sincèrement curieuse. « Mais le jour du Lien a lieu demain... »

Ses bras serpentent autour de ma taille et m'attirent plus près. « Ça en vaudra la peine. Je te le promets, petit oiseau chanteur. »

Petit oiseau chanteur. C'est comme ça que Dakari m'appelle, un clin d'œil au fait que j'aime chanter. Il a inventé ce nom juste pour moi. J'aime la façon dont il sonne sur ses lèvres. J'aime que ce soit quelque chose de privé, quelque chose juste pour nous.

« D'accord, alors. » Je hoche la tête. « Demain. »

Les yeux de Dakari pétillent. « Retrouve-moi à la lisière de la jungle juste après minuit, d'accord ?

— Oui, d'accord. »

Je prononce ces mots comme s'il s'agissait d'un serment ; d'une certaine manière, c'est le cas. Un sourire se dessine au coin de sa bouche, et ses lèvres effleurent les miennes. C'est un geste vif, si rapide qu'il se termine avant même que je ne réalise ce qui s'est passé. Mais il enflamme pourtant ma peau, et j'ai envie qu'il recommence.

« Ça va être bien, mon petit oiseau chanteur, chuchote Dakari. Je te le promets. »

Mon sourire reflète le sien.

J'ai confiance en lui. Je crois que je l'aime. Nous ne nous connaissons pas depuis longtemps, mais j'ai l'impression que cela fait une éternité. Je ferais n'importe quoi pour lui.

Je *mourrais* pour lui.

CHAPITRE VINGT-HUIT

Un Fils des Six

Ekon contemplait les corps agités de six mambas noirs emmêlés dans leur panier, chacun de leurs yeux fixés sur lui avec un air impatient.

Il se déplaça sans prévenir, leur arrachant son morceau de parchemin si vite qu'il n'eut pas le temps de sentir quoi que ce soit. Ils sifflèrent mais ne l'attaquèrent pas.

La sueur perlait sur sa paume tandis qu'il ouvrait le poing et tendait le bout de papier au Père Olufemi sans y jeter un œil. Il n'en avait pas besoin, car il savait déjà ce qui s'y trouvait. Le vieil homme regarda le papier un moment, puis hocha la tête.

« Bien joué. »

Ils étaient seuls dans la salle, celle-là même où il s'était tenu avec ses camarades candidats. Le silence était troublant, mais Ekon ne pensait pas à cela non plus. Il croisa le regard du Père Olufemi un moment, avant que ce dernier ne désigne le sol.

« Agenouille-toi. »

Ekon obéit, ignorant le froid soudain des carreaux de pierre de la pièce tandis qu'il appuyait un genou dessus et inclinait la tête. Des années semblèrent s'écouler avant que le Kuhani ne parle à nouveau.

« Ekon Asafa Okojo, fils d'Asafa Lethabo Okojo et Ayesha Ndidi Okojo. »

Ekon leva la tête et vit que le Père Olufemi le fixait d'un regard intense.

« Tu as accompli un véritable acte de bravoure, et ce faisant, tu as fait preuve d'une droiture, d'un dévouement et d'une loyauté qui dépassent de loin ton âge, murmura-t-il. Tu as fait honneur à ton peuple, ta famille et tes dieux. »

Ekon baissa de nouveau la tête. Il se souvenait encore de la façon dont le Père Olufemi l'avait regardé dans le Zoo nocturne, tandis qu'il déclarait qu'Ekon ne serait jamais un guerrier yaba. Tant de choses avaient changé.

« Candidat Okojo. »

Les mots du Père Olufemi ramenèrent Ekon au présent lorsque le saint homme posa une main sur son épaule. « Jures-tu de respecter les préceptes ainsi imposés aux guerriers de notre peuple ? »

Ekon hocha la tête. « Je le jure.

— Jures-tu, pour le reste de tes jours, d'agir avec honneur, courage et intégrité ?

— Je le jure. » Dans le fond de son esprit, il vit le visage d'une fille, et son estomac se tordit légèrement.

« *Regarde-moi,* candidat Okojo. »

Lentement, les yeux d'Ekon se levèrent pour croiser ceux du Père Olufemi. Il sentit un pincement au plus profond de lui lorsqu'il se rendit compte à quel point ces yeux durs étaient différents de ceux de Frère Ugo.

« Jures-tu de toujours obéir aux Six et à ceux à travers qui ils parlent, sans hésitation ? »

Ekon déglutit de nouveau avant de répondre, et pria pour que sa voix soit assez forte. « Oui, mon Père. Je le jure.

— Alors, au nom des six vrais dieux, je te consacre. » Les doigts d'Ekon tambourinaient contre son flanc.

Un-deux-trois. Un-deux-trois. Un-deux-trois.

« Tu es maintenant un guerrier saint, et un homme du peuple Yabahari, déclara le Père Olufemi. Lève-toi, guerrier. »

Ekon se leva. Il attendit que son esprit réalise la situation. Il savait que c'était le moment où il aurait *dû* ressentir quelque chose. Il rêvait de devenir un guerrier yaba depuis son enfance, depuis plus d'une décennie. C'est à ce moment qu'il aurait dû ressentir l'élan de puissance le traverser, le même élan qu'il avait ressenti la nuit où il avait tenté pour la première fois son rite de passage final. Il aurait dû être terrifié, ou excité, ou les deux. Au lieu de cela, il avait l'impression d'avoir bu l'eau croupie d'un puits.

Le Père Olufemi traversa la pièce jusqu'à la porte ; au même moment, un groupe de guerriers se précipita à l'intérieur. Les Fils des Six étaient censés se soumettre à une étiquette constante dans le temple de Lkossa, mais ils l'abandonnèrent en se jetant sur lui. Les guerriers hurlèrent leur contentement, tapant du pied et frappant fort les hampes de leurs longues lances contre la pierre sacrée en signe de triomphe. Quelqu'un lui donna une tape dans le dos, et une autre main pressa quelque chose de doux dans ses mains. Quand il baissa les yeux, Ekon vit que c'était un caftan bleu ciel, brodé d'or et plié en un carré bien net. Il pouvait dire, même au toucher, que ce tissu était finement confectionné, sans doute par les meilleurs tailleurs de la ville. Aucune dépense n'était épargnée pour un Fils des Six. C'était réel désormais.

« Eh bien, tu l'enfiles ou non ? »

Ekon regarda par-dessus les têtes des autres guerriers et aperçut Kamau. De toute sa vie, il n'avait jamais vu son frère si fier. Kamau ne souriait pas seulement, il rayonnait, une lumière qui lui était propre. Il émanait de lui une chaleur qu'Ekon aurait juré pouvoir presque sentir, même à plusieurs mètres. *Il est fier de toi*, réalisa-t-il peu à peu. *Tu l'as enfin rendu vraiment fier*. Cette révélation aurait dû remplir Ekon de bonheur. Il attendit cette joie, ce soulagement. Ni l'une ni l'autre ne vinrent.

« Tu sais… » Une pointe de gaieté brilla dans les yeux de Kamau. « Si tu ne veux pas le porter, je le prendrai volontiers…

— Guerrier Okojo, enfile la tenue qui convient à ton nouveau poste, dit le Père Olufemi avec un signe de tête à Ekon. Quand ce sera fait, dirige-toi vers la salle de culte du temple. »

Ekon hocha la tête, reconnaissant d'avoir une excuse pour partir. Il souffla dès qu'il eut quitté la salle, dès qu'il eut trouvé une petite pièce où il put se changer et revêtir ses nouveaux habits. Il avait toujours admiré le bleu guerrier de Kamau, et encore plus celui de Baba. Enfant, il avait imaginé le jour où il le porterait lui aussi.

Il ne l'avait pas imaginé comme *ça*.

C'est la pression, c'est tout, se dit-il en échangeant son ancien caftan contre le nouveau. Il grimaça lorsque le tissu glissa sur sa tête. Ce caftan avait été cousu par les meilleurs tailleurs de Lkossa, avec du coton de la plus haute qualité, mais… il ne lui convenait pas. Il était glissant sur sa peau comme les écailles d'un serpent, trop froid. Il déglutit pour faire passer la nausée qui lui montait à la gorge, et ses doigts se mirent à danser contre son flanc.

Une journée entière s'était écoulée depuis que les autres guerriers yabas et lui avaient émergé de la Grande Jungle, couverts de terre, de ronces et de débris. Les souvenirs de ce moment étaient comme une courtepointe inachevée, rapiécée avec des fils négligents et menaçant toujours de s'effilocher. Il se souvenait des acclamations des Fils des Six tout autour de lui, poussant des cris prolongés et brandissant leurs lances au moment où les premiers rayons de soleil avaient commencé à moucheter le sol sans entrave devant eux. Il y avait eu un assaut soudain de lumière, puis un rugissement avait déchiré l'air. Il avait fallu un moment à Ekon pour comprendre que le son n'était pas celui d'un animal, mais celui de personnes, des centaines de *personnes*, debout dans la zone frontalière, en train de les acclamer.

Ils t'acclament, avait-il réalisé peu à peu. *Ils* te *célèbrent*.

Le reste de la journée avait été plus difficile à retenir. Il savait que, d'une manière ou d'une autre, il avait fini par arriver au temple. Il s'était lavé, avait passé des vêtements propres et s'était même rasé pour faire bonne mesure. Le temps qu'il sorte à nouveau, la file de personnes qui attendaient de le voir s'étendait des portes du temple jusqu'à l'entrée dorée du district de Takatifu. Les guerriers yabas n'avaient même pas pu faire respecter le code vestimentaire habituel ; des gens de toute la ville s'étaient rassemblés pour le voir, pour le toucher. Les personnes âgées avaient baissé la tête en signe de respect, les enfants avaient apporté des couronnes de laurier et des fleurs qu'ils avaient déposées à ses pieds. Des vendeurs venus de tous les quartiers lui avaient offert des poteries, des bijoux et de la nourriture issus de leurs stocks. Ils l'avaient traité comme un dieu. Encore et encore, ils avaient répété les mêmes mots.

Tu as rendu ta famille fière.

Il est comme son père…

Un vrai héros.

Il se sentait submergé par ce rêve devenu réalité. Tout ce qu'Ekon avait toujours voulu, c'était le respect et l'approbation de son peuple ; il avait reçu dix fois plus. Mais la joie avait été de courte durée. Il n'avait pas fallu longtemps pour qu'un sentiment désagréable grandisse dans son ventre, et un jour plus tard, celui-ci était toujours là. Il savait que, quelque part dans ce temple, une bête était enfermée. Le mal qui l'habitait s'amplifiait et, d'un seul coup, toute une série de pensées qu'il avait réprimées jaillit. Il se souvint des guerriers qui les encerclaient dans la jungle, les raillant et poussant des cris prolongés. Il se souvenait des cordes s'enroulant autour d'Adiah comme des serpents de chanvre, se tordant et se nouant jusqu'à ce qu'elle soit vaincue. Le pire de tout, c'étaient la colère et la stupéfaction sur le visage de Koffi lorsqu'elle avait compris l'étendue de sa trahison. Ses yeux fixant les siens avec cette confusion, cette *douleur*, l'avaient transpercé comme une lame.

« Guerrier Okojo ? » Quelqu'un frappait à la porte. Ekon reconnut la voix du Père Olufemi. « Es-tu prêt ? »

Ekon se mit au garde-à-vous. Ce titre honorifique lui faisait toujours bizarre. « Oui, mon Père. » Il ouvrit la porte et suivit le saint homme dans le couloir ; il remarqua que les autres Fils des Six étaient partis. Ekon avait commencé à demander où ils étaient allés quand le Père Olufemi ouvrit une porte et qu'il se retrouva soudainement projeté dans un flot de lumière dorée et de bruit. C'était si lumineux qu'Ekon dut se couvrir les yeux pendant un moment. Quand ils se firent à la luminosité, il vit que la salle de culte du temple avait été transformée.

La pièce, d'ordinaire austère, était ornée d'écharpes et de banderoles bleues, vertes et dorées, et plusieurs tables étaient remplies à ras bord de nourriture. C'était un véritable festin. En réalisant que l'invité d'honneur était arrivé, la foule qui attendait applaudit. Toutes les familles yabas importantes étaient ici, visiblement.

« Quoi ? » Ekon s'arrêta net. « Qu'est-ce que c'est ? »

Le Père Olufemi s'éloignait déjà, souriant, et à sa place, plusieurs guerriers s'avancèrent.

« Un festin ! » Fahim jeta un bras autour de son cou et le guida dans la salle sous les acclamations de davantage de personnes. « Pour célébrer la capture du Shetani ! »

Ekon se sentit pris de nausée. Cette pièce était remplie des élites de Lkossa, des gens vêtus de leurs plus beaux atours. Ils croyaient que la chose qui menaçait la ville depuis des années avait été capturée, que tout irait bien à partir de maintenant. Il déglutit.

« C'est trop, dit-il.

— Écartez-vous. » Shomari les bouscula sans ménagement, un gobelet de vin à la main. À en juger par la façon dont la boisson en débordait, ce n'était pas son premier. Il passa sans leur adresser le moindre regard.

« C'est quoi *son* problème ? » demanda Ekon.

Fahim haussa un sourcil, incrédule. « Il est jaloux, Ekon. Beaucoup de gens le sont. Ce que tu viens de faire... ne sera probablement jamais surpassé. »

Jaloux. Ce mot lui semblait étrange. Il n'y a pas si longtemps, Ekon était jaloux de Fahim et de Shomari, il voulait tellement avoir ce que ces derniers possédaient. Maintenant les choses étaient inversées, encore un autre changement.

« Je ne veux pas de tout ça, protesta-t-il en secouant la tête.

— Écoute, Ekon. » Les yeux de Fahim n'étaient plus sur lui, mais se concentraient sur un groupe de filles yabas bien habillées. Celles-ci lui rendirent son regard en gloussant derrière leurs mains. « Je sais que tu préfères les livres à une bouteille de vin, mais crois-moi, l'important ce soir est vraiment de profiter de choses plus agréables. Et en parlant de *choses agréables*... » Il adressa aux filles un autre regard significatif. « Je trouve que certaines de nos invitées ont l'air bien seules... »

Ekon regarda Fahim traverser la pièce pour rejoindre les jeunes femmes qui riaient. C'était un contraste cruel, de voir tout le monde si heureux. Tout autour de lui, les gens festoyaient et faisaient la fête parce qu'ils pensaient être enfin en sécurité, mais il savait qu'il n'en était rien. Son esprit repassa à nouveau les choses qu'il avait apprises dans la Grande Jungle. Adiah avait peut-être été capturée, mais ce n'était pas elle qui était responsable des attaques ; c'était quelque chose d'autre, quelque chose qui était toujours là, peut-être même en ce moment.

Dis-leur, implora une voix dans son esprit. *Dis-leur la vérité*.

Il ne pouvait pas, pas maintenant, pas après tout *ça*. Si ces gens apprenaient qu'il y avait encore un autre monstre dehors, quelque chose de *pire* que le Shetani, il ne serait pas seulement exclu des Fils des Six, il serait rejeté par son peuple.

Il ne pourrait pas le supporter.

Le regard d'Ekon traversa la salle de culte et se concentra sur deux personnes blotties dans un coin. L'une portait un caftan bleu ciel, l'autre un boubou bleu foncé. Kamau et le Père Olufemi. Il prit sa décision avant même de parvenir à leur niveau. Il devait parler à l'un d'entre eux, ou aux deux, et leur dire que quelque chose d'autre rôdait dehors. Ce ne serait pas l'entière vérité, mais ce serait déjà quelque chose. Le temps qu'il parvienne jusqu'à eux, ils s'étaient déjà éloignés. Le Père Olufemi lui adressa un sourire aimable avant de tourner les talons pour monter les escaliers qui menaient à son bureau. Kamau lui tendit une main.

« Félicitations, guerrier.

— Merci... euh... Kapteni. » Utiliser ce terme officiel avec son propre frère lui faisait bizarre. Il se racla la gorge. « En fait, je me demandais si tu avais une minute pour parler ?

— Ah... » Les yeux de Kamau étaient fixés sur les escaliers, derrière le Père Olufemi. « Ce n'est pas vraiment le meilleur moment. J'ai quelques affaires à régler. »

Une pointe d'agacement s'insinua dans le corps d'Ekon lorsque Kamau tenta de le contourner, mais il se déplaça en même temps et le bloqua. « Kam. C'est important. »

Pour la première fois, Kamau rencontra son regard directement, et Ekon fut surpris de voir une irritation visible dans les yeux de son frère. « Qu'est-ce qu'il y a, alors ? Qu'est-ce qui ne va pas ? »

Ekon hésita, et se détesta pour cela. Lui et son frère aîné étaient de la même taille, égaux selon toutes les normes de la société maintenant, mais Kamau avait toujours une façon de le regarder qui pouvait le faire se sentir si petit. « Je voudrais te parler de Frère Ugo. »

Kamau haussa les sourcils. « Qu'est-ce qu'il a ? »

Ekon désigna la salle d'un geste avec insistance. « Je me demandais pourquoi il n'était pas là. En tant que frère de l'Ordre, il devrait assister à un tel festin. »

Kamau fronça les sourcils. « Je t'ai dit hier que Frère Ugo était en isolement, en train de prier.

— Prier, à un moment comme celui-ci ? » Ekon fronça les sourcils.

« C'est un homme de foi.

— Le Shetani, la créature que notre peuple chasse depuis près d'un siècle, a été capturé, et il se retire pour prier ? insista Ekon. Cela ne semble-t-il pas étrange de...

— Frère Ugo a été mis au courant de l'affaire du Shetani. » La voix de Kamau était soudain inhabituellement cassante et formelle. « S'il quitte son isolement, je te le ferai savoir, mais en attendant, j'ai d'autres affaires à régler. » Il fit un geste vers la salle. « En attendant, essaie de t'amuser, d'accord ? »

Ekon n'eut pas la possibilité d'ajouter quoi que ce soit. D'une rotation élégante des talons, Kamau le contourna et se dirigea vers les escaliers. Ekon le regarda partir, troublé, avant de prendre sa décision. Ce qui le poussa à le faire était inexplicable, mais il le suivit. Comme il s'y attendait, le palier était complètement noir lorsqu'il l'atteignit, à l'exception d'un seul rectangle de lumière jaune provenant du bureau du Kuhani. Cette lumière attirait Ekon, elle l'appelait. Il ne réalisa même pas qu'il retenait sa respiration jusqu'à ce que ses poumons commencent à souffrir en signe de protestation. Il était à moins d'un pied de la porte légèrement ouverte lorsque des voix lui parvinrent de l'intérieur. Il s'immobilisa.

« Mon Père, *s'il vous plaît.* »

Un frisson effleura la peau d'Ekon, et ses bras furent pris de chair de poule. Jamais de toute sa vie il n'avait entendu son frère parler ainsi. La voix de Kamau, forte et confiante il y a quelques instants, exprimait maintenant l'épuisement, le désespoir, et… et il y avait quelque chose d'autre, un soupçon d'une émotion qu'Ekon mit un moment à reconnaître. La peur. Par la fente de la porte, Ekon discerna deux profils. Kamau et le Père Olufemi. Le premier était à genoux ; le second était assis sur une chaise magnifique, les mains soigneusement croisées sur ses genoux.

« Parle franchement, guerrier Okojo. » Les mots du Père Olufemi étaient calmes, comme s'ils discutaient du temps qu'il faisait. « Qu'est-ce qui te trouble ?

— C'est… c'est ma tête, mon Père. » Kamau leva les yeux pour rencontrer le regard du Père Olufemi, et Ekon vit que sa lèvre inférieure tremblait. « Je suis… Je vois des choses, je suis confus. Les cauchemars…

— *Des cauchemars ?* » Le sourcil du Père Olufemi se haussa, curieux. « Quel genre de cauchemars ? »

Kamau baissa le regard en s'agitant comme un petit enfant. « Je ne les comprends pas, mon Père. Parfois, ce sont des rêves, mais d'autres fois, les gens semblent réels, et… je leur fais du mal. Je vois le sang et je veux arrêter, mais… je ne peux pas. » De grosses larmes coulèrent sur le visage de Kamau. « D'autres Fils racontent la même chose, mon Père. Ils font aussi des cauchemars. Mon Père, on ne sait pas ce qui nous arrive…

— *Chut.* » Le Père Olufemi se pencha en avant et toucha la joue de Kamau comme un père indulgent. À son contact, Kamau se calma. « Ne dis plus rien, mon enfant. Tout va bientôt s'arranger. Veux-tu un médicament ?

— Je… » Kamau hésita, et s'écarta de la main du Kuhani. « Je ne sais pas si je devrais.

— Sornettes. » Il y avait de la douceur dans le ton du Père Olufemi. Il se tourna légèrement, et pour la première fois, Ekon remarqua l'objet posé sur la chaise à côté de lui. C'était une petite pipe en bois sombre, pas plus grande que sa main. Bien que ce soit difficile à voir de loin, il distingua quelque chose de scintillant et d'argenté dans son foyer étroit, des morceaux de ce qui ressemblait à une feuille écrasée. Il fallut un moment à Ekon pour se rappeler pourquoi cette couleur lui semblait familière. Puis cela lui revint en mémoire.

Une feuille de hashira.

Lentement, le Père Olufemi prit une bougie allumée sur l'une des tables à côté de lui et la tint contre la pipe jusqu'à ce qu'elle commence à fumer. Aussitôt, un arôme sucré à en donner la nausée se répandit dans l'air. Ekon se crispa. Il se rendit compte qu'il reconnaissait cette odeur. Le Père Olufemi tendit la pipe allumée à Kamau et hocha la tête.

« Inspire. »

Malgré ses protestations précédentes, Kamau lui prit la pipe avec empressement et inspira une longue bouffée d'un geste d'habitué. Ekon regarda, médusé, un frisson violent traverser la silhouette musclée de son frère, puis ce dernier se détendit. Quand il leva les yeux de sa pipe, ceux-ci étaient devenus vitreux, ses pupilles dilatées. Le Père Olufemi lui toucha à nouveau la joue, et cette fois Kamau se pencha contre sa paume comme un amant.

« Je sais que je t'ai beaucoup demandé, Kamau, murmura doucement le Père Olufemi. Je sais que, parfois, mes ordres ont été un défi. Mais tout sera bientôt terminé. Une fois que le Shetani sera mort, toi et tes frères n'aurez plus à tuer qui que ce soit. »

Une stupéfaction brûlante envahit le corps d'Ekon. Il attendit que l'expression vague et vide quitte le visage de Kamau à mesure que les mots du Père Olufemi lui parvenaient. Il s'attendait à ce qu'une lueur de dégoût apparaisse quelque part dans les yeux de son frère. Rien ne se produisit.

Le Père Olufemi pressa à nouveau la bougie contre la pipe et hocha la tête. « Prends-en plus. »

Kamau prit de nouveau la pipe et inhala, un petit gémissement lui échappant tandis qu'une autre dose de la feuille hallucinogène inondait son corps. Le Père Olufemi le regarda, amusé.

« Comment te sens-tu ?

— Je me sens… bien. »

Le Père Olufemi hocha la tête. « Et cela continuera, tant que tu feras preuve d'obéissance. Écoute-moi, mon garçon. » Il passa le doigt sous le menton de Kamau, forçant leurs yeux à se croiser. « Voici mes ordres : tu ne parleras de tes cauchemars à personne d'autre, et tu demanderas à tes frères d'en faire de même. Est-ce que tu comprends ?

— Je… comprends. » Kamau hocha la tête, puis adressa au Père Olufemi un regard penaud. « Mon Père, puis-je… puis-je avoir plus de médicaments ? »

Le Père Olufemi gloussa d'un rire sans joie en allumant une dernière fois la pipe et en la tendant à Kamau. « Bien sûr, mon enfant. Bien sûr. »

Ekon ne savait pas quand il s'était levé et s'était éloigné de la porte, son cœur tonnant dans sa poitrine. Les mots du Père Olufemi résonnaient contre les murs de son esprit.

Toi et tes frères n'aurez plus à tuer qui que ce soit.

Des fragments de souvenir lui revinrent, déformés. Il se souvint de la dernière attaque, des corps qui jonchaient le sol, et puis… d'une conversation avec Kamau.

Je… je t'ai demandé où tu étais la nuit dernière.

Le Père Olufemi avait du travail à me confier, quelque chose de confidentiel.

Ekon frissonna. Il n'y avait pas d'autre monstre, il n'y en avait jamais eu.

Il s'éloigna lentement de la porte, en priant pour que le Père Olufemi ne lève pas les yeux. La dernière chose qu'il vit comme il se retirait dans l'obscurité fut Kamau tirant une dernière fois sur sa pipe, perdu dans une folie qu'Ekon ne connaissait pas.

CHAPITRE VINGT-NEUF

Le terrible Après

Les étoiles de Lkossa scintillaient comme des diamants dans le ciel noir d'obsidienne. À travers sa fenêtre grillagée, Koffi ne pouvait pas les voir.

Il lui avait fallu plusieurs minutes pour comprendre où elle se trouvait, tandis qu'elle reprenait conscience par fragments, et que son corps évaluait lui-même ses dégâts. Elle était endolorie par endroits, elle souffrait de plusieurs coupures, et jamais de sa vie elle ne s'était sentie aussi épuisée. Lentement, elle chassa la poussière de ses yeux et essaya de se concentrer sur cet environnement inconnu. Elle était étendue sur le dos, regardant le plafond de granit d'un bâtiment qu'elle ne connaissait pas, mais dont l'odeur de moisi lui était vaguement familière.

La surface dure sous elle était étrangement fraîche et moite, et l'air qu'elle respirait légèrement humide. Quelque chose de petit et de poilu glissa sur son pied, et elle se redressa brusquement.

Elle sentit l'inquiétude l'envahir tandis qu'elle était prise de vertiges, tombant dans une obscurité absolue pendant un moment, mais son rythme cardiaque se stabilisa tandis que ses yeux s'ajustaient. Elle était entourée sur trois côtés par des murs de granit parfaitement assortis au plafond. Devant elle, une rangée d'épaisses barres en acier noir allait du sol au plafond. Elle ne pouvait pas discerner grand-chose au-delà, mais quelque part dans le couloir, une lumière orange terne tremblotait. Elle réalisa qu'elle se trouvait dans une sorte de prison, mais où ? Comment ? Les questions déferlèrent en masse, mais elle était incapable d'y répondre.

Qui l'avait mise ici, et pourquoi ? D'un coup, des fragments vifs, horribles, d'un souvenir lui revinrent en mémoire comme des morceaux de poterie brisée. Chacun d'eux était douloureux, et aucun n'avait de sens. La dernière chose dont elle se souvenait était la Grande Jungle. Elle se remémora un petit étang, des cris prolongés de guerriers, puis un rugissement. Elle grimaça. Le souvenir se clarifiait. Il y avait eu une attaque. Quelqu'un s'en était pris à eux de manière inconcevable dans la jungle, quelqu'un avait essayé d'emmener Adiah, et…

Ekon.

C'était le dernier fragment de poterie brisée, et lorsque Koffi le remit en place dans son esprit, une douleur nouvelle la poignarda tandis que le reste lui revenait. Ils n'avaient pas été attaqués par n'importe qui, et certainement pas par hasard. Ils avaient été pris en embuscade, vendus, et Ekon était derrière tout ça. Il avait trahi leurs plans, trahi Adiah, l'avait trahie… *elle*. Un goût aigre lui envahit le fond de la bouche et lui donna envie de cracher, mais au son des pas qui se rapprochaient, elle leva les yeux.

« Ah. » Une voix bourrue résonna dans l'obscurité. « Elle est réveillée. »

Koffi bondit sur ses pieds comme quelqu'un d'autre ricanait juste hors de son champ de vision. Elle courut vers la porte de sa cellule et agrippa les barreaux. Ceux-ci étaient froids au toucher et sentaient le métal ancien, mais elle s'y accrocha, balayant le couloir du regard jusqu'à ce que les propriétaires des voix sortent de l'ombre. L'un d'eux, un jeune homme à la carrure trapue, portait un petit pot rempli d'une substance jaune et gris suspecte ; l'autre était plus grand, avec une tentative de se laisser pousser la barbe parmi les plus pitoyables que Koffi ait jamais vues. Il n'avait qu'une lance et un sourire en coin.

« C'est l'heure du dîner du rat daraja, lança le premier en avançant le bol. Tiens ! » Il passa une main à travers les barreaux et attendit que Koffi tende la main pour le laisser délibérément glisser et se briser sur le sol. Aussitôt, la substance visqueuse et grisâtre – peu importait ce que c'était – se répandit sur les jambes de Koffi, et une nouvelle odeur nauséabonde infecta l'air. Elle s'écarta des barreaux, dégoûtée, et les guerriers ricanèrent à nouveau.

« Où suis-je ? » Koffi essaya de paraître confiante en posant la question, mais en parlant, elle réalisa que sa voix était rauque et éraillée, comme si elle n'avait pas parlé depuis des jours. La panique l'envahit. Depuis combien de temps était-elle ici ?

« Eh bien, eh bien, c'est que ça parle. » Duveteux hocha la tête, amusé. « Tu es exactement à ta place, Gede : en prison, et c'est là que tu resteras jusqu'à ce que tu subisses ton châtiment demain. »

Ton châtiment. Un autre frisson de panique parcourut son corps à ces mots sinistres, et d'autres questions traversèrent son esprit. De quel « châtiment » ce guerrier parlait-il ?

« Qu'est-il arrivé à Ad... euh... au Shetani ? » La question jaillit de sa bouche avant qu'elle ne puisse s'en empêcher, et elle regretta aussitôt de l'avoir posée. Les sourires disparurent des visages des guerriers et leurs yeux se durcirent.

« Ce monstre finira en cendres, répondit Duveteux d'une voix dangereusement basse. Juste après qu'on se sera occupés de *toi.* »

Ces mots auraient dû effrayer Koffi, auraient dû la plonger dans la panique. Au lieu de cela, elle pensa à Adiah. Son estomac se tordit quand elle imagina ce que le guerrier avait suggéré. *Ce monstre finira en cendres.* Avec un terrible pincement au cœur, elle imagina Adiah conduite sur la place de la ville comme une vache qu'on sacrifie. Elle vit la masse de visages rieurs, crachant, sifflant et huant pendant qu'on la torturerait. Cette idée lui donna envie de vomir, mais son corps n'avait rien à rendre. Elle reprit ses esprits et croisa de nouveau le regard de Duveteux.

« Monsieur. » Elle faisait de son mieux pour se montrer courtoise. « S'il vous plaît, je dois parler au Père Olufemi. Le Shetani n'est pas du tout ce que les gens pensent. Il…

— *Tais-toi.* » Les yeux de Duveteux étaient illuminés d'une lueur dangereuse, et Koffi se tut immédiatement. Une menace inexprimée brilla dans les yeux du guerrier tandis qu'il se penchait en avant autant que les barreaux le lui permettaient. L'autre guerrier regardait d'un œil méfiant. « Cette abomination a tué des gens pendant *des années*. Demain, elle paiera. »

Le cœur de Koffi se serra, mais elle ne pouvait pas renoncer. « *S'il vous plaît*. Quelque chose d'autre a tué les gens de Lkossa, et cette chose est toujours là. Ça pourrait être…

— Ça suffit ! » La voix de Duveteux fendit l'air, l'empêchant de finir sa phrase. « Elle sera tuée demain, juste après ta flagellation. Si j'étais toi, je passerais le reste de la nuit à faire la paix avec les Six. Tu n'auras peut-être pas d'autre occasion de le faire. »

Koffi sentit sa moelle épinière se glacer d'effroi. Sa bouche s'assécha tandis qu'elle essayait de trouver d'autres mots, n'importe quoi pour que les guerriers yabas l'écoutent, mais il était trop tard. Aussi vite qu'ils étaient venus, ils lui lancèrent un dernier regard empreint de dérision avant de la laisser seule dans l'obscurité. En leur absence, tout semblait douloureusement calme, et les pensées qui se tenaient tapies au fond de sa cellule semblèrent ramper à sa rencontre.

Tu as échoué.

Les trois mots s'accrochèrent à elle comme des serres, la griffant et s'enfonçant dans son corps malgré tous ses efforts pour s'en débarrasser. Ils étaient suspendus dans l'air fétide, l'étouffant, lui faisant tourner la tête à chaque fois qu'ils résonnaient dans son esprit. Elle essaya de les chasser en déglutissant difficilement, mais ils restèrent obstinément logés dans sa gorge.

Tu as échoué. Tu as échoué, envers tout le monde.

Il n'y avait aucun moyen d'esquiver, de se dérober. La vérité de ces mots la submergea par vagues agressives, chacune d'elles s'écrasant contre elle. Elle ne remplirait pas sa part du marché. Mama et Jabir ne seraient pas libérés. Adiah allait mourir.

Son coccyx était tout endolori tandis qu'elle serrait les genoux contre sa poitrine et se balançait d'avant en arrière, envisageant plan après plan. Chacun d'entre eux était comme un oiseau, entrant et sortant de son esprit trop rapidement pour être logique, mais elle prenait tout de même chacun d'eux en compte. Elle pourrait implorer la pitié du Kuhani, faire appel à la clémence des Six. Mais non, quelque chose lui disait que le vieil homme le saurait. Dès qu'il poserait ses yeux sur elle, qu'il verrait la même peur dans ses yeux, il reconnaîtrait la fille du temple. Son châtiment était déjà cruel, mais il serait décuplé quand il comprendrait tout ça. Il n'y aurait aucune pitié de sa part. Ses yeux se dirigèrent de nouveau vers la minuscule fenêtre découpée et garnie de barreaux située à plusieurs mètres au-dessus d'elle. Celle-ci n'était pas à portée de main, mais peut-être... Une troisième idée se glissa dans son esprit comme un aspic venimeux.

Tu pourrais t'enfuir, suggéra la voix dans sa tête. *Profiter de la splendeur pour t'échapper. Partir, et ne jamais regarder en arrière.*

Cette pensée continuait de peser sur l'estomac de Koffi, la rendant malade, et elle sut immédiatement qu'elle ne pouvait pas faire cela non plus. Elle ne pouvait pas laisser Mama et

Jabir souffrir pour ses erreurs, ni abandonner Adiah à la mort ici après avoir promis de l'aider. Elle ne pouvait ni les aider ni les abandonner, elle ne pouvait rien faire. Lentement, elle revint sur le sol de pierre de la cellule, laissant ce froid familier s'infiltrer dans ses os et, avec lui, la résignation. Elle n'aurait su dire quand elle avait entendu les nouveaux bruits de pas, mais lorsqu'elle les perçut, elle les entendit résonner avec force et détermination contre la pierre à l'extérieur de sa cellule. Elle se redressa au moment où une silhouette faisait son apparition de l'autre côté des barreaux.

« Koffi ? La voix qui prononça son nom était familière. Tu es là-dedans ? »

Elle grinça des dents en même temps que quelque chose bondissait dans sa poitrine. C'était un sentiment confus, de joie et de colère à la fois. Ekon s'avança, la lumière de la torche de la salle plongeant un côté de son visage dans l'ombre. Le peu de barbe qu'il portait la dernière fois qu'elle l'avait vu avait disparu ; il était rasé de près et portait la tunique bleue caractéristique des Fils des Six. Son expression était hésitante.

« Koffi, chuchota-t-il d'une voix qu'elle seule pouvait entendre. Koffi, je suis tellement désolé. Je… »

Quelque chose surgit en Koffi à ce moment-là ; une sensation de chaleur. Ce n'était pas agréable, ce n'était pas un picotement, ce n'était pas comme ce qu'elle avait ressenti lorsque la splendeur l'avait traversée, et ce n'était pas du tout comme la joie qu'elle avait ressentie lorsque les lèvres d'Ekon avaient trouvé les siennes dans la jungle. Cette fois, les mots sortirent sans retenue de sa bouche.

« Je te *déteste*. »

Ils tranchèrent l'air comme une lame, et elle les vit produire leur effet sur le visage d'Ekon. Il recula, ses yeux brillant d'une douleur qui l'aurait presque fait se sentir désolée. Presque. Son regard se détourna du sien pour tomber vers ses pieds, et il serra les lèvres. « Écoute, Koffi. Je sais que tu es en colère contre moi. Tu as tous les droits de l'être. Mais je...

— Tous ces mots... » Koffi dut faire preuve de toute sa volonté pour empêcher sa voix de trembler. « Aucun d'eux n'était vrai.

— *Si.* » Ekon leva les yeux, et bien qu'un côté de son visage soit toujours obscurci par l'ombre, l'autre était implorant. « Je voulais dire quelque chose, les arrêter...

— Alors pourquoi tu ne l'as pas fait ? »

Ekon fixa ses mains, comme s'il essayait de trouver les mots, avant de parler :

« Pendant longtemps, la seule chose que je désirais était de devenir un Fils des Six, expliqua-t-il doucement. C'était la seule façon que je connaissais de faire honneur à ma famille et à mon Baba. Tout ce que j'ai fait, chacun de mes choix servait ce but. Quand j'ai passé mon marché avec toi, c'est ce que j'avais en tête. Je ne me souciais de rien d'autre. Tu étais un moyen d'arriver à mes fins. »

Koffi tressaillit, surprise de voir à quel point ces mots la blessaient. L'accord qu'ils avaient conclu semblait appartenir à une autre vie, à un Avant. C'était ainsi que les choses lui apparaissaient maintenant, deux parties d'un tout, divisées entre le temps d'avant la trahison d'Ekon, et le terrible Après.

« Mais une fois que nous sommes arrivés dans la jungle, continua Ekon, les choses ont commencé à changer. Ce qu'on y a vécu, ce qu'on y a fait... Je ne m'y attendais pas. Et puis, *j'ai* commencé à changer, j'ai commencé à réaliser que peut-être que je voulais toujours devenir un Fils des Six et faire la fierté de ma famille, mais je voulais autre chose aussi, je voulais... – il baissa les yeux – je *te* voulais *toi.* »

Koffi déglutit.

« Puis mon frère est venu me voir, poursuivit Ekon. Et ça a été comme si on m'avait arraché à un rêve. C'était comme si j'étais tiré dans deux directions, tiraillé entre quelque chose d'ancien et quelque chose de nouveau. » Il leva les yeux vers elle. « N'as-tu jamais ressenti cela, cet appel ? »

Koffi ne répondit pas ; elle ne le voulait pas. Elle *avait* senti un tel appel, elle *avait* été tiraillée entre plusieurs choses. Pendant la majeure partie de sa vie, elle avait été tiraillée entre l'impulsion de suivre son cœur ou son esprit. Finalement, c'était Ekon qui lui avait dit qu'elle n'avait pas à y céder. *Il* avait été le seul à lui dire qu'elle pouvait suivre les deux. Elle leva la tête et constata que les yeux d'Ekon étaient fixés sur les siens. Elle ne pouvait pas lire l'expression de son visage. Une autre minute s'écoula avant qu'il ne parle.

« Juste pour que tu saches, je me sens vraiment sale, ajouta-t-il doucement. Je ne me suis jamais senti aussi mal de ma vie, et je sais que ce n'est toujours pas suffisant. Je sais que je ne peux pas te demander de me pardonner ni d'oublier ce que j'ai fait. »

Koffi ne savait pas non plus si elle était capable de le pardonner et d'oublier.

« Mais je vais te sortir d'ici, poursuivit-il d'une voix tendue. Je vais arranger la situation.

— Et pour Adiah ? »

Ekon se crispa, détourna son regard de Koffi et jeta un œil au couloir avant de se pencher en avant. « C'est pourquoi je suis venu. Je sais ce qui tue vraiment les gens de Lkossa à présent. »

Koffi se redressa. « Quoi ?

— Ce sont... – Ekon eut une hésitation – ce sont les Fils des Six. » Koffi fit un pas en arrière. Une terreur froide glaça son corps tandis que ces mots impossibles résonnaient en elle. Non, ce n'était pas vrai, ce n'était *pas possible*. Les Fils des Six pouvaient certainement se conduire avec brutalité, ils étaient d'un dévouement terrifiant, mais ce n'étaient pas des meurtriers. Leur travail consistait à *protéger* les habitants de la ville. Cela n'avait pas de sens.

« Comment ? » Sa voix était creuse. « Comment ont-ils pu faire une chose pareille ? »

Ekon secoua la tête. « Je ne suis pas sûr qu'ils comprennent bien ce qu'ils font. Ils sont... drogués. Quand j'étais dans le temple, j'ai vu le Père Olufemi avec un des guerriers. Ce dernier se souvenait seulement d'avoir fait du mal à des gens en quelque sorte, mais il décrivait ces scènes comme un rêve, quelque chose dont il n'était pas sûr que ce soit réel. Puis le Père Olufemi lui a donné quelque chose à fumer, dans une de ses pipes. »

Koffi jura et se sentit blêmir. Devant l'air confus d'Ekon, elle le regarda dans les yeux. « J'ai aperçu cette pipe quand j'étais dans le bureau du Kuhani à la recherche du journal de Nkrumah. Elle était sur son bureau, mais je n'ai pas pu voir ce qu'elle contenait.

— J'ai eu du mal à le voir moi aussi, continua Ekon. Mais ça avait l'air argenté, comme l'une des plantes dont j'ai entendu parler dans le journal de Nkrumah. Je crois qu'elle s'appelle hashira, ou...

— Feuille de la *colère.* » Koffi se figea. « Ma mère et moi utilisions ce truc au Zoo nocturne pour endormir les gros animaux. C'est incroyablement dangereux. Si un humain l'ingère...

— Les effets secondaires sont vraiment graves, compléta Ekon. C'est une substance hallucinogène, qui crée une forte dépendance. Je pense que le Kuhani en donne aux Fils des Six, avant de leur ordonner de tuer des gens. »

Koffi secoua la tête, troublée. Elle pensa aux personnes, aux innombrables personnes, qui avaient été tuées ; elle pensa à Sahel et à la façon dont son corps avait été retrouvé, lacéré. Elle frissonna.

« Il y a quelque chose que je ne comprends toujours pas, déclara-t-elle. Pourquoi le Père Olufemi ferait-il ça, Ekon ? Qu'est-ce qu'il aurait à... ? »

Ils s'immobilisèrent en parvenant aussitôt à la même conclusion. Ils prononcèrent son nom en même temps.

« Fedu.

— Badwa a dit que ce qui tuait vraiment les gens de Lkossa viendrait de lui, se rappela Ekon. Et s'il était déjà là, à contrôler le Père Olufemi ?

— Mais où serait-il ?

— Je ne sais pas, répondit-il. Mais nous devons trouver Adiah et la faire sortir d'ici avant qu'il ne mette la main sur elle.

— Ces guerriers à l'instant, ajouta Koffi avec un signe de tête dans la direction où les deux autres étaient partis. Ils ont dit qu'ils allaient la tuer demain après-midi, juste après... » Pour la première fois, elle sentit le froid de la peur. « Juste après qu'on m'aura flagellée. »

Le visage d'Ekon se durcit. « Ça n'arrivera pas. Je ne le permettrai pas. Je vais te faire sortir d'ici, Koffi, je te le promets, et ensuite nous ferons sortir Adiah aussi. Nous irons dans les plaines de Kusonga et nous mettrons fin à tout ça. »

Ces mots étaient pleins de noblesse, et Koffi se souvint d'une autre fois où Ekon avait dit des mots nobles qui l'avaient inspirée. Elle avait cru en lui alors également, mais...

« Comment ? Comment allons-nous faire tout ça ? »

Ekon appuya ses mains contre sa bouche et resta perdu dans ses pensées une seconde avant de relever la tête. « J'ai un plan, mais j'ai besoin que tu me fasses confiance. »

Koffi se raidit. Elle ne lui faisait pas du tout confiance. « Qu'est-ce que tu... ?

— Hé, Okojo ! » Une voix retentit du fond du couloir. Duveteux. « Tu es toujours en bas ? »

Ekon jeta un œil dans le couloir avant de ramener son regard sur Koffi. « S'il te plaît. »

Les mots jaillirent de la bouche de Koffi avant qu'elle ne puisse les arrêter, et elle pria pour ne pas les regretter.

« *Allons-y.* »

CHAPITRE TRENTE

Un léger chagrin

La sueur perlait sur les tempes d'Ekon tandis qu'il avançait dans le couloir humide de la prison.

À côté de lui, il crut entendre les dents de Koffi claquer, mais il ne la regarda pas. Les poignets de la jeune fille étaient attachés et il la tenait fermement – probablement trop – mais il fallait que ce soit convaincant.

Il *fallait* que ce soit convaincant.

Ils arrivèrent au bout du couloir, où deux Fils des Six se tenaient adossés contre le mur. Ekon les connaissait ; c'étaient Chiteno et Fumbe, des guerriers de la promotion de Kamau. Il ne les appréciait ni l'un ni l'autre.

« Je dois dire que..., lança Chiteno le premier, en les regardant de haut tandis qu'Ekon et Koffi approchaient. Je suis surpris de te voir ici, guerrier Okojo. Je pensais que tu profiterais de la fête à l'étage. »

Ekon garda un visage impassible. « J'ai encore des choses à régler. »

Fumbe gloussa. « Ils sont toujours trop ambitieux au début.

— Ouais. » Quelque chose brilla dans les yeux de Chiteno. « Il faudra quelques mois avant que l'effet de nouveauté ne se dissipe, avant que tu n'aies à faire le sale boulot. »

Le sale boulot. Ekon essaya d'ignorer la sensation de froid sur sa peau. *Vous êtes des meurtriers,* pensa-t-il en les regardant glousser. *L'un de vous, peut-être les deux. Vous êtes des assassins.*

Toute sa vie, il avait voulu faire partie de cette confrérie, car il pensait que c'était le moyen le plus sûr de prouver à lui-même et à son peuple qu'il était un homme. Il réalisa qu'il ne désirait plus rien de tout ça.

« Que fais-tu avec ce rat daraja ? » demanda Fumbe en adressant un signe de tête à Koffi. « On nous a dit qu'elle resterait ici jusqu'au matin.

— Il y a eu un changement de plan. » Ekon essaya d'avoir l'air aussi confiant qu'il le pouvait. « Le Père Olufemi veut voir la daraja ce soir. J'ai ordre de l'escorter jusqu'à son bureau, en faisant preuve de discrétion. Il ne veut pas que quelqu'un d'autre la voie.

— Bien sûr. » Un sourire malveillant se dessina sur le visage de Chiteno. « Eh bien, emmène-la, dans ce cas, et trouve-toi peut-être un couloir discret en chemin – elle a l'air frigide. »

L'estomac d'Ekon se tordit de dégoût, mais il garda un visage impassible. « Il m'a dit de faire vite, il faut que j'y aille. »

Ils hochèrent la tête en signe d'assentiment avant de laisser Ekon pousser Koffi devant eux. Dès qu'ils furent en haut des escaliers et sur le palier suivant, il lâcha le bras de Koffi et osa enfin croiser son regard. Il ressentit une impression de déjà-vu. C'était le couloir où ils s'étaient rencontrés pour la première fois, bien que dans des circonstances très différentes. Sa mâchoire était avancée en signe de défi, mais ses yeux brillaient lorsqu'il coupa ses cordes avec son *hanjari*. Quand les liens tombèrent au sol, elle hocha la tête.

« Merci.

— Est-ce qu'ils t'ont fait du mal avant que j'arrive ?

— Non. » Dans un sens, le refus de Koffi de pleurer était pire que si elle s'était juste laissée aller. « Je n'ai rien.

— Bien. » Ekon défit son sac et en tira une cape bleue. « Je t'ai apporté ceci », dit-il en la passant autour d'elle. Koffi tira la capuche ample sur son visage, et ses épaules semblèrent se relâcher un peu.

« Qu'est-ce qu'on fait maintenant ?

— Adiah est ici, quelque part dans ce temple, déclara-t-il. À mon avis, ils la gardent dans l'étable, mais je n'en suis pas certain. As-tu un moyen de la trouver ? »

Koffi fronça les sourcils un moment, pensive. Puis elle répondit : « La première fois que je l'ai rencontrée, dans la jungle, j'ai fait quelque chose avec la splendeur de son corps. J'ai ressenti un lien avec elle en tant que daraja. Il y a une chance que je puisse utiliser ce même lien pour la trouver, mais je ne sais pas si ça marchera.

— Il faut essayer, dit Ekon. Fais tout le nécessaire pour la trouver. » Il pressa la poignée de son *hanjari* dans ses mains. « *Tout le nécessaire.*

— Ekon. » L'anxiété imprégnait la voix de Koffi. « La splendeur est affectée par mes émotions, je ne sais pas si elle est fiable...

— Nous n'avons plus beaucoup d'options, Koffi », répondit Ekon. Il essaya de dissimuler la panique de sa voix. « Je viens de mentir à ces guerriers, et ils finiront par s'en rendre compte. Nous devons trouver Adiah et quitter Lkossa aussi vite que possible. »

Koffi semblait avoir trouvé une sorte de solution. Elle pivota. « Que vas-tu faire pendant que je cherche Adiah ?

— Je... » Ekon hésita. C'était la partie de son plan pour laquelle il était le moins confiant, et celle dont il savait que Koffi ne l'apprécierait pas. « Je dois trouver quelqu'un moi aussi. »

Koffi fronça les sourcils. « Qui ?

— Mon mentor, dit Ekon. Son nom est Frère Ugo.

— Attends, *frère* ? Comme un frère du *temple* ? » L'incrédulité dans le murmure de Koffi frôlait l'hystérie. « Ekon, tu as perdu la tête ? Nous venons de découvrir que le Kuhani a utilisé les Fils des Six pour commettre des *meurtres*. Le temple tout entier pourrait être corrompu. Pourquoi chercher quelqu'un qui s'y trouve maintenant ?

— Parce que Frère Ugo est... différent. » Même pour Ekon, ces mots semblaient stupides prononcés à haute voix, mais il continua : « Il a été mon mentor toute ma vie, Koffi, et il n'a rien à voir avec le Père Olufemi. Pour être honnête, je suis inquiet pour lui. Personne ne l'a vu depuis notre retour de la jungle. »

Koffi leva les yeux au ciel, et Ekon fut presque heureux de cet aperçu de la fille qu'il connaissait. « Et tu penses que c'est *le* moment d'aller le chercher ? »

Ekon se massa les tempes. « Je ne peux pas l'expliquer, mais j'ai un mauvais pressentiment. Je pense que quelque chose lui est arrivé. Frère Ugo n'accepterait jamais ce que le Père Olufemi et les Fils des Six sont en train de faire. S'il a découvert la vérité, et que le Kuhani a voulu le faire taire...

— Ekon. » Il y avait une touche de compassion sincère dans la voix de Koffi. « Si c'est vrai, il y a de fortes chances... » Sa voix exprimait comme une nuance d'excuse. « Il y a de fortes chances qu'ils l'aient déjà...

— S'il te plaît, Koffi. » Les mots d'Ekon étaient un murmure. « S'il te plaît. Il se pourrait qu'il soit mort, mais il pourrait aussi être vivant, et s'il est vivant, il pourrait nous aider. »

Les lèvres de Koffi se serrèrent en une ligne dure. « Si tu ne le trouves pas...

— Vingt minutes, dit Ekon. Je te promets que si je ne le trouve pas d'ici là, nous partirons. Je te retrouve derrière l'étable. Personne ne devrait s'y trouver si tard. »

Elle s'arrêta un moment, pensive. « Disons trente.

— Pourquoi ? »

Elle haussa un sourcil. « Je pensais que tu préférais les multiples de trois. » Elle serra le *hanjari* plus fort. « Trente minutes, et tu ferais *bien* de ne pas être en retard, avertit-elle. Ou je te jure que tu ne récupéreras *jamais* cette dague.

— Marché conclu. »

Koffi lui jeta un dernier regard sceptique avant de filer dans le couloir comme une ombre.

Et puis elle disparut.

Ekon traversa les couloirs du temple en silence.

Au loin, il pouvait encore entendre les acclamations et les cris des convives, de plus en plus forts et hilares à mesure que le temps passait et que le vin coulait à flots. C'était un contraste étrange, presque troublant. Dans cette salle de culte, Fahim et Shomari devaient encore être occupés à festoyer. Dans d'autres circonstances, il aurait peut-être été parmi eux également. Peut-être que, dans une autre version de sa vie, il serait devenu un Fils des Six, suivant les traces de son Baba comme il l'avait toujours voulu. Ce plan n'existait plus, c'étaient les pages d'une histoire qu'il n'écrirait jamais. Il n'était pas nécessairement désolé de ce qu'il s'apprêtait à faire, mais… ce vieux désir le tenaillait toujours. S'il faisait preuve d'honnêteté avec lui-même, il ressentait même un léger chagrin. Il ne serait pas triste de laisser le temple de Lkossa derrière lui, mais il serait chagriné de perdre ce qu'il avait cru y trouver. Mama l'avait quitté par choix, Baba l'avait quitté par la force, mais cet endroit avait toujours été son chez-lui. C'était la vie que lui et Kamau connaissaient le mieux, et après ce soir, il ne la connaîtrait plus jamais.

Il garda l'oreille dressée et les yeux à l'affût tandis qu'il progressait dans les couloirs. Quelque part dans cet édifice, Koffi était – avec un peu de chance – sur le point de trouver Adiah et de s'échapper. Chaque fois qu'il y pensait, son estomac se nouait.

Réfléchis, Ekon, lui intima une voix dans son esprit. *Réfléchis. Où pourrait être Frère Ugo ?*

Il vérifia tous les endroits habituels – les salles de prière privées, la Salle commémorative, et même les cuisines – mais ne trouva personne. De plus en plus désespéré, il s'aventura dans l'aile ouest du temple, où dormaient les frères de l'Ordre. Certaines chambres étaient occupées par des vieillards endormis – il jeta un coup d'œil attentif à chacune d'elles – mais la plupart étaient vides, les membres de l'Ordre qui y logeaient profitant encore des festivités. Finalement, il trouva la porte qu'il cherchait et frappa doucement, avant d'appeler à voix basse :

« Mon Frère ? Frère Ugo ? »

Pas de réponse. Ekon poussa la porte et jeta un coup d'œil à l'intérieur de la pièce.

Il se serait senti mieux si la pièce avait été détruite, saccagée, indiquant une quelconque lutte. Ce qu'il vit à la place le troubla davantage. La chambre de Frère Ugo était parfaitement en ordre. Le lit étroit au centre de la petite pièce était impeccable, ses plis parfaitement alignés, comme si personne n'avait dormi dedans depuis un certain temps. Une pile de livres était disposée près de la fenêtre simple, et les quelques robes que Frère Ugo possédait étaient pliées sur son coffre. Rien dans cette pièce ne lui paraissait anormal, mais elle dégageait une impression de vide. Au fond de son esprit, Ekon se remémora une vieille histoire, celle d'un autre ancien érudit de ce temple qui avait disparu sans laisser de trace.

Satao Nkrumah.

Ekon sentit son corps se glacer. Et si quelqu'un avait emmené Frère Ugo contre sa volonté ? Et s'ils le retenaient prisonnier quelque part en ce moment et lui faisaient du mal ? Son mentor était intelligent, mais vieux, il ne fallait pas grand-chose pour le malmener. Il passa les doigts dans ses cheveux, essayant de calmer une panique croissante.

Où ? La question revenait encore et encore dans son esprit. *Où êtes-vous ?*

Il quitta l'aile ouest et se précipita dans un autre couloir. Il y avait encore un endroit qu'il n'avait pas vérifié : la bibliothèque du temple. Son accès était généralement réservé aux frères de l'Ordre et aux personnes ayant reçu une permission spéciale du Kuhani. C'était un endroit assez grand pour dissimuler quelqu'un, un endroit dont on pouvait facilement bloquer l'accès.

S'il vous plaît, soyez là-bas…

« Guerrier Okojo. »

Ekon s'arrêta dans son élan et pivota, une peur froide lui glaçant le dos. Une silhouette émergea de l'ombre d'une porte qu'il avait franchie sans regarder. Les poils de ses bras se hérissèrent tandis que le clair de lune filtrait à travers l'une des immenses baies vitrées du temple et projetait une lumière argentée sur un côté du visage du Kuhani. Ekon déglutit avec difficulté.

« Mon Père. » L'habitude l'obligea à s'incliner et à saluer. Le vieil homme saint esquissa un léger sourire.

« J'admets que… » Sa voix était douce, mais ses yeux brillaient comme des rasoirs. « Je suis surpris de te voir ici. »

Ekon se redressa. « Surpris, monsieur ?

— *En effet* », dit le Père Olufemi. En quelques enjambées, il franchit la distance qui les séparait. « Je m'attendais à ce que tu te trouves dans la salle de culte pour célébrer la capture du Shetani, avec tes nouveaux frères. »

Frères. Le mot le répugnait, mais Ekon réussit à affecter un petit sourire. « Je l'étais, mon Père, répondit-il poliment. Mais je suis parti. » Il fit un geste vers la salle de culte, puis vers les statues des Six qui les observaient en silence. « Je voulais présenter mes respects et rendre honneur aux dieux pour cette victoire.

— Je vois. » Le Père Olufemi hocha la tête en signe d'approbation. « Voilà qui est tout à fait… mature de ta part. Kamau t'a bien formé. Je vois les ressemblances entre vous deux plus clairement que jamais. »

Ekon dut faire preuve de toute sa retenue pour ne pas grimacer à la mention de Kamau. Il ne voulait pas voir les images qui remplissaient sa tête, mais il était impossible de ne pas se souvenir du visage relâché de son frère, de ne pas entendre le rire sans joie du Père Olufemi. Son sourire faiblit un instant, imperceptiblement. Ekon le corrigea.

« *Merci*, mon Père. »

Le Père Olufemi regarda par-dessus son épaule un moment, comme s'il était plongé dans ses pensées, avant de reprendre la parole : « J'aimerais que tu viennes dans mon bureau demain, dit-il. Maintenant que tu es un Fils des Six, il y a des questions confidentielles concernant la… *sécurité* de la ville dont tu dois être informé. »

Ekon lutta pour répondre d'une voix égale tout en s'inclinant : « Bien, mon Père. Bonne nuit.

— Bonne nuit. »

Les muscles d'Ekon avaient commencé à se détendre tandis que le Père Olufemi commençait à faire volte-face, mais sans prévenir, il se tourna de nouveau vers Ekon. Cette fois, il réduisit l'écart entre eux et plaça une main ridée sur l'épaule du jeune garçon. Aussitôt, l'effluve sirupeux de la feuille de hashira embauma l'espace entre eux. Ekon retint son souffle.

« Je me réjouis de te voir te joindre à nos efforts, déclara le Père Olufemi. Ce que nous faisons est un devoir, un travail juste. » Il s'en alla sans un mot de plus, aussi lentement et résolument qu'il se comportait habituellement. Ekon le regarda partir, mal à l'aise. Le Père Olufemi l'avait vu ici, ce qui signifiait qu'ils avaient encore moins de temps qu'avant. Il jeta un nouveau regard à la lune par la fenêtre. Koffi et lui étaient convenus de se retrouver dans trente minutes exactement ; plus de la moitié de ce temps s'était écoulée, et il n'était toujours pas plus avancé pour trouver Frère Ugo. Il ferma les yeux et essaya de se souvenir de chaque détail, de chaque endroit où il s'était rendu avec son mentor. Ils s'étaient promenés dans la ville, avaient passé des heures dans les salles d'études, ils avaient...

Une prise de conscience le frappa de plein fouet, l'arrêtant dans son élan. La sueur coula sur son front tandis qu'il comprenait enfin, et la panique et la joie l'envahirent en même temps alors qu'il se tournait vers l'un des couloirs.

Il savait où se trouvait Frère Ugo.

CHAPITRE TRENTE-UN

Lucioles

L'odeur du foin s'épaississait dans l'air au fur et à mesure que Koffi s'approchait de l'étable du temple.

Elle écouta les sons de ses habitants tout autour d'elle : les ronflements doux du bétail. Ces sons et ces odeurs la troublaient et la réconfortaient tout à la fois. Ils lui rappelaient le Zoo nocturne.

Elle se faufila le long des étals en jetant un coup d'œil à l'intérieur de chacun d'eux, essayant de discerner leurs occupants dans l'obscurité. Ekon avait dit qu'Adiah pouvait se trouver ici, mais il n'en était pas certain ; elle essaya de ne pas se concentrer sur le mot *pouvait*. Elle avait une demi-heure pour localiser la daraja métamorphosée et ensuite retrouver Ekon pour qu'ils puissent partir. On aurait pu avoir l'impression qu'elle avait amplement le temps. Elle savait que ce n'était pas vrai.

Chaque ombre à l'intérieur de l'étable semblait s'allonger au fil des secondes, la lumière de la lune s'infiltrant dans les interstices entre les planches de bois du toit. Elle prit une inspiration profonde et discerna une nouvelle odeur, celle de l'ozone, qui précédait toujours la pluie. La saison des moussons arrivait, il n'y avait plus aucun doute là-dessus ; elle espérait qu'Ekon, Adiah et elle seraient partis depuis longtemps d'ici là.

Une nouvelle vague d'anxiété commença à s'accumuler dans ses doigts ; elle la réprima en serrant le poing.

« Apaise ton esprit », se murmura-t-elle alors qu'elle contournait un coin de l'étable. Il fallait qu'elle garde son calme. Elle reconnaissait cette partie de l'étable – elle s'était déjà rendue ici avec Jabir, juste avant qu'ils ne se séparent. Elle s'accroupit dans l'ombre, laissant ses doigts effleurer le sol de terre battue. C'était une sensation différente ; alors que la terre de la jungle avait été chaude et accueillante, celle de l'étable était plus fraîche et nettement moins animée. Malgré tout, Koffi était soulagée de sentir la pulsation familière de la splendeur, pas aussi puissante qu'avant, mais présente. Elle s'adressa à elle d'une manière qu'elle espérait douce. *J'ai besoin de trouver Adiah,* pensa-t-elle. *Aide-moi à la trouver. Aide-moi à la sauver.*

Il y eut un moment d'incertitude avant que l'énergie ne réponde par une petite traction, quelque part près de son nombril. Automatiquement, elle se leva alors que de minuscules lueurs familières de lumière dorée se formaient au bout de ses doigts, puis s'élevaient pour se balancer d'une manière presque joueuse dans l'air devant elle. Il lui fallut un moment pour reconnaître ce qu'elles lui évoquaient : des lucioles.

Aide-moi, insista-t-elle. *Aide-moi à la trouver.*

Les lumières se déplacèrent de sorte à former une chaîne. Koffi les observa avec émerveillement se rassembler, illuminant un chemin dans le couloir à sa droite et dans un angle. Parfait. D'ici, il lui suffirait de suivre les lumières, et…

« Qu'est-ce que… ? »

Non. Koffi poussa un juron. Elle reconnut le garçon qui venait de tourner à l'angle. C'était celui qu'elle et Jabir avaient rencontré pour la première fois lorsqu'ils s'étaient approchés de l'étable ; il fixait la lumière d'un air émerveillé et horrifié tout à la fois. Koffi se recroquevilla dans une stalle à quelques mètres de là tandis que le garçon semblait finir par choisir la deuxième émotion.

« À l'aide ! appela-t-il par-dessus son épaule. Que quelqu'un me vienne en aide ! »

D'autres pas retentirent, et le cœur de Koffi se serra. Elle commença à tendre la main vers la splendeur pour la rappeler à elle, puis se figea. Les taches de lumière allaient-elles disparaître, ou allaient-elles flotter jusqu'à elle et révéler sa cachette ? Elle n'était pas prête à prendre ce risque. Deux autres garçons rejoignirent le premier dans le couloir. Pendant un moment, ils fixèrent les lumières de Koffi avec le même genre d'étonnement confus, avant que l'un d'eux ne prenne la parole :

« Qu'est-ce que c'est ? demanda le deuxième garçon.

— Quelque chose de mauvais, répondit le premier. Ça ressemble à de la magie, à mon avis.

— La daraja est toujours emprisonnée, n'est-ce pas ?

— Elle est censée l'être, mais… » L'un des garçons s'avança et effleura la lumière du doigt. Koffi tressaillit de douleur. « Elle pourrait essayer de communiquer avec le Shetani et l'utiliser pour le libérer. Le Kuhani doit être prévenu immédiatement. »

Non. Les lumières s'éteignirent. Une anxiété nouvelle envahit Koffi à la pensée du Kuhani. S'il se rendait dans la prison et découvrait qu'elle n'y était plus, son plan à elle ainsi qu'à Ekon tomberait à l'eau avant même qu'ils ne l'aient mis à exécution.

« Il était dans son bureau, aux dernières nouvelles, déclara le garçon en adressant un signe de tête à l'un des autres. Va le chercher. Nous allons bloquer les sorties, juste au cas où. »

Il réduisait l'écart qui le séparait de Koffi à chaque pas. Koffi se faufila plus loin dans la stalle et fit glisser le *hanjari* d'Ekon hors du fourreau à sa hanche. Elle le tint contre sa poitrine en se remémorant ses mots.

« Fais tout le nécessaire. »

« Hé ! » Les yeux du garçon se fixèrent sur elle. Il ouvrit la bouche, sur le point de crier…

Elle s'élança.

Le mouvement lui était venu comme par instinct. Un de ses bras s'étendit et elle pivota sur son talon, formant un cercle parfait. La poignée du *hanjari* vint frapper le côté de la tête du garçon, qui s'effondra au sol, assommé. À peine Koffi avait-elle repris son souffle qu'elle entendit d'autres bruits de pas.

« Elle est là ! cria l'un des garçons en courant vers elle. Ne bouge pas, ou… »

La lumière déferla.

Ce fut soudain, dévorant. Les yeux de Koffi s'écarquillèrent alors que de la lumière pure explosait des lueurs jusque-là minuscules en de magnifiques auras d'or scintillant. Elle se leva et s'avança dans le couloir. Tout semblait presque blanc autour d'elle, délavé et dépourvu de toute couleur, hormis ce même blanc doré omniprésent. Elle baissa les yeux et vit que le garçon qui courait était à présent à quatre pattes.

« Je ne vois rien ! cria-t-il. Aidez-moi, je ne vois rien ! »

Koffi sortit de sa stupeur. La splendeur l'aidait encore. Avec aisance, elle courut dans la direction opposée. Dès qu'elle eut quitté la pièce, elle sentit sa lumière commencer à faiblir, entendit les cris mécontents du garçon, mais elle continua de courir, les étincelles au-dessus de sa tête. Celles-ci la guidaient vers l'avant.

Elle atteignit une grande porte en bois au bout du couloir, et le tiraillement dans son nombril se fit plus prononcé, plus insistant. Son cœur battait la chamade dans sa poitrine tandis qu'elle s'arrêtait devant la porte, incertaine. Aucun son n'indiquait qu'il y avait quelque chose de l'autre côté, mais c'était là que les lucioles s'étaient arrêtées.

S'il te plaît, pria-t-elle. *S'il te plaît, ne te trompe pas.*

Elle attrapa la poignée de la porte ; à sa grande surprise, celle-ci pivota sans protester. Elle pénétra dans la pièce et se figea.

L'endroit ressemblait à un vieux placard de rangement, avec des balais et des seaux poussés au hasard sur le côté. Un grand lit de foin recouvrait les pavés de pierre au centre de la pièce, et Adiah était étendue dessus. La majeure partie de son corps était ensanglantée, parsemée d'entailles et de coupures, et les quelques parties indemnes étaient liées par une corde épaisse. Koffi se sentait mal rien qu'à les regarder.

« Adiah ! »

Elle traversa la pièce et s'agenouilla à côté de la créature. Adiah grogna, mais c'était sans conviction, un son déjà résigné. Avec hésitation, les doigts de Koffi lui effleurèrent la tête, le dos et une de ses pattes tailladées. Ils l'avaient horriblement maltraitée. Des larmes furieuses emplirent les yeux de Koffi.

« Je vais te faire sortir d'ici. » Elle soutint le regard d'Adiah, espérant que ses yeux pourraient transmettre son message. « Accroche-toi, je vais te débarrasser de ces cordes. Je ne sais pas… » Elle tira de toutes ses forces sur les plus gros nœuds, près du cou de la bête, mais ceux-ci résistèrent ; puis elle essaya d'utiliser la dague, sans succès non plus. Découper tous les nœuds lui prendrait trop de temps. Elle se rassit sur ses talons et poussa un juron.

« Des idées ? »

Les yeux d'Adiah n'étaient plus posés sur Koffi, mais sur le *hanjari* d'Ekon. Son regard alla de celui-ci au visage de Koffi plusieurs fois, délibérément, avant que Koffi ne comprenne.

« Oh. Je n'ai jamais essayé ça. »

Adiah hocha la tête d'un air encourageant, et Koffi baissa les yeux sur la lame. La nausée commençait à se faire sentir dans son estomac, et elle savait qu'elle atteignait probablement les limites de la quantité de splendeur qu'elle pouvait canaliser en elle dans un laps de temps aussi court, mais elle l'invoqua quand même. À son appel, la chaleur l'envahit instantanément, comme si elle avait avalé un morceau de soleil levant. Elle se concentra sur le *hanjari* jusqu'à ce que sa lame argentée acquière une luminosité dorée. Cette fois, quand elle l'appuya contre la corde, la dague coupa comme dans du beurre, et quelques secondes plus tard le reste de la corde tombait autour du corps d'Adiah. La bête se redressa et s'étira.

« Viens. » Koffi bondit sur ses pieds également et se dirigea vers la porte. « Il faut qu'on sorte d'ici ! »

Aussi rapidement et silencieusement qu'elle le pouvait, elle ramena Adiah dans le couloir. Son cœur fit un bond quand des voix retentirent de l'autre côté.

« C'était par ici ! cria une voix familière plus forte à chaque instant. Je ne peux pas l'expliquer, mon Père, venez vite ! »

L'estomac de Koffi se retourna. Ses muscles étaient pris de spasmes à cause de la splendeur qu'elle avait déjà utilisée, mais elle n'avait pas le choix. Elle y fit appel encore une fois. Cette fois, la puissance se manifesta comme la houle, la traversant si rapidement que ses genoux se dérobèrent. La lumière remplit le couloir et se répandit, de plus en plus brillante. Dans sa luminosité, quatre nouvelles silhouettes se découpaient, courbées au sol, les mains devant leurs yeux. L'une d'elles portait une robe d'un bleu profond qu'elle reconnut. Le Kuhani. Son visage exprimait une terreur pure tandis qu'il tentait vainement d'attraper la lumière, les yeux fermés. Koffi et Adiah le contournèrent alors qu'il grimaçait, révélant ses dents.

« C'est l'œuvre de la daraja ! lança-t-il. Elle s'est échappée et a libéré le Shetani ! Allez chercher les Fils ! Dites-leur de bloquer les portes de la ville et d'envoyer des hommes à la zone frontalière, *maintenant* ! »

Les garçons ne bougèrent pas.

« Maintenant !

— Monsieur, nous ne pouvons pas... »

Koffi entraîna Adiah dans le couloir au pas de course. Elle savait que dès que la lumière disparaîtrait et que leurs yeux se réhabitueraient, ils se lanceraient à leur recherche, et elle n'avait aucune envie d'être là pour y assister. Son estomac se serra lorsque les mots du Père Olufemi prirent tout leur sens. Il envoyait des guerriers à la zone frontalière, les sorties de la ville allaient être bloquées. Le temps était compté. Ekon, Adiah et elle devaient partir.

« Plus vite ! » Chaque muscle de son corps protesta douloureusement tandis qu'elle repoussait la fatigue et traversait à toute vitesse le dernier couloir, jusqu'à la sortie. Il lui était de plus en plus difficile de respirer, de voir, et elle savait qu'elle était allée trop loin. Elle le paierait plus tard.

Elles atteignirent l'arrière de l'étable, et une vague de soulagement envahit son corps malgré la douleur. Maintenant, si elles arrivaient seulement à trouver...

Elle se figea en entendant un cri.

Le bruit, long et angoissant, fendit le silence du temple. Adiah poussa un grognement, et Koffi s'immobilisa. Elle *connaissait* cette voix et savait à qui elle appartenait. Elle l'aurait reconnue n'importe où.

Ekon.

CHAPITRE TRENTE-DEUX

La folie

Le temps qu'Ekon atteigne le couloir, il était trempé de sueur. Il avait quitté la salle de culte en courant aussi vite qu'il le pouvait, mais il lui avait quand même fallu une éternité pour arriver ici. Son cœur tambourinait contre ses côtes tandis qu'il ouvrait la porte du vieux placard et grimpait les marches étroites quatre à quatre, à bout de nerfs. Il n'était pas sûr de savoir pourquoi il n'avait pas pensé au jardin suspendu plus tôt ; peut-être était-ce parce que ce dernier semblait appartenir davantage au domaine des rêves qu'au vrai monde. Peut-être n'avait-il pas voulu y penser. Quoi qu'il en soit, c'était le dernier endroit où il avait vu Frère Ugo, et c'était sa dernière chance.

S'il vous plaît, pria-t-il. *S'il vous plaît, faites que j'aie raison.*

Il ouvrit la trappe d'un coup d'épaule et se hissa dans le jardin.

La lune était basse, et sa lumière produisait des reflets argentés sur les fleurs qui croissaient en tous sens. Mais Ekon ne s'y attarda pas, cherchant jusqu'à ce qu'il trouve une silhouette assise sur un banc de pierre au centre du jardin. La personne lui tournait le dos, mais il reconnut sa forme.

« Frère Ugo ! »

En entendant son nom, le vieil homme se retourna. Ekon sentit une douleur le traverser tandis qu'il dévisageait son mentor. Le visage de Frère Ugo était sinistre : il s'était flétri comme si une décennie entière s'était écoulée depuis la dernière fois qu'ils s'étaient vus. Le cœur d'Ekon s'emballa lorsque le vieil homme tendit une main frêle et tremblante et sourit.

« Ekon, mon cher garçon. »

Ces mots sortirent Ekon de sa transe. Il traversa le jardin en ce qui lui sembla n'être que deux enjambées et jeta les bras autour du vieil homme aussi prudemment qu'il le put. Il était troublant de sentir tant de nouveaux os pointer du corps de Frère Ugo là où il n'y en avait pas auparavant, mais il s'en fichait. Frère Ugo était *vivant*, en lieu sûr.

« J'ai cru qu'ils… J'ai cru que vous étiez peut-être… » Il s'aperçut qu'il ne pouvait pas finir ses phrases. Il s'écarta de Frère Ugo pour mieux le contempler. Hormis son visage flétri et ses yeux usés, il avait l'air en bonne santé, et c'était ce qui importait. « Je suis heureux de vous voir, mon Frère. »

Frère Ugo lui adressa un sourire aimable, bien que confus. « Je suis heureux de te voir moi aussi, Ekon. J'avoue que je ne m'attendais pas à une visite si tôt. Si mes informations sont correctes, je suis en présence d'un Fils des Six initié. Félicitations. »

La culpabilité picota Ekon au fond de lui, mais il la balaya d'un revers de la main. « Mon Frère… » Les mots lui vinrent, puis moururent dans sa gorge. Il avait su, depuis l'instant où Koffi et lui s'étaient séparés, ce qu'il allait devoir annoncer à Frère Ugo s'il le trouvait. Il avait répété les mots plus d'une fois pendant qu'il le cherchait dans le temple. Mais en regardant dans les yeux le vieil homme qui l'avait élevé et lui avait appris tout ce qu'il savait, il réalisa qu'il lui était presque impossible de le lui annoncer. Il allait devoir briser le cœur de son mentor.

« Mon Frère, murmura-t-il. Je suis venu parce que je dois vous dire quelque chose.

— Le moment venu, le moment venu. » Frère Ugo balaya les mots d'Ekon comme des mouches tsé-tsé. « Je veux tout savoir de ton aventure héroïque dans la Grande Jungle ! J'en ai déjà entendu parler, bien sûr, mais je veux connaître les détails de *ta bouche*. Comment as-tu survécu ? Comment as-tu trouvé le Shetani ? A-t-il été difficile de le capturer ?

— Mon Frère, insista Ekon plus fermement. S'il vous plaît, écoutez-moi. Nous devons quitter ce jardin tout de suite, et Lkossa également. Ce n'est pas sûr ici. *Vous* n'êtes pas en sécurité ici.

— En sécurité ? » Les sourcils blancs de Frère Ugo se haussèrent. « Bien au contraire, Ekon. Lkossa n'a jamais été aussi sûre depuis près d'un siècle, grâce à toi. On m'a dit que le Kuhani se préparait à détruire la créature en ce moment même. Il n'y aura plus de meurtres !

— C'est justement de ça qu'il s'agit, mon Frère, dit Ekon. Le Shetani n'a tué *personne.* » Il déglutit. « Ce sont les Fils des Six qui l'ont fait.

— Quoi ? » Frère Ugo se serra la poitrine comme s'il y avait un réel danger que son cœur le lâche. « *Qu'est-ce que* tu as dit ? »

La poitrine d'Ekon se serra devant l'incrédulité de son mentor, mais il continua : « Plus tôt dans la soirée, j'ai entendu mon frère et le Kuhani parler dans son bureau. Le Père Olufemi a admis qu'il avait ordonné les meurtres lui-même. Et Kamau a admis qu'il s'en était chargé. Il a laissé entendre que d'autres guerriers étaient aussi impliqués. »

Frère Ugo secoua la tête, bouche bée d'horreur. Il avait l'air si petit, si impuissant. « Je... je ne le crois pas », balbutia-t-il.

Ses yeux étaient humides, terrifiés. « L'Ordre ne permettrait pas – nos propres guerriers ne feraient jamais une telle chose...

— Je pense que c'est plus compliqué que ça en a l'air, mon Frère, répondit Ekon. Quand j'ai vu Kamau tout à l'heure, il n'avait pas l'air... lui-même. Le Père Olufemi lui a donné quelque chose appelé feuille de hashira pour le calmer, puis lui a dit de se taire. J'ai lu des choses là-dessus dans le journal de Nkrumah. Cette feuille déclenche toutes sortes de mauvais effets secondaires, hallucinations et pertes de mémoire, pour n'en citer que quelques-uns. Quand Kamau a décrit les choses qu'il avait faites, il en parlait comme s'il s'agissait d'un mauvais rêve, comme si c'était quelque chose qu'il ne comprenait pas complètement. Si d'autres guerriers vivent des expériences similaires, ils ont peut-être tué des gens pendant des années sous l'influence de ces feuilles sans le comprendre.

— Ekon...

— Vous vous souvenez de la façon dont Shomari s'est comporté une fois au temple, poursuivit Ekon. La fois où il s'est battu avec moi pour rien et s'est mis en colère sans raison ? Je pense qu'il a fait une mauvaise réaction à la feuille de hashira. Je suppose que ça rend les gens violents.

— *Ekon.* » Frère Ugo s'était écarté de lui sur le banc, en secouant la tête avec emphase. « C'est inconcevable, même en faisant preuve d'une imagination sans pareille. Le Shetani est un *monstre,* et elle a tué notre peuple pendant des années. Sais-tu combien de corps j'ai vu incinérés, les marques dont j'ai été témoin sur ces cadavres ? Ces victimes... Leurs blessures ne pouvaient pas être l'œuvre d'un être humain. Personne ne peut être aussi violent. »

Ekon frissonna en s'en souvenant également. Ces gens n'avaient pas été seulement tués, ils avaient été déchiquetés, mutilés. Cette pensée lui donna un nouveau frisson dans le dos.

« Je me souviens même du jour où ton père est mort », continua Frère Ugo avec douceur. Il y avait de la douleur dans sa voix. « C'était une chose horrible à vivre, voir la lumière quitter ses yeux. Crois-moi quand je te dis que ce genre de violence est l'œuvre d'une bête, Ekon. » Il croisa son regard. « Ce n'était *pas* l'œuvre d'un homme. »

Quelque chose de froid et de troublant s'infiltra dans le corps d'Ekon à cet instant, et sa bouche devint sèche comme du papier. Lentement, il se leva du banc et fixa Frère Ugo.

« Je n'étais pas avec mon Baba quand il est mort, commença-t-il. Le temps que les Fils le trouvent et le ramènent chez nous, il nous avait quittés depuis longtemps. Le médecin légiste pensait qu'il était mort depuis des heures, qu'il n'aurait eu aucune chance d'être sauvé. » Il soutint le regard de son mentor. « Alors comment auriez-vous pu *voir* la lumière quitter les yeux de mon père ? »

Frère Ugo fronça les sourcils. « Je...

— Et il y a une seconde, vous avez dit *elle* en parlant du Shetani, poursuivit Ekon, en essayant d'empêcher sa voix de trembler. Pourquoi ? »

Cela se produisit lentement. Les lèvres de Frère Ugo s'étirèrent en un sourire malveillant, révélant des gencives roses et des dents cassées. L'effroi avait disparu de ses yeux, et quand il parla, ses mots étaient de glace.

« Tu ressembles tellement à ton père, déclara-t-il en se levant. Attentif, intelligent, doté d'une écoute *active*. C'est ce qui a fait de toi un si bon serviteur, Ekon, et c'est ce qui a rendu Asafa faible. »

Serviteur. Le mot frappa Ekon par son étrangeté, sa *méchanceté*. Des fragments de sa mémoire s'assemblèrent, puis se séparèrent. Il vit son père lui intimer de courir, il se souvint de ce que Frère Ugo lui avait dit, ainsi qu'à Kamau, plus tard. Baba avait été retrouvé à la lisière de la jungle ; c'était lui qui l'avait trouvé mort. Frère Ugo, qui déclarait maintenant que Baba n'était *pas* mort quand il l'avait découvert. Quelque chose se serra quelque part dans sa gorge, et une vague de nausée l'envahit.

« Il en savait trop, déclara tranquillement le vieil homme. Le tuer était une tragédie, mais c'était nécessaire. » Il croisa les mains. « Il a été certainement plus difficile de se débarrasser de lui que de Satao. »

Ekon se concentra sur un seul mot, qu'il sentit se graver dans sa tête lettre par lettre avec la cruauté de la pointe d'une dague. *Nécessaire*. Les mots et les histoires se confondaient dans sa tête, comme du thé chaud versé sur de l'encre. Au fond de son esprit, une pensée lui vint. Les érudits disaient que Satao Nkrumah avait disparu. Ils l'avaient cherché, mais ne l'avaient jamais trouvé...

« Je savais que tu serais différent, que tu ne me décevrais pas et que tu ne poserais pas trop de questions », poursuivit Frère Ugo. Il se mit à faire les cent pas. « Tu étais la combinaison parfaite – jeune et athlétique, intelligent et méticuleux. Plus important encore, tu étais *dévoué*, désespérément en quête d'approbation. Cela t'a rendu facile à modeler en fonction de mes besoins. Je te remercie pour cela, Ekon, pour ton *obéissance*, ta loyauté. »

Ekon grimaça.

« Notre plan a failli être déjoué, cependant. » Frère Ugo poursuivit sans regarder Ekon : « Quand ton acte de compassion insensé a forcé le Kuhani à rejeter ta candidature, j'ai cru nos espoirs anéantis. » Ses yeux pétillaient. « Mais une *autre* idée m'est venue, meilleure que la première. Le reste était facile. Tu étais déjà si désireux de prouver ta valeur, tout ce que j'avais à faire était de te faire un discours sur le destin, te mettre sur la voie... »

Ekon avait l'impression de s'enfoncer sous une surface inconnue tandis que les mots le submergeaient. L'homme qui parlait *ressemblait* à son mentor, leurs voix étaient les mêmes, mais... rien de tout cela ne sonnait juste.

« Vous avez tué mon père. » Il réussit à peine à prononcer cette phrase. « Vous avez tué Maître Nkrumah.

— Oui. » Frère Ugo s'inclina. « C'était bien moi.

— Je ne comprends pas, balbutia Ekon. Je pensais que le Kuhani...

— Le *Kuhani* ? » Frère Ugo cessa de faire les cent pas et lança à Ekon un regard réfléchi. « Tu penses vraiment que le Père Olufemi serait assez intelligent pour orchestrer de telles choses ? Tu penses qu'il serait capable de contraindre des guerriers à tuer les leurs pendant près d'un siècle sans se faire remarquer ? » Il secoua la tête avec tristesse. « Tu le surestimes, Ekon.

— Vous... » Ekon avait du mal à trouver les mots. Il jeta un coup d'œil par-dessus son épaule, vers la trappe du jardin encore ouverte. Celle-ci semblait incroyablement loin. « Où se trouve le vrai Frère Ugo ? Qu'avez-vous fait de lui ? »

Le visage du vieil homme exprimait presque la pitié. « Quel garçon stupide. Frère Ugo n'a jamais existé. »

Ekon se sentit pris de vertige. Instinctivement, il recula, et le vieil homme s'avança davantage. Sa silhouette commençait à se brouiller sur les bords, ses yeux devenaient plus rouges.

« C'était un déguisement intelligent, déclara-t-il. Un vieil homme au grand cœur et très discret. C'est drôle, personne n'a jamais *pu* se rappeler quand je suis arrivé ici. » Il lança à Ekon un regard presque amusé. « Je suppose que les gens se disaient simplement que j'avais toujours été là. »

Ekon avait du mal à enchaîner les mots pour former une phrase cohérente, sans parler de poser la moindre question. Il fixait le vieil homme au visage familier mais à la voix étrangère. Un terrible frisson parcourut son corps. « Qui êtes-vous ?

— Tu ne le sais toujours pas ? » Le vieil homme hocha la tête. « Je pensais que c'était évident. »

Et puis ce *fut* évident, si évident qu'Ekon se détesta de ne pas avoir rassemblé les pièces du puzzle plus tôt. Il murmura le nom.

« *Fedu.* »

Le dieu de la mort hocha la tête. « Tu m'as été d'une aide précieuse, déclara-t-il. Cela fait des années que j'essaie de faire sortir Adiah de la jungle, et en quelques jours seulement, non seulement tu l'as récupérée, mais tu l'as aussi amenée à mes pieds. Quel dommage que tu ne sois pas un daraja. J'aurais aimé que tu fasses partie du nouveau monde que j'ai l'intention de créer avec sa puissance. »

L'esprit d'Ekon était en ébullition, s'efforçant d'accorder ce qu'il entendait et voyait avec une certaine logique dans son esprit. Une unique question lui échappa.

« Pourquoi ? Pourquoi faites-vous ça ? »

À sa grande surprise, le sourire de Frère Ugo – ou Fedu – s'effaça momentanément, et pendant une seule seconde, il vit autre chose dans l'expression du dieu ancien. De la tristesse.

« Je ne m'attends pas à ce que tu comprennes, expliqua-t-il. Mais comme tu m'as bien servi, je *vais* te le dire. Mes frères et sœurs se sont réunis pour créer le monde que tu connais, un monde que tu crois bon. Une fois leur travail terminé, et après s'être satisfaits de ce qu'ils voyaient, chacun d'entre eux est retourné dans son royaume. Même en ce moment, quatre d'entre eux dorment, inconscients. » Les yeux du dieu brillèrent. « Mais *je* n'ai pas dormi. Je suis resté éveillé, les yeux ouverts, et j'ai observé. » Il fit un geste vers les murs du jardin, comme s'il voyait quelque chose bien au-delà. « J'ai vu le monde produire des choses que mes propres frères et sœurs n'auraient jamais pu imaginer – guerre, maladie, famine. J'ai vu les darajas se battre, et parfois même sacrifier leur vie pour maintenir l'ordre parmi les hommes, en un gaspillage terrible de talents et de puissance.

» Les autres ont choisi de détourner le regard des aspects violents de ce que nous avons créé, ils choisissent de croire que ce à quoi nous avons donné naissance est sans défaut, intrinsèquement *bon*, parce que c'était ce qu'ils *souhaitaient*. » Fedu poursuivit : « Mais je ne vois pas les choses comme je voudrais qu'elles soient, je les vois comme elles *sont*. Ce monde est couvert d'immondices, et le temps est venu de le nettoyer.

— En tuant des gens, répliqua Ekon calmement. En tuant des *millions* de personnes.

— *Oui.* » Le dieu hocha la tête d'un air solennel. « Tu te rappelleras que, lorsque tu étais un petit garçon, je t'ai dit que les choix les plus difficiles exigeaient souvent les esprits les plus solides.

— Elle ne vous aidera pas, déclara Ekon. Adiah sait ce que vous êtes maintenant. Elle ne vous aidera jamais à faire une telle chose.

— J'ai déjà convaincu Adiah une fois, dit Fedu calmement. Je suis sûr qu'il est possible de la convaincre à nouveau. » Sa voix était pleine d'un sous-entendu dangereux. « D'une manière ou d'une autre.

— Elle est partie. » Ekon prononça ces mots avec autant d'assurance qu'il le pouvait, en reculant lentement vers l'entrée du jardin. Celle-ci n'était pas loin, il pouvait l'atteindre en s'y prenant au bon moment.

Fedu haussa un sourcil avec curiosité. « Pendant toutes les années où j'ai aidé à te former, je ne t'ai jamais surpris à mentir, Ekon.

— Ce n'est pas un mensonge. » Ekon se força à prononcer ces mots. « Elle et Koffi se sont échappées, je m'en suis assuré.

— Ah oui, l'autre daraja, répondit Fedu. Peu importe. Tu vas me conduire à elles.

— Non, je ne... »

Aucun avertissement ne vint avant que la douleur ne déchire son corps. Ekon tomba à genoux, son dos se cambra tandis que la souffrance le traversait en vagues atroces, comme si un millier de couteaux piquaient chaque centimètre de sa peau en même temps. Jamais de sa vie il n'avait ressenti une telle chose ; il avait envie de mourir. Puis, aussi soudainement qu'elle était apparue, la douleur disparut. Ekon se roula en boule, la moitié de son visage appuyée contre la terre. Lorsqu'il se força à ouvrir un œil, il vit Fedu qui se tenait au-dessus de lui.

« Il y a une chose curieuse à propos de la splendeur, dit-il doucement. Elle *peut* pénétrer dans le corps de quelqu'un qui n'est pas un daraja, bien qu'on m'ait dit que la sensation qui en résultait était atroce. » Il agita un doigt, et la douleur se décupla. Ekon hurla. « Je me demande combien de temps cela prendra avant que je te brise, avant que tu me dises ce que je veux entendre ? »

Une autre vague de douleur se réverbéra dans le corps d'Ekon. Cette fois, la sensation n'évoquait pas des couteaux, mais des flammes qui lui embrasaient la peau, le brûlant de l'intérieur. À travers la brume, il vit Fedu se baisser à côté de lui. Ses yeux étaient glacials.

« Et ce qui m'intrigue le plus, murmura-t-il à l'oreille d'Ekon, c'est de savoir ce qui finira par te tuer : la douleur ou la folie ? »

Ekon était incapable de répondre, de parler tandis que ses poumons commençaient à se contracter, se resserrant à mesure que la douleur enveloppait son corps.

La dernière chose qu'il entendit fut le bruit sourd et lointain de la trappe du jardin.

CHAPITRE TRENTE-TROIS

Le cœur et l'esprit

Koffi entendit un autre cri.

À ce bruit, Adiah se retourna, les narines frémissantes. Elle leva son museau en l'air pour renifler, puis poussa un rugissement plus terrifiant que tout ce que Koffi avait pu entendre auparavant. Leurs yeux se rencontrèrent dans l'obscurité pendant un instant seulement avant qu'elles ne se décident.

« Viens ! » Koffi tourna les talons et se rua dans le temple. Adiah, sans attendre d'autre explication, la suivit en galopant, grognant et faisant claquer sa mâchoire. Koffi savait qu'elles agissaient avec imprudence, qu'elles risquaient à tout moment de tomber sur d'autres employés du temple ou sur des Fils des Six, mais la chance leur sourit. Quelque part au loin, elle pouvait entendre le tintement des verres, des rires. Une sorte de fête était-elle en train de se dérouler ? Elle n'avait pas le temps d'y penser.

Ekon. Ses yeux parcouraient chaque couloir, confus. *Où donc es-tu ?*

Elle ne connaissait pas la disposition du temple en dehors de ce qu'Ekon lui en avait dit : les couloirs et les portes menant à des endroits plus sombres qui semblaient sans fin. Adiah rugit plus fort alors qu'un autre cri jaillissait de l'un des couloirs, cette fois plus proche encore. Koffi suivit le son jusqu'à atteindre une porte légèrement entrebâillée. Elle l'ouvrit davantage et vit un ensemble étroit de marches qui menaient à ce qui semblait être une trappe plus haut. La clarté blanche de la lune en illuminait les contours. Elle s'y engouffra, Adiah sur ses talons, et essaya de la pousser pour l'ouvrir, mais la trappe ne céda pas. Elle entendit un grognement sourd et eut à peine le temps d'esquiver avant que les griffes d'Adiah ne transpercent le bois d'un coup violent. Koffi se couvrit la tête et ferma les yeux tandis que des morceaux de la trappe détruite pleuvaient tout autour d'elles. Il y eut un rugissement, elle sentit Adiah la dépasser, et quand elle rouvrit les yeux, le bout de sa queue en panache disparaissait déjà dans l'ouverture carrée au-dessus. Koffi se hissa au travers, avant de s'immobiliser.

Elle savait que le jardin devant elle avait dû être magnifique à un moment donné ; de vieilles fleurs mortes en recouvraient chaque centimètre. En un autre temps, une autre époque peut-être, il avait probablement été une sorte de paradis, un havre de paix. Mais elle ne se souciait pas des fleurs, ses yeux étaient fixés sur les deux personnes qui se tenaient au centre. L'une était debout et lui tournait le dos, et l'autre était à terre. Son regard se fixa sur cette dernière.

Ekon.

Quelque chose n'allait pas du tout – elle le sut dès qu'elle le vit. Dans la lumière argentée de la lune, elle ne pouvait discerner aucune blessure physique sur le corps d'Ekon, mais celui-ci tremblait comme elle ne l'avait vu qu'une seule fois auparavant. Des larmes coulaient sur ses joues et ses yeux étaient révulsés, comme si elle n'était pas là du tout.

« Ekon ! »

Il grimaça au son de sa voix, son visage douloureux. Lentement, il cligna des yeux, et ce geste sembla l'aider à recentrer son regard. Les muscles de son épaule se détendirent, et il leva la tête vers elle. Ses yeux s'écarquillèrent lorsqu'il l'aperçut.

« *Koffi.* » Il prononça son nom dans un râle sec, avec une douleur tangible. Dans ce seul mot, elle perçut une émotion ; il lui fallut un moment pour la nommer : la peur. Ekon semblait avoir peur. Il commença à secouer la tête, en fermant les yeux.

« *Non...* » Un gémissement lui échappa tandis qu'il pressait ses paumes contre sa tête, essayant de bloquer quelque chose qu'elle ne pouvait pas entendre. « Non, tu ne peux pas être ici. Tu dois...

— Ah, les darajas, s'éleva une voix douce qu'elle ne connaissait pas. *Vous voilà enfin, comme je m'y attendais.* »

Koffi sursauta. Elle s'était tellement focalisée sur Ekon qu'elle avait presque oublié la silhouette qui se tenait à quelques mètres de lui. C'était troublant ; dans l'obscurité, il était presque impossible de la voir, elle n'aurait su dire de qui il s'agissait. Derrière elle, Adiah poussa un grognement.

« Qui êtes-vous ? » Les mots de Koffi résonnèrent contre les murs de pierre du jardin comme la silhouette s'avançait, le visage toujours dans l'ombre. Elle pointa Ekon du doigt. « Que lui avez-vous fait ?

— Après tout ce temps, nous voilà réunis, déclara la voix avec une extrême douceur. Cela fait bien trop longtemps. »

Koffi s'immobilisa, confuse. Ce n'était pas la réponse à sa question ; ces mots n'avaient même pas de sens. Ce n'est que lorsqu'un autre grognement emplit l'air qu'elle comprit. Ces mots n'avaient pas de sens parce qu'ils ne lui étaient pas destinés à *elle*.

La silhouette se rapprocha encore, et le clair de lune l'illumina enfin. L'homme était petit et frêle, avec une peau châtaine et des cheveux blancs ondulés. Des rides profondes marquaient ses traits, et il semblait assez vieux pour être son arrière-grand-père. Mais quelque chose en lui n'était pas normal. Koffi se raidit lorsqu'il tendit la main.

« Je vois que tu n'as pas changé. » Il ne la regardait pas elle ; son regard portait par-dessus son épaule. « Du moins, pas du point de vue de ce qui compte. Dis-moi, petit oiseau chanteur… est-ce que tu chantes toujours ? »

En réponse, Adiah poussa un rugissement, mais ce dernier n'était pas comme les précédents. Une autre émotion était audible sous le mugissement, une douleur terrible. Koffi pouvait pratiquement sentir la splendeur crépiter dans l'air. Elle n'osait pas se retourner en direction de l'autre daraja ; elle n'était pas sûre de ce qu'elle verrait. Le nom que l'homme étrange lui avait donné ne lui était pas familier.

Petit oiseau chanteur ?

« Je suis heureux que tu aies enfin retrouvé la raison, continua-t-il. Et que tu aies choisi la voie de la moindre résistance. Tu m'as même apporté quelque chose de nouveau, une assistante pour contribuer à nos efforts. »

Pour contribuer à nos efforts.

C'est alors qu'une révélation frappa Koffi. Elle comprit. Ekon était parti à la recherche de son mentor, un vieil homme qu'il croyait être en danger. Il avait trouvé quelqu'un d'autre à la place, quelqu'un qui n'était pas du tout son mentor.

« Vous êtes Fedu, chuchota-t-elle.

— Voilà une fille intelligente. » Le dieu tourna son regard vers elle avec un sourire glacial. « Il semble qu'il me faille te remercier également. Je crois savoir que tu as aidé Ekon à mettre la main sur ma daraja. Tu me l'as amenée.

— Elle n'ira nulle part avec vous ! » Koffi serra les dents.

À côté d'elle, elle sentit un bourdonnement de puissance tandis qu'Adiah s'accroupissait, l'air de comprendre. Quant à Fedu, il les regardait toutes deux, amusé.

« Verser le sang des darajas ne me procure pas le moindre plaisir. » Sa voix était rieuse, mais ses yeux restaient durs. « Mais ne te méprends pas, mon enfant, tu n'es qu'une fourmi sur la route de mes ambitions. Si tu essaies de te mettre en travers de mon chemin, je te traiterai comme telle. »

Koffi ne répondit pas, et ne perdit pas une seconde. Ses orteils se recroquevillèrent tandis qu'elle se concentrait et invoquait la splendeur, frissonnant comme celle-ci tournoyait le long de ses membres et la réchauffait immédiatement. Elle entendit un mugissement et sentit le sol trembler sous elle alors qu'Adiah grognait.

Puis elles s'élancèrent comme une seule personne, Koffi courant sur la gauche tandis qu'Adiah se déplaçait vers la droite. Elle n'avait jamais fait cela auparavant, n'avait jamais essayé d'utiliser la splendeur en combat, mais la puissance qui la traversait semblait comprendre ce qu'elle voulait, comme si elle possédait un esprit propre qui fusionnait avec le sien. Elle pivota sur ses talons et sentit la vibration d'une puissance plus grande encore lui traverser la main, passer par son cœur, puis sortir de l'autre côté. Un rayon de lumière dorée s'échappa d'elle comme un ruban, tel un serpent s'enroulant dans l'air avant de s'abattre sur la joue de Fedu. Celui-ci siffla, se retournant pour lui faire face, mais avant qu'il ne puisse réagir, Adiah le chargea par-derrière et lui donna un coup de tête qui l'envoya valser, bien qu'il retombât sur ses pieds avec une facilité déconcertante. Il se retourna comme Koffi s'approchait de lui, leva une de ses mains d'un geste sec, et une douleur ardente effleura la joue de Koffi. Elle se sentit tomber en arrière. Elle gémit en atterrissant dans la poussière, le souffle coupé. Une brume obscurcit son champ de vision, mais à travers elle, elle parvenait tout juste à distinguer Fedu et Adiah. Ceux-ci se faisaient face en décrivant un cercle.

« Allons, Adiah, dit doucement Fedu. Tu rends les choses plus compliquées que nécessaire. »

La daraja fit claquer ses dents. Elle se jeta sur lui, une pluie de coups de griffe s'abattant sur son visage, mais le dieu l'esquiva avec facilité.

« Regarde ce que tu es devenue après toutes ces années, petit oiseau chanteur. » Il se faufila facilement hors de sa portée comme elle frappait de nouveau, ses lèvres fendues en un sourire cruel. « Regarde ce que retenir toute cette splendeur a fait de toi. Tu étais la plus grande des darajas que la terre ait connus : intelligente, belle, et puissante. Tu n'es guère plus qu'une bête maladroite à présent – *stupide, laide et faible.* »

Il essaie de la pousser à l'erreur, réalisa Koffi. Adiah hurla ; seul ce mot pouvait décrire ce bruit. C'était un cri de fureur et de violence, mais également d'agonie. Elle chargea de nouveau, et Koffi comprit une seconde trop tard ce que Fedu allait faire. Ses lèvres essayèrent de former un avertissement, mais pas assez vite. Un horrible craquement retentit lorsque le poing de Fedu s'abattit sur sa mâchoire, la frappant avec une force surhumaine. La force du coup la projeta en arrière, et elle atterrit à quelques centimètres de Koffi. Elle ne se releva pas.

Fedu épousseta ses vêtements, impassible. « Si tu ne me donnes pas ce que je veux, dit-il d'un ton irrité, je le prendrai. » Il se dirigea vers elle, d'un pas lent et résolu.

Adiah. Koffi ne bougea pas – elle ne voulait pas que Fedu se rende compte qu'elle était encore consciente – mais elle essaya de croiser les yeux de l'autre daraja, de les faire s'ouvrir par la force de sa volonté. *Adiah, s'il te plaît, réveille-toi.*

Fedu se rapprochait, il n'était plus qu'à quelques mètres d'elles maintenant. Koffi baissa les yeux sur sa propre main, à quelques centimètres de la patte trop immobile d'Adiah. Pour une raison quelconque, plus elle la fixait, plus elle entendait clairement la voix d'Adiah. Elle se souvenait d'elles deux, debout dans la Grande Jungle, du moment où elle avait regardé dans les yeux d'une fille perdue, fatiguée, et effrayée.

« Si ton plan échoue, je ne pourrai pas endurer une telle douleur pendant un siècle de plus, avait-elle dit. *Je ne suis pas assez forte pour combattre Fedu s'il me capture, tu comprends ? »*

Koffi *avait* compris. Elles avaient eu un plan, et celui-ci était tombé à l'eau à présent. Fedu avait gagné. Il allait emmener Adiah, comme il l'avait toujours prévu, et l'utiliserait à ses propres fins. Et Adiah le laisserait faire, non pas parce qu'elle le voulait, mais parce qu'elle n'avait plus rien, parce qu'elle ne pouvait plus continuer à fuir.

Une fois, dans une autre vie, elle avait été quelqu'un d'autre, une fille avec des espoirs, des rêves, des amours et des désirs. Elle avait été une personne tiraillée entre son cœur et son esprit. Au final, elle avait choisi les deux, une décision plus effrayante, mais plus courageuse. Koffi réfléchit à cela. Peut-être y avait-il quelque chose à dire pour apprendre à faire cela, pour faire le choix le plus courageux. Au fond de son esprit, elle se souvint des paroles nonchalantes d'une vieille femme sur une place de marché, une leçon : *Toute chose peut être troquée,* à condition *de connaître sa vraie valeur.*

À ce moment-là, elle sut quoi faire.

Elle étendit les doigts dans le plus infime des mouvements, jusqu'à ce qu'ils effleurent la fourrure d'Adiah. Elles se touchaient à peine, mais c'était tout ce dont elle avait besoin. Dès que la splendeur sentit son contact, un nouvel hôte, elle vint à elle, la traversant aussi soudainement et puissamment qu'une tempête. Sa vision se fit brumeuse tandis que le corps d'Adiah commençait à changer à nouveau, transformé et remodelé en quelque chose de plus humain. Au loin, une voix cria :

« Qu'est-ce que tu fais ? »

Elle ne le regarda pas, mais Koffi pouvait entendre la perplexité dans la voix du dieu, sa confusion. Elle l'ignora. Le déferlement de la splendeur noya le reste des mots alors qu'elle l'envahissait, la dominait. Au moment même où elle la sentit remplir son corps jusqu'à ras bord, elle sut que c'était trop – beaucoup trop – mais elle ne lâcha pas prise. C'était son choix, sa décision, son troc.

Elle crut entendre l'air se déplacer quand elle lâcha enfin Adiah et se redressa. Ce mouvement lui coûta ; ses muscles se contractèrent douloureusement, et des élancements traversèrent ses épaules. Elle se sentait… plus lourde.

« Comment as-tu fait ça ? »

Elle leva les yeux et constata que Fedu s'était arrêté à quelques mètres d'elle, ses yeux écarquillés de stupeur. « Comment ton corps peut-il contenir autant de splendeur ? Cela ne devrait pas être possible…

— Je veux faire un troc. » Koffi pouvait à peine garder les yeux ouverts. « Laisse Adiah et Ekon tranquilles et emmène-moi. Je t'accompagnerai de mon plein gré.

— Koffi, *non* ! »

Quelque chose se déchira en elle lorsqu'elle regarda dans la direction d'Ekon et vit l'horreur se répandre sur ses traits. C'était pire que tout ce qu'elle aurait pu imaginer. Elle se força à regarder le dieu à la place, et à attendre.

« Très bien. » Fedu la fixait toujours d'un air stupéfait, mais il semblait assimiler la situation peu à peu. Il hocha la tête. « Tu vas venir avec moi, *maintenant*. »

Koffi ne discuta pas. Il lui fallut toutes les fibres de sa volonté pour se redresser et s'avancer vers le dieu qui l'attendait. La splendeur résonnait en elle à chaque pas. Sa bouche devint sèche lorsque les doigts de Fedu lui entravèrent les poignets, tout comme les cordes qui avaient autrefois lié ses mains, mais elle résista à l'envie de grimacer. Elle ne laisserait pas voir sa peur, pas ici. Elle ne voulait rien montrer du tout. Elle jeta un dernier coup d'œil à Ekon ; il fut la dernière chose qu'elle vit.

Et puis elle disparut.

CHAPITRE TRENTE-QUATRE

Bêtes de proie

Il y eut un flash de lumière dans le jardin, puis plus rien. Il fallut plusieurs secondes pour que le bourdonnement s'atténue dans les oreilles d'Ekon. Même après, ses yeux restèrent fermés. Quelques secondes s'écoulèrent avant qu'il ne se redresse, toussant à travers le brouillard de fumée et de débris qui emplissait l'air. Il regarda le jardin un moment avant que son cœur ne chute dans sa poitrine.

« Koffi ? *Koffi* ! »

Il bondit sur ses pieds, ignorant la douleur nouvelle. Le jardin suspendu était méconnaissable, brûlé et carbonisé comme si une force invisible avait ravagé la moindre étincelle de vie. Même le sol, autrefois riche et brun, était devenu cassant et d'un gris cendré. Il fixa l'endroit où Koffi s'était tenue face à Fedu quelques secondes auparavant, tandis que son esprit essayait de rassembler les pièces du puzzle. Elle avait été là, *juste là*. Maintenant elle ne l'était plus.

Non. La panique envahit instantanément l'esprit d'Ekon. Pour la première fois depuis longtemps, une brume familière menaça son champ de vision.

Non, non, non.

Il se souvint soudainement des traits de son visage, les deux émotions s'affrontant dans chaque partie de son expression. Il y avait eu une tristesse terrible dans ce regard, mais aussi quelque chose de plus effrayant encore – une résolution mêlée de résignation, une décision prise. Koffi avait fait le choix de partir avec Fedu, mais où l'avait-il emmenée ? Où étaient-ils allés ?

Il jeta de nouveau un coup d'œil sur le jardin suspendu, puis se figea. Un petit mouvement avait attiré son attention. Il lui fallut un moment pour comprendre ce qu'il voyait, et quand il le fit, son sang se glaça. C'était un corps. Lentement, prudemment, il s'en approcha, les muscles tendus. Il s'arrêta et le regarda, confus.

Le corps appartenait à une femme d'un âge indéterminé. Celle-ci était grande et mince, avec des cheveux noirs bouclés encadrant son visage comme un halo. Des pétales de fleurs et des feuilles étaient éparpillés sur son corps nu, et ses yeux étaient fermés de la manière la plus douce qui soit. Ekon supposait qu'elle aurait pu être en train de dormir, mais quelque part au fond de lui, il savait que ce n'était pas le cas. Il pensait également savoir qui était cette femme, ou du moins qui elle avait été. Son geste était sans hésitation quand, avec précaution, il la souleva. Certains des pétales qui l'avaient recouverte tombèrent, mais d'autres semblèrent s'accrocher à elle fidèlement tandis qu'il la portait jusqu'à ce qui était autrefois un lit de fleurs et l'y déposait. Il n'y avait pas assez de terre ici pour l'enterrer, mais quelque chose l'empêchait de partir tout de suite. Il examina le sol autour de lui jusqu'à ce qu'il trouve une pierre à l'arête assez tranchante et s'agenouilla à côté d'elle une seconde fois. Chacun des muscles de son corps lui faisait mal tandis qu'il traçait les mots dans la terre, mais il s'obligea à prendre son temps. Quand il eut terminé, il contempla les lettres.

Satao et Adiah

C'était insuffisant, il le savait tandis qu'il regardait la minuscule inscription, mais c'était tout ce qu'il pouvait faire. Avec effort, il se releva, laissant la pierre glisser de ses doigts et s'entrechoquer avec les cailloux. Quelque chose dans l'air sembla se déplacer, mais il resta immobile, attendant une chose qu'il n'était même pas sûr de pouvoir nommer. Il y avait une certaine ironie à cela ; toute sa vie, on lui avait enseigné les manières d'être un guerrier et il avait cru que c'étaient aussi les manières d'être un homme. Enterrer le corps d'une jeune femme n'avait pas fait partie de cette formation, mais en le faisant, il se sentit nettement plus vieux, comme s'il avait payé une sorte de prix silencieux. Ce n'était pas la coutume de son peuple, cet acte n'était pas conforme à la tradition, mais il ne le regrettait pas. Il jeta un dernier regard à la daraja avant de se diriger vers la trappe du jardin. Cela lui fit bizarre de passer au travers cette fois, de fouler les marches couvertes des fragments de bois de la trappe qu'Adiah avait détruite. Il entendait au loin les bruits des convives qui se trouvaient encore dans la salle de culte du temple, mais c'était comme si ceux-ci appartenaient à un monde totalement différent, à quelque chose de distinct. Silencieusement, il déboucha de l'escalier et ferma la porte derrière lui. Il savait qu'à un moment donné, quelqu'un trouverait probablement la trappe et le jardin suspendu ; d'ici là, il serait sûrement parti depuis longtemps.

Il remonta le couloir vers les dortoirs. Un plan commençait à se dessiner dans son esprit. Il prendrait des provisions dans sa chambre, de la nourriture dans les cuisines s'il avait le temps, puis...

« Ekon ? »

Ekon se crispa, à la fois mal à l'aise et effrayé. Il savait, depuis le moment où il avait entendu la voix, qui il verrait lorsqu'il se retournerait, mais cela ne rendit pas plus facile de croiser le regard de Kamau. Son frère se tenait à l'autre bout du couloir. La peau entre ses sourcils était pincée en signe de confusion.

« Que fais-tu ici ? » demanda Kamau. Ses sourcils se froncèrent. « Pourquoi n'es-tu pas au festin ?

— Je m'en vais, Kamau. » Ekon déglutit. « Je ne peux pas… je ne peux pas être un Fils des Six.

— Tu t'en vas ? » Son frère répéta ces mots comme s'ils appartenaient à une autre langue, puis secoua la tête. Il émit même un petit rire. « Tu ne partirais pas sans me dire au revoir, ni à Frère Ugo. »

Le cœur d'Ekon tambourinait douloureusement dans sa poitrine. Même si, en cet instant, il était horrifié par les actes de son frère, devoir lui annoncer la vérité ne lui procurait nul plaisir. Il prit une profonde inspiration, puis se redressa de toute sa hauteur. « Kam, Frère Ugo est… parti. »

Ce fut comme s'il avait giflé Kamau en plein visage ; son frère trébucha même lorsque les mots le frappèrent. Il vit avec tristesse une horreur réelle traverser son visage.

« Parti, répéta-t-il d'une voix creuse. Comment ça, parti ? »

Il n'y avait pas moyen de le cacher. La voix d'Ekon tremblait. « Il n'est plus là.

— Mais *comment* ? » Kamau fit un pas en avant, une douleur visible tordant son visage. « Pourquoi a-t-il… ? » Il marqua une pause, comme si quelque chose lui venait à l'esprit, puis son visage se tordit de rage. « Tu lui as fait du *mal.*

— Quoi ? sursauta Ekon. Non, Kamau…

— Je t'ai *dit* qu'il priait. » Kamau s'avança en montrant les dents. « Tu n'étais pas censé le déranger. Tu lui as fait quelque chose. »

Le cœur d'Ekon battait follement la chamade dans sa poitrine. Les mots que son frère exprimait, ses émotions, rien de tout cela n'était logique. Un rayon de clarté lunaire provenant d'une des fenêtres de la salle illumina le visage de Kamau, qui se rapprochait. À ce moment précis, Ekon le vit.

Les pupilles de Kamau n'étaient pas normales. Elles étaient dilatées de façon inquiétante.

Un parfum sucré à en donner la nausée emplit l'air, piquant le nez d'Ekon qui s'efforça de ne pas l'inhaler. Il essaya de parler d'une voix égale : « Kamau, écoute-moi. »

Son frère chargea sans avertissement. Ekon eut à peine le temps de se mettre en garde que Kamau était sur lui. Des étoiles explosèrent dans son champ de vision lorsqu'ils se heurtèrent puis s'écrasèrent au sol, leurs corps heurtant le sol de pierre. Il essaya de se libérer, d'échapper à l'emprise de Kamau alors que son frère lui saisissait les poignets et le maintenait au sol. De près, il sentait les restes de la feuille de hashira sur les vêtements de son frère, voyait les yeux injectés de sang d'une manière qui n'avait rien de naturel. Il donna un coup de pied aussi fort qu'il le pouvait qui fit chanceler Kamau en arrière, mais ce mouvement lui coûta. Une douleur nouvelle, incandescente l'élança dans le flanc sans avertissement, et il grimaça. C'était tout ce dont Kamau avait besoin. En quelques secondes, son frère fut de nouveau sur lui, et cette fois ses doigts se refermèrent sur le cou d'Ekon. Celui-ci se mit à haleter. Des taches se formèrent dans son champ de vision, le monde devint de plus en plus flou.

« Kam..., siffla-t-il. Kam... s'il te plaît... »

Il ne savait pas exactement ce qui fit effet, si c'était la tonalité de sa voix ou la façon dont il avait prononcé le nom de Kamau. Mais dans cette fraction de seconde, au-delà de l'aspect aussi dur que le verre des yeux de son frère, il vit autre chose – une lueur. Cette dernière était infinitésimale, à peine visible, mais présente tout de même. Cette lueur, ce petit fragment dans les yeux de Kamau, était la partie de lui que le poison de la feuille de hashira ne pouvait atteindre. Ekon soutint le regard de son frère et s'accrocha à ce quelque chose, suppliant.

« S'il te plaît. » Il murmura le mot alors que la prise de son frère se resserrait. « S'il te plaît. »

Les doigts de Kamau se relâchèrent légèrement, juste un instant, mais Ekon en profita. Il se redressa brusquement et assena à Kamau un coup de tête si violent que son frère tomba en arrière et s'affala sur le sol, sans connaissance. Lentement, Ekon se leva, essayant d'ignorer le monde brumeux qui l'entourait et le nouvel élancement qu'il ressentait au front. Il fixa le corps étalé et lutta pour réprimer le serrement de sa gorge. Lorsque les larmes coulèrent, il ne les arrêta pas ; il était trop fatigué. Toute sa vie, on lui avait appris les mêmes choses. Les hommes ne pleuraient pas. Les *guerriers* ne pleuraient pas. Il avait voulu être un guerrier, il avait cru que le titre et le rang lui donneraient quelque chose qu'il désirait, quelque chose dont il avait besoin. Les émotions étaient une chose à enfouir sans un regard en arrière parce que c'était ainsi que l'on montrait sa force. Il avait donc enterré sa douleur. Il avait passé des années à dissimuler tout ce qui le mettait mal à l'aise, le contrariait ou le rendait nerveux, et il avait fui ses propres cauchemars jusqu'à ce qu'ils le traquent comme des bêtes de proie.

Il en avait assez de fuir.

Ekon s'agenouilla à côté de son frère et le souleva doucement jusqu'à ce que Kamau se retrouve adossé contre le mur. Il lui serra la main avant de se lever.

« Au revoir, mon frère. »

Puis il se détourna et courut.

Le temps qu'il atteigne la porte arrière du temple, le ciel étoilé était obscurci par les nuages. Chaque muscle du corps d'Ekon protesta tandis qu'il s'accroupissait, mais il n'avait pas le choix, il devait absolument éviter de se faire repérer. Il fit une prière silencieuse de remerciement alors qu'il se glissait sous les arches dorées du district de Takatifu et trouvait les postes de contrôle déserts ; soit les guerriers habituellement de garde avaient rejoint le festin, soit ils avaient été alertés de problèmes ailleurs.

Les rues de la ville étaient également vides, ce qui indiquait que la nuit était bien avancée. Ekon grimaça tandis que les premières gouttes de pluie s'abattaient sur ses bras nus, rendant ses sandales glissantes, de sorte que chaque pas était de plus en plus difficile. Il était proche du district de Chafu, qui abritait le quartier pauvre, et s'il pouvait juste s'y rendre et se cacher jusqu'à ce qu'il soit assez reposé pour atteindre la Grande Jungle…

« Toi là, retentit une voix. Tous les citoyens ont reçu l'ordre de rentrer chez eux. Que fais-tu ? »

Le sang d'Ekon se glaça comme il accélérait le rythme.

Il entendit le crissement dans la terre des sandales d'une personne qui le suivait.

« Halte ! cria la voix, tandis que son propriétaire se mettait à courir. Au nom des Six ! »

Ekon détala. Il tourna à droite, puis s'enfonça dans une ruelle étroite alors que le bruit d'autres guerriers approchait. Ces ruelles ne lui étaient pas familières. Il ne savait pas s'il réussissait à semer les guerriers ou s'il ne faisait que se perdre davantage. Il parvint au bout d'une rue et s'arrêta. Il atteignait les limites de son corps encore meurtri par sa rencontre avec Fedu.

« *Psitt !* »

Ekon sursauta. La rue autour de lui était sombre, vide, mais le son qu'il avait entendu était net. Il scruta les environs du regard.

« *Psitt*, mon garçon, dit une voix féminine. Par ici, vite ! »

Ekon regarda à gauche. La porte d'une des boutiques qu'il croyait fermée s'était brusquement ouverte ; une silhouette encapuchonnée avait passé la tête à travers et lui adressait des signes frénétiques.

« *Viens !* »

Il prenait un risque, et peut-être stupide, mais Ekon n'avait pas le choix. Il s'engouffra dans la boutique ; la personne qui lui avait fait signe s'écarta juste assez longtemps pour qu'il puisse s'y faufiler avant de refermer la porte derrière eux. Ce n'était pas trop tôt ; quelques secondes plus tard, les pas des Fils des Six passaient devant le bâtiment. Quand ils furent partis, Ekon observa son nouvel environnement.

Il était impossible de discerner ce que vendait cette boutique. Lentement, Ekon se tourna vers sa sauveuse.

« Qui… qui êtes-vous ? »

La silhouette, toujours encapuchonnée, ne répondit pas.

« Pourquoi m'avez-vous aidé ? » insista Ekon, murmurant toujours.

Cette fois, la silhouette hocha la tête. « Tu es blessé, et tu as besoin de soins. »

Ekon fronça les sourcils. « Pas avant que vous m'expliquiez…

— Je t'expliquerai tout, je te le promets, répondit-elle. Mais d'abord, viens avec moi, avant d'aggraver les choses. J'ai un endroit où tu pourras t'allonger. »

Ekon voulait poser davantage de questions, mais sa fatigue grandissait. Il suivit lentement la silhouette encapuchonnée le long d'un couloir tortueux jusqu'à ce qu'ils atteignent ce qui ressemblait à l'arrière de la boutique, où l'inventaire était habituellement entreposé. Mais ce n'était pas une salle d'inventaire. Ses murs poussiéreux étaient éclairés par une petite lampe à huile, et plusieurs sacs de ce qui semblait être de la farine étaient entassés dans un coin sur un lit de fortune. La silhouette fit signe à Ekon de s'asseoir. Dès qu'il l'eut fait, la douleur s'installa. Il ne s'était jamais senti aussi endolori de sa vie, et pire, quelque chose palpitait toujours douloureusement dans son flanc comme s'il avait reçu un coup de couteau. Involontairement, il frotta l'endroit, et la douleur décupla. Il gémit.

« Allonge-toi, ordonna la silhouette. Tes blessures sont sérieuses. »

À travers le brouillard, Ekon fixa l'endroit de son côté où la douleur était la plus forte ; il n'y avait rien. Il regarda de nouveau la silhouette, essayant de trouver un visage sous l'ombre de la capuche.

« Je vais bien, marmonna-t-il. Il n'y a rien là.

— Je ne parle pas de tes blessures *physiques*, mon garçon. »

Ekon était sur le point de répliquer, mais sans prévenir, la silhouette retira finalement sa capuche. Ekon sursauta.

Il n'avait vu la vieille femme qu'une seule fois auparavant, mais il la reconnut. C'était une sensation étrange, et il sentit quelque chose lui revenir comme un rêve à moitié oublié. Il vit des cheveux courts et cotonneux, une peau sombre et une amulette suspendue à un cordon de cuir autour de son cou. De plus près et dans la lumière plus vive désormais, il vit qu'un symbole était grossièrement gravé dans le métal, mais il ne savait toujours pas ce qu'il signifiait. La première fois qu'il l'avait vue, dans les rues du quartier pauvre de la ville, elle avait eu l'air différente, mais...

« Vous. Vous êtes celle qui...

— Mon nom est Themba. » La vieille femme se présenta avec simplicité avant de montrer les sacs. Des mèches de cheveux blancs et cotonneux dépassaient de son couvre-chef. « Allonge-toi et ne bouge plus, avant de te faire mal.

— Je vais bien... » Ekon s'arrêta net devant le regard qu'elle lui lança de ses yeux pleins de défi. « Très bien. »

Themba posa ses mains noueuses sur les épaules d'Ekon et l'étendit sur les sacs de farine avec une force surprenante, puis se redressa pour l'examiner. Au bout d'un moment, elle serra les dents.

« C'est pire que je ne le pensais », murmura-t-elle, comme si elle se parlait à elle-même. Elle fit craquer ses articulations et regarda Ekon avec prudence. « Je vais essayer de le faire en douceur, mais je dois te prévenir. Ce sera probablement quand même douloureux. »

Ekon eut à peine le temps de se redresser. « Qu'est-ce que vous… ? »

Et puis il y eut une douleur, encore plus atroce que celle qu'il avait ressentie dans le jardin. Son dos se cambra tandis que quelque chose était arraché de lui, quelque chose qui serrait comme un étau. La douleur disparut aussi vite qu'elle était apparue, mais des larmes montèrent aux yeux d'Ekon.

« Le pire est passé, annonça Themba. Tu te sentiras mieux demain matin. Maintenant, allons te chercher de quoi te nourrir. »

Ekon essaya de garder les yeux ouverts comme elle se dirigeait vers le coin de la pièce, mais c'était une bataille perdue d'avance. Il tenta de bouger, et un gémissement s'échappa de ses lèvres. La vieille femme avait raison, le plus gros de sa douleur était définitivement parti, mais son corps était encore endolori. Il ne savait pas combien de temps s'était écoulé avant qu'il n'ouvre les yeux et ne trouve Themba de nouveau penchée au-dessus de lui. Cette fois, elle tenait une petite gourde d'eau.

« *Bois.* »

Son corps réagit avant son esprit, et il avala plusieurs gorgées avides. La femme regarda sans rien dire jusqu'à ce qu'il ait fini.

« Comment te sens-tu maintenant ? demanda-t-elle doucement.

— Mieux, répondit Ekon.

— Bien. »

Ekon hésita, puis lui rendit la gourde. « Merci, dit-il au bout d'un moment. De m'avoir aidé. »

Themba hocha la tête.

« Comment avez-vous fait ? questionna-t-il. Comment m'avez-vous enlevé cette douleur ? »

Themba lui adressa un petit sourire triste. « On pourrait appeler ça... un don. »

Elle fit bouger ses doigts, et une petite lueur brilla entre eux.

Ekon s'assit. « Vous êtes... une daraja ?

— Très bien, mon garçon.

— Mais je pensais... » Le regard d'Ekon passa d'elle à ses mains. « Frère Ugo... Je croyais que tous les darajas avaient disparu ?

— Beaucoup nous ont quittés, répondit tristement Themba. Mais pas tous. »

Ekon ferma les yeux et secoua la tête, essayant d'assembler les pièces du puzzle pour former quelque chose de logique dans son esprit. Une seconde plus tard, il les ouvrit et rencontra le regard de la vieille femme.

« Combien en reste-t-il ? demanda-t-il. De darajas, je veux dire ?

— Je ne sais pas, dit Themba. Je n'ai pas communié avec un autre de mes semblables depuis des années.

— Pourquoi ?

— Parce que je me cache. » Elle s'éloigna de lui et s'accroupit pour remplir la lampe à huile. « Cela fait longtemps que cette cité n'est plus sûre pour les miens. Je crains qu'elle ne le soit toujours pas. »

Ekon balança ses jambes par-dessus les sacs de farine en grimaçant. « Je ne peux pas rester ici, déclara-t-il. Je dois y aller. »

Themba haussa un sourcil gris. « Allonge-toi, mon enfant.

— Vous ne comprenez pas... » Ekon se força à se lever, ignorant les nouvelles étoiles qui fleurissaient dans son champ de vision. « Je dois aider mon amie. C'est une daraja aussi, et elle a été enlevée, elle...

— Je sais dans quel pétrin se trouve Koffi. »

Ekon s'immobilisa, les étoiles dans ses yeux temporairement oubliées. « Vous... vous connaissez Koffi ? Vous l'avez rencontrée ?

— Seulement deux fois, mais elle ne se souviendrait que de la seconde. » Les yeux de Themba étaient empreints d'une grande tristesse. « La fois d'avant, elle n'était qu'un bébé. »

Ekon la dévisagea un moment, confus. « Je ne comprends pas. Koffi ne savait même pas ce qu'elle était jusqu'à récemment. Comment pouvez-vous le savoir ?

— Parce que je connais Koffi depuis très longtemps, dit Themba. Même si elle ne me connaissait pas. Même si elle n'avait pas le *droit* de me connaître.

— Mais... »

Themba se redressa et leva la main pour le faire taire, mais ses yeux n'étaient pas dénués de bienveillance.

« Repose-toi, mon enfant. » Elle traversa la pièce et repoussa doucement Ekon sur les sacs de farine. « La chose la plus importante en ce qui te concerne est de guérir. »

De près, la femme avait quelque chose de familier, bien qu'Ekon ne puisse mettre le doigt dessus alors qu'il se laissait tomber contre les sacs. « Je dois retrouver Koffi...

— Dors, insista-t-elle. Demain, lorsque tu iras mieux, nous établirons un plan. »

Les yeux d'Ekon étaient fermés et les mots s'estompaient. Themba parla si doucement qu'il n'était pas sûr d'avoir entendu ce qu'elle se murmura à elle-même :

« Et puis nous retrouverons ma petite-fille. »

NOTE DE L'AUTRICE

En mai 2015, alors que j'étais assise dans une chambre entourée de cartons de déménagement, j'ai commencé à écrire une histoire qui deviendrait – bien des années plus tard – la version de *Bêtes de proie* que la plupart connaissent aujourd'hui. L'histoire a beaucoup évolué au fil du temps, passant d'une idée vague et ambitieuse dans ma tête à un roman de fantasy devenu réalité, riche de tous les éléments que j'adorais et que j'aspirais à voir dans la littérature pour jeunes adultes. Alors que j'écrivais et retravaillais cette histoire au fil des ans, elle est devenue plus qu'un exutoire créatif pour moi ; c'est également devenu une sorte de catharsis, une chance pour moi d'explorer, de me réapproprier et de célébrer un héritage qui a été violemment effacé à la suite de l'esclavage transatlantique.

Je considère *Bêtes de proie* comme de la fantasy panafricaine car – bien qu'Eshoza ne soit pas du tout un endroit réel – une grande partie de son influence et de son inspiration a été façonnée par le continent africain, bien réel lui. La décision de ne pas se concentrer sur une seule région de l'Afrique était délibérée ; en tant que femme noire américaine, la réalité est que je ne saurai jamais exactement (ou même approximativement) où mes ancêtres vivaient et prospéraient avant leur asservissement ; cette histoire honore donc les cultures, les mythes et le folklore de différentes régions du continent. Elle explore également le phénomène des diasporas forcées. Si vous vous y connaissez en études africaines et afro-américaines, vous avez peut-être perçu certaines des références discrètes ou explicites incluses dans les pages de cette histoire, mais je pense qu'il est de mon devoir d'exposer les choses sans ambiguïté pour ceux qui auraient des questions.

Un personnage important mais peu visible de *Bêtes de proie* est le célèbre savant naturaliste Satao Nkrumah. Bien qu'il ne soit pas inspiré d'une personne réelle, il porte le nom de deux personnages distincts. Le premier est Kwame Nkrumah (1909-1972), éminent universitaire et homme politique ghanéen, largement reconnu comme l'un des pères du panafricanisme, idéologie qui encourage l'unité entre les personnes d'ascendance africaine. Le nom Satao vient, accessoirement, d'un éléphant. Ceux qui me connaissent bien savent que j'ai un profond penchant pour les éléphants. Satao l'éléphant (1968-2014) était un tusker[16] kenyan, connu pour ses défenses si longues qu'elles frôlaient presque le sol. En mai 2014, il a été torturé et tué par des braconniers d'ivoire, dans un coup dévastateur porté à la préservation de la vie sauvage en Afrique de l'Est. Ainsi, le Satao Nkrumah porte le nom d'un homme révolutionnaire et d'un magnifique éléphant.

On trouve plusieurs petits clins d'œil aux leaders politiques anticolonialistes et panafricains du monde entier. Pour moi, il était important qu'Ekon, un jeune garçon noir qui aime les livres, soit entouré non seulement d'érudits, mais aussi d'érudits qui

---

16. Type d'éléphant aux défenses particulièrement longues.

lui ressemblent. L'érudition, la littérature et l'histoire des Noirs ont été historiquement marginalisées, *altérisées*[17] et amoindries au fil du temps. En d'autres termes, je voulais qu'Ekon vive dans un monde où l'excellence des Noirs était préservée et célébrée, comme on peut le voir dans des lieux tels que la bibliothèque du temple de Lkossa. Vous remarquerez si vous lisez le livre que plusieurs des maîtres du temple où il vit portent le nom de leaders politiques et de révolutionnaires noirs acclamés, tels que Nnamdi « Zik » Azikiwe (premier président du Nigeria), Julius Nyerere (premier président du Tanganyika, l'actuelle Tanzanie), Jomo Kenyatta (premier président du Kenya), Patrice Lumumba (premier Premier ministre de la République démocratique du Congo indépendante) et Marcus Garvey (fondateur de l'Universal Negro Improvement Association and African Communities League).

La langue zamanie utilisée tout au long de *Bêtes de proie* est basée sur le swahili, qui est parlé principalement en Afrique orientale par environ 11 millions de personnes à ce jour. Il faut préciser que je ne parle pas le swahili couramment, mais je l'ai choisi comme langue de base parce que j'ai toujours trouvé que c'était une langue superbe et que c'est de là que vient mon propre nom, Ayana. Les lecteurs arabophones remarqueront peut-être que certains mots swahilis sont similaires ou identiques en arabe ; de fait, après des années de commerce et d'échanges culturels, le swahili a évolué et adopté certains mots de cette langue. Si j'ai envisagé à un moment donné d'utiliser une « idéolangue » (une langue construite) pour *Bêtes de proie,* j'ai finalement décidé que cela constituerait une forme d'*altérisation*. Dans ma jeunesse, j'ai vu de nombreuses langues du

---

17. Équivalent français du néologisme anglais *othered,* créé par l'autrice. Tout comme *othering* devient « *altérisation* » plus bas sur cette page.

continent européen utilisées dans la fantasy, mais jamais de langues du continent africain, et je voulais changer cela.

Les êtres et créatures mythologiques de cette histoire sont, pour la plupart, tirés de l'histoire réelle du continent africain, et c'est l'une des choses que j'ai le plus appréciées dans l'écriture de cette histoire. Si les jokomotos ne sont issus d'aucun mythe (je n'ai pas trouvé de créature folklorique correspondant à la description dont j'avais besoin), les autres le sont. Ce qu'Ekon dit un moment à propos des grootslangs est vrai : ils proviennent de la mythologie sud-africaine, et l'on croit que les dieux ont divisé le grootslang en deux animaux distincts (l'éléphant et le serpent) pour le rendre moins redoutable.

Les biloko (pluriel de eloko) viennent du peuple Mongo de la République démocratique du Congo, en Afrique centrale. Selon la tradition mongo, ce sont des créatures naines malveillantes qui vivent dans les parties les plus épaisses des forêts tropicales et des jungles. Elles sont connues pour adopter l'apparence d'enfants innocents, porter des clochettes qui peuvent être utilisées pour jeter des sorts aux personnes sans méfiance, et avoir un goût insatiable pour la chair et les os humains. Dans de nombreux mythes, c'est souvent la femme « folle » qui se fait piéger par les biloko. Dans *Bêtes de proie*, j'ai donc choisi de renverser ce lieu commun et de faire en sorte que ce soit Ekon qui se fasse piéger par lui.

Les Yumbos sont issus du peuple Wolof du Sénégal, en Afrique de l'Ouest. Il existe des incohérences quant à leurs origines et à leurs apparitions, et des preuves suggèrent que les mythes ont pu évoluer après l'invasion européenne de l'Afrique de l'Ouest, mais de manière générale, ils sont connus pour être de gentilles entités féeriques qui dansent au clair de lune et aiment les fêtes somptueuses. J'ai voulu les inclure dans *Bêtes de proie* parce que je trouvais qu'ils avaient l'air charmants, et je voulais aussi qu'au moins un des êtres que Koffi et Ekon rencontrent dans la Grande Jungle soit amical.

L'arbre umdhlebi (parfois orthographié umdhlebe) est une autre création de la tradition zouloue en Afrique du Sud et a été appelé l'arbre du mort dans la vie réelle. Son nom latin est *Euphorbia cupularis*, et bien qu'il ne soit pas connu pour être toxique ou venimeux à notre époque, les histoires orales relatant son pouvoir sont terrifiantes.

Les six dieux d'Eshoza ne sont pas réels, et la religion dont ils sont issus est entièrement inventée. Bien que le continent africain regorge de religions fascinantes et magnifiques – dont des variantes de l'islam, du christianisme et d'autres religions locales –, il ne m'a pas semblé approprié d'utiliser une religion réelle à laquelle les gens adhèrent et qu'ils pratiquent dans un roman de fantasy.

Les Yabas et les Gedes ne sont pas des peuples réels, mais ils représentent une petite fraction des diverses populations ethniques qui vivent souvent côte à côte dans les pays et régions d'Afrique. Bien que, pour un observateur extérieur, beaucoup de ces peuples aient le même phénotype, ils parlent souvent des langues différentes, suivent des religions et des traditions différentes et, parfois, ne s'entendent même pas.

Dans *Bêtes de proie*, il y a un chapitre intitulé « Le mamba et la mangouste » qui est devenu l'un de mes préférés à écrire, étant basé sur la réalité. En fait, le mamba noir de l'Est est l'un des serpents les plus mortels au monde ; son venin peut tuer un homme adulte en quinze minutes environ, et la plupart des personnes mordues par le mamba meurent simplement parce qu'elles n'ont pas le temps de recevoir une aide médicale. Il est également vrai que la mangouste est l'ennemi mortel du mamba noir. Il est fascinant de constater que les cellules des mangoustes ont évolué de telle sorte qu'elles sont pratiquement immunisées contre le venin du mamba, et en y associant leur incroyable rapidité, elles y sont pratiquement insensibles. Assister à un combat entre ces deux créatures est l'une des véritables merveilles de la nature.

Enfin, la légende du Shetani, qui signifie « démon » en swahili, est partiellement inspirée d'un événement réel qui s'est produit au Kenya entre mars et décembre 1898. Pendant plusieurs mois, deux frères lions ont systématiquement traqué et brutalement tué des ouvriers qui tentaient de construire le chemin de fer Kenya-Ouganda, censé rapprocher les deux pays. La présence de lions dans la région de Tsavo n'est pas un phénomène inhabituel, mais c'est le comportement de *ces* lions spécifiques qui les rendait étranges (les lions mâles ne chassent généralement pas, et encore moins ensemble). À un moment donné, les tueries ont pris une telle ampleur que le chemin de fer risquait de ne jamais être achevé. Finalement, les frères lions – surnommés « le Fantôme » et « l'Obscurité » – ont été traqués et tués, mais la *raison* pour laquelle ils se sont mis à chasser des humains reste encore un mystère plus d'un siècle plus tard.

GLOSSAIRE

Arbre umdhlebi : arbre capable de modifier son apparence, toxique envers ceux qui l'offensent.
Asimine : aussi appelé « mangue du nord ».
Aussie : terme informel désignant les Australiens.
Awalé : jeu de stratégie africain très répandu.
Banku : plat ghanéen de maïs fermenté et de manioc.
Bogolan : tissu malien.
Darajas : êtres humains capables de canaliser la splendeur.
Dashiki : tunique ample d'Afrique de l'Ouest.
Duara : « cercle » en swahili.
Égousi : également appelées « pistaches africaines ».
Eloko (biloko au pluriel) : créature malveillante naine qui prend l'apparence d'une fillette pour tromper les gens.
Fedha : « argent » en swahili.
Grootslang : créature mi-serpent mi-éléphant.
Hanjari : « dague » en swahili.
Héma : « tente » en swahili.
Hippoguerre : créature qui rappelle l'hippopotame.

Impundulus : oiseaux de foudre du folklore des tribus d'Afrique du Sud.
Jokomoto : sorte de grand lézard cracheur de feu.
Kuhani : titre honorifique le plus important de Lkossa.
Lame jino : lame conçue à partir d'une dent.
Mahalo nui : « merci beaucoup » en hawaïen.
Ponya : graine aux multiples vertus.
Riz wolof : plat populaire d'Afrique de l'Ouest.
Saa : « temps » en swahili.
Shaba : « cuivre, bronze » en swahili.
Shetani : « diable » en swahili. Créature qui terrorise Lkossa.
Shukrani : « remerciement, reconnaissance » en swahili.
Soupe ogbono : soupe de la cuisine nigériane à base de graines de fruits pilées.
Tusker : type d'éléphant aux défenses particulièrement longues.
Yumbos : êtres bienveillants mythiques peuplant la jungle.

REMERCIEMENTS

Beasts of prey, ou BOP comme je l'appelle affectueusement, est la création dont je suis la plus fière à ce jour, un ensemble de souhaits et d'espoirs concrétisés. Il y a tant de personnes que je veux remercier du fond du cœur pour m'avoir aidée à réaliser ce rêve, dans tous les domaines, petits et grands.

Je dois mes premiers remerciements à mon agent littéraire et mon plus féroce défenseur dans le monde de l'édition : l'extraordinaire Pete Knapp. Pete, ce que tu fais chaque jour pour le monde de la littérature pour enfants n'est rien d'autre que de la pure magie. Merci d'avoir cru de tout cœur à cette histoire, et d'avoir cru en moi. Merci d'avoir répondu à chacune de mes questions, d'avoir transformé *RuPaul's Drag Race* en une leçon importante sur le développement de personnages, et de m'avoir rappelé de ne jamais avoir peur de demander la lune. Un remerciement sincère également à Emily Sweet, Andrea Mai et à la fabuleuse équipe de Park & Fine !

Mon deuxième remerciement va à ma sensationnelle éditrice, Stacey Barney. Stacey, depuis le début, tu as guidé BOP dans le monde de l'édition avec un soin inégalé, et je sais que je suis une meilleure écrivaine grâce à ton œil éditorial aiguisé (en parlant d'œil, tu avais raison ; il y en avait beaucoup trop !). Merci d'avoir été une âme sœur dans ce voyage, et pour nos discussions enthousiastes à propos de robots de cuisine et de T-Pain. Et surtout, merci de ne pas m'avoir « laissée sortir de la maison en laissant voir ma culotte ». (Je m'en suis souvenue !)

Beasts of prey ne serait tout simplement pas le livre qu'il est sans les équipes incroyables de Penguin Young Readers et de G. P. Putnam's Sons Books for Young Readers, qui lui ont témoigné tant d'amour et d'enthousiasme dès le début. Un grand merci, sans ordre particulier, à Jennifer Loja, Jennifer Klonsky, Felicia Frazier, Emily Romero, Kim Ryan, Shanta Newlin, Carmela Iaria, Alex Garber, Venessa Carson, Summer Ogata, Lathea Mondesir, Olivia Russo, Ashley Spruill, Cindy Howle, Caitlin Tutterow, Shannon Span, Bezi Yohannes, James Akinaka, et bien sûr Felicity Vallence (Aussie ! Aussie ! Aussie[18] !). J'espère vraiment que cette histoire fera votre fierté à tous.

Un immense merci à Ruth Bennett, Natalie Doherty et Asmaa Isse de Penguin Random House UK pour avoir fait passer BOP de l'autre côté de l'Atlantique et l'avoir présenté à de nouveaux lecteurs au Royaume-Uni et dans le Commonwealth. C'est une joie de savoir que mon livre trouvera une place dans des endroits où je ne suis pas encore allée.

Merci beaucoup à mon agent de cinéma dynamique, Berni Barta, qui a défendu ce livre dans l'industrie cinématographique avec une passion et une ferveur authentiques.

Je suis très reconnaissante à Theresa Evangelista, l'esprit brillant qui a fait du document désordonné sur mon ordinateur portable qu'était BOP quelque chose de si beau. Theresa, merci pour ton attention, ta vision et ton talent ! Merci à Marikka

18. Terme informel désignant les Australiens.

Tamura d'avoir donné vie aux pages de ce livre grâce à une conception si réfléchie et si parfaite. Je dois des remerciements sincères à Virginia Allyn pour les incroyables cartes dessinées à la main que l'on voit au début de ce livre.

Enfin, je suis redevable à Chandra Wohleber, qui m'a probablement (certainement) sauvée d'un embarras absolu plusieurs fois pendant les corrections. Merci, Chandra.

Il existe un groupe spécial de personnes qui ont été mes amies tout au long du parcours de publication de BOP. Elles ont été des partenaires de critique, des confidentes et un système de soutien irremplaçable sans lequel je n'aurais pas pu m'en sortir. Merci à Lauren Blackwood, Lane Clarke, Natalie Crown, Alechia Dow, J. Elle, N. T. Poindexter, Emily Thiede, et Amélie Wen Zhao. Un remerciement spécial à Maiya Ibrahim, qui a lu BOP plus de fois que quiconque et a été une véritable amie.

À Roshani Chokshi, mon Virgile de confiance au cours de ce voyage : je suis si heureuse que l'univers nous ait réunies dans les affres d'une pandémie. Je ne pourrai jamais dire à quel point je te suis reconnaissante pour tout ce que tu es, mais je te suis reconnaissante pour tes conseils, ton soutien sans faille et le rappel de « toujours cacher mes crocs pour qu'ils ne voient jamais la morsure ».

Merci aux autrices de mes histoires préférées : certaines d'entre vous ont écrit des œuvres qui ont changé ma vie, et d'autres m'ont gracieusement tendu la main pour encourager une autrice débutante, pleine de cran et de questions stupides : Sabaa Tahir, Renée Ahdieh, Leigh Bardugo, Shelby Mahurin, Brigid Kemmerer, Adalyn Grace, Kate Johnston, Samantha Shannon, et Shannon « S.A. » Chakraborty.

Je n'aurais pas atteint cette étape sans le soutien de tant d'amis de la communauté des écrivains en ligne : Daniel Aleman, Veronica Bane, Rena Barron, TJ Benton, Kat Cho, Becca Coffindaffer, Tracy Deonn, Brenda Drake, Ryan Douglass,

Sarah Nicolas, Kellye Garrett, Stephanie Jones, Allie Levick, Lori Lee, Taj McCoy, Cass Newbould, Molly Night, Claribel Ortega, Tọlá Okogwu, Tomi Oyemakinde, Jamar Perry, Ryan Ramkelawan, Irene Reed, Jesse Sutanto, Jeida Storey, Brandon Wallace, Catherine Adel West et Margot Wood. Merci aux blogueurs, aux critiques de livres, aux bibliothécaires, aux libraires et aux pédagogues qui ont soutenu et défendu ce livre depuis le début. Je suis également très reconnaissante envers les influenceurs et créateurs noirs qui se sont ralliés à moi sur les réseaux sociaux lors du lancement de BOP – vos voix sont vraiment puissantes.

À Corey et Ashley : merci pour toutes les aventures – bonnes, mauvaises et autres. Merci pour votre amour et votre soutien, et pour avoir toujours été la raison pour laquelle je veux faire le bien dans le monde. J'espère que chacun de vos rêves se réalisera, et que je serai toujours là pour le voir.

À maman et papa : merci pour la Maison jaune, pour le Cirque du chapiteau, pour avoir toujours coiffé mes cheveux, quel que soit mon âge, et pour les macaronis au fromage et la tarte aux patates douces qui ont toujours le goût de la maison. Merci de m'avoir laissée emprunter autant de livres que je pouvais en porter à la bibliothèque, et d'avoir fait semblant de ne pas remarquer que je continuais à écrire sous les couvertures après m'avoir dit d'aller me coucher. Merci de m'avoir appris à savoir « dépasser » les choses et à être gentille. Je vous aime tous les deux.

À grand-mère Elezora, grand-mère Geri et grand-père Ronald : merci pour votre amour et pour m'avoir donné de petits morceaux de vous-mêmes qui ont fait de moi ce que je suis. À grand-père George, grand-mère D, et mon bien-aimé grand-père Aston : je suis désolée que vous n'ayez pas été là pour voir ce moment, mais j'espère que vous en êtes fiers. Vous me manquez terriblement tout le temps.

À mes nombreux oncles, tantes et cousins : merci de m'avoir élevée, de m'avoir encouragée, et d'avoir arrosé une petite fleur afin qu'elle puisse grandir. Merci aussi à ma famille australienne de m'avoir rappelée que je suis aimée dans le monde entier. À Paul, Gail, Matt, Natalie, Brett, Michael, Tarek, Huda, Medina, et Latifa : *mahalo nui*[19] !

À tante Meredith et tante Rhonda : merci pour tant de rires et de beaux moments, et pour m'avoir rappelé que Dieu ne m'a pas donné un esprit craintif.

À mes deux meilleures amies de toujours, Adrie et Robyn : vous êtes irremplaçables. Merci d'avoir toujours été là pour moi et de m'avoir bénie avec ces deux belles amitiés qui ont traversé des décennies et des continents. J'ai grandi davantage avec et grâce à vous.

Il y a tellement d'amis et de mentors incroyables qui m'ont témoigné une gentillesse infinie. Merci à Bates, Bricker, Brumett, Jarret, Billie, Akshay, KI Fall '12, Daniel, Katie et Sterling, Chris, Kim, Michelle, Kris, Alison, Stacey, Joan, Mackenzie, Ronetta Francis, Erin Hodge, Jon Cannon, Dr Angela Mosley-Monts, Dr Janine Parry, Dr Calvin White, Jr, M. William « Bill » Topich, Mme Megan Abbott, Dean Todd Shields, et surtout le Dr Jeff « Jefe » Ryan et les Polvios de la promotion 2013 qui ont changé ma vie.

Et à mon Puddin' : tu as été avec moi à chaque étape du chemin, même lorsque la vie était cruelle et nous a séparés pendant une année entière. Ton amour ardent et ta foi inébranlable en moi ne connaissent pas de limites ; quel honneur que tu sois mien et d'être tienne. À des *road trips* à travers l'Outback, des pique-niques à flanc de falaise, un banc d'un parc de La Nouvelle-Orléans et une plage à Hawaï. Notre histoire est ma préférée d'entre toutes.

19. « Merci beaucoup » en hawaïen.

Composition et mise en pages
Nord Compo à Villeneuve-d'Ascq

Certifié PEFC
Ce produit est issu de forêts gérées durablement et de sources contrôlées
PEFC
PEFC/18-31-280
www.pefc-france.org

Le papier intérieur de cet ouvrage est composé de fibres naturelles, renouvelables, recyclables et fabriquées à partir de bois issu de forêts plantées expressément pour la fabrication de pâte à papier.

ISBN : 978-2-37876-225-4 (broché)
ISBN : 978-2-37876-252-0 (relié collector)

Dépôt légal : novembre 2022

N° d'édition : 0086-035-01-01 (broché)
N° d'édition : 0087-035-02-01 (relié collector)

Achevé d'imprimer en Italie par L.E.G.O. – Lavis